I0640825

De Sholombra a Nógdam

Juan Bosco Castilla

Para Juan y Luis

No, no me enterraron, aunque hay un período de
tiempo que recuerdo borrosamente, con un asombro
estremecedor, como un viaje a través de algún modo
inconcebible en el que no hubiera esperanza ni deseo.

Joseph Conrad
El corazón de las tinieblas

.

UNIÓN DE

E ESTADOS

Capítulo 1

La salida de Sholombra. De cómo conozco a mis dos primeros compañeros. Las dos primeras muertes. El cuarto miembro del grupo

Aunque sabía que era discapacitado por las huellas que iban dejando sus emociones, el hombre con esperanza al que encontré no era exactamente como lo había imaginado, sino más pequeño y más flaco. Tendría unos treinta y cinco años, la ropa le venía muy holgada y llevaba puesta una gorra de tela verde. En otro tiempo hubiera dado grima verlo moviéndose sobre una silla de ruedas demasiado grande para su complexión menuda, gesticulando dolor y farfullándose gritos de ánimo a cada brazada, pero en mitad de aquella autopista yerma que nos llevaba de Sholombra hacia el Sur, donde los espíritus más recios eran pasto de la abulia, sus ganas de vivir resultaban asombrosas y alentadoras.

A partir de ahora, el mundo será de los seres que han sufrido, pensé, y en lugar de referírselo para darle ánimos, me coloqué detrás de él y le empujé a su silla.

–Permítame que lo ayude –le dije.

Para mirarme, debió levantarse la visera de la gorra,

5

porque la artrosis cervical no le permitía realizar el giro completo del cuello. Tenía el rostro enjuto y renegrido, su nariz, muy afilada, estaba salpicada de manchas cárdenas, y sus sanguíneos ojos eran como minúsculas láminas de agua ferruginosa en el fondo de esas pozas sedientas y hoscas que eran sus órbitas. Su cuerpo estaba tan necesitado de carnes que se asemejaba al de un monigote de aire a medio inflar, y tan consumido por el cansancio que cada una de sus expiraciones aparentaba ser la última. Parecía imposible que aquel organismo, compuesto de un amasijo de huesos descalcificados, un fuelle tenaz pero ronco y un circuito de nervios trinchados o fundidos, fuera capaz no tanto de mover su pesada montura, como de seguir funcionando.

—Este esfuerzo que hace conmigo le hará falta para salvarse —me contestó con aspereza tras volver a su posición habitual.

—No se preocupe: sé administrar mis fuerzas.

—No puedo compensárselo: no tengo comida ni agua.

Saqué del bolsillo mi botella de agua y se la entregué.

—Aún tiene una poca. Bébasela —tampoco yo le hablaba con agrado.

Volvió a torcerse y a mirarme.

—Esta agua que me bebo no apagará su sed —me anunció con más afabilidad.

—Yo no se la doy a cambio de nada —le dije.

—Nada tengo excepto la silla en la que me muevo, y a usted no le hace falta.

—Y la gorra. Tiene una gorra. Se ven pocas gorras por aquí.

—¡Ah, la gorra! Se la podía haber quedado gratis.

—¿Me la habría dado si se la hubiera pedido?

–Por supuesto que no. Pero me la podía haber quitado. No me diga que le daba reparo hacerlo.

–Ninguno. Si me conociera, sabría que soy hombre de pocos escrúpulos –le dije–. La gorra no es más que una señal de lo que me interesa de usted, que es usted precisamente.

–Ahora sí que no lo entiendo. ¿No me ha visto bien? ¡Si apenas puedo con mi alma!

–Su alma es lo que quiero.

Por «su alma» él interpretó su vida: creyó que yo era un pervertido y que de todas las víctimas posibles lo había elegido a él porque su discapacidad añadía al desviado placer del crimen el morbo de consumarlo sobre un ser indefenso. Se volvió otra vez para mirarme y, si hubiera podido, se habría levantado y me hubiera matado sin solventar dudas filosóficas ni demorarse en preguntas.

–También ese rencor me interesa de usted –le dije con una sonrisa cínica.

Entendió que no quería matarlo, nada más.

–Cuando iba a salir, usted creyó que el sol podía ser un obstáculo en sus planes y se puso una gorra, pero ellos, no, ¿los ve? –y le señalé con la mano los alrededores punteados de cadáveres y de gente derrengada–. Si a ellos, que pueden usar los pies, los vence antes el agotamiento, solo puede ser porque tienen menos ganas de vivir. ¿Va entendiendo?

Me hizo un gesto de dudosa aquiescencia. Yo continué:

–Yo también quiero vivir. Yo soy como usted. Y para seguir vivo, usted me será de gran ayuda.

Aún no lo comprendía bien.

–Sí, es verdad que no soy como ellos –me dijo–. Y si usted tampoco es así, es la primera persona normal que veo desde hace varios días. Lo que no comprendo todavía es en qué puedo serle de utilidad.

—Ha dicho que se alegra de verme. ¿Lo haría aunque yo fuera un asesino? —le pregunté.

—Sí, me alegraría aunque lo fuese, porque para sobrevivir me ayuda la idea de que no estoy solo —me contestó.

—¿Ve? —le dije—. Lo mismo me pasa a mí: usted me es útil porque su compañía me provee de ánimo, y me da igual cómo sea mientras lo necesite.

Yo no había dejado de empujar la silla y la inactividad le había devuelto el sosiego a su aliento. En cuanto nos callamos, se puso a cavilar sobre cómo hacer efectiva la salvación de ambos.

—Durante unos días he rodado por la carretera como el que escapa de una explosión, pues mi único propósito era alejarme de Sholombra —me dijo al cabo de unos minutos—. Parecía una locura que un lisiado como yo abrigara esperanzas de salvarse, pero lo cierto es que siempre luché contra la muerte, aunque no me hacía a la idea de cómo podría materializarse lo que a todas luces sería un milagro. Bien, usted es la realidad de mi milagro, y sería desairar al destino que no tuviéramos conciencia de lo que queremos.

Dejó pasar unos segundos para expresar lo que en esa conciencia había de falta de conciencia y luego añadió:

—Quiero decir que debemos tener claro lo difícil que nos será subsistir y que tendremos que ejecutar actos que consideraremos abominables.

—¿Robar, por ejemplo? —le pregunté, a sabiendas de que pretendía llevar mis miramientos a un despeñadero.

—Yo no he comido desde antes de salir de mi casa y presumo que no llegaré muy lejos si no como. ¿Usted ha comido?

–Llevo dos días sin probar bocado.

–Entonces, no podrá empujar la silla durante mucho más tiempo. Está claro que tendremos que robar la comida, porque supongo que nadie nos la dará por su gusto.

–¿Y si se resisten?

–Los que llevan víveres no están preparados para ir más allá de lo que estos den de sí. Cuando se les agoten las provisiones, se dejarán morir, y en ese caso, habiendo personas como nosotros que están dispuestas a luchar por la vida, su alimentación habrá sido algo más que un derroche injustificable, habrá sido un acto feroz y punible por las leyes naturales, que son las únicas que rigen en esta desolación. ¿No lo cree así?

–Sí, por supuesto.

–Si se resisten, no nos quedará otro remedio que matarlos. Nosotros viviremos y ellos tendrán para su muerte un desenlace más rápido y menos doloroso.

Y a continuación, sin convenirlo, nos pusimos a examinar con la mirada a la veintena escasa de caminantes que podíamos divisar por esa vasta explanada ociosa que era la autopista.

–Debemos fijarnos en uno que tenga el paso firme. Los que muestran debilidad van sin provisiones –me dijo.

Éramos como dos predadores hambrientos oteando presas en una sabana infernal.

–Aquella –y me señaló con la mano a una mujer mayor que caminaba junto al borde izquierdo de la vía de entrada–: Si a estas alturas esa anciana sigue en pie, es porque se está alimentando.

Íbamos detrás de ella por la vía de salida, así que entre nosotros y la mujer se interponía la mediana de la autopista, una barrera insalvable para la silla de ruedas. Cuando se lo hice saber, me contestó:

—Irá usted solo. Esa mujer es un chollo que no debemos desaprovechar.

Aceleré el paso a la par que me escoraba hacia el borde del carril izquierdo. Mi hemipléjico acompañante, llevado por un atavismo salvaje, alzaba el cuello y se movía inquieto en la silla o, atosigado por la impotencia, me urgía para que me apresurara.

—Su único equipaje es la bolsa que lleva en la mano —me dijo cuando unos minutos más tarde caminábamos a la misma altura que la mujer—. Es vieja y no tendrá que matarla para quitársela, aunque quizá sí tenga que hacerlo para registrarla. Regístrela de todas formas. Algo debe esconder esa mujer entre las ropas.

Dejé de empujarlo y salté el quitamiedos de la mediana, pero antes de continuar, me paré, me volví y le dije:

—Me gustaría saber cómo te llamas.

Era la primera vez que lo tuteaba.

—¿Para qué quieres saberlo?

—Si vamos a constituir un equipo, qué menos que conocer el nombre del otro.

—Tengo un nombre estúpido.

—Si no me lo dices, no vuelvo —le aseguré.

Él había estado galleando y decidiendo por los dos como si fuera el cabecilla del grupo y de pronto recobraba la percepción de quién era el débil y quién el fuerte de aquella extraña relación que nos unía.

—Impreciso —me gritó de mala gana.

—¿Impreciso? —pregunté y afirmé sin poder contenerme la risa—. En verdad que es un nombre estúpido.

Y carcajeándome di media vuelta y eché a andar.

—¿Y tú cómo te llamas? —oí a mis espaldas.

A mí me había caído mal el trato que le había dado a mi dignidad y sin volverme le contesté:

–Te lo diré a la vuelta.

–¿Volverás? –me preguntó.

–Sí, volveré: todavía necesito tu alma, Impreciso.

En la mediana había unos cuantos moribundos. Un hombre sentado contra el poste de una señal de tráfico me dijo unas palabras que yo no me molesté en escuchar. Otro, que iba andando por el borde derecho de la vía de entrada, se paró al verme saltar el quitamiedos de ese lado y me pidió que lo matara.

–No puedo entretenerme realizando lo que puede hacer usted mismo –le contesté.

A una treintena de metros de la anciana, pude apreciar el repertorio de sus sentimientos. Aunque no era una luchadora, se parecía más a Impreciso o a mí que a los cuerpos inútiles que arruinaban el panorama. Si nosotros queríamos seguir viviendo para llenar un mañana propio, ella deseaba vivir para reunirse con uno de sus hijos y los hijos de este, que habían salido de Sholombra cuando las gasolineras aún vendían combustible y había provisiones con las que hacer frente al azar de un largo viaje.

–La he visto desde lejos y su apariencia me ha llamado la atención. ¿Sabe a lo que vengo? –le dije a manera de saludo en cuanto estuve a su altura.

Ella me miró con desprecio sin dejar de caminar y no respondió a mi pregunta. Llevaba un ritmo lento y cansino y yo tuve que aminorar el paso para ajustarlo a la cadencia del suyo.

–Usted no llegará a su destino por mucho que lo intente –añadí.

–Mi destino es llegar mientras más lejos mejor, como

el suyo, como el de todo el mundo, y no es distinto ahora, que soy una vieja, del que era cuando mi madre me parió.

No era cierto más que de una forma metafísica, y era la Ecología, no la Metafísica, la que cuadraba en aquel paisaje de destrucción.

—Tengo hambre —le dije—y no estoy para filosofías. Deme la bolsa y camine hasta donde pueda. Quizá encuentre lo que busca, quién sabe.

Aquella mujer adivinaba que estaba dispuesto a matarla si no me daba lo que le exigía, y no quería morir aún. Me entregó la bolsa y me dijo:

—Voy buscando a un hombre llamado Elán Mardel. Salió de Sholombra por esta autopista hace unos pocos meses. Es mi hijo. Tiene cuarenta y cinco años y es rubio y alto. Si lo ve, ¿querría decirle que su padre y sus hermanos murieron y que su madre está buscándolo?

—Se lo diré, quédese tranquila.

—Sí, por favor, hágalo.

Asentí nuevamente y miré dentro de la bolsa: contenía una botella grande de agua, que estaba casi llena, varios paquetes de galletas y tantas tabletas de chocolate a la taza como para colmar unas cuantas jícaras. Aunque el botín era exiguo y sabía que entre la ropa guardaba otra poca comida, me conformé con lo que me dio. Es más, le di un trago a la botella y se la devolví.

—Elán Mardel, recuerde —me repitió mientras me alejaba, y luego me deseó suerte, lo que yo le agradecí con un gesto de la mano y una sonrisa forzada que pedía comprensión.

Acaso porque aquella mujer no censuró mi comportamiento, me resultó más indigna la avidez de Impreciso, a quien los jugos gástricos le estaban corroyendo las escasas buenas intenciones que aún guardaba en su corazón.

–No la has registrado, insensato blandengue –me gritó–. Te he observado desde aquí y no la has registrado. Y además no te has traído la botella. Has bebido y se la has devuelto. ¿Cómo quieres que beba yo ahora?

En su regazo, con dos dedos de agua, reposaba la pequeña botella que yo le había procurado.

–Acábate esa botella y habrás bebido lo que yo –le contesté con una calma que le dio miedo.

Le habría gustado arrebatarme de un tirón la bolsa, comer delante de mí haciendo ostentación de su deleite y de mi hambre y guardarla sin matarme por el gustillo de verme morir de deseo. Pero debió esperarse a que yo se la entregara.

–Galletas y chocolate –le dije.

–¿Solo eso?

–Solo. Y confío en que tengas buenos dientes, porque el chocolate es a la taza.

Sus reproches hacia mí se agitaban en su interior como en las manadas nerviosas bullen las fuerzas que preceden a la estampida. Miró en la bolsa, y luego, tembloroso, sacó y devolvió a ella los dos paquetes de galletas y los dos de chocolate a la taza, como si de ese modo pudiese encontrar algo más de lo que le ofrecía la vista.

–Lo racionaremos –le indiqué.

–¿Racionarlo? Con esto no tenemos ni para empezar. ¿Y el agua? Tengo la boca estropajosa y no puedo tragar ni mi saliva.

No estallaría, no me lanzaría la bolsa a la cara entre maldiciones porque en el fondo temía que lo abandonase, pero guardaría esa hostilidad actual en forma de rencor para hacerla efectiva en cuanto le valiera, esto es, en cuanto pudiese sustituirme sin que por ello mermara su seguridad.

Para calmarlo, le quité la bolsa de un tirón y explicitándole sus temores le dije:

–Los dos somos seres despreciables. Si he regresado para compartir contigo estos contados alimentos a pesar de lo desagradable de tu compañía y de la competencia que me hace tu estómago, es porque tus ansias de vivir nutren a las mías en unos tiempos en los que tan fácil es dejarse arrastrar por el desánimo. Pero, cuidado, puede que el cansancio de oír tus quejas llegue a ser superior a la necesidad de tu compañía y te deje a merced del destino, cuando no con un brazo partido. Y te aseguro que ese momento no está muy lejos de producirse.

Dejó de lamentarse, suspiró, movió la cabeza a un lado y a otro cabizbajo y levantó la mirada con el semblante de quien le ha cogido el tranquillo a las circunstancias.

–Lo siento –me dijo sonriendo–: es el hambre la que hace que me comporte así. Para que un hombre actúe como un ser humano, debe estar bien alimentado.

Por supuesto, su rectificación era fingida, pero daba igual, porque yo lo sabía (él, simplemente, intuía que no me engañaba) y había conseguido que enmudeciera.

Saqué de la bolsa un paquete de galletas y otro de chocolate y le fui entregando trozos al ritmo que yo comía, que era inferior al suyo, como el que le da de comer a un perrillo parte de su merienda.

–Se acabó: con lo que nos hemos alimentado podemos aguantar otro tirón –le dije muy pronto.

Cerré la bolsa y la colgué en el manillar de la silla de ruedas. Impreciso no hizo gesto ni comentario alguno de protesta, aunque la bilis de la tirria se le subió a la boca en una arcada blanda y sigilosa.

Quizá anduviéramos dos kilómetros antes de que uno de los dos volviera a abrir el pico. Fue él, y fue para preguntarme mi nombre:

—No tengo a nadie que me quiera: ni amigos ni familiares. El nombre que me representa solo sale de la boca de mis enemigos. Para eso, mejor que no se pronuncie —le contesté.

El próximo en volver a hablar fui yo. Lo hice después de otros tres o cuatro kilómetros, cuando la tarde empezaba a declinar. A la derecha, la autopista tenía una salida que conducía a un barrio clavado a los demás de la periferia de Sholombra, de edificios feos e idénticos, de calles terrizas, sin jardines, sin servicios públicos y, por fortuna, sin boca de metro, lo que hacía más difícil la presencia de hordas de caníbales.

—Vamos a entrar en ese barrio —avisé a mi compañero.

—La autopista es más segura.

—Sí, pero en ese barrio hay muchos pisos abandonados, y en alguno de ellos tienen que quedar comida y agua en cantidad suficiente como para abastecernos durante buena parte de nuestro viaje.

Habría, también, peligros varios anejos a la destrucción, como saqueadores del placer, que no eran ladrones, sino seres abocados a la desesperanza que se entregaban al sexo, a las drogas y al descomedido goce de la sin obligación y los sin valores, que lo toleraban todo y todo lo tomaban para gastarlo de inmediato, fuera propio o ajeno, con el consentimiento de su dueño o por la fuerza.

Me apresuré y llegamos con luz bastante a los bloques iniciales. Los descampados que aquel barrio tenía por calles estaban desiertos, extrañamente vacíos de coches y en ellos apestaba a carne descompuesta menos que en las avenidas céntricas de Sholombra.

–Los de este barrio se han largado cuando todavía era posible –observó Impreciso.

Los vecinos de los suburbios habían sido los primeros en percibir el mal funcionamiento de los servicios públicos y la debilidad de los gobiernos y las administraciones. La mayoría conservaban vínculos con las zonas rurales, desde donde habían venido sus abuelos o sus padres y en las que aún era factible la economía de subsistencia. Casi todos podían irse y casi todos se fueron antes de que dejaran de funcionar los servicios funerarios y los familiares de los fallecidos se vieran obligados a desprenderse de los cadáveres arrojándolos a las mansas aguas del Novorm, entre un laberinto de gabarras corroídas y un barullo necrófago de vertedero al aire libre.

Nos condujimos por el centro de la calle. La ética de Sholombra había exigido la perfección y en la perfección anida la soberbia, que en los arquitectos se tradujo en una tendencia a la grandiosidad. También aquella calle había sido diseñada bajo esos parámetros y por ello era más ancha de lo que una buena habitabilidad recomendaba. Entre fachada y fachada mediaba tanta distancia que me costaba trabajo apreciar los sentimientos de los pocos seres que aún residían en los edificios.

–En un piso de ese bloque hay una orgía –le dije a Impreciso al pasar por delante de un portal abierto.

–¿Cómo lo sabes?

–He visto a gente desnuda por una ventana –le mentí.

Mi compañero no había conocido el amor correspondido y su vida sexual se había limitado a la visita a unas cuantas putas baratas, que a él siempre le habían cobrado más de lo habitual, lo habían tratado con aversión y lo habían despachado con premura. Sus apetencias estaban sesgadas por la insatisfacción y el resentimiento.

—Entremos —me dijo—. En algunas orgías son muy estimados defectos como el mío.

—No iremos, a esta no: nadie saldrá vivo de ese piso.

Era cierto. De hecho, varios de los reunidos yacían muertos y sus cuerpos desnudos y fríos se confundían con los cuerpos desnudos por cuyas venas aún circulaba el alcohol, las drogas y el veneno que habría de enfriarlos, también a ellos, definitivamente.

Impreciso no se atrevió a contradecirme ni a pedirme que le aclarara cómo lo sabía y permaneció mudo hasta que unos cientos de metros más adelante me desvié hacia un portal entreabierto que quedaba a nuestra derecha.

—¿Qué hay de especial en ese bloque? —me preguntó.

—Está abierto y se hace tarde, y por algún sitio debemos empezar.

En verdad, yo había sentido que en él vivía un espíritu luchador distinto al de Impreciso y el mío.

El escalón de acceso era bajo y no me costó subir la silla. Nada más entrar, a ambos nos llamó la atención que el pequeño recibidor estuviera lleno de pintadas y desconchados, pero limpio de basuras y que no oliera a podrido más de lo que apestaba en la calle.

—Aquí reside alguien que se encarga de mantener el orden —señaló Impreciso.

—Y si le importa el orden y trabaja para mantener el inmueble —añadí yo—, le importará el de su vida y trabajará para mantenerla.

Mi compañero captó enseguida lo más elemental del asunto.

–O sea, que debe tener víveres almacenados –dijo.

–Exacto, y en cantidad suficiente como para resistir mucho tiempo.

–Lo que no entiendo es por qué deja abierta la puerta de la calle.

–Para que quien pase por delante de ella crea que esta casa es como todas las demás.

–Y está ahí arriba, agazapado y considerándose a salvo –se relamió Impreciso.

–Sí. Tú espérame sin hacer ruido –le dije mientras lo conducía hasta el hueco de las escaleras.

Refunfuñó y protestó un poco, porque estaba oscureciendo y le daba miedo quedarse solo, pero entendió que yo no podía cargar con él sin saber a dónde tenía que llevarlo.

Como otras veces, subí las escaleras husmeando los sentimientos pegados al pasamanos. Por ellos supe cómo se había despoblado el edificio y accedí a las biografías de los que habían sido sus vecinos. Desde hacía más de una semana, el único morador del inmueble era un hombre de unos cincuenta y cinco años, meticuloso, diligente y seguidor tan cabal de principios irreprochables que su bondad se había hecho insoportable para su mujer, quien acabó fugándose con un comercial de seguros, y para sus tres hijos, a quienes había educado con sermones y ejemplos, aunque sin reprimendas ni castigos.

Vivía en el quinto piso. Desde el descansillo, lo sentí ocupado en asuntos banales, quizá leyendo a la menguada luz del ocaso, y sentí el brinco que dio su corazón al oír mis golpes sobre la puerta. Sé que se levantó y se quedó pendiente de los ruidos, alerta, pero sin saber qué hacer. Yo insistí, y cuando mis golpes se hicieron apremiantes e indicaron que quien llamaba sabía que el piso estaba habitado, se decidió a acercarse e investigar por la mirilla.

—No se apure, soy un hombre de paz —le dije, y di un paso atrás para que me viera bien.

—¿Dígame qué es lo que quiere?

Su voz denotaba una fortaleza de la que carecía su espíritu.

—Voy de camino y necesito alimentos y agua.

Dudó: no era el no querer contentar a mis demandas, sino el pánico lo que le impedía abrirme la puerta.

—Todos necesitamos alimentos y agua —dijo luego—. El mundo está lleno de gente hambrienta y sedienta.

—Además quiero hablar con usted.

—No lo conozco.

—Soy persona de paz —insistí— y solo quiero calmar mi hambre.

Bastó con mi palabra para que me creyera íntegro y digno de ayuda, así que abrió la puerta dispuesto a ayudarme y disculpándose por haber dudado de mi honestidad.

—No puede uno fiarse de nadie —me dijo mientras me sonreía y me tendía la mano.

Ni siquiera en los tiempos en los que la verdad era obligatoria se le había quitado a las llaves el oficio de guardar las casas y a los extraños la carga de demostrar que eran merecedores de confianza, por lo que aquel individuo, más que un personaje de la distopía atroz en la que vivíamos, parecía el de un paraíso perdido.

—De casi nadie —lo corregí yo cariñosamente para halagar su proceder, aunque de siempre he creído que son tan indignos de mi favor los sinvergüenzas como los estúpidos.

–Correcto, de casi nadie –aceptó.

Dio media vuelta y me fue abriendo paso por un lúgubre pasillo hasta la salita, una pieza reducida de parco, pobre y rancio mobiliario en la que podía apreciarse un fuerte olor a matamoscas perfumado y, a pesar de lo exhausto de las luces que el crepúsculo colaba entre los visillos a medio descorrer, un orden y una limpieza que, sin ser nada del otro jueves, devenían en surrealistas para alguien como yo, que procedía del hediondo vertedero de cuerpos y almas que era la calle.

–Estaba leyendo este libro cuando llamó usted a la puerta –me dijo, y me lo entregó sonriente para que lo examinara–. Es una novela, la única que tengo. Cuenta historias que no han existido nunca. ¿No es increíble? ¡Cómo podrá haber cabezas con tanta imaginación!

Yo recordé a Ania leyendo a la luz de una lámpara y maduré que, ahora que había muerto, Ania no era más real que los protagonistas de las ficciones que leía.

–¿El que existamos usted y yo o el que no existan los personajes de la novela? –le dije.

No me entendió, aunque vivíamos en un mundo peor que el peor de los imaginados. Hay personas simples para quienes es más increíble el libro que lo que el libro refleja, el cuadro que la Naturaleza, la música que el oído.

No le insistí. En su lugar, preferí hablarle de las provisiones que me hacían falta para continuar mi camino.

–No se inquiete –me contestó entonces–. Le daré lo suficiente como para que consiga llegar hasta otro punto donde puedan ofrecerle más ayuda. Pero está oscureciendo y a estas horas no debería usted seguir adelante. Quédese conmigo esta noche. Tengo donde alojarlo. Cenaremos juntos y conversaremos. ¡Hace tanto tiempo que no charlo con nadie!

–Acepto su hospitalidad –le dije–. El problema es que no vengo solo. Abajo, en el portal, he dejado a un compañero de huida. Es parapléjico y viaja en una silla de ruedas.

–¡Pobrecillo! Bueno, no vamos a dejar que pase la noche ahí. También tengo comida y alojamiento para él y sus palabras me serán especialmente útiles, porque cada uno de nosotros alberga una discapacidad.

Y acto seguido, en una exposición atolondrada, intentó explicarme que hay discapacitados físicos, deficientes psíquicos y lisiados del alma o del corazón, gentes que sufren mucho y en las que el dolor ha dejado secuelas irreversibles. «Basta con asomarse a la calle y ver pasar a hombres hechos y derechos como ánimas en pena para adivinar lo que quiero decir», me precisó finalmente, como ilustración de lo que con sus argumentos era difícil de entender.

Hablaba de los males ajenos, no de los suyos, como si los otros tuvieran cánceres y gangrenas y sus dolencias fueran al espíritu lo que al cuerpo es un resfriadillo, pero yo, que veía las coseduras y los desgarros de sus adentros, sabía que su historia no tenía nada que envidiar a la del más desgraciado de los suicidas del Novorm. «Hay personas de dolores públicos y trabajosos –pensé–y personas como esta, de calvarios ignorados hasta para su familia, que metabolizan el dolor y lo convierten en alimento».

–Mi compañero me está esperando abajo –le recordé al cabo de bastantes minutos.

La noche había caído y hablábamos casi sin vernos las caras. El hombre se sacó del bolsillo una linterna y me la ofreció advirtiéndome que no la encendiera más que lo estrictamente imprescindible, porque eran las últimas pilas que tenía. Para reservarlas, me acompañó hasta la puerta, y me hubiera llevado por las escaleras de no habérselo impedido yo.

—Es mejor que saque algo para cenar —le recomendé—. No se preocupe, que esto soy capaz de hacerlo solo.

Aceptó de buen grado, se volvió sin cerrar la puerta y yo bajé las escaleras totalmente a oscuras mientras sentía el miedo y el mal humor de Impreciso, que estaba cansado de hacer tiempo y había oído un murmullo arriba que no sabía a quién atribuir.

—Soy tu compañero sin nombre —le dije para que se tranquilizara poco antes de llegar hasta él—. Tenemos comida y cama y vengo para llevarte.

—¿Es que pensabas dejarme toda la noche aquí? —me soltó entre dientes.

Di unos cuantos pasos más, encendí la linterna y alumbré el hueco donde lo había dejado: allí estaba, quieto como un muñeco en un desván, con el rostro desencajado por la impaciencia y el odio.

—Alégrate —le dije—. Arriba hay un hotel y un restaurante y vas a subir en ascensor.

Yo seguí enfocándolo y él se defendió de la luz a manotazos crispados que pretendían más bien protegerse de mis risas.

—Maldita sea la hora en que te conocí —me dijo, tan cabreado que de haber estado en la calle y de día habría renunciado a mi ayuda y se hubiera ido solo, ya que no podía matarme.

—Guarda esa fuerza para sobrevivir —le contesté.

Lo saqué del rincón, me agaché y le ofrecí mi espalda, en la que se subió con la presteza de una lagartija. Aunque pesaba muy poco, nada más empezar a gatear las escaleras advertí que se me hacían muy empinadas, tanto por el lastre que llevaba como por los días de desnutrición que soportaba mi cuerpo, y lo que me era más doloroso, percibí que el viajero que tenía a las espaldas se alegraba de mi padecimiento.

—Ahora no me río, ¿eh, Impreciso? —le dije.

No me contestó, porque se temía que resultara imprudente cualquier respuesta, y siguió apuntando con la linterna a lo alto de las escaleras que yo ascendía cada vez más agotado, más harto del brazo sañudo que se aferraba a mi pecho y más tentado de librarme de ese fardo innecesario por el mecanismo que fuera.

Iríamos por el tercer piso cuando me paré y miré por el hueco de la escalera. Como estaba oscuro, aquella mirada tenía un objetivo distinto del de ver.

—Vas muy callado. ¿No te estarás riendo de mí? —observé.

Impreciso caló lo que estaba ocurriendo y ese arroyo cantarín que era su ánimo pasó a tener sus cataratas congeladas.

—Voy silencioso porque nada tengo que decir.

—Ni siquiera me has preguntado por lo que me he encontrado arriba.

—Te oí departir con alguien antes de bajar. ¿Es ese alguien quien nos dará provisiones?

—Sí, no sé si es un mentecato o un ángel —aseguré.

—Deberíamos matarlo —me propuso acercando su boca a mi oído, porque suponía que nuestro benefactor nos aguardaba unos pocos metros más arriba—: por mucho que nos dé, siempre será menos de lo que nosotros podamos llevarnos.

Me paré y volví a mirar abajo.

–Tú no, aunque lo estés deseando, pero yo sí tengo otra forma de ahorrar provisiones –le dije.

No volvió a reírse ni tornó a hablarme por el camino: siguió odiándome, por supuesto, y la baba biliosa que resudaba su corazón dejó empapado el mío, pero le pudo más la certeza de que yo era superior a él y la derivada sospecha de que podía infligirle un mal aún más gravoso que el peor de sus males vigentes.

Cuando llegamos a la puerta del piso, llamé a voces contenidas a nuestro benefactor, que acudió sonriente a recibirnos.

–Mi compañero se llama Impreciso y yo, Nereo –le dije. Así se enteró Impreciso de mi nombre.

Él, que se presentó como Dam, nos estrechó la mano muy efusivamente y nos guio por el pasillo hasta la salita, que tenía iluminada con una vela puesta en un vaso de cristal, en una mesa en la que había tres platos con tres pequeñas latas de conserva, un plato con un trozo de queso y otro de salchichón y una bolsa con pan de molde, además de tenedores, cuchillos y servilletas de papel.

–Con mantel y todo –apunté yo.

–También tengo leche en polvo y melocotón en almíbar, y unas sobras de garbanzos, aunque no se los he puesto porque están cocidos sin otro condimento que una brizna de sal –añadió muy ufano, y luego dijo–: He corrido las cortinas para que la luz no llame la atención del vecindario: nunca se sabe a quién puedes estar despertándole la curiosidad.

No era mucha comida, pero para nosotros, que llevábamos tanto tiempo en ayunas, ver una mesa dispuesta para comer y oír hablar de leche, de almíbar y de guisos nos pareció poco menos que la antesala de un festín. Iba a dejar a Impreciso en una silla, cuando le noté la zozobra de quien tiene en su punto una necesidad fisiológica, lo que, tras consultarlo con él, me obligó a trocar dicho asiento por la taza del váter, donde lo dejé sentado con la advertencia de que me llamara en cuanto hubiese concluido.

Mientras su voz llegaba, volví a la salita, en la que Dam me preguntó por la relación que nos unía a Impreciso y a mí.

—Nos hemos conocido en la carretera: no somos nada, ni amigos ni familiares, nada —le contesté.

La mía no era una buena obra entendible a primera vista, o solo era entendible como acto de caridad, lo que no era.

—Debe estarle muy agradecido —me dijo.

Yo no intenté hacerle ver que la nuestra era una comunidad de intereses, en la que había un canje de energías que nos ayudaban a continuar luchando. Realmente, Dam tampoco estaba muy equivocado, pues ese agradecimiento a que él se refería era parte de la contraprestación que esperaba de Impreciso a cambio de mi contribución física. Y el agradecimiento esperado nunca es inocente. Así, cuando tras oír la llamada que me requería me presenté en el cuarto de baño, encontré a mi compañero de viaje temeroso aún por lo que había ocurrido en las escaleras y agradecido por haberlo ayudado a aliviarse: su odio era un sentimiento desconcertado: nuestra relación iba camino de ser la que une al bebé con su madre, o, mejor aún, la que liga a un perro con su dueño. Por eso, debía poner especial cuidado en no hacerle perder la certeza de que seguía siendo libre, a fin de que mantuviera ese carácter fuerte que reforzaba mis ganas de huir.

Nos sentamos a la mesa, abrimos las latas de conserva, que eran de pescado en aceite, y nos comimos su contenido acompañándolo con un aluvión de sopas. Con más rebanadas, y aunque el pan estaba mohoso, nos comimos todo el queso, que fuimos haciendo lonchas finas poco a poco, sin ninguna intención parcial de terminarlo, y, entremedias, todo el salchichón, que partimos en rodajas muy delgadas por temor a que se acabara demasiado pronto. Dam, al que para ser un hospedador perfecto no le faltaban sino los medios, dijo luego de comerse el potaje de garbanzos.

—Se me están poniendo malos —añadió para persuadirnos—: cocí un montón hace más de una semana con el último gas de la última bombona: o nos los comemos ahora, o no tendré más remedio que tirarlos.

A nosotros no nos hacían falta tantos argumentos. Es más, en el minuto escaso que tardó en traerlos, Impreciso intentó demostrarme que lo mejor era matar a nuestro benefactor antes de que este se comiera su parte de garbanzos.

—Y después arramblamos con todo —añadió.

Si Dam hubiera sido de otro estilo, no me habría importado hacer lo que Impreciso me demandaba, porque mis escrúpulos no diferían en mucho de los suyos, pero la forma de ser de Dam nos sería beneficiosa en el futuro.

—Este hombre nos conviene vivo. Voy a intentar convencerlo para que nos acompañe.

—¿Cómo? ¿Estás loco? ¡Si no hay en Sholombra un tipo más simple! ¿Y has visto lo que traga?

—Lo que significa que tiene ganas de seguir viviendo. Y come de lo suyo, lo que quiere decir que es más previsor de lo que nosotros hemos sido.

No había tantos garbanzos cocidos como de los comentarios de Dam cabía suponer o, dicho con otras palabras, había menos de lo que necesitaban nuestros desconsolados estómagos. Como acabamos con ellos en unos pocos minutos, a Dam le entró el reconcomio de que nos habíamos quedado con hambre y fue a la despensa a por una lata de melocotón en almíbar.

–Las personas tan buenas no son de fiar –me dijo Impreciso en el ínterin, como razón añadida a la exigencia de desprendernos de él–. ¿No ves que hay en su comportamiento algo que no encaja? ¿Cómo podría ayudarnos esta alma en pena en esa necrópolis de muertos vivos que hay afuera? ¿No ves que con él no tienes seguras las espaldas?

Dam volvió no con una lata, sino con dos. «Un día es un día», dijo. Impreciso me miró como expresándome que aquel hombre presuntamente tan previsor era capaz de dilapidar su reserva de alimentos en un banquete con desconocidos.

–Con una lata habrá bastante –dije yo–. Guarde la otra para mañana, que el presente es muy largo.

Esa contestación dio pie a que tuviéramos una animada conversación sobre el valor del tiempo entretanto nos comíamos los melocotones. Yo expuse que el presente dura desde que nacemos hasta que morimos, por lo que es una torpeza querer vivir atropelladamente un día o una juventud, como si enseguida fuéramos a morir, en lugar de querer aprovechar con intensidad toda la vida. Impreciso dijo que eso eran filosofías baratas y Dam habló de la existencia real del futuro y de la utilidad de prevenirse ante él.

–Si yo no hubiera sido previsor –nos ilustró nuestro anfitrión–, no nos hubiéramos podido comer esta lata de melocotones.

Aunque sus razones no contradecían las mías, yo esgrimí su ejemplo para hacerle ver las lagunas de su prudencia.

–Los que ahora no tienen comida la tuvieron en algún momento. ¿Qué hará cuando se le acaben las latas que guarda en la bodega?

Él titubeó antes de contestarme.

–Quizá pronto se arregle esto –dijo.

–O quizá no, y en ese caso, mientras un día no muy lejano saborea la última lata de melocotón, tal vez piense que los verdaderos previsores fuimos nosotros, que supimos alejarnos de esta ciudad cuando aún era factible.

Mis argumentos lo dejaron sumido en la extrañeza, que Impreciso entendió como una victoria propia.

–Vente con nosotros –le pedí enseguida apeándole el tratamiento–. A ti te hace falta nuestra desenvoltura y nosotros necesitamos tu comida y tu previsión –nada le dije de la conveniencia de su bondad.

Sus certezas no eran muy sólidas:

–¿Para ir adónde? –dijo.

–En principio, para alejarnos de Sholombra. Iremos hasta donde haya más gente como nosotros: en alguna parte debe de estar constituyéndose una sociedad. ¿No hemos sido una comunidad Impreciso y yo desde que nos encontramos? ¿No lo seríamos nosotros tres a partir a ahora?

A Dam le pareció tan bien la idea que iluminado por un súbito entusiasmo se puso a hacer un inventario apresurado de las cosas que poseía y que podríamos llevarnos. Citó muchas, muchas de ellas sin sentido, y cuando su precipitada ilusión no tuvo suficiente freno con el recuento, quiso que nos levantáramos para que comprobásemos con nuestros propios ojos lo que nos estaba ofreciendo, lo que a la luz de una vela y siendo uno de nosotros un paralítico era una solemne estupidez, máxime teniendo en cuenta que aquel ajetreo podía posponerse sin menoscabo alguno hasta el día siguiente.

–Mejor lo dejamos para cuando nos despertemos –le dije–, que con la oscuridad nos podemos hacer una idea equivocada de lo que hay y olvidarnos de lo elemental.

Dam ni se convenció ni lo rechazó: simplemente me hizo caso. Pero no sin antes matar su efervescencia trayéndonos todas las latas de melocotón en almíbar de que disponía, que tenía organizadas en cajas de cartón y serían no menos de veinte, y una talega con seis o siete kilos de garbanzos.

–Y esto no es más que una muestra –remató alegre y jactancioso.

Se sentó otra vez en la salita y yo pude apreciar su alma en la mía como el médico siente en el oído auscultador el corazón desbocado de un atleta. De otra forma, también Impreciso la sentía, tan a las claras se expresaba aquel hombre y tan sin segundas eran sus intenciones. Impreciso tenía razón al argumentar que, por muy excelsa que fuera su bondad (o precisamente por eso), y aunque la deslealtad fuera inimaginable en él, Dam era un sujeto en el que no se debía confiar, o, al menos, al que por mor de su simpleza no se podían entregar fuertes responsabilidades. Incluso la gestión de su propia vida nos pareció una empresa que le venía grande, y si tenía comida y agua cuando otros con más talento y más carácter carecían de ellas, solo era porque en las circunstancias más extremas la Naturaleza premia a lo que flota sobre lo que nada.

No es inconcebible, pues, que un hombre tan bueno

fuera incapaz de ser buen marido y buen padre. Digo esto porque después de que dejara las latas y la talega sobre la mesa, Impreciso le preguntó cómo era posible que a su despensa no hubiera unido la previsión de buscarse a una mujer con la que compartirla. «¿No será porque una mujer también come?», se contestó Impreciso a sí mismo con bastante sorna.

Dam, que no había visto ironía por ninguna parte, nos reveló que él estaba casado y era padre de tres hijos.

—Mi mujer me dejó hace varios años por un comercial de seguros. Por aquel entonces, ya casi nadie declaraba a su pareja las relaciones extraconyugales, pero ella tuvo la enorme valentía de confesármelo —dijo—. Se enamoró de otro y nada puede hacerse contra el amor. Ni debe hacerse, añadiría yo.

No había sido así: su mujer lo había traicionado durante años con unos y con otros y solo se sinceró con él cuando se dispuso a dejarlo plantado. Y no se había ido por amor, sino porque no soportaba más la blandura de su marido. Dam era como esos materiales plásticos que se deforman con el golpe y absorben la energía sin perder su identidad. Su mujer jamás pudo debatir con él sobre asunto alguno, pues se allanaba a la menor señal de oposición, jamás pudo contrastar su carácter con el de su marido y jamás pudo decir que una decisión importante de la familia fuera adoptada de forma conjunta. Esa comprensión absoluta de cualquier comportamiento era igual a la ausencia de límites y a la comprensión total que encuentran en el ambiente las personas que viven solas. Su mujer vivía sola, a pesar de tenerlo a él, y asumía en solitario el peso de la responsabilidad familiar. En lugar de compartir su vida con un compañero, tenía metida en la casa a una masa de arcilla que se resfriaba y daba de vientre.

–¿Y tus hijos? –le preguntó Impreciso.

–Bueno, lo natural es que los hijos abandonen el hogar. ¿No crees? –le contestó Dam.

–Lo dices como con amargura.

–Porque no tengo noticias de ellos desde que se fueron de casa: no sé si vivirán en Sholombra, ni siquiera sé si estarán vivos. Y porque imaginaba para ellos un mundo mejor que el que les hemos dejado.

Lo que no decía Dam era por qué sus hijos se fueron de su casa. Aquellos niños habían sido alimentados, vestidos y protegidos del frío y del calor en un contexto en el que reinaban la comprensión, el amor de sus padres y los buenos ejemplos. En ese círculo idóneo, la nobleza de los niños debía haber crecido con la pujanza que lo hacen las plantas en un invernadero. Dam era un jardinero que ni podaba, ni escardaba, ni enderezaba y que proporcionaba a sus plantas agua y luz en cantidad más que suficiente y, en esas condiciones óptimas, la Naturaleza acabó convirtiendo el jardín en una selva ingobernable.

–¡Un mundo mejor! –remedó Impreciso con una sonrisa sardónica.

Nos quedamos en silencio, abrumados por lo que era el recuerdo del mundo, y yo pensé que algunos pueblos e incluso algunas sociedades eran como había sido la casa de Dam o como el invernadero que me sirve de comparación, comunidades donde los individuos disponen de los medios para desarrollar sus potencialidades pero la autoridad no ejerce su poder de enmienda porque no quiere granjearse antipatías, en las que crecen sin control lo bueno y lo malo del hombre.

–La vela se está apagando –dijo Dam cuando pasaron

unos segundos larguísimos–. Iré a por otra.

–Para lo que estamos haciendo, no nos hace falta. Y quizá la que quememos ahora nos vaya a ser necesaria en el futuro.

Como nadie me contradijo, apagué la llama y descorrí las cortinas del ventanal. Afuera no había ni una sola luz encendida y la luna mandaba lienzos de resplandor turbio que descendían sobre los edificios y las calles desiertas como caen los sudarios sobre los cadáveres de los indigentes anónimos. Volví a mi silla a tientas y seguimos hablando. Pronto, nuestros ojos se acostumbraron a la oscuridad y, aunque nunca llegamos a vernos las caras, advertíamos nuestras formas y podíamos reconocer a través del ventanal la grosera figura del bloque de enfrente. Sin referencias visuales, parecía que el pensamiento y el alma eran nuestras únicas realidades, extrañas, en todo caso, a la podredumbre y a la anarquía. El escenario casi sobrenatural nos impulsaba a la confidencia limpia y a la limpia recepción de la confidencia, y en ese trasvase de sentimientos e ideas que nos igualaba, Impreciso purificó su aspereza y fue humano y amable, Dam perdió lo que de necio tiene la bondad y yo dejé de sentir el légamo azufroso que los actos abominables dejan en el corazón de un homicida.

En algún momento de la conversación, Dam reconoció que había maleducado a sus hijos.

–Algo habrá tenido que ver la educación que yo les haya dado en lo mal educados que están –dijo.

Era bastante más: la mala educación recibida había tenido que ver, también, con su maldad.

–De repente, un día te das cuenta de que son personas desconocidas, como si el alma de otro se hubiera apoderado de ellas. Pero lo innegable es que siguen siendo las mismas y que eres tú, con tu descubrimiento de la verdad, el que ha cambiado.

Se expresaba con una aflicción que antes nos hubiera resultado difícil de imaginar.

—No solo desobedecían, sino que hacían lo que les daba la gana, les dijeras lo que les dijeses. Su madre y yo, primero, y luego yo solo, éramos para ellos una fuente de satisfacción de sus necesidades y sus antojos. Yo mantenía el orden de la casa, yo preparaba la comida y yo les daba el dinero que ellos necesitaban. Lo normal de no haber sido porque de su parte no recibía nada.

—¿Cuántos años tenían tus hijos por aquel entonces? —le preguntó Impreciso.

Dam hubo de hacer varias asociaciones de hechos y fechas antes de contestar:

—El mayor tendría diecisiete y el menor, trece.

—Eran muy jóvenes. ¿Tardaron mucho en irse de casa?

—El mayor se fue poco después de aquello y enseguida se fue el segundo. El pequeño aguantó conmigo un par de años más.

—Quizá estén juntos ahora.

—No lo creo: entre ellos no se aguantaban.

—O quizá estén con su madre.

—Tampoco lo creo: mi mujer hizo algo más que abandonarme a mí: si hubiera podido, habría borrado de su memoria todo su pasado, hijos incluidos, por muy duro que hubiera sido para una madre: algunas veces el pasado es tan penoso que más que volver a empezar quisieras volver a nacer.

Recuerdo que nos quedamos callados y que, como no se oyó nada ni fuera ni dentro, nos sentimos amenazados por ese espíritu frío, insoportable e inminente que hace enmudecer a los seres de la noche.

No mucho más tarde, entre Dam y yo ayudamos a Impreciso a ir al váter y acostarse y nos acostamos nosotros. La consigna era dormir hasta hartarnos, porque no sabíamos cuándo volveríamos a pillar una cama y ninguna obligación nos empujaba. No obstante, a la mañana siguiente amanecimos más temprano de lo que planeamos, y el primero de todos Dam, al que al despertarme oí deambular por la salita. Impreciso, que había dormido en una cama cercana a la mía, en cuanto me vio despabilado, me dijo:

—Este infeliz será una pesada rémora: si no ha sido capaz de ser un buen marido o un buen padre, difícilmente podrá ser un buen compañero de expedición.

Yo me imaginé un viaje lleno de noches como la pasada y otro lleno de noches a solas con Impreciso.

—¿Sabes lo que está haciendo? –le pregunté a modo de réplica. Y yo mismo contesté por él–: Poniéndonos el desayuno.

En efecto, Dam nos recibió con la más cálida de las sonrisas, la mesa repleta de tazas, platos, botes, tarrinas y jarras y el aire perfumado con aerosol matamoscas.

—Supongo que dejaremos los platos sin fregar –dijo Impreciso a falta de buenos días.

—Y sobre la mesa –añadí yo.

—Y las camas deshechas –dijo Dam.

—Y antes de irme me mearé en la cocina y me cagaré en el sofá –concluyó Impreciso.

La comida fue buena y abundante a nuestro parecer de entonces: leche en polvo con café soluble, galletas de distintas clases y algunas latas de conserva vegetal que escurrimos en la alfombra y lanzamos al terminar contra las cortinas, la televisión y los escasos y deslucidos objetos del mueblecito que hacía de aparador.

—Esto es lo que siempre quise hacer —dijo Dam—: comer sin tener que fregar y levantarme sin tener que hacer la cama. Cosas así son las que envidio de los ricos, no sus casas o sus joyas.

—Pues yo lo he hecho y no soy rico —añadió Impreciso—. Yo de los ricos envidio sus coches y sus putas. A mí lo que me habría gustado es mear desde el balcón de la calle.

—Nada te impide hacerlo ahora, si quieres. Nosotros te sujetamos —dijo Dam.

—Ya no es igual: me hubiera gustado hacerlo cuando la calle estaba llena de transeúntes, sobre la multitud, sobre los ricos y sobre los pobres, sobre los niños y sobre los viejos, sobre las señoras y sobre los caballeros. Mear a todo el mundo, continuamente, desde lo alto, mientras lanzaba insultos o cantaba un himno dedicado a la Verdad.

Dam creyó que Impreciso estaba haciendo una alegoría y se rio.

—¿Y tú? ¿Qué es lo que has deseado hacer y aún tienes pendiente? —me preguntó luego.

Yo no recordaba freno alguno a mi voluntad, por lo que difícilmente podía desear algo que no hubiera tenido. Si acaso, me hubiera gustado ser guapo para seducir sin denuedo. Pero me había abierto los ojos la forma en que la extrema belleza había corroído el corazón de Nohire.

—Siempre deseé que todo funcionara con normalidad —contesté—: que el autobús llegara a su hora, que cuando abrieras el grifo saliera agua y cuando le dieras al interruptor se encendiera la luz, que los comercios tuvieran pan, que los riñones filtraran sin que yo me diera cuenta, que no me doliera la cabeza y que pudiera acostarme cuando tuviera sueño. Una bombilla fundida, un grifo roto, la impuntualidad del otro o la mía, un dolor o una obligación que rompía mis planes han sido para mí un problema intolerable. No me importaba tanto mi voluntad, como el medio ambiente donde mi voluntad vivía. Así que suponed lo que me molesta una ciudad sin autobuses, sin luz y sin agua.

—Al menos te funcionan los riñones —dijo Dam.

Yo dejé que el silencio contestara por mí y una placidez parecida a la melancolía nos invadió entonces, algo espeso y abisal que no buscaba la evocación, sino el olvido, y tenía más que ver con el tiempo perdido que con el tiempo aprovechado.

Era lo que sentían los habitantes de Sholombra que se abandonaban a la desidia. Si seguíamos así, corríamos el riesgo de que la indiferencia nos blandeara el carácter y convirtiera en vacío e insufrible el camino de escapatoria, pues el futuro en nada se distinguiría del pasado. Si seguíamos así, quizá uno de nosotros dijera comamos y bebamos hasta que nos encontremos ahítos, tiremos luego las latas contra las cortinas, durmamos, y cuando despertemos, comamos y bebamos hasta que nos encontremos ahítos. Y quizá los otros estuviéramos de acuerdo.

—Bien, muéstrame ahora la despensa que debemos saquear —le dije a Dam levantándome.

No tenía mucho acopiado: unas cuantas latas de conserva de pescado o vegetales, tres o cuatro paquetes de galletas, dos de lentejas y alguno más de habichuelas, cuatro cajas de leche en polvo, unas cuantas cabezas de ajo, la mencionada talega de garbanzos y las dos decenas de latas de melocotón. En dos viajes lo pusimos todo sobre la mesa, en la que hicimos sitio arrollando con la mano las tazas y los platos, que se estrellaron contra el suelo provocando un estrépito que no nos conmovió.

–Traigamos también lo que esté empezado, por nimio que nos parezca –dije.

Y después de buscar un rato, conseguimos un bote de pimienta y otro de perejil, una bolsa de sal, un tarro con azúcar, unas cuantas pastillas de caldo concentrado y medio paquete de arroz.

–El agua –apuntó Impreciso.

Dam tenía cinco botellas de un litro y tres bombonas de cinco litros.

También llevamos algunas piezas de vajilla y otras de cubertería, unos cuantos cuchillos de cocina, varias servilletas de tela, un par de sartenes, dos cazos y una olla.

–Tal vez sea mejor que nos quedemos: no creo que podamos portearlo todo –ironizó Impreciso.

Hicimos como que no lo habíamos oído y yo dije:

–Ropa interior, de abrigo y mantas.

Las camas no tenían mantas, sino edredones sintéticos, tres de los cuales pusimos sobre el sofá junto con un abrigo de Dam y otros que habían sido de sus hijos.

–Paraguas, impermeables... –indiqué luego.

No había paraguas ni impermeables en la casa.

–Tendremos que viajar hacia lugares secos –bromeó Impreciso.

La autopista que habíamos cogido nos llevaba a la gran meseta del Sureste, un territorio frío y de una pluviometría normal.

Di una vuelta por el piso y miré en los cajones y en los armarios por si podía sernos útil alguna cosa más y volví con una cuerda, unas tijeras, un bote de pegamento instantáneo, varios bolígrafos, una libreta y cinco o seis bolsas de plástico.

—La cuestión es cómo nos llevaremos esto –señaló Impreciso.

—Pues no podemos prescindir de nada si queremos tener alguna posibilidad. Y no nos sirven ni maletas ni bolsos –avisé yo señalando a las bombonas de agua–. Debe ser un instrumento que tenga ruedas y se empuje. Si no lo hay en esta casa, tendremos que buscar en otras.

—Como los carritos de los supermercados –dijo Dam.

—Exacto. ¿Hay algún supermercado cerca?

—Ninguno. Pero se me ocurre que quizá pudiera servir un carrito de bebé con su capazo.

La idea de Dam me pareció brillante. Se lo dije y, cuando se fue a buscar el carrito, se lo repetí a Impreciso:

—Si lo hubiéramos matado, no habríamos sabido cómo acarrear las provisiones –añadí.

—Hubiéramos encontrado el procedimiento por nosotros mismos –me contestó Impreciso–. Este hombre va a ser una carga, seguro. Y tiene más de pobre hombre que de buena persona. ¿No te has fijado en lo pronto que lo convencemos? No podemos fiarnos de él en absoluto, y menos encomendarle una responsabilidad sustancial, porque a la velocidad que lo persuadimos nosotros lo puede persuadir cualquiera.

—Habrá que hacerle encargos que pueda asumir sin ponernos en peligro. Para empezar, la de empujar el carrito de las provisiones o tu silla. ¿Porque no estarás pensando en confiarme a mí ambas labores? –le contesté yo. Y añadí, no tanto para mortificarlo como para instruirlo en el papel que le correspondía en la relación que nos unía–: Si lo matamos, me obligarías a elegir entre empujar tu silla y empujar el carrito de las provisiones. Dicho de otra forma: ¿has previsto hasta dónde llegarías por tus propias fuerzas?

No me respondió, ni yo esperaba que lo hiciera. Y el brote de odio fue más difuso y menos ácido que el de las primeras veces: su aprendizaje iba por buen camino.

Dam volvió radiante con el armazón plegado en una mano y el capazo bajo el brazo libre.

–Este es el segundo que compramos y está nuevo, porque el primero acabó destrozado cuando mi hijo menor ya había nacido –nos dijo.

Aquel cochecito le trajo recuerdos agradables, de los que nos hizo partícipes mientras lo montaba y lo llenábamos, aunque yo lo interrumpía ocasionalmente para darle instrucciones sobre la preferencia y la distribución de los objetos que íbamos colocando. Su voz nos llegaba como la de esos sonidos que pasan inadvertidos porque estás en otros asuntos, que te acompañan hasta que de repente se vuelven insoportables y entonces no te queda más remedio que apagarlos.

–Deja esa jodida monserga –le espeté.

Dam se vino abajo y enmudeció, pero ni me odió ni dejó de trabajar, por lo que en pocos minutos llenamos el coche hasta los límites de lo razonable.

–Necesitamos otro carrito –dijo Impreciso.

Le pregunté a Dam por una familia de la vecindad con niños pequeños y él no supo contestarme con exactitud.

–Quizá hubiera alguna en los pisos superiores –respondió.

Salí al pasillo y husmeé en las paredes y en el pasamanos. El rastro de los bebés es volátil, de sentimientos vagos y negativos. Como se saben indefensos, los bebés utilizan para sobrevivir las tortuosas artes que la Naturaleza emplea para adaptar al medio a sus hijos más débiles. El amor de una madre, por el contrario, impregna con intensidad los objetos y es eterno. Por ello, sentí numerosos vestigios de madres, en los que pude ver cómo funcionaba el desprendimiento extremo.

—Probemos en este piso —le dije a Dam ante una puerta que supuestamente había escogido al azar.

Dentro, aún reposaba el carrito de un bebé que pasó hambre y no pudo superar una diarrea. Le di una patada a la puerta y empujamos hasta que saltó la cerradura, y cuando entramos me llevé las manos a los oídos, como si con ese gesto pudiera apagar los gritos de dolor de la madre. Me fui a una de las habitaciones y vi que estaba perfectamente ordenada, como si de un momento a otro el bebé fuera a retornar de su paseo diario. En un armario se guardaba plegado el carrito. Dam, que había ido detrás de mí, se sorprendió menos del hallazgo que de mi seguridad, pero no me hizo preguntas. Yo lo tranquilicé con una mentira.

—Los objetos hablan a través de su estado y su función. El resto es pura lógica —le dije.

Al salir, vi extendido sobre una mesa de la cocina un mantel de hule y pensé que podía servirnos para proteger al carrito de la lluvia. Entré, lo doble y me lo lleve en la mano. El hecho me hizo recapacitar sobre la necesidad de nuestro propio amparo, en particular de la lluvia. Para satisfacerla, entramos en otros pisos y cogimos paraguas, abrigos, impermeables y otro hule.

Era casi mediodía cuando nos dispusimos a partir con nuestros vehículos de transporte cargados hasta los topes y una buena colección de bolsas colgando de ellos.

—¿A qué estaremos hoy? —se preguntó en voz alta Impreciso.

El orden humano era tan extraño a aquel lugar que su curiosidad resultaba chocante. Aun así, Dam intentó extraer de su memoria una contestación, pero yo me anticipé.

—¡Qué más da! —le dije.

—Era por si algún día escribimos la historia de nuestras vidas: hoy, por fin, abandonaremos Sholombra.

Arrancamos y caminamos en silencio por el medio de la calle. Yo empujaba la silla de Impreciso, que traqueteaba levemente, y Dam empujaba al primer carrito, que a su vez tiraba del segundo mediante una cuerda. No hablamos sino hasta que los últimos edificios del barrio estuvieron a unos centenares de metros a nuestras espaldas. Como luego me recordaría Dam, él fue el que inició la conversación, y lo hizo para hacer una pregunta que no tendría respuesta durante algunos días.

—¿Adónde vamos? —dijo.

Impreciso soltó una carcajada que zanjó de un hachazo, como se cortan los caminos en los abismos.

—Lo sabía, Nereo, juro que lo sabía —aseguró—. Y a continuación nos preguntará cuánto nos queda.

Impreciso tenía razón: las únicas noticias que teníamos de La Unión nos informaban de fronteras exteriores rotas y de ciudades destruidas. Ingrania, nuestro Estado, se hallaba en el extremo noroccidental de La Unión, y Sholombra estaba a más de mil quinientos kilómetros de la frontera del próximo Estado. La destrucción en que vivíamos no era de la ciudad, ni del Estado, sino de nuestra cultura. Sholombra había sido una de las últimas ciudades en caer, por lo que huíamos de lo recién desintegrado a la desintegración consolidada o, al menos, debíamos pasar por ella para huir hacia territorios donde nuestra civilización no había conseguido arraigarse.

Pero Dam también tenía razón: pronto llegaríamos a la autopista, las carreteras se abrirían y tendríamos que escoger entre una dirección y otra. Y poco después volverían a abrirse y deberíamos elegir otra vez y así sucesivamente.

–Dado el desorden que impera, debemos buscar un territorio escasamente poblado –argumenté–. Yo me inclinaría por los Estados del Sureste, que son regiones de frontera con los Países Exteriores, y algo me dice que serán ellos los que controlarán el mundo, pero lo principal por ahora es evitar cuantas más áreas metropolitanas mejor, trasladarnos por carreteras secundarias y guiarnos por el azar y la lógica.

No teníamos prisa. Como si de una metáfora de la vida se tratase, lo importante no era tanto el final como el camino. Y en el camino lo esencial es acomodarse a las circunstancias y sobrevivir. Sobrevivir, un concepto en el que tuvimos que instruir a Dam, al que se le ocurrió la estúpida idea de compartir nuestras provisiones con algunos de los que huían.

–¡Estás loco! –le contestó Impreciso–. ¿Hasta dónde crees que llegaríamos si repartimos lo poco que tenemos? Nosotros solos nos comeremos esta comida. Y cuando se nos acabe, la buscaremos donde haga falta. Y si es de otros, se la quitaremos. Y si se resisten, los mataremos. Y añado, aunque por mi deficiencia física me perjudique: y si no hay bastante para los tres, será solo para dos; y si ese uno de nosotros se rebela, habrá que eliminarlo.

Dam me miró impresionado. Yo asentí y le dije:

–El dolor de los otros debe durarnos el tiempo que resiste en la televisión la imagen de los niños comidos por las moscas. O eso, o eres hombre muerto.

Yo metí la mano en el bolsillo de uno de los carritos, extraje de él uno de los cuchillos de cocina y se lo entregué.

–Tenlo a mano por si vienen a atacarnos o nos atacamos entre nosotros –le dije.

Dam no lo utilizaría nunca, ni siquiera para defenderse, y mucho menos para hincarlo por la espalda o contra sus compañeros de viaje, así que por él podía dormir tranquilo. Del que no me fiaba era de Impreciso, pues a pesar de su discapacidad era capaz de arrastrarse para clavárselo a traición al que hiciera falta. A él, cuando me lo pidió, no se lo di, con la excusa de que no lo necesitaba.

Dam e Impreciso comprobarían pronto la firmeza de mi advertencia sobre el dolor de los otros. Para empezar, en el momento de repartir la comida, a Impreciso le di la mitad de la ración que había preparado para Dam y para mí con el argumento de que él gastaba menos energías.

–Y si no estás conforme –añadí–, empujas tú los carritos.

Al borde del anochecer, decidimos (decidí) orillarnos y acampar detrás de unos matorrales. Allanamos y limpiamos ligeramente el terreno, extendimos uno de los hules y, bastante bien aislados de la humedad de la superficie, comimos recostados y en silencio unas cuantas galletas y una lata de melocotón mientras veíamos la oscuridad moteada de candelas y oíamos alaridos o llamadas de socorro que tardaban poco en languidecer.

Nos acostamos juntos (Impreciso entre Dam y yo) para arroparnos con más edredones y darnos calor unos a otros y encima colocamos el otro hule. Impreciso propuso hacer turnos de guardia, pero yo me negué con el argumento de que las ratas tenían suficientes cadáveres que devorar y los bandidos asaltarían a los memos que habían encendido fuego. Aunque no los convencí, no se atrevieron a oponérseme y se limitaron a permanecer con los ojos abiertos y los oídos alerta hasta que el sueño tuvo la generosidad de vencerlos.

–Impreciso, Dam, dormid tranquilos –dije palmeándolos con afecto–. Mañana tenemos que caminar mucho para alejarnos de esta ciudad cuanto antes.

Estuvimos dormidos con escasas interrupciones hasta que el sol empezó a despuntar por el horizonte. Habíamos sobrevivido a la noche y el descanso había reparado nuestro cuerpo, así que, ligeramente eufóricos, desayunamos, hicimos un breve proyecto de la jornada y, mientras yo remataba los preparativos de la expedición, Dam se entretuvo en ensamblar un carrito a otro, pues con el sistema de remolque le molestaban las cuerdas.

–Pronto habremos dejado atrás a los que han huido sin coraje y la carretera será menos desoladora, pero más peligrosa –les dije tras ponernos en marcha.

Aún no llevábamos dos horas de camino, cuando un ruido envolvente y sordo atrajo nuestro interés.

–Parece el rumor de un avión –dijo Dam.

Como nuestra sociedad menospreciaba el placer de viajar y prohibía todo contacto innecesario con los Países Exteriores, los aviones estaban reservados a los directivos de las empresas y al ejército y los aeropuertos eran tan feos y lóbregos como los puertos de mar. La pista de despegue del aeropuerto de Sholombra estaba muy cerca. En otros tiempos, no nos hubiera sido difícil ver pasar los aviones a unos centenares de metros por encima de los automóviles, pero ahora esa imagen resultaba poco menos que increíble.

–Si despega, será porque en algún lugar, por remoto que sea, hay un aeropuerto dispuesto a recibirlo –aseguró Impreciso.

Al mirar en la dirección de donde venía el sonido, vimos que un gigantesco avión de pasajeros se levantaba pesadamente trazando una línea oblicua en dirección a la autopista.

–Fijémonos en el rumbo que toma –dije yo, suponiendo que si sus pilotos disponían de información veraz sobre destinos habitables, por lejanos que estos fueran, su derrotero bien podía ser el nuestro.

Aún no había llegado el avión a la autopista, cuando noté un desmayo en el murmullo que generaba. Podía ser un efecto del aire o una ilusión de mi oído, pues nada de extraño había en lo que veíamos. Pero pronto hubo otro decaimiento, y otro y, aunque el aparato seguía su curso ascendente, ya estaba claro que tenía problemas. «¿Por qué no intentan volver?», dijo Impreciso en cuanto vimos humear uno de los motores. Quizá esa era su intención, o quizá habían huido en el último momento, con la pista tomada por los caníbales, y su única esperanza era mantenerse arriba. Sea como fuere, el avión pasó delante de nosotros con un motor en llamas y empezó a girar violentamente hacia la izquierda, como rodeándonos, hasta que acabó hecho una montaña de fuego sobre el tramo de la autopista por el que habíamos transitado hacia un cuarto de hora.

Lo miramos durante un rato y reanudamos nuestro camino. Lo sucedido nos dio pie para muy distintas conversaciones y para volver muchas veces sobre ellas. Al atardecer, saltamos las protecciones de la calzada, vadeamos la cuneta y nos adentramos campo a través hasta un lugar resguardado de la curiosidad de los viandantes, donde dispusimos el campamento mientras veíamos en el horizonte el humo del avión accidentado. Cenamos lo mismo que habíamos desayunado y almorzado y, a sugerencia de Impreciso, dejamos en remojo con sal un puñado de garbanzos por cabeza.

Nos acostamos inmediatamente y, tendidos boca arriba, continuamos hablando del suceso de la jornada hasta que el sueño tuvo a bien apagarnos del todo. Como la noche anterior, también aquella intenté tranquilizarlos y solo me dormí tras haber comprobado que en los alrededores no había sentimiento alguno. En la lejanía, sin embargo, aunque cada vez había menos almas y la oscuridad estaba rota por apenas unas cuantas candelas, la ira dominaba sobre la postración y la atmósfera estaba plagada de intenciones aviesas, algunas de las cuales, como el lector paciente comprobará en breve, estarían a punto de dar al traste con nuestra singular odisea.

El día siguiente amaneció nublado. Nos levantamos temprano, nos comimos los garbanzos crudos y, antes de partir, deliberamos sobre la conveniencia de proseguir el viaje o cobijarnos en una de las construcciones de los alrededores y decidimos continuar. Es más, creímos que la lluvia nos favorecería, pues apartaría de la carretera a los que no estaban pertrechados contra ella. Por eso, cuando a una hora de iniciar la marcha empezó a llover, nos alegramos, aunque enseguida descubrimos lo incompatibles que eran las labores de empujar los carritos y la silla y llevar los paraguas. La calzada se despobló y pudimos hacer unos cuantos kilómetros con relativa comodidad y seguros, incluso permitiéndonos algunas bromas sobre lo calados que teníamos los pies y las bajeras de los pantalones. Pero a medida que avanzaba la mañana, la lluvia y el viento fueron arreciando y las ganas de bromear se nos borraron por completo.

No nos detuvimos a comer, por temor a que al mover los hules se nos mojaran la comida y los pertrechos, y el agotamiento y el frío se apoderaron poco a poco de nosotros, de modo que a primera hora de la tarde ya resultaba evidente que no podríamos continuar durante mucho tiempo sin poner en peligro nuestras propias vidas.

—No puedo más —me gritó Dam, en medio de un chapoteo tal que me costó trabajo oírlo.

—Aguanta. Pronto nos pararemos a descansar. A ver si veis algún lugar donde podamos refugiarnos —dije.

El placer de abandonarnos y dejarnos morir llamó a nuestros sentidos.

Un cuarto de hora después descubrí las huellas de un autocar accidentado que se hallaba después de un terraplén, fuera de la vista. Entre los restos del accidente pude distinguir a dos individuos que en aquel momento se defendían con éxito de la lluvia.

—Oídme —dije a mis compañeros—. Ahí abajo hay un autocar volcado que nos puede servir de refugio.

—¿Cómo lo sabes? —me preguntó Impreciso.

—He pasado por aquí antes —le mentí—. Tenemos que saltar las protecciones e intentar llegar hasta él.

El autocar se había arrastrado unas decenas de metros por la pendiente del talud y luego por un terreno casi llano. A cualquiera, en cualesquiera otras circunstancias, no le habría sido muy difícil recorrer una distancia tan corta, pero con nosotros iba un discapacitado y dos carritos de bebé llenos hasta los topes y llovía como seguramente no lo había hecho desde aquel día memorable en que, tras matar al exnovio de Ania, visité la plaza de la Ciudad de Sholombra.

Poco antes de alcanzar nuestro objetivo, le pedí a Dam que parase y guardara silencio y me detuve a auscultar el alma de los dos habitantes del autocar. Eran dos amigos que viajaban juntos. No nos habían sentido. Habían pasado la noche en ese lugar y al amanecer nublado habían optado por permanecer en su refugio, secos y calientes. Tenían hambre y determinación para seguir, pero ni bastante necesidad como para poner en riesgo su vida ni suficiente audacia como para sobrepasar a la nuestra, que era la mía.

–Debe de haber varios individuos ahí dentro, a cubierto de la lluvia –les dije–. Ellos no querrán compartir ese hogar ni nosotros queremos tampoco, así que o conseguimos asustarlos o tendremos que luchar. Dam y yo iremos por delante con un cuchillo en la mano. Impreciso, tú colócate detrás del autocar de forma que no puedan descubrirte, y cuando nos veas frente a ellos y sepas que les hemos hablado, pregúntanos con firmeza y a voces si hay alguien y si os necesitamos. En cualquier caso, no se te ocurra aparecer.

Mis órdenes demostraban que formábamos un grupo en el que todos éramos imprescindibles, incluso el pusilánime de Dam y el tullido de Impreciso. Para que les quedara más claro, les dije a modo de arenga:

–Si cada uno de nosotros cumple con su papel, no habrá peligro alguno ni para ellos ni para nosotros: se irán y nos quedaremos en su lugar. Dam, tú que vas a estar a la vista, compórtate como el más desesperado de los forajidos. Impreciso, tu voz debe aparentar que lideras un grupo dispuesto a morir por su objetivo. Si alguno de nosotros falla, nuestro viaje hacia la salvación habrá concluido nada más iniciarse.

Ordené a Impreciso que se dirigiera a su puesto y le di un cuchillo a Dam, a quien pedí que se embarrara la cara para simular más fiereza. La lluvia intransigente, el barro, el frío, el hambre y el cansancio se unían a las mil imágenes del dolor que guardábamos en la memoria para darle al trance un porte de alucinada irrealidad que nos cautivaba y nos hacía inmunes al espanto, pues la idea de morir no nos resultaba ingrata a ninguno. Bien distinta era la idea de matar: ante la tesitura de verse obligado a ello, Dam hubiera sido incapaz de hacerlo. Lo suyo era claramente un farol.

—Déjame hablar a mí —le dije—. Empuña el cuchillo y míralos a los ojos.

El autocar tenía aplastado el techo contra los asientos y había quedado con las ruedas hacia arriba. Los dos individuos que se guarecían en él estaban alojados en el enorme maletero, que ocupaba toda la superficie del vehículo, entumecidos por la inactividad y despreocupados. Yo abrí de golpe la puerta tras la que se escondían, que estaría a la altura de mi pecho y se hallaba desencajada, y esgrimiendo el cuchillo grité:

—Afuera. Afuera u os matamos como a ratas.

Del susto quisieron incorporarse y se dieron con la cabeza en el techo de su habitáculo. Impreciso preguntó entonces desde el otro lado:

—¿Es que hay alguien dentro? ¿Nos necesitáis para matarlos?

—No, solo son dos —le contesté a voces—. Los mataremos nosotros.

—No, por favor, no —clamaron ellos.

Ambos chorreaban sangre por la frente.

–Fuera, fuera –les grite lo más alto y lo más rabiosamente que pude.

Salieron como estaban y echaron a correr como diablos, dejándose lo que tenían.

–Si miran para atrás, matadlos –grité yo como dirigiéndome a una multitud de compañeros exasperados.

–Vamos a matarlos de todas formas –clamó Impreciso.

Incluso Dam, inducido por la euforia, se unió al coro de bramidos y gritó:

–Matadlos, que no escapen, matadlos.

Los dos hombres se caían sobre el cenagal y se levantaban, ahítos de miedo.

–Vamos a ayudar a Impreciso –le dije a Dam cuando los individuos hubieron desaparecido.

Entre los dos cogimos a nuestro compañero, lo desnudamos totalmente y lo aupamos hasta el maletero, donde se arropó con unas cuantas fundas de asientos del autocar que los anteriores inquilinos habían entrelazado para abrigarse. Dam y yo volvimos por los carritos, los desacoplamos y subimos al maletero los dos capazos y los dos armazones.

–Entra y desnúdate –le pedí a Dam–. Voy por la montura de Impreciso.

Al llegar junto a la silla, noté la vaga presencia de sentimientos hostiles que llegaban hasta mí como lo harían unas voces proferidas muy lejos. Reconocí el aire durante unos segundos para aclarar los datos que me llegaban y descubrí que procedían de dos personas: un padre, de poco más de cincuenta años, y su hijo, de unos veinticinco o treinta. Ayudándome con las manos, gateé el talud y oteé el oscuro horizonte aguado: efectivamente, los dos hombres venían andando sin prisas a no más de cien metros de distancia, cubiertos con toscos ponchos de plástico negro. Me tiré al suelo, me revolqué en él para embarrarme y me quedé tendido en la parte de la rampa más cercana a la calzada, oculto de ellos, pero sintiéndolos: tras su apariencia fantasmal, eran una pareja de cobardes. Por temor a que pudiéramos descubrirlos y plantarles cara, nos seguían a mucha distancia, tanta que no podían vernos. Y por temor a tener que enfrentarse a nuestras miradas, tenían previsto matarnos mientras dormíamos con una pistola en la que pude ver las huellas de un crimen anterior, no cometido por ninguno de ellos.

Aunque solo nos perseguían dos, había una tercera persona en el grupo, una mujer que se había quedado esperándolos en algún lugar resguardado. El joven la amaba, pero desconfiaba de ella porque suponía que era demasiado inteligente y demasiado hermosa y creía que una mujer así no podía enamorarse de él sin llevarse tarde o temprano un chasco. Aquel hombre aparentaba sin intermisión lo que no era para demostrar su valía: cada deseo de ella era un mandato que satisfacer, cada diálogo una prueba de su altura intelectual y cada acontecimiento un reto que debía resolver a favor.

—Vayamos más rápido. Pronto tendrán que pararse a pernoctar. Démonos prisa o los perderemos —le dijo el padre al hijo cuando pasaban a mi lado.

Llevaban razón ambos al temer parecer indignos: lo eran, por lo menos para mí, de aquella aventura que se nos abría y, mayormente, lo eran como criminales. Tentado estuve de salirles al paso y descubrirme, y si no lo hice fue por el respeto que le tengo a un arma en las manos de un

pusilánime. Aunque los vi marcharse, me fui al autocar receloso, y no solo por ellos: el camino se estaba compli-
cando por momentos y nosotros llevábamos unos carritos
que eran la envidia de cuantos nos veían.

Dam e Impreciso me esperaban impacientemente. Antes de entrar en el maletero, me desnudé y tendí mi ropa y
la de ellos sobre el autocar, para que la lluvia le quitara el
barro, y, adentro, me puse el abrigo y me arropé con un
edredón. Entre las pertenencias abandonadas por los anteriores usuarios de aquel refugio, había un macuto en el que,
amén de otro bagaje que no viene al caso, se guardaba un
mapa de carreteras de La Unión que examinamos despacio,
tendidos boca abajo. Yo propuse abandonar la autopista
en la próxima salida y buscar el Sureste por carreteras de
último orden, por largo que se nos hiciera el camino, pues
las proximidades de las ciudades serían focos de conflictos.

–Quizá no sea necesario recorrer tanto camino –abogó
Impreciso, quien comprendía la molestia que su discapacidad suponía para los demás–. Quizá encontremos un valle
apartado con una organización, donde la gente trabaje y
pueda vivir sin sobresaltos.

Yo no quise defraudarlo y le dije:

–En principio, vamos al Sureste de La Unión, pero habrá que estar atentos y ajustar nuestra ruta a las incidencias
y a las noticias que recibamos.

El tiempo que pasó hasta que se hizo de noche lo dedicamos a trazar un itinerario ideal en el que había arduos
puertos de montaña, trayectos con decenas de kilómetros
despoblados y nombres de territorios que no habíamos
oído nunca.

El tener un proyecto común para el futuro nos dio áni-

mos y nos unió. Recogimos el mapa como si fuera un tesoro y mientras el sueño nos derrotaba estuvimos fantaseando sobre los lugares a los que el camino nos llevaría.
Afuera, el cielo negro se deshacía a chorros y el agua amagaba con diluir el planeta, pero nosotros teníamos un techo
con el que cubrirnos, habíamos saciado el hambre y estábamos ilusionados con un proyecto común. ¿Era posible
mayor ventura en aquellas circunstancias?

—Durmamos cuanto podamos, que mañana será otro
día —les dije.

A media noche, sin embargo, me soliviantó el rumor
de varios sentimientos que se acercaban. Los conocía: eran
del padre y del hijo que habían salido en nuestra persecu-
ción. Unos kilómetros más adelante, dos hombres les habían revelado cómo fueron expulsados del autocar donde
se refugiaban y la ubicación concreta de este y ellos, que
recelaron enseguida de nosotros, se pusieron en marcha al
punto valiéndose de que no llovía. Las referencias del relato los llevaron hasta el vehículo, junto al que descubrieron la silla de Impreciso, lo que los confirmó en sus sospechas. Ahora no estarían a más de veinte metros y se apro-
ximaban.

—Dam, Impreciso, despertaos —les dije mientras los removía—. Vienen a matarnos. Voy a gritar. Seguidme la corriente.

Abrí una de las portezuelas del maletero con mucho
estrépito y grité tan fuerte como pude:

—¡Son dos, están a veinte metros y tienen una pistola!

El golpe repentino y los gritos alarmaron a nuestros
saltadores de tal forma que a ambos les dio un vuelco el
corazón y al padre se le cayó de las manos la linterna, que
se quedó alumbrando a ninguna parte.

Dam e Impreciso golpearon otras portezuelas del maletero.

–¡Veo la luz de su linterna! ¡Tienen que estar junto a ella! –gritó Impreciso.

Sin linterna, padre e hijo eran hombres perdidos. Aunque había dejado de llover, el cielo aún estaba cubierto de nubes y no se veía un carajo. También para mí la noche era oscura, pero yo podía verles el alma, y el alma, por más que teoricen sobre ella quienes no la han visto nunca, va siempre unida al cuerpo.

–Seguid gritando –susurré a Impreciso y a Dam, y salté al campo con el cuchillo en la mano.

Tras el susto, padre e hijo habían reculado por separado unos metros y se habían quedado quietos. No los oí, pero supe que se pasaban la consigna de retirarse. Di unos pasos hacia ellos y grité:

–Estoy cerca, siento sus cuchicheos.

–Nosotros vamos por la derecha –gritó Dam.

Mis voces los hicieron retroceder a la carrera, y como estaban el suelo y la noche, huir de ese modo era una temeridad: tras dar unos pasos vacilantes sobre el lodazal, el mayor de los dos tropezó con algo y cayó al suelo. Al dejar de oír sus pasos, el hijo se detuvo para interesarse por la suerte de su padre.

–¿Qué te ha pasado? –le preguntó bajando la voz, aunque no tanto como para que yo no pudiera oírlo.

–Me he caído.

–¿Estás bien?

–Sí.

–Voy a ayudarte.

Dejé que diera unos cuantos pasos hacia su padre, encendí la linterna que había recogido del suelo y dije con toda la frialdad que pude:

–Los dos sois hombres muertos.

Luego apagué la linterna.

Mis palabras los dejaron pasmados. Durante un rato ninguno de los dos se atrevió a moverse ni a decir nada. Yo aproveché para avanzar sigilosamente.

–Papá, ¿me oyes? –preguntó el hijo.

–Sí. ¿Me oyes tú?

–Sí, te oigo.

Estábamos a muy escasa distancia unos de otros.

–Escucha –aseguró el padre–. Creo que solo nos persigue uno. ¿Tienes la pistola a mano?

–Sí, la tengo.

–Él no puede ver más que nosotros. No te muevas y cuando encienda la linterna, disparas a la luz. ¿Me has entendido?

–Sí.

Ellos se quedaron quietos y callados (el padre tendido en el suelo) y yo me metí la linterna en el bolsillo del abrigo y seguí dando pasos firmes. Dam e Impreciso proferían voces que ya no servían para intimidar, que resultaban grotescas. Me paré a unos pocos metros del padre y esperé. El tiempo pasaba con lentitud, pero a mí no me importaba: ahora yo era el predador y los predadores son por naturaleza más pacientes que sus víctimas. Únicamente pasaron varios minutos, que a ellos se les antojaron horas, antes de que el hijo llamara la atención de su padre.

–Psss…

–¿Qué?

–¿Puedes levantarte?

–Sí.

–Levántate y ven despacio hacia mi voz. El talud está

cerca. Lo subimos y nos vamos.

El padre se incorporó lentamente y, entonces, su cuerpo fue para mí un bulto casi en la línea entre su hijo y yo. Encendí la linterna durante un par segundos y me tiré al suelo. El hijo se sorprendió, alzó la pistola y disparó varias veces hacia donde un tris antes había estado la luz. El padre emitió un leve quejido y cayó herido de muerte. Yo rodé para alejarme de mi anterior posición.

—¡Papá! ¡Papá! —llamó a voces el que había disparado.

No recibió como contestación más que un quejido. El joven se acercó al cuerpo que se hallaba en el suelo hasta que dio con él.

—Papá, ¿dónde te he dado? No te preocupes, te sacaré de aquí. Veremos a un médico y te curarás.

El hombre tendido no había muerto, pero tenía esa nostalgia abrumadora de los que se saben próximos a la muerte. Con extremado trabajo, consiguió que sus palabras se abrieran paso entre las estériles palabras de ánimo de su hijo:

—Vete. Déjame y vete. Vete con tu novia —balbuceó poco antes de morir.

El joven sintió el desmadejamiento del cuerpo y estalló en sollozos.

—Maldito cabrón, te mataré —bramó repentinamente. Soltó el cadáver y disparó a la oscuridad hasta que se le acabaron las balas.

Fue un exabrupto insensato que dio alas a mi aversión y me animó a matarlo, y no tanto para defenderme, pues tenía claro que había dejado de ser peligroso, como para devolver el equilibrio a las intenciones: si él había intentado acabar conmigo, lo suyo era que yo ambicionara lo mismo.

Tiró la pistola y empezó a gatear el talud. Yo, que lo

seguía a distancia y sin hacer ruido, me demoré cuando alcancé la carretera con el espectáculo de algunos fuegos que, extinguida finalmente la lluvia, volvían a titilar a lo lejos. Él se guiaba por el quitamiedos del borde y yo por la baba de dolor que dejaba sobre el asfalto. Su desconsuelo era grande, pero se apaciguaría pronto, pues aquel hombre lloraría sobre el pecho de su amada mientras ella le acariciaba el pelo con los dedos. Al descubrirlo, sentí una envidia parecida a la que padecen los dioses cuando ven a los humanos haciendo el amor, ese don que a ellos les está vedado. Fue mi envidia la que lo mató, no mi afán de hacer justicia.

Los hechos sucedieron como sigue: me fui hacia el centro de la calzada, lo sobrepasé y volví junto al quitamiedos, donde lo esperé con el cuchillo en la mano. Durante unos segundos oí en silencio sus lloriqueos. Ninguno de los dos nos veíamos, pero yo podía acecharlo y él a mí no. Cuando lo sentí al lado, levanté el brazo y tiré una cuchillada a la oscuridad que topó con la resistencia de su pecho. Su quejido fue breve, casi inaudible. Cayó al suelo desconcertado y medio muerto. Se moriría sin saber quién lo había matado, por qué lo habían matado, cómo lo habían matado, incluso sin saber que se moría, y el envidioso necesita que el envidiado sea consciente de su ruina y de quién se la produce. Por eso le dije: «Llórale a tu padre en el infierno». Y añadí luego: «Ah, y no sufras por tu novia, que yo cuidaré de ella».

El alma no se escapa por la boca en el momento último, como he oído a veces a los que teorizan sobre ella, sino que se queda con el cuerpo, pudriéndose. Los sentimientos muertos son como las vísceras muertas. Yo no lo toqué, pero supe que había fallecido porque su alma dejó de tener pulso.

—Tenías que haberte quedado con tu novia esta noche —susurré estimulado por el hastío.

Ya no sentía envidia de él. Ya no sentía nada por nadie. En ese desierto absoluto que es la oscuridad, era como si solo existieran cuerpos inertes y yo fuera el Dios de antes del primer día, el que aún no ha separado las luces de las tinieblas y es pura soledad y pura indolencia.

Ni siquiera aparté el cadáver un poco. Inicié el camino de vuelta con el cuchillo en la mano y anduve algunas decenas de metros como un autómata, hasta que el frío y el dolor de los pies desnudos me devolvieron la conciencia de mí y, con ella, volví a notar las palpitaciones que poblaban la noche. La mayoría eran como voces angustiadas. Yo estaba acostumbrado a oírlas y no me impresionaban más de lo que a un pescador conmueve la agitada desesperación de los peces asfixiándose. Pero había una a mi espalda que me llamó la atención por algo que en principio no supe discernir. Me detuve para concentrarme en examinarla y enseguida descubrí dónde se hallaba y de quién procedía: eran los sentimientos de la novia del hombre que yo acababa de matar, que aguardaba despierta bajo un paso elevado de la autopista, a más de un kilómetro de distancia, junto a algunas almas que la habían deseado antes de acabar siendo vencidas por el cansancio.

Durante unos minutos estuve observándola embobado, de espaldas a donde ella se encontraba, y luego me volví para ver brillar la fogata que le proporcionaba un escaso consuelo a su cuerpo dolorido. El calor interior de aquella mujer y la luz y el calor del fuego me parecieron lo único digno de una Creación con ínfulas de magnificencia que había terminado en fiasco. Recuerdo que sentí la tentación de consolarla, seguramente no tanto por ella como por el gozo que animarla me proporcionaría, pero me acordé de Ania y de Nohire y de todos mis naufragios con las mujeres y, además, del otro lado me llamaba la necesidad que de mí tenían Dam e Impreciso.

Pero cuando llegué al autocar y Dam e Impreciso me interrogaron sobre lo sucedido, me resultó fatigoso darles explicaciones, no tanto por mi cansancio como porque para buscar en la memoria otra presencia que no fuera la de aquella mujer tenía que hacer un esfuerzo ímprobo.

–Eran dos y están muertos. Dormid tranquilos –les dije, y no admití más preguntas sobre el asunto hasta el día siguiente.

Tardé en dormirme, dormí mal y tuve sueños de historias transversales que, sin solución de continuidad, saltaban del sueño a la vigilia y de la vigilia al sueño y en las que invariablemente aparecía ella.

En cuanto empezó a clarear, me levanté, me puse el único atuendo que tenía de repuesto y acerqué el cadáver del padre al autocar, donde le cerré los ojos y le lavé la cara.

–Voy a tardar un par de horas en volver –le dije a Dam.

Me hicieron varias preguntas, pero yo había iniciado la marcha y no me molesté en contestarlas. Después de todo, solo a mí me importaban las respuestas, fueran mías o suyas las dudas.

Anduve por el campo embarrado y por el asfalto sin ser consciente de las protestas de mis pies, que venían soportando largas marchas diarias, habían sufrido desnudos una caminata considerable y padecían ahora la enojosa humedad de mis botas. Estaba nublado, soplaba un frío vientecillo del norte y el campo guardaba ese silencio expectante que reemplaza a la ira de la Naturaleza: nadie se había atrevido aún a salir de sus refugios. En uno de ellos, también esperaba aquella mujer, pensé, aunque su confianza tuviera una razón añadida. Yo sabía que estaba oteando un horizonte por el que debían aflorar su novio y el padre de este, y sabía que perdonaría a quien lo hubiera matado con tal de que le trajera su cuerpo y se mostrara ante ella no como un canalla, sino como el vencedor de una disputa de igual a igual, con reglas y en campo abierto.

Pero el caso es que el cadáver de su novio pesaba demasiado y que el *rigor mortis* lo había dejado tieso tan a lo largo como si estuviera de pie. Nunca podría llevarlo como había imaginado, en brazos o sobre los hombros. Si quería portearlo, tendría que ser a rastras, de una forma ignominiosa que añadiría ultraje a mi culpa y haría más difícil la indulgencia de ella.

Resolví dejarlo en la carretera, con los ojos cerrados y la cara tapada por su poncho de plástico, y encaminarme con las manos vacías hacia el encuentro con su novia, cuya desesperanza podía sintonizar entre el escándalo de voces desesperanzadas que emitían desde lejos. Porque la sentía, supe que al verme aparecer me confundió con él o con el padre de él, que cuando no reconoció ni mis andares ni mi ropa, me marginó y continuó vigilando el horizonte y, finalmente, que se puso en lo peor cuando se percató de que nadie en su sano juicio tomaba el camino de vuelta a Sholombra como no fuera para anunciar un desastre. Yo decidí seguirle la corriente y dirigirme hacia ella mirándola a los ojos, como hace la muerte con quienes tienen la grandeza de luchar por seguir viviendo.

Hay situaciones para las que uno puede presumir cualquier desenlace. En algunos escenarios, las personas se vuelven como los héroes o como los animales. ¿No habían ido aquel padre y aquel hijo, en origen individuos honrados y medrosos, a robarnos y a matarnos? Ellos se habían portado como los animales que no eran. Y yo, ¿no me había limitado a defender la vida de un paralítico y de un padre fracasado, además de la mía propia? ¿No me había convertido en un héroe por las circunstancias, al menos para Dam e Impreciso?

En aquel contexto inexplicable, la mujer que me esperaba estaba preparada para entender un colofón aciago, como lo está esa otra cuyo marido sale a pescar en un mar proceloso.

No me presenté ni hice introducción alguna. Le dije a bocajarro:

—Luchamos limpiamente, estaba oscuro y él se defendió con dignidad.

Era mentira, ¿pero acaso no le convenía la mentira al dramático guion de la escena?

—¿Dónde está su cuerpo? —me preguntó con entereza.

—Como a un kilómetro, en la misma carretera.

Se puso a andar y yo la seguí un poco retrasado, mirándola de reojo.

Era la primera vez que le echaba cuentas a su aspecto físico. No había concebido que no me gustara y el caso es que, después de tanto desear su compañía, al final resultaba que, bajo el abrigo, sus formas abultaban más donde menos debían hacerlo y casi nada allá donde la belleza exigía curvaturas. Era más baja de lo normal, su cara no llamaba la atención, su pelo, recogido en una coleta por una gruesa gomilla negra, no tenía un color definido, sus andares estaban desprovistos de gracia, sus brazos eran cortos y sus manos regordetas. Había matado al joven por envidia y con la idea de quedarme con su novia, pero el error de matarlo no me obligaba al más grave de quedarme con su novia, si finalmente esta no me gustaba.

Cuando distinguimos un bulto sobre el asfalto, ella echó a correr. Yo la seguí con el paso ligero, la vi arrodillarse junto al cadáver y abrazarse a él llorando. Nada de esto me produjo emoción alguna, como no fuera la de que el tiempo pasaba y yo debía reunirme con Dam e Impreciso. De hecho, me disponía a irme cuando ella me pidió entre sollozos:

–Dímelo otra vez. Dime que se portó como un valiente.

–Lo hizo. Pudo morir cualquiera de los dos. Si le tocó a él, fue porque así lo había urdido el azar.

Era lo que ella quería oír y a mí me era más cómodo no contradecirla. Dejó de llorar y sonrió.

–Ayúdame a enterrarlo –me dijo. Ya había aceptado que estaba sola y que el muerto estaba muerto.

Se limpió las lágrimas con las palmas de las manos y cogió el cadáver de los pies a la espera de que yo hiciera lo mismo por los hombros. Lo hice, no sé por qué, pero lo hice, y entre los dos lo saltamos sobre el quitamiedos, lo arrastramos unos cuantos metros sobre el lodo, excavamos en el terreno con las botas y buscamos piedras, maderas y plásticos con los que, más que inhumarlo, lo quitamos de la vista.

–No podemos hacer más por él –dijo cuando se nos acabaron los materiales de los alrededores.

Yo no añadí nada, porque supe que aquella mujer había dejado zanjado el asunto. Fue ella la que, al cabo de unos segundos, afirmó sin quitar la mirada del bulto que habíamos dejado en el suelo:

—Me llamo Altea y voy hacia el Sureste.

¡Cuántas distorsiones tiene la mirada con que los hombres escrutamos a las mujeres! El joven muerto desconfiaba de su novia porque pensaba que era demasiado hermosa para él. Yo, por el contrario, que la había admirado porque la supuse tan bella como la había creído el novio, la había despreciado luego porque no era suficientemente hermosa como para mí.

—Os vimos pasar: sé que sois tres, uno de ellos paralítico, y que lleváis provisiones en un carrito —dijo—. Si Nadorf —su novio—no me hubiera impedido ir con ellos, a lo mejor ahora ni él ni su padre estarían muertos.

Había elegido a Impreciso porque sus ganas de vivir me darían ganas de vivir y a Dam porque necesitaba de su bondad para imprimir un asomo de humanidad a mi carácter. Ninguno de los dos, sin embargo, me sería muy útil en el fárrago del día a día. Aquella mujer, en cambio, sabía manejarse por sí misma y tenía tanta resolución como yo para luchar por su propia supervivencia. Quizá no fuera una buena compañera de cama, pero no creo que pudiera encontrar en las inmediaciones un mejor miembro para el grupo.

—Porque su padre también está muerto, ¿o me equivoco? —añadió.

—No, su cadáver está junto a nuestro refugio. Vente conmigo, lo enterraremos después de comer. Y si quieres, puedes quedarte con nosotros: también vamos hacia el Sureste.

Por el camino le expliqué someramente cómo eran Dam e Impreciso, lo que guardábamos en los carritos de bebé y la ruta que habíamos trazado sobre el mapa. No me preguntó cómo murieron su novio y el padre de este, pero yo sabía que sus incertidumbres tenían consistencia bastante como para cuajar en sospechas, y que en el futuro contaminarían nuestra relación si no eran adecuadamente neutralizadas. Lo hice sin detenerme en detalles, reconstruyendo la historia con las partes de la realidad que le daban verosimilitud y elementos inventados que la hermoseaban.

—Tu novio mató a su padre de un disparo dirigido contra mí —le dije—. Cuando se enteró de lo que había ocurrido, abandonó la lucha y fue a buscarte. Yo lo seguí y le di alcance en la carretera. Los dos coincidimos en la intención de matarnos. Luchamos cuerpo a cuerpo en la oscuridad, pero yo tenía un cuchillo y él, que había perdido la pistola, no podía tener otro final que el que tuvo.

Caminamos en silencio durante un rato.

—¿Sigues queriendo venir con nosotros? —le pregunté luego.

—Si no hubieras actuado como actuaste, no estaría tan segura a vuestro lado.

—Debes saber de mí que cuando debo hacer algo, lo hago, y que no siento nada acto seguido.

—Solo serías inhumano si no lo sintieras antes.

Hallamos a Dam de pie junto al autocar y a Impreciso dentro del maletero, esperándome. Al lado de ellos, tendido en el barrizal, estaba el cuerpo del que iba a ser el suegro de Altea.

—Lo enterraremos después de desayunar —le dije cuando bajábamos el talud.

Presenté a mis compañeros a la recién llegada y enseguida ella y yo nos metimos en el autocar, que era el único sitio seco donde podíamos sentarnos, y nos comimos una lata de melocotón y unas cuantas galletas ante las miradas expectantes de Dam e Impreciso, a quienes aclaré que Altea pasaba a formar parte de nuestro grupo. Dam se alegró de que fuéramos uno más e Impreciso creyó que la traía con el único fin de beneficiármela, lo que en modo alguno justificaba la merma que sufrirían nuestras provisiones.

Como le había prometido a Altea, al terminar de comer enterramos el cadáver en un agujero que hicimos entre Dam, ella y yo con tablas que utilizamos como palas. Con esas tablas, unos pocos palos y otros desechos diversos que encontramos por los alrededores, alimentamos una candela que encendí usando plásticos inflamables del autocar. A su alrededor, pusimos hierros y varios asientos arrancados y sobre ellos colocamos la ropa húmeda, incluida la de Altea (que ella, vestida únicamente con mi abrigo, había lavado en un torrente cercano), y Dam y yo nos quedamos atizando el fuego mientras nuestra nueva compañera dormía desnuda bajo los edredones, no lejos de Impreciso, en quien provocaba las emociones que los sátiros sienten hacia las ninfas que descansan junto a los arroyos.

El autocar era un buen alojamiento para reponernos del diluvio del día anterior. Sentados junto a él, a mediodía comimos garbanzos crudos con el deleite de las conmemoraciones y por la tarde exploramos una y mil veces el mapa y especulamos sobre los pormenores del viaje que emprenderíamos a la mañana siguiente. Al llegar la oscuridad, nos recostamos en su maletero, donde, cuando el frío empezó a impregnar la noche de cristales, nos metimos bajo los mismos edredones, apelotonados, en el orden que yo determiné: Impreciso, yo, Dam y Altea.

–Nuestro grupo está completo: es imposible que alguien más quepa bajo estos edredones –afirmó Dam con razón poco antes de que el sueño nos concediera la gracia de apartarnos por unas horas de aquel mundo de pesadilla.

Recuerdo que no me pude dormir hasta que se durmieron los otros, lo que no es raro en modo alguno, pues las emociones de tres hombres que duermen con una mujer y de una mujer que duerme con tres hombres, por reducidas que sean, producen un ruido considerable.

Capítulo 2

*El hogar de los hombres basura. Las huellas del poeta oral. Tene-
mos un nuevo compañero, y no es humano. La forma en que salimos
de una trampa. La invención de una palabra.*

En el camino del Sureste, la primera población importante con que nos toparíamos sería Morou, que estaba situada a unos ciento cincuenta kilómetros de la periferia de
Sholombra. No tenía metro, ni edificios singulares, ni la
cruzaba un gran río, de modo que cuando por primera vez
viajé a ella en uno de los trenes de cercanías que la unían
con la estación Central de la capital (y solo la había visitado
en dos ocasiones), me pareció que llegaba a uno cualquiera
de los barrios de esta. Esos trenes, que tenían parada obligatoria en la estación del aeropuerto, hacía mucho tiempo
que habían dejado de funcionar y Morou, suponía yo, sería
ahora una pequeña ciudad aislada, en la que sus aproximadamente trescientos mil habitantes llevarían una existencia
similar a la que nosotros dejábamos atrás, sin el trastorno
de antropófagos que hubieran prosperado en el metro pero
sin la ventaja de un río que eliminara los detritus más intolerables de la población.

La mañana en que dejamos el autocar, examinamos el mapa antes de partir y decidimos circundar Morou por líneas pintadas de amarillo (que en las cartografías de La Unión simbolizaban carreteras locales), que resultó ser por el Oeste. Nos pusimos en camino con un pesar vaporoso, casi con alegría. La compañía de una mujer refrenaba lo que de grosero tenía nuestra humanidad y la impregnaba de una cortesía que no se consideraba impuesta. Ya no meábamos en cualquier parte, ni bañábamos nuestros discursos de tacos y blasfemias y nos hacíamos esas preguntas trilladas que sirven para obsequiar interés y reforzar al grupo, tales como qué tal día hace hoy o cómo has dormido esta noche.

Llevaríamos andados seis o siete kilómetros por una carretera que nos alejaba de la autopista, cuando vimos un enjambre de moscas y escarabajos sobre las heces de una bestia, quizá de un mulo, y nos pusimos a divagar sobre la ruina de nuestra civilización, que volvía a considerar útiles a los caballos y a los burros, animales que creíamos extinguidos en el área de influencia de Sholombra. Recorrimos otros pocos kilómetros y descubrimos a lo lejos a un grupo de hombres arremolinados junto a la carretera. Algunos se peleaban y otros huían corriendo, cargados con bolsas de plástico.

—¿Qué será aquello? —dijo Impreciso dándole voz a un interrogante que también tenían Dam y Altea.

—O mucho me equivoco o es la mula que ha soltado los cagajones —respondí yo a sabiendas de que no cerraba la pregunta.

—¡La mula de los cagajones! —ironizó Impreciso, a quien molestaba lo críptico de mis respuestas.

—Y a su lado debe estar el cadáver de su dueño —añadí

sin darme por aludido–, asesinado por no haber comprendido que una mula no es ya un medio de transporte, sino
una colosal fuente de alimento de la que se hace obscena
ostentación.

Recuerdo que mis compañeros temieron entonces por
sus vidas, pues también nosotros llevábamos alimentos.

–Nuestra comida da poco de sí y no se ve. No creo que
estemos en la misma situación que ese pobre infeliz. Pasa-
remos a su lado como si no temiéramos nada.

Seguimos adelante y rebasamos la aglomeración con el
ánimo encogido, no tanto por lo que pudiera pasarnos
como porque la imagen de una cincuentena de congéneres
nuestros arracimados sobre una mula de la que solo distin-
guíamos las patas nos pareció la más atroz que podíamos
soportar.

En la parada que hicimos para comer y descansar, discu-
timos sobre lo atávico de la condición humana y estuvimos
de acuerdo en que entre las moscas y los escarabajos que
pululaban sobre la mierda y los hombres que se apiñaban
sobre la mula no había gran diferencia.

Pero si la imagen de las moscas había sido premonitoria
de la que vimos después, la de la bestia devorada sería pre-
cursora de otra aún más terrible. Yo, que lo sabía, me callé,
a la espera de que pudiéramos sortear con bien el mal que
se nos avecinaba, con el que tuvimos contacto visual no
mucho más tarde, cuando traspusimos un cambio de ra-
sante y la carretera, que seguía una línea de curvas abiertas
sobre la falda de unas lomas erosionadas, dejó ver abajo y
a la derecha, en lo que en otros tiempos debió de ser una
depresión húmeda, un valle cubierto de enormes montañas
de basura en las que hormigueaban miles y miles de personas que se estorbaban para moverse.

–Este es el basurero de Sholombra –dijo Altea–. Había oído hablar de él, pero nunca creí que fuera tan impresionante.

El efecto se multiplicaba porque todos sabíamos que los últimos camiones de recogida que funcionaron, y de esto hacía varios meses, habían vertido directamente sobre el río Novorm para hacer más eficientes sus servicios.

–¿Qué buscan, si no debe de haber nada aprovechable? –se preguntó Dam.

La imagen era terrible porque aquel tumulto no era el de las hienas sobre la carroña, ni siquiera el de las moscas sobre el estiércol, sino el de los ácaros sobre la suciedad de la alfombra.

–Volvamos –pidió Dam, aterrado por la posibilidad de ser descubiertos.

–Si volvemos, tendremos que pasar por la circunvalación de Morou –le contestó Altea.

La carretera estaría situada a no más de quinientos metros de la alta valla de alambre que sirvió para delimitar el recinto, ahora tendida en el suelo por casi todo su perímetro. A poco más de esa distancia empezaba el bullebulle de la nube de hombres y mujeres que ocupaba varias hectáreas, en las que solo perseveraba quieto el amarillo de las excavadoras y el gris de las cintas transportadoras que sirvieron para amontonar los residuos.

–No hay animales carroñeros –observó Dam.

En efecto, no se veían cigüeñas, ni gaviotas, ni ratas, ni otros animales propios de los basureros. El ser humano, que había destruido tantos ecosistemas, había destrozado también el de aquel vertedero de basuras.

–Depende de cómo se mire –le contesté.

–Volvamos por donde hemos venido –insistió Dam.

La decisión no era fácil. Aunque era de Sholombra y Morou, aquel basurero estaba mucho más cerca de esta última y quienes intentaban sacar réditos de los montones eran habitantes de ella. Si volvíamos a la autopista, nos estrellaríamos contra el flujo de gente que circulaba entre Morou y aquel lugar inmundo.

—Estamos en el acceso de Sholombra al vertedero, pero debe de haber otro que lo una con Morou, y no me gustaría toparme con las personas que transitan por él —expliqué.

—Sigamos adelante como teníamos previsto —propuso Altea—. Las moscas nos han dejado tranquilos, y otro tanto hicieron los hombres que se comían a la mula. Si no los molestamos, quizá estos hagan lo mismo: están demasiado ocupados compitiendo por una pizca de terreno como para preocuparse por nosotros.

Mis compañeros estaban acostumbrados a que fuera yo el que decidiera y esperaban de mí un veredicto.

—Lleva razón Altea —resolví—. Continuemos. En los tiempos que corren, prefiero el mal cierto, por horroroso que este sea, al mal posible.

Me comprendieron a la perfección: la realidad que nos llegaba por los sentidos era terrible y nos hacía sufrir, pero peor que lo experimentado era la sospecha de que en cualquier momento podían agravarse las cosas.

Continuamos andando por el borde izquierdo de la carretera, que era el más lejano al basurero, cuya visión nos resultaba a la vez fascinante y repulsiva. Algunos individuos que venían de frente bajaban por el terraplén y se incorporaban a la muchedumbre sin reparar en nosotros, como hipnotizados. No eran los únicos: de haber podido hacerlo solo, Impreciso se hubiera ido con ellos.

—Bajemos nosotros también o nos dejarán sin nada —dijo

nervioso, como si el basurero fuera un gran almacén que guardara las gangas más inverosímiles.

–¿Sin qué? –le contestó Dam ingenuamente.

–Sin nada –sentenció Impreciso.

–Ahí abajo no hay más que gusanos –terció Altea.

La masa en estado puro, plástica y amorfa, redentora, le atraía casi tanto como lo que pudiera entresacar de ella.

–Te tirarán de la silla, te pisotearán y te romperán los huesos, te hundirán la cara en los detritos y seguirán aplastándote hasta convertir tu cadáver en gelatina –le dije.

Se calló, pero solo porque vio que era imposible convencernos. De haber podido, se habría levantado de la silla y se hubiera ido renegando de nosotros y abandonando los pertrechos y los víveres que teníamos para él en los carritos de bebé. De alguna manera, sin abandonar su silla, actuaba como si hubiera ocurrido, pues nos odiaba por obligarlo a permanecer en el grupo y creía que lo que guardábamos con tanta diligencia no eran más que bagatelas al lado de los tesoros que podríamos encontrar en el basurero.

Afortunadamente, esa última idea era la que dominaba en los escasos individuos con que nos cruzamos, por lo que, sin mayor contratiempo, pudimos dejar atrás las montañas de basura y tomar la desviación que nos alejaba de Morou por una carretera de tercer orden que llevaba hasta una aldea abandonada, en una de cuyas casas nos acomodamos. Aquella noche dormimos en camas, sobre colchones, y el descanso reparó buena parte de las dolencias de nuestro cuerpo y de nuestro espíritu.

Al levantarme a la mañana siguiente, descubrí a Altea arreglándose el pelo frente al espejo de un mueble del salón con un cepillo que había localizado en el cuarto de baño.

–Hay jabón y peines para vosotros –me dijo con retintín

en cuanto me vio–. Y quizá no haya agua bastante para bañarse, pero el diluvio del otro día ha llenado buena parte de los cacharros que se hallaban a la intemperie.

El reproche tenía mucho sentido. Ni Dam, ni Impreciso ni yo nos habíamos acordado de guardar en los carritos útil alguno de aseo y, lo que era peor, no los habíamos echado de menos. Recordándonos que podíamos asearnos, Altea nos censuraba por nuestra deshumanización tanto o más que por nuestra suciedad. Altea era –pensé entonces–un buen punto de amarre a nuestra condición de seres civilizados.

Me lavé la cara y las manos con el agua de canales de un barreño, me mojé el pelo y me lo peiné y luego le pedí el visto bueno a Altea, lo que ella me dio con un gesto de la mano.

Entre las labores de la mañana, una de las obligatorias era preparar a Impreciso. Él hacía por sí solo lo que podía y consentía a regañadientes que Dam o yo o ambos lo ayudáramos a vestirse (ponerse alguna prenda de abrigo, pues en realidad nos acostábamos vestidos), hacer sus necesidades y subirse a la silla. Aquel día, Dam había salido a dar una vuelta por el pueblo y fui yo el que se dirigió hacia su dormitorio, que también había sido el mío, desde donde el discapacitado refunfuñaba por la tardanza de nuestro concurso. Altea, que estaba conmigo, me siguió con el ánimo de ayudar, y cuando Impreciso la vio venir, se le emponzoñó el alma con deseos libidinosos.

–Déjalo, lo haré yo. Tú ve sacando algo para desayunar –le pedí a Altea.

Ella insistió, e Impreciso se dejó querer de la única forma que sabía, que era no protestando.

–Son muchos los días que quedan por delante, y todos

tendremos que hacer de todo –me dijo Altea.

–Sí, es cierto –consideré yo–, pero hoy no es uno de esos días. Impreciso pesa poco y él colabora lo que puede. Si no lo consigo, te llamo.

Altea se quedó mirándome y, aunque Impreciso hizo lo posible para hacerse el pesado, pude cogerlo en volandas y sacarlo por la puerta trasera sin que ella se diera cuenta del trabajo que me costaba. Cuando estuvimos en la zona ajardinada de la casa, que estaba separada de la calle por una valla de tela metálica, lo dejé sobre la húmeda hierba y, agachado junto a él, le dije en tono hosco:

–Nunca me has dicho qué clase de accidente o de enfermedad te dejó recluido en una silla de ruedas.

Impreciso sabía que yo no le estaba pidiendo información, sino infundiéndole miedo, y con miedo respondió, aunque no a mi pregunta.

–Solo quería que ella me ayudara –me dijo.

–Pues ella no te ayudará mientras no cambies los pensamientos. Ni lo hará Dam, ni yo.

Se echó a llorar, no tanto convencido o arrepentido, como roto. Yo no me sentí impresionado por sus lágrimas: como le había dicho, iba a dejarlo tirado durante un tiempo, pero Dam llegó con un perico que había encontrado husmeando en algunas casas abandonadas.

–Fijaos lo que traigo –gritó desde lejos, levantando el trasto por encima de su cabeza para que lo viéramos bien.

Impreciso atemperó sus lamentos y me miró suplicante, como hacen los perros dóciles tras la riña de su amo.

–Altea ha querido cargar contigo y estaba dispuesta a sostenerte mientras hacías tus necesidades y Dam viene encantado con un utensilio que a nadie ayudará más que a ti –le dije–. Tú, por el contrario, respondes a su bondad con tu vileza. Debería dejarte ahí tirado. No te mereces formar parte de este grupo.

–Por favor, por favor… –me imploraba.

Como otras veces, yo había llegado directamente a sus inclinaciones y lo estaba castigando por una de ellas. Impreciso lo intuía y su temor hacia mí era como el que tienen los creyentes hacia la mirada divina. El temor de hacer lo que no se debe se sobrelleva no haciéndolo, ¿pero cómo se evita el de pensar lo que no se debe?

–No quiero que me supliques, sino que te convenzas. Si estás aquí, es porque todos necesitamos de tu malicia para sobrevivir. Ese todos nos incluye a los cuatro. Los cuatro somos uno, somos como tú solo. Si no discurres contra ti, tampoco debes hacerlo contra uno del grupo. ¿Me entiendes?

Él asintió con la cabeza y yo supe que decía la verdad.

–Haz como Altea, que ha querido cargar contigo, y como Dam, que te tenía presente mientras buscaba en las casas vacías, y formarás parte del grupo. De lo contrario, serás un obstáculo y tendremos que abandonarte.

Impreciso comprendía que no lo amenazaba impunemente, como adivinaba que, llegado el caso, mi voluntad sería la definitiva.

La conversación acabó cuando Dam me llamó desde la valla para que recogiera el perico.

–¿Habéis discutido? –me preguntó.

La cara llorosa de Impreciso y el que hubiera permanecido en el suelo durante nuestra conversación nos delataba.

–No exactamente –le contesté.

Dam sintió lástima por Impreciso y, aunque no dijo nada, me reprochó que abusara de mi superioridad. Yo le dije:

—Piensa tanto en lo que ha ocurrido como en lo que habría ocurrido si nuestros papeles hubieran estado trocados. Impreciso está en el suelo, pero pronto lo cogeré y lo pondré sobre este orinal, y, cuando haya acabado de hacer sus necesidades, mientras se aferra a mí, le limpiaré el culo con un papel de periódico y le subiré los pantalones. Él, en cambio, si hubiera estado en mi situación, me habría matado hace tiempo para quedarse con mi parte de los víveres.

Impreciso y Dam tuvieron las caras largas durante un rato, pero como el mal de fondo se había corregido y el ambiente que procuramos Altea y yo fue bastante cómodo, con un par de horas de caminata y de charla volvimos a ser los de antes, incluso mejores, en el sentido de que el grupo se había fortalecido y se había afianzado mi liderazgo.

Aquella mañana fue parca en acontecimientos. Nos paramos a descansar un par de veces y comimos detrás de la pared de piedra de una cerca. En la sobremesa (teniendo en cuenta lo que comimos y dónde, esta palabra me parece una burla, pero no encuentro otra más apropiada), contamos algunas anécdotas jocosas que habíamos vivido antes de conocernos y, por primera vez desde que habíamos iniciado nuestra marcha, reímos a carcajadas.

Por la tarde, cambiamos de carretera y nos cruzamos con una familia compuesta por los padres, tres hijos y el abuelo, los seis desarrapados, sucios y famélicos, que caminaban con las manos vacías. Cuando nos preguntaron por el camino del basurero de Sholombra, Altea les contestó:

—No vayáis a ese lugar. No sacaréis nada y la multitud os matará.

Todos, hasta los niños (que tendrían entre nueve y catorce años), tenían los ojos velados por la desesperanza.

–Lo sabemos –nos dijo el padre–. Pero lo mismo encontraremos en otros sitios.

Dam estuvo tentado de abrir los carritos y ofrecerles algunas de nuestras provisiones. Y lo hubiera hecho de no habérselo impedido yo cogiéndolo del brazo y diciéndole entre dientes:

–Ni se te ocurra hacer lo que estás pensando.

Nos despedimos de ellos con la conciencia de que iban hacia la muerte y reiniciamos la marcha, cada uno en una dirección.

–Si no llegas a impedírmelo, le entrego la mayoría de nuestros víveres –me confesó Dam al cabo de unos cuantos metros.

–Habría sido como depositarlos en su ataúd –le contesté–. A los que ya no pueden tragar, no hay que darles comida, sino consuelo.

Ni consuelo les dimos, fuera de lo amable de nuestra advertencia, pues ni para ese derroche estaban los tiempos.

Unos pocos kilómetros más adelante, la carretera atravesaba un pueblo que, por la forma en que venía señalado en el mapa y lo que veíamos, tendría unos cinco o seis mil habitantes. Mis compañeros propusieron entrar en el casco urbano y pasar la noche en una casa abandonada, pero yo sentí el tufo que los asesinatos habían dejado en el entorno y les propuse ocupar una pequeña nave industrial a la que se accedía por un camino de tierra.

Aceptaron mi propuesta y giramos hacia la derecha por el camino. Junto a la nave, a la que veíamos de costado, había un árbol de copa ancha, algo insólito en nuestra civilización, que apreciaba los árboles por sus frutos o su madera, pocas veces por su sombra y nunca por su simbolismo o su belleza. Discutíamos apasionadamente sobre la especie de la que sería, cuando vimos que un perro canelo de mediano tamaño corría hacia nosotros. Nuestra primera reacción fue de pánico: Dam se agarró a la silla de Impreciso, Impreciso se puso a gritar y yo saqué el cuchillo que llevaba guardado en el abrigo. El perro, sin embargo, frenó en seco a pocos metros de los carritos y empezó a corretear con la boca abierta, jadeando y moviendo el rabo.

—Tranquilos, solo quiere ser nuestro amigo —nos tranquilizó Dam antes de chistarle y golpearse el muslo con la palma de la mano.

El perro retrajo las patas delanteras, ladró y se puso a retozar frente a quien le había hecho las carantoñas. Luego, corrió un rato en torno al grupo y se dirigió hacia la nave, pero a medio trecho se detuvo y nos miró, quizá para asegurarse de que lo seguíamos. Como no era así, pues nos habíamos quedado embobados en sus movimientos, vino hacia nosotros y corrió de nuevo el camino adelante.

—Quiere que lo sigamos —dije, sintiendo lo que pretendía, más que adivinándolo.

—¿También entiendes de perros? —ironizó Impreciso.

—Creo que Nereo lleva razón —concedió Dam, atribuyéndose cierta autoridad sobre las intenciones del perro—: sigámoslo.

—Bueno —asintió Impreciso—: ese era nuestro plan.

Ya completamente tranquilos, reiniciamos la marcha precedidos de nuestro singular compañero, que no dejaba de ir y venir por el camino. La nave industrial tenía pintadas sobre los portones de acceso unas grandes letras con la actividad a la que estuvo dedicada y el nombre de su propietario: «Carpintería metálica de Tobase Álfur», decía. Unas decenas de metros antes de llegar a la edificación, sentí los rastros de quienes allí habían trabajado y descubrí pronto el de Tobase: un hombre de unos cincuenta años, viudo sin hijos, trabajador incansable, taciturno, tímido y creador desde su juventud de versos no escritos, y eso que en aquellos tiempos ominosos la poesía estaba prohibida y quienes la practicaban eran sometidos a largos cursos de resocialización. Junto al costado de la nave que daba a la carretera, las huellas eran más intensas: al atardecer de la primavera y el verano, cuando cerraba la carpintería, el poeta se sentaba en una peana de piedra, con la espalda contra la pared, y veía caer el sol sobre la ondulada línea del horizonte yermo, lo único hermoso de las cercanías que los humanos aún no habían destruido, y junto a él, se sentaba el perro. De vez en cuando, Tobase componía en voz alta algunos versos o recitaba, también en voz alta, alguno de los que había guardado en su memoria. El perro lo miraba (el vate debía de tener una voz profunda y cálida) y sentía en el alma de su amo lo que el amo sentía al contemplar tanta belleza.

Tobase estaba muerto —lo diré ya— y su cadáver llevaba encerrado en la nave varios meses. El perro, angustiado, esperó sin recompensa frente a los portones, observó muchos atardeceres junto a la peana, sintió el cambio de olores de su dueño y, quizá, que su cuerpo no fabricaba sentimientos sin comprender por qué lo había dejado solo en este mundo árido e insoportable incluso para un perro, sobre todo para un perro.

El perro intuía que en lo extraño de la situación había un origen amargo, pero se negaba a aceptarlo. Confiaba en que, una vez dentro, su dueño fuera capaz de medir el tiempo que había pasado y volviera a mimarlo. Ya había ocurrido antes: Tobase se había dormido y él había aguantado tendido a sus pies, anhelando que se despertara pero respetuoso con su sueño. Quizá solo ambicionaba estar cerca de él para sentir su presencia y quererlo, aunque no le hiciera caso, aunque se hubiera dormido para siempre.

Nos bastó con girar el picaporte para abrir una puerta insertada en los portones. El perro, que esperaba ansioso entre nuestros pies, entró en cuanto vio una rendija y se dirigió corriendo hacia una pieza separada del taller por láminas transparentes sobre cuya puerta, también cerrada, apoyó las patas delanteras mientras ladraba y gemía. Por un momento, el animal nos miró suplicándonos que le diéramos urgencia a aquel trámite y Dam echó a correr. Él fue el que llegó primero y el que le abrió, de forma que cuando Altea y yo nos asomamos, vimos al perro tendido bajo la mesa en la que, como si estuviera dormido, se apoyaba el cadáver de Tobase, la cabeza sobre los brazos entrelazados.

–Está muerto –dijo Dam, poniéndole voz a la realidad pero también dirigiéndose al perro y a nosotros.

Ni siquiera olía: el poeta era más restos que cadáver.

El perro se nos quedó mirando con unos ojos inteligentes y tristes.

–Él también lo sabe –afirmé yo.

Nos quedamos en silencio revisando la escena hasta que la lejana voz de Impreciso nos sacó del ensimismamiento.

–¿Qué hay adentro?

–El cadáver del dueño del perro –le contestó Altea.

–Empezad a moveros y sacadlo de ahí.

–Lleva razón –señalé yo.

–Tenemos que sacarlo y enterrarlo. Si no lo hacemos, el perro es capaz de dejarse morir a sus pies –concluyó Dam.

–¿Nos dejará? ¿No nos morderá cuando vayamos a cogerlo? –se temió Altea.

Dam se agachó, poco a poco llevó su mano a la cabeza

del perro y empezó a hablarle y a acariciarlo. El animal correspondía al deseo de consolarlo con agradecimiento, como el que llora sobre unos hombros amigos.

–No habrá problema –dijo Dam–: entenderá lo que hacemos.

Llevaba razón: yo lo sabía porque en el paisaje de emociones que se abrían a mis sentidos figuraban las de la sorprendida Altea, las de Dam, embelesado y conmovido, aquellas que el bueno de Tobase dejó sobre los objetos o en el aire, las más tenues que transmitieron los trabajadores y los clientes de la carpintería metálica y las del perro.

Si aquel perro hubiera podido, nos habría ayudado a enterrar a su amigo. De alguna forma lo hizo no estorbando y acompañándonos. Se levantó y se puso a un lado cuando se percató de que queríamos tender el cuerpo de Tobase sobre una manta que cogimos del catre, nos escoltó mientras lo sacábamos y mientras lo metíamos en el agujero que abrimos bajo la enorme copa del árbol y no protestó cuando dejamos el cadáver en el hoyo y lo llenamos de tierra.

Al terminar nuestra labor, el perro se echó junto a la tumba y se quedó contemplando sosegadamente al horizonte, que los últimos rayos del sol teñían de un naranja vivísimo.

–Quizá algún día el sol se oculte y, cansado de ver cómo somos, no vuelva a salir –dijo Altea.

Ese día parecía haber llegado. Aquella puesta de sol bien podía ser la última, según el sentimiento de despedida que el perro había conseguido inculcarnos.

–Por fin está tranquilo. Dejémoslo aquí y vayamos a preparar nuestro alojamiento antes de que desaparezca la poca luz que queda –dije.

Así lo hicimos: volvimos a la nave y, aprovechando que el resplandor no se vería desde fuera, encendimos cerca de un rincón una candela, a cuyo alrededor nos sentamos para descansar, comer un poco y conversar sobre lo acontecido en la jornada. Hablamos durante un largo rato de la belleza, del futuro que querríamos para nuestros hijos y del hombre que había cuidado de aquel árbol y aquel perro. Nos juzgábamos mejores que el día anterior y algunos nos sentíamos capaces de hacer proselitismo de una filosofía nueva, salvadora, cuando se produjo un silencio espeso en la conversación. La luz de la candela bailaba sobre nuestras caras y se ahogaba en las negruras del taller a pocos metros de nosotros. Yo no supe lo que iba a ocurrir hasta unos instantes antes de que ocurriera, por eso creo que Impreciso no lo tenía pensado.

–Comámonoslo –dijo de pronto.

Nos quedamos mirándolo fijamente. Dam y Altea no sabían a qué se estaba refiriendo y le pidieron una aclaración.

–Me he quedado con hambre –continuó Impreciso–. Siempre me quedo con hambre. Ese perro tiene carne y la carne se come.

Dam se levantó de un salto.

–¿Estás loco? ¿Comernos a ese perro? Sería como comernos a una persona –dijo.

Impreciso estaba tranquilo. Dejó pasar unos segundos antes de proseguir y luego contestó:

–Pero no es una persona, sino un animal. Las personas somos nosotros, y las personas se comen a los animales para sobrevivir. Es una ley natural.

–A este animal, no. Es un perro, no un cordero, ha sido criado para dar compañía y no para servir de alimento a los humanos –argumentó Dam.

—A su dueño no puede darle compañía y a mí me sirve su carne.

—Me niego a discutir sobre esa posibilidad.

—Si no nos lo comemos nosotros, se lo comerán otros con menos remilgos y quizá con menos hambre.

—Esa excusa está muy vista: como si la posible mala actuación de los otros justificara la mala actuación nuestra.

Impreciso no se dejó amilanar. Llevaba varios días comiendo media ración y se sentía más legitimado que nadie para proponer medidas excepcionales.

—No creo que debas negarte si los demás están de acuerdo —añadió.

—Nadie está conforme —le respondió Dam enseguida.

Su afirmación no fue ratificada ni por Altea ni por mí, sino por un silencio que barruntaba una sospecha.

—¡Ah, no! —bramó Dam—, ¿no me digáis que también estáis a favor?

No le contestamos. De ninguna manera queríamos comernos al perro, pero nosotros no éramos del todo dueños de nuestra voluntad, como de alguna forma no lo es nadie que esté hambriento.

—Así debieron de empezar los antropófagos del metro de Sholombra —se había ido hacia la oscuridad y hablaba moviéndose de un lado a otro, como un felino enjaulado—: comiéndose a sus propias mascotas.

—En Sholombra nunca ha habido mascotas —lo corrigió Altea. Era una contestación estúpida que, sin embargo, decía mucho de cuál era su posición.

—¿Y qué? Algunas habrá habido —concedió Dam—. Los humanos comimos, primero, animales salvajes y, más tarde, los animales domésticos que nosotros habíamos criado. Ahora proponéis que, dando un paso más, nos comamos a un animal de compañía. ¿Qué paso daremos a continuación? ¿Nos comeremos unos a otros? ¿Esa es la sociedad que propugnáis para vuestros hijos?

Esas preguntas dejaron en evidencia los argumentos de las vísceras, pero estas se violentan y gruñen cuando se las maltrata: los estómagos no especulan: demandan soluciones, urgen resultados; la razón es para ellos como es para los leones la reprimenda de un hombre bueno.

—Decidme. ¿Queréis que algún día vuestros hijos vivan en un mundo de caníbales? —repitió Dam tras un mutismo en el que creyó atisbar el avance de sus argumentos.

—Tengo hambre —le contestó Altea.

—Y yo —corroboró Impreciso.

Dam me apuntó con el dedo. Sabía que la decisión dependía de mí.

—Y tú, Nereo, ¿qué dices?

No le respondí.

—Mientras nos acercábamos a este taller —continuó—, tú nos estuviste aleccionando sobre la belleza. «Los poetas son tan necesarios como los agricultores», dijiste. ¿Recuerdas? Ese árbol monumental era para ti el símbolo de lo que tenía que ser el comportamiento humano y nosotros seríamos en el futuro como el hombre que, en lugar de talarlo, lo cuidó porque le daba sombra, porque era hermoso o, sencillamente, porque estaba vivo. El perro no es menos simbólico que el árbol. Comérnoslo con el argumento de que tenemos hambre sería mucho peor que talar el árbol para hacer leña de él.

Llevaba razón, por supuesto. ¿Y qué?: la evidencia es muy fácil de rebatir para los que no quieren verla.

—Hablábamos de cómo debería estar organizado el futuro —me justifiqué—. Y nunca llegaremos al futuro si no atravesamos como sea este desierto brutal que es el presente, y ese como sea incluye comernos unos a otros si hace falta.

—¿Como si fuéramos animales? —aseveró preguntando.

—Como si fuéramos animales —zanjé yo.

—Luego, otra vez, el fin justifica los medios —concluyó, echándonos a la cara una culpa que en modo alguno nos abochornaba.

La conversación había terminado. Dam se sentó en el suelo con la espalda contra la pared y se quedó mirando el baileteo de las llamas; Altea, como habíamos convenido, se fue a dormir al camastro de Tobase e Impreciso y yo nos acostamos en el suelo junto a la candela y nos arropamos con los mismos edredones.

—¿Lo matarás tú? —me preguntó Impreciso en voz baja.

—Sí, mañana a primera hora —le contesté.

A la mañana siguiente, fue Impreciso el que se despertó primero.

—Anda, ve a matar al perro antes de que se despierte Dam —me dijo al oído tras hurgarme en el brazo.

La candela se había extinguido por completo y Dam dormía junto a Impreciso.

—Todavía es de noche —le repliqué más alto de lo que exigía la compostura.

—Está amaneciendo. Ve, que no tengo gana de más sermones.

Me levanté, cogí el cuchillo del abrigo y, con él en la mano y medio dormido aún, abrí la puerta de la nave y salí al exterior. Un viento frío me azotó la cara y me despabiló de pronto. Di cuatro o cinco pasos hacia delante, envainé el cuchillo en el cinturón y me puse a mear mientras miraba en derredor. Mis ojos fueron descubriendo las imágenes recién nacidas con las primeras luces del día sin que yo sintiera nada. Cuando concluí, me demoré unos segundos observando los tejados del pueblo e imaginando la vida anterior de sus vecinos antes de dirigirme hacia la izquierda, donde estaba el árbol junto al que habíamos enterrado a Tobase y se había quedado su perro. Este, sin embargo, no estaba. Lo rastreé como si fuera una persona, buscando en el aire los efluvios de sus sentimientos, y lo descubrí en el costado contrario. Volví sobre mis pasos, pasé por delante de la puerta de la nave y doblé la esquina. El perro estaba sentado junto a otra peana, mirando al saliente, donde el sol era aún un pequeño sector circular que encharcaba de rojos y amarillos aquella parte del cielo, cubierto a pedazos por telarañas de nubes. Al verme, se levantó y movió el rabo, contento. Me fui hacia él, le acaricié el lomo y me senté en la peana a su lado. Los habitantes de nuestras ciudades no estábamos acostumbrados a observar el cielo por placer. Que yo recordara, nunca había visto salir el sol. Nadie me había dicho que fuera un acontecimiento fastuoso y ni siquiera en los días en que habíamos dormido a la intemperie me había planteado que en la amanecida pudiera haber un espectáculo, y mucho menos que la aurora fuera distinta del ocaso.

–Es increíblemente hermoso –dije en voz alta como para mí, o tal vez para que me oyera el perro, que se había vuelto a sentar y me miraba, expectante.

Este volvió a reconocer el horizonte y volvió a mirarme: esperaba que yo recitara poemas mientras salía el sol, como hacía Tobase Álfur cada mañana.

–Yo no soy poeta –le dije. Aunque luego lo pensé mejor (¿no estaba experimentando lo mismo que sentía Tobase,

que sí lo era?) y añadí–: O soy poeta pero lo que me conmueve no sé expresarlo con palabras. Como tú, igual que
tú. Un poeta sin versos.

Mi tono era dulce y en él había cierta armonía. El perro,
como algunos lectores culteranos, parecía conformarse con
el ritmo y los fuegos de artificio, pues si yo hablaba él miraba al horizonte y si me callaba me miraba a mí, como
demandándome que siguiera declamando. Seguía hablando, en consecuencia. «Detrás de aquellos montes ralos,
hay un inmenso basurero lleno de bestias como hombres
más que de hombres como bestias», le declaré. «Detrás del
basurero, ha caído un avión y todos sus ocupantes han
muerto achicharrados. Detrás del lugar del accidente, hay
una ciudad enorme dominada por antropófagos, palomas y
ratas, donde nací y he vivido hasta hace unos pocos días.
Mi padre murió cuando yo era un niño; mi madre fue se-
cuestrada, torturada y asesinada junto a su amante; yo tuve
dos novias, Ania y Nohire, las dos a la par, las dos mujeres
más hermosas que uno pueda suponer, y a las dos las maté,
de distinta forma y por distintas causas; no sé si alguna vez
estuve enamorado de ellas, quizá no, quizá solo las admi-
raba, como se admira este amanecer; ahora mis recuerdos
son planos, no siento nostalgia ni por ellas, ni por mi madre, ni por la Sholombra de mi infancia, ni por nada; tampoco siento remordimiento por mis muchos crímenes; ah,
y tengo un enemigo enconado».

El disco solar flotaba completamente en el cielo.

–Y a pesar de lo que te he dicho, no me considero un
hombre tan malo.

Me quedé callado rumiando mis palabras. El perro se levantó y empezó a corretear delante de mí. Entonces, sentí
el cuchillo en mi mano derecha.

–Supongo que me querrías aunque lo fuera –le dije–. Supongo que cualquier tarde, aunque hubiera cometido los crímenes más horrorosos, te sentarías conmigo a ver ocultarse el sol, y lo mismo harías por la mañana para verlo salir. Un ser humano necesita de alguien que lo quiera así, ciegamente, como quieren las madres, que ponga siempre su amor por encima de la calidad de sus actos y sus omisiones, que, llegado el caso, intente encubrirlo, lo defienda y vaya a visitarlo a la cárcel.

El perro se acercó y se alejó de mí varias veces. Yo había decidido no matarlo cuando le pregunté:

–¿Quieres venirte con nosotros? Nos esperan largas jornadas de mucho caminar y mucho riesgo.

Me miró a los ojos. ¿Qué le importaba a él la extensión de los días?

–Ven aquí –le pedí al tiempo que le hacía un gesto con la mano izquierda.

De una carrera se colocó a mi derecha y yo envainé el cuchillo y le acaricié la cabeza y el lomo. ¿Qué le importaban a él los peligros?

–¿Deseas tener amigos? –le pregunté–. Con nosotros los tendrías. Hasta Impreciso, que ahora quiere devorarte, acabaría siendo tu aliado, quizá el mejor de todos.

El sol siguió subiendo sin que me diera cuenta y mis compañeros de grupo se despertaron. Altea asomó por la esquina del edificio.

–No lo matarás –me dijo divertida, a manera de buenos días, al verme jugar con el animal–. Te ha conquistado. ¿A quién se le ocurre cederle la delantera a un perro?

Era verdad: nada podría mi disposición contra su afecto. Sonreí y le contesté:

–Me temo que hoy tendremos que darle a Impreciso una

ración entera.

Me levanté y el perro se vino conmigo. Mi intención era que entráramos juntos en el taller, yo palmeándome el muslo y dándole pequeñas órdenes de juego y él correteando feliz a mi lado, a fin de que la imagen fuera lo bastante explícita como para justificar el cambio de mi decisión. Pero cuando iba a cruzar la puerta, el perro se fue hacia el otro lado de la nave, donde estaban el árbol y la tumba de Tobase, y me dejó sin la ilustración de mis argumentos.

—He sido incapaz de matarlo —expliqué escuetamente.

Ni me pareció un signo de debilidad ni que con ello se mermara mi liderazgo. Al contrario, el reconocimiento de esa incapacidad refrendaba que, llegado el caso, yo también sería compasivo con los componentes del grupo: mi piedad engrasaba las relaciones y generaba confianza, ya que convertía el error en una posibilidad admisible. El miedo a mí había sido sustituido por el respeto a mí.

Impreciso fue el único que no bromeó, aunque no se atrevió a contradecirme y se tragó su orgullo en silencio junto con una ración completa de garbanzos en remojo.

—Vendrá con nosotros —les anuncié mientras recogíamos—. Un perro come cualquier cosa que se encuentra por ahí y puede darnos compañía.

Ni Impreciso ni Altea se opusieron, y Dam, que estaba entusiasmado con mi decisión, hizo lo imposible para no dar la impresión de haber sido el vencedor de la porfía que mantuvo con Impreciso.

Sin embargo, cuando salimos al campo dispuestos para la partida, el perro no se veía por los alrededores. Dam lo convocó con silbidos y voces que no obtuvieron resultado.

—Apostaría a que está junto a la tumba del herrero —va-
ticiné con ventaja, pues lo sentía a apenas unos cuantos metros de nosotros.

Ese lateral de la nave nos pillaba en el camino que debíamos tomar y pronto pudimos sustituir mi conjetura por
la evidencia: el perro se hallaba tendido en el suelo como lo
había visto en el anochecer del día anterior, entre la tumba
de Tobase y la peana, bajo la considerable copa del árbol
que cubría una parte del tejado de la edificación. «¿Estás
esperando el anochecer?», pensé, pero dije:

—No se moverá de ahí: le tiene demasiado apego al recuerdo de su amo.

Dam volvió a llamarlo y, en vista de que el perro se limitó a mirarlo sin demasiado interés, se acercó a él, lo acarició e intentó convencerlo con argumentos propios de seres racionales, diciéndole, por ejemplo, que el mundo se
había derrumbado y nada, excepto el sufrimiento y la
muerte, podíamos esperar si seguíamos viviendo entre las
ruinas de la civilización, que debía huir con nosotros, porque teníamos fe en nuestras posibilidades y un proyecto
que habíamos concretado sobre un mapa, que éramos sus
amigos y lo necesitábamos, que su dueño estaba muerto y
descansaba para siempre y que quizá algún día se encontra-
ría con él, porque si hay un más allá regido por un Dios
bueno, en él deben estar juntos los perros y sus amos, pues
en ninguno de los dos se entiende la felicidad sin la asistencia del otro.

—No sé quién está más loco, si el perro o el ser humano
—comentó Impreciso sin que Dam pudiera oírlo.

—No insistas. No se moverá de ahí —reiteré.

—Se morirá —contestó él sin dejar de acariciarlo.

—Cuando le duela el estómago, buscará algo. Él necesita

menos que nosotros –le aseguró Impreciso.

Altea se fue hacia Dam y lo cogió del brazo.

–Lo mejor que podemos hacer es dejarlo que decida lo que quiera. ¿No te parece? –le dijo.

Dam se dejó llevar y pronto estuvo empujando de nuevo la silla de Impreciso.

–No creo que sufrieras tanto por la suerte de uno de nosotros –le reprochó este. Dejó pasar unos segundos y añadió–: Teníamos que habérnoslo comido.

Al oír aquello, Dam soltó la silla y esta empezó a rodar sin control por el camino, que descendía suavemente hacia la carretera. Cuando Impreciso, que perdió un tiempo precioso insultando a Dam, quiso frenar con las manos, las ruedas giraban demasiado deprisa como para poder hacerlo sin quemárselas. Altea corrió detrás de la silla y consiguió agarrarla por el manillar justo antes de que atravesara el profundo badén de un reguero, pero no pudo evitar que brincase y lanzara al suelo al tullido. Todos, incluido Dam, acudimos corriendo a ver si el golpe había tenido consecuencias. Impreciso, tendido en la tierra como una chaqueta vieja, se maldecía por sus limitaciones, se dolía de los golpes e insultaba a Dam de una forma tal que no tardamos en percatarnos de que sus únicas heridas eran muy antiguas, rezumaban resentimiento y no afectaban a sus arqueados huesos. Y en lo que más importa a esta historia, mientras estábamos de pie, observándolo, sin hacer nada y medio mofándonos de él, llegó el perro y le empujó con el hocico, como queriéndolo ayudar. Impreciso se incorporó y se sentó sobre la hierba y el perro emitió un ladrido de alegría y se colocó justo delante de su cuerpo, de modo que la cara del perro y la del hombre se quedaron a la misma altura y frente a frente. Durante unos instantes, Impreciso se quedó absorto en los ojos que lo miraban y luego extendió la mano muy despacio y acarició la cabeza del animal, que empezó a mover el rabo.

–Tenemos que ponerte un nombre –le dijo Impreciso sonriendo. Levantó la mirada hacia nosotros, que habíamos asistido mudos a la escena, y nos reprochó sin acritud–: este animal es más generoso que todos mis amigos juntos.

–Es la primera vez que nos llamas tus amigos –le dijo Dam–. Has tenido que sufrir la ira de uno de esos amigos y la benevolencia de quien estabas dispuesto a sacrificar para descubrir que dependen de ti buena parte de tus problemas con los demás.

Impreciso, contra lo que había sido hasta entonces, parecía un sosegado océano dispuesto a engullir cuanto se le arrojara sin inmutarse. En lugar de contestarle, se puso a escoger en voz alta posibles nombres para el perro. Y cuando lo subimos a la silla y reanudamos el camino, nos ignoró por completo y no dejó de juguetear con el animal, que iba y venía atento a sus voces y jaleos, aunque nosotros lo hostigábamos con chistes y con risas que en ningún caso acabaron en escarnio.

Así estuvimos hasta que llegamos a las puertas del casco urbano y yo reclamé un momento de atención. Un poco más adelante, la carretera se convertía en una ancha y desolada avenida a cada uno de cuyos flancos se alzaban edificios iguales de varias plantas. Desde donde nos paramos, se veían coches atravesados o incendiados y varios cadáveres que salpicaban el asfalto de colores mates, pero ni el menor rastro de una persona.

–¿Qué ocurre? –preguntó Dam.

–No me gusta este pueblo –les dije–. Desde que entremos por esa calle hasta que salgamos de ella estaremos indefensos y a la vista de a saber qué ojos.

–No se divisa a nadie –comentó Dam.

–Pero están ahí –yo podía sentir vagamente su presencia–, agazapados como los bandidos en los desfiladeros. Y no se conformarán con robarnos.

Si seguir adelante era arriesgado, dar marcha atrás no encajaba en nuestra filosofía del viaje. Cuando lo expresé en voz alta, Altea nos sorprendió diciendo:

–Me uní a vosotros porque teníais un mapa con un camino trazado. Por mi parte, para romper ese plan es necesario un trance más persuasivo que un vulgar peligro de muerte. Nada será peor, por horroroso que sea, que lo que hemos dejado atrás.

Quedaron pendientes de mi decisión y yo, tras echar un nuevo vistazo a los alrededores, resolví continuar hasta una bocacalle que se abría a unos cien metros a la derecha.

–Iré solo. Si no veo a nadie, os hago una señal para que me sigáis. Avanzad sin hacer ruido y muy pegados a la pared –les indiqué.

Antes de partir, saqué dos cuchillos de un carrito, uno para Altea y otro para Dam, y acaricié al perro.

–Procura que vaya con vosotros y que no alborote –le advertí a Impreciso.

Avanzamos juntos hasta la sombra del primer edificio, en el que no percibí ninguna emoción inquietante, y a partir de ahí anduve en solitario, husmeando las huellas de la calle y procesando las noticias que me traía el aire desde los pisos de las inmediaciones. Algunos estaban habitados. En un par de ellos, vivían hombres y mujeres abandonados a su destino. En otros, gentes con ganas de continuar viviendo que, sin embargo, tenían miedo a salir de sus casas. Por todas partes me llegaban testimonios de que existía un riesgo serio y extremo, quizá el mayor que habíamos conocido desde que salimos de Sholombra.

Cuando llegué hasta la esquina de la bocacalle, hice una señal a mis compañeros y ellos iniciaron la marcha. Los rumores de amenaza se adensaron. Poco después de que alcanzaran el lugar convenido, vimos que un hombre cruzaba a la carrera la avenida.

–Démonos prisa –les dije–. Ese individuo va a dar cuenta a sus compinches de nuestra llegada.

Anduvimos juntos varias decenas de metros por la acera izquierda, que hacía una curva abierta, y al sentir delante de nosotros el movimiento de una cuadrilla que se acercaba, indiqué a Dam y a Impreciso que se metieran en un portal y se mantuvieran escondidos en él y en silencio, con el perro bien sujeto. Altea y yo continuamos pegados a la pared convexa, que nos protegía más de la vista de quienes venían por nosotros. Cuando ese amparo se iba a hacer imposible, nos metimos en el edificio más cercano y esperamos junto a la puerta. Solo un momento después oímos la carrera de un individuo que se detuvo a escasos metros de donde nos habíamos escondido y, a continuación, un diálogo del que éramos objeto:

–No se ven. Han debido volverse –decía la voz más cercana.

–O se han escondido. Puede que nos hayan descubierto –contestó el que parecía hacer cabeza–. Dividíos y mirad en los portales. No pueden haber ido muy lejos con el paralítico y los carros.

–¿Qué hacemos cuando los descubramos?

–Avisad y quedaos donde estéis. Los mataremos entre

todos.

Yo saqué el cuchillo y le pedí a Altea que se pusiera junto a los buzones, en un lugar en el que no se la podía ver desde la calle pero sí en cuanto se entraba en el portal.

—Haz como que estás buscando una dirección —le dije—. Que no note que lo esperas.

Me coloqué detrás de la hoja de la puerta y aguardé. Tuve que acechar poco. El nuestro fue el primer edificio en el que entró el tipo que se había dado la carrera. Como teníamos previsto, al asomarse descubrió a Altea husmeando en los buzones. Sentí su alborozo, pero también su desconfianza, y temí que nos delatara a sus compañeros antes de que pudiera atacarlo por la espalda. Si no daba un par de pasos más, me vería obligado a salir de mi escondite y asaltarlo de frente, con el consiguiente riesgo para mí y con la posibilidad de que al otro le diera tiempo de denunciar nuestra situación.

—Estoy buscando a Leodora Lung —dijo Altea con una asombrosa sangre fría—. Es mi prima. Debe de vivir por aquí. ¿La conoces?

Nuestro enemigo perdió la mayor parte de su recelo. Habían bastado unas inocentes palabras de su víctima para infundirle seguridad y ahora quería seguirle la corriente por el puro afán de jugar con ella.

—¿Leonora Lung?, dices. Sí, creo que la conozco. ¿Es joven?

—Sí, más o menos, como yo   respondió Altea.

—Creo que sé quién es.

El hombre empezó a andar hacia dentro.

—Murió —dijo, y su sorna se volvió aviesa—. Pero no sufras por ella, la violamos antes de matarla y disfrutó mucho. Será lo que te pase a ti, supongo. Aunque tú eres bastante más fea.

El corazón de Altea no se llenó de miedo, sino de ira. En otras circunstancias, se habría ido hacia aquel individuo como un felino acorralado. En aquellas, sin embargo, nos estaba viendo, a él con una pistola en la mano y a mí, ambos separados por la hoja de la puerta, y yo esperaba con el cuchillo levantado a que él diera un paso, uno solo, para hincárselo en la espalda, de manera que se quedó muda y quieta, como si se hubiera entregado a su suerte, y aquel rufián pensó que en lugar de llamar a sus compañeros les mostraría su trofeo, y empezó a andar hacia ella sin observar las mínimas reglas que requiere la prudencia, lo que yo aproveché para lanzarme sobre él y atravesarle la espalda con más saña aún de la que había calculado, aunque para saña la de Altea, que vino corriendo, lo agarró de la cabeza y de un tajo certero le rebanó el cuello.

—Para que no pueda pedir auxilio —dijo, mientras una fuente de sangre la empapaba hasta los hombros.

—Todavía nos quedan unos cuantos —la urgí.

Cogí la pistola del muerto, me asomé a la calle y sentí a los otros a una distancia lo bastante grande como para que pudiéramos mudarnos de portal sin ser vistos. «Al edificio de enfrente», le dije. No lo dudó y unos segundos más tarde estábamos donde yo le había señalado.

—¿Practicamos la misma estrategia? —me preguntó casi afirmándolo.

Se encontraba cómoda en aquella situación de máximo riesgo.

—La orden que tienen es declarar nuestra posición en cuanto nos descubran. Ese era desmañado y arrogante y prefirió actuar por su cuenta, pero los demás no tienen por qué ser así —le contesté.

Me asomé a la puerta y eché un vistazo: no vi a nadie, aunque desde mi posición se divisaba un centenar de metros en ambas direcciones. Nuestros perseguidores (hasta cuatro sentí) se habían dividido en dos grupos y cada uno de ellos exploraba una línea de portales.

–Vamos al siguiente edificio –le dije a Altea.

Y sin darle tiempo a que razonara salí a la calle y eché a correr por la acera. Ella me siguió sin titubear, pero al llegar a donde le había señalado consideré conveniente darle una explicación.

–Tenemos que matarlos antes de que descubran que los estamos matando –le dije. Y como me pareció demasiado hermética mi explicación, añadí–: Aunque somos muy peligrosos, ellos no lo saben aún.

La puerta tenía las dos hojas abiertas. Cerré una de ellas y dejé el portal en tinieblas. Viniendo desde la calle, los ojos debían acostumbrarse a la oscuridad para aprehender lo que guardaban las sombras.

–Subamos por las escaleras. Entrarán en el recibidor y mirarán en los posibles escondites, pero no arriba, pues no esperan que subamos con los carritos y la silla de Impreciso. Así que, cuando estén de vuelta y pensando en el próximo edificio, bajaremos y los atacaremos por la espalda –le propuse.

De tal manera lo hicimos, y, como yo había pronosticado, al cabo de unos minutos dos hombres cruzaron el umbral y empezaron a buscarnos con cautela. Yo sentí la frialdad de su alma y supe que eran capaces de matarnos sin placer y sin escrúpulos, como si ejecutaran un trámite menor. Oímos, primero, sus pasos precavidos y, luego, escuetamente sus pasos. Aún no habían decidido irse, cuando empezamos a bajar las escaleras pegados a la pared, tanteando con los pies en el borde de los escalones.

–No están –dijo uno, mientras el otro seguía buscando.

Nos separaban de ellos no más de diez o doce metros, pero aún no los veíamos. Esa distancia era demasiado grande como para intentar recorrerla pasando inadvertidos, por lo que bajamos con sigilo los últimos escalones y nos dispusimos a atacarlos a la carrera en cuanto nos dieran la espalda.

–Vámonos –decidió el que estaba más próximo a la calle.

Aguardamos un par de segundos y continuamos hasta que pudimos verlos. Ya se marchaban, ambos con una pistola en la mano. Yo escogí al situado a la izquierda y se lo comuniqué a Altea con un gesto. Todavía dimos calladamente unos cuantos pasos más, e íbamos a emprender el acometimiento, cuando entró por la puerta, a la carrera, el perro de Tobase. Su llegada nos desconcertó a todos, a nuestros enemigos y a nosotros, y el desconcierto menguaba nuestra primacía e igualaba la lucha, y más si tenemos en cuenta que se vino hacia nosotros y se puso delante de mí ladrando, como si hubiera percibido el peligro y estuviera poniéndose a mi disposición.

«Ahora», grité, justo en el momento en que Altea iniciaba la embestida. Yo perdí un instante evitando al perro y eché a correr apretando el cuchillo. Aquel suceso pudo ser el del final de esta historia, pero nuestros enemigos fueron torpes: titubearon, sorprendidos, y a Altea le dio tiempo de saltar sobre su objetivo y derribarlo mientras que yo conté con la ventaja de que el mío trastabilló, empujado por su compañero, y erró el tiro. No le permití disparar de nuevo: le propiné una cuchillada en el vientre y luego, teniendo frente a mis ojos los suyos atónitos, le di otra y lo empujé para que me dejara paso, pues Altea estaba bregando con el otro y creí que me necesitaba. No había disputa en la brega, sin embargo, sino ensañamiento: mi camarada, de rodillas en el suelo, clavaba una y otra vez el cuchillo en el cuerpo exánime de nuestro enemigo.

–Déjalo –le dije–. Han oído el disparo y vienen hacia aquí.

Y enseguida saqué la pistola que le había quitado al primer muerto y me aposté junto a la puerta. Desde allí, escondido tras la hoja cerrada, vi venir a los otros dos aligerando el paso, preocupados pero no alarmados, cada uno de ellos con una pistola en la mano y los brazos caídos.

–Sujeta al perro –susurré a Altea.

Unos segundos después, cuando los tenía a una decena de metros, salí al umbral de la puerta y disparé sobre los que se acercaban. A uno de ellos le di en el pecho y cayó al suelo. El otro alzó la mano y me disparó, más con ánimo de defenderse que de atacarme. Erró el tiro y echó a correr hacia el portal del edificio contiguo. Yo salté a la calle y le disparé hasta que se me acabaron las balas. Le di, pero no con el acierto suficiente como para abatirlo en el acto. Mientras lo seguía por la calle, sentí su contrariedad y su disgusto (¿por qué no le habían hecho caso? ¿Por qué no habían gritado?). Cuando llegué a la puerta que había traspasado, toqué en el mismo sitio que él y percibí que, aunque estaba herido de muerte, su conciencia se negaba a admitirlo. Entré a sabiendas de que no me estaba esperando y subí las escaleras guiado por el rastro de sus sentimientos y de esa víscera líquida, tan teatral y tan traidora, que delata nuestra debilidad y se nos derrama cuando más falta nos hace. Él tenía una pistola y a mí se me habían acabado las balas: ¿por qué no se defendía? Se lo hice saber por el anhelo de darle al lance cierta altura.

–Voy por ti –le grité–, y solo tengo un cuchillo.

Durante unos minutos, levantó la pistola y me esperó. Yo también esperé. Así que, mientras él se desangraba, yo atendía a que él se desangrase. Lo comprendió a medias: adivinó que el paso del tiempo le perjudicaba, pero no se vino hacia mí, sino que reinició la huida. ¡Una tontería! ¿Acaso no iba a morir de todas formas? Aligeré mis pasos hasta quedarme a un piso de él y entonces me contuve e hice de mis pisadas la ostentación de mi superioridad.

–¿Qué quieres? –me preguntó–Me voy a morir. Ya no puedo haceros daño.

–La pistola –le dije–. Quiero tu pistola y tus balas.

Dudó.

–Puedo esperar a que te mueras y quitártela o me la puedes dar ahora. Tú decides –añadí.

Mi argumento no le planteaba una verdadera alternativa. Me la arrojó, sin embargo, creyendo que me iría y lo dejaría en paz y a solas con su estrella, en la que aún sospechaba una posibilidad de supervivencia. Pero yo subí los cuatro o cinco escalones que necesitaba para coger la pistola y luego seguí subiendo, con ella en la mano izquierda y el cuchillo en la derecha.

–¿Qué haces? –me preguntó en cuanto se percató de que no me iba.

–Estoy remontando las escaleras –la constatación de la realidad me pareció la más sutil de las amenazas.

–¿Para qué? Ya tienes la pistola. ¿No era lo que querías?

Esta vez no le contesté y dejé que imaginara la peor de las opciones.

–Me diste a elegir entre dos alternativas y he elegido una.

¿No cumples lo prometido? –me dijo.

–Haz memoria: no te ofrecí nada a cambio de la pistola.

Con un esfuerzo enorme se incorporó para continuar huyendo. Podía verlo, lo tenía a tiro, lo tendría al alcance de mi cuchillo a poco que subiera doce o catorce escalones. No obstante, me demoré para amoldar mi paso al suyo.

–¡Mátame! –me pidió, pero seguía intentando evitarme.

–¿Cuántos años tienes? –le contesté.

–¿Y qué importa?

La voz le salía del cuerpo embarrada con los humores de las entrañas rotas.

–Era por hablar de algo. ¿Veintiocho, treinta?

–Mátame, cabrón.

–Apuesto a que no más de treinta. Una buena edad para huir de este pueblo asqueroso. Dime, ¿por qué no te fuiste? No creo que sea un negocio asaltar a caminantes con carritos de bebé.

Era rubio, alto, fuerte, bien parecido. La vida le habría sonreído en cualquier otra época, quizá en algún otro paradero.

–Ánimo, ya queda menos para el próximo piso. ¿Cuántos tiene este inmueble, seis, siete? ¿Qué harás cuando lleguemos al último?

Se paró en un descansillo y a fuerza de voluntad consiguió sentarse en el pavimento de espaldas contra la pared. Yo subí hasta donde estaba él y me senté en los peldaños de enfrente. La cabeza se le bamboleaba y su mirada se le iba de mí a las paredes, al techo o al suelo.

–Vete y deja que me muera en paz –me dijo a duras penas. De la boca le salía un hilo de sangre.

–Por eso no me voy, para que no te mueras en paz.

Entonces sentí que Altea entraba en el edificio.

–Nereo –gritó–, ¿estás bien?

–Sí –le contesté.

–¿Quieres que suba?

–No, no es necesario.

Mi intención era hacer con mi enemigo lo mismo que hacen los familiares y amigos de los moribundos. Si estos desean transmitir sus sentimientos de afecto para endulzar los últimos instantes del ser querido, yo deseaba acompañarlo con el desafecto, a fin de agriar en lo posible lo más postrero de su vida. Pero la llegada de Altea me devolvía a mi condición de compañero y me dignificaba. Además, no quería que nadie me viera gozando con el sufrimiento ajeno, ni siquiera con el de un enemigo, y mucho menos que fuera ella, quien podía imaginar que había tenido un comportamiento similar con su novio, al que yo había matado hacía solo unos cuantos días.

–Esa mujer te ha salvado –le dije, pero no tuve compasión como para pegarle un tiro.

Antes de bajar, lo registré y descubrí en sus bolsillos varios cargadores llenos de balas. Mientras lo hacía, no protestó, no le quedaban fuerzas.

Registramos los otros cadáveres y en todos hallamos cargadores. Ahora teníamos cinco pistolas y balas suficientes como para hacer de cada uno de nosotros un sujeto temible. Así se lo hice saber a Dam e Impreciso.

–Estas balas son más ágiles que un joven saludable y hacen más daño que los puños más duros –le dije a Impreciso cuando le entregué una de las armas, con la seguridad de que jamás la utilizaría contra mí,

La sopesó, la volteó y se la pasó de una mano a otra. Parecía un hombre reconciliado consigo mismo, como si la pistola hubiera obrado el milagro de darle una columna sana y unas piernas fuertes.

A Dam, en cambio, le pesaba en las manos.

–No necesito este artilugio para estar seguro –me contestó devolviéndomela–. Siento más miedo con ella que sin ella.

Yo no se la acepté.

–La tienes que llevar te guste o no –le dije–. No tanto por ti, como por el grupo.

No les conté con detalle lo que había sucedido, pero sí les anticipé que el perro nos había delatado y que por ello nuestros enemigos habían estado a punto de mandarnos al infierno a los cuatro.

–Tenemos que hablar sobre lo que supone tenerlo y adoptar una decisión al respecto –les anuncié.

No era la coyuntura mejor: los cinco hombres muertos no eran los únicos que formaban parte de la banda de asaltantes y, aunque el resto había corregido radicalmente la opinión que tenían sobre nosotros, era preferible no tentar al destino y salir cuanto antes de aquella localidad que se había atravesado en nuestro camino. Situé a Altea junto a la acera de la derecha, pistola en mano, y yo tomé por la izquierda los carritos de las provisiones. A unos cuantos metros detrás de mí, Dam empujaba la silla de Impreciso.

No vimos a nadie más en aquel pueblo, cuyo nombre supimos por la chapa que encontramos a su salida: Siloa. Caminamos en silencio durante unos kilómetros, aplanados por el susto vivido y temerosos de la conversación que se avecinaba. Al cabo, fue Impreciso el que empezó a opinar, y lo hizo con el ánimo de dejar zanjado el debate desde el momento de su comienzo.

–En cuanto podamos, le ponemos una correa y así lo tenemos siempre donde queramos –dijo.

–También tendremos que ponerle un bozal –añadió Altea–, para que esté calladito cuando no queramos que ladre.

Impreciso se dio cuenta de que lo iba a tener difícil.

–Se le puede educar. He conocido perros que obedecían como aparatos mecánicos las órdenes de su amo –aseguró.

–Ni hay tiempo para educarlo ni tenemos por qué aguantar mientras se le adiestra el riesgo que suponen sus instintos –sentencié yo.

La suerte del perro parecía estar echada. El peligro a que nos había sometido su intromisión nos alertaba sobre otros peligros iguales y contrarrestaba con creces la simpatía que le teníamos, especialmente Impreciso, en quien se había obrado una conversión casi milagrosa desde el episodio de su caída, y yo, que sabía de su poética afición por las salidas y las puestas de sol y que, al sentirlo, conocía como nadie el regocijo que le producía nuestra presencia.

–Dijiste que discutiríamos y adoptaríamos una decisión. Pues bien, prácticamente no hemos hablado y los dos votos de Altea y tú no pueden ser más decisorios que los de Dam y yo.

–¿Tú qué dices, Dam? Entre el porvenir del perro y el nuestro, ¿con cuál te quedas? –le preguntó Altea.

Dam intuía que más que someterlo a un dilema, lo que Altea había hecho era tenderle una trampa. Pero su inteligencia no daba para una salida pronta y airosa. Solo Impreciso esperó de él más de lo que era capaz de dar.

–Entre su vida y la vuestra, escojo la vuestra, por supuesto –respondió Dam más derrotado que convencido.

–Las circunstancias no tienen por qué ser idénticas –terció Impreciso–: nosotros estamos avisados y él actuaría de distinta forma si estuviera educado o fuera con correa.

El perro iba a nuestro lado, correteando de acá para allá,

y nuestra mirada lo perseguía distraídamente.

–Ayer por la noche querías que nos lo comiéramos y hoy no te importa que muramos por su culpa –dijo Altea–. Hay un término medio. Ni siquiera te estoy diciendo que lo matemos: podemos dejarlo aquí o en cualquier otro sitio.

–¿No lo ves? Aunque se nos unió hace un par de horas, ya es el componente más fiel del grupo. Nos seguirá adonde quiera que vayamos. Si quieres librarte de él, estarás obligada a matarlo.

Era cierto. Y Altea, que lo habría matado sin temblarle el pulso si esa opinión hubiera sido la unánime, no estaba dispuesta a hacerlo si con ello le ocasionaba un dolor a Impreciso y a Dam. El destino del perro dependía de mí. Yo sí podía matarlo a pesar de los sentimientos de los demás. Y si lo hacía, contaría con el apoyo de Altea, con el respeto de Dam y con el acatamiento de Impreciso.

Nos quedamos en silencio, pendientes de mi decisión. Durante unos minutos, solo oímos el rodar de los carritos y la silla sobre la carretera agrietada y yo me acordé de Tobase mirando al atardecer.

–Resulta estúpido juzgar a un animal por un acto instintivo –dije al cabo–. Si aceptamos que formara parte de nuestro grupo fue con todas las consecuencias, lo mismo que hicimos con cada uno de nosotros. Él es un perro y haciendo de perro nos puso en peligro e Impreciso no puede mover las piernas y precisamente por eso no pudo ayudarnos. ¿No son similares las causas y los efectos?

Dam no acabó de entenderme.

–¿Quieres decir que no lo mataremos? –preguntó.

–Quiero decir que en este mundo aciago debe predominar la amistad al riesgo que la amistad conlleva. Y que tendremos que buscarle un buen nombre –le aclaré.

Mi decisión fue acogida con entusiasmo. Incluso Altea se alegró, viendo el regocijo con que era acogida por Dam e Impreciso. A partir de ese momento no tuvimos otro motivo de conversación que el perro. Le buscamos mil nombres y ninguno nos pareció lo suficientemente sonoro o lo bastante definitorio y ajustado a su personalidad o de la brevedad y sencillez adecuada para llamarlo con una voz inequívoca. Cuando se nos habían acabado las palabras conocidas, acordamos inventarnos una que lo definiera, como en el idioma en el que escribo estas páginas «jazmín» o «amapola» describen cabalmente a una flor.

–O como la palabra «cojones» retrata perfectamente a lo que alude –dijo Impreciso–. O como «pirindolas» refiere cómo deben ser las tetas de una mujer hermosa.

–¿Pirindolas? No creo que exista esa palabra –dudó Dam entre las risas de los demás–. ¿Qué significa?

Impreciso sopesó con ambas manos abiertas unas tetas imaginarias.

–Grandes, turgentes y «pirindolas». «Pirindolas», como su nombre indica –contestó.

Cuando acabamos de reír, Altea, que se había sentido herida al tiempo que reía la gracia, propuso como nombre para el perro el vocablo objeto de la chanza.

–Pirindolo –dijo–: es sonoro, elegante y, si referido a las tetas da idea de opulencia y movimiento, al aplicarse a los órganos masculinos parece llamar a los que son chiquitos pero juguetones. Como el perro, igual que el perro.

–¡Qué tontería! Ni ese es nombre para un perro ni este perro es chico –quiso zanjar Impreciso.

Altea, sin embargo, empezó a llamar Pirindolo al perro, nombre que era agradable de pronunciar, que no resultaba tan extravagante a poco que se oyera unas cuantas veces y que se juzgaba atinado viendo corretear feliz a quien debía llevarlo.

Capítulo 3

Un apunte sobre nuestras relaciones personales. Las primeras noticias sobre el Elegido. Llega un hombre con un libro de cocina. La hermandad de la Reparación. El almacén de la montaña de escorias. El destino de los loptan. De cómo se puso fin a un campamento. Me siento como deshonrado por una mujer. De vuelta al camino.

En los días que siguieron no ocurrió nada tan extraordinario como para ser recogido en un libro como este. Comíamos poco y mal, garbanzos crudos fundamentalmente, andábamos muchos kilómetros y dormíamos al descubierto o en edificios abandonados. Entre los miembros del grupo se había establecido una relación más estrecha que la del mero apoyo mutuo y más íntima que la amistad. Éramos individuos hambrientos y con dolamas, pero éramos sobre todo componentes de una unidad que nos daba afecto y nos protegía. El transigir y el recibir, que causó duros enfrentamientos al principio, se convirtió en el mejor mecanismo de aclimatación a las terribles circunstancias que nos asediaban. El contacto repetido con los compañeros estaba limando lo más áspero de nuestro carácter y haciendo que lo mejor de él se trasvasara de unos a otros. Así, todos, principalmente Dam, aprendíamos de Impreciso a desconfiar de lo indudable; todos, y más que nadie Impreciso, aprendíamos de Dam a ser menos cicateros con la esperanza; todos, y en especial yo, aprendíamos de la abnegación de Altea; todos, sin excepción y por igual, aprendíamos de Pirindolo a ser más extrovertidos y confiados, y todos, particularmente Altea, aprendían de mí a dejar a un lado la moral cuando de sobrevivir se trataba.

Entre nosotros también había relaciones específicas. Una era la de Dam e Impreciso. Aunque discutían, frecuentemente con calor (Impreciso podía llegar a insultar a Dam), cada vez era más fácil suponer desde el comienzo que la gresca no tendría mayores consecuencias. Para Altea y para mí (y diría que hasta para Pirindolo, que los miraba con la cabeza ladeada), esas riñas habituales tenían su punto cómico, y tanto ella como yo interveníamos emponzoñando la discrepancia o apoyando los argumentos del ocasionalmente más débil para equilibrar la disputa y alargarla.

Dam se había hecho cargo de la silla de Impreciso.

–¿Por qué tiene que ser siempre un cándido insoportable el que me lleve a mí? –se preguntaba Impreciso–¿No hay otra alma caritativa? –Altea y yo permanecíamos callados–. No la hay, por lo que se ve. ¡Cómo odio a las almas caritativas! –sentenciaba.

Dam le respondía de la misma manera.

–Como no sea por caridad, ¿quién te va a llevar a ti, cascarrabias infeliz? –decía–. ¿Crees que alguien, por pervertido que sea, va a acompañarte por gusto?

O amagaba con dejarlo tirado.

—A ver adónde vas tú solito —le decía entonces—. Porque no se va a quedar contigo ni Pirindolo.

Ambos se buscaban, sin embargo.

—Decidle a la mula que vaya cogiendo el manillar de mi silla —solía decir Impreciso dirigiéndose a su valedor.

—Dejadme que empuje yo el trono del señor Amargado, que el que se sienta en él no tiene más que pellejo y pesa menos que un pajarito—, le contestaba Dam.

Otra relación estrecha era la de Pirindolo con Impreciso. Este dedicaba casi todo su tiempo a juguetear con el perro.

—Miradlos, son tal para cual —observaba Dam.

Cuando íbamos de camino, Impreciso lo llamaba desde lejos a voces o palmeándose en los muslos, lo acariciaba y le proponía juegos que el perro aceptaba siempre, y en los descansos y durante las largas horas de acampada, intentaba adiestrarlo en la obediencia tanto de sus órdenes como de las nuestras. A veces, nos llamaba excitado para mostrarnos un nuevo avance. «Pirindolo, siéntate». Y el perro se sentaba y nos miraba, consciente de su papel. «Pirindolo, acuéstate». Y el perro se acostaba. «Pirindolo, dame la patita». Y el perro levantaba la pata y él se la cogía y le preguntaba cómo está usted, cómo anda su familia.

—¿No estará aprendiendo demasiadas tonterías? —opinaba Dam tras la exhibición—. ¿No sería mejor que lo educara otro?

Otras relaciones específicas eran las de Altea con cada uno de nosotros. En aquellos primeros días de nuestra convivencia, su condición de mujer se notó en cuestiones que por afectar a lo inmediato y evidente pasan inadvertidas en toda narración y, en consecuencia, también deben dejarse atrás en esta. Pero con el tiempo, esa condición

hizo que los hombres del grupo la quisiéramos no como
nos queríamos entre nosotros, sino con un matiz que añadía complejidad al vínculo y lo llenaba de intenciones no
declaradas. Algunas de ellas se describirán más adelante.
En este momento de la historia, ya estaba claro que Dam
lo mismo le daba consejos paternales que rehuía debatir
con ella sobre el amor o el sexo, mitad porque le temía a
sus propias emociones, mitad porque suponía que sus palabras podían afectar a la unión entre ella y yo, que consideraba latente e ineludible. A Impreciso le seguía atra-
yendo, pero en la forma civilizada e implícita que se atraen
entre sí los hombres y las mujeres comunes, lo que no evitó
algunas trifulcas, de las que se dará cuenta cuando más
convenga al argumento de este relato. Respecto a la relación entre Altea y yo, no hay mucho que decir de lo que
ocurría por aquel entonces. Mis recientes fracasos con dos
mujeres me habían vacunado contra el enamoramiento y
ella aún tenía muy cercana la pérdida de su novio. A pesar
de todo, lo extremoso de las circunstancias poblaba nuestro viaje de sucesos distintos que se amontonaban en la
memoria, enterrándose unos a otros. Los días parecían meses y las semanas, años. Altea se olvidó de su novio y empezó a sentir por mí una admiración que se habría trocado
en amor intenso a poco que yo hubiera querido. Incluso
con mi indiferencia, el amor acabó germinando en su corazón, si bien prosperó durante algún tiempo bajo tierra, a
la espera de un clima más favorable.

No quiero terminar el preámbulo de este capítulo sin
referirme a la relación entre Pirindolo y yo. Aunque durante la mayor parte del día el perro estaba pendiente de
los juegos de Impreciso, al atardecer y al amanecer se apar-
taba unos cuantos metros de nosotros y se quedaba quieto,

sentado, mirando la fiesta de luces y colores provocada por el sol. De nada servía que lo llamaran mis compañeros, quienes no entendían la obsesión de un perro por el cielo. Yo sabía, sin embargo, que el astro y sus efectos no eran para él el fundamento de un rito animista, sino un pretexto para recordar a Tobase, y que detrás de aquella fascinación por la belleza había un culto a la amistad. Yo me sentaba a su lado y lo acariciaba, como había hecho su amo, dejándome influir tanto por la paz que transmitían sus sentimientos como por la armonía que inspiraba aquel alarde de la Naturaleza. No tardamos mucho en asociar todos los elementos de la acción que se repetían cada alborada y cada anochecer: la amistad, el prodigio cósmico, él y yo. Y así, si algún amanecer me quedaba dormido, Pirindolo me despertaba hurgándome con el hocico en la cara o lamiéndomela. Y si por la tarde me demoraba en otros quehaceres, me buscaba y no dejaba de mover el rabo hasta que me sentaba junto a él. Solo entonces se relajaba y se abandonaba a las luces y a los sentimientos. Algunas veces yo le decía frases cortas («es bonito, ¿eh, Pirindolo?», por ejemplo) y él me contestaba ronroneando como un gato, dulcemente, quizá disculpándose por no poder hablarme. Otras, se limitaba a mirarme durante unos segundos y volvía a concentrarse en el horizonte. Cuando el globo solar flotaba entero o se había ocultado por completo, cesaba la ceremonia en la que oficiábamos los tres (el fantasma de Tobase, él y yo) y cada uno volvía a sus afanes: Tobase, a vagar por la memoria de Pirindolo repitiendo los mismos actos; Pirindolo, a participar en los juegos de Impreciso y yo, a tejer explicaciones con argumentos manidos, vanos o absurdos.

El paréntesis tranquilo de esta historia termina unos

días después, cuando hallándonos a unos doscientos cincuenta kilómetros de Siloa, nos cruzamos con una familia compuesta por el padre, la madre y tres hijos, dos varones, de unos doce y diez años, y una niña, de unos cinco años, que el padre llevaba sobre los hombros. Habíamos visto niños por la carretera, solos o con mayores; los habíamos descubierto espiándonos como aves carroñeras, sucios y montaraces, al acecho de un descuido o de las migajas de nuestra comida, y los habíamos observado agrupados en pandillas que mandaban sobre sectores difusos y daban miedo (una de ellas, nos siguió de cerca durante varios kilómetros), pero nunca habíamos visto por el camino a tres niños con sus padres. Con todo, lo que más nos llamó la atención de ellos es que fueran con las manos vacías.

—Están locos —recuerdo que dijo Altea cuando los vimos venir.

—Quizá los hayan desvalijado —supuso Dam.

—O quizá vayan a un lugar próximo: a casa de unos parientes o de unos amigos —conjeturó Impreciso.

La madre llevaba de la mano al niño pequeño, que prácticamente iba corriendo. El niño mayor intentaba seguir el paso decidido de sus padres.

—Peor me lo pones, porque no están los caminos como para llevar a esas criaturas de visita —aseguró Altea.

—Deberíamos darles algo —propuso Dam.

—Por la prisa que llevan, yo pensaría que van huyendo —dedujo Impreciso—. Y nosotros vamos caminando hacia el territorio del que ellos huyen.

—¿Los habéis visto mirar atrás? Caminan deprisa, pero confiados: no me parece premura de huir, sino de buscar —dijo Altea.

Llevaba razón. Ya podía sentir su esperanza, y era

ciega. Nada dije, sin embargo.

–¿Qué buscarán? –se interrogó en voz alta Impreciso.

No hubo más hipótesis que sirvieran de contestación. Esperamos a que se cruzaran con nosotros para preguntarles a dónde iban y los motivos que los llevaban hasta allí, pero treinta o treinta y cinco metros antes de que esto ocurriera, fue el padre el que nos preguntó a nosotros.

–¿Lo habéis visto? –gritó comido por la impaciencia.

–¿Cómo?

–¿Que si lo habéis visto?

–¿A quién?

La contestación lo dejó perplejo. ¿Acaso no lo habíamos oído bien?

–Al Elegido –dijo finalmente.

Nos miramos extrañados.

–¿Al Elegido? –repitió Impreciso.

–Sí. ¿Lo habéis visto?

La respuesta necesitaba de una aclaración mayor, pero aquellas no eran trazas para una conversación, así que decidimos aguardar a tenerlos más cerca, a pesar de que el hombre repitió la pregunta varias veces.

–¿Quién es el Elegido? –les interpeló Impreciso cuando estuvimos frente a frente.

–Si no sabéis quién es, ni lo habéis visto ni lo habéis oído, porque su aspecto y sus palabras no se olvidan jamás –nos contestó la mujer.

–¿Pues cómo es y qué dice? –pidió Altea.

–Es la serenidad plena y sus discursos son alimento para el alma. Nosotros lo conocemos de oídas y por los efectos que produce en la comarca, como se sabe de la sal por el sabor que deja en la comida.

Altea miró a los niños: estaban doloridos, hambrientos

y desanimados.

–Estos niños no se alimentarán con discursos –observó luego.

–El Elegido da de comer a sus seguidores.

–No serán muchos –reparó Impreciso.

–Cientos, quizá miles, y cada vez se le unen más.

Mientras la conversación continuaba, yo indagué en las huellas de los alrededores. La mayoría eran difusas y parecidas, de gentes contritas y sin sustancia.

–¿No queréis venir con nosotros? –nos preguntó el hombre poco antes de reanudar la marcha.

–No –contestó Altea por el grupo–: Hay demasiada hambre en estos tiempos como para fiarse del pan momio.

La familia siguió su camino. Nosotros íbamos a reiniciar el nuestro, cuando les dije a mis compañeros:

–Lo que han dicho estas personas es muy llamativo. Es casi la hora de descansar y tomar un bocado. Vamos a apartarnos un rato y hablamos mientras comemos.

Cerca de donde estábamos, había un coche abandonado. Ocultamos los carritos detrás de él y nos sentamos en el borde de la cuneta.

–Llevamos muchos días comiendo poco y de mala manera –les dije–. Nuestros cuerpos están delgados y andar nos parece un tormento.

–Yo estoy cansado de comer garbanzos crudos –me cortó Impreciso.

–Y lo peor aún está por venir –continué–: apenas nos quedan provisiones. ¿Qué haremos cuando se nos acaben?

–Robarlas –resolvió Altea–. De cualquier forma y a cualquier precio.

–Por supuesto –le contesté–. Pero no es conveniente esperar a tener agotadas las reservas: entonces, estaremos más débiles y deberemos actuar con precipitación.

—¿Quieres que asaltemos a los primeros con los que nos topemos?

—No, eso no incrementaría nuestra despensa: quiero que sigamos a esa familia y lleguemos hasta donde viven ese santurrón y sus incondicionales.

Altea se levantó indignada.

—Conmigo no cuentes —dijo—: prefiero mil veces morir luchando por un pedazo de pan que ser un estómago agradecido. Yo no he nacido ni para que piensen por mí ni para ser un cordero.

Sonreí. Si hubiéramos contado con una decena de mujeres como aquella, habríamos cruzado el territorio señalado en nuestro mapa como en un paseo militar.

—Tranquila —le dije—. Nadie ha propuesto unirse al grupo de sus seguidores, sino encontrarlo. Si ese hombre le da de comer a tantos, será porque o tiene reservas de sobra o sabe de dónde sacarlas.

—Haber empezado por ahí —observó—. No obstante, convendría que nos asegurásemos de que es cierto cuanto ha afirmado esa familia antes de arriesgarnos a desandar el camino.

—De acuerdo. Pero por esa lógica tampoco deberíamos seguir adelante. Si os parece, esperamos aquí a que pase alguien de quien podamos recabar información.

Aunque íbamos obsesionados con avanzar, cualquier propuesta que supusiera descansar un poco era bien recibida. Aceptamos y decidimos esperar donde y como estábamos a que pasara algún caminante, daba igual en qué sentido transitara. Recuerdo que hacía sol y que mientras hacíamos tiempo prácticamente ni nos movimos ni pronunciamos una palabra, traspuestos por el gustazo de abandonarnos y consumirnos, como hace la hierba o como hacemos cuando estamos dormidos o muertos. Debieron transcurrir un par de horas antes de que viéramos una figura en el horizonte y casi un cuarto de hora más hasta que el hombre en el que se concretó estuviera a nuestra altura. Venía de la dirección que habíamos traído nosotros. Tendría cuarenta años. Era alto y muy delgado, estaba calvo excepto en las sienes y la nuca, donde el pelo, de rodales negros y cenicientos, le había crecido desmesuradamente, y se había recortado la barba a tijeretazos temblorosos que le habían dejado la cara llena de trasquilones. Vestía un largo y raído abrigo negro cuyos faldones aleteaban con cada uno de los largos pasos de su caminar, que consumaba encorvado y mirando al suelo, como ido. En sus manos portaba una bolsa en la que guardaba (cuando lo descubrí, me dieron escalofríos) el original de un libro de recetas de cocina escrito por él mismo.

Nos levantamos casi a la vez los que podíamos hacerlo, lo que para aquel viajero fue como si de pronto hubieran decidido moverse tres de las cuatro estatuas de un monumento funerario. Pegó un respingo y empezó a recular protegiendo la bolsa entre sus brazos y su pecho.

–Tranquilízate –intentó calmarlo Dam–, no te haremos daño.

Nosotros nos quedamos quietos.

–Solo queremos hacerte una pregunta –le dijo Altea en un tono amable.

–A ver qué lleva en la bolsa –gritó Impreciso detrás de nosotros.

Sonó como si esa fuera nuestra pregunta. El hombre dio media vuelta y echó a correr. Aunque sus piernas eran lentas y estaban mal sincronizadas, sus pasos eran largos y

Altea debió emplearse a fondo para alcanzarlo y agarrarlo por el brazo. Cualquier otro se habría detenido en ese punto, él, en cambio, intentó zafarse y continuar corriendo, si bien lo único que consiguió fue perder el equilibrio y estrellarse contra el suelo con la aparatosidad de un cacharro de loza. No debió romperse en muchos trozos, sin embargo, porque enseguida se rehízo y se colocó en posición fetal para proteger la bolsa.

–Quítasela –tronó Impreciso a lo lejos.

La verdad es que tanta porfía se juzgaba sospechosa. Altea se agachó e intentó sin éxito desovillarlo para ver lo que ocultaba.

–Córtale las manos si hace falta –aulló Impreciso.

–Es mía, por favor, es mía –oímos que decía entre llantos el desconocido.

Dam, por lástima hacia el desventurado caminante, y yo, porque sabía de lo ocioso de los afanes encontrados, apartamos a Altea de lo que parecía su presa e intentamos de distinto modo recomponer la situación: Dam pidió al hombre que se incorporara y yo, como este no le hizo caso alguno, me arrodillé junto a él y le dije al oído:

–En cuanto sepan que es un libro de cocina, te dejarán tranquilo.

El hombre giró la cabeza y me miró atónito. Tenía la mejilla izquierda desollada y un hilo de sangre corría por su cuello.

–Lo que guardas es tuyo –continué tras levantarme.

Me aparté y me llevé conmigo a Dam y Altea.

–¿Quieres que te ayudemos? –se interesó Dam.

Él le contestó que no y se incorporó dando traspiés, como hacen algunos herbívoros inmediatamente después de ser paridos.

–Estás magullado. Ven para que te lave la cara –le dijo Altea.

Me miró como pidiéndome consejo y yo asentí con la cabeza. No teníamos desinfectante, ni vendas, ni siquiera un trapo para secarlo. Altea le dijo que se agachara y, cuando lo hubo hecho, vertió agua de una botella sobre su cara y su cuello hasta que se le fue la tierrecilla que se le había quedado pegada a la herida: era cuanto podíamos hacer. Eso y pedirle disculpas, como ella hizo en nombre propio y en el nuestro. Por fortuna, las erosiones eran superficiales y dejaron de sangrar pronto. «Siéntate con nosotros y descansa un rato», le dijo ofreciéndole el borde de la cuneta. Aunque estaba más tranquilo, en ningún momento había dejado de apretar la bolsa sobre su pecho. Y así siguió sosteniéndola cuando aceptó el ofrecimiento y, tras expeler un hondo suspiro, se sentó de cara a la carretera, como a un metro de la silla de Impreciso, que lo miraba como si estuviera viendo al espectro de algún pobre idiota.

–Hemos oído noticias sobre un santón que da de comer a muchos. ¿Lo conoces? –le dijo Altea.

Aquel hombre levantó la mirada: solo entonces nos dimos cuenta de que era bizco. Su rostro me pareció hueso y pellejo y sus pequeñas pupilas tiros errados en el blanco de los ojos.

–Esa era nuestra pregunta –continuó Altea–. Simplemente queríamos saber si habías oído hablar de alguien que alimenta a sus seguidores.

El caminante nos miró, o miró a nuestra izquierda, o a nuestra derecha, o a ambas lados y a nosotros. Su inmensa nuez le subió y le bajó por su cuello largo y delgado poco antes de que dijera:

–Yo soy cocinero.

Sonó como si se hubiera reconocido verdugo, de lo ronca y turbia que tenía la voz, que antes habíamos oído distorsionada por el llanto. Y como para ilustrar su declaración, abrió la bolsa y sacó de ella un cartapacio de papeles encuadernado en espiral y nos mostró la carátula. En ella decía: «Recetas de cocina creativa, por el maestro cocinero Libuell Daria».

–Es mío: yo soy Libuell –ratificó.

Si nos hubiera mostrado un álbum de sus fantasmas familiares, no nos habríamos sorprendido tanto. Nuestro asombro le dio alas para seguir explicándose. Dijo:

–Durante cientos de años, nuestra cultura ha tenido la labor de cocinar a la misma altura que la de fregar o barrer. Comer era estrictamente alimentarse. Las recetas se han transmitido de padres a hijos y de cocinero a cocinero sin modificaciones ni aportaciones propias. Yo, en cambio, considero que la cocina puede ser un arte. En la cultura que sustituya a la nuestra habrá dramaturgos y escultores, pintores y coreógrafos, músicos y poetas. Los cocineros perseguirán la belleza tanto como los arquitectos y los ingenieros. Sé que puede resultar grotesco pensar así en medio de tanta destrucción y tanta hambre, pero créanme, algún día el placer será una función más de la comida. Y entonces, el creador de un libro como el mío estará muy estimado socialmente, tanto como el más reputado de los escritores de novelas.

Ya nos parecía bastante raro que un escritor de novelas fuera considerado por la sociedad, pero que lo fuera alguien cuyo mérito se circunscribiría a recomendar algo tan simple como poner en las comidas un ingrediente u otro se nos antojaba de todo punto increíble.

–Cogollitos de lechuga con alubias y salsa de anchoas

sidreras –dijo leyendo el libro.

Después, levantó la mirada y nos vio mirándolo, pasmados. Antes de continuar, sonrió, triunfante.

–Salsa de espárragos de las dehesas de Drohepec, Albóndigas de bacalao con escabeche de naranja, acelgas con gambas de Havelú.

Había ido abriendo el libro al azar y leyendo en él como si recitara pasajes de un texto sagrado.

–¿Qué es lo que estás diciendo? –lo interrumpió Impreciso.

Son los títulos de las recetas.

–¡Los títulos de las recetas! –exclamamos.

–Sí, detrás de los títulos, se ponen los ingredientes y luego la elaboración. Por ejemplo, esta última es muy sencilla. Ingredientes: un manojo de acelgas, una cebolla, doscientos gramos de gambas de Havelú, dos cucharadas soperas de aceite de las sierras de Beojo, perejil y sal.

–¿Aceite de oliva de las sierras de Beojo? –se extrañó Altea.

–Sí, el mejor. La calidad de los alimentos es muy importante. Igual que la elección del vino.

–¡La elección del vino! –desdeñó Impreciso.

–Fuera de La Unión hay vinos de muchos tipos, y la conciliación entre plato y tipo de vino es allí muy estimada para el mayor disfrute de la comida –nos indicó Libuell.

Las noticias que nos habían llegado desde siempre de allende las fronteras nos avisaban de pueblos bárbaros, entregados a la hipocresía y a ese relativismo moral que supone la excesiva tolerancia. Por eso, al oírlo defender la sensualidad en el uso de la comida y el vino, intuimos una conducta desordenada.

–Veo que no me creéis –su voz no iba cargada de acritud. Era, en efecto, fe lo que nos pedía, y comprendía que no había una diferencia grande entre lo que nos contaba sobre el otro lado de las fronteras y lo que otros prometían para el más allá de la muerte.

–Ni te creemos ni te dejamos de creer –le respondí. Yo sabía que aquel cocinero no podía ayudarnos a encontrar lo que buscábamos–. Quizá sea verdad cuanto nos dices, ¡pero qué importa! Te respetamos y te dejamos en paz con tu libro. ¿No te es suficiente?

Ocurrió que mientras estábamos conversando, vimos acercarse a un pequeño grupo de personas que caminaban en el mismo sentido que lo habíamos hecho tanto nosotros como Libuell, a quien dejamos de prestar atención. Eran dos hombres y dos mujeres, todos jóvenes. A sus espaldas llevaban grandes mochilas, y del cinto les colgaban ostentosos machetes. Cuando los tuve a un centenar de metros, palpé el sentir de sus almas: ellos sí habían visto a esa especie de predicador y habían resuelto rechazar sus enseñanzas y proseguir el camino que se habían propuesto.

–Pregúntales tú –le pedí a Dam. Era el menos desenvuelto de nosotros y parecía el menos peligroso.

Los viandantes, que formaban dos parejas estables, no se asustaron cuando Dam se interpuso en su camino.

–Creo saber a quién te refieres –le respondió uno de ellos, que era moreno, alto y muy fuerte–. Y no solo hemos oído hablar de él, sino que lo hemos visto y lo hemos oído.

–¿Cuánto hace?

–Ayer por la mañana, como a treinta kilómetros de este lugar, en las cercanías de un pueblo llamado Vioco.

–Decidme: ¿es cierto que da de comer a una multitud?

–Es cierto, sí. No les da mucho, pero en los tiempos

que corren cualquier tontería es un generoso regalo.

–Sin embargo, habéis preferido continuar vuestro camino –observó Altea.

–Ha prometido alimentar para siempre a sus prosélitos, que cada día son más. No sé de dónde saca las provisiones, pero sobrevendrán las circunstancias en que eso sea imposible. Además, a nosotros no nos gustaban ni sus métodos ni sus peroratas.

–¿Qué quieres decir?

–Nada más llegar a las cercanías del paraje donde reside, unos seguidores acérrimos te obligan a entregarles cuanto posees. «Para el común, hermano», te dicen. Todo el mundo va con las manos vacías. Al atardecer, se distribuyen mantas que se recogen a primera hora de la mañana. Un par de veces al día, junto a una cocina de campaña, varios grupos reparten un potaje de garbanzos a los concentrados, que hacen largas colas para que se les llene hasta la mitad una escudilla de aluminio que luego deben devolver.

–Vosotros lleváis cada uno una mochila –indicó Altea.

–Nosotros fuimos a sabiendas de lo que podíamos encontrarnos, por curiosear, y de paso nos comimos los garbanzos. En el momento en que nos exigieron entregar las mochilas, nos volvimos y las escondimos en una casa en ruinas.

Les dimos las gracias por su información y nos deseamos suerte antes de despedirnos.

–Deberíamos reconsiderar nuestro objetivo: no creo que valga la pena volver atrás por un par de escudillas de garbanzos –dijo Altea cuando volvimos a quedarnos solos.

La palabra garbanzos nos ponía de mal humor.

–Estoy de acuerdo –consideró Impreciso.

–Y yo también –corroboró Dam.

Como mi opinión era la única que quedaba, se quedaron mirándome. Todos sabían que traería forma de veredicto.

–Libuell, ¿tú qué opinas? –pregunté al cocinero.

Aunque estaba observándonos y parecía pendiente de la conversación, seguía abstraído en sus asuntos y nunca pensó que fuera a ser consultado, por lo que debí repetirle la pregunta.

–Los garbanzos están muy buenos con espinacas –explicó luego.

Nos reímos, claro, y a carcajadas, pero solo cuando pasaron unos cuantos segundos, pues nuestro instinto debió sobreponerse al inmenso sufrimiento que flotaba en el ambiente.

–¿Cómo le pides opinión a este loco? –dijo Impreciso venciendo a duras penas la risa.

El cocinero se levantó de malas pulgas y se aplicó a pasar las hojas de su libro como si buscara en ellas la irrefutable prueba con la que arrojaría agua sobre la hoguera de nuestras chanzas.

–Hiérvanse los garbanzos con una cebolla, tres dientes de ajo sin pelar, una hoja de laurel y otra de perejil –gritó haciéndole sitio a su recia voz entre el ruido de nuestra algazara. Sus palabras prometían más divertimento, así que nos contuvimos la risa con gran esfuerzo exclusivamente para buscar más razones con las que reírnos. En cuanto se creyó escuchado, siguió leyendo–. Déjense cociendo en la olla durante no menos de cuatro horas…

–¿Cuatro horas? –lo interrumpió Impreciso–No disponemos de tanto tiempo. Tenemos que seguir caminando.

–Si los cocinamos en una olla exprés, bastarán unos treinta minutos –respondió Libuell muy ufano.

Las risotadas volvieron a atronar el aire.

–No tenemos olla exprés –consiguió decir, finalmente, Impreciso.

El cocinero titubeó: se sentía en un callejón sin salida.

–Entonces, oigan la receta por su música, como el que escucha un poema sublime de labios de la amada –apuntó.

No le fue posible abrirle paso a su voz, ni siquiera con el auxilio de la mano que levantó para pedir atención. No se arredró, sin embargo: mientras reíamos, mantuvo el brazo extendido y siguió hablando. Nosotros entendimos palabra sueltas, como «aceite», «pimentón» o «rehogar», o incluso trozos de algunas frases, como «espinacas y vino blanco» o «picadito mejor que espolvoreado», que le daban como empujones violentos a nuestra alegría desatada.

–Las imágenes hermosas que uno puede ver echándole imaginación a la existencia, señor poeta de la cocina –dijo Altea cuando el cocinero hubo parado y la burla estaba apagándose.

Libuell estaba acostumbrado a ser tratado con incomprensión, y hasta con sarcasmo, y se limitó a mirarnos con desdén.

–Reíd, reíd, aprendices de la vida. Ya veremos quién ríe el último –afirmó.

Reímos otra vez, pero sin demasiadas ganas, como si sus últimas palabras hubieran sido un bis no pedido. De hecho, a su término, se nos quedó el cuerpo como con un fango de pesadumbre: ¿quién nos aseguraba que nuestros reflexionados pasos conducían a una salida mejor que los de aquel imbécil?

–Retomemos al asunto primordial –les dije–. Antes de

que esos caminantes nos pusieran al tanto de lo que se cuece en el campamento de ese hombre llamado el Elegido, habíamos decidido ir hasta allí para abastecernos, pues nuestras provisiones apenas dan para unos pocos días. Nuestra intención nunca fue unirnos a su grupo. Después de oírlos, creo que lo procedente es ratificarnos en nuestra anterior decisión: no nos interesa alimentarnos con sus sermones o con su caldo, sino arramblar con todo lo que podamos y poner pies en polvorosa.

–No parece una tarea tan fácil. Me da la impresión de que los seguidores más fanáticos del Elegido forman un pequeño ejército que se encarga de mantener el orden dentro de la comunidad y hasta de que nadie que haya entrado pueda salir de ella fácilmente –alegó Altea.

–Haremos lo que esas dos parejas que nos han informado: ocultaremos los carritos en las cercanías y los recogeremos cuando estemos de vuelta. Lo demás, lo pensaremos sobre la marcha. Lo importante es no hacerse notar y actuar con determinación –sentencié.

Como se aproximaba el ocaso, buscamos en las cercanías una zona oculta de la carretera y nos instalamos en ella con nuestras exiguas pertenencias. Libuell, sin que nadie lo hubiera invitado, nos siguió como un perrillo indeciso, y luego, sentado a escasa distancia de nosotros, nos vio preparar el campamento y pasarnos una lata de melocotón para que cada uno de nosotros pudiera pinchar su parte. Habitualmente, caíamos a dos piezas y algo y ese algo se sorteaba entre Altea, Dam y yo. En aquella ocasión, cogí la lata y volviéndome hacia Libuell, le pregunté:

–¿Quieres medio melocotón en almíbar?

El cocinero se levantó desequilibrado, pinchó el pedazo y cuando se iba, le ofrecí la lata y le dije:

–Bébete el caldo, si quieres.

Aceptó en silencio y volvió a su sitio, donde permaneció mudo durante la trasnochada y se acostó hecho un lío alrededor de su libro, sin protección alguna contra la humedad del suelo o el relente de la noche, igual que Pirindolo, mientras nosotros nos agrupábamos entre los hules y los edredones.

Cuando abrí los ojos por la mañana, lo vi arrodillado en el suelo, cerca de la olla que debía contener los garbanzos en remojo, sobre la que estaba echando algunas hierbas que troceaba con un cuchillo. Sin demasiada preocupación –sabía que nada dañino se procesaba en su alma–, pero sí con bastante curiosidad, me levanté con cuidado para no despertar a mis compañeros y me acerqué a él, quien al verme venir me dio apaciblemente los buenos días.

–¿No nos estarás jodiendo el desayuno? Ten en cuenta que es la comida más fuerte que haremos en esta jornada –le dije.

–No te alarmes –me respondió–. Estoy haciendo un primer plato de ensalada de garbanzos.

El entendimiento se me quedó atollado en lo de «primer plato», de forma que cuando llegué a lo de «ensalada de garbanzos», ya estaba él dándome la explicación.

–Lo ideal habría sido poder contar con tomates, pimientos rojos y verdes, cebollas, huevos, atún, vinagre, mostaza, sal y pimienta, pero he visto que solo traéis sal y pimienta, y los garbanzos, claro, así que he estado cogiendo hierbas de varios tipos y tallos tiernos que harán más sabroso y más nutritivo el desayuno –me reveló.

Miré la olla y vi que, en efecto, estaba repleta de forraje.

–¿Estás seguro de que es comestible? –le pregunté.

No pareció ofenderse. Al contrario, sonrió exageradamente con el indiscutible ánimo de enseñarme su dentadura, que sobre un fondo amarillo tenía manchas verde prado.

–No hace falta ser un rumiante para digerirlas –me dijo–. Estos vegetales son tan ligeros como las coles o las lechugas. Y los tallos son tan suculentos como los espárragos trigueros. Salí de Sholombra cargado únicamente con mi libro. ¿De qué crees que me he alimentado desde entonces?

Y acto seguido me habló de cada una de las hierbas que había puesto en la olla, me enseñó a diferenciarlas entre sí y de las demás hierbas del campo y me informó sobre los lugares donde solían crecer.

–Y ahora que te he te explicado lo que sé, dime cómo supiste que en la bolsa llevaba un libro de cocina –me pidió.

Yo me esperaba la pregunta y tenía hilada una contestación.

–Porque te conozco –le dije.

–¿Nos conocemos? Tengo muy buena memoria para las caras y no me acuerdo de la tuya.

–Yo era un ciudadano gris. Tú, en cambio, adquiriste alguna notoriedad en ciertos ambientes que yo llegué a frecuentar. He oído hablar de ti y una vez coincidimos en un charladero, aunque no llegaron a presentarnos.

Libuell podía dormir al fresco sin protección alguna, aguantaba el dolor como un perro vagabundo y sabía alimentarse de lo que daba el campo, y además tenía conocimientos incuestionables y un objetivo claro que le servía para superar cuantos reveses se cruzaban en su camino. Pocas personas estaban mejor acopladas a los tiempos en que vivíamos.

Probé la comida y no me pareció demasiado apetitosa. Más bien lo contrario.

–Faltan la mayoría de los condimentos –se disculpó al ver mi gesto de desagrado.

–Con que no nos envenenes, tenemos bastante –le contesté.

El cocinero simuló enfadarse y se comió un puñado de verde que masticó haciendo ostentación de lo mucho que le gustaba.

–Y lo más importante, alimentan –me dijo cuando se lo hubo tragado.

Plantas como las que el cocinero había echado a la olla abundaban por aquellos lugares. El saber que eran comestibles, aunque gastronómicamente fueran tan poco recomendables como la alfalfa, valía en aquellas circunstancias más que todas las carreras de ingeniería y de leyes juntas y más que todo el dinero del banco de La Unión y toda la belleza y toda la maestría de las putas finas de Sholombra.

–Convendría que no se extendiera por ahí esta pericia –le dije–, o una muchedumbre de muertos de hambre saldrá al campo y lo esquilmará.

Libuell, que necesitaba un pequeño reconocimiento para salvar su ego, tuvo suficiente con el que iba implícito en la intimidad que yo le brindaba. Asintió haciendo un mohín y, con esa voz suya que parecía venir del hueco fondo de la tierra, me dijo orgulloso:

–También sé cocinar ratas y conozco la receta para que la carne humana parezca de ternera.

–Veo que estás bien preparado para la vida –le contesté reprimiéndome un gesto de asco–. ¿Pero esas recetas no vendrán recogidas en tu libro?

–No, no, claro: el mío es un tratado de alta cocina. Aunque no estaría mal hacer un manual de recetas para la supervivencia.

–Ese original sí habría hoy que protegerlo con uñas y dientes –le dije dando por terminada la charla.

Desperté a mis compañeros, que no tenían prisa por volver a la pesadilla de la realidad, y enseguida los previne sobre lo que había para desayunar, haciéndoles especial hincapié en el valor de lo nutritivo.

–Si querías darnos una sorpresa agradable, haberle echado una poca carne al puchero, y no ese montón de heno, que revuelto con los garbanzos me recuerda a la función de la paja que en la comida de las bestias acompaña al grano –dijo Impreciso cuando, después de haberlo ayudado a liberarse de las miserias que la noche había producido en su destartalado cuerpo, se hubo sentado en su silla y dispuesto, como los demás, alrededor de la olla, expectante y con un plato en el regazo y un tenedor en la mano–. Les ponen paja para engañarlas–continuó Impreciso más tarde–, porque si solo le ponen grano se hinchan de comer y revientan, como a mí me pasaría si pudiera hartarme de garbanzos.

Éramos urbanitas hambrientos y no le encontramos jugo bastante a la gracia como para reírnos. Ni nos sonreímos, siquiera.

–Que conste que este plato es una solución de emergencia –dijo el cocinero poco antes de que empezara a repartir a puñados el contenido de la olla.

La primera impresión agradable fue que los platos se llenaron. Bien es verdad que casi todo eran hojas y que entre hoja y hoja había mucho aire, pero, como nos había advertido el propio Libuell, el segundo bocado, y quizá el más capital en la alta cocina, se pega con los ojos (el primero –nos dijo–, se da con el oído, al escuchar la música del nombre del plato), y los nuestros se regocijaban de ver tanta abundancia, o, al menos, de ver tanto volumen. Como teníamos reservas para dar el tercer bocado, Libuell olió la comida («si humeara –advirtió–, lo suyo sería olerla con los ojos entornados, pero esta no humea, así que podemos pasar a comérnosla»), pinchó un trozo de hoja y lentamente y mirándonos, como si fuera un mago en un improvisado escenario, se la llevó a la boca, donde la masticó muy despacio.

–Le falta atún y vinagre –aseguró sin habérsela tragado todavía, como si con esa obviedad rociara de otros condimentos la ensalada de garbanzos.

–Y no será lo único que le falta –afirmó Altea.

–A mí lo que me preocupa es lo que le sobra –intervino Impreciso.

Yo tomé mi tenedor y empecé a comer con una fruición consciente, sin darle tiempo a la boca a analizar los sabores, como el que se mete de golpe en un estanque de agua fría.

–A las sensaciones del paladar hay que acostumbrarse, como a todo en la vida –afirmó Libuell en vista de que Altea y Dam habían hecho lo que yo y callaban.

–¿No será como el que se acostumbra a un dolor o, aún peor, a ir en una silla de ruedas? –preguntó Impreciso poco antes de meterse un trozo de verde en la boca.

Yo reparé en que Pirindolo nos observaba con la cabeza ligeramente ladeada, asombrado y confuso, pues en su memoria asociaba al heno con las vacas que pastaban no lejos del taller de Tobase y no con las complicadas comidas de los enigmáticos humanos.

—¿Habéis visto cómo nos mira el perro? —dije.

Fue al abrir la boca para hablar cuando al gusto le entró la lucidez y yo me di cuenta de a lo que sabía aquello.

—¿Está bueno? —me preguntó Libuell entonces.

No estaba malo, ni bueno, ni puedo asegurar que no supiera a nada: sabía a producto antinatural, a alimento para rumiantes.

—Sabe a lo que es —dije con resignación, y seguí comiendo.

Lo bueno era que esporádicamente tropezabas con un garbanzo y el instinto de supervivencia se relajaba, agradecido.

—Pensad en los nutrientes de las plantas —concedió Libuell, asumiendo en parte su derrota—: en el sodio, en el hierro, en el fósforo, en el potasio. Miradme a mí, que me alimento fundamentalmente de vegetales y soy capaz de andar cuarenta kilómetros diarios y dormir sin abrigo, que aún tengo la dentadura completa y jamás me he puesto enfermo.

Con esos ánimos y los que nos daba el instinto de supervivencia, seguimos comiendo hasta que nos terminamos el plato por muchos pucheros que hicimos, y tal vez hubiéramos comido más si ello hubiera sido posible.

—¿Está así de buena toda la alta cocina? —le preguntó Altea.

Al cocinero no se le podían gastar bromas mentándole algo tan sagrado para él.

—¡Qué fácil es ser cínico con la barriga llena! —le contestó, sinceramente dolido.

El caso es que terminamos de comer sin mayor quebranto y con un maullido en la barriga, cuando desde que nos marchamos de Sholombra no había hecho sino rugir.

–Recojamos y vayamos a conocer a ese Elegido del que tanto atestiguan, a ver si llegamos con hora de que nos ponga de cenar –les dije.

Salimos poco después con dirección a Vioco. Y en ese plural incluyo a Libuell, que se unió a nosotros sin que nadie lo hubiera invitado, aunque sin que nadie le hubiera formulado reproche alguno por ello. Todos creíamos que nuestra unión era coyuntural y terminaría en cuanto llegáramos al campamento del Elegido, donde nosotros buscaríamos provisiones y él –así nos lo había manifestado la noche anterior–un empleo temporal en las desaprovechadas cocinas que debía de haber en el lugar adonde íbamos.

Hicimos el primer tercio del camino pronta y resueltamente. Recuerdo que a Libuell le costaba trabajo adaptarse al ritmo de nuestro caminar. Su marcha natural era más rápida que la nuestra, pues sus pasos eran auténticas zancadas, de espaciosos, arduos y contrahechos. Se alejaba sin darse cuenta y, cuando reparaba en lo lejos que se había ido, se detenía para incorporarse de nuevo al grupo, casi como Pirindolo, que iba y venía de un lado para otro olfateando y reconociendo cualquier nimiedad de los alrededores.

A media mañana, le dio un apretón a Impreciso y debimos detenernos para ayudarle a hacer sus necesidades detrás de una pared. Él, que tenía problemas de estreñimiento, lejos de intranquilizarse se sintió feliz de poder obrar con semejante rapidez y profusión. «Agradéceselo a las hierbas, que tienen efectos redentores», dijo Libuell envanecido. Pero a los diez minutos de reanudar el viaje tuvimos que hacer otro alto con el mismo propósito y ni Impreciso se alegró ni Libuell abrió la boca para darse pisto de cocinero y de herbario. «Seguramente no dejaste terminar a la naturaleza la primera vez», se excusó Libuell cuando también Impreciso achacó a las hierbas una frecuencia tan sospechosa. No mucho más tarde, Impreciso volvió a clamar que lo retiráramos con urgencia entre insultos, maldiciones y lamentos porque el resto del grupo no hacía más que reírse de ver lo apurados que por distintos motivos estaban el cocinero y él. «Reíd, reíd, mal nacidos, que vosotros habéis comido tanta hierba como yo y acabaréis de la misma forma», nos dijo. No ocurrió así, y solo él siguió acuciado por las demandas de su vientre, de manera que tuvimos que pararnos más veces, muchas más, y todas ellas lo sostuvimos entre Dam y yo.

–La próxima le toca a Altea y Libuell –dije por fin.

Aunque Impreciso tenía tendencia a la perversión del exhibicionismo y no hubiera tenido reparo alguno en desnudarse delante de Altea, por enjuto y ruinoso que tuviera el cuerpo, le era indigno hacerlo por obligación, hallándose en una postura de tanta humildad y para un fin tan poco relacionado con el deleite. Protestó, claro, pero de nada le sirvieron primero los lamentos y luego las súplicas. Cuando llegó la hora de retirarlo nuevamente de la silla, fueron Altea y Libuell los que lo cogieron, si bien se conformaron con portearlo hasta la cuneta y sostenerlo en volandas.

–O me retiráis lejos o dejáis que me lo haga en los pantalones –dijo totalmente vencido.

Altea no consintió ni lo uno ni lo otro.

–No te preocupes demasiado, que esto que estamos haciendo es de lo que menos llama la atención en estos tiempos –lo animó.

Llevaba razón: sufrir por el pudor estando la muerte tan presente era una obscenidad y una estupidez.

Mientras lo sostenían, pasó una pareja de jóvenes en dirección contraria a la nuestra, a la que siguió un hombre mayor en bicicleta. A unas decenas de metros de nosotros, los jóvenes tiraron al anciano al suelo y, como este se aferraba al manillar de su máquina y gritaba pidiendo ayuda, lo patearon en la cabeza y en el pecho hasta que se la arrebataron. Ni Altea ni Libuell podían socorrer al anciano sin dejar a Impreciso tirado y yo, en aquel estado de naturaleza en el que nos hallábamos, me había propuesto hacer lo que los naturalistas y no intervenir en el proceso de la vida salvo que fuera la mía o la de los míos la que se encontrara en peligro. Hasta que los jóvenes no se fueron, no acudimos Dam y yo a socorrer al herido.

–¿Qué le duele? –le preguntó Dam.

El anciano esbozó una sonrisa amarga y no contestó.

–Solo quiere que lo dejemos en paz –respondí yo por él.

–Llevémoslo hasta el Elegido –me dijo Dam–Allí hay un nutrido grupo de gente y alguien cuidará de él.

No sé bien por qué consentí hacerlo, pero el caso es lo cogimos de las axilas y lo levantamos. Tenía una pierna rota y quizá la muñeca y algunas costillas.

–¿Cuántos años tienes? –le pregunté.

–Muchos, demasiados –me contestó.

Eran no menos de setenta y cinco.

–Tiene más de setenta y cinco años y la pierna rota –le dije a Dam.

–Entonces, habrá que llevarlo en la silla.

A veces, como ocurre en la Física con los cuerpos, dos afectos no pueden ocupar el mismo espacio, de manera que uno nuevo desplaza necesariamente a otro. Bien lo saben algunos enamorados.

–¿Y qué haremos con Impreciso? –le pregunté.

Este aún se encontraba en la cuneta con los pantalones bajados, sostenido en volandas por Altea y el cocinero.

–Ahora, este viejo la necesita más.

Eran un hombre con las dos piernas imposibilitadas y otro con una pierna rota. La afirmación era bastante cuestionable, pero seguí sin contradecirlo.

Llevamos al herido hasta el grupo y lo tendimos en la carretera, donde, a falta de tablas y cuerdas, le entablillamos la pierna con varias cucharas y dos camisas que no quisimos hacer tiras por si las necesitábamos en el futuro. Libuell, mientras tanto, se entretuvo buscando hierbas por los alrededores. Impreciso nos observaba sentado en su silla, callado, extremadamente débil y sin tener idea de lo que se le avecinaba.

Solo cuando terminamos de inmovilizar la pierna rota, Dam cayó en la cuenta de que buscándole solución a un problema estaba creando otro mayor. En tanto maduraba una salida, se quedó mirando al tullido con unos ojos que a este, tras unos segundos de vacilación, le parecieron llenos de infames presagios.

–La silla es mía –chilló Impreciso, sin entender que en la obnubilada mente del inesperado benefactor el derecho a la propiedad había perdido la batalla contra el derecho a la vida.

–Será un préstamo –resolvió Dam–. Este hombre irá sentado y yo te llevaré a cuestas hasta que lleguemos al campamento del Elegido.

Impreciso no se resistió demasiado, temeroso de que si ponía excesivos obstáculos a esa caridad intrusa acabaría tirado en el suelo y abandonado a su suerte. Entretanto, Libuell volvió con hierbas para la diarrea y las heridas, que repartió entre los dolientes con la liturgia de un homeópata titulado.

–Siempre las he preparado en infusión, pero creo que crudas, como las toman los corderos y las vacas, harán un efecto todavía más beneficioso –dijo.

Impreciso se la tomó a conciencia («no puedo ponerme peor», me declaró cuando lo interrogué con la mirada) y el herido –que dijo llamarse Cómodo–sin saber muy bien lo que estaba pasando. Enseguida, entre Altea y yo pusimos a Impreciso sobre las espaldas de Dam y colocamos a Cómodo en la silla de ruedas.

–Libuell empujará la silla y Altea y yo nos turnaremos con el carrito de las provisiones –dispuse para concluir.

En aquel reparto del trabajo, a nosotros nos había correspondido el más llevadero, y éramos los más jóvenes y los más fuertes, salvadas, quizá, las correas de Libuell.

–Habrá que hacerle algún relevo a Dam –me sugirió Altea por lo bajo.

–No creo que sea inteligente. Si hubiera sido una cuestión de justicia, deberíamos haberla sobrellevado entre todos, pero no ha sido la Justicia, sino la Caridad la que ha movido a nuestro compañero, y no se puede hacer caridad haciendo recaer su peso sobre las espaldas ajenas.

Altea y yo empezamos cerrando el pequeño y extravagante convoy, del que también formaba parte Pirindolo, que aparentaba sorprenderse al vernos cada vez que volvía de sus expediciones exploratorias de movimientos y de olores. Pero poco después encabezábamos el grupo y debíamos aminorar la marcha.

–Dam está hecho polvo –me informó y me pidió Altea.

–Pues no hemos hecho más que empezar –le contesté

yo.

Impreciso, al que parecían haber curado las hierbas, se había aferrado a su porteador como una hiedra montaraz al tronco de un árbol y colgaba de él sin hacer esfuerzo, como si sus articulaciones hubieran renunciado al movimiento y estuvieran petrificándose. Dam lo llevó primero con alegría, más tarde con resignación y al cabo de un par de kilómetros a regañadientes y en silencio, porque pedirnos ayuda tan pronto hubiera sido tanto como reconocer su error y, quizá, que resolviéramos abandonar a Cómodo en la cuneta. Lo que sí hizo fue sugerirnos que descansáramos. Los demás aceptamos y nos paramos un rato, pero, para su sorpresa, al reanudar la marcha nadie dijo de sustituirlo y debió volver a cargar con Impreciso.

Un poco antes de la hora normal, nos detuvimos a comer. Almorzar era para nosotros una forma de llamar a una parada más larga, en la que, como mucho, picábamos alguna galleta y bebíamos un vaso de leche en polvo. En aquella ocasión, Libuell se adentró en el campo seguido por Pirindolo y volvió pasados unos minutos con las manos llenas de unas raíces emparentadas con los rábanos, aunque más chicas, que él llamó rabanetas. «Si os gustan, podemos comer hasta hartarnos, porque esa vaguada es un auténtico rabanal», aseguró.

Las probamos y, pese a que estaban muy sosas, nos supieron a gloria, de los apetitos que traíamos.

–¡Con tantas raíces tan cerca, y la gente muriéndose de hambre! –exclamó Altea mientras comíamos–. Todos debíamos haber aprendido técnicas de supervivencia.

Por una soberbia ciega, la civilización en que habíamos crecido no solo no había enseñado a sus hijos a valerse fuera de ella, sino que se había creído inmortal y, en su arrogancia, había despreciado y ultrajado a la Naturaleza.

—Yo era vendedor de pisos —dije—. Figuraos para lo que me sirve ahora ese oficio.

Altea dijo que su último trabajo había sido el de dependienta en una tienda de electrodomésticos; Dam, que era administrativo en las oficinas de una empresa de detergentes, e Impreciso que algunas veces ayudaba a un amigo que tenía un kiosco de prensa en las cercanías de la sede del Ministerio de la Guerra.

Hubo sucesivos comentarios sobre el particular que fueron interrumpidos por Cómodo, quien con la voz entrecortada nos dijo:

—Yo, antes de jubilarme, era enterrador de un pueblo que está a cinco kilómetros de aquí y, si quisiera, ahora estaba todo el día trabajando. Gratis, claro.

En Sholombra había incineradoras. Según mostraron las cámaras de televisión, el último cementerio que hubo fue arrasado por un enjambre de excavadoras y camiones y sobre él construyeron en un tiempo récord el centro logístico de una gran empresa de hipermercados. Para nosotros, el oficio de enterrador no era menos extraño que el de verdugo y nos sonaba a propio de poblaciones atrasadas o de países por civilizar.

—Si me muero, no creo que nadie tenga la piedad de enterrarme —añadió Cómodo.

Dam fue el único que se atrevió a prometérselo. Sin embargo, lo hubiera tenido que hacer solo, sin palas ni picos y con el peso de nuestra mirada añadiendo lastre a su severo trabajo, porque estaba claro que ninguno de nosotros iba a caer en la trampa que nos tendían sus excesos de caridad, como pudo comprobar enseguida, cuando tras la

paliza que nos dimos extrayendo rabanetas de la cerca próxima, reanudamos la marcha y él, otra vez, tuvo que cargar
con Impreciso a pesar de que, según nos dijo, tenía las espaldas hechas polvo de portearlo en exclusiva durante la
mañana y de agacharse como todo el mundo a descubrir
aquellas raíces insípidas que ya eran nuestro mayor tesoro.
Libuell fue el único que hizo algún ademán de ayudarlo,
pero yo lo paré advirtiéndole:

–Tendrás también que empujarle al carrito.

Libuell se lo pensó mejor y Dam, enfadado con Altea
y conmigo, no volvió a pedirnos ayuda, ni siquiera demandó altos extraordinarios en el camino para no darnos
el placer de verlo humillado. Como tampoco nosotros lo
propusimos, Dam empezó a rezagarse y, lo que era peor, a
ponderar si le traía cuenta formar parte de un grupo tan
poco solidario. «Deberíamos abandonarlos», sé que le comentó a Impreciso, y que este, sin entender en absoluto de
lo que su porteador le hablaba, le preguntó: ¿Qué, cómo?».
«Que deberíamos irnos y dejarlos solos». «¿Quiénes?».
«Cómodo, tú y yo».

–Nereo, Altea –clamó Impreciso sobrecogido–, dejad
a ese viejo en la cuneta y devolvedme mi silla.

Dam estuvo tentado de plantar a Impreciso. Incluso
puede decirse que llegó a hacerlo: irritado con todos, se lo
descargó, lo dejó en el borde del camino e inició en solitario la marcha, no hacia nosotros, sino hacia donde acampaba el Elegido, resuelto a sobrepasarnos sin dirigirnos la
palabra. Impreciso se vio perdido y chilló pidiendo ayuda
y maldiciendo como un demonio. Nosotros miramos atrás
sin detenernos, casi sin curiosidad.

–¿No vais a volveros para ayudarle? –preguntó Cómodo.

—Solo podemos ayudarle devolviéndole su silla —le dije yo.

Cómodo, que por la mañana había pedido ayuda para dejarse morir, se encontraba mejor y ahora creía que, por irrebatible que fuera la amargura de la vida, siempre era más dulce que la incertidumbre de la muerte. Entre su supervivencia y la de Impreciso, no le cupo duda de cuál debía elegir y se calló.

Impreciso siguió chillando: nos insultó, a Altea y a mí, a Dam, a Libuell, a Cómodo y a Pirindolo, y cuando se vio perdido, alternó los insultos con lamentaciones y encendidas llamadas a nuestra misericordia. Durante unos cuantos centenares de metros, Dam creyó que actuábamos y que nos volveríamos para no dejar a Impreciso solo, tirado y condenado a muerte, pero seguíamos caminando y las voces del discapacitado sonaban cada vez más lejos, como si se estuviera hundiendo en una profunda sima.

—¿No vais a apiadaros de él? —nos preguntó finalmente Dam.

Excepto Pirindolo, que se paró, ninguno nos volvimos, y el perro únicamente lo hizo para mirarlo un par de segundos, no más.

—¿De verdad lo vais a dejar? —insistió Dam.

Esa vez, ni siquiera Pirindolo le hizo caso.

Lo de Dam era un farol: él sí estaba obligado por sus principios a auxiliar al necesitado. Altea lo intuía y yo supe que por mucho que le costase se volvería y cargaría con Impreciso. Lo hizo, efectivamente, en cuanto se percató de que las llamadas de auxilio no conseguirían detenernos. Lo hizo maldiciéndonos y abjurando de nuestra amistad pero a la carrera, pues temía perdernos de vista en algún cruce. Se lo puso a las espaldas con una ligereza impropia de sus menguadas fuerzas y, renegando de nosotros a coro con su carga, anduvo sin detenerse a un ritmo similar al nuestro, por lo que nos veía en lontananza y sabía cuáles eran nuestros movimientos.

Un par de horas antes del anochecer, nos apartamos por un terreno libre de obstáculos y acampamos. Según el mapa, estábamos a no más de cinco kilómetros de Vioco, el pueblo en cuyas cercanías se hallaba el Elegido con sus seguidores. Altea y yo convenimos en descansar durante la noche, esconder bien temprano nuestro carrito y presentarnos en el refugio del Elegido como unos prosélitos más a tiempo de recibir la primera comida del día. Dam llegó con Impreciso a la espalda casi media hora después, derrengado y medio muerto pero más dócil que un corderillo. Ninguno de los dos abrió la boca para protestar, y mudos estuvieron incluso mientras nos comimos las rabanetas de la cena y durante la charla que siguió a esta, en la que Cómodo nos contó historias de algunos de los muertos que había enterrado y anécdotas graciosas relacionadas con cadáveres con las que nos reímos mucho Altea, él mismo y yo, ninguno más, porque Libuell no era de reír y ni Impreciso ni Dam tenían el ánimo para excesivas demostraciones de alegría.

Cuando llegó la hora de acostarse, advertí a todos que, aunque éramos seis, solo había hules y edredones para cuatro y uno de esos cuatro sería yo.

–¿No dejaréis que pase frío la única mujer? –preguntó Altea, postulándose para una plaza caliente.

–Y yo soy el único paralítico –afirmó Impreciso.

–De alguna forma, los edredones siguen siendo míos, pues yo los pagué y de mi casa los cogimos –aseguró Dam, ya menos propenso a la compasión por otros que al amor a sí mismo.

Libuell tenía la carne y los huesos como de perro, pero Cómodo vio que debía dormir al raso y dijo:

–Y yo soy con diferencia el más viejo de todos, y tengo una pierna rota y magulladuras por todo el cuerpo.

Como ninguno de nosotros le contestó, seguramente por creerlo ocioso, fue Libuell el que con una socarronería que desconocíamos en él, le aclaró tan alto que pudimos oírlo todos:

–No parece que tus argumentos produzcan efectos en un grupo como este.

–No le eches la culpa al grupo –le respondió Altea–, sino a los tiempos que corren, en los que nada de lo que posees te sobra de veras.

Esas palabras me hicieron recordar que durante algunos tramos de la noche anterior había tenido que descubrir el brazo y el hombro, de los calores que tenía. La primavera se había instalado y dormir con dos hules y tres edredones empezaba a justificarse más por nuestra psicosis de protegernos como fuera de la intemperie que por una verdadera necesidad.

–Quizá podamos prescindir de un hule y un edredón –dije.

No hicieron falta más argumentos: enseguida, extendimos cada uno de los dos hules e hicimos dos lechos: uno con dos edredones, donde, por este orden, nos acostamos Impreciso, yo y Altea, quienes dormimos ricamente, y otro, con un edredón, donde se acostaron Cómodo, Dam y Libuell, que pasaron la mayor parte de la noche en vela, molestándose unos a otros por culpa de la pierna rota de Cómodo y porque Libuell no podía estarse quieto ni en el sueño ni durante la vigilia.

A la mañana siguiente, descubrí que el cocinero se había levantado casi de noche con ánimo de proveernos de un desayuno especial. Como los demás seguían durmiendo, subí hasta la cima del altozano en que nos hallábamos para buscar un sitio en el que esconder los carritos y desde allí lo vi agachado junto a un arroyo que fluía mansamente hacia un pueblo situado a cinco o seis kilómetros al Noreste, junto a un enorme peñón a cuyo alrededor podían verse varios montones de escorias del tamaño de cerros medianos y una colección tan completa y tan agresiva de estructuras e instalaciones en ruinas que no parecía sino que antes de que el tiempo obrara desmoronándolas y ennegreciéndolas ya se había ultimado su destrucción con un bombardeo concienzudo.

Cuando volví a nuestro campamento, Dam y Altea estaban terminando de recoger los trastos y Libuell desayunaba algo que cogía con los dedos de una vieja lata de conservas.

—Son lombrices —me dijo mostrándomelas. Estaban vivas y se movían formando ovillos blandos y amorfos—. Se las he ofrecido a ellos, pero no las han querido. Hay de sobra y tienen abundantes proteínas. ¿Quieres probarlas tú?

Mis compañeros observaban la escena con cierta chanza, pendientes de mi decisión.

—¿Vosotros no habéis querido? —les pregunté yo.

—Preferimos los garbanzos del Elegido, por escasos que sean y malos que estén —me contestó Altea riendo.

Recordé que desde la cumbre del altozano no había visto rastro alguno del Elegido, por lo que quizá estaba más lejos de lo que habíamos previsto. Así se lo hice saber a todos, con lo que implícitamente les estaba advirtiendo que no probarían bocado hasta mucho más tarde de lo que se creían. Ni les sirvió esa advertencia, ni que me vieran probando las lombrices, ni que me sentara junto a Libuell y le ayudara a dar buena cuenta de ellas. Al contrario, los dos que comimos debimos soportar una buena ración de burlas. Él, sin inmutarse, como si la guasa fuera una circunstancia más del ambiente, y yo, haciendo ascos por fuera pero riéndome por dentro, sabedor de que pronto se trocarían nuestros papeles.

El primero que mudó la cara fue Dam, cuando, sin haberle echado nada a su estómago, llegó la hora de partir y, como había ocurrido durante casi todo el día anterior, debió de cargar con Impreciso. No se acordó de las lombrices, pero sí de algunas de las rabanetas que aún guardábamos en los carritos.

–Son para cuando no tengamos otra cosa que llevarnos a la boca –lo cortó Altea–: hoy, como habíamos acordado, comeremos garbanzos en el campamento del Elegido. Así que démonos prisa, no vayamos a llegar después de que los hayan repartido.

Con prisa anduvimos hasta que alcanzamos un cruce de carreteras en el que vimos un cartel que decía «Minas de Vioco 4 km», junto al que un individuo mal encarado nos anunció que el campamento que buscábamos se encontraba a un par de kilómetros más allá del pueblo, delante de una descomunal montaña de escorias. Al ritmo que llevábamos, nos quedaba una hora de camino, sin contar que debíamos demorarnos en algún lugar seguro para esconder nuestros carritos. Mis compañeros se apresuraron todavía más. Incluso respondieron corporativamente ante la burla que se insinuaba, como lo prueba el que Altea absolviera a Dam de su obligación y durante algunos tramos se pusiera a Impreciso a las espaldas.

En el camino de «Vioco» o «Minas de Vioco», adelantamos a tres personas: a un ciego que iba del brazo de su hijo, a este y a un anciano. «El Elegido cura a los impedidos y a los enfermos», nos dijo el ciego. «El Elegido devuelve la juventud a los viejos», nos aseguró el anciano. A nadie vimos caminando en sentido contrario. El territorio estaba plagado de máquinas oxidadas, de altas chimeneas y de ruinas. «¿Será verdad lo del Elegido?», preguntó Impreciso sin esperar una respuesta de nadie, aunque a Cómodo se le escapó un ilusionado «supongo que no». El silencio y la inactividad que nos rodeaban contrastaban tanto con el esplendor del pasado que nos sugería el paisaje que este parecía plagado de una multitud de almas en pena dedicadas a los quehaceres que tuvieron en vida.

Junto a los castilletes metálicos y de mampostería de los pozos de mina, había barrios enteros de los que apenas quedaban los muros de tierra compactada de las casas. Los edificios del núcleo urbano de Vioco, en cambio, estaban relativamente bien conservados. Todos eran de distintas formas y colores y feos hasta lo hiriente. Tenían la fachada sin enlucir o cubierta con los materiales más diversos (azulejos que dibujaban perfiles grotescos, tablas y chapas, conchas de almejas y mejillones, piedras redondas, vidrios de botellas y huesos de animales), sus ventanas eran desemejantes y asimétricas, sus puertas –demasiado grandes unas y demasiado pequeñas otras– eran de planchas de metal y sus tejados tenían el color de los montones de escorias, de donde debían de proceder las pizarras desiguales con que se construían, entre las que crecían hierbajos tan altos como los de las cunetas.

La carretera se bifurcaba al llegar a las afueras de

Vioco: de frente, era una calle recta y empinada que tomaba la dirección del centro del pueblo; a la derecha, seguía en suave subida por la falda del monte teniendo casas a la izquierda y al otro lado un talud que concluía en una llanura de légamos plomizos, ahora agrietados, conformados por los arrastres de un arroyo que en tiempos debió de ser el vertedero libre de los lavaderos de minerales.

A instancia mía, tomamos el camino de la derecha, escondimos los carritos en una casa (Altea y yo no renunciamos a nuestra pistola) y seguimos andando en torno al monte. Cuando llevábamos unos noventa grados cubiertos, vimos lo que se ocultaba al otro lado: a dos o tres kilómetros de Vioco, entre un riachuelo y una alargada montaña de escorias, había un centenar de tiendas de campaña del ejército ordenadas alrededor de un descampado rectangular en el que se distinguía a varios miles de individuos sentados en el suelo y a algunos cientos más haciendo cola en diversas filas. Por los alrededores del campamento, la actividad se reducía a unas cuantas personas que, como nosotros, iban o venían por alguno de los caminos que confluían en él.

—Cuando oí a los caminantes hablando de que se repartían mantas, creí que los seguidores del Elegido dormían al sereno —dijo Impreciso.

—Comen caliente y duermen bajo techo —confirmó Cómodo.

—Y hay una organización y se percibe mucha tranquilidad —expuso Dam.

A mí, aquellos signos de asenso se me antojaron tan excesivos que intuí que en ellos anidaba la resignación.

—Solo hemos venido a comer y a aprovisionarnos para poder continuar nuestro camino. Que una lona y un plato de garbanzos no os nublen la inteligencia –les advertí.

–Pues démonos prisa, que las colas son para repartir la comida y no parece que vayan a durar mucho –resolvió Altea.

De la carretera que abrazaba al cerro, salía un poco más adelante un camino que, tras bajar en rápida pendiente hasta la llanura, llevaba en línea recta hacia el campamento, delante del cual volvía a curvarse para poner rumbo al Noroeste. Ayudados por el desnivel favorable y por la llamada de los garbanzos, en menos de media hora llegamos a lo que podía denominarse la puerta de entrada al recinto, que no era sino una abertura de varias decenas de metros entre unas tiendas y otras, ante la que un par de jóvenes con un brazalete azul que se identificaron como «hermanos de la Reparación» nos detuvieron y nos interrogaron muy amablemente sobre nuestras pertenencias.

–Nada tenemos, excepto lo que se ve y mucho cansancio y mucha hambre, hermano –les contesté yo.

–Si es así, habéis venido al lugar oportuno. Pasad y dejaos alimentar por los consejos del Elegido –aseveró uno de ellos.

Impreciso, tentándose el estómago, le preguntó si aparte de consejos había algo más que llevarse a la boca.

–Están terminando de repartir la primera comida del día –le respondió el vigilante sin perder la compostura.

Entramos en el campamento y nos dirigimos a la carrera hacia la cola que nos pareció más corta de las diez o doce que había, frente a la que dos jóvenes con un brazalete azul llenaban los potes de los hermanos con cazos de cocido.

–¿Dónde se cogen los potes? –nos preguntó Impreciso.

Como no lo sabíamos ninguno, le trasladamos la pregunta al que teníamos delante, un hombre delgadísimo y con cara de estar medio ido, quien tardó unos cuantos segundos en contestarnos que, por ser un recién llegado, no estaba más al tanto que nosotros de cómo estaba regulado aquel campamento.

—Voy a preguntar a los que están repartiendo —dijo Altea.

Pero cuando se dirigía hacia delante, los que ocupaban lugares anteriores a los nuestros temieron que se colara y prorrumpieron en airadas protestas.

—¡Váyase al final, por favor! —oímos que decía uno de los estaban sirviendo la comida.

—Solo quiero saber dónde dan los recipientes —se justificó Altea, que se había quedado parada donde la regañina la había alcanzado.

—Váyase al final y aguarde o la dejo sin potaje.

Altea se volvió sin entender si bastaba con esperar para ver satisfecha la necesidad de contar con un recipiente.

—Debe de ser que cada uno tiene su escudilla. Como nosotros no tenemos, nos proporcionarán una —le contestó Dam.

Eso entendieron también nuestros vecinos de delante, que se encontraban en la misma situación, con quienes intercambiamos algunas palabras al respecto. Sin embargo, cuando a ellos les llegó el turno, el hermano que servía la comida les señaló dos colas que estaban separadas de las demás y les dijo:

—En una se reparten las vasijas y en otra las cucharas. Vayan todos y esperen pacientemente, pues para evitar abusos no les darán más de una por persona.

Seguimos las indicaciones y nos pusimos en la cola de

las vasijas, que corría menos de la cuenta porque antes de retirarla había que rellenar un recibí y una pequeña encuesta sobre el grado de satisfacción de los servicios. En la cola de las cucharas, en cambio, se conformaron con el recibí.

—Aligeren, vamos, que llega la hora de la acción de gracias —gritó al vernos pasar con la vasija y la cuchara una mujer con brazalete rojo que estaba de pie unos metros más allá de las mesas donde se hallaban las ollas y supervisaba a los que las servían.

Como la cola donde habíamos estado había desaparecido y con ella la olla y hasta la mesa, nos pusimos al final de otra, en la que aguardamos callados, viendo cómo llenaban las vasijas de los delante y segregando jugos gástricos a chorros. Cuando iba a tocarle a un individuo que estaba cerca de nosotros, sin embargo, se acabaron los garbanzos.

—Váyanse a otra cola antes de que llegue la hora de acción de gracias —nos advirtieron desde la mesa ante la cara de idiotas que se nos quedó.

Solo quedaba una cola despachando el desayuno o el almuerzo o lo que fuera aquella comida, y era muy corta. Nos dirigimos a ella a la carrera con la sospecha de que aquellos inconvenientes formaban parte de un plan perfilado por el destino para dejarnos sin comer.

—¿Quedarán garbanzos para nosotros? —le preguntó Impreciso a los que servían la olla en cuanto cogimos sitio.

—De sobra —le contestaron—. No se preocupen por la comida, que hay para todos. Y como no hay peligro de que se acaben, cogerán más ración que ninguno.

—Al final, vamos a tener suerte —dijo Dam, que no había descargado a Impreciso desde hacía casi dos horas.

Aunque dudamos al principio, al ver que a los delante les llenaban la escudilla hasta los bordes, nos congratulamos en extremo y dimos por buenas las fatigas sufridas durante la mañana, en especial los que no habían probado las lombrices de Libuell. Pero cuando Altea, que era la primera de nosotros, presentaba su recipiente para que se lo llenaran, sonó a lo lejos una campana y el hermano que servía la comida devolvió a la olla el contenido del cazo y le dijo:

–Lo siento, hermana: es la hora de acción de gracias.

De inmediato, cogieron entre dos la olla y se la llevaron, y lo mismo hicieron con la mesa. Nos quedamos como alelados, mirándonos unos a otros. Éramos los últimos de la última cola: solo nosotros, entre los varios miles que pululaban por el recinto, nos habíamos quedado sin comer. De improviso, a mí me dio por desternillarme con una risa floja que igual contagiaba carcajadas que levantaba ampollas. Así, Libuell y Dam rieron conmigo, pero Altea, Impreciso y Cómodo se la tomaron a mal y me recriminaron duramente por ello.

–Entreguen las escudillas y las cucharas –oímos que nos ordenaba la mujer del brazalete rojo con cara de malas pulgas, muy enfadada con nuestra desatención, mientras nos señalaba una cola ancha situada en un extremo del descampado.

Yo paré de reír y volvimos a mirarnos entre nosotros, asombrados.

–Por lo que se ve, tienen que lavar los tazones –balbuceó a nuestro lado una mujer que engullía sus garbanzos al borde del atoramiento.

Dam se ofreció a llevar las cucharas y los tazones de todos y Libuell, Cómodo y yo le entregamos los nuestros.

En cambio, Altea, que se quedó con Impreciso a cuestas, y este, se negaron a devolverlos.

–Están limpios –argumentó Altea.

Aún no había vuelto Dam, cuando sonó otra vez la campana, a la que siguió un chirrido metálico y la voz de alguien que probaba una megafonía desde el escenario entoldado que, protegido por un palenque de sillas y tiras de plástico, ocupaba buena parte del lateral del descampado contrario al de la entrada, ante el que se habían congregado los fieles.

–La gente lleva un papel en la mano –observó Libuell.

Dam se fue a investigar y al poco rato vino con un taco de papeles que repartió entre nosotros.

–Son las letras de los cantos de agradecimiento –nos informó–. Guardadlos luego, que siempre son los mismos.

Estábamos leyendo las letras, asombrados de que una mente humana pudiera parir semejantes dislates, cuando nos vimos acorralados por un turbión de fornidos jóvenes con brazalete azul en actitud amenazante. A la cabeza de ellos, estaba la mujer de brazalete rojo que había supervisado la entrega de los garbanzos.

–Dos de ustedes no han devuelto el tazón –nos dijo sin más preámbulo con los brazos en jarras.

–Es increíble lo bien que funciona esta burocracia. ¿Cómo han podido comprobar tan pronto las listas de entrega de las escudillas? –dijo Cómodo, que por estar sentado no había visto a Impreciso con su escudilla y la de Altea sobre su cabeza, a la manera de una gorra, a fin de tener ambos las manos libres para agarrarse mutuamente.

Nos tragamos la risa sin esfuerzo alguno, dado lo tirante de la situación, y yo, para sacar a Cómodo de su error, me limité a señalarle a la cabeza de Impreciso mientras Altea alegaba lo único posible en su descargo.

—No hace falta lavarlas: están limpias —dijo.

—Aquí no hacemos excepciones ni con nada ni con nadie: si el protocolo dice que se laven todos los útiles después de la comida, se lavan todos los útiles después de la comida —contestó la supervisora, quien añadió a continuación—: Y ese mismo protocolo establece que quienes se nieguen a cumplirlo ayudarán a recoger la cocina. Así que, síganme.

Altea nos miró como pidiéndonos ayuda, pero como la supervisora no daba otra opción, nosotros nos callamos y ella se aprestó a seguirla descargándose antes a Impreciso, que volvió a las espaldas de Dam.

—No, no. Él también viene —chilló la supervisora en cuanto se percató del detalle.

—Es un discapacitado. ¿Cómo va a poder fregar las escudillas? —argumentó Altea.

—El protocolo no hace excepciones —contestó la supervisora.

—Pero eso es una majadería —dije yo.

Creí que la supervisora me fulminaría con la mirada.

—¿Una majadería? —bramó—: Ha sido escrito por el Elegido en persona e inspirado por el Vacío de Dios.

—Si es así —concedí yo—, estoy seguro de que debe incluir alguna salida para situaciones como esta. ¿Dónde está ese protocolo?

—No contiene excepciones: yo me lo sé de memoria. De todas formas, hay una copia a disposición de los fieles en las oficinas de los hermanos. Vayan y léanlo, a ver si se les queda algo.

Ahí se acabó la conversación. La supervisora hizo un

gesto a los jóvenes y estos se acercaron hasta Altea dispuestos a llevársela por las buenas o por las malas y a hacer lo mismo con Impreciso.

–Dejadlo. Por fin voy a ser útil –accedió este, deseoso de querer terminar cuanto antes con aquella disputa ociosa que tomaba tintes de revuelo.

La supervisora y sus corpulentos esbirros rompieron el círculo de curiosos que nos rodeaba y escoltando a nuestros compañeros se adentraron en la masa de fieles.

–En cuanto comamos los garbanzos de la tarde, nos vamos –dijo Dam–: esto es un hormiguero de desequilibrados.

Yo argüí que habíamos ido allí para robar los garbanzos y que no nos iríamos sino cargados de ellos hasta más no poder. Luego, apareció en mi rostro una sonrisa que a él se le antojó inoportuna.

–Sinceramente, Nereo, no veo a cuento de qué viene esa cara de felicidad en estas circunstancias–me reprochó.

–Tú no te quejes de las circunstancias que, aunque no has comido, no fregarás los platos, y además te has quitado una carga de la espalda. Ellos, en cambio, no comieron lombrices para dejar espacio en el estómago a los garbanzos y van a terminar sin comer y fregando los platos de los que han comido –le contesté.

Dam no solo no aceptó mi explicación, sino que se descompuso cuando vio que Libuell reía con unas graves y ostentosas carcajadas.

–Libuell, ¿tú también? De ti no me lo esperaba –aseguró.

Al cocinero le costó trabajo responderle, y tuvo que auxiliarse de uno de los papeles que nos habían dado para explicar el origen de su risa.

–Mirad cómo se titula el primer canto de acción de gracias –dijo señalándolo con el dedo.

Todos miramos nuestro papel. «Demos gracias al Vacío de Dios por el diario plato de garbanzos», rezaba al principio de la primera página en negrita y con subrayado. Dam se quedó mudo y yo estallé en una carcajada que hube de reprimir para no llamar la atención más de la cuenta.

–Yo esto no lo canto ni en broma –dijo Cómodo finalmente.

Dam leyó la letra en voz alta:

El Divino Hacedor se olvidó de mí (bis).
Me trajo al mundo y me dejó solo,
expuesto a la furia de la Naturaleza
y a la barbarie de mis enemigos.

El Divino Hacedor se olvidó de mí (bis).
Me dio su inteligencia pero el mismo
destino que a los animales:
me condenó al sufrimiento.

El Divino Hacedor se olvidó de mí (bis).
El Elegido ocupó su Vacío y me dio
pan y un plato de garbanzos, me cuidó
y me preparó para la muerte.

Demos gracias al Vacío de Dios (bis):
Oh Elegido, te damos gracias por
corregir a la Naturaleza, por alimentarnos
y borrar nuestra angustia existencial.

A Dam le pareció que la letra tenía un punto esotérico

que la hacía atractiva.

—Y yo tengo angustia existencial —afirmó.

—Yo lo que tengo es hambre —dijo en cambio Cómodo—. A mí todavía no me ha dado de comer, así que difícilmente voy a darle las gracias, y mucho menos cantando.

En esto, la campana sonó por tercera vez, y el coro que había sobre el escenario empezó a entonar el «Demos gracias al Vacío de Dios por el diario plato de garbanzos», que tenía música como de himno, y con el coro cantaron todos menos nosotros. No sé por qué fue entonces cuando me acordé de Pirindolo, al que no veíamos desde que entramos en el recinto.

—¿Habéis visto al perro? —pregunté a mis compañeros.

Como el sonido del ambiente era muy alto, debí repetirlo un par de veces más y gritando, con lo que estorbé los cantos de los que nos rodeaban y llamé la atención de un individuo que había por los alrededores, al que por su alma identifiqué como un esbirro secreto del Elegido, encargado de vigilar de incógnito el comportamiento de los fieles.

—Cantad, que nos están vigilando. Cantad o nos mandan a fregar escudillas —les dije a mis compañeros al oído, uno a uno.

Al terminar de cantar el coro, apareció sobre el escenario un heterogéneo grupo de personas con el pelo impecablemente cortado y peinado y ataviadas con túnicas de distintos colores.

—Son los consejeros del Elegido —oí que le contestaba a Dam un hombre al que aquel había interrogado—. Hay siete, cuatro mujeres y tres hombres: uno por cada una de las siete virtudes necesarias.

Uno de los siete consejeros, un hombre de unos treinta

y cinco años, alto, flaco, encorvado, orejudo y narizón, se acercó al micrófono instalado en el centro del escenario y, tras alzar los brazos y mirar al cielo, exclamó:

–Hermanos, ha vuelto a ocurrir el milagro: el Elegido ha conseguido sacar varios celemines de garbanzos de un saco medio vacío. Eso es lo que nos queda para mañana. Demos gracias al Vacío de Dios por lo acaecido y recemos para que esta noche se repita el prodigio.

La megafonía se limitaba a un par de altavoces alimentados con una batería. Dam aprovechó el silencio del orador para preguntarle al devoto que tenía al lado.

–Es el consejero de Honestidad –le contestó este–. Eso quiere decir que el Elegido nos hablará hoy de lo necesaria que es la castidad para mantener la pureza de nuestra alma.

Antes, sin embargo, dos muchachos con brazalete azul subieron al escenario portando un saco de malla.

–Van a comprobar el milagro –nos indicó muy ufano nuestro informante.

El consejero de Honestidad metió la mano en el saco y la sacó a la vista de todos dejando caer una cascada de garbanzos.

–¡Tiene los mismos garbanzos que ayer! –gritó extasiado.

La muchedumbre estalló en vítores y aplausos.

–Es increíble, es increíble –exclamaban a nuestro lado unos y otros.

–Si es verdad lo que dice ese hombre, podemos quedarnos aquí indefinidamente, comiendo lo que nos den y durmiendo calentitos en las tiendas –me dijo Dam elevando la voz para hacerse oír, con una euforia preocupante.

No le contesté porque no era el momento. El consejero de Honestidad levantó las manos para acallar las exclamaciones de júbilo y dijo:

—Hermanos, el Elegido es un instrumento del Vacío de Dios para corregir nuestro destino hacia el caos, pero muy poco puede hacer sin la fuerza que le da vuestra pureza. Si no practicáis la honestidad, el milagro no volverá a repetirse. Y entonces, ¿quién será el culpable del hambre y de la anarquía que conlleva el hambre?

«Hermandad de la Reparación», «Vacío de Dios», «consejero de Honestidad», «Las siete virtudes necesarias», «los protocolos» que citaba la supervisora, los brazaletes de distintos colores… El armazón que sustentaba a aquella comunidad de fieles era a la vez esotérico y tangible.

—¿Cuáles son las siete virtudes necesarias? —le pregunté a nuestro vecino.

—Honestidad, verdad, duda, inteligencia, voluntad, valentía y justicia —me contestó de carrerilla y presumiendo de ello.

A mí, aquella relación me pareció un batiburrillo de ideas extraído al azar de un pintoresco libro de Ética. Nada le dije, por supuesto. Además, el coro inició el canto titulado «Demos la bienvenida al Elegido», que tenía música festiva, y todos los congregados empezaron a bailotear y acompañaron el alegre ritmo con unas palmas que se convirtieron en aplauso cuando se presentó en el escenario un hombre de unos sesenta años, casi completamente calvo, de tez amoratada y escasa estatura, el cual iba vestido con una túnica blanca con la que, a pesar de ser muy ancha e ir suelta por completo, no podía disimular su abultada barriga.

—Es el Elegido —nos dijo eufórico nuestro vecino.

El Elegido cogió un micrófono y cantó la salmodia de salutación dirigida a él mismo. «Demos la bienvenida al Elegido, enviado del Vacío del Dios, que convierte el desorden en orden...», repetía la letra. Su voz se oyó por encima de las voces del coro y de los reunidos. El público volvió a los aplausos acompasados y a un histérico baileteo. «Más fuerte, hermanos de la reparación», dijo el Elegido, y el público cantó más alto, ocupándose menos de la música que del volumen, desentonando. Bailaban los miembros del coro, bailaban los siete consejeros, situados detrás del Elegido, y bailaban los fieles imbuidos de la energía que les daban los garbanzos y la enajenación. Resultaba placentero dejarse llevar por el entorno. Éramos como tallos de cereal en un campo movido por el céfiro, no tanto individuos como paisaje en movimiento. Incluso Cómodo, que no había dejado de quejarse de sus muchos desperfectos y no veía lo que sucedía en el escenario, se sentía arrastrado por el bienestar de dejar de ser él para ser solo una parte de la multitud, como si entregándole al grupo su voluntad le cediera también el dolor de sus huesos.

–¿Será cierto que cura a los enfermos? –me gritó al oído tras obligarme a tirones a agacharme.

–No tengas demasiadas esperanzas: tú estás viejo y malherido, no enfermo –le dije.

Como no le gustó lo que le contesté, hizo lo mismo con Dam y sé que este le respondió que quizá, que muy posiblemente lo curaría.

El Elegido levantó su voz por encima del coro y de las voces del auditorio.

–Hermanos –dijo. Detrás de su voz, el coro seguía cantando–, hermanos de la Reparación, hermanos, sabéis que no estáis solos, lo sabéis, ¿no?

–Sí, lo sabemos –contestó la concurrencia.

–No estáis solos, no, hermanos. A ver, ¿quién está con vosotros?

–Tú, Elegido.

–¿Y quién estará siempre, siempre, con vosotros?

–Tú, Elegido.

El Elegido volvió a entonar el canto de salutación y bailó como uno más de los presentes, que cantaban enloquecidos.

–Sí, por eso os digo que no tengáis miedo –dijo acercándose al borde del escenario. Levantó la mano pidiendo atención y el coro dejó de cantar–. Este es el mensaje que os traigo: no hay razón para el miedo porque os tenéis a vosotros, tenéis a vuestros hermanos de la reparación y me tenéis a mí.

El discurso sobre la honestidad había comenzado. El Elegido continuó, con aire campanudo: «Ahora bien, para que podáis ayudaros a vosotros mismos, debéis estar en plena forma». Esa plena forma no era física, sino espiritual, aclaró tras poner, sin embargo, ejemplos de personas que se abandonan a la autodestrucción física, porque beben en exceso o fuman o consumen drogas. Los ejemplos no eran muy adecuados, o no se veía en ellos una relación directa con el fondo de la disertación, por lo que los fieles se sintieron un poco perdidos. «Lo mismo que el cuerpo necesita estar sano, el alma también necesita estar sana», aclaró, con lo que devolvió al redil a los hermanos que se habían quedado por el camino de sus farragosos ejercicios mentales. «Ya sé que el alma no fuma, pero como si lo hiciera cuando comete pecado», dijo después, con lo que echó a perder mucho de lo que había ganado con la sencilla comparación anterior. «El alma está negra de fumar y yo os necesito en plenitud. Y os necesitan vuestros hermanos», aseguró. Habló entonces de la necesidad. Exactamente dijo: «Es necesario hablar de la necesidad para aclarar su concepto, hermanos, pues de lo contrario no sabremos nunca a lo que nos estamos refiriendo». Antes de hablar de la necesidad, sin embargo, nos explicó el concepto de concepto: «Es una idea que construye el entendimiento». Y para hacerlo más descifrable, escogió el siguiente símil: «La cabeza es como un bosque lleno de formas que no se ven ni se oyen, pero se sienten porque están ahí, dando golpes, llamándonos a voces: esas formas son las ideas y diríamos que los conceptos son esas ideas pero en abstracto». La necesidad, según nos dijo luego, era un impulso relacionado con la carencia. «El alma, como el cuerpo, tiene sus necesidades», aseguró, si bien, como debió considerar que aquella afirmación podía dar lugar a equívocos, aclaró: «Esas necesidades no son fisiológicas, pues el alma es una sustancia espiritual y no necesita desprenderse de los residuos de lo que la alimenta. Así como decimos que el alma no fuma pero como si lo hiciera cuando el pecador peca, decimos también que el alma tiene sus necesidades en todo momento, peque o no peque el pecador, hermanos».

El Elegido levantó una mano y el coro cantó varias veces: «Peque o no peque el pecador».

Yo me encontraba medio aturdido con lo que estaba viendo y oyendo. Junto a mí, los fieles intentaban, embobados, seguir el alucinante hilo del discurso con el serio riesgo de caer en la hipnosis. Dam me dijo entusiasmado:

–Lo que dice este hombre es cierto.

El Elegido bebió un sorbo de agua y continuó con su predicación. «El alma, y no el cuerpo, es la que da la felicidad», dijo. En este punto se extendió un rato. Explicó que el dolor verdadero es el dolor que no se ve, porque el dolor ni se ve, ni se oye, ni se huele, el dolor se siente, es decir, el dolor no es del cuerpo, sino del alma, que tampoco se ve, ni se oye, ni se huele. «El alma pide, demanda, solicita que la cuidéis, que la alimentéis, que le deis agua y la miméis, hermanos», aseguró. Esta parte de la disertación fue bastante entendible y muchos de los que se hallaban perdidos en las nubes de la inopia encontraron el camino que los devolvía al terrizo suelo de aquel campamento. Fue un viaje de ida y vuelta, porque a continuación se metió en un lodazal abstruso para explicar el meollo del tema del día, la honestidad. «A algunos les parecerá estúpido hablar de honestidad con un Dios Hacedor autocomplaciente que consiente la destrucción de su obra y la infelicidad de sus semejantes, los hombres, pero ahora más que nunca el alma necesita de la fortaleza, y la fortaleza se consigue con el sacrificio», dijo, lo que juzgué muy sensato, aunque enseguida continuó: «El sacrificio mayor y más saludable es la castidad, que consiste en no hacer lo que se desea hacer pero si se hace es peor, mucho peor que si no se hace, ya que es en el no hacer donde se encuentra su esencia. Y, ojo, que el no hacer no es el dejar hacer, pues el dejar hacer es tan pernicioso como el hacer y no hacer a la vez o quizá más grave, al contenerlos a los dos y elevarlos en graduación». De todo lo dicho, yo solo entendí que asimilaba honestidad a castidad, lo que consideré una reducción que empobrecía y desfiguraba la idea. Aún más la desfiguró después, cuando intentando ponerse a la altura mental de los fieles, afirmó: «Andar manoseando los cuerpos está muy feo, muy feo».

El Elegido volvió a levantar una mano y el coro cantó: «Está muy feo, muy feo».

«Sí señor, está muy feo», continuó, «y más si los cuerpos son hermosos, pues entonces la atracción es mayor y también mayor la corrupción de la voluntad». Al parecer, la belleza era culpable y no culpable, dependiendo de no se sabía muy bien qué. «Las mujeres hermosas son culpables si hacen ostentación de su esplendor y atraen de esa manera a los hombres, aunque más culpables son los hombres que caen en la tentación, dado que la mujer no es culpable de una hermosura que tiene por naturaleza», dijo. «Entre errar con una mujer hermosa y hacerlo con una fea, será más listo el que lo hace con una hermosa, pero también más culpable, y el padecimiento de su espíritu es directamente proporcional al disfrute de su cuerpo», aclaró.

–¿Tú sabes lo que es directamente proporcional? –me preguntó Cómodo.

No le pude responder, porque Dam nos mandó callar con un categórico siseo.

«¿Y qué decir, hermanos, de los que se tocan a sí mismos», continuó el Elegido, «esos, además de atropellar a la honestidad, atropellan a la inteligencia? ¿O no es tonto el hombre que se toca a sí mismo con la cantidad de mujeres hermosas que andan por ahí pidiendo guerra?

–Eso es verdad –dijo Dam.

–A medias –le contesté yo–, solo a medias.

No me oyó: estaba enfrascado en la soflama del Elegido, que continuó: «Y las mujeres igual, ¿eh?, que para esto no hay diferencia alguna. Los más jóvenes y los más inocentes han de saber que las mujeres también se tocan».

El Elegido levantó una mano y el coro cantó: «Las mujeres también se tocan».

«No os preocupéis, hermanos», aseguró el Elegido tras

mandar callar al coro, «tenemos un arma contra la tentación: las buenas costumbres, que hacen del hábito carácter y convierten en automáticos los actos que necesitan de más voluntad». Las buenas costumbres eran muy distintas de las malas costumbres: «No confundáis las buenas con las malas costumbres, hermanos: estas se diferencian de las primeras en que son parecidas a los vicios y hacen que respondamos con el error automáticamente». Entonces explicó lo que era el automatismo en el ser humano: «Es la cibernética del intelecto, algo así como cuando tienes sed y bebes agua sin proyectarlo, a tontas y a locas».

La mano del Elegido se levantó de nuevo. Los miembros del coro, ante una frase tan larga, no supieron muy bien por dónde empezar a cantar y cada uno lo hizo desde una palabra distinta. El Elegido cortó el desaguisado musical y continuó: «Habrá necios que asocien honestidad a castidad —y yo pensé que hablaba de sí mismo—, pero el concepto de honestidad engloba a todas aquellas virtudes relacionadas con la fortaleza. Y al decir fortaleza hablo de aguantar y de mucho más, pues fuerte es el que domina la situación, tanto defensivamente como ofensivamente». Dijo que este punto era tan importante que no podía sino extenderse tanto como fuera necesario para precisarlo. «Por no tener clara la diferencia entre ataque y defensa se empantanaron los ejércitos de La Unión en las guerras fronterizas», señaló. Por lo visto, era necesario dar una lección de Historia y otra de táctica militar para explicar lo que la fortaleza supone para el alma. En ello empleó no menos de un cuarto de hora, durante el cual la mayoría del auditorio, incluidos el coro y yo, desconectó e hizo una larga excursión mental, de la que volvió llamado por un golpe de autoridad en el discurso: «¿Y qué me decís de la sobriedad?», gritó de pronto, como un despertador tras una noche de parranda. Yo temí que, según su costumbre, nos pusiera un ejemplo detrás de otro y que en esos ejemplos aparecieran ideas que necesitaban de otros ejemplos donde aparecían ideas cuya aclaración era indispensable para entender las anteriores, pero se limitó a esbozar otros contenidos de la honestidad con el argumento de que tiempo para explicarlas había de sobra. «Otro día comentaremos los apetitos del alma irascible y las virtudes que sirven para contrarrestarlos, como la continencia, la mansedumbre y la modestia».

–No me pillarás –dije yo en voz alta.

–Ahora, unid vuestras manos y entonemos juntos el canto marcado con el número tres –pidió el Elegido.

El coro empezó a cantar:

Dios inició el tiempo y
creó el universo con sus luces y sus sombras.
Dios inició el tiempo y
el resto lo hizo la evolución.
Dios inició el tiempo
y se echó a dormir (bis).

Como no se podían tener las manos cogidas y los papeles en la mano, optamos por lo primero y dejamos que cantaran los fieles más antiguos y el coro, que continuó:

La evolución trajo al hombre,
que es un dios mortal y sufre por ello.
Como mortal, el hombre necesita comer;
como dios, el hombre sufre por su mortalidad.

El Elegido nos dio de comer y alivió el dolor de nuestra alma.

Demos gracias al Elegido por su bondad (bis).

—¿Dios existe o no existe? —me preguntó Dam a la vista de lo que llevábamos oído.

—Creo que existe, pero como si no existiera —le aclaré.

—¿Y sabemos dónde van las almas al morir el cuerpo?

—No lo ha dicho. Se lo preguntaré personalmente en cuanto lo vea.

Sentir al Elegido y observarle el alma era uno de mis propósitos. Cuando terminó la canción, quedé con mis compañeros para cuando aquella ceremonia hubiera concluido y me fui hacia el estrado. El Elegido parecía eufórico, caminaba de un lado para otro animando al público a no rezar, pues según él Dios no intervenía en el devenir del cosmos, mientras el coro mantenía un ritmo de salmodia palmeando y tarareando.

—Un testimonio, hermanos, necesitamos un testimonio —pidió el Elegido.

«Un testimonio, hermanos, necesitamos un testimonio», cantó el coro una y otra vez, sin dejar de bailotear.

Entre los varios que se ofrecieron, había una mujer que levantó el brazo unos metros delante de mí. Yo, que iba abriéndome paso hacia adelante, corregí el camino que llevaba para acercarme hasta ella y sentirla mejor. Tenía menos de treinta años y había nacido y vivido en Sholombra durante toda su vida. En los primeros momentos del caos, perteneció a las brigadas de voluntarios que entraban en los pisos para llevarse los cadáveres abandonados y arrojarlos al Novorm. Uno de esos cadáveres fue el de su padre, al que descubrió medio devorado por las ratas. Su novio había sido sorprendido por los antropófagos del metro cerca de una boca de entrada y trasladado a las galerías ante la mirada estremecida de otros transeúntes, entre los que estaba ella. Cuando las brigadas a las que pertenecía, gangrenadas por el desánimo y el agotamiento, dejaron de funcionar y los cuerpos empezaron a pudrirse donde la muerte los había cazado, se sentó frente a uno de los balcones de su piso, desde el que se veía la línea de puentes colgantes sobre el río, y se abandonó a la inacción. Un viejo amigo la encontró deshidratada y medio muerta y se la llevó sin cruzar con ella ni una palabra, como el que mete en la maleta un muñeco o el cepillo de dientes. Solo logró hablar después de cuatro o cinco días, y no fue para darle las gracias a su salvador, sino para reprocharle que no la hubiera matado. «Esa hubiera sido la auténtica obra de caridad», le dijo.

Aquella mujer era de las pocas personas que en Sholombra había creído en Dios. Aún creía en él, y lo seguía considerando omnipresente y todopoderoso, pero ya era para ella como los dioses de las civilizaciones antiguas: caprichoso, inhumano e insensible. Si subía al estrado y atestiguaba sobre la ausencia de Dios, sería por despecho, como el que no quiere saber nada de un padre que lo ha defraudado.

Escogieron a otro, no a ella, a uno cualquiera de los muchos que vivían angustiados por buscarle justificación a tanto sufrimiento.

—Yo vengo a acompañaros, hermanos. Dios está dormido, pero yo estoy aquí con vosotros, y os comprendo, y os quiero. Veo vuestro corazón y sé lo que estáis sufriendo —dijo el Elegido tras el testimonio.

Ahí estaba el meollo del asunto: el Vacío de Dios lo había ocupado ese miserable charlatán del tres al cuarto.

—Haznos un milagro, demuéstranos tu poder —le pidió una voz.

El Elegido había levantado las manos y el coro entonaba un canto de despedida.

—Haznos un milagro —repetía la voz.

La demanda se había extendido por el descampado y amenazaba con provocar una rebelión si no se satisfacía. Yo estaba lo suficientemente cerca como para notar el fastidio simulado del predicador.

—Debéis creer en la palabra y en la fuerza de vuestro corazón —había dicho alzando su voz por encima de los gritos de la chusma—. Los hechos no son argumentos mejores ni prueban más que la fe. La fe es lo primordial, hermanos. Si no tenéis fe en mí, no tenéis nada.

—Haznos un milagro, haznos un milagro.

—Está bien, hermanos, lo haré: traed a alguien que lo necesite.

Las manos volvieron a elevarse suplicando atención.

—Allí hay un hermano que lo necesita. Traedlo —ordenó el Elegido.

La multitud, ya silenciosa, dirigió su mirada hacia donde había señalado el dedo salvador. Detrás de mí, empezó a abrirse un carril para dejar paso al menesteroso en el que iba a efectuarse el prodigio. Aunque los que estaban cerca me empujaban hacia atrás, yo me abrí paso a codazos y logré ponerme en primera línea.

—Te matarán, cretino. Si subes a ese estrado, eres hombre muerto —le advertí al infeliz que iba en una silla de ruedas empujada por dos jóvenes con brazalete azul y escoltada por varios más y que no era otro que Cómodo.

Este me sonrió, estaba contento. Me iba a decir que no me preocupara, pero uno de los jóvenes me echó hacia atrás de un empujón y la masa me engulló enfervorizada.

El pequeño cortejo se encaramó al escenario, donde el Elegido lo recibió entre cantos del coro. Unos cuantos jóvenes con brazalete azul subieron por atrás portando una gran caja de madera que dejaron justo en mitad del tablado.

—¿Cómo te llamas? —preguntó el Elegido a Cómodo.

—Mi nombre es Cómodo.

—Cómodo. ¡Qué nombre tan paradójico para alguien que necesita de la ayuda de otros para moverse! ¿No crees?

El Elegido volvió a poner el micrófono delante de la boca de su interlocutor, quien no supo muy bien qué decir.

—Yo tenía una bicicleta —dijo tímidamente—. Hasta ayer me movía solo.

—Pero hoy no puedes hacerlo y pides ayuda al Elegido. ¿No es así?

—Sí.

—Dime Cómodo. ¿Tienes familia?

—No.

—No tienes familia. ¿Y qué quieres que hagamos por ti?

—Tengo una pierna rota. Y quizá alguna costilla.

—Y quieres que te cure, ¿no es eso?

—Sí.

—Te veo muy lacónico, amigo Cómodo.

—Sí.

—¿Y no te gustaría que hiciéramos algo más por ti?

Cómodo dudó. ¿Qué podía hacer por él el Elegido? Pero este insistió.

—Me gustaría comer a diario —fue la respuesta.

El público se rio y Cómodo se sintió turbado.

—Dalo por hecho —lo tranquilizó el Elegido—. Quiero decir si no te gustaría tener algo que no tienes o que has perdido. Te veo mayor. ¿Cuántos años tienes?

—Setenta y cinco.

—¡Setenta y cinco años! Y dime, ¿no te gustaría tener menos años, cuarenta o veinte? ¿No te gustaría volver a ser joven?

¿Para pasar otra vez por las mismas calamidades? Cómodo no se lo pensó antes de dar una contestación.

—No, solo quiero levantarme y andar.

—¡Pero hombre!, ¿no te gustaría tener una vida entera por delante?

La insistencia del Elegido se estaba volviendo fastidiosa. Cómodo se sintió con fuerzas bastantes como para filosofar.

—La vida es un camino estrecho y lleno de trampas. Yo, afortunadamente, estoy llegando al final. Lo que deseo es recorrer el último tramo con todos los huesos en su sitio.

El Elegido no esperaba una contestación de más enjundia que sus vacuas palabras de animador circense. Haber perdido el protagonismo lo dejaba descolocado. Tardó en reaccionar. Es más, ni siquiera retiró el micrófono de la boca de Cómodo.

—Si puede ser —dijo este—. Y si no, me bajo y me quedo con mi pierna rota.

—Sí, sí, claro que puede ser, amigo Cómodo —el Elegido parecía haber recuperado la iniciativa . A ver, queridos colaboradores, entren a Cómodo en nuestra caja mágica.

Así que el milagro era un simple acto de ilusionismo. Apartando a gente que me miraba con hostilidad, me acerqué aún más al escenario. Nuestra cultura perseguía todas

las formas de enmascarar la realidad y la destreza del ilusionista era desconocida. Por eso, la mayoría de los espec-
tadores nunca habían visto a prestidigitadores ni sabían de
la verdadera condición de los fulleros profesionales. Y por
eso, el charlatán que pretendía hacer el acto de magia debía
de estar poco curtido en esas artes y practicarlas de la manera más vulgar.

Dos jóvenes con brazalete azul acercaron a Cómodo a
la caja e intentaron sin éxito introducirlo con la silla de ruedas. Yo, mientras tanto, me concentré en las emociones
que emanaban del objeto que presidía la escena.

–Si no cabe la silla, metedlo sin ella –apuntó el Elegido.

Los jóvenes levantaron a Cómodo y lo sujetaron por
las axilas. El Elegido se acercó a Cómodo y le preguntó:

–¿Tienes fe en el Elegido?

A Cómodo le dolía la pierna. Su fe había disminuido y
ya no era mayor que la del que juega a la lotería. Sin embargo, supo lo que tenía que contestar y dijo:

–Sí, la tengo.

–Entonces, te doy la enhorabuena –le dijo el Elegido,
quien ordenó a los jóvenes–: colocadlo y que se obre en él
el milagro de la curación.

Todos vimos cómo los jóvenes lo metían en la caja, lo
dejaban apoyado sobre una pierna y cerraban la puerta. Yo
lo sentí caer por una trampilla e inmediatamente después
cómo le tapaban la boca y le apretaban el cuello hasta es-
trangularlo.

El Elegido tronó por encima de las voces del coro, con
un brazo levantado y mirando al cielo:

–¡Vacío de Dios, ignotas leyes del azar y del caos, lo
mismo que traéis la enfermedad, traed la curación a este
buen hombre que tiene fe!

«Concededle lo que pide, concededle lo que pide», repitió el coro. El Elegido solicitó nuestro concurso con un gesto de las manos y a continuación se acercó al borde del escenario.

—Cuántos jóvenes hay —dijo—que quieren convertir en eterna su lozanía y cuántos viejos que venderían su alma a las oscuras leyes del cosmos por volver a ser jóvenes. Este hombre, en cambio, solo quería comer y estar sano. La forma en que acepta su destino es un ejemplo para nosotros. Si alguien se merece volver a ser joven, es él. ¿No lo creéis así?

El público estaba demasiado absorto en lo que estaba pasando como para que se expresara adecuadamente. El Elegido insistió:

—No os he oído bien. El fenómeno depende de vuestra fe. Yo os pregunto: ¿Creéis que merece volver a ser joven?

El público respondió entusiasmado:

—Sí, lo creemos.

—¿Queréis devolverle la juventud?

—Sí, lo queremos.

—Pues repetid conmigo: Vacío de Dios…

—Vacío de Dios… —clamó el público.

—Ignotas leyes del azar y del caos…

—Ignotas leyes del azar y del caos…

—Devolvedle a este hombre la juventud.

—Devolvedle a este hombre la juventud.

El coro cantó: «Todo es posible, todo es posible con nuestra fe». El Elegido se volvió hacia la caja y gritó como un enloquecido:

—Cómodo, estos creyentes te han devuelto la juventud. Yo te lo pido: sal de la caja para que puedas dar testimonio del milagro.

La puerta se abrió poco a poco hasta descubrir a un joven vestido con las ropas de Cómodo que enseguida se miró las manos, se tentó la cara y el vientre, dobló la pierna curada y se agachó y se levantó, como si fuera incapaz de comprender cómo podía haberse obrado el portento.

El Elegido se acercó a él.

—¿Cómo te llamas?

—Cómodo, me llamo Cómodo, pero…

Aquella grosera prueba de identidad parecía suficiente para certificar el milagro y el público aplaudió enfebrecido.

—¿Eres feliz, Cómodo?

—Sí, muy feliz.

—Pues dale las gracias a todos nuestros hermanos, que con su fe han hecho posible esta maravilla.

—Gracias, hermanos, gracias.

El coro cantó:

Tengo fe en que me ocurrirá
lo que tenga que ocurrirme.
Lo que me trae la enfermedad
también puede traerme la curación.
Nada influye en el futuro (bis),
excepto yo y un laberinto de circunstancias.
Es bueno tener a alguien
que me guíe en el laberinto,
y ese alguien es el Elegido,
que alimenta mi cuerpo y mi espíritu (bis).

—Traedme un brazalete azul —ordenó el Elegido cuando el coro estaba concluyendo—, que su fe bien vale una distinción.

Una niña se acercó portando en sus manos un cofre

pequeño. El Elegido lo abrió, extrajo de él un brazalete azul, lo exhibió en alto a la concurrencia y lo colocó en el brazo del nuevo Cómodo.

–Cómodo –dijo luego-, por el poder que me ha sido dado ocupar en el Vacío de Dios, te nombro profeso de primera, con las prerrogativas y las obligaciones que ello comporta. Enhorabuena.

El público aplaudió a rabiar. El Elegido agradeció el recogimiento de los presentes y se bajó del escenario por el lado de atrás mientras el coro entonaba el canto oficial de despedida, que era muy pegadizo y fue seguido por la multitud. Finalmente, una voz nos pidió por la megafonía que nos dispersáramos hasta la ceremonia de acción de gracias de la tarde.

Yo volví hacia donde estaban mis amigos con la esperanza de que siguieran ahí. Por el camino, me tropecé con numerosas personas que buscaban un lugar donde aguardar hasta los próximos garbanzos. Algunas de ellas habían participado en la celebración como meros figurantes y no se creían nada de lo que habían visto, pero si les preguntaban, no contestarían lo que pensaban de veras, porque temían ser expulsados del recinto y quedarse sin su ración de comida. Otras, en cambio, se creían a pies juntillas el milagro y los discursos y hubieran matado sin compasión y, según y cómo, hasta muerto para defender la fe que profesaban.

Encontré a Libuell y Dam esperándome. Libuell se había fijado en el color de la cara y en la notable envergadura del vientre del Elegido.

–Ese charlatán come algo más que garbanzos –nos dijo–. Y yo soy cocinero. ¿Comprendéis lo que os quiero decir?: Que voy a hacer lo posible para quedarme y cocinar para él y los miembros de su camarilla.

A mí me alarmó aquella decisión, pues aunque había sido el último en llegar, aquel hombre extraño era el más necesario para el grupo, dada su capacidad para procurarse alimento de cualquier sitio. Pero, además, me inquieté por él.

—Pararse ahora es como seguir en Sholombra —le advertí—. ¿Te vas a quedar en este antro doctrinario para vivir de las migajas de quien lo gobierna? ¿Qué ha sido de la idea de convertir en verdadero arte tu afición? ¿Vas a desperdiciar tus conocimientos sirviendo a quien los utilizará solo para llenarse el estómago? ¿Cuánto crees que durará esto, y no me refiero a la comida, sino a la ignorancia de la gente?

—Agradezco tu interés, pero tengo la decisión tomada: si me admiten de cocinero, me quedaré, al menos por un tiempo. Nadie ha valorado nunca mi trabajo, quizá lo hagan aquí —me contestó.

Dam me dijo que también quería quedarse, aunque por causas bien distintas.

—Ese predicador me ha convencido —aseguró.

—¿Con qué, con sus palabras? ¿Pero si no ha dicho más que tonterías?

—Pues a mí me han gustado. ¿Y qué me decís del milagro?

—Cómodo ha muerto asesinado bajo las tablas del escenario. Ese joven que ha salido de la caja no era él.

—¿Cómo puedes ser tan descreído, si el milagro se ha obrado a la vista de todos?

Por un momento sentí que Dam era capaz de denunciarme. Me quedé callado, aturdido por la estupidez de mi compañero. ¿Lo dejaba solo y a merced de su destino? La casualidad quiso que junto a mí pasara un hombre bragado, capaz de pensar por sí mismo y de decir lo que pensaba. Lo paré y le pregunté por el milagro para que Dam oyera su respuesta.

–Era una simulación –nos contestó–. En los últimos quince días he visto salir a ese joven no menos de cinco veces. Lo que no sé es que hacen con los viejos.

Le di las gracias y le pregunté a Dam si ese testimonio no le era suficiente.

–Por supuesto que no –me respondió muy molesto–. ¿Te merece la misma confianza ese desagradecido que un elegido por el Vacío de Dios?

Siempre me había maravillado la fe, su alejamiento de la realidad y su sinrazón. Pero aquella resultaba más asombrosa aún por lo desatinado de su credo y lo burdo de su liturgia. Caer en ella de la forma que lo había hecho mi compañero únicamente se justificaba por su enorme naufragio interior y por la imponente mugre de los tiempos.

Les di un abrazo a ambos, les deseé suerte y me despedí de ellos.

–No corras tanto: quizá no me admitan como cocinero –afirmó Libuell.

Yo sonreí. Había visto en el alma del Elegido el apego a todo tipo de deleites, confesables e inconfesables.

–Si supieran a qué te dedicas, te estarían buscando –le dije–. Yo voy a ver si localizo a Impreciso y Altea, que deben de haber acabado de fregar las escudillas. Ven conmigo, si quieres, aunque presumo que habrá otra cocina más refinada, donde, como tú has sospechado, se preparen algo más que garbanzos.

Agradeció mi ofrecimiento, pero lo rechazó, alegando que no quería presentarse a los cocineros, quienes podrían desestimarlo por celos o por ignorancia, sino a los comensales, lo que entendí como una atinadísima decisión y me ratificó en la colosal pérdida que su ausencia sería para el grupo.

Justamente con el ánimo de comentar las bajas de Dam y Libuell y emprender cuanto antes el robo de las provisiones y la marcha de aquella olla de grillos, me dirigí hacia donde se situaban las colas de la comida y me puse a buscar el rastro de las almas de Impreciso y Altea, lo que, por ser el aire una espesa cloaca de emociones, me fue tan enojoso como hurgar con las manos en un estercolero. Aligeré el paso temiéndome lo peor y los localicé juntos dentro de una tienda, a Impreciso sentado en su silla y a Altea recostada en el suelo, con una banda azul en el brazo. Al verme, Altea salió a mi encuentro.

–Gracias a Dios que estás aquí –me dijo abrazándome.

–¿Dónde querías que hubiera ido? –le contesté, y luego, señalándole el brazalete, agregué con bastante sorna–: Será gracias al Vacío de Dios.

–Ah, esto: cuando vieron cómo me movía en la cocina, cómo fregaba y, sobre todo, cómo gobernaba a los otros compañeros, me hicieron profesa de primera clase. Ahora tengo derecho a saltarme las colas y a no entregar las escudillas y las mantas –me contestó con una satisfacción que me pareció obscena.

–¿Estás loca? ¿Para qué quieres ser profesa, si hemos venido a robar garbanzos y largarnos? –le reproché.

–Y sigo pensando lo mismo, pero, mientras tanto, me valgo de la situación, para mí y para vosotros.

La duda había arraigado en su voluntad, por mucho que se esforzara en demostrarme lo contrario.

—Ese mientras tanto serán unas pocas horas: esta noche robamos los garbanzos y nos vamos. Este sitio es como una ciénaga para el libre albedrío. Libuell y Dam han decidido quedarse y a ti te veo en un trance similar —le dije.

—Eres demasiado receloso. ¿No te das cuenta de que tiempo es lo que tenemos de sobra? ¿Qué prisa hay? Descansemos durante unos días, comamos caliente y durmamos bajo lona y luego, en cuanto nos hayamos repuesto, hagamos lo que vinimos a hacer.

—¿Y tú qué dices? —le pregunté a Impreciso.

—Yo estoy de acuerdo con ella. Mira —y me señaló la silla sobre la que estaba sentado—, es mi propia silla, la que llevaba Cómodo antes de que se obrara en él el milagro. Se la pedí y me la trajeron, y me han prometido que cuando tenga bastante fe el Elegido intentará hacer el milagro conmigo, lo cual puede ser mañana, porque yo tengo bastante fe, tengo más fe que el mayor de los creyentes.

—Cómodo ha muerto asesinado. El joven que salió de la caja es un impostor. Si subes al escenario, acabarás muerto y siendo sustituido por otro, quién sabe si por el mismo joven que reemplazó a Cómodo —le dije.

—Tú tienes dos piernas sanas y determinación como para hacer frente a lo que te expongas, por desastroso que sea —me respondió—. Entre lo que ves y lo que no ves, te quedas lógicamente con lo que ves. Pero yo tengo dos piernas muertas y dependo de una silla para moverme. Entre irme y estar supeditado a otros y quedarme y que tal vez se obre en mí el milagro, elijo sin titubear lo último.

Lo suyo era creer por si acaso.

—No me parece fe eso de lo que me hablas, sino interés —le reproché.

—El que tienen muchos de los que creen en el cielo. Yo

estoy dispuesto a arriesgarme a perder la vida. ¿No te es suficiente?

No insistí: era inútil.

–Yo me voy en cuanto pueda, quizá esta tarde, quizá mañana a primera hora –les aseguré–: No quiero verte subir a ese escenario.

Salí de la tienda en la que estaban Impreciso y Altea con ánimo de largarme cuando pudiera, pero tenía por delante unas cuantas horas y en aquel lugar nada se podía hacer excepto no gastar energías hasta los próximos garbanzos. Los fieles pasaban el tiempo sentados en los bordes del descampado o bajo las lonas, siempre sobre el suelo pelado, pues no se veía por ningún sitio ni el más mísero mueble portátil. ¿Qué estarían haciendo los dirigentes?, me dije. Detrás del escenario había unas cuantas tiendas más grandes. Me dirigí hacia ellas con la seguridad de que esa diferencia de tamaño conllevaba una desigualdad en el confort que beneficiaba a sus moradores, que debían ser el Elegido y sus más fervientes adeptos. No tenía un propósito definido, solo curiosear en sus almas. La curiosidad se define como un vicio que nos lleva a inquirir lo que no debiera importarnos. ¿Qué me importaban a mí las almas de aquellos individuos, por bárbaros que fueran los sentimientos que en ellas habitaban? Recuerdo que incluso entonces llegué a hacerme esta pregunta, y tengo la certeza de que, una vez que las localicé a todas y les eché un vistazo, me hubiera ido a buscar el almacén de las provisiones que debía robar de no ser porque entre ellas había una tan horrenda que mi curiosidad convirtió en necesaria su exploración y, en lugar de irme, decidí seguir adelante y conocer el rostro de quien la portaba, que no era el Elegido, sino uno muy cercano a él.

La primera barrera que debí superar fue la de unos jóvenes guardianes con brazalete azul.

–Lo siento, hermano, pero esta zona está restringida – me dijo el primero con el que me topé.

–Necesito ver al Elegido –le dije.

–Espera hasta la acción de gracias de la tarde.

–Tengo un mensaje para él.

–Todos los fieles tienen mensajes para el Elegido.

–El mío es especial.

–Todos somos especiales, hermano. Todos nuestros mensajes son especiales.

–La vida del Elegido corre peligro. Si no se lo doy, este campamento puede ser destruido –le dije.

Aquel individuo, que había sido entrenado para acudir a su superior cuando no tuviera una respuesta automática, llamó a un compañero para que me vigilara y se fue en busca de una contestación. Al cabo de unos segundos, volvió con otro joven, en este caso con brazalete rojo, quien me preguntó:

–¿Qué deseas, hermano?

–Tengo un trascendental mensaje para el Elegido.

–Hay un buzón de sugerencias en la oficina de los hermanos. Déjalo allí y el Elegido lo estudiará.

–Es muy urgente. Te lo diré a ti y asume tú la responsabilidad de hacer con él lo que quieras: se prepara un complot contra el Elegido y sus seguidores. Alguien ha descubierto cómo se realizan los milagros y ha extendido entre los fieles el virus de la heterodoxia. «Duermen en camas y comen carne mientras vosotros dormís en el suelo y no coméis más que garbanzos», dicen por ahí. Sé que se reúnen en secreto y que están elaborando un compendio de dogmas y una liturgia nueva para cuando lleguen al poder, pues pretenden asaltar estas tiendas y matar a los actuales dirigentes.

El joven de brazalete rojo demudó el semblante.

–Espérame –me dijo.

Tardó apenas un minuto en volver, y lo hizo acompañado de una mujer de unos cincuenta años, muy desagradable a la vista, de baja estatura y bastante entrada en carnes, que vestía la misma túnica de la que había hecho gala acompañando al Elegido en el escenario. Aunque nadie me lo dijo, yo supe que era la consejera de Justicia de la Hermandad de la Reparación.

–¿Qué quieres? –me preguntó la mujer de malas maneras y sin mediar palabra.

–Hablar con el Elegido.

–Dime a mí lo que quieres y yo se lo transmitiré.

–Conozco todos los secretos de este recinto. Sé quiénes sois y lo que hacéis y quiénes son vuestros enemigos y lo que hacen –le contesté–. Conozco, por ejemplo, que actuáis con promiscuidad, a pesar de la prédica que hace un rato he oído sobre la continencia sexual. Sé, incluso, que vosotros dos habéis tenido relaciones íntimas, si es que se pueden llamar así a un contacto tenido en medio de una orgía en el que él tuvo que mirar para otro lado, porque si te veía se le venía abajo la virilidad.

No esperó a que continuara y me soltó un bofetón que yo aguanté sin inmutarme.

–Sígueme –me ordenó. Pero antes de empezar a andar, miró al jefe de los centinelas y le dijo–: Luego hablaremos tú y yo.

La seguí a ella y al del brazalete rojo entre los tensores de las tiendas con conocimiento de que nadie que hubiese pretendido entrar allí sin ser invitado había vuelto con vida.

—Aquí es, no te muevas —me dijo la consejera de Justicia.

Estábamos delante de una tienda igual a las demás. Tendría unos cuarenta metros cuadrados, era rectangular y dentro de ella se podía caminar de pie. En cada una de sus esquinas estaba apostado un vigilante con brazalete azul. El de brazalete rojo, que se había quedado en la puerta junto a mí, me miró de soslayo y me dijo:

—Estás loco. ¿No te das cuenta de que no vas a salir vivo de esta?: si no te matan ellos, lo haré yo.

Ahora que han pasado tantos años, me asombra lo desmedido de mi temeridad. El saber lo que estaban sintiendo y, en consecuencia, el tener acceso a lo que pensarían me daba una enorme superioridad sobre ellos, pero en modo alguno me inmunizaba contra sus decisiones y, menos aún, contra sus reacciones inesperadas. ¿Por qué, entonces, fui armado y actué de ese modo? Quizá porque no había otra manera de abrirse paso entre aquellos individuos que mostrándose a la altura de su crueldad; tal vez porque me animaba la pérdida por deserción de mis compañeros, y, en todo caso, porque la imborrable presencia del dolor y de la muerte, como debe de ocurrir en los frentes de guerra, nos dejaba como aturdidos y nos inmunizaba contra el miedo.

Cuando aparté el toldo de la puerta, debí sobreponerme a un nauseabundo vaho a almas podridas para dar unos pasos adelante y situarme donde me indicó la consejera de Justicia, de pie en mitad de la tienda y junto a una mesa camilla redonda a la que estaban sentados el Elegido y la consejera de Inteligencia, a quienes enseguida se unió la de Justicia. La luz era escasa y entraba por un par de ventanas laterales tapadas con paneles translúcidos. Cualquier otro en mi lugar se hubiera creído que todos los presentes eran esos, pero yo supe que, además, había otra persona acostada en una cama, al fondo de la tienda y a mi derecha, en una zona a donde no llegaba la luz.

–¿Cómo te llamas, hermano? –me preguntó el Elegido.

–Nereo –le dije. No tenía por qué mentir–¿Y vosotros?

–¿Qué importa eso?

Quizá llevara razón, pero el que ellos supieran mi nombre y yo no conociera el suyo sobrecargaba el desequilibrio que existía entre nosotros: ellos eran tres (cuatro, con el que estaba acostado) y estaban sentados y yo era uno y estaba de pie, y ellos podían dirigirse a mí llamándome por mi nombre mientras yo debía hacerlo llamándolos por su cargo.

–Supongo que sí, hermano –le contesté.

–Elegido, si no te importa. Yo soy el Elegido.

–Ya, pero por lo que a mí respecta, si no tienes nombre, tampoco tienes cargo. Tendrás que conformarte con hermano, hermano –le dije.

Mi arrogancia nos equilibraba un poco. El Elegido y las dos consejeras encajaron mi insolente respuesta con menos dolor que el hombre (era un hombre) que se hallaba tendido y oculto en la cama.

–Bien, Nereo o como te llames, has venido a contarnos algo. Antes de hacerlo, nos interesaría saber por qué lo haces –me preguntó la consejera de Inteligencia.

–Porque quería conoceros y no había otra forma de saltarme la barrera de guardias que hay entre vosotros y vuestros creyentes –la verdad me pareció la más creíble de las excusas.

—¿Conocernos? ¿Para qué?

—Por gusto —ahora se me antojaba más creíble la mentira—. Llevo varios días comiendo vuestros garbanzos, viendo vuestros milagros y oyendo vuestros cánticos y vuestros discursos y me ha llamado la atención que una doctrina tan ramplona sea asumida como dogma de fe por una multitud.

El alma del acostado se revolvió de ira.

—¿Ramplona? —inquirió el Elegido.

—Oh, vamos a hablar con sinceridad, por favor. Estoy aquí solo y rodeado de guardias. ¿Creéis que no aprecio mi vida? Yo no solo estoy a vuestra merced, sino de vuestra parte, y no he venido a insultaros, sino a ofreceros mi ayuda.

—¿A ayudarnos? ¿A ayudarnos a qué? ¿Qué podrías darnos que nos satisficiera? Tenemos un almacén entero lleno de alimentos del ejército y nuestro futuro no está embarrado por la desesperación.

—A extenderos por el mundo.

Tanto su comportamiento como su mensaje estaban claros, pero no encajaban unidos en aquel descampado lleno de tiendas. El Elegido y sus compañeros de farsa habían montado aquel formidable chiringuito por la satisfacción de ser tratados como sustitutos de Dios.

—Os habéis organizado por el placer de explotar las almas de vuestros fieles —les dije.

Los dirigentes de aquella religión eran feos o tenían una deformidad o alguna tara que les había impedido triunfar en el mundo, o al menos así lo creían ellos.

—Sois feos —aseguré. Era lo que más les dolía, pero ahí estaba el origen de su fe—. Antes de que la sociedad se derrumbara, vosotros erais unos fracasados y los que ahora cantan vuestros himnos y mueven su cuerpo al ritmo de vuestra liturgia os miraban con indiferencia, con desdén o incluso con asco. El desastre os ha venido bien. Ahora estáis en vuestro ambiente. En este estercolero de sentimientos os movéis con la maña de los cerdos.

Sentí el alboroto de sus corazones: si no cambiaba mi exposición, no tenía ninguna posibilidad de salir vivo de allí. Los tres líderes que tenía sentados frente a mí aguantaban trabajosamente mis impertinencias. El que se hallaba tumbado en la cama, ya había decidido por todos que me matarían arrojándome vivo a un pozo de mina.

–Pero, cuidado –continué–, porque pronto, entre esos fieles estúpidos, saldrá un cabecilla que constituirá una partida de hombres armados y fundará una organización política. Cuando eso ocurra, vuestro poder y el suyo chocarán sin remedio. ¿Cuál de los dos grupos sufrirá más pérdidas? Responded a esta otra pregunta: ¿Qué pueden miles de fieles frágiles y desarmados frente a unos sediciosos aguerridos y armados hasta los dientes?

El Elegido sonrió casi con una mueca, demostrando una solidez que no tenía.

–Nosotros tenemos armas –me dijo–. No solo cogimos prestado el almacén de alimentos, también nos trajimos buena parte de su arsenal.

Ahora el que sonrió fui yo.

–Por favor, ¿os habéis visto? –les dije–: ¿Creéis que podréis ser soldados alguna vez? Sois gordos, viejos, tullidos... Ni sabéis utilizar las armas ni aunque supierais sabríais qué hacer con ellas.

–¿No ha visto la cantidad de jóvenes que tienen brazalete azul? –me contestó el Elegido–. Tenemos un grupo numeroso que nos sigue ciegamente.

–Y que conoce la falsedad de vuestra doctrina. Esos serán los primeros que se rebelarán contra vosotros para tomar el poder y pasaros a cuchillo.

La conversación se tomó un respiro.

–No basta con dar de comer a la multitud y reconfortarla –continué tras unos segundos de silencio–. Los hombres deben convivir entre ellos, necesitan de unos recursos para satisfacer por sí mismos sus necesidades, precisan de alguien que resuelva sus disputas y los defienda y de unas normas que les den seguridad, aunque sean injustas. Igual que vosotros os habéis organizado para ofrecerles lo que demanda su espíritu, en algún lugar, quizá no demasiado lejano, otros se están preparando para ofrecerles amparo y un somero gobierno a cambio de sumisión. Su vocación es expandirse. Destruyen toda resistencia y practican el terror. Cualquier día, una banda de hombres feroces llegará al campamento y lo destruirá. Entonces, momentos antes de morir, os acordaréis de la propuesta que pienso haceros y os pesará no haberla aceptado.

Para lo que convenía a mis intereses, yo no debía enunciar esa propuesta sin que aquellos individuos se interesaran por ella. Ninguno de los tres que estaban sentados a la mesa, sin embargo, se supo con autoridad bastante como para formularme una pregunta. Fue el tullido que se hallaba en la cama quien, con una voz repelente al oído, de tan quebradiza y aguda como era, me interpeló:

–¿Qué puedes ofrecernos y qué quieres?

Miré hacia la oscuridad donde estaba escondido el lecho. No podía verlo, pero yo sabía que quien lo ocupaba hacía esfuerzos para mirarme.

–Vosotros explotáis las almas de esos pobres infelices y yo exploto su trabajo: ese es el pacto que os ofrezco –le dije.

–Ya tenemos –el tullido utilizó un verbo distinto al mío–las almas de nuestros seguidores, y también tenemos sus cuerpos, y a ambos los alimentamos.

–En ese alimento donde ahora está vuestra fuerza estará en el futuro vuestra debilidad. ¿Qué haréis cuando no podáis darles garbanzos? ¿Y qué harán ellos? Lo que yo os propongo es separar con todas sus consecuencias sus necesidades físicas de las espirituales. Yo pongo orden en la zona, establezco una mínima sociedad organizada con sus normas y su ejército a fin de que esos individuos puedan buscarse la vida por ellos mismos y vosotros seguís con vuestras normas y vuestra liturgia dándoles amparo espiritual.

No lo veían claro. Aceptar mi propuesta les supondría soltar parte del omnímodo poder del que disponían en el presente.

–Yo os limpiaría el campo de todos los competidores –continué–, haría que vuestra religión fuera la oficial de la comunidad y vosotros, a cambio, legitimaríais mi imperio convirtiéndome en protegido de los dioses o de ese Vacío de Dios que los sustituye. El mundo está destruido. La sociedad no existe. Ambos creceríamos sin mayor resistencia y tomaríamos ciudades, comarcas, provincias. Yo haría que no hubiera otra religión que la vuestra. Vosotros erigiríais templos grandiosos a los que yo iría a rezar y en los que me trataríais como líder único. Los alimentos que os veis obligados a dar a esa muchedumbre que aguarda ociosa en las tiendas para mantener su fidelidad se trocarían en ofrendas que os harían ellos. Vuestro dominio sería tan formidable y estaría tan arraigado que subsistiría aunque yo perdiera el liderazgo y fuera sustituido por otro.

Me paré un momento para que mis palabras fueran correctamente digeridas y añadí:

–Si no lo hacemos nosotros, lo harán otros, pues está en la condición humana.

El Elegido miró a la oscuridad. Él estaba convencido de la bondad de mis predicciones. También lo estaban las dos consejeras que se sentaban junto a él. El tullido, sin embargo, tenía una duda.

–Sabéis que cuanto he dicho es verdad, pero desconfiáis de mí –les dije–. Lo comprendo. Vosotros tenéis una organización, aunque somera, y yo no. ¿Por qué no delegar en uno de los vuestros, en lugar de en mí, la fundación de una estructura civil? ¿Y si yo no estoy capacitado y uniendo vuestro destino al mío pongo en peligro vuestra organización?

–Respóndete –respondió el tullido.

–Démosle la vuelta a la pregunta –le aclaré–. ¿Por qué debo unirme a vosotros? Yo tengo ambición y carácter de líder y dotes superiores a las vuestras para dominar el alma de esos pobres infelices.

No quedaron convencidos. Mis palabras sonaron a bravuconada. Continué:

–Me veis de pie frente a vosotros y os creéis irresistibles porque yo estoy solo y vosotros podéis llamar a varios jóvenes de brazalete azul y ordenarles que me tiren a un pozo de mina. ¿Me creeríais si os dijera que conozco los detalles de vuestras biografías, que sé de ellas más de lo que unos sabéis de otros, incluso más de lo que vosotros sabéis de vosotros mismos? ¿Dudaríais, entonces, de la desproporción que existe entre vuestro poder y el mío?

No me respondieron, pero resultaba innegable que mi

discurso iba por buen camino. Fijé mi mirada en la consejera de Inteligencia y dije:

–La consejera de Inteligencia tiene treinta y ocho años
–aunque aparentaba más de cincuenta–. Es la tercera y última hija de una familia de clase media. Tuvo una niñez
horrible. Mientras sus hermanos eran inteligentes y guapos,
ella era mediocre y muy fea. Sus padres se avergonzaban
de ella y la martirizaban con toda clase de reproches. Sus
hermanos, que aprendieron de sus padres a detestarla, la
trataban como a un engendro. No sintió el cariño de nadie
sino hasta que fue al instituto. Allí, entre una legión de
compañeros que la ignoraban, encontró a un muchacho
que le ofreció su comprensión y la acompañaba a su casa.
Ya ni sus padres, ni sus hermanos, ni sus compañeros, ni
los viandantes que miraban para otro sitio por no verla podían hacerle daño: aunque el muchacho no se había declarado, era incuestionable para ella que él correspondía a su
amor, lo que la vacunaba contra los peores males del
mundo. De desgraciada y despreciada, pasó a sentirse feliz
y despreciadora. Una mañana, sin embargo, halló un mensaje en una libreta. «No puedo ser tu amigo. No caminaré
más a tu lado», decía. Esperó al muchacho a la salida de
clase y le preguntó por la causa de ese repentino cambio de
proceder. Eran los tiempos en que la mentira estaba proscrita y penada. El muchacho fue fiel a su educación y le
dijo lo que pensaba sin tapujos: «Eres fea, horrorosamente
fea». «Eso lo sabías antes», le contestó ella. «Sí, pero desconocía hasta qué punto sería perseguido por el hecho de
que me vieran contigo. Nuestros compañeros y mis hermanos se mofan de mí y mis padres no dejan de reprocharme mi mal gusto». Desde aquel momento, la que hoy
es consejera de Inteligencia fue como una sombra de sí

misma. La ruina de nuestra sociedad fue su salvación: las calles se llenaron de miseria y de monstruos y en ese ámbito su fealdad no se notaba. Al contrario: si en la sociedad normal el espectro había sido ella, ahora los aparecidos eran todos los demás, y la tirria la ayudaba a mantenerse cuerda y alerta. Un día fue en busca del muchacho que la había rechazado. Vivía cerca de su casa y lo veía con bastante frecuencia. Se había casado y tenía dos hijos. Aunque su posición social y económica había sido buena, ahora estaba al borde de la desesperación: sus hijos tenían hambre, su mujer se hallaba como ida y él había perdido por completo la iniciativa. Ella, en lugar de socorrerlo, lo hundió un poco más como si lo estuviera ayudando. «Ante el abismo, solo caben dos soluciones: o dar marcha atrás o dar marcha adelante», le dijo. «Y en los tiempos que corren, lo valiente de verdad es librar a los que queremos y a nosotros mismos del sufrimiento».

–Cállate –me interrumpió la consejera de Inteligencia. El demonio de su rencor se agitaba inquieto en su alma.

–La historia continúa. Todos los miembros de la familia mueren. ¿No quieren enterarse de los detalles? –les pregunté.

–No –me respondió ella, y añadió luego–: ¿Cómo lo sabes?

–Está bien –proseguí sin contestarle–. ¿A quién le toca?: al Elegido.

Estaban tensos, no les gustaba mi relato, pero necesitaban que siguiera para tener la certeza de que lo que había contado no era algo puntual.

–El Elegido –continué– era tartamudo de niño.

–¿Cómo puedes saberlo? –me cortó. Los presentes lo desconocían.

–Su infancia podía haber sido parecida a la de la consejera de Inteligencia, pero él sí contó con el amparo de sus padres. Aunque padeció las burlas de sus compañeros e incluso de sus profesores, con mucho esfuerzo y casi sin ayuda, consiguió superar su problema. Hablaba durante horas, en la soledad de su habitación y frente al espejo; hablaba por hablar, sin hacer caso a la sintaxis y sin contenido, imaginándose que era un orador avezado capaz de largar conferencias eternas sin la más mínima preparación. Cuando se supo libre de las trabas que embozaban el libre fluir de sus palabras, su lengua se sintió como un perrillo recién salido de paseo. La utilizó para parlotear sin importarle el lugar ni la hora, en privado y en público. La soltura verbal la creyó también elocuencia. Como creía tener las ideas claras y sus palabras sonaban claras, creía que su exposición era clara y que llegaba con claridad a sus oyentes. Desconocía que, como ese perrillo sacado de paseo, sus palabras iban y venían sin ton ni son. Durante años aprovechó cualquier ocasión para hablar, pero en aquella cultura mecánica, hermética y gris su perorata sonaba como un gramófono lejano en una residencia de sordos. Fue con la destrucción de la sociedad con la que encontró atención entre los desdichados vagabundos que lo habían perdido todo, hasta su capacidad para defenderse de la insensatez. Su discurso absurdo e ininteligible era tomado por exotérico y caía en las embarradas mentes de la concurrencia como la más paliativa de las drogas. Alguien ambicioso que lo oyó supo de su potencial y decidió utilizarlo para su organización. El tiempo le demostró que había hecho bien en escogerlo: con su oratoria insondable y su seguridad ante el auditorio, lo que no era más que un pequeño grupo de voluntariosos vividores a los que había unido el rechazo de la sociedad se convirtió en la junta directiva de una institución religiosa con una multitud de adeptos. El niño tartamudo era ahora el Elegido, el profeta de la única doctrina regulada del territorio, en la que, sin embargo, tenía un papel secundario, pues el líder supremo era un tullido que vivía en una cama oculta entre las sombras.

Me paré y dejé que mis palabras empaparan los ánimos de quienes me estaban oyendo, a los que el asombro había dejado mudos. Al cabo de unos segundos, antes de que alguno de ellos pudiera recuperarse, dije yo:

—Ahora os contaré la historia de ese líder supremo.

—No —chilló el tullido desde su refugio de las tinieblas.

Un espeso silencio empantanó el paso del tiempo. Estaba claro que solo el que había mandado callar podía hablar de nuevo.

—¿Cómo sabemos que podemos fiarnos de ti? —dijo, en efecto, tras unos instantes en los que oímos crepitar los objetos que nos rodeaban y solo se movieron nuestros párpados. La conversación ya era entre él y yo. El Elegido y las dos consejeras parecían extraterrestres disecados.

—¿No es suficiente prueba de mis buenos propósitos lo que sé sobre vosotros y no he contado a nadie?

Si no lo sabía nadie más que yo, con matarme estaba asegurada su supervivencia.

—Podéis liquidarme y todo seguiría igual para vosotros ¿Creéis que asumiría ese riesgo si no fuera sincero? —continué—. Puedo destruiros. Puedo conseguir el poder, pero para mantenerlo necesito una religión, y la vuestra me sirve. No soy ni un loco ni un temerario, aunque esté solo y ahí fuera haya una legión de fornidos muchachos dispuestos a despedazarme a una orden vuestra: mis aptitudes y vuestro interés, juntos, me protegen frente a ese peligro tan obvio y tan superable.

Vi moverse el bulto que el líder hacía en la cama.

–Traédmelo –dijo–. Quiero verle los ojos.

El Elegido se levantó y me hizo una señal para que me aproximase. Yo di unos pasos hacia él y él me cogió del brazo y me adentró en las tinieblas donde se hallaba la cama del tullido. Una de las dos consejeras apartó el toldo de la puerta y la luz del día materializó de golpe el rostro más grotesco y repulsivo que pueda imaginarse. Su tez era blanquecina y medio transparente, de forma que a través de ella se veía un complejo entramado de numerosas venillas azules. Su cabeza era grande y apepinada, calva excepto en varios mechones aislados de pelo largo y lacio. El iris de sus ojos era blanco y el blanco de sus ojos estaba enrojecido. No tenía labios en la boca, que era una raja, y su nariz era un minúsculo y único agujero. Sus orejas, en cambio, eran enormes y puntiagudas. Las sábanas en las que se embutía estaban limpias, el embozo era perfecto y en el aire cercano a él había una extraña mezcla de olores a pomada, a gel y a colonia de baño.

–Acércate, para que pueda verte bien –me pidió.

Su voz agudísima traía adheridas hebras deshilachadas y viscosas.

Me agaché venciendo una repulsión que era obvia y de la que él se gratificaba.

–Acércate más aún –me dijo.

No tenía otro sentido que me arrimara como no fuera el de hacerme sufrir con su aspecto. Lo hice, sin embargo. Su aliento era frío y hedía a gusanera. Sonrió más de la cuenta para mostrarme que no tenía dientes, y luego volvió a ponerse serio y arrugó la frente en unos cuantos surcos discontinuos e irregulares, como bosquejados a mano alzada por un enfermo de párkinson.

—¿De dónde eres? —me preguntó.

—De Sholombra —le respondí.

Él me escrutaba para saber cómo era. Yo, por el contrario, no tenía que hacer nada para ver la ciénaga ácida en que la maldad había convertido su alma, donde el mínimo atisbo de belleza o de bondad chapoteaba dando gritos mientras era diluido y asimilado en cuestión de segundos.

—¿Has matado alguna vez?

—Varias.

—¿Y los muertos eran tus enemigos?

—Yo nunca he tenido enemigos, solo competidores.

Mis respuestas no le desagradaban.

—¿Te parezco repugnante?

—Eres el ser más repugnante que haya visto en la vida.

Rio, satisfecho, emitiendo chillidos y mostrándome la roja sima de su boca.

—Soy tan inteligente como repulsivo —me avisó—. Y no tengo sentimientos.

Yo veía que se equivocaba: cualquier decisión suya, por pequeña que fuera, estaba alimentada por un caudaloso rencor. Ahora bien, ni en su despejada mente ni en su embarrado corazón había odio hacia personas concretas: el suyo no era un aborrecimiento hacia alguien, ni siquiera hacia todos, sino hacia todo, él mismo, la Naturaleza y Dios incluidos.

No creí atinado contradecirlo, sin embargo.

—Soy avaro, lujurioso, soberbio y cruel —continuó con la cara torcida por una mueca que pretendía ser una sonrisa, creyendo que me asombraba—. Pero ninguno de mis vicios pervierte mi entendimiento hasta el punto de condicionarlo. Y creo que algo parecido te pasa a ti. ¿No es cierto?

Ni le contesté ni le hice señal alguna de aprobación, aunque él interpretó mi silencio como si lo fuera.

—Bien —dijo poniéndose serio de pronto—, le has dicho a la consejera de Justicia que conoces la identidad de nuestros enemigos y lo que hacen. Dinos quiénes son y dónde están. Posteriormente, quizá podamos llegar a un acuerdo.

Ese quizá sobraba. Yo le había gustado y él creía haberme impresionado hasta dejar agarrotada mi capacidad de respuesta. El pacto era inminente, pero primero yo debía pasar la prueba de denunciar a sus enemigos, a quienes les esperaba una muerte atroz. Se suponía que esa sería una de mis obligaciones cuando ostentara el poder civil y militar, eliminar la competencia que le supusieran las herejías y las demás religiones. En todo caso, no me estaba pidiendo antes del acuerdo nada que yo no le hubiera propuesto para después. Acepté y le dije:

—Que vengan conmigo unos pocos de esos jóvenes que te sirven.

Él sacó una mano de debajo de las sábanas y llamó con ella al Elegido. Sus dedos eran largos, anormalmente desiguales y delgados, y sus uñas, enormes, curvas y estrechas.

—Llama a Clost y que traiga a mi guardia. Y preparadme, que voy a salir con ella.

El Elegido me cogió del brazo, me llevó hasta la puerta de la tienda y me dijo que esperara fuera junto a él.

—Dile a Clost que venga con la guardia personal —le ordenó al joven que vigilaba el lado izquierdo de la tienda.

El hecho de que no quisieran que viera lo que iba a

ocurrir adentro me hizo fijarme más en lo que acontecía. Y sucedió, poco más o menos, que las dos consejeras presentes fueron hasta la cama donde anidaba el líder supremo de aquella organización, que lo desarroparon y lo desnudaron, que le quitaron unos pañales de tela de gasa y le pusieron otros limpios y lo vistieron con ropa interior de niño y un hábito con capucha que le tapaba la cabeza y la mayor parte de la cara.

Mientras actuaban las consejeras, llegó el tal Clost, un muchacho alto al que no conocía, con una decena de hombres y mujeres jóvenes que aguardaron junto a mí. Ninguno tenía brazalete azul ni signo exterior que los distinguiera de los demás habitantes de aquel campamento, en el que hubieran podido pasar inadvertidos. No obstante, cada uno de ellos llevaba escondida una pistola.

—¿Cómo se llama? —le pregunté al Elegido.

—¿Quién?

—Él, el líder.

—Nadie lo sabe. Nadie sabe nada de él, ni siquiera su nombre.

—Entonces, ¿cómo me dirijo a él?

—Como lo has estado haciendo, de la forma impersonal que quieras.

Unos minutos después, llamaron desde dentro a Clost, quien al rato volvió a salir portando sobre sus espaldas al líder, que se hallaba sujeto a él mediante una mochila portabebés. El líder acercó su cabeza a la oreja de su porteador y este me dijo:

—Llévanos hasta donde están nuestros enemigos.

Como no hice nada, el líder volvió a repetir el gesto. Su voz llegaba a mis oídos como el siseo de una serpiente en la oscuridad.

–Venga. Ve a nuestro lado y no te separes –me indicó Clost.

Durante unos pocos segundos esperaron a que yo les indicara el camino.

–Por aquí –dije por fin. No tenía ni idea de a quién señalar como enemigo, pero no podía permanecer por más tiempo dudando si no quería delatarme.

Ese «por aquí» acabó siendo una calle cualquiera compuesta por una hilera de grandes tiendas de campaña a cada lado. La mayoría de los fieles esperaba en ellas hasta la hora de la cena. Otros, los menos, estaban derrengados en el descampado o caminaban con la vista perdida, aniquilados por la brutalidad de los desastres de los que habían sido testigos. El grupo que formábamos no tenía solidez ni apariencia alguna de lo que era: únicamente Clost, con el líder, y yo íbamos juntos; los demás lo hacían pendientes de nosotros pero desperdigados, como si nada tuvieran que ver entre sí, y lo indiscutible es que, en aquel mundo vacunado contra la curiosidad, nadie nos prestaba atención.

Aunque inicié el camino con la idea de denunciar a uno o a varios de los desafectos a la religión que organizaba y financiaba aquel campamento, en cuanto empecé a fijarme con detalle en las almas de sus habitantes, me percaté de algo en lo que no había reparado hasta entonces: realmente, los fieles auténticos eran muy escasos. Más bien al contrario: unos pocos individuos seguían allí para llenarse el estómago con el triste pero efectivo alimento de los garbanzos y la mayoría por el consuelo espiritual que le suponía unir su porvenir al porvenir de otros. Me dieron ganas de decírselo al líder oculto de aquella organización: «En verdad, le tienen pánico a la muerte y no creen más allá de lo que en cada situación les interesa para seguir tirando».

Nada le comenté, sin embargo. Aquel aborto vivo que había sabido unir su formidable inteligencia con su ingente resentimiento hacia el Creador para fundar, aprovechándose de lo que parecía el fin de los tiempos, una comunidad religiosa que negara a Dios con él como sumo sacerdote, entendía, desde el pedestal al que suelen subirse los muy poderosos, que solo sus enemigos contrariaban la idea que él tenía de la realidad. En lugar de contradecirlo, le seguí la corriente, como debe hacerse con los gobernantes iluminados, aun a sabiendas de que así alimentaba el monumental error de la bestia.

Si mi denuncia llevaba al denunciado a la muerte, señalaría a alguien que a mi juicio se lo mereciera. Con esa teoría como base, empecé a tantear las almas de los que nos rodeaban y, como si yo fuera el mismísimo Dios, a hacer juicios supremos sobre ellas. Descubrí avaros compulsivos, arrogantes, envidiosos, ladrones, déspotas y hasta violadores y parricidas. Reparé particularmente en uno de ellos: cuando tenía veinte años, había quemado el domicilio familiar con sus padres dentro. Lo cruel de su caso me animó a indagar en los sentimientos que precedieron al crimen. No tengo tiempo para explayarme sobre ellos. Basta con decir que los hechos fueron consecuencia de una forma de ser labrada por millones de circunstancias a las que ninguno de los seres humanos comunes habría sido ajeno. Yo, a los efectos que nos interesan ahora, no era un juez mortal, que valora con arreglo a normas jurídicas y al miedo que la libertad de los otros provoca en nosotros, sino Dios, y Dios no hubiera podido condenar a ese hombre sin condenar también a todos los que en su situación hubieran hecho lo que él.

—¿Queda mucho? —me preguntó Clost a instancias de

su porteado.

—No mucho —le contesté.

El engendro empezaba a impacientarse. Si no quería descubrir la superchería de mi proceder, debía proporcionarle la cabeza de alguien inmediatamente. Pasé junto a la tienda donde descansaba un comerciante codicioso y egoísta. Había explotado a sus empleados, maleducado a sus hijos y despreciado a su mujer. Su vida había sido un surtidor permanente de infelicidad para los demás. Lo supe arruinado y abandonado por todos y lo dejé. Descubrí el alma de un aspirante a poeta y a pintor. Era engreído y envidioso. El argumento de que él había nacido para crear le servía para desatender sus demás obligaciones, en especial las familiares. De sus tres hijos, uno se había suicidado y los otros arrastraban traumas a los que no era indiferente su proceder. Lo vi solo y olvidado del mundo y lo dejé. Reconocí a una mujer que había vendido a sus hijos recién nacidos, a un chantajista y a un violador de ancianas. Ninguno de ellos creía en aquella horrorosa religión, lo que me pareció motivo suficiente para salvarlos.

—¿Están lejos todavía? —me urgió Clost.

Estábamos cerca de una tienda donde un grupo de fanáticos seguidores de aquella religión se hallaban congregados para comentar el último discurso del Elegido y rezarle al Vacío de Dios. En ese periquete vi la luz: quizá los ladrones, los violadores y los asesinos se merecieran una condena ejemplar, pero no por la decisión de ese monstruo infernal que cabalgaba a lomos de uno de sus secuaces creyéndose Dios. A manos de ese dios, los que merecían el castigo eran sus fieles.

—Aquí —le dije—. Hay cinco hombres y tres mujeres.

Ahora tienen en las manos los textos que vosotros les habéis proporcionado. Son personas de vuestra religión, pero creen que os equivocáis al interpretarlos y le están buscando otros sentidos.

Si hay seres más odiados que los enemigos, esos son los amigos traidores.

—Son herejes —apuntillé—. Extenderán el virus de la heterodoxia entre los habitantes del campamento y, cuando cuenten con más fuerzas, os sustituirán por sus propios sacerdotes.

El líder, sobre los hombros de Clost, entró en la tienda, en donde vio a cinco hombres y tres mujeres que estaban hablando del sermón del Elegido con los papeles de los cantos en las manos. No lo dudó: a su juicio, esa era la prueba de que mi delación era fundada.

Salió Clost con el líder de la tienda y poco después irrumpieron en ella varios de los jóvenes que nos habían acompañado. Desde donde estaba, oí que uno de ellos decía:

—El Elegido sabe de vuestra fe y quiere premiaros. Seguidme.

Los fieles salieron sonrientes. Dos de los jóvenes los condujeron hacia la zona de tiendas que estaba detrás del altar. Al pasar por delante de nosotros, oí esta pequeña conversación entre dos mujeres:

—¡Qué suerte hemos tenido!

—No es suerte, sino el premio natural a nuestra fe.

—¿Cómo se habrá enterado el Elegido?

—No cabe duda de que él lo sabe todo.

Cuando se habían alejado una veintena de metros, Clost me preguntó tras un agudo murmullo del líder:

—¿Hay más sediciosos?

–No –le contesté–. Solo estos. Su pensamiento está circulando por ahí, pero aún es demasiado vago como para poder oponerse al vuestro con esperanzas de victoria. Por ahora, os habéis salvado.

Ese por ahora invocaba un aplazamiento detrás de otro y la necesidad indefinida de mi ayuda.

–Está bien, volvamos –dijo Clost.

Hicimos el camino de vuelta detrás del grupo de fieles. Como no parecían rebeldes, sino seguidores acérrimos y su cándida alegría era el alborozo del inocente, por un momento, en ese lodazal infecto que era el alma del líder, encontré una burbuja de desconfianza.

–No se comportan como enemigos de vuestra religión, porque no lo son –me anticipé–. Al contrario, son tan partidarios de ella que quieren completarla y mejorarla, incluso pasando por encima de la voluntad de sus actuales líderes, que sois vosotros.

El líder era muy inteligente, pero estaba condicionado por sus obsesiones, y la mayor de todas ellas era el miedo a perder el mando. Dio por buenas mis explicaciones y se sintió satisfecho. Ni por asomo se le había ocurrido la posibilidad de que sus enemigos estuvieran entre sus discípulos más intransigentes. Conmigo a su lado, se sentía aún más poderoso.

–Mientras más poderoso sea yo, más lo serás tú –le dije.

Noté que su imaginación crecía.

–Imagínate que me extiendo por la comarca, por la provincia y por el Estado y que junto a mis hombres armados van sacerdotes de tu religión.

Su codicia no tenía límites. Ya estaba pensando en sustituir al Elegido por otro Elegido menos tosco, de un verbo más fluido, y a los consejeros y consejeras por otros más doctos y carismáticos, capaces de responder con argumentos irrefutables a los argumentos de sus detractores. Ya estaba cavilando sobre un corpus doctrinal donde se recogieran los valores sobre los que se asentara la existencia de todo y se reunieran las normas que regularan el funcionamiento de la sociedad y del Estado y el comportamiento de los individuos. Ya estaba concibiendo la posibilidad de salir a la luz de alguna manera y convertirse en el único profeta de aquella religión sin Dios. Ya fraguaba templos grandiosos, ya ceremonias espectaculares, ya un entramado organizativo que cubriera hasta los más lejanos territorios, con una estructura jerárquica a cuya cabeza estaría él.

Antes de llegar a la zona noble del campamento, los hipotéticos herejes y los jóvenes se desviaron por una calle a la derecha. Clost, con el líder, y yo continuamos hasta la tienda del líder.

—Aguarda aquí —me dijo Clost en la puerta.

Adentro, estaban los siete consejeros y el Elegido. Al entrar el líder, los sentimientos de los reunidos se intensificaron o se apagaron. Uno de ellos, el consejero de Verdad, sintió una inmensa repugnancia que venció a fuerza de tesón y de miedo. Ninguno de los consejeros creía en las patrañas que contaban a sus fieles, pero este, además, era partidario de eliminarlas. Actuaba a pesar de él, siguiendo el comportamiento que se esperaba de su alta condición. Si hubiera sabido que los esbirros del líder no lo seguirían para darle muerte, se habría ido hacía mucho tiempo, predicando la verdad de lo que había detrás de la fe de la «Hermandad de la Reparación».

La consejera de Justicia cogió al líder y lo llevó a la cama ubicada en la oscuridad, donde le quitó la capucha y la ropa de niño, le puso un pijama y lo arropó.

–Te puedes ir. Dile al hermano Nereo que entre. Y ordena que traigan una silla –oí que le decía la consejera de Justicia a Clost.

Instantes después, entraba yo en la tienda, donde los siete consejeros y el Elegido se sentaban alrededor de una larga mesa rectangular formaba por unos cuantos veladores cuadrados alineados en perpendicular a la calle.

–Siéntate –me dijo luego el Elegido ofreciéndome su sitio.

Aún no lo había hecho, cuando uno de los jóvenes descorrió la cortina y, sin entrar en la tienda, dejó una silla dentro. El Elegido la cogió y la llevó hasta la mesa, donde ocupó el lado corto que daba la espalda a la puerta y el frente a la cama donde reposaba el líder.

–Se llama Nereo y nos ayudará a crecer –dijo, y uno a uno me fue señalando a los reunidos y diciéndome su cargo.

Todos los consejeros se quedaron mirándome muy serios. Todos eran deformes y feos, horrorosos. Viéndolos, me costó trabajo hilvanar una sonrisa que seguramente acabó en mueca.

–Hablaremos mientras comemos –señaló El Elegido.

Aún no era la hora de los garbanzos de la tarde. Yo sabía que aquella curia comía tres veces al día y gran variedad de alimentos, pero desconocía el grado de elaboración de los platos que les preparaban.

–Creo que hoy disfrutaremos de un almuerzo muy especial –apuntó el Elegido, que parecía el primer maestro de ceremonias en ausencia del líder, quien, no obstante, vigilaba desde la oscuridad, como un dios tan omnipresente como mudo.

No comentó nada sobre el acuerdo que me uniría a ellos sino hasta poco después de que un muchacho y una muchacha entraran con unas bandejas sobre las que traían tres botellas de vino tinto y el primer plato, una sopa de arroz sencilla pero condimentada con una delicadeza que uno de los presentes comparó con la música de las ceremonias de acción de gracias. Habíamos tomado unas cuantas cucharadas, cuando el Elegido me preguntó a bocajarro:

–Aceptamos su ofrecimiento. Ahora, dinos qué es lo que quieres de nosotros.

Me pilló con la cuchara en la boca. Los demás comensales se quedaron mirándome. El líder me estudiaba desde la sombría reclusión de su lecho.

–Hombres y material –respondí con una firmeza afectada, como si lo tuviera preparado.

–Esa respuesta no nos sirve porque es demasiado obvia –me contestó el consejero de Verdad.

Aunque su propósito era impedir el acuerdo conmigo para dejar a la organización expuesta a sus enemigos, su respuesta me perjudicaba. Ganas me dieron de darle una patada por debajo de la mesa y hacerle un guiño para informarle que los dos estábamos en el mismo bando.

–Tan obvia como la pregunta –le respondí.

–¿Cuántos hombres? ¿Qué material? –me preguntó el Elegido.

–¿No tienes un plan? –me preguntó el consejero de Verdad, sin dejar que respondiera a la pregunta anterior.

–Vosotros os quedaréis solo con los equipos necesarios para mantener el orden. El resto me lo llevaré yo conforme vaya necesitándolo. Y con los hombres haré otro tanto, aunque personas dispuestas a luchar se podrán encontrar fácilmente cuando lleguen las victorias –aguanté un par de segundos para mirarlos y continué–: Tened en cuenta que os limitáis a poner al servicio de vuestra seguridad y de la expansión de vuestras ideas aquello que teníais sin utilizar.

Seguimos hablando en términos parecidos. En varios momentos de la conversación, yo introduje el conocimiento que tenía de sus almas para ilustrar mis argumentos. Así, cuando la consejera de Duda me preguntó si habría mujeres en ese ejército al que me refería, antes de aclararle que no se trataba de un ejército, sino de una estructura mucho más compleja, le dije:

–Está bien que una mujer maltratada por su padre, por sus hermanos y por sus compañeros varones de colegio se interese por ese tipo de cuestiones.

Y al tratar de los beneficios económicos y de las posesiones que podrían llegar a tener la Hermandad de la Reparación, dirigí mi mirada al consejero de Voluntad y dije:

–Aunque no lo sepáis, tenéis entre vosotros a un experto en finanzas, y hubo un tiempo en el que este hombre dirigió el consejo de administración de grandes empresas, un banco incluido. Él podría gestionar perfectamente los negocios de vuestra organización.

Y cuando el consejero de Valentía quiso saber de mi pasado para conocerme mejor, refiriéndome a él, le contesté:

–El pasado es otro mundo, no tan distinto del que predican algunos apóstoles de la reencarnación. Por ejemplo, estoy por asegurar que antes de ingresar en esta comunidad alguno de vosotros traicionó a sus socios. ¿Y qué importa eso ahora, que hay otras reglas y la muerte está presente detrás de cada pausa? La conversación me estaba haciendo temible y me engrandecía de una forma mágica: ¿qué clase de individuo era yo que podía saber lo que sabía? Mi objetivo, sin embargo, no era tanto mostrar mi superioridad sobre ellos como demostrarles que, aunque estuviera solo, yo también era fuerte, tanto como ellos o más, y ponía mi fuerza al servicio de un pacto del que los dos (ellos y yo) nos favoreceríamos por igual. De hecho, en el lado oscuro, el líder se debatía entre matarme para anular el peligro que yo suponía y la atracción hacia el inmenso poder que mi oferta le garantizaba. En esa duda, la ambición tenía todas las de ganar.

El líder chilló algo así como «ya está bien» y mis compañeros comensales enmudecieron. Nadie volvió a hablar hasta que trajeron el segundo plato, un estofado de carne con patatas, zanahorias y otros vegetales preparado de una manera tan exquisita que no pude sino ver en él la mano de Libuell.

—Es el guiso más delicioso que he comido nunca —comenté rompiendo el silencio.

—Hay un nuevo cocinero —nos informó el consejero de Valentía, que tenía a su cargo los servicios de la zona restringida.

La extraordinaria comida les atrajo de tal modo que se les olvidó el asunto que teníamos entre manos e incluso la ominosa presencia del líder. Durante un instante deposité mi mirada sobre ellos: sus repulsivos rostros se deformaban con la ondulación de los labios, el temblor de la papada, el vaivén de la nuez, las arrugas de la frente, la hinchazón de los carrillos, el ajetreo de las orejas, la palpitación de las aletas de la nariz, el lagrimeo y los hilos de baba, el reblandecimiento de las ojeras y la tortuosa masticación de comida. «Nada hay más feroz que ver a un consejo de esperpentos disfrutando de un festín», pensé antes de oír la voz del líder, que, medio muerto de envidia, dijo:

—Yo también quiero. Sin triturar, como la vuestra.

A partir de ahí, no fue lo mismo: la consejera de Justicia se levantó y salió de la tienda, a la que volvió poco después con un cuenco de estofado y una cuchara de bebé. Los demás la vimos de reojo adentrarse en la oscuridad, desde la que enseguida oímos toses, ahogos, chillidos desesperados y el ruido del cuenco dando contra el suelo y rompiéndose.

—Tráete uno con la comida triturada —le pidió el Elegido a la consejera de Justicia cuando esta volvió a hacerse visible.

Había postre (tarta de galletas y manzanas amarillas) y una copa de vino dulce, manjares asombrosos de los que solo yo saqué provecho, pues los comensales se habían sumido en un desaliento invencible, especialmente el consejero de Verdad, a quien la obligación de guardar fidelidad le estaba levantando el estómago.

—Me gustaría ver los medios de que disponéis —dije cuando hube terminado la copa.

—Enseñádselos —ordenó la penetrante voz del líder desde la umbrosa reclusión de su cama, en la que engullía, con la ayuda de la consejera de Justicia, la papilla en que se había convertido el estofado.

La mezcla de amor y pánico que se le tenía disolvía hasta la más demoledora de las voluntades concurrentes, excepción hecha de la mía.

—¿Quién se va con él a la nave de las escorias? —preguntó el Elegido.

Yo tenía enfrente al consejero de Verdad.

—Él parece el más remiso a creerme —respondí señalándolo con un gesto, en vista de que nadie se ofrecía voluntario.

—Ve tú, entonces, y llévate a un par de jóvenes —concedió el Elegido.

Me tomé otra copa de vino dulce de un sorbo y salí de la tienda seguido del consejero que iba a ser mi guía. A unos cuantos metros de la puerta, aguardamos en silencio la llegada de los guardaespaldas que nos habían prometido. Varios consejeros murmuraban sobre la situación vivida no lejos de nosotros.

—Si le pasara algo al líder, sentirían tanto alivio como desconcierto —le dije al consejero de Verdad en voz baja.

Este me miró asombrado. ¿Cómo me atrevía a expresar semejante opinión, y a él, que era un consejero de la Hermandad?

—¿Cuál es tu nombre? —continué—: no me gusta llamar a las personas por su cargo, y más si este es tan estúpido como el que tú tienes.

No me respondió, no lo dejaba el atolondramiento.

—Igual que sé lo que he contado sobre los consejeros y más, conozco el pasado de ese curioso ser que ha estado a punto de morir asfixiado con las tajadas de ternera. Y lo que es más importante, conozco la repulsión que te produce él y lo que se cuece en este campamento.

—Kiboe —me dijo—. Mi nombre es Kiboe.

—El mío es Nereo, ya te lo han dicho.

—Nereo, dime —su voz cogió un tono más recio—, ¿cómo has podido llegar a saber lo que sabes?

—En estas circunstancias, el cómo no es relevante. Digamos que todo lo que ocurre, sea dentro o fuera de nosotros, deja huellas que pueden ser rastreadas.

–No lo entiendo.

–Es largo de explicar y el tiempo es escaso.

–Al menos dime qué es lo que quieres realmente, porque presumo que no es lo nos has revelado –me dijo.

–No lo he sabido hasta hace un rato –le contesté–. Cuando entré en esta ciudad desvaída y absurda, venía con unos compañeros. A uno de ellos lo mataron esta mañana tras subir al escenario. Los demás han decidido quedarse aquí por distintas causas. Entré en la zona restringida por el gusto de saber qué había de verdad en lo que a ellos les había atraído, sin una finalidad concreta. El proyecto que os he ofrecido ha sido esbozado sobre la marcha, atendiendo a las demandas de proselitismo que tienen las religiones y a la que esta no es extraña. Pero después de lo que he visto desde que llegué, lo que quiero ahora es acabar con este tinglado. Y no en un sentido espiritual, sino físico: quiero reducir este campamento a lo que era antes: un llano cubierto de hierba entre pozos de mina y montañas de escorias.

Dejé unos segundos para que su entendimiento pudiera asimilar cuanto le había dicho. La única ceja que le recorría la frente de un lado a otro se hundió por encima de su nariz, picada y larguísima. Sus ojos grises huyeron un poco más hacia la fosa de sus órbitas.

–¿Me ayudarás? –continué–. Tú odias tanto como yo esta mentira y conoces perfectamente el campamento.

–¿Cómo podría hacerlo?

–Te han dicho que me enseñes los medios de que disponéis. Bien, no te limites a enseñarme algo, muéstramelo todo –miré al cielo: quedaban un par de horas de luz–. ¿Nos dará tiempo?

–Donde vamos no hay luz ni de noche ni de día.

—¿Qué lugar es ese?

—Ya lo verás: es lo más parecido al averno.

La zona destinada a los dirigentes, la guardia y los servicios anejos la constituían dos hileras de tiendas, detrás de las cuales, a no más de cincuenta metros, había una alta y alargada montaña de escorias que seguía el trazado de esa ala del campamento, como si de una muralla infranqueable se tratase. Hacia ella nos dirigimos por un camino que llegaba hasta su misma base, la bordeaba durante unas decenas de metros y se terminaba en los portones de una pequeña nave sin ventanas. Yo miré a la izquierda y a la derecha y no vi edificaciones, ni movimiento de personas, ni otra cosa que una malla metálica que impedía el paso por ambos costados. Tal era la calma, que si no hubiera advertido las intenciones de mis tres acompañantes y la caterva de sentimientos que encenagaban el suelo, hubiera pensado que me engañaban y me estaban conduciendo hacia un destino distinto al expresamente declarado.

Cuando llegamos a la nave, el consejero golpeó la chapa de la puerta con el tenor de una consigna.

—¿Quién va? —preguntaron desde dentro.

—Abre al tercer enviado del Vacío de Dios —respondió Kiboe.

Sonó un cerrojo descorriéndose y una puerta se abrió en los portones dejándonos ver a un enano grueso, barbudo y enteramente calvo que miraba a ninguna parte con unos grandes ojos sin iris. Del cinturón, le colgaba un cuchillo enfundado casi tan largo como sus piernas.

—Es Canel, y pese a su ceguera de nacimiento, es el mejor de los muchos cancerberos que guardan este lugar ingrato —aseguró Kiboe.

El enano sonrió. Aunque su boca estaba lejos, el tufo

de su aliento quemó nuestras narices, y aun nuestros pulmones, tras pasar por los sombríos portillos que formaban sus escasos dientes negros.

–¿Me traéis a una muchacha? –dijo. Su gruesa voz le surgía derretida por la lascivia.

Yo sentí en el aire los actos de amor de que era capaz aquel hombre: las muchachas a las que él se refería eran viejas drogadas a las que poseía en el suelo con la solitaria fiereza que un garañón puede amar a una muñeca hinchable.

–Hoy no. Hoy queremos enseñarle a una persona importante lo que guardamos aquí.

Canel gruñó como un tigre.

–Es el único premio que tengo en esta existencia miserable –gritó empinándose–. Quiero muchachas, muchachas. ¿Me entendéis? Vosotros tenéis las que os da la gana. Dejadme algunas, cochinos avariciosos.

Kiboe trató de sosegarlo prometiéndole lo que pedía. «Tendrás muchas, muchas, todos los días una», le dijo.

El guardián siguió regruñendo. Lo hacía como un cerdo, sin parar, masticando las palabras con que enhebraba los inmundos pensamientos que se le ocurrían. Regruñó mientras cruzamos la puerta, y cuando la cerró y nos dejó a oscuras, y cuando empezamos a caminar guiados por una linterna que había encendido uno de nuestros acompañantes y lo dejamos solo, sentado en un sillón desvencijado, a unos pasos de la puerta de la que era guardián permanente. Hasta que no cruzamos otra puerta abierta en otros portones con otro guardián ciego y la cerramos, no dejamos de oírlo.

–Hay incontables guardianes más y ni yo ni nadie los conoce –me dijo Kiboe.

—Yo soy Loptan 115 —dijo el segundo guardián al oírlo. Era de mediana estatura y mediana edad. Estaba vestido como un pordiosero y andaba descalzo.

—¿Todos son ciegos? —le pregunté al consejero.

—Ciegos de nacimiento, sí. Todos son hombres y se llaman Loptan y un número.

El joven apuntó con la linterna hacia la oscuridad, pero esta tenía la densidad de los líquidos y la luz no pudo viajar más allá de unos pocos desolados metros.

—¿Dónde estamos? —las sensaciones que percibía no satisfacían mi curiosidad por entero.

—En el principal almacén del ejército. Bajo la montaña de escorias hay una inmensa nave con estructura de bóveda de cañón en la que descansan desde hace años cientos de vehículos militares. También hay una enorme bodega estratégica con toneladas de garbanzos y algunos contenedores de latas de conserva.

—¿Solo guardaron garbanzos los estrategas del ejército?

—Esta nave es la punta del iceberg. Debajo de tierra hay cientos, quizá miles de kilómetros de antiguas galerías de mina acondicionadas para servir de almacén. La intención de quienes lo idearon era tener una reserva estratégica para crisis terminales. Ahí abajo hay generadores de electricidad, unos cuantos hectómetros cúbicos de gas y combustible, toneladas y toneladas de alimentos no perecederos, herramientas, ordenadores y hasta libros. Cualquier elemento necesario para reconstruir la civilización está guardado en el subsuelo, y no una vez, sino muchas, y no en un lugar, sino en varios. Por supuesto, también hay armas de todo tipo, desde carros de combate hasta fusiles, y diversos polvorines situados a distintos niveles. Solo hay un inconveniente.

–Debe ser casi insoluble.

–Lo es: el conjunto está diseñado en compartimentos estancos. Se pretendía que la destrucción de un almacén no afectara a la conservación de los otros. Pues bien, el sistema de seguridad se vino abajo y ahora resulta imposible acceder a él.

–No me lo puedo creer. Las puertas más pesadas pueden moverse. Los muros, por gruesos que sean, se horadan. Si el problema es la electricidad, la electricidad se fabrica. Si hace falta mucha fuerza y no la hay, se pueden sumar fuerzas pequeñas…

–Quizá abajo, en alguna parte –me interrumpió Kiboe–, aún sea posible pasar de un sector a otro y haya supervivientes, ciegos, como los de aquí arriba, que sigan viviendo de las reservas de oxígeno, de alimentos y de agua, incluso es posible que aún puedan mover algunas de las puertas colosales que unen unos compartimentos con otros y que debajo del valle subsista una ciudad de ciegos, una cultura de ciegos, más bien. Pero lo único seguro es que la puerta que conecta el interior con el exterior no puede abrirse: la llave era una clave secreta que tenía en su poder el Ministerio de la Guerra y se perdió.

Uno de los jóvenes encendió una lámpara de gas que inundó de luz los alrededores.

–¿Cómo pudo ocurrir? –le pregunté.

–La puerta se abría desde la sede del Ministerio en Sholombra, donde varios individuos guardaban la copia de la clave, que se renovaba periódicamente. Al principio, con el cambio de clave se reemplazaban también las copias, pero en el ocaso de la Administración la clave se sustituyó cada vez más espaciadamente y, al final, todo el proceso dependió de un hombre que reemplazaba la clave a su antojo y no hacía copias. La primera vez que la puerta no pudo franquearse, los pocos militares encargados de la custodia del almacén llamaron a Sholombra. Nadie supo darles contestación, ni siquiera sabían desde qué departamento se habían estado encargando de obtener la clave. El vigilante de rango más alto se personó entonces en la sede del Ministerio. El gigantesco edificio administrativo estaba medio abandonado. Debió visitar múltiples departamentos, recorrer muchos pasillos y preguntar a numerosas personas antes de dar en un despacho perdido con el administrativo que tenía a su cargo esa trascendental labor. «Llevo varios días procurando recordarla», le contestó, «pero es inútil, no lo consigo». Al parecer, el funcionario construía combinaciones con una regla nemotécnica que nunca le había fallado: los apellidos y el número de identidad de dos militares de un viejo listado en el que esos datos constaban ordenados por orden alfabético. «Esa semana me tocaba escoger las líneas de la página 28», le dijo. Le indicó que siempre se lo dejaba en el cuarto anaquel de una estantería de chapa, pero que aquel día, cuando fue a echar mano de él, no lo encontró en su sitio. Le dijo que lo buscó con ahínco pensando que el agujero de su memoria estaba causado por un despiste redimible con una meticulosa exploración, que quitó y puso montón a montón y uno a uno los miles de papeles de su despacho, todos obsoletos e inservibles, que, con tal de seguir buscándolo, se aguantó hasta las ganas de dar de vientre, que no fue al váter sino cuando las ganas se convirtieron en dolor y que fue satisfaciéndolas, en esos servicios antaño modelo para los limpiadores de los cuarteles más exigentes y por entonces deplorables hasta como letrinas de trinchera, donde lo localizó colgado de un gancho junto a la taza del retrete que estaba utilizando. «Entre las hojas que le faltaban, estaba la 28», le dijo.

–¿Fue él quien sin darse cuenta ni con otra intención se lo había llevado? –le pregunté.

–Juró y perjuró que no. «Llevábamos meses sin papel higiénico», aseguró, «pero yo tenía miles de papeles sobre la mesa que podía utilizar para ese fin con total impunidad». Fue otro, uno cualquiera que entró en el despacho y cogió el primer listado que le vino a la vista. A fin de cuentas, debió de juzgar que, tal y como estaba el país, no había mejor destino que ese para un documento del Ministerio.

Paró de hablar y soltó una carcajada.

–¿Y sabes lo mejor? –continuó–. Aquí, en esta nave, hay cientos de miles de rollos de papel higiénico. Y abajo debe de haber muchos más, quizá millones. Para la mente pensante que diseñó esto, limpiarse el culo era en situaciones de crisis extrema una necesidad más que debía satisfacerse.

–Supongo que el listado no podía reconstruirse.

–Ni ese, que era muy antiguo, ni ningún otro listado, por moderno que fuera: los ordenadores centrales del Ministerio había dejado de funcionar definitivamente unos cuantos días antes.

Para probar cuanto había dicho, me dijo que lo siguiera y se puso a andar en perpendicular a los portones por los que habíamos entrado. Mientras caminábamos, yo miraba a nuestro alrededor: a ambos lados, como a una treintena de metros o más, empezaban las filas de vehículos, entre las que de vez en cuando se veían individuos quietos como maniquíes o que vagaban siguiendo líneas rectas. «Como son ciegos, empezaron guiándose por el tacto, pero después de tanto tiempo desplazándose por el mismo lugar, hasta ese sentido se les ha atrofiado: ahora se mueven orientados por la retentiva», me dijo Kiboe. Arriba, no se veía el techo. «El edificio entero es una bóveda de medio punto de varios kilómetros de longitud y centenares de metros de altura», me dijo. Todo parecía sobrehumano, extraterrestre, más bien. Cuando se lo hice saber al consejero, este me contestó: «Espera a ver la puerta que conduce al subsuelo». Llevaba razón: construirla debía de haber sido una empresa ciclópea. Desde donde estábamos, no se veía su final, ni por los flancos ni por encima. «Está hecha de una aleación única, tiene decenas de metros de anchura y nadie sabe lo que puede pesar. Tapa un agujero que conduce a las profundidades por una rampa. Y lo que es mejor, mira el suelo que estamos pisando». Lo hice. «Es una placa del mismo material que la puerta y nadie conoce su grosor. Los ingenieros previeron un ataque al interior y construyeron unas defensas inexpugnables, pero se olvidaron de la estupidez, que es mucho más peligrosa que el peor de los enemigos». Me cogió del brazo y añadió: «¿Imaginas que alguien poseyera el secreto para pasar de una dimensión a otra o de la muerte a la vida y lo perdiera por un sumidero?».

Las palabras del consejero suscitaron en mí la curiosidad que se profesa por los restos inverosímiles de una civilización perdida. Me concentré intentando apreciar los sentimientos que los ingenieros que la diseñaron habían dejado pegados a la puerta y entre los millones de huellas que remitían a defectos vulgares (lascivia, avaricia, pereza…), encontré ese vicio que anida en el corazón de los dioses creadores: la soberbia. Era de ellos. Los pude ver en

217

el arduo proceso del diseño, intentando solucionar las complicaciones que planteaban los objetivos y la acción del tiempo y de la Tierra (los terremotos, por ejemplo), los vi dirigiendo las obras y las instalaciones y percibí su complacencia total cuando la misión estuvo terminada. «Todo es correcto, todo está bien», se dijeron orgullosos antes de ir a celebrarlo, con la creencia de que en ese «todo» cabían las circunstancias más extremas de los milenios venideros.

«Por aquí», tuvo que decirme el consejero para sacarme del embelesamiento. Caminábamos siguiendo el trazado de una calle marcada en el suelo con rayas de pintura reflectante que tenía a la derecha la pared de la bóveda, en la que apenas se notaba su curvatura, y a la izquierda filas y filas interminables de vehículos militares.

–¿Están preparados para salir? –le pregunté.

–Todos tienen los tanques llenos de carburante y de munición, pero, además, hay varios depósitos de combustible y un polvorín lo bastante grande como para aguantar durante un lustro una guerra de mediano tamaño.

Los jóvenes guardaespaldas caminaban delante de nosotros. Puse mi mano en el brazo de Kiboe y lo retuve unos pasos.

–¿Dónde está el polvorín? –le susurré.

Se quedó mirándome, dudando, porque la sospecha era demasiado atroz como para solventarse sin una confirmación expresa.

–Debemos hacerlo explotar –le dije acompañando mis palabras con un gesto ilustrativo.

Para él, era ir demasiado lejos.

–Dame la lámpara –le dijo al joven que la portaba–. No es necesario que nos acompañéis. Esperadnos.

El consejero no tenía ninguna intención de llevarme al

polvorín, únicamente de hablar conmigo sin la coartadora presencia de nuestros guardaespaldas.

–¿Estás loco? –me dijo cuando tuvo la seguridad de que nadie podía oírnos, sin dejar de caminar ni hacer un aspaviento que nos delatara, pues la luz que llevábamos trasladaba nuestra figura hasta los más lejanos confines de aquella nave en apariencia inacabable–. Hay cientos de hombres –era raro no tener a la vista a alguno de los guardianes ciegos–. ¿Qué pretendes, sacarlos a la calle? Este es el único mundo que conocen. Se conducen de memoria. No tienen otras certezas que el orden milimétrico de los objetos que aquí se guardan. Comen siempre lo mismo y en el mismo sitio. No tienen reloj, desconocen el ritmo de los días y de las estaciones e ignoran las complejas normas que rigen el entramado de las relaciones interpersonales. Para ellos, el universo no es más que un plano inmutable y el futuro una sucesión infinita de paseos aleatorios. Ni siquiera sé si captan el verdadero sentido de la muerte.

«La muerte», me quedé pensando. En el espacio flotaban muchas experiencias de los guardianes ciegos relacionadas con el dolor.

–Lo captan –le revelé–. Si uno cae gravemente enfermo, los otros lo rematan. Todos desean la enfermedad y la muerte. Los hay, incluso, que se suicidan haciéndose pasar por enfermos.

Kiboe no se lo creyó: ¿cómo podía saberlo?

–No tienes intención de sacarlos de aquí, ¿verdad o no? –me dijo.

–Ni siquiera sabía que existieran. ¿Qué diferencia hay para mí y para el mundo de afuera entre el antes de conocerlos y el después, cuando hayan desaparecido?

–Ellos. ¿No es suficiente?

Era indiscutible que no me permitiría destruir aquel recinto por culpa de quienes se dedicaban a guardarlo.

–Esta realidad tiene la consistencia de las pesadillas. Sus habitantes viven en otra dimensión y son personajes, no personas –continué.

–Personajes que sueñan –me dijo.

–Sueñan, pero esos sueños nunca son ilusiones, y no pueden distinguir entre lo que viven dormidos y despiertos, porque sueñan lo mismo que viven.

–Y que tienen sentimientos –añadió.

¡Qué entendía él de sentimientos!

–No saben lo que es el amor, ni la amistad, jamás han visto el rostro de una mujer, ni oído una música, ni olido una flor, no desean nada deseable, ni siquiera continuarse. Espera y verás cuál es su mayor apetencia.

Hice palmas y grité:

–Los loptan que me oigan, que vengan aquí.

Lo repetí varias veces más. Mis palabras viajaban por el aire sin oposición y los ciegos empezaron a moverse hacia nosotros desde los puntos más lejanos. El consejero intuía su movimiento como el niño despierto supone la mirada de los seres demoníacos que moran en la oscuridad. Yo, en cambio, los sentía. Acudían como robots, como animales domésticos a la llamada de un silbato.

–Ya vienen –observé.

A los pocos minutos aparecieron los primeros, que se detuvieron al advertir el calor de la lámpara de gas, a unos cuantos metros.

–Esperaremos a que vengan más –les dije.

No me contestaron, no hablaban entre sí, no hacían ruido. Apenas se notaban las pisadas de los que acudían, y eso que eran muchos, tantos, que en media hora nos vimos rodeados de varias decenas de ellos, y eran muchos más los que seguían viniendo desde los remotos lugares hasta donde había llegado la convocatoria, y más todavía los que guardaban los sectores de la nave impenetrables para mis voces.

–Los que estáis aquí sois bastantes como para decidir por todos –les dije–. Escuchad. Pertenecemos al organismo que decide sobre el destino de esta nave. Vosotros ni podéis vernos ni podéis sentirnos –me estaba imaginando a mí mismo como a la aparición de un ser del más allá–. Algunos dudarán de nuestra existencia y pensarán que detrás de la puerta que comunica con el exterior solo existe la devastación. Otros, llegarán más lejos y creerán, simplemente, que viven en el único mundo posible. Ambos se equivocan, como lo prueba nuestra presencia en este recinto. Nuestro jefe, que es también el vuestro, se ha compadecido de vosotros y me ha enviado para que os conceda tres deseos, los que queráis, por fragosos que os parezcan.

El consejero me miró, atónito. Yo me llevé el dedo a los labios para requerirle sigilo.

–Pedid el primer deseo –insistí yo.

A los loptan les producía ansiedad la decisión más trivial. ¿Un deseo? ¿Para qué?

–¿No os gustaría ver? Afuera hay técnicas que lo pueden hacer posible para la mayoría de vosotros.

Era mentira, ¡pero qué importaba para probar lo que yo quería!: ellos lo ignoraban.

–¿No os gustaría ver? –los exhortó el consejero repitiendo mis palabras, perplejo ante lo que estaba ocurriendo.

Entre aquellos hombres no había líderes. Empezaron

a moverse, inquietos: aunque algo nos querían contestar con su mensaje uniforme, ninguno se atrevía a manifestarlo el primero. Por fin, uno de ellos, estalló y habló muy bajito, pero su voz fue seguida por otros que lo hicieron más alto, y, finalmente, amparándose en el colectivo, todos acabaron diciendo lo mismo.

–Queremos continuar siendo ciegos.

Su voz sonaba como los balidos de un rebaño. Lo repetían sin parar, incluso los que seguían llegando y desconocían los prolegómenos.

–Está bien, está bien –los cortó Kiboe a voz en grito, quien añadió cuando el silencio se hubo restaurado–: ya sabemos que no deseáis ver. Pedid otro deseo.

Se repitió el proceso: la impaciencia, el estallido de uno y el amparo que la multitud daba a la opinión propia.

–Queremos continuar siendo ciegos: ese es nuestro deseo –dijeron.

El consejero se acercó a mí y me dijo al oído.

–No es un deseo como tal, pues en nada corrige las cosas.

–Para ellos, sí lo es: temen que nosotros hayamos venido a modificarlas y pretenden seguir como siempre.

–¡Pero es tan estúpido!

–Solo si lo miras con los ojos de tus valores. Proponle otro –le dije.

El consejero hizo palmas y los silenció otra vez.

–Concedido el primer deseo: Ahora, pedid el segundo.

Los loptan se serenaron al saber que su ceguera no se curaría, pero enseguida se agobiaron por tener que decidir sobre otro cambio a mejor en su vida.

–¿No os gustaría ser libres? ¿No os atrae dejar de estar encerrados en este lugar?

Su turbación fue superior a la que les produjo la propuesta del primer deseo y tardaron menos en ponerse de acuerdo para contestar:

–Queremos seguir siendo prisioneros: ese es nuestro segundo deseo –dijeron.

El consejero volvió a mirarme.

–No me lo puedo creer –me gritó.

–Quieren ser ciegos y estar encerrados. Proponles uno que enmiende sus condiciones de vida para saber si lo aceptan.

–Siempre comen lo mismo: latas de conserva de los almacenes, y no distinguen su contenido. Las últimas que yo les he visto eran de comida para perros.

Los mandó callar a fuerza de palmadas y voces y, cuando lo hubo conseguido, les dijo:

–Concedido el segundo deseo: pedid el tercero.

Temblaron, desasosegados: ¿no acabaría nunca aquel suplicio para ellos?

–¿Queréis mudar vuestros andrajos por uniformes nuevos? ¿Queréis comer caliente? ¿Queréis dormir en una cama? –les apuntó Kiboe.

El malestar bullía tan fuerte dentro de cada uno de ellos que rompió poco a poco el silencio hasta convertirse en un griterío.

«Queremos nuestros vestidos, queremos nuestra comida, queremos dormir en el suelo», decían.

Acerqué mi boca al oído del consejero y le dije:

–¿Tú crees que merecen salvarse?

–Se merecen seguir como están. ¿No es ese su deseo? –me contestó.

–Eso parece. Pregúntales por qué no quieren cambiar.

El consejero ordenó callar. Luego dijo:

–Queréis seguir siendo ciegos, continuar encerrados y manteneros en las miserables condiciones en que vivís. Decidme, ¿por qué no soñáis con una vida mejor?

–Sí soñamos con ella –respondieron casi al unísono.

–No os entiendo. Entonces, ¿por qué habéis rechazado cualquier posibilidad de mejorarla?

–Porque no nos estamos refiriendo a esta vida, sino a la otra –contestó uno de ellos antes de que los demás pudieran hacerlo.

Kiboe se dirigió a este individuo.

–¿A la otra? ¿A cuál?

–No queremos reformar esta vida, sino disfrutar otra –aclaró–. Otra distinta a esta desde el nacimiento y que no termine nunca.

Lo insólito del contexto entorpecía la mente del consejero, al que le costaba entender las explicaciones del loptan.

–Se refiere a la que hay después de la muerte –le precisé.

–¡Después de la muerte! –repitió atónito, como para sí.

–En efecto.

–¿Y hasta ese momento? –me preguntó a mí.

–Ceguera, esclavitud y comida para perros –le contesté, no sin cierto cinismo.

Los loptan nos estaban oyendo, pero callaban.

–No lo comprendo –suspiró, y dijo en voz alta dirigiéndose a ellos–: ¿Qué queréis? ¿Qué podemos hacer por vosotros?

–Si queréis hacer algo por nosotros, aligerad los días que nos quedan para llegar a la otra vida y matadnos –respondió uno de ellos.

—No podemos hacerlo sin quebrantar nuestros principios —aseguró Kiboe.

—En ese caso, dejadnos en paz y que el tiempo obre según su naturaleza.

Yo comprendí que aquel era el momento para formularles una proposición ventajosa para mis planes.

—Alguien muy poderoso de afuera tiene la intención de entrar en este almacén y liberaros, incluso en contra de vuestra voluntad —les mentí—. Yo os propongo como solución que cerréis para siempre la única puerta de acceso al exterior y viváis en este mundo como únicos dueños y señores de él. Si no queréis cambiar, nadie os puede obligar a ello.

No podían mirarse unos a otros ni estaban acostumbrados a tomar decisiones en común. Por eso les pregunté:

—Los que estén a favor, que respondan sí. ¿Quién desea aislarse a perpetuidad?

Todos estaban de acuerdo, pero ninguno quería ser el primero en manifestarlo. Mudé la voz y dije:

—Sí.

Uno de ellos me siguió. Yo repetí: «Sí». Detrás de mí lo dijeron otros, y otros, hasta que un clamor de síes abrumó nuestros oídos.

—Seguidme —grité entre sus gritos.

Solo pudieron oírme los que tenía más cerca, pero estos sisearon pidiendo silencio y a sus siseos siguieron otros y otros hasta que el clamor del sí se convirtió en una bulla que fue apagándose muy despacio.

—Vayamos a cerrar la puerta antes de que entren a redimiros de vuestras dolencias.

Eché a andar en dirección a la salida acompañado de Kiboe, que no daba crédito a lo que estaba viendo. Al calor de la lámpara, los loptan que nos cerraban el paso se hicieron a un lado.

–Seguidme –les propuse.

Como lo hicieron en silencio, el sonido de sus pasos y el roce de sus harapos formaron un rumor como de procesión de muertos. Al llegar a donde se habían quedado los jóvenes de brazalete azul, paré la marcha y anuncié:

–Estos son dos de los que quieren rescataros.

Muchos de los loptan nos desbordaron por ambos lados para atacarlos. Los jóvenes huyeron a la carrera, amparados por la luz de la lámpara, primero, y, luego, completamente a ciegas. Pero a ciegas les ganaban los ciegos, que los atraparon y los mataron a golpes.

–No podían salir vivos de aquí o nos delatarían –me excusé ante Kiboe.

Pedí a los loptan que se reagruparan y seguimos caminando. Al llegar a la puerta, me despedí de ellos diciéndoles:

–Esta puerta es suficientemente robusta como para impedir el paso de vuestros enemigos. Si vosotros no queréis, ellos jamás entrarán a importunaros.

–No os preocupéis por ello –nos dijo uno de los que teníamos más cerca, quien nos advirtió a continuación–: Corred cuanto podáis: en quince segundos, una avalancha de tierra devorará la salida.

Aunque desconocíamos con exactitud a qué se referían, por pura intuición salimos de aquel recinto infernal y echamos a correr haciendo caso omiso a los gritos de Canel, que nos pedía explicaciones y muchachas, de manera que cuando pasaron los aludidos quince segundos, nos hallábamos cruzando el terreno baldío que había entre las escorias y el campamento. Allí nos cogió la cadena de explosiones ahogadas, como subterráneas, que parecían menos peligrosas de lo que podíamos concluir de la advertencia que habíamos recibido. Y allí oímos el siseo que rápidamente fue mutando hasta convertirse en un atronador rugido. Los dos miramos atrás y vimos que se había derrumbado la alargada cima de la montaña y que esta, tras devorar la nave de Canel, se tragaba el espacio que había detrás de nosotros, como si tuviera pensamiento y nos persiguiera. Los loptan habían hecho estallar los cientos o miles de artefactos preparados por los ingenieros que diseñaron el refugio para enclaustrarlo.

Cuando el rugido volvió a convertirse en siseo, me detuve y miré atrás. La montaña, que aún se desmoronaba por distintos sitios, había detenido su acoso a una decena de metros de nosotros. Su cima, por uno de cuyos extremos se ponía el sol, era ahora tan roma y desigual como la de la vieja cadena del Terciario que se ubicaba al Este de aquel valle.

—¿Qué pasará ahora? —se preguntó el consejero a unos cuantos metros delante de mí.

—Que se acabaron los garbanzos de los fieles.

Todavía nos demoramos un rato mirando la nueva realidad. Luego, fui yo el que rompió el silencio.

—No podemos presentarnos ante el líder ni ante tus compañeros —le dije—. Este derrumbe producirá en vuestra sociedad los efectos de un pisotón en una fila de hormigas: pronto correrán como locos en todas direcciones, y, más tarde, cuando empiecen a atar cabos, si saben que hemos salido vivos de las cavidades de esa montaña, no tendrán otro motivo para vivir que descubrirnos y aniquilarnos.

—¿Y qué propones?

–No me gustaría huir sin mis compañeros. Se avecina el final de este campamento, y no será pacífico, te lo aseguro. Debo localizarlos antes de mañana, porque, para esta organización religiosa, quizá mañana sea el día del fin del mundo.

Nos apartamos de la senda que conducía hasta la zona de los dirigentes y enfilamos una desviación a la izquierda.

–Aligera –lo apremié–. Si no nos ven, creerán que somos unas víctimas más de la hecatombe.

Llegamos a la línea de tiendas cuando en el borde del campamento empezaba a reunirse una multitud de curiosos, algunos todavía con el plato de los garbanzos vespertinos en la mano. Agarré del brazo al consejero, atravesamos la muralla humana y me detuve a buscar en los sentimientos de los que nos rodeaban el rastro de alguno de mis compañeros. No tardé mucho en encontrar el de Libuell. Me dirigí hacia donde estaba, lo saqué de la turba y, sin aceptar las muestras de alegría que me estaba manifestando, le dije:

–Debemos localizar a Dam, Impreciso y Altea e irnos. Este lugar es una olla a presión que explotará enseguida.

Él me miró con ojos espantados.

–¿Estás loco? –me dijo–. En ninguna parte he sido mejor valorado que aquí. Marchaos vosotros, si queréis. Yo me quedo.

–¿No comprendes lo que ha pasado?: La montaña ha enterrado todas las provisiones: ya no habrá garbanzos para esta muchedumbre aturdida ni otros alimentos para sus líderes.

–El campo está lleno de productos comestibles y yo sé dónde se encuentran. ¿No te lo he demostrado adecuadamente?

Yo le argüí razones casi inoperantes en aquel universo de pesadilla: le dije que lo necesitábamos y le hablé de la amistad, del futuro que nos aguardaría lejos de aquellas tierras emponzoñadas por la muerte y de la posible existencia, más allá de las fronteras de La Unión, de comunidades perfectas, ordenadas por las leyes de la Naturaleza, donde su libro de recetas podía tener un brillante porvenir. Le hablé y le hablé, cogiéndolo de la pechera o de los brazos, hasta que noté que su fastidio tomaba aires de violencia y amenazaba con tornarse en enemistad. «Está bien», le dije entonces.» Haz lo que quieras». Lo abracé (él no respondió a mi abrazo) y le deseé suerte, como si eso fuera lo único que podría salvarlo del desastre.

Mientras nos alejábamos, se nos quedó mirando con una brizna de nostalgia.

–Solo espero que sepa aguantar hasta que volvamos por él –le comenté al consejero–. Vendrá con nosotros, aunque sea a la fuerza, porque es el único imprescindible.

En ese «nosotros» yo estaba haciendo partícipe a mi acompañante sin darme cuenta. Y él, sin darse cuenta, se estaba incluyendo en un grupo del que lo ignoraba todo. No obstante, poco después pudo conocer a otros dos de sus miembros, pues entre la multitud dispersa que acudía al borde del campamento alcancé a ver a Altea y a Impreciso, quienes se desviaron de su ruta para saludarnos cuando me vieron llamando su atención con el brazo.

No los dejé hablar. En pocas palabras, los puse al corriente de lo sucedido. Si unas pocas horas antes me había sido imposible convencerlos para que abandonaran el campamento, el cataclismo que había desfigurado la cima de la montaña y la confesión del consejero (al que conocían de haberlo visto junto al Elegido en la ceremonia de acción de gracias) de que Cómodo había sido asesinado bajo las tablas del escenario fueron ahora argumentos suficientes para hacerles comprender la necesidad de recomponer cuanto antes nuestro proyecto de huida. Incluso tuve que sosegar sus ímpetus de marcharnos inmediatamente, a fin de que la noche nos cogiera fuera del campamento, argumentándoles que no podíamos recomponer nuestro proyecto sin restaurar el grupo que lo había ideado, en el que no solo estaba Dam, al que considerábamos fundador del mismo, sino Libuell, que se había incorporado a última hora pero cuya aportación resultaba imprescindible.

–Buscaremos una tienda donde pasar la noche inadvertidos, en la que se quedarán Impreciso y Kiboe –dije–. Altea y yo seguiremos buscando a Dam y, cuando lo encontremos, secuestraremos a Libuell y lo llevaremos a nuestro escondite. Con las primeras luces de la mañana, antes de que el personal empiece a despertarse, nos pondremos en marcha hacia el pueblo de Vioco, donde recogeremos los carritos con nuestros enseres.

Todos estuvieron de acuerdo y juntos decidimos que la mejor manera de escondernos era zambullirnos en el hormiguero. La hora de la acción de gracias de la tarde se acercaba. Pero era más que probable que no la hubiera, dadas las circunstancias. Realmente, ya debía haber empezado, según nos comentó el propio consejero, quien nos hizo un escueto relato de lo solemne que quedaba la ceremonia con el anochecer como decorado. Esas palabras y el hecho de que Impreciso y Altea lo hubieran reconocido, me hicieron ver el peligro que para nosotros representaba su presencia, por lo que le pedí que, como si tuviera una muela infectada, se disimulara el rostro con la desaliñada pañoleta que Impreciso llevaba en la garganta.

Al rato, llegamos sin mayores contratiempos a una tienda de la segunda calle que hallamos vacía, tendimos el toldo de la entrada y nos recostamos en el fondo sobre un lecho de paja, a oscuras y en silencio. Desde aquella especie de madriguera pudimos oír el blando murmullo del tiempo, que estaba cargado de malos agüeros. Yo, además, podía sentir la atolondrada algarabía de las almas: los fieles volvían del borde del campamento para situarse frente al escenario, donde aguardaban inquietos que saliera la plana mayor de la Hermandad de la Reparación y, con ella, que esa inercia mema de rezos y garbanzos retomara el rumbo de sus días. Era una esperanza vana, nosotros lo sabíamos, pero no hubiéramos podido predicarlo sin sufrir la agresión de la masa, ese conjunto de fieles perplejos que no deseaban para sí la lucidez, sino la seguridad del amo y el pesebre, y que se volverían contra quienes habían estado dándoles de comer en cuanto la comida les faltase.

Debieron pasar varias horas antes de que la tienda empezara a llenarse de individuos hambrientos que tomaban posiciones palpando. Cuando cesó el movimiento y no quedaron más que los sonidos del sueño, removí a Altea, que dormía a mi lado, y le dije al oído:

–No podemos salir por la puerta sin pisar a varios de nuestros vecinos. Tenemos que abrir un resquicio entre la lona y el suelo. Ayúdame.

Los ganchos que sujetaban la tienda eran grandes y estaban bien fijados al terreno, pero para alcanzar el exterior nos bastó con apartar una piedra que apuntalaba la lona e introducirnos reptando uno a uno por un pequeño boquete que afianzaba uno de nosotros.

Afuera, la luna menguante erigía volúmenes negros sobre planos tenebrosos. No se veían luces. No se oían más que numerosos ronquidos francos y algún gimoteo apagado. El miedo acechaba detrás de cada bulto o en medio de la oscuridad, encarnado en formas inhumanas.

—¿Y ahora qué? —me dijo Altea.

¿Cómo localizar a ciegas a un individuo entre unos cuantos miles? El que me lo hubiera preguntado cuando ya estábamos fuera probaba hasta qué punto confiaba en mí.

—Creo saber por dónde podemos buscarlo —le mentí—. Vayamos con tiento, y, pase lo que pase, no te separes de mi lado.

Imagínese el lector un rectángulo con los lados largos en horizontal y sitúenos en la mitad, aproximadamente, del lado largo superior, caminando hacia la izquierda, donde se levantaba el escenario y, detrás de él, las calles con las tiendas de los dirigentes, a cuyas espaldas se hallaba el descampado que había sido medio engullido por los corrimientos de la montaña de escorias. Pues bien, no encontramos a Dam en ese tramo largo del rectángulo. Lo natural, entonces, habría sido cruzar el descampado por delante del escenario para buscarlo en el lado largo inferior. Pero en cuanto alcanzamos la línea de tiendas de los cabecillas, la curiosidad me pudo y conduje hasta ella a Altea. «La zona está llena de centinelas», le advertí. «Dame la mano y que el pasmo no te delate, veas lo que veas».

No le di opción a que me interrogara y unos segundos más tarde brillaba delante de nosotros el haz de rayos de una linterna. La obvié: el joven que la portaba la movía para que lo vieran sus jefes, de mala gana y sin vigilar, confiado en un entramado de cuerdas conectadas a varios cencerros que cruzamos sin dificultad. «¿Te referías a eso?», me preguntó Altea cuando estuvimos lo bastante lejos del vigilante, refiriéndose a la vetusta artimaña defensiva. «No, me refería a lo que veremos en el campo abierto».

Estábamos a punto de llegar a donde le había anunciado y ya se veía un tenue resplandor y se oían sonidos ahogados que delataban una actividad muy inferior a la que yo podía apreciar. «Están casi todos», le argumenté, y tiré de ella hasta que pudimos ver a un grupo de jóvenes escarbando con palas en la montaña a la altura de donde estaba el cobertizo de Canel. La escena estaba iluminada con un par de lámparas de gas a las que se había convertido en focos con pantallas desmañadas. Fuera de la luz, de pie, a una veintena de metros de los trabajos y pendientes de los trabajadores, había varias figuras que formaban una silueta única de altos y bajos y de gordos y flacos. Estábamos situados en oblicuo y a no menos de un centenar de metros, no podíamos distinguir la identidad de los observadores, pero yo sabía que entre ellos estaban el líder de la organización y el Elegido.

—¿Qué hacen? —me preguntó Altea.

Había muchos más jóvenes que palas. Algunos escarbaban con tablas; otros, con las manos. La montaña era inconsistente, se desmoronaba, se les caía tierra de las cotas altas cuando apartaban tierra de las bajas y desde la línea en la que trabajaban hasta la puerta de la nave central habría varias decenas de metros. A todas luces se veía que entre el ahínco y el objetivo había una desproporción insalvable y que aquel ritmo de trabajo solo tenía sentido desde la obcecación.

—Desahogarse —le dije sonriendo. Pero luego rectifiqué—: No. Desahogarse, no: ahogarse, ahogarse en su propia bilis, porque lo que pretenden no es posible.

Naturalmente, debí darle una explicación más perentoria. Lo hice y, al terminar, fue ella la que se acordó de los

garbanzos que sacaron cuando el milagro de la multiplica-
ción. Si los encontrábamos, no tendría que costarnos demasiado esfuerzo arrebatárselos, dado que habían dejado
casi desierta aquella zona del campamento, y llevárnoslos
o esconderlos. La idea era una vuelta a los orígenes y el
robo justificaba los sufrimientos que habíamos padecido
en aquel llano de tanto oprobio. Estuve de acuerdo, por
supuesto.

–No pueden guardarlos lejos de donde montan el espectáculo –me sugirió.

Volvimos a la calle principal de aquella zona. La línea
de la izquierda, que nos separaba del escenario y del espacio central del campamento, estaba vigilada por centinelas
que movían sus linternas y defendida por trampas de cuerdas y cencerros. Iluminando perezosamente el tramo central de la calle, había luces de gas colocadas en el suelo.
Podíamos ver la tienda en la que yo había estado con el
líder, las dos en las que descansaban el Elegido y los consejeros, las dos de la guardia personal de los dirigentes y
una más, la única en la que en aquellos momentos había
alguien. Fue esta la que le señalé a Altea.

–La tienda donde está la segunda lámpara es el almacén de la comida –le aseguré.

Para llegar hasta ella teníamos que cruzar parte de la
zona iluminada o ir por donde estaban los vigilantes con
las linternas.

–Dentro del almacén hay un individuo, pero debe de
estar dormido –dije–. Tu brazalete azul puede servirnos de
salvoconducto a uno de los dos. Todos los vigilantes son
hombres. Es más fácil que sospechen de mí, que soy un
hombre y he estado por aquí esta tarde, que de ti, que eres
una mujer y nunca te han visto. ¿Te sientes capaz de llegar

hasta donde está ese guarda y matarlo sin hacer ruido?

Mi pregunta pareció ofenderla. Me contestó:

–Y de matarte a ti, tenlo por seguro.

No era cierto: su respuesta era una exageración indudable, motivada no tanto por el orgullo herido como por la coquetería: yo era, precisamente, uno de los pocos a los que quizá salvara de la muerte si la obligación de matarme se le presentase.

–Tendrás que liquidar también al centinela que mueve la linterna detrás de la tienda.

–Bien –me respondió, como si se tratara de cumplir con un acto de trámite–. Mataré primero al de dentro y luego mataré al de fuera. Cuando haya acabado con el segundo, moveré la linterna en esta dirección.

La vi irse y caminar con aplomo por el centro de la calle, exhibiendo ante mí su bravura. Y mientras la observaba, percibí que era descubierta por el guardián que movía la linterna desde más allá del almacén.

–Voy por más herramientas para excavar –le dijo al vigilante al recibir el alto.

–Vale, de acuerdo –recibió como contestación.

Altea continuó andando resueltamente, pero ya no presumía de ello. Llegó al almacén sin más aprietos y apartó el toldo que cubría la entrada. Desde la puerta, llamó al guarda que dormía en el interior. El acero de su cuchillo debió de brillar un instante, aunque yo no lo vi, pues se lo tapaba su cuerpo. Ni oí la precaria conversación que tuvieron. Ella entró en la tienda y a los pocos segundos aprecié que el alma del vigilante se había apagado: estaba muerto. Breve también fue el tiempo que tardó en llegar hasta el centinela que le había dado el alto y el que empleó en abrirle la garganta con su cuchillo.

Cuando me hizo la señal convenida, me dirigí hacia donde se encontraba. A unos cuantos metros, siseé y la llamé por su nombre. «Aquí estoy», me dijo con orgullo. Yo le cogí el hombro con la mano izquierda y con la derecha le acaricié la nuca. «Eres fenomenal», le susurré, «la mujer más valiente que conozco». Le gustó y le dolió: ¡era tanto y tan poco comparado con lo que esperaba de mí!

Rápidamente convinimos en que yo le echaría un vistazo al almacén en tanto, para no levantar sospechas, ella se quedaba de plantón moviendo la linterna.

–En el interior de la tienda me ha parecido ver una lámpara –me advirtió.

La había, pero no me hacía falta.

–Espero que pueda guiarme con la luz que viene de la calle –le contesté.

Al apartar la lona de la puerta, me topé con el cadáver del guarda. Lo evité y dejé que la lona volviera a su sitio y me dejara en total oscuridad, como estaban los loptan en la inmensa nave que ellos mismos habían convertido en su particular ataúd. Sin más demora, examiné por encima los suministros que allí se almacenaban y descubrí que a la derecha de la entrada había numerosas cajas con, entre otros alimentos, latas de conserva, aceite de oliva, frutos secos y distintas variedades de pasta y que, a la izquierda, se agrupaban no menos de sesenta sacos de garbanzos, provisiones que consideré suficientes como para que las cocinas del campamento aguantaran hasta el día en que se pudiera abrir la puerta del almacén enterrado bajo la montaña de escorias.

Si queríamos acabar con la impúdica farsa que se representaba en aquel campamento, había que destruir todos los garbanzos, y con rapidez. Mientras maduraba una solución, me di cuenta de que en la tienda de al lado había varias decenas de pequeñas bombonas de gas butano que se utilizaban para alimentar las lámparas.

–Nos iremos con las manos tan vacías como llegamos –le dije a Altea, a quien luego informé de mis planes–. Quédate aquí vigilando y moviendo la linterna en tanto yo preparo una bomba –le pedí finalmente.

Había pensado hacer una cámara con los sacos de garbanzos, llenarla de bombonas, abrir algunas de ellas y fijar un punto de ignición, para lo que podía servirme una gran caja de balas a medio vaciar que noté en la tienda de enfrente, la del líder. Llevar a cabo mis planes me entretuvo un buen rato: los sacos eran pesados, las bombonas eran muchas y la alargada caja de munición resultó estar más llena de lo que en principio suponía, por lo que arrastrarla tirando de una de sus asas de cuerda me costó un trabajo infinito. Una hora más tarde, abrí en el hueco un par de lámparas sin encender, lo cerré con el último saco, que puse sobre la munición, a fin de que parte de ella quedara dentro y parte fuera, y metí fuego a cuantos materiales combustibles conseguí arrimar.

Hallándome al borde de la extenuación, fui hasta donde estaba Altea y le pedí que apagara la linterna y me siguiera. Juntos, bordeamos el escenario y nos dirigimos hacia el descampado, por el que corrimos dejando a nuestras espaldas el resplandor de las llamas, al que pronto se unió una maraña de voces coléricas. En la mitad de la planicie, nos tiramos al suelo, en el que nos quedamos tendidos boca abajo.

–¿Estás seguro de que explotará? –me preguntó Altea. Le estaba respondiendo que no estaba convencido de nada, cuando una luz rabiosa anuló la noche y un trueno largo e intensísimo veló de súbito mis palabras. Sobre nosotros pasaron cosas volando y enseguida empezamos a sentir las espaldas lapidadas por una lluvia de objetos menudos. Alguien elevó su voz por encima de todos los gritos de dolor y exclamó: «¡Milagro, milagro!». Eran los garbanzos. Los lamentos perdieron consistencia ante los clamores de quienes reclamaban la constatación del prodigio. «Dios ha vuelto», dijo uno. «El Vacío de Dios ha desaparecido», exclamó otro. «El Elegido lo ha hecho posible». «Demos gracias, demos gracias, Dios nos mandará la comida del cielo como nos manda el agua», imploraban numerosas voces cuando aún los últimos garbanzos herían los ojos de los que miraban al firmamento buscando, absortos, la causa original del fenómeno.

La llamarada inicial y la metralla ardiente habían incendiado numerosas tiendas. El campamento ardía por los cuatro costados y las llamas alumbraban por igual a los que estaban arrodillados porque le faltaban las piernas que a los que alababan genuflexos a su Dios protector.

«Impreciso», me dijo Altea. No hicieron falta más explicaciones. Nos levantamos de un salto y corrimos sorteando la algazara de unos y el quebranto de otros hasta la calle donde se alineaba la tienda en la que lo dejamos. Algunas lonas ardían sobre la gente atrapada. Otras, se habían hundido al ser derribada la estructura que las sostenía por la estampida de quienes descansaban a su amparo, que ahora se agitaban bajo ellas componiendo bultos chillones y cambiantes. La tienda de Impreciso estaba de pie y no había sido afectada por las llamas, pero él se hallaba al borde del síncope. En cuanto lo descubrí, moderé ligeramente mi carrera para evitar con más tiento los obstáculos que surgían a nuestro paso, de forma que fue Altea la primera en llegar a su lado.

—No te inquietes. Ya estamos aquí —oí que le decía.

A Impreciso no le salía la voz del cuerpo, de la desazón que abrigaba. Y mucho menos le brotó cuando, tras montarlo en su silla, lo sacamos a la calle y al miedo se le añadió el más cuajado de los asombros. Mudo permaneció mientras sorteábamos los múltiples elementos del desbarajuste y mientras, ya fuera del campamento, las irregularidades del terreno y las prisas que llevábamos lo hacían saltar sobre su montura moliéndole sus desdichados huesos. Solo pudo articular palabra al ver que lo dejábamos a oscuras, como a cien metros de las últimas tiendas, y nos volvíamos en busca Dam y Libuell.

—No me dejéis solo —gritó entonces.

Altea y yo corrimos a la par, pero antes de llegar a la primera fila de tiendas me paré a husmear en busca de alguno de nuestros amigos perdidos y ella me sobrepasó y se metió sin mí en la barahúnda del campamento. Localicé a Dam vagamente (la fe nublaba su alma) en el descampado. Me fui hacía él sin echarle cuentas a Altea y lo encontré en la zona próxima a donde había estado el escenario, entre un centenar de fieles que alababa la vuelta de Dios con las manos levantadas y la mirada puesta en el cielo estrellado.

—El Vacío de Dios se ha llenado de Dios —me dijo—. Mira —y me señaló a la bóveda celeste—: Han llovido garbanzos y no hay ni una sola nube.

—Dale las buenas nuevas a Impreciso, que no cree en ello a pesar del milagro, hermano —le contesté.

—¿Cómo es posible?

—Eso mismo digo yo.

Fue la avidez por el proselitismo la que lo sacó de

donde se hallaban los devotos más sectarios, lo hizo caminar con paso firme a través de los despojos de cuerpos y de almas que poblaban el llano descubierto y lo volvió sordo a los arrasadores gritos de dolor de los heridos y las peticiones de auxilio de los atrapados por las llamas.

–Nadie puede negar lo evidente –me aseguró muy serio elevando la voz sobre el estrépito de los lamentos–. Si esto ha ocurrido, es para que hasta los más descreídos crean.

Así se lo dijo a Impreciso, quien al principio no supo de lo que le estaba hablando.

–Garbanzos, ¿entiendes? Garbanzos... del cielo –insistía Dam gesticulando y señalando arriba y abajo, como si se lo estuviera explicando a un extranjero desconocedor de las costumbres y del idioma.

Los dejé, seguro de que las disputas los mantendrían unidos, y me fui en busca de Libuell y de Altea. A mis espaldas, no obstante, oí que Impreciso me suplicaba:

–Cabrón, no me dejes solo con este chiflado.

Y que me tranquilizaba Dam:

–No te preocupes y haz lo que tengas que hacer, que a este incrédulo le abro yo los ojos, aunque sea rajándole los párpados.

Pronto, el griterío del campamento ahogó sus voces y, cuando llegué a la zona de tiendas, su recuerdo fue menos consistente que mi esfuerzo por evitar a los que corrían desquiciados. Ya estaba claro que el incendio se extendería de toldo en toldo y lo arrasaría todo de una manera minuciosa. En un hueco de la primera calle, me puse a auscultar el aire: Altea estaba en las proximidades de la cocina, junto a Libuell: el cocinero había perdido el sentido y ella intentaba sacarlo a rastras en medio de un desgobierno apocalíptico. Aligeré lo que me fue posible, empujando o esquivando a quienes se me cruzaban por el camino, concentrado en ellos como el que se guía por una luz en una ciénaga tenebrosa, hasta que los encontré en mitad de la calle, a una veintena de metros de la tienda en la que estaba la cocina. Altea intentaba con poco éxito echarse sobre los hombros el cuerpo desmadejado de nuestro compañero.

–Me he visto obligada a darle con un puchero en la cabeza –me dijo–. Estaba defendiendo cuchillo en mano medio saco de garbanzos y unas cajas de latas de conserva con más determinación que si fueran sus hijos, y esas bestias furibundas no se hubieran contenido mucho tiempo más. En cuanto han visto que se caía al suelo, se han lanzado como alimañas ansiosas sobre los garbanzos pisoteándolo a él, al que he sacado como he podido del tumulto.

Fue algo providencial que me acordase del libro de cocina. Libuell, que siempre lo llevaba consigo, debía de haberlo perdido en el follón.

–Espérame aquí –le dije–, que voy a recuperar su libro: si lo perdemos, habremos perdido también la estima de su dueño, aunque lo salvemos a él.

Le ayudé a llevar el cuerpo inerte hasta el borde del campamento y me volví a la cocina, donde no me fue difícil localizar el libro. Lo delicado era llegar hasta él: adentro, no había más luz que la que entraba por la puerta procedente de los incendios y un grupo de desesperados pretendía desvalijar medio a tientas, golpeándose entre ellos, el pequeño almacén de que disponía la cocina para lo más inmediato.

Sé que no debería haberlo hecho, y que si este fuera un

libro de memorias, omitiría lo que voy a decir o plantearía las circunstancias de tal modo que me excusaran, pero yo no pretendo que el lector me disculpe, ni siquiera que me juzgue o que se forme de mí una opinión, pues este libro no es tanto el de mi historia como de Historia, y por eso escribo sin ambages que entré en la tienda con el cuchillo en la mano y me fui apartando gente a cuchillazos, y que cuando el alboroto se convirtió en un ovillo de cuerpos, me fui a un lado y disparé sobre quienes lo integraban mientras gritaba que saliera todo el mundo. Algunos escaparon corriendo, pero otros muchos se quedaron ensuciando con su sangre el lecho de garbanzos y latas de conserva.

–¿Lo tienes? –me dijo Altea, a quien los disparos habían dejado preocupada.

–Lo tengo.

–En ese caso, vámonos de este infierno.

En lugar de ir por la calle, salimos del campamento y fuimos a campo traviesa. Ella llevaba al cuerpo cogido de las piernas y yo, de los sobacos. Libuell era largo, pero estaba en los huesos y pesaba lo justo. Entre los dos lo porteábamos sin más complicaciones que las que nos proporcionaban los individuos que huían. No tardamos mucho en llegar a donde nos aguardaban Impreciso y Dam, que seguían discutiendo.

–Ya que estamos todos –apuntó Altea–, propongo que nos alejemos aún más e intentemos descansar un rato.

De pronto percibimos –Dam incluido–que lo que en el futuro aconteciera en aquel llano infame nada tenía que ver con nosotros.

–No estamos todos: falta Pirindolo –aseguró Impreciso con aire nostálgico.

Puede parecer obsceno, pero la pérdida de nuestro perro nos dolió más que el desmedido sufrimiento humano que nos envolvía. En realidad, su extravío era lo único que nos importaba, y así hubiera sido incluso aunque cuanto existía allí, excepto nosotros, hubiera acabado siendo objeto de la aniquilación total. Puede parecer obsceno, pero ese compañerismo que nos vinculaba (también con el perro) era para mí de lo poco digno de salvarse. El definitivo enclaustramiento de los loptan, la explosión de gas y el incendio posterior y las muertes que se habían producido y las que provocaría el hambre hallaban toda o buena parte de su origen en mi proceder, pero yo no tenía el menor sentimiento de culpa y, como una matriarca ante su familia unida, me encontraba totalmente a gusto viendo que estábamos sanos y salvos los que debíamos estar, si exceptuábamos a Pirindolo.

Libuell se despertó cuando íbamos a cogerlo y enseguida se echó mano al pecho, pues guardaba su libro de recetas bajo la camisa, y al descubrir que no lo tenía, se puso de pie por sus propios medios y dijo:

–Tengo que volver.

Yo lo detuve cogiéndolo por el brazo, aunque fue Altea la que explicó mi comportamiento.

–Lo tiene él: puso en riesgo su vida solo para recuperarlo.

Era algo más (maté, maté con profusión, y no tanto para rescatar el libro y con ello lo más valioso que tenía el cocinero, como para salvarnos nosotros), pero en aquel momento no me interesaba airearlo. Simplemente, se lo entregué. Él lo cogió y me dio un abrazo estrecho y prolongado. Yo nunca había ceñido así a un hombre y él llevaba años sin hacerlo. A nuestro lado pasaban sombras que eran seres humanos con el lastre de los vencidos; del campamento nos llegaba la luz nerviosa de las llamas y un coro de gritos mal sincronizados; para muchos, toda esperanza había muerto con el fin de aquella religión y no había salida más allá, ni de aquel valle ni de aquella noche: el mundo en que vivíamos no parecía de este mundo, pero yo sentí en el alma de Libuell la euforia de la amistad y su contacto me resultó placentero y me inyectó confianza, de manera que no me costó trabajo volver al campamento y coger varias mantas, ni me costó guiarlos hasta la base de un castillete de mina que nos resguardaba del viento del norte, ni, tampoco, ir en busca del consejero de Verdad, de quien Impreciso había dicho que salió de la tienda al oír la explosión y nada sabíamos desde entonces.

Kiboe, el consejero de Verdad, era uno de los pocos de aquel siniestro lugar que merecía ser salvado. Se lo dije a mis compañeros, que no entendían por qué se exponía por un desconocido, y me lo tuve que decir a mí mismo cuando lo localicé y supe que había sido capturado por el líder y sus secuaces. Ese fue uno de los dos móviles que me animó a seguir adelante. El otro, que uno de los pocos que merecía morir (la mayoría solo se había ganado lo que le sucediera) era su apresador. Ambos estaban al pie de la montaña de escorias (el consejero de Verdad, de rodillas, y el líder, sobre los hombros de Clost) rodeados por un grupo de individuos compuesto por el Elegido, varios consejeros y unos cuantos mandos superiores de la guardia personal del líder. Todas las tiendas de aquel lado habían ardido o estaban ardiendo y sus llamas iluminaban el descampado, por el que era imposible caminar sin ser descubierto. Para acercarme, me vi obligado a volver al llano central, donde varias decenas de fieles estaban llenándose los bolsillos con garbanzos que picoteaban en el suelo, y dirigirme luego por lo que fue el escenario y el almacén, que la explosión había convertido en un terreno expedito. No obstante, para avanzar por la línea de tiendas tuve que sortear numerosos obstáculos carbonizados o llameantes y debí quedarme en el límite con el descampado, tendido en el suelo detrás de lo que quedaba de la mesa camilla en la que había departido con el Elegido y las consejeras de Inteligencia y de Justicia. Desde allí podía ver al grupo perfectamente, incluso oía fragmentos sueltos de la conversación, pero la treintena de metros que me separaba de él, salpicada por incontables objetos y diversos cadáveres (entre ellos, los de algunos consejeros), estaba iluminada y me era poco menos que infranqueable.

El líder sabía lo que había ocurrido en la gran nave almacén y cuál había sido la causa del desmoronamiento de la montaña porque Kiboe se lo había contado todo. Ahora, en su nauseabundo espíritu no se alojaba otra misión que encontrarme y hacerme sufrir. Kiboe se resistía a hablar ante la amenaza de los tormentos más duros y sanguinarios. El líder, sin embargo, podía jugar con el dolor de su presa como le placiera antes de darle muerte. De hecho, pronto hizo una señal con la mano y un joven se acercó y le dio al prisionero un puñetazo en la cara que lo tiró al suelo. Yo razoné que era estúpido sufrir cuando la información que podía dar de mi paradero era irrelevante. «Dime quién lo acompaña», gritó el líder con su voz chillona. Esa pregunta me puso sobre aviso de que el consejero sabía que me acompañaba un parapléjico y de que entre los miles de fieles desperdigados por el valle era muy fácil localizar a uno sobre una silla de ruedas. El líder hizo

otra señal y el joven propinó al cuerpo que tenía a su merced una patada en el vientre. Yo reparé en que el dolor
hacía tambalear el mutismo del consejero. Hubo otro gesto
y el joven rompió de una patada la cara del hombre que
yacía a sus pies. Otro, y el joven le pisó la mano con el
tacón de su bota dislocándole los huesos de los dedos. La
única ambición del consejero era que aquello acabara
cuanto antes, y si era con la muerte, mejor, pero si la
muerte se retardaba, quizá aquel deseo acabara cuajando
en una delación que la precipitase. El joven levantó el pie
y tronchó el húmero del brazo derecho del consejero. «Habla, maldito apóstata, maldito cabrón», escupió el líder. A
Kiboe, que tenía la boca llena de sangre, le costaba trabajo
hablar. El líder hizo un gesto para que el joven se apartara.
«Habla y te mataré sin hacerte sufrir», dijo con su penetrante voz endulzada por una indulgencia cínica. Aquella
promesa tenía tintes de verosimilitud y era grata al oído. Ya
estaba claro que el torturado hablaría cuando el aliento y la
boca se lo permitieran.

Eche mano a mi pistola y comprobé cuántas balas me
quedaban: una, solo una.

Había dejado a mis compañeros con la idea de que había un hombre que merecía ser salvado (Kiboe) y otro que
merecía morir (el cabecilla de la secta), pero ahora que me
encontraba ante la decisión de salvar o matar resultaba evidente para mis propios intereses que debía matar al que
merecía vivir y salvar al que debía ser asesinado. Levanté la
pistola y atendí a que alguno de los movimientos de las
figuras dejara libre la trayectoria que la llevaría hasta su destino. Ese momento no tardó en presentarse: el joven cogió
del brazo sano al consejero y, seguido por el líder y el resto
de la concurrencia, tiró de él a rastras hasta una tienda en

llamas situada a unos veinte metros a mi izquierda, junto a la cual se detuvieron. «Habla o te asamos como a un filete», dijo el líder. Kiboe lo intentó, pero sus torturadores estaban obsesionados con que lo hiciera pronto y no se percataron de que no le era posible. El joven cogió el cuerpo desmadejado y lo alzó, como si lo fuera a tirar al fuego, dejándolo en el aire y perfectamente a tiro. Era una añagaza (no lo matarían hasta que no hablara), yo lo sabía, y por eso apunté a la cabeza de quien podía haber sido mi amigo. Entonces fue cuando debí disparar, pero no lo hice, aún no sé bien por qué. No lo hice y con ello consentí que la cabeza de Kiboe se moviera y que sus ojos espantados descubrieran el brillo de mi pistola apuntándole. Nereo, amigo, sálvame, sé que pensó: su desesperación se había trocado por un henchido deseo de seguir vivo. Yo miré a la rechoncha cabeza del líder: también estaba a tiro. Lo podía matar y, aprovechando el desconcierto, huir entre las llamas de la calle que un día fue territorio vedado para los fieles. En ese caso, quizá el Elegido y los demás se olvidaran de su presa, lo que posibilitaría que yo la pudiese rescatar luego, pero no estaban los tiempos como para invertir en el azar, sino para soslayarlo. Entre el silencio concluyente y el rescate posible escogí el primero sin más especulaciones: apreté el gatillo y la cabeza del consejero recibió de lleno el impacto. «Solo tenía una bala», me dije a modo de disculpa. El que cogía al torturado y los que lo flanqueaban tardaron un par de segundos en darse cuenta de lo que había ocurrido. Era suficiente para mí. Me retiré de la mesa, crucé la calle oculto entre las flamas y anduve por el llano central casi a oscuras y sin prisas, como uno de los pocos fieles que aún recogían garbanzos y se los metían en los bolsillos. No me fue difícil escabullirme de mis perseguidores, que me buscaban cegados por la ofuscación y las tinieblas, y llegar hasta donde descansaban mis compañeros.

–¿Qué ha sucedido? –me preguntó Altea.

–Han matado al consejero –le contesté.

No le dije que había sido yo, por supuesto. ¿Acaso no eran sus captores los culpables de su muerte? Yo había ido a socorrerlo, y lo hubiera hecho incluso poniendo en riesgo mi vida. Ellos eran los que querían matarlo, a él y a todos nosotros. El que la bala hubiera sido disparada por mí era una anécdota que había servido para apremiar el desenlace de los acontecimientos y llevarlos a su lado menos sombrío. Yo era una víctima, no un asesino, al menos no aquella vez. Las circunstancias se habían confabulado para que en un determinado momento yo tuviera que decidir y decidí sin complejos.

Altea no me preguntó nada más. Libuell, Impreciso y Dam dormían al amparo de varias mantas y ella aguardaba mi llegada a su lado, aunque bajo mantas distintas. Durante mi ausencia había pensado en mí sin quererlo y, pensando en mí, había ido engendrando a la par la melancolía y el deseo. La melancolía era confusa y en ella coexistían el recuerdo de su novio y los malos auspicios que suponían mi tardanza. Pero no menos confuso era el deseo, que se concretó sin embargo al tenderme hecho un cuatro de espaldas a su cuerpo. Yo sentí cómo crecía el alboroto de su sangre y la maraña de comedimientos que la refrenaban y percibí cómo el juego de equilibrios iba inclinándose a favor de la concupiscencia. Todavía sin estar segura, se dio media vuelta y se alineó conmigo. Yo oí su respiración ligeramente alterada por el ardor de su pecho y noté el aliento que a las pretensiones de su carne le daban la soledad y la tristeza. Se acercó más, como si solo buscara el calor de mi organismo, y luego me puso una mano falsamente ingenua en el costado. Aunque sabía lo que iba a hacer con ella, aún se demoró unos segundos para darme tiempo a conocerla y acostumbrarme a su peso y a sus inquietudes. Las manos tienen vida separada de la nuestra, poseen voluntad propia y memoria autónoma. Son nuestras, pero también son de ellas mismas. Cuando una mano toca el cuerpo que anhela, ya no puede detenerla la voluntad de su dueño, únicamente la firme determinación del otro. Yo tenía una mano encima y conocía sus fantasías, pero no hice intención de contenerla y la mano empezó a sentirse segura. Silenciosa y zigzagueante, atravesó el costado y se dirigió a mi entrepierna, donde halló a mi sexo enardecido. Altea dio un gritito de emoción y sorpresa. Mientras su pecho se agitaba sin pudor, su mano exploró con unas caricias el terreno y mis reacciones y, al descubrir que el escenario invitaba a la ocupación, subió hasta mi cintura y quiso introducirse por debajo de mis pantalones con la elasticidad de una serpiente en la estrecha guarida de la pieza que persigue. Como las apreturas no le permitieron ir más allá de calibrar con la punta de los dedos las dimensiones de su presa, bajó hasta la bragueta y descorrió la cremallera, dándole aire y libertad a mi sexo. También el sexo de un hombre es independiente de él. Si las manos tienen memoria, el miembro solo tiene presente y futuro inmediato. Si las manos, como los labios, hacen planes y saben de Historia y de Geografía, el miembro liberado toma la primera calle que descubre y galopa escogiendo caminos al azar, sin preocuparse de si conducen a un oasis o a un despeñadero. El miembro está dise-

ñado para la mano tanto como para la vagina. Ellos lo saben y se añoran incluso aunque se desconozcan. Desde su
propia voluntad, se reclaman mutuamente y se buscan.
Cuando una mano y el sexo encendido de un hombre se
encuentran, el destino tiene escritas las páginas que siguen.
Nuestro lecho era incómodo, Altea estaba cansada, yo estaba hecho trizas y los dos estábamos muertos de hambre.
En las inmediaciones había heridos que se quejaban y
muertos. Algunos fieles erraban en las tinieblas buscando
a familiares o a sí mismos. Olía a plástico quemado y a
nuestros cuerpos sucios. A unos centenares de metros, las
luces del incendio atravesaban difícilmente la compacta oscuridad, pero aún había algunos individuos llenándose los
bolsillos de garbanzos que recogían hurgando en el suelo,
no lejos de donde los esperpénticos sacerdotes de la secta
destruida se habían dividido para tener más posibilidades
de encontrarme. Nada de eso era más fuerte que la voluntad ciega del tiempo por consumirse y devorarnos o la no
menos ofuscada voluntad de su mano y de mi miembro.
Ambos se sentían cómodos en esa ergonomía originaria
que la Naturaleza proyecta con el fin de perpetuarse. Había
mutua adaptación entre ellos y la había entre nuestros cuerpos, entre muchos de los sucesos que habían motivado
nuestros agotamientos y entre nuestras soledades. Las circunstancias externas podían estar en contra, pero las inte-
riores se habían confabulado para ponernos juntos en el
mismo vehículo, sin frenos y hacia un precipicio.

Altea operó en mi sexo mientras me mordía la oreja y
me lamía el cuello, con una aplicación que predecía el próximo estallido del arrebatamiento. Ahora, todo lo que había era únicamente aquello y aquello era de una emergencia
absoluta: su proceder se volvió premioso. Su respiración,

violenta y arrítmica. Su aliento me abrasaba la cara y aventaba palabras obscenas, frases que eran una petición única, urgente y animal, furiosa. Yo no atendí a sus ruegos y me limité a hacer lo que me obligó. Fue ella quien me puso boca arriba y la que, tras bajarse los pantalones y las bragas, intentó sentarse sobre mi vientre a horcajadas y cabalgarme. Ella fue la que, al percatarse de que para hacerlo tenía que quitarse las botas y en ese menester perdería un tiempo precioso, prefirió tenderse sobre mí y moverse como sobre un colchón de agua. El éxtasis le vino precedido de anuncios de dos palabras que repitió descompuesta y en voz tan alta que en los poblados contornos parecieron proclamas o pregones de la cópula. Aunque yo le siseé pidiéndole silencio, ya no atendía a nadie, estaba como posesa. En lugar de callarse, trocó esa frase por gritos quebrados, con montañas y barrancos, que eran de intenso placer, pero igual hubieran servido para el dolor más extremoso.

Cuando el hechizo se abismó, rodó hacia un lado liberándome de su peso. Yo aún estaba con los avíos dispuestos para el ayuntamiento y me entraron ganas de poseerla, así que me giré hacia ella, que estaba boca arriba, e intenté ponerla de espaldas. Su ánimo no era el mismo que mientras la tenía sobre mí, ni el mismo que antes, cuando me estaba esperando y abrigaba temor por lo que pudiera pasarme: el júbilo exacerbado le había dejado la sangre ahíta, pero le había vaciado el alma. Se me figuraba otra Altea distinta de la que yo conocía, una cualquiera de las mujeres remisas y vacilantes que hormigueaban por los alrededores. No reparé en ello, sin embargo, apremiado por las exigencias de la carne.

—¿Qué haces? —me preguntó.

–Ahora me toca a mí –le respondí.

Sé que mi comportamiento era elemental y tosco, y que nada de encanto había ni en la forma ni en el fondo de lo que le estaba pidiendo, pero tampoco lo había habido en su proceder. Ella no lo entendió de esa manera, o entendió que lo suyo había pasado y era inevitable y lo mío aún estaba por pasar. Aunque se dio la vuelta, antes se subió las bragas y los pantalones.

–No seas pendeja –le recriminé–. No me dejes así.

–Háztelo con la mano –me contestó.

Eso fue lo que hice. Y mientras me consolaba, me vinieron turbias imágenes de Nohire y me sentí como un hombre violado.

Me dormí mucho más tarde, y pocas horas después, todavía de noche, me despertó la presencia inquietante de un espíritu ingente y amorfo. No era humano, estaba por todas partes y acechaba su comida.

Los grupos humanos, por cohesionados que estén, no tienen alma, solo la disfrutan sus individuos, que son los que aman y los que sufren, los que nacen y los que mueren. Si no la tiene la tribu, menos la tendrán las naciones, que son entelequias en la imaginación de redentores iluminados y melancólicos. El idioma, la religión y la raza unen y separan solo formalmente, como las aficiones y las modas. Una cultura común une menos que el dolor de las madres, que la soledad y la angustia, el único país inmutable es el planeta y la única Historia completa es la Historia Universal.

Cuando aquel rumor me despertó, yo me acordé del concepto «nación» que nos habían obligado a aprender en la escuela entre himnos solemnes y leyendas épicas atesoradas como verdadera Historia fundacional, quizá porque la presencia que lo provocaba era similar a la del rebaño, y como a un rebaño guiado por un pastor tenía yo a las naciones. También aquello era único y colectivo, y aunque no tuviera alma, estaba habitado por unas cuantas emociones, simples e intensísimas. Jamás había notado nada similar, ni comparable siquiera. La presencia tenía hambre y husmeaba el amanecer como un felino ansioso en la boca de una madriguera. Y nosotros estábamos al lado, estorbando, o, más bien, compitiendo con ella.

Hice tiempo pensando en lo sucedido y, cuando empezó a clarear por el horizonte, llamé a Altea, que dormía dulcemente a mi lado, y la puse al tanto de lo que pasaba.

—No sé cómo han podido volar de noche ni de dónde han venido, pero lo cierto es que hay miles de pájaros asediando el campamento —le dije.

En la locura en que vivíamos, la noticia no parecía ni tan grave ni tan urgente como para desbaratar un manso sueño.

—Está bien —me contestó, en parte porque estaba amodorrada y le apetecía seguir durmiendo y en parte porque escondía cierta contrición después de lo ocurrido y no quería discutir conmigo.

La dejé. La ansiedad crecía en la bandada, pero aún estaba quieta y ni un sonido salía de sus miembros. Tendido boca arriba, yo miraba hacia donde estaban los hierros del castillete, a unos cuantos metros por encima de nosotros, donde se apelotonaban cientos de ejemplares.

Fueron algunos hombres y mujeres de los alrededores los que empezaron a moverse primero. Ninguno de ellos era consciente de lo que nos acompañaba. Hasta que la aurora no fue lo bastante intensa como para dejarnos ver las cumbres de las montañas de escorias y las torres metálicas de los pozos abandonados, no descubrieron lo que había llegado mientras descansábamos. Solo entonces volví a llamar a Altea.

—Mira arriba —le dije.

Lo hizo y sus ojos entornados se pusieron como platos: todo el castillete, incluida la mampostería, estaba cubierta de un sinnúmero de pájaros negros del tamaño de aquellas gaviotas plomizas que habían inmigrado a Sholombra desde nadie sabía dónde.

—Hay más, muchos más —le anuncié, y le señalé con la mano varios edificios y escombreras de los alrededores sobre los que formaban enormes alfombras oscuras.

—Son millones —balbuceó, ya incorporada.

No eran tantos, pero esa impresión era la que ofrecían, y únicamente su número, sin saber si eran agresivos o no, resultaba alarmante.

—¿Qué quieren?

—Los garbanzos —le aclaré.

Estábamos sobre uno de los promontorios que circundaban el llano y desde él veíamos los restos del campamento, en cuya explanada el Elegido, los consejeros supervivientes y unos pocos jóvenes con brazalete azul se afanaban cogiendo garbanzos del suelo y almacenándolos en cubos de plástico de distintos colores. En el borde próximo a la montaña de escorias, el líder vigilaba los trabajos de sus adeptos junto a una docena de cubos repletos de garbanzos.

—Aunque no tiene ni cargo concreto ni nombre conocido, el monstruo que está sujeto con la mochila portabebés a las espaldas de aquel muchacho es el único cabecilla de este fregado —expliqué a Altea.

Ella hizo un gesto de repulsión.

–Creen que aún disponen de una oportunidad, y quizá la tengan si recolectan los suficientes sacos como para aguantar hasta que abran las puertas del almacén donde se han enterrado los loptan –medité en voz alta.

El sol empezó a asomar por encima de una loma.

–Lo malo son los pájaros –continué–. Con eso no contaban ellos.

La bandada seguía quieta, intacta. Los sombríos elementos que la componían miraban al sol, como si fueran seguidores fanáticos de una ancestral congregación animista que lo adorara, pero cuando el astro terminó de escapar de la tierra, levantaron el vuelo de golpe profiriendo con sus alas un ruido tal que despertó a los durmientes e hizo temblar a los despabilados. El cielo recién nacido se oscureció con espesos cortinones que confluyeron en el descampado, sobre el que formaron un único tapiz efervescente y oscuro. El Elegido, los consejeros y los jóvenes, que habían desaparecido entre la nube, surgieron incólumes sobre el burbujeo, como si emergieran de una ciénaga infernal, atolondrados pero a salvo, con algunos pájaros posados sobre los cubos que llevaban en la mano. Entonces oímos las voces chillonas del líder, cuyo contenido no acertamos a entender.

–Se ha vuelto loco –murmuré–. Debe dejar comer a esos animales.

El Elegido y los demás, a las voces de su jefe, corrieron gritando y haciendo aspavientos para ahuyentar a las aves, que volaban a su paso modelando cerrados remolinos negros. Yo noté el enojo en el alma de la bandada y percibí la mezcla explosiva que en su interior estaban fabricando la tensión y el hambre. El detonante que la hizo estallar no tardó en producirse: el Elegido aplastó en su carrera el cuerpo de un pájaro y la noticia se extendió por el hervidero de sus congéneres como por el sistema nervioso de un individuo. La respuesta fue única, inmediata y concluyente: los pájaros dejaron de interesarse por los garbanzos y se lanzaron en tropel y enloquecidos sobre los hombres que intentaban amedrentarlos, los abatieron y constituyeron con ellos un ovillo movedizo, como el de las pirañas y su presa. El líder, a la vista de que había quedado vacío el rodal donde se acumulaban los garbanzos recogidos, guio hasta ellos al joven que lo portaba, quien asió un cubo en cada mano e intentó huir corriendo y asustando a los pájaros que se encontraba por el camino. No pudo ir muy lejos, sin embargo, pues enseguida una glutinosa lengua negra lo envolvió y lo tiró al suelo, sobre el que compuso un mazacote amorfo que poco a poco fue fundiéndose en el lienzo alquitranado que cubría la planicie.

–Vámonos antes de que se acaben los garbanzos –pedí a mis compañeros.

Yo tenía la seguridad de que, tras haber probado la carne de aquellos desgraciados, los pájaros se lanzarían sobre los que estábamos en las proximidades impulsados ya no por la ira, sino por el apetito.

–Vámonos, o nos comerán a nosotros también –los urgí.

No teníamos más que levantarnos e irnos y eso fue lo que hicimos, y con nosotros, y en las mismas condiciones, lo que hizo la mayor parte de la multitud, que empezó a desparramarse en silencio por las distintas salidas que tenía el valle. Ni siquiera de las mantas nos servimos, ya que, a instancias de Dam, se las traspasamos a un grupo de viejos desharrapados para que se confeccionaran con ellas otros tantos ponchos.

De los varios miles de individuos que se dispersaban, únicamente nosotros teníamos una ruta trazada sobre un plano, lo que suponía que en tanto los demás se limitaban a sobrevivir, nosotros teníamos un proyecto que nos salvaba de la indolencia. Nos dirigimos hacia Vioco, donde nos esperaba el mapa, sabedores de nuestra superioridad y conformes con nuestro destino. No habían pasado ni siquiera veinticuatro horas desde que entramos en el campamento, pero se nos figuraba que había transcurrido un siglo. Alguien de nosotros lo comentó y los demás asentimos y rememoramos a retazos y sin orden buena parte de lo que habíamos vivido. De ello hablamos por el camino, y mientras subíamos hacia Vioco no apartamos la mirada de la llanura, en la que los pájaros, después de acabar con los garbanzos, se habían lanzado contra los hombres y las mujeres que por viejos, por heridos, por enfermos o por abúlicos no se habían puesto a salvo.

—Me acuerdo especialmente de Cómodo —dijo Impreciso sin pena—. Primero usurpó mi silla y luego quiso tener antes que nadie todos los huesos en su sitio.

Yo me acordé de los loptan, enterrados para siempre en la alargada montaña de escorias que se levantaba al otro lado del valle y, quizá, bajo las distintas alturas del subsuelo, olvidados del mundo y de espaldas al mundo, alimentados y a salvo de la realidad.

—Entonces, ¿el Elegido no era el que mandaba? —preguntó Dam.

La aclaración resultaba tediosa de tan antiguas como eran las circunstancias a las que se refería: hay capítulos de la historia de algunas personas que se asemejan al grueso volumen de una saga.

Cuando entramos en el pueblo y dejamos de ver la ca-
tástrofe de la llanura, nos acordamos de las rabanetas que
habíamos dejado en los carritos y nos atrevimos a bromear
sobre su sabor y su contenido energético, pero ninguno se
acordó de Pirindolo, que, sin embargo, nos esperaba tendido junto a la vivienda donde habíamos guardado nuestras escasas pertenencias, escamado desde el principio por
las costumbres del campamento y sabedor de que, tarde o
temprano, ese lugar sería el único al que volveríamos. Fuimos nosotros los que le hicimos muchas fiestas, nosotros
los que corrimos para que se alegrara y los que saltamos en
demostración de alegría, nosotros fuimos, en fin, los que
hicimos de perro y él el que hizo de humano.

Entramos en la casa donde habíamos ocultado los carritos y, con la puerta cerrada, pues no dejaba de pasar
gente por la calle, nos comimos las rabanetas que habíamos
guardado. Al terminar, abrimos el plano para reforzar
nuestra determinación y volvimos a tejer sobre él los caminos que nos llevarían no tanto a otro paraje como a otras
vidas. Hasta Pirindolo, subido en una silla y con las patas
delanteras apoyadas sobre la mesa, parecía enterarse de lo
que el mapa vaticinaba sobre nuestro futuro. Durante unos
minutos nos sentimos eufóricos y creímos que, si nos man-
teníamos unidos, superaríamos cuantos peligros nos salieran al paso.

Mientras ellos conversaban y señalaban puntos con el
dedo, yo aproveché para llenar de balas el cargador de mi
pistola y, mientras lo hacía, los observé a todos y me juzgué
responsable de su felicidad y enormemente feliz por ello.
¿Qué hubiera sido de mí si hubiera seguido solo mi camino
de huida?

Capítulo 4

Alegría, un pueblo fuera de la ruta. El nombre de una mujer increíble. Le devuelvo a Altea la moneda. El relato de un hombre enamorado. Lo más parecido a la felicidad.

Ninguno de los miembros del grupo hizo después de lo acaecido entre Altea y yo el más mínimo comentario. Nada pudo notarse en nuestros gestos y nada anunciaron nuestras miradas. Y hay más: todos formamos al respecto una extraña comunidad de mutismo que iba más allá de las palabras y de los semblantes y afectaba al pensamiento. Todos éramos conscientes, también, de que lo que había ocurrido tenía que ocurrir y acabaría ocurriendo de nuevo.

Y sucedió, en efecto. Nos habíamos desviado de nuestra ruta varias decenas de kilómetros por culpa del nombre de un lugar, Alegría, que nos parecía lleno de ecos propicios. «A los topónimos les pasa como a los apelativos de los platos de los grandes cocineros, que son puestos por su descubridor con ánimo de describirlos», nos había dicho Libuell. Alegría resultó ser un pueblo pequeño y escasamente distinto de los demás que habíamos visto, con los mismos edificios desconchados y feos, las mismas calles desiertas y el mismo hervidero de chinches y de ratas. Impreciso, que no sabía lo que significaba topónimo, se rio mucho cuando, después de haber pasado por ignorante y sufrido las burlas del grupo, comprobó lo que escondía el sitio tras su jubilosa denominación. «A ver, los que aprendieron en la escuela el significado de los nombres, que me digan ahora lo que expresa el mío, Impreciso», dijo.

Como hacíamos siempre al arribar a una población, Altea y yo nos adelantamos para reconocer las calles mientras los demás nos esperaban en las afueras. Alegría había estado apartada de las principales vías de comunicación y sus habitantes habían aguantado los embates de la anarquía y las hambrunas por el sencillo método de cultivar huertos regados con el agua del río que bajaba de las sierras próximas. Aún podía sentir en las calles y en las casas el atávico sosiego original de la gente, como podía apreciar la incertidumbre que vino más tarde y la indiferencia fingida posterior, cuando estaban acorralados por el caos y la podredumbre.

Los alegres (el gentilicio no podía ser otro) vivieron bien hasta que empezaron a llegar al pueblo los ciudadanos sombríos que huían de las ciudades, seres modernos, acostumbrados a satisfacer con dinero sus necesidades, que no sabían trabajar la tierra ni tenían paciencia bastante como para esperar a que obrara el milagro por el que una semilla se transforma en un fruto. Fueron ellos, los mismos que habían arramblado con las existencias de los hipermercados y las reses de las explotaciones ganaderas, los que empezaron pidiendo alimento y terminaron tomándolo contra la voluntad de sus dueños. Cuando llegó una de las plagas de ratas que escoltaban a los humanos tristes, casi nada quedaba en los huertos digno de ser salvado, por lo que los animales se cebaron con los brotes de las matas y de los árboles frutales, y cuando terminaron con los brotes, fueron por las ramas y las raíces, y cuando terminaron con las raíces, se dirigieron a las casas dispuestos a comerse todo lo que pillaran y devoraron a los perros y a los gatos que les hicieron frente, a los enfermos encamados, a los ancianos que vivían solos, a los niños que dormían en sus cunas, e incluso a los que se demoraron recogiendo parte de su ajuar y a los que por algún defecto físico tenían que andar despacio, y cuando terminaron con ellos, las ratas se quedaron royendo los papeles, las maderas y hasta los plásticos, y cuando ni eso pudieron roer, se comieron a sus propias crías, y cuando terminaron con las crías, se comieron a las más pequeñas de sus congéneres, y cuando solo quedaron las grandes, se enzarzaron en peleas que acababan en amorfos festines caníbales y chillando y peleándose y devorándose se fueron de Alegría en busca de otro territorio que devastar, dejando aquella localidad en el inhóspito cascarón de ladrillo que era ahora. La civilización había tardado en llegar a aquel lugar apartado, pero finalmente lo había conseguido, y con ella había venido el ambiente fraguado por la acción de los humanos, de ratas y de chinches, de bandadas enormes y hervideros, de pocas especies y multitud de individuos.

No encontramos a nadie por las calles. Cuando se lo hicimos saber a nuestros compañeros, fue unánime la opinión de que debíamos disfrutar una vivienda en buen estado para descansar bajo techo durante unos pocos días. El pueblo parecía sacado de una pesadilla y aún se veían algunas ratas que no huían a nuestro paso, sino que se nos quedaban mirando, como si aguardaran un fallo de nuestras

piernas o que el sueño nos venciera para lanzarse sobre nosotros y devorarnos, pero el mundo en sí era una pesadilla
de la que no podíamos huir por mucho que corriéramos y
las ratas, como nos dijo Libuell, podían ser nuestras devo-
radoras o una fuente inagotable de proteínas, y con sus
condimentos y cocinadas con maestría, tenían la textura del
conejo y el sabor de las aves de corral, alimentos ambos que
ninguno de nosotros había probado en la vida. El único
que se preocupó fue Impreciso, a quien la mirada de los
animales le hacía sentirse más incapacitado y más vulnerable. «Ellas lo saben, conocen el alcance de la silla de ruedas.
Al primero que se comerán es a mí», dijo. Le prometimos
no dejarlo solo y buscamos una vivienda que nos diera seguridad. La mayoría de los edificios tenían las puertas cerradas, aunque ello no había impedido el paso de las ratas,
que se habían colado por los váteres, por los desagües, por
los tubos de ventilación, por los falsos techos o royendo
los bajos de las puertas o los marcos de las ventanas. Allá
donde habían entrado, se habían comido todo lo que había,
incluidas las mantas y los colchones. No se habían detenido
más que ante los cierres de metal y los muros de piedra o
de ladrillo.

Por increíble que parezca, en una primera inspección
no hallamos ningún recinto a donde no hubieran llegado
los animales. Yo me acordé entonces de los humanos que
habitaban en el pueblo. Me paré a sentirlos y descubrí que
eran tres: una mujer y dos hombres que habían convivido
con el azote de la plaga y conseguido sobrevivir a sus es-
pantosos estragos.

–No estamos solos –les dije a mis compañeros, y si
ellos tienen donde guarecerse, nosotros también lo tendremos.

Mis palabras insinuaban que esa misma guarida podía ser la nuestra, con el consentimiento de sus dueños o sin él, y auguraban una disputa. Dam, alarmado, propuso pasar de largo y descansar en otro lugar más seguro. Altea, por el contrario, nos hizo ver que no era aquel territorio, sino la humanidad, la que se hallaba desquiciada. «Al menos aquí solo hay unas pocas ratas y, quizá, unos cuantos enemigos», aseguró tras sacar la pistola. «¿Qué encontraremos en el próximo poblado?».

La respuesta era tan descorazonadora que nadie se atrevió a expresarla en voz alta. Nadie, tampoco, se opuso a la propuesta de Altea de ir a por todas y liquidar sin ningún comedimiento a quien hubiera que liquidar. Y nadie cuestionó que fuera yo el que indicara el camino a seguir para localizar a los pobladores de la que debía ser nuestra morada por un tiempo, lo que hice señalando a una bicicleta que vimos a lo lejos, apoyada contra la fachada de un pequeño bloque de pisos. «Allí tiene que haber alguien», dije.

La narración que viene ahora es difícil para quien, como el que escribe, quiere plasmar lo asombroso sin herir la sensibilidad del lector más allá de lo que en razón es permisible. Si en ocasiones me hubiera gustado gozar del don de trenzar metáforas por el gusto de idealizar la realidad, en otras hubiera deseado poseer el menos estimado de emplear eufemismos cuando de narrar hechos desagradables se trata. Ni uno ni otro me fue otorgado, pero creo haber nacido con discernimiento bastante como para saber hasta dónde puedo llegar y, antes que escritor aficionado cuyo único libro será este, he sido lector y, como tal, he dejado a medias historias escritas por otros por el simple hecho de que me parecían ásperas al oído o incómodas en el estó-

mago. Por otra parte, si pasara por alto el episodio que vivimos en Alegría, traicionaría la misión que anuncié en el
ya lejano génesis de esta narración: hacer de notario para
dejar constancia de que son posibles mundos como los aquí
descritos. Y no diré más para justificar lo que sigue. Ade-
lantaré que no hay sangre ni crímenes en esta parte del relato, para que aquellos que sufran con el desgarro de los
cuerpos puedan estar tranquilos, y que tampoco hay un
desgarro insufrible de las almas.

Recuerde el lector que nos acercábamos por una calle
solitaria con la mirada fija en una bicicleta. Pirindolo se había quedado en la esquina de la calle, nervioso, a pesar de
las repetidas llamadas de Impreciso, lo que a juicio de este
era señal inequívoca de que no debíamos continuar por
aquel camino, pues el perro era capaz de oler el peligro,
como había demostrado de sobra en el campamento de Minas de Vioco. De haber podido quedarse con el animal, Impreciso lo hubiera hecho con los ojos cerrados, pero le era
imposible disponer de sí mismo, y Altea y yo continuamos
adelante, y detrás de nosotros continuó Libuell, y detrás de
Libuell, continuó Dam empujándole a la silla, a pesar de las
protestas de su ocupante, quien, aunque cesó en ellas en
cuanto supo que no le conducían a ninguna parte, no dejó
de volver la cabeza para observar al perro y de lamentarse
con gestos por nuestra obcecada ineptitud.

No cesó en ellos sino hasta que sintió, como todos, un
olor hermoso. Estábamos tan acostumbrados a las pesti-
lencias que aquel aroma nos llamó la atención incluso
cuando apenas se insinuaba.

—Es el perfume lo que asusta a Pirindolo —observé.

—¿El olor? No lo creo —contestó Impreciso—. ¡Si es la
fragancia más fresca y más dulce que haya olido nunca!

Los demás me comprendieron en parte: era precisamente lo que había de extraño en un olor hermoso lo que insinuaba la amenaza. Nada les aclaré: yo también andaba meditando sobre el significado de lo que acababa de averiguar y aún debía acreditar con los sentidos lo que a la razón le costaba trabajo admitir por vía extrasensorial.

–¿No te has percatado de que desde que entramos en la calle no hemos visto ratas?: tampoco a ellas les gusta este olor –me limité a decir.

–¡Qué tontería! –balbuceó Impreciso, como si soltara el último lastre de su acérrimo convencimiento.

A partir de entonces, como todos, dudó.

Conforme avanzábamos, el olor no era más penetrante, sino más limpio y más nítido. Sabíamos que nos acercábamos a su origen y, sin embargo, apreciábamos el efecto de que no surgía de un lugar concreto, quizá porque excitaba la piel tanto como la nariz o porque provocaba imágenes agradables, o incluso fantasías, a la aérea forma que lo hace en el duermevela el recuerdo de una mujer desnuda.

–¡Es un olor humano! –exclamé como para mí.

–¿Artificial? –se preguntó Altea respondiéndome.

No lo parecía. Más que efluvios de un perfume, nos llegaba el espíritu virgen de un ambiente: era a hermoso atardecer a lo que olía, y a sutil paso del tiempo, y no a flores ni a prado cuajado en primavera.

–No, humano natural –intenté aclararle.

Fuc inútil. Nucstra cultura había vivido de espaldas a la belleza, lo que es tanto como decir que había menospreciado el sentido del olfato, y ahora la nariz se vengaba con el único proceder que podía, cerrando los ojos a los olores. A esa carencia social y personal atribuyó Altea su incapacidad, pero la razón era más profunda, casi incomprensible.

De hecho, ninguno me creyó cuando le señalé un par de mierdas humanas que había colocadas justo en el umbral de la puerta contigua a donde descansaba la bicicleta, cada una sobre un papel, y les dije:

—Aunque resulta grotesco, eso es lo que huele tan bien.

Tardaron en creerme. Debieron acercarse, y acercarse aún más, y más todavía, y probar su textura con un palo largo, y con otro más corto, y aun así todavía recelaron durante un rato, en el que hicieron numerosos comentarios de admiración y sugirieron mil y una alternativas más razonables. Pero no había ninguna duda: eran unas mierdas comunes, recientes (una de ellas, flamante) y muy desagradables a todos los sentidos, menos al del olfato.

—¡Deben de ser de un ángel! —exclamó Dam.

No habíamos recibido educación religiosa y desconocíamos la verdadera entidad de los espíritus celestes, de manera que durante unos segundos aquella explicación fue la más sensata para mis compañeros, justo hasta que yo dije:

—No, es de un hombre como nosotros, o quizá de una mujer.

¿Una mujer?, se preguntaron todos.

—Si es de una mujer, ¡tiene que estar buenísima! —proclamó Impreciso.

¡Una mujer! En la quimera del enamorado, la amada ni orina ni defeca, es perfecta, como las diosas o como los ángeles. Era necesario cierto grado de perversión o de alucinación erótica para ir más allá y convertir el orín y las heces de la amada en agua de colonia y dulces. Yo me acordé de Nohire, la mujer más hermosa que pueda haber existido, y pensé que incluso ella cerraba el cuarto de baño para evacuar de su cuerpo glorioso aquello que a este le sobraba. Y

más aún, recordé que cuando más fuerte era la fatal atracción que ejercía sobre mí, yo ayudaba a mi débil voluntad
arguyendo que, por hermosa que fuera, ella era de este
mundo y tenía sus imperfecciones, como lo probaba el hecho de que le olía el sudor, tenía mocos y defecaba.

Ahora estábamos ante la prueba de que lo contrario era
posible. La exclamación de Impreciso era, pues, pertinente.
Yo creía que no se podía ser más hermosa que Nohire sin
caer en el exceso y perder, en consecuencia, hermosura,
¿pero se podía ser más perfecta, como los ángeles o como
las diosas? ¿Se podía ser como la imagen ideal que el enamorado se hace de la amada?

Eran de una mujer, yo lo sabía con absoluta certeza.

–Observad que no hay moscas –les dije.

Ni ratas, ni moscas, ni Pirindolo, ni ningún otro animal
que no fuéramos nosotros se veía por los alrededores. Las
heces estaban puestas allí precisamente porque ahuyentaban a las fieras y a los bichos. Lo hacían ahora, que las ratas
eran escasas, y lo habían hecho antes, cuando formaban
mazacotes inestables que arramblaban con cuanto se opusiera a su paso. El estado de las puertas de la calle demostraba que la plaga rodeó la esquina y amenazó el edificio,
pero no llegó a entrar ni en él ni en los bloques colindantes
ni en los de enfrente. Tampoco irrumpió por los tejados ni
por los desaguaderos. Aparte de oler bien, aquellas deposiciones tenían propiedades extraordinariamente favorables
para la defensa del ser humano. Y quizá no fueran las únicas.

–¿Sabrá como huele? –se preguntó Libuell en voz alta.

No dejamos que lo comprobara. Entre Dam y yo lo
agarramos y lo metimos en el portal y luego cogimos la silla
de Impreciso e hicimos lo mismo con ella. Adentro, aunque

las paredes tenían desconchaduras y manchas de humedad y en el pasamanos de las escaleras se notaban los portes de la cochambre, el olor era tan sugerente y el aire tan puro que hasta aquella realidad nos parecía mansa y llena de invitaciones amables, como si la viéramos a través de la obra de un pintor lírico. Dam aspiró hondo y con los ojos cerrados y los demás lo imitamos hipando a grandes bocanadas el aura levísima que bajaba por las escaleras desde los pisos superiores, pues los pulmones codiciaban aquella fragancia tanto como la nariz.

–Arriba huele mejor todavía –nos reveló Impreciso.

No era posible: quería decir que el olor que venía de arriba tenía varios matices más.

Altea, que había guardado la pistola, volvió a sacarla y empezó a subir las escaleras. Yo fui detrás de ella hasta que poco antes del descansillo del segundo piso le hice un gesto indicándole que los individuos que buscábamos debían de estar detrás de la puerta que le señalé con el dedo. Era, en este caso, una observación obvia, y no tanto porque fuera la única que se hallaba cerrada, como por las delicadas emanaciones que surgían por las rendijas.

–¿Cómo se originarán esos olores? –me preguntó, refiriéndose a ellos en plural, cuando estuvimos codo con codo en el rellano.

Era una pregunta para abrir una válvula de escape al asombro, no para ser contestada.

–No tengo ni idea –le mentí.

Fue ella la que llamó a la puerta, golpeándola primero con los nudillos y luego con la palma de la mano y, la que, como no obtuvo respuesta, pidió a voces que nos despejaran el paso, pues éramos gente de bien y nuestras intenciones eran honestas. Desde dentro, no se emitió ningún ruido, pero una variante de los aromas se abrió paso entre las demás, como alumbrada a borbotones. «También el sudor del miedo le huele a gloria», pensé.

«Hazte a un lado», le pedí a Altea en cuanto supe que quienes se amparaban en el silencio no nos abrirían. Levanté el pie y solté una patada en plancha que hizo estremecerse la pared. No fue suficiente, pero la débil resistencia que encontré me animó a seguir pateando hasta que saltó la cerradura. Cuando entré, Altea, que se me había adelantado, tenía encañonados a los ocupantes de aquel piso: eran tres, en efecto, una mujer joven, un hombre de unos cuarenta años y otro de unos sesenta y cinco. Los tres se habían sentado en el sofá del salón a esperar o nuestra retirada o su muerte, y ahora que estaban a nuestra merced, los dos hombres aguardaban a que la muerte les llegase de la forma más indolora posible y la mujer, en cambio, se aferraba a la vida por encima de todo y de todos.

—Por favor, por favor —lloriqueó la mujer—. Han sido ellos. Yo quería abrir y ellos me lo impidieron.

Un nuevo perfume que se añadió a los anteriores desconcentró durante un instante a Altea, pero no a mí, pues yo sabía que aquella joven se estaba orinando en los pantalones.

La mujer, que podía tener treinta años, no más, parecía un adefesio de lo recargado de su maquillaje, lo exagerado de su peinado y lo extravagantemente que estaba vestida, y eso que, aunque fea, no lo era tanto como para resultar horrorosa. «Caga bonito y mea balsámicas esencias, pero es fea», reflexioné sin dejar de sonreír. (Era lo inverso de lo que le pasaba a Nohire).

Tampoco su corazón era hermoso. El rechazo que provocaba su apariencia no era nada comparado con el que suscitaban sus viles gimoteos.

–Matadlos a ellos, a ellos. Matadlos –repetía.

El hombre más joven intentó protegerla.

–Sí, Perfecta quiso abrir la puerta y nosotros se lo impedimos –dijo.

Era mentira, más bien había sucedido al revés, pero aquella muestra de nobleza lo dignificaba a él y la salvaba a ella. Altea dudó. Yo le puse la mano sobre el antebrazo y dije dirigiéndome a los atemorizados moradores de la casa tanto como a ella:

–Déjalos, no pueden hacernos daño: están muertos de miedo.

Altea bajo la pistola. Solo entonces reparó en el nombre de la mujer, Perfecta, que asoció con el del pueblo, Alegría.

–¡Perfecta! –dijo sonriendo–. ¿Es un nombre o un apodo?

–Un nombre –balbuceó la mujer–. Me lo puse hace poco. Antes me llamaba Linda.

–¿Y no tenías bastante paradoja con Linda? –le preguntó Altea, y soltó una carcajada.

La risa hirió el orgullo de la mujer, pero produjo el efecto de distender el ambiente. De tal manera, pudieron llegar mejor hasta ellos las ulteriores explicaciones que les dimos sobre nuestra identidad y lo cívico de nuestros propósitos.

Los hombres, que dijeron llamarse Utinio, el más joven, y Béncer, el mayor, se hicieron cargo de nuestra situación y, tras pedirnos disculpas por haber recelado de nosotros, nos ofrecieron cuanto tenían y nos hablaron someramente de ellos y de las circunstancias de sus vidas. Así su-

pimos que todo el edificio era zona libre de ratas y parási-
tos. Y así, que en los peores momentos de la plaga, cuando
los habitantes más desvalidos de Alegría eran devorados
por los roedores, los animales respetaron un amplio círculo
alrededor de Perfecta que comprendía los albañales donde
iban las aguas fecales que producía ella.

Después de oírlos, nos instalamos en un piso contiguo
que tenía tres habitaciones perfectamente amuebladas, una
de ellas con una amplia cama de matrimonio y las otras dos
con dos camas cada una. Ni Altea ni yo participamos en el
reparto. A los que lo hicieron, les pareció natural que fuéramos ella y yo los que compartiéramos la grande y que el
resto se distribuyera entre las pequeñas. De esa forma, sobraba una pequeña. La comunidad de hechos reconocidos
e inconfesados a la que me refería en el arranque de este
capítulo estaba obrando de acuerdo con sus propias reglas.
Yo, no obstante, que estaba sintiendo otra vez el rebullir
caliente de la sangre de Altea, me acordé de lo que ocurrió
junto al campamento en llamas de Minas de Vioco y decidí
acostarme solo en la cama que quedaba libre. Nuestra comunidad se extrañó de aquella decisión mía, pero la res-
petó, o, mejor, la digirió en silencio. Recuerdo que, antes
de dormirme, sentí que mi desdén alentaba el calor en el
corazón de Altea, a quien le costaba conciliar el sueño en
la alcoba de al lado. Yo, que estaba muerto de cansancio,
aprecié la dulzura con que nos acogían las sábanas limpias
y el colchón como el mejor y más narcótico de los remedios
y me dormí enseguida. Pero en mitad de la noche y a una
hora que no puedo precisar, me despertó un susurro de Altea en el oído:

–Vete para allá –me dijo. Previamente, había despertado a Libuell, que dormía en la cama próxima, y le había

exigido que se fuera al dormitorio que ella dejaba libre. Le hice sitio, en efecto, y le di la espalda. ¿Por qué no le pedí que se marchara? Por adormilado que estuviera, supe de inmediato a lo que iba. Además, yo me había acostado medio desnudo y ella venía con las mismas trazas. El roce de nuestros cuerpos, lo explícito de sus impúdicos deseos, el largo periodo de mi abstinencia y las caricias y los besos que me aplicaba soliviantaron en extremo mi sexo, que tomó unas dimensiones impropias, casi amenazantes, para mayor gloria del apetito de Altea. En cierta manera, eran dos hambres que se encontraban, y yo no iba a renunciar a la satisfacción de la mía. Fue ella la que llevó la iniciativa, pero solo mientras su deseo tomaba el camino que le interesaba a ambos. Cuando avanzaba más de la cuenta, yo le devolvía sosiego con primorosas maniobras dilatorias; cuando se desviaba de la ruta, yo la tomaba de la mano y la conducía hacia la disciplina del sendero, y cuando se obsesionaba con ella misma, yo la exhortaba a ver en mi satisfacción gran parte de la suya. La animé a que me hablara y a que me dijera por dónde y cómo, lo que yo hice sin dejar de adularla, alternando las frases blandas con las gruesas. Todo el universo cabía en nuestro lecho y en nuestro preciso quehacer, todo el tiempo.

Cuando al día siguiente se despertó, yo dormía en la cama de al lado, adonde había ido en mitad de la noche huyendo de unas estrecheces que entorpecían mi sueño.

—Vete para allá —volvió a susurrarme al oído.

Tenía la sangre apaciguada y era el grato regusto del agradecimiento y el amor sin sexo el que la impulsaba a acostarse conmigo. Reconozco que ese amor me pareció más inoportuno que la pasión de la noche y que me dio más miedo. No me atreví a cometer la descortesía de no permitirle el acceso, pero no respondí a sus tibias caricias ni a sus requiebros y al poco tiempo quedó claro que íbamos por caminos distintos.

Se levantó ofuscada. Ella había venido hasta mí la noche anterior para entregarme solo su cuerpo, pero mi pericia y esa fuerza de la Naturaleza que en los humanos tiende a unir el amor y el sexo la habían llevado a entregarme también el alma, una cesión total de la que ahora renegaba yo. Si se profana un cuerpo cuando se tiene acceso carnal a él mediante el engaño, quizá exista, cuando media el engaño, la profanación del alma. ¿La había engañado yo?: ella, al menos, se sentía engañada. «Debe aprender a separar el sexo del amor», pensé para justificarme, y también: «Ahora estamos en paz».

Volvimos a vernos poco después en el salón del piso de Perfecta. Ninguno de los dos pronunció palabra alguna sobre lo que habíamos vivido ni se comportó de forma diferente a la normal. Y lo mismo que nosotros hicieron nuestros compañeros de grupo, quienes estaban más o menos al tanto de lo que había pasado.

Utinio nos tenía preparado un desayuno con las hortalizas que recogía a diario de una parcela que regaba con agua del río Melt. Como Libuell se interesó por las especies que cultivaba y las técnicas de que se valía, nuestro anfitrión lo invitó a que lo acompañara hasta la cerca donde ejercía esa labor, situada en las afueras del pueblo, paseo al que nos apuntamos Altea y yo y que emprendimos diez minutos más tarde con una nueva sorpresa, pues Utinio, antes de salir del bloque, nos dio unos cubos, metió en una talega las heces más deshidratadas del umbral y nos dijo: «Ahuyentará a los animales por el camino y servirá de abono en el huerto».

Seguidos de Pirindolo, que se negaba a acercarse a nosotros por aquello de lo que portábamos, recorrimos un par de calles que nos llevaron a las afueras y tomamos un camino de tierra que discurría paralelo al río entre pequeñas naves industriales, vehículos abandonados y montones de escombros. Mientras caminábamos, Utinio nos fue contando algunos retazos de la historia de Alegría, pero lo que él ambicionaba de veras era desahogarse explicándonos el porqué de su convivencia con Perfecta.

–Es una persona horrible –nos dijo en cuanto le pregunté por ella–. No hace nada en todo el día. Se levanta cuando se cansa de estar acostada y se acuesta cuando le viene el sueño, sea la hora que sea. No trabaja fuera, como yo, ni hace labor alguna en la casa: ni cocina, ni friega los platos, ni lava la ropa, ni barre, ni hace la cama. Si las reinas de las colmenas se limitan a poner huevos, ella reduce su función a la de cagar sobre un papel. Ah, y a arreglarse. Y ya veis con qué resultados tan horripilantes. No se da cuenta de que se pone hecha un espantajo. ¡Pero cualquiera se lo dice!

Libuell y Altea creyeron que Utinio vivía con Perfecta porque los excrementos de esta lo protegían, pero no era así, y Utinio quiso dejarlo claro sin que se lo preguntasen.

–Vivir con ella es un castigo –continuó–. Cada vez que vengo a la huerta, lo que me apetece es seguir por este camino y cruzar las montañas por las antiguas sendas de los pastores, como hicieron algunos habitantes de Alegría cuando se abandonó el pueblo. Y cada vez que vuelvo al piso, miro la azotea del bloque más alto, que me coge de paso, y me dan ganas de subir a ella para tirarme.

–¿Por qué no te vas? –le preguntó Altea.

–Porque, sin amarla, estoy enamorado de ella. Veréis: yo era un hombre felizmente casado. Tenía una mujer estupenda, bonita de verdad, trabajadora, cariñosa y por la que sentía una gran devoción, una mujer impresionante con la que había vivido una gran historia de amor y que después de varios años de matrimonio me seguía amando como el primer día. Y tenía tres hijos, dos niñas y un niño, que eran la alegría de mi vida y el motivo fundamental para continuar luchando. Yo soy médico y ganaba un buen sueldo. En un mundo en el que la amistad era difícil, yo tenía muchos amigos, a los que hacía favores que me resultaban gratos de cumplir y por los que era muy estimado. En mi familia no había nadie enfermo ni lo había entre mis amigos. Vivía rodeado de comodidades, casi de lujos, de amor y de amistad, de regocijo. Los días pasaban felices con una rapidez que, cuando me paraba a pensarlo, me enojaba, y así parecía que iba a ser siempre, pero, amigos míos, la desgracia se aposta a la vuelta de cualquier segundo y tiene apariencias muy diversas. A unos les viene disfrazada de accidente o de enfermedad; a otros, de traición, de revés económico o de naufragio. A mí me vino agazapada en el amor.

«Perfecta no es de Alegría, sino de Sholombra, y estaba casada cuando llegó al pueblo. Su marido, If se llamaba, buscaba para ambos una localidad pequeña y de aires frescos y limpios, donde los olores de su mujer se dispersaran y ella pudiera lavarse con frecuencia, pues en la ciudad, sobre todo cuando empezó a escasear el agua, el extraordinario perfume que producía Perfecta atraía a los humanos de una forma tan compulsiva como la que ahuyentaba a las alimañas. If, por otra parte, se ha había quedado sin trabajo, y Perfecta ni lo tenía ni lo había tenido».

Yo volví a considerar el asombroso paralelismo que existía entre los casos de Perfecta y Nohire. Incluso caí en que mi apellido, Kiff, tenía bastante similitud con el nombre de pila del marido de Perfecta.

–Llegaron en su propio coche –prosiguió Utinio–, una tarde de invierno en la que olimos tan de pronto el esplendor más paradisíaco de la primavera que salimos a la calle a ver el prodigio, como el que lo hace para comprobar por qué se oscurece de día o si es cierto que truena y diluvia sin nubes. Perfecta, que aún se llamaba Linda, venía sucia del largo viaje e If quería que se duchara enseguida para no llamar la atención más de lo necesario, lo que hizo en la pensión de Francisca, pues no había hotel en el pueblo.

Utinio hizo un alto en su narración y sonrió, como si otro pensamiento hiciera de nota a pie de página.

–En esto de la atracción –dijo luego–, a If le pasaba con su mujer lo que a todos los hombres con las suyas. Quiero decir que a los hombres les gusta ir junto a mujeres guapas y presumir de ellas, que se vistan bien y hasta que sean un poco provocativas.

–Eso también le pasa a todas las mujeres con sus hombres –apuntilló Altea.

–Veréis por qué lo digo –dijo Utinio–: a If le gustaba exhibir a Perfecta. «El olor es suyo, lo provoca su cuerpo», decía. Perfecta salía aseada y nunca hacía sus necesidades fuera del piso que arrendaron, el mismo en el que ahora vivimos Béncer, ella y yo. Mantenido en esos límites, aquel perfume no era más atrayente que la generosa anatomía de una joven hermosa y no provocaba más sueños ni más fantasías en los hombres. Pero a mí que el perfume emanara de su cuerpo me seducía sin remedio. Cuando los hombres que están fascinados por una mujer cierran los ojos, ven su culo redondo, sus tetas tan atrayentes como amenazadoras, su sonrisa picante y su mirada lasciva; yo, en cambio, tenía grabados en mi memoria los diversos perfumes de Perfecta, y cuando después de acostarme apagaba la luz, se me envenenaba la sangre recordándolos y la imaginación se me llenaba de escenas de sexo con ella.

Utinio detuvo el paso al tiempo que su narración, suspiró y negó con la cabeza un juicio del que no dio explicaciones. Algunas ratas y unas cuantas palomas huyeron del perfume que salía de la talega. Pirindolo también se había parado y nos miraba a bastante distancia.

–¿Era la atracción que yo sentía un error de la Naturaleza? ¿Era yo un pervertido digno del repudio de la sociedad? –continuó–. Yo creo que no. Más bien entiendo lo contrario: que mi respuesta era la virtuosa y la del resto de los hombres, esos que se fijaban exclusivamente en el culo o en las tetas, era la equivocada. ¿O había mayor gloria para una mujer que esa de la que gozaba Perfecta? Al enamorado se le puede caer el alma a los pies al oler el pedo de su amada. Las mujeres vistosas se lavan sus miserias y hacen sus necesidades en lugares escondidos. Por agraciadas que sean, tienen esas imperfecciones que Perfecta no solo había salvado, sino que en ella eran adornos seductores. Yo se lo dije una tarde que la vi caminando sola por la calle y me vi sobrepasado por el impulso de halagarla: «Algún día, la evolución conducirá a las mujeres hermosas a ser como tú, pero hasta entonces, tú eres la única. Tú eres la mujer perfecta. Estás muy por encima de las diosas». Tras aquella declaración, me volví más retraído, pero mi amor siguió creciendo y, con él, mis ansias y mi impaciencia. Espié su casa y me quedé oliendo junto a la puerta mientras soñaba con besarla y abrazarla. Le hice llegar en aviones de papel poemas fervientes que empezaron yendo refrendados con seudónimos reveladores de mi angustia, como «Tu desconsolado amor» o «El que sufre en silencio», y acabaron llevando mi nombre al pie, junto con un apéndice pesaroso del tipo «Utinio, el que te adora» o «Utinio, tu siervo para siempre».

–¿Y ella, te correspondía? –le preguntó Altea.

–Al principio, no, pero a mí me daba igual. Luego, poco a poco, vi que iba cambiando. Primero, lo noté en su vestuario, más festivo, más insolente, y en su maquillaje, que tomó formas y tonos más intensos y provocadores. Más tarde, percibí una somera reciprocidad: una sonrisa, una mirada, e incluso algunos gestos de las manos y de los labios que a mí me volvían loco. Y creo que ahí hubiera quedado todo, pues ella sentía en mi adoración su verdadero placer y con ese placer se conformaba, de no ser porque empecé a descuidar mis obligaciones y mi mujer descubrió lo que estaba pasando.

Utinio, como un narrador con oficio, detuvo su discurso con el único fin de provocar en nosotros curiosidad.

–¿Cómo fue? –le preguntó Libuell.

No era por ahí por donde seguía el hilo de su relato, así que Utinio dio una explicación somera y continuó por donde tenía previsto.

–La mujer de uno te conoce mejor que nadie y sabe cuándo tienes el cuerpo en un lado y el alma en otro –señaló–. Lo descubrió, eso es lo importante, y tras un berrinche enorme y un amago de dejarme, me puso en la alternativa de elegir entre ella y nuestros hijos o «esa puta apestosa», como la llamó. Yo, naturalmente, la elegí a ella, sobre todo por nuestros hijos.

—Pero no cumpliste tu promesa —lo interrumpió Altea.

—¡Claro que no! Solo aguanté unos días. El ultimátum me hizo más previsor, pero ella estaba sobre aviso y me pescó, y esta vez con las manos en la masa, es decir, tratando de hacer volar unos aviones de papel con poemas de amor hasta la terraza de Perfecta.

La situación nos resultó cómica. Nos reímos, pero en la cara de Utinio no se habían borrado los rastros de la tragedia.

—Aquí comienza lo peor —dijo.

—¿Porque te dejó tu mujer? —preguntó Libuell.

—Mi mujer sabía que no había habido contacto físico entre Perfecta y yo, y por eso, y porque era una buena persona siguió aguantando: no, lo peor fue que Perfecta, que vigilaba desde la ventana mis torpes lanzamientos, presenció el instante en que mi mujer me descubría y fue testigo de la bronca que me echaba en mitad de la calle. Si hasta ese momento ella había sentido un goce inmenso con mi admiración, a partir de entonces dejó ese papel pasivo y tomó uno mucho más sugestivo para ella, en el que yo era un mero juguete.

«Mi mujer siguió con un ultimátum detrás de otro. Apeló a mi conciencia, puso a mis hijos delante de la puerta para impedirme el paso, me llamó mamarracho y pervertido, me dejó sin sexo y sin comer, echó a mis amigos contra mí y fue a denunciar los hechos al marido de Perfecta cargada con los aviones que me había requisado y acompañada de mis tres hijos, uno de ellos cogido en brazos y llorando. No había remedio: yo estaba ofuscado y no veía la realidad sino a través de mi amada».

—No he entendido bien lo de ser un juguete en sus manos —apuntó Altea.

–Perfecta sintió tanto regocijo en su papel de admirada, que se enganchó a él. Ambos nos necesitábamos, pero sobre bases distintas de amor y desprecio, pues yo la amaba a ella y me despreciaba a mí y ella también se amaba a ella y me despreciaba a mí. Me utilizaba para amarse como se utiliza un muñeco. Por ejemplo, se asomaba a la terraza y besaba lenta e intensamente los aviones que yo seguía haciendo volar cargados de poemas llenos de comparaciones manidas y luego, tras pasárselos delante de mí por la parte de su cuerpo que podéis imaginar por poca imaginación que tengáis, me los devolvía perfumados con los efluvios que afloraban de lo más innombrable de sus encantos».

Conforme más contaba Utinio de Perfecta, más me acordaba yo de Nohire.

–Pero pronto el regalo de mi admiración le pareció pobre y quiso más –continuó–. Sabedora de que la belleza entra fundamentalmente por los ojos, envidió a las mujeres vistosas, que tenían sin esfuerzo a cientos de hombres tan estúpidos como yo. La obsesión por cautivar la llevó al desvarío de creer que podía hacer con lo vistoso lo mismo que las vistosas hacían con el perfume: si las vistosas olían mal por naturaleza y, sin embargo, lavándose y perfumándose acababan oliendo bien, por qué no iba ella, que no era vistosa por naturaleza, a acabar siéndolo con vestidos, peinados y cosméticos.

«Como no lo lograba con un peinado normal y un poco de maquillaje, se mudó mil veces de peinado y se puso botes y botes de pintura, y como a cada cambio se veía más fea, en lugar de volver sobre sus pasos, se ponía un peinado más raro e intentaba embellecerse con más maquillaje.

«A mí no me importaba ese estrafalario aspecto porque yo me había enamorado de ella por el olfato, pero a los demás vecinos del pueblo les provocaba repulsión verla. Ella intentó solucionar ese contratiempo haciendo lo que a su juicio hacían los demás hombres y mujeres: mejorando aún más su aspecto y su olor. Para lograr lo primero, ya os podéis suponer que se puso más maquillaje; para lo segundo, como su principio era el contrario que el común de los mortales, hizo lo contrario que estos: dejó de lavarse y de tirar de la cisterna y abrió todos los huecos que tenía su vivienda para que el viento extendiera por el valle los perfumados efluvios de sus deposiciones».

Habíamos llegado hasta el río y caminábamos por la orilla entre pequeñas naves industriales y de aperos y alguna casa medio en ruinas en las que el agua entraría con cada crecida. Lo que en origen debió de ser un paraje idílico, poblado de bosques de ribera, de las más diversas aves y de peces, se había convertido por efecto de la acción humana en un cementerio de la civilización, lleno de edificios astrosos, de electrodomésticos oxidados y de montones de escombros, sin un solo árbol y, paradójicamente, sin un solo ser humano.

Seguimos yendo por el camino de tierra trazado junto al río, corriente arriba, mientras los animalillos huían despavoridos a nuestro paso, como de un incendio.

—¿Y qué fue de tu mujer? —preguntó Altea.

—Yo había perdido mi trabajo y a mis amigos y estaba haciendo el ridículo ante el vecindario para no conseguir nada, ni siquiera un mal beso o un exiguo magreo, así que parecía incuestionable que lo mío era más una enfermedad mental que del corazón, y como un loco me tuvo a partir de ese momento mi mujer. Yo la seguía queriendo y se lo decía: «Pero si yo te quiero, cariño. Es que no sé qué me ocurre con esa mujer». «Lo que te pasa es que tú has dejado de ser tú, que no eres nadie, que eres un tonto que se cree que esa mujer tiene el chichi de arropía porque le huele bien», me contestaba. «Pues lo tiene como todas las mujeres, que lo sepas, de la misma forma y en el mismo sitio».

Nos reímos durante un rato con las palabras de Utinio, pero sin su participación, ya que él solo pudo esbozar una sonrisa ácida.

–Yo había perdido el respeto de todo el mundo, incluido el mío –prosiguió luego–. Hasta los perros, que odiaban rabiosamente a Perfecta, se meaban en mí cuando me veían por la calle. ¡Si a cambio hubiera conquistado el cariño de mi amada! Pero como hacen algunas empresas con sus clientes, ella despreciaba a los que nos tenía rendidos y guardaba su empeño para buscarse nuevos admiradores.

–¿Y su marido? No nos has hablado de él –dijo Altea.

–Entre los que la amaban y los que ella despreciaba, lo incluyo a él, otro pobre diablo tan imbécil como yo que tenía la obligación de adorarla y, como todo derecho, el de adorarla también. Era un hombre de unos treinta y cinco años, alto y bien formado, con una cultura enciclopédica, profesor de universidad y músico, que podría haber tenido a cualquier mujer y fue a poner su olfato en los portentosos aromas de Perfecta, y con ello a entregarle su voluntad. Y ojo que digo su voluntad, y no su entendimiento, pues aquel buen señor era consciente de lo arrastrado y mísero de su condición. Lo que yo hago ahora, fregar, barrer, buscar la comida y prepararla, mantener más o menos el orden de las mierdas, de los objetos y de los comportamientos, aguantarle las impertinencias y halagarla, y todo a cambio de sus burlas, sus insultos y sus humillaciones, es lo mismo que hacía él, quien, como me pasa a mí, dormía en la habitación contigua a la de su mujer, con la que quizá no se hubiera acostado más de tres o cuatro veces, en los albores de su matrimonio y supongo que siempre con un desenlace frustrante.

«Los tres, Perfecta, su marido y yo, formábamos una especie de minúscula comunidad alienígena entre los vecinos de Alegría. Como éramos pacíficos, nos toleraban, pero nos tenían como centro de chanzas y desahogo de presiones. La vida se había vuelto muy difícil. La desesperanza había entrado en el pueblo como un virus y estaba diezmando a la población. Si hubieran podido, los alegres se habrían emborrachado en masa, pero si cuando las leyes contra el alcohol se derrumbaron no hubo suministro suficiente para las ciudades, mucho menos lo habría de haber para un pueblucho perdido como este. También habían estado proscritas las drogas y los deportes y los espectáculos y los libros y hasta las aficiones. No había, en fin, otra válvula de escape que meterse con los diferentes o suicidarse. Algunos se suicidaron, pero la mayoría vio en Perfecta, en If y en mí el objeto ideal para desahogarse y empezaron a faltarnos al respeto en cualquier lugar y sin ningún rodeo. Otros llegaron más allá y se metieron con mi familia, lo que motivó un nuevo ultimátum de mi mujer, que esta vez sí llevó a cabo, por lo que me vi en la calle y con lo puesto.

«Y lo más curioso del caso viene ahora: If se enteró de ello. Si anteriormente me tenía lástima, sabedor de lo que sufría por lo que él mismo estaba sufriendo, siempre había tenido la esperanza de que un día yo fuera capaz de desengancharme de Perfecta con la ayuda de mi familia. Pero sin mi mujer y mis hijos yo no tenía ninguna posibilidad de salvación, excepto si me iba de Alegría. Vino a verme al puente a cuyo amparo vegetaba y, en un monólogo de dos horas salpicado de lamentos y de lágrimas, me avisó de los defectos de su mujer y de lo inmensamente desgraciado que era. «Vete. Huye lejos y facilita al olvido su trabajo. Vuelve con tu esposa o enamórate de una muchacha guapa y sencilla, aunque no sea perfecta, y sé con ella razonablemente feliz o razonablemente desgraciado», me dijo. Si eso era tan fácil, ¿por qué no lo hacía él? Así se lo expresé. ¿Y sabéis lo que me contestó?: «Porque a pesar de todo, la amo». Le puse ambas manos sobre los hombros y le dije: «Entonces, entenderás mejor que nadie que aguante el rechazo de la sociedad, el aborrecimiento de mi familia y las meadas de los perros. Sinceramente, solo aspiro a que te vayas o a que te mueras, porque me falta valor para matarte». Se quedó mirándome estupefacto. Creo que en aquel momento, al verme tan desquiciado, se vio reflejado en el espejo. «¡Ya!», exclamó, como si de improviso hubiera entendido su situación y ese conocimiento le hubiera dado las fuerzas que necesitaba para liberarse. Me dejó una bolsa con comida y se fue sin despedirse. Luego me enteré de que desde allí se había ido al edificio más alto de Alegría, se había subido a la terraza y se había tirado a la calle».

Utinio se detuvo junto a un puente de un solo arco y nos señaló con el dedo un riachuelo que venía de las montañas y se unía al río por el margen contrario al que llevábamos, a unas decenas de metros corriente arriba.

–Dejad aquí los cubos –nos dijo–. Cogeremos el agua de ese riachuelo. Es limpia y muy buena. De donde viene nunca ha habido talleres ni tierras de cultivo.

El camino que llevábamos pasaba por el puente y seguía en dirección a las montañas, sobre cuyas cimas se veía un extenso manto de nieve.

–Este puente que veis tiene cientos, quizá miles de años. En la antigüedad, cuando no existían automóviles ni grandes urbes industriales, las recuas de mulos de Alegría utilizaban el camino que lo cruza para llevar los productos de las huertas de este valle hasta las umbrías aldeas de más allá de las cumbres, a las que únicamente se podía acceder durante varios meses al año. Con la despoblación de las zonas rurales, los primeros en quedarse vacíos fueron esos pequeños pueblos. Las autopistas y los ferrocarriles circundaron las montañas o las atravesaron con túneles larguísimos. El agua erosionó los taludes de los antiguos caminos, la vegetación se fue comiendo la calzada y se hundieron algunos de los puentes que salvaban los barrancos. Los pastores de Alegría, que desde tiempos inmemoriales habían subido con su ganado a las faldas de las montañas más cercanas, vendieron sus animales y cambiaron la forma de explotación extensiva por la intensiva, que era más cómoda y la única rentable, ayudados por los piensos y las máquinas. Al cabo de unas decenas de años, una superficie de muchos miles de kilómetros cuadrados que hasta entonces había sido de difícil accesibilidad quedó prácticamente abandonada y en el olvido.

Altea y Libuell escucharon con suma atención lo que Utinio estaba contando, pero más que ese relato, les interesaba la conclusión de su historia personal. Cualquiera de los dos iba a pedirle que la continuara, cuando yo me anticipé.

–¿Por qué has interrumpido la narración anterior para referirnos esta? –le pregunté.

–Porque debajo de ese puente recibí la visita de If y, sobre todo, porque por ese camino se fueron los más animosos de Alegría huyendo de la plaga. Entre ellos, mi mujer y mis tres hijos.

–¿Los viste pasar tú? –le preguntó Libuell.

–No, yo me fui a vivir con Perfecta poco después de

que muriera su marido.

–Tus deseos se vieron cumplidos sin que tuvieras que matarlo –señaló Altea.

–Y eso me produjo un sentimiento de culpa que me dejó hecho una piltrafa y al borde del abandono total –continuó Utinio–. Dejé de rondarla y, aunque no desistí de pensar en ella, mis cavilaciones empezaron a ver otra luz. Por primera vez desde que llegó al pueblo, mi mente dedicaba más tiempo a evocar la normalidad de mi vida anterior que a desear vivir junto a mi amada. Me acordé de los abrazos de mi mujer, de las risas de mis hijos y de la compañía de mis amigos.

Yo noté que el alma de Utinio tomaba un aire nostálgico.

–Ella no es capaz de vivir sola –prosiguió luego–. Es completamente incapaz de llevar una casa, incluso de procurarse la satisfacción de sus necesidades más elementales. Precisa de alguien que le haga de niñera. Béncer, el que ahora vive con nosotros, fue el primero que intentó cubrir el puesto que dejó vacante su marido. Béncer era un tímido enfermizo que en sus sesenta y cinco años de existencia jamás se había dirigido a una mujer. Vivía en el mismo bloque y ella, viuda y conmigo ausente de su lado, lo engatusó no con su perfume, sino por el simple hecho de tomar la iniciativa y hablarle.

«Pero Béncer era para Perfecta un admirador al uso, un sumiso, si queréis, y ella, además de incapaz, era absorbente, de manera que lo que necesitaba de verdad era un devoto que, aparte de hacer de chacha, la adorara, uno con un espíritu autodestructivo que fuera más allá de la mera esclavitud y estuviera dispuesto a inmolarse permanentemente. Ni media semana tardó en darse cuenta de que con

Béncer no tenía bastante. Le preguntó por mí y lo obligó a investigar mi situación. Cuando supo dónde estaba y cómo, me mandó con él dos obsequios: un botecito lleno de orines suyos y una fiambrera con una muestra de sus excrementos. Juro que no soy coprófago, que detesto la escatología y que me duele hablar de cosas excrementicias, pero ni yo sería fiel a la realidad ni esta se justificaría si no dijera lo que voy a decir ahora: amigos, esa mujer mea colonia y caga dulce. Creedme: yo mismo lo comprobé aquel día.

«Tuve una recaída, como era de esperar. Se me olvidaron la suerte de If, los buenos ratos con mis amigos y hasta el destino de mi mujer y de mis hijos: volví a tirarle aviones de papel con poemas cursis en los que le prometía reverenciarla para siempre. Ella, la primera vez que volvió a verme, se asomó a la terraza en bata y pijama, con los rulos puestos y maquillada como un engendro y con voz chillona me dijo: «Sube, idiota». Entonces, yo me creí el hombre más feliz del mundo, pues por fin había rendido la plaza que sitiaba».

—Y hasta hoy —corroboró Libuell.

—Sí. Para mí, sí, pero queda lo más gordo para la Historia del pueblo. ¿No os aburro?

El calor del sol y el rumor del agua ofrecían una sosegada apoteosis a las palabras de Utinio y nos narcotizaban. Apoyados de distintas formas sobre el granítico pretil del puente, teníamos algo de reptiles o de abuelos ociosos. El tiempo se había vuelto tan espeso como un líquido y los problemas del exterior ni nos afectaban ni nos conmovían. Quizá también influyese en lo a gusto que nos encontrábamos el maravilloso aroma que desprendía la talega.

—Por supuesto que no. Es muy interesante lo que estás narrando. Continúa, por favor —pidió Libuell, protegiéndose la vista del sol con una mano que le hacía de visera.

–El pueblo era un despojo de sí mismo cuando llegaron las ratas. Los talleres habían cerrado, las huertas habían sido arrasadas por los hambrientos y las calles eran escenario de calamidades y reyertas. Todos debimos irnos antes. La plaga fue como una catarsis colectiva y no hizo sino zarandear a los pusilánimes y acabar con la agonía de los desahuciados. Ni a Béncer ni a mí nos afectó, gracias a la potencia ahuyentadora de los olores de Perfecta.

–Parece un poder del diablo –interrumpió Altea, y nos señaló a Pirindolo, que nos miraba desde lejos–¿A qué se deberá?

–He reflexionado mucho sobre ello y la conclusión que he sacado es que ese repudio se debe a la sensación de peligro que el olor de Perfecta provoca en los animales –contestó Utinio.

–¿Peligro? ¿Qué peligro puede ocasionar un olor agradable? Por lógica, debería ser al contrario y provocar atracción, como te ocurre a ti, por ejemplo –expuso Altea.

–Imagínate que vas andando por una ciudad ruidosa y descubres de pronto, aunque sigues rodeado de vehículos y del movimiento de la gente, un enclave de silencio absoluto. ¿No echarías de menos el asidero de los sonidos, por desagradables que estos fueran? ¿No te considerarías desamparado ante lo incomprensible? Y si esto les pasa a los humanos, que son capaces de superar lo más extraño con razones o sin ellas, con más fundamento les pasará a los animales, que solo se sienten seguros en su hábitat.

«Que lo que tiene que oler bien huela mal está dentro de la normalidad, como lo prueba el que la tierra se alimente de estiércol y cadáveres, pero lo que no es normal es que huela bien lo que por su naturaleza debe oler mal. Eso es lo que amilana a los animales: la inseguridad que les crea sentirse al margen de las únicas reglas que entienden».

Nos quedamos callados esperando la continuación de la historia.

–La mayoría de la gente se fue por las carreteras y únicamente unos pocos tomaron la vía de las montañas –prosiguió Utinio–. Cuando supe que mi mujer y mis hijos habían cruzado el río, vine con una talega y unté con heces de Perfecta la base de estos dos pretiles y de los pretiles de todos los puentes de las inmediaciones. Las ratas tomaron el camino más corto, más comprensible y más benigno y chillando como habían venido se fueron detrás de la mayoría de los humanos, como si formaran parte del séquito de un ejército en desbandada, por la cómoda calzada de las carreteras, ni siquiera campo a través.

«En cuanto a mí, escogí la mejor huerta de Alegría y planté en ella semillas que encontré en un piso de nuestro bloque al que no llegó la plaga. No hará falta deciros cómo defiendo de los pájaros, de los roedores, de los insectos y de toda clase de animales el perímetro cultivado –dijo mostrándonos la talega–. Probé a utilizarla como abono, pero la tierra no lo entiende como estiércol, sino como herbicida».

Utinio se despegó del pretil y prosiguió el camino hablando con Libuell y seguido de Altea y de mí. Era alto, bien encarado, tenía las espaldas anchas y los hombros rectos, conservaba intacta su cabellera y su vientre estaba liso, caminaba con aire seguro, era educado, culto, se expresaba correctamente y tenía conciencia de las causas y los efectos de lo que ocurría a su alrededor y en él mismo. Parecía imposible que un hombre así hubiera tirado tantos años por la borda para ser esclavo de una mujer cuyo único mérito era haber nacido con un atributo que les faltaba a las demás, por perfectas que fueran.

Cuando se lo dije a Altea, ella me volvió del revés el planteamiento al contestarme.

–A Utinio le ha pasado lo que a la mayoría de los hombres –me dijo–. Pero este al menos se ha perdido por una propiedad permanente y extraordinaria; muchos otros desperdician su vida al obsesionarse por algo tan común, tan vacuo y tan efímero como un culo o unas tetas.

El silencio y unos comentarios triviales que pretendían espantar los fantasmas del silencio convivieron en el tiempo que tardamos en llegar hasta un descampado llano ceñido por un meandro del río.

–Aquello es mi huerto –nos había anunciado Utinio con orgullo desde lejos.

Los distintos tonos verdes tomaban líneas uniformes sobre el marrón oscuro de los surcos desyerbados.

–Tengo casi de todo –nos aseguró muy ufano–. El frío es escaso, la tierra es muy buena y hay agua de sobra.

Mientras nos acercábamos, nos puso al corriente de algunas vicisitudes relacionadas con la climatología y las plagas por las que deben pasar los hortelanos.

–Las huertas son muy agradecidas –nos dijo luego–: cuando las trabajas y las cuidas, te responden siempre. En eso no son como las personas. Lo peor de las huertas son las parejas de los hortelanos, que muchas veces se creen que debes volver del trabajo como si lo hicieras del supermercado, cargado con lo que te apetece comer. «¿Otra vez habas? ¡Si llevamos dos semanas no comiendo más que habas, que nos van a salir por las orejas!». O, cuando es la temporada de las acelgas: «¿Más acelgas? ¡Estoy de acelgas hasta las narices!» Y si lo que da la época son judías verdes:

«¡No me traigas más judías verdes, que las tengo aborreci-
das!». Cuesta trabajo entenderlo, pero es lo que hay: la tierra
es terca y da lo que le apetece en cada momento: en verano
lo de verano y en invierno lo de invierno. ¡Qué más quisiera
yo que tener de todo y sin que me sobrara, como el que va
y lo compra!

Utinio nos dijo que su mujer y él tenían amigos hortelanos que los mantenían servidos de los productos del
tiempo.

—A mí me pasaría igual si tuviera alguien a quien dárse-
los —continuó—. Ya ves, se me suben las lechugas y las habas
y se me pudren los tomates, los pimientos y los pepinos de
no cogerlos, con lo buenos que están. He aprendido a en-
ristrar ajos sin que nadie me enseñe y tengo montones de
cebollas y patatas que voy a tener que tirar porque les están
saliendo tallos.

Hablando de su huerta, derrochaba optimismo y parecía el hombre más feliz del mundo.

—Mirad esos tomates —nos dijo en cuanto pisamos la
tierra que cultivaba—y decidme si habéis visto otros con mejor color que estos en vuestra vida. Y esperad a probarlos
—añadió y, después de dejar la talega en el primer caballón,
arrancó unos pocos tomates, los partió por la mitad con
una navaja que traía en el bolsillo y nos dijo—: coméroslos
sin lavarlos, y tranquilos, que son ecológicos y la mierda de
Perfecta ha ahuyentado a los bichos. Son los primeros de
la temporada, pero veréis lo buenos que están.

Yo nunca me había comido un tomate de huerta y hacía años que no me comía uno de invernadero, así que me
era indiferente que llevara incrustados terrones de plaguici-
das o nidos de galápagos. Y este era bueno de verdad. Utinio se comió el suyo mirándonos expectante.

—¿Qué, cómo están? —nos preguntó tras darle el primer bocado.

—No recuerdo haber comido nada tan exquisito —contestó Altea.

—Mucho mejor que tus rabanetas, Libuell —dije yo.

—Un tomate de estos es un manjar, pero mejoraría sobremanera en una ensalada con rabanetas, cebollitas tiernas y pepino —aclaró el cocinero.

—Menos rabanetas, de todo eso hay en esta huerta, y en cantidad suficiente como para que vivamos de ella con holgura —ofreció Utinio.

Lo dijo de corazón. Entre sus vegetales, libre de las garras de Perfecta, parecía el creador de un universo de seres animados y benevolentes, un dios solitario y sencillo, sin ínfulas de perfección, que aún no había cometido el error de crear a alguien a su imagen y semejanza. Utinio exhibía con legítimo orgullo los frutos de su trabajo y sentía el placer de ser comprendido.

—A los melones, a las sandías y a las calabazas les pongo nombres —nos dijo sonriendo después de que lo oyéramos hablarle a las matas, para cada una de las cuales tenía una palabra distinta e incluso una caricia—. Si les hablo a unas y a otras no, se ponen celosas —nos aclaró, medio en serio, medio en broma.

Íbamos detrás de él pisando en los surcos y sorteando los caballones mientras yo me lo imaginaba solo en la huerta, hablándole a las plantas y recibiendo de ellas silencios que eran mensajes de agradecimiento.

—¿No les coges cariño? ¿No te da repelús comértelas? —le preguntó Altea.

—Al principio sí me daba. Y hubo un tiempo en que las mejores se las comía Perfecta porque yo pensaba que tras pasar por su cuerpo se convertían en algo más hermoso que tras desfilar por el mío. Aunque a continuación asumí que las mierdas son como las personas: unas mejores y otras peores, unas guapas y otras feas, unas listas y otras tardas, pero todas igual de dignas. Así que ahora las mejores hortalizas me las como yo, que soy quien las cría y quien las ama, y creo que con ello cumplo el destino que la Naturaleza le ha reservado a las plantas. A veces se me antoja oírlas llamándome para avisarme de que ya es la hora. «Cómete mi fruto, que está a punto de empezar a pudrirse», me dicen. Porque yo me como el fruto, pero la planta sigue viva. Y cuando esta se muere, veo sus semillas y pienso que de ellas nacerá otra planta con la que conversaré y de la que comeré sus frutos antes de que muera.

No sé por qué, oyéndolo, me invadió una emoción agridulce.

—Porque es la huerta la que está unida a mí —continuó—, y no las plantas que la forman. Las plantas y sus frutos se suceden, pero la huerta pervive. Si no la tuviera, yo no sería el mismo.

Hacía calor. Me quité el jersey, me alejé de la superficie cultivada y busqué la sombra de un árbol frutal que había conseguido regenerarse tras la plaga, sobre cuyo tronco me quedé apoyado de espaldas. A mi alrededor, ahí sí, zumbaban las abejas y trinaban los pájaros. Mis dos compañeros y Utinio siguieron hasta una pequeña construcción destinada a guardar los aperos de la que cada uno de los tres salió al poco rato armado con una azada y riendo. Los vi dirigirse al extremo de la huerta que lindaba con el tramo más alto del río, donde Utinio levantó una compuerta de madera, los vi volver pegados al caz por el que bajaba el agua, hablando felices, haciendo aspavientos, y los vi entrar

en los surcos y escarbar en la tierra porosa y maleable realizando alguna labor desconocida para mí que, sin embargo,
me pareció ancestral y bella.

El mundo era allí sencillo, equilibrado y asombroso.
Todo lo que estaba tenía que estar y nada se echaba en falta:
el río y su rumor, el sol, los árboles, las montañas, las hortalizas, la feraz y dócil tierra, el lánguido transcurso del
tiempo y, moviéndose en aquel escenario más fantástico
que real, un hombre que esmerándose en sacar fruto de su
trabajo le daba vida a las plantas, como hacen los insectos
que alcanzan el estigma de la flor y provocan su fecunda-
ción. Lo único extraño al medio eran los excrementos de
Perfecta. Llevaban razón Pirindolo y los otros perros y los
demás animales al tenerle fobia, porque en su perfección
estaba su impureza. En realidad, el perfume de Perfecta y
sus secuelas eran el recordatorio de lo ausente y lo ausente
era el otro mundo, el real, el de pesadilla: Sholombra, su
desgobierno y su destrucción, los ríos corrompidos, los
campos sobreexplotados, las carreteras, los puertos y los
aeropuertos, los cerros mordidos por las canteras, el sigilo
de los ricos y la bulla de los pobres, las plagas y los plagui-
cidas, las cunetas sembradas de cadáveres, las liturgias de
las religiones emergentes, sus dogmas, sus promesas y sus
prohibiciones, las montañas de disposiciones y la legión de
sesudos burócratas que intentaban mejorarlas a diario pro-
poniendo nuevas disposiciones que agrandaban la muralla
normativa, los trajes grises y la revolución que los sustituyó
por el color y la diversidad, los revolucionarios y su abulia
sobrevenida y las guerras permanentes con los países fron-
terizos formaban parte de una civilización que no había
existido nunca. Pero también parecían ficticias las circunstancias personales y las remembranzas más íntimas. En mi

caso, mi familia, la belleza de Nohire, la traición de Ania y la mía y Saín y el señor Suelo, e incluso mi poder para asomarme al interior de las almas. En el caso de Utinio, su mujer y sus tres hijos, los poemas que hacía llegar hasta la terraza de su amada, Perfecta y su marido, Perfecta y Béncer y Perfecta metida en la cama hasta las tantas o esclavizándolo y humillándolo.

El cosmos de la huerta era sencillo porque en él solo existían la huerta y el hortelano, nadie más. Utinio en la huerta, a solas con ella, ajeno a su destino y ocupado en su labor cierta y controlable, era un espíritu libre de otros pensamientos y, en consecuencia, de aflicciones. Lo que allí triunfaba era la soledad del hombre que se preocupa en exclusiva de su ocupación presente y manual. ¿Era el estado perfecto?, me pregunté. ¿Lo sería si en lugar de ser un paréntesis en la vida familiar y social lo hubiera sido siempre, si Utinio no tuviera pueblo, ni familia, ni memoria, si hubiera crecido en la huerta sin conocer a nadie, como una lechuga móvil y pensante que dirige al resto de las hortalizas?

No me contesté. Me senté en una piedra grande y redonda y dejé de conjeturar sobre algo en concreto. A la izquierda y en la lejanía, siguiendo el trazado del río, las montañas más altas tenían las cumbres cubiertas de nieve. Enfrente, detrás de los primeros montes pelados, asomaban otros más altos punteados de riscos y colonizados por bosques de coníferas. Numerosos pájaros que ni veía ni buscaba entonaban distintos cantos desde los cuatro o cinco árboles de la huerta recuperados de la plaga, cuyos frutos desconocía. Utinio, Libuell y Altea seguían trabajando en la tierra según las sugerencias del primero y yo estaba como hechizado con sus voces y sus movimientos, como cuando me paraba en la plaza de la estación Central de Sholombra por el recreo de ver pasar a la gente. Mis pensamientos creaban historias y razones, traían imágenes y las sustituían por otras y organizaban recuerdos sin ninguna lógica. En algún momento, sin embargo, me detuve ante la idea de mí mismo y me descubrí como un hombre cambiado. Ya no era tan mala persona. Realicé un inventario somero de buenas acciones y descubrí que mis compañeros de viaje eran los coprotagonistas de la totalidad. Con absoluta certeza, mi transformación era atribuible a ellos y a lo ominoso del ambiente, que sacaba lo más recóndito de nosotros y nos unía.

Esa idea de amistad contrastaba con la de la soledad de la huerta como paraíso, pero no intenté superar la contradicción ni sacar conclusiones, pues ese proceso me obligaba a un esfuerzo que la ocasión no merecía. Seguí oyendo a los pájaros, oliendo el perfume de las flores y el de los desechos de Perfecta, sintiendo en la piel y en las vísceras el placer de la temperatura ideal y viendo ora la quietud egregia de las montañas, ora el movimiento sereno de los eventuales hortelanos. El mundo podía seguir así eternamente, alternando las geometrías con las paradojas, que yo no iba a hacerme preguntas; el tiempo podía recortar con más ahínco la soga que me unía a la tumba, que yo no iba a hacer nada distinto de lo que estaba haciendo para llenarlo, y más allá de Alegría podía invertirse la evolución y nacer monos del vientre de las mujeres, que yo no iba ni a sorprenderme ni a lamentarlo.

Volvimos cargados de hortalizas y contentos. Por primera vez desde que emprendimos nuestro viaje, habíamos dado con un lugar donde sobrevivir era posible sin coacciones ni incomodidades. Al llegar al puente, cogimos los cubos, cruzamos al otro lado y caminamos hasta la desembocadura del riachuelo de aguas claras que bajaba de las montañas, donde nos estaba reservada otra sorpresa: unos metros corriente arriba, Utinio tenía colocada una red en un bajo salto de agua en la que habían caído tres peces del tamaño de un antebrazo.

–En los cursos altos siempre ha habido peces como estos, que ahora están repoblando el rio –nos dijo.

Pero aún había más: en distintos puntos de los alrededores tenía colocados una docena de cepos, en siete de los cuales había un pajarillo atrapado por el pescuezo, uno de ellos de mediano tamaño.

–Los pájaros se vuelven locos con los gusanos –aseguró refiriéndose al cebo.

Allí mismo bebimos agua y llenamos los cubos.

Con el sol, la corriente pura incitaba a meter las manos y los pies e incluso al baño, como sugirió Altea.

–Unos doscientos metros más arriba, el arroyo se ensancha y forma pozas que son piscinas naturales. Pero tiene que hacer mucho calor para que apetezca, porque el agua es de deshielo y está friísima –comentó Utinio.

A los habitantes de Sholombra o de las otras megalópolis de La Unión jamás se nos hubiera ocurrido pensar que comarcas tan poco contaminadas como las que se intuían en el curso alto del arroyuelo siguieran existiendo dentro de nuestras fronteras.

Sobre eso hablamos en el camino de vuelta. Fue entonces cuando yo reparé en el nombre del pueblo, «Alegría», una emoción que en el alma de los ciudadanos comunes debió resultar sospechosa de indisciplina para los vigilantes de la ortodoxia y que por ello no cuadraba para topónimo de una localidad.

–No sabemos quién fundó el pueblo ni por qué se conservó el nombre a lo largo de tantos siglos de fundamentalismo de las sombras –dijo Utinio–. Quizá nadie de arriba reparó en este lugar casi perdido. O quizá, más probablemente, porque Alegría era uno de los muchos conceptos que sirvieron para enmascarar el auténtico rostro de nuestra cultura. Ella predicaba que había que mirar en la esencia de las cosas y nos prohibía el goce de la vista, glorificaba el trabajo y nos volvió perezosos, obligaba a la verdad y nos hizo desconfiados e insociables, perseguía la felicidad y nos convirtió en seres desgraciados. «Esencia», «trabajo», «verdad» y «felicidad» eran palabras que menudeaban en los libros de Filosofía. También «alegría» salía reiteradamente en esas páginas. «La verdadera alegría» no está en la cara, sino en el alma, y no es de un momento, sino un estado, nos decían. A esa «verdadera alegría» debe referirse el nombre de nuestro pueblo, una alegría que era de oscuridad, rutina y resignación.

Las palabras de Utinio me parecieron muy atinadas. Era un señor culto e inteligente y sus análisis, como ocurrió en aquel momento, servían para escrupuloso epílogo de una conversación provechosa. Por eso se deducía como más inconcebible su debilidad frente a la mujer que lo denigraba y lo hacía desdichado. Conforme nos íbamos acercando a su casa, su ánimo iba encogiéndose y sus pensamientos perdiendo luz y elasticidad. Esa relación enfermiza que lo ataba a las fragancias de Perfecta era similar a la que une a una mujer maltratada con su maltratador, y distinta a la que encadena la voluntad de un hombre a un ideal femenino o incluso a un coño.

Poco antes de llegar, acabó callándose y el silencio nos envolvió a todos. Pirindolo vino corriendo desde lejos y al llegar junto a Utinio levantó la pata y se meó en sus pantalones. Solo en ese momento reparamos en que habíamos olvidado junto al arroyuelo la talega untada con las deposiciones repelentes.

–¿Has visto cómo el olor de Perfecta no es tan necesario? –le dijo Altea.

Utinio no le contestó, pero dijo:

–El vaho repelerá a los animales: mañana no habrá caído ni un pájaro en los cepos.

Ese allanamiento indigno nos provocó más repugnancia que lástima y nos hizo colegir que nuestro acompañante se merecía su desgracia. Era un hombre radicalmente distinto del que nos había hablado en el camino de ida. Entonces, lo fundamental para él había sido la libertad que la huerta significaba, y en su ejercicio nos había mostrado su sensibilidad y su agudeza. Ahora, por el contrario, lo esencial era la voluntad esclavizante de Perfecta, y bajo ese yugo no era digno de ventura ni a nuestros ojos, ni a los de Pirindolo ni a los de él mismo.

¿Por qué hay personas que se someten intencionalmente a la servidumbre y se eternizan en ella aun a sabiendas de que el dolor que sufren es evitable? La pregunta rondó entre nosotros hasta que llegamos a su casa, donde encontramos a Béncer en el sillón en el que lo habíamos dejado, a Perfecta saliendo del cuarto de baño con unas horrorosas pestañas postizas y medio kilo de pintura mal repartido sobre su rostro, a Dam ordenando las sillas y a Impreciso gesticulando y gruñendo.

–El mundo real es este y no el de la huerta –recuerdo que me dijo Altea sonriendo.

No lo era así del todo: el desorden emocional, las voces

destempladas y las estrecheces del salón, las quejas indivi-
duales, el conflicto entre las paranoias y las evidencias y la
permanente intimidación de la sociedad de más allá de Alegría se hallaban en el piso, pero también estaban la vida
interior y la huerta. Utinio lo sabía y por eso aguantaba
cuerdo en aquel diabólico fangal de emociones y sentimientos.

Nuestra presencia vino a aliviar, además, el peso que
para Utinio suponía la tiranía de Perfecta y la abulia maciza
de Béncer. Durante los días que siguieron, la comunidad de
dos pisos en que vivíamos se regularizó bajo las normas
que imponíamos nosotros y la suprema autoridad de Altea
o de mí, que teníamos la última palabra. Libuell se dedicó a
cocinar los productos vegetales de la huerta, pero también
los peces y los pájaros que traíamos al final de cada mañana,
e incluso, ante tan inopinada abundancia, pudo experimen-
tar con nosotros nuevas recetas, algunas de las cuales añadió a su libro (del que nunca se desprendía) con la ceremonia con que lo haría un apóstol a un texto sagrado. Impreciso mudó su carácter a mejor. Mientras buscaba una bombona de gas por las casas abandonadas del vecindario, Altea
se topó con una silla de ruedas en inmejorable estado, muy
cómoda y ligera, que llevó al portal del bloque. Con una
silla abajo y otra arriba, Impreciso se manejaba perfectamente y se desplazaba con nosotros. Su agrio carácter se
dulcificó sobremanera. Él y yo pasamos muchas horas juntos bajo alguno de los árboles frutales de la huerta, casi
siempre en silencio, oyendo a los pájaros y dejando que los
pensamientos vagabundearan a su antojo. Dam dotó de armonía a la distribución de los objetos de los dos pisos.
Cuando no tenía otra faena que hacer, salía a explorar el
pueblo en busca de elementos que pudieran servirle para

llenar su anhelo decorativo, al principio armado con una bolsa untada de deposiciones de Perfecta y luego, tras percatarse de que las ratas eran bastantes menos de las que habíamos conjeturado, a pecho descubierto. A su constancia se debió el que Pirindolo venciera la aversión natural que le daban los olores de nuestra anfitriona y la natural propensión a mearse en los pantalones de Utinio. Béncer pasó de ser como un armario pesadísimo a parecer una gaveta con ruedas. Si tenía que moverse para facilitar el trabajo de Dam, se movía. A la hora de comer, comía como uno más, sin agradecer el trabajo ni alabar los platos pero sin dejarse nada en ellos. No hablaba a no ser que se le preguntara y respondía de la forma más lacónica posible. Resulta difícil para quien redacta estas páginas dotarlo de carácter porque su vida era como la del cojín del sillón. No muy lejana a esa actitud era la que tenía Perfecta mientras alguno de nosotros pululaba por los alrededores. Entonces, se dedicaba a dormir o permanecía horas y horas en el cuarto de baño mirándose en el espejo y reparando alguno de los estragos de su maquillaje. Jamás limpió, ni fregó, ni buscó alimentos, ni cocinó, ni hizo una cama, ni lavó una prenda de ropa. Durante el almuerzo y la cena, que por imposición mía tomábamos juntos, ni hablaba ni escuchaba: solo estaba pendiente de ella para, como un floripondio fatuo sobre un alto pedestal, mostrarse ante nosotros, y en aplicación de ese afán batía a propósito los párpados para hacer más visibles sus pestañas postizas, que eran grandes, negras y muy arqueadas, hacía mohínes exagerados con los labios y la lengua y desplazaba las manos sobre la mesa con una gran lentitud y esbozando por el aire derroteros largos y ondulados. Cuando estaba a solas con Utinio, abusaba del imperio que tenía sobre él sometiéndolo a toda clase de humillaciones. A él sí le hablaba, pero era para darle órdenes gratuitas, como si jugara con un perro, siéntate y no te muevas, por ejemplo, o ve a buscarme el cepillo del pelo, o ahora que lo has traído ve y lo dejas donde estaba, que me lo he pensado mejor. En esos casos, Utinio atemperaba su servidumbre con reproches banales que no iban dirigidos a ella, sino a su mala conciencia. «Desde luego, ¡qué caprichosa eres!», decía, ya en plena ejecución del capricho. «¡No sé qué sería de ti sin mí!», era una de sus más repetidas frases. Y otra muy frecuente en él, que utilizaba si Perfecta mostraba su contrariedad con el hocico tieso, era: «¿No ves que no he podido? Lo hago en un santiamén, sobre todo no te enfades conmigo». Por lo que respecta a Altea y a mí, ambos habíamos llegado a un acuerdo tácito para complementarnos. A ojos de los demás, éramos uno. Ejercíamos de líderes sin contradecirnos, de manera que lo que cualquiera de los dos decidía era asumido como una decisión inapelable. Nos tenían por pareja, y la verdad es que lo éramos en el sentido que la gente le da a ese término. Nos acostábamos juntos, hacíamos al amor a diario y nos unía un montón de sentimientos loables. Entre nuestras almas, sin embargo, mediaba siempre el abismo de la provisionalidad, como si la relación que nos unía estuviera pendiente de la llegada de otra mujer que me llenara más, lo que a ojos de Altea era de la llegada de otra mujer más hermosa. Nunca nos declaramos mutuamente afectos, y mucho menos amor. Yo, porque no la amaba, y ella, que sí me amaba, porque creía que haciéndolo perdía su dignidad.

En los primeros días del verano le comenté a Altea la conveniencia de proseguir nuestro camino. En el mes que llevábamos en Alegría apenas habían llegado al pueblo unos cuantos individuos perdidos a los que habíamos expulsado sin tener que atemorizarlos en exceso. Todo el territorio era nuestro. Aunque el mundo parecía a salvo del desbarajuste infernal que dominaba a partir de unas cuantas decenas de kilómetros, yo tenía la idea de que aquel paraíso se acabaría cuando alguno de los viajeros que expulsábamos se diera cuenta de que las ratas habían desaparecido de los contornos. Altea lo comprendió enseguida, pero me propuso continuar disfrutando de aquel lugar mientras ello fuera posible. Estábamos limpios (íbamos casi a diario a bañarnos a las pozas del riachuelo que bajaba de la sierra), habíamos engordado, podíamos cambiarnos de indumentaria y dormíamos a pierna suelta sin peligros ni preocupaciones. Renunciar a ese bienestar sin necesidad cuando había tanta desolación por todas partes era más una inmoralidad que una estupidez.

–Nos iremos si empeoran las circunstancias –me dijo.

Yo accedí. Pero a los pocos días empecé a notar en el aire el hálito de un espíritu humano multitudinario y terrible y le avisé:

–Tengo un mal presentimiento: la burbuja se ha roto y estamos otra vez a la intemperie. Debemos coger lo que podamos y reanudar nuestro camino.

La tribulación que nos apremiaba desde fuera no era peor que la que nos acompañaría en cuanto saliéramos de Alegría y nos adentráramos en ese mismo afuera. ¿No era eso huir desde la pared hacia la espada que nos amenazaba? Altea, no obstante, me hizo caso. Fue ella la que lo anunció en el transcurso de un almuerzo y la que debió dar explicaciones ante la contestación que su propuesta provocó en varios componentes del grupo.

—Yo me quedaría aquí perpetuamente –planteó Impreciso–. Nunca he vivido mejor, ni siquiera cuando tenía familia, trabajaban los empleados públicos y funcionaban los ascensores de Sholombra.

Dam fue de una opinión semejante. Estaba encantado con su trabajo en los pisos, donde su voluntad era ley, y se había acostumbrado a los obstáculos que para el orden suponían Béncer y Perfecta.

El único que se mostró a favor de continuar fue Libuell, para sorpresa de Impreciso y de Dam.

—¿Prefieres cocinar hierbas y lombrices a los pájaros, los peces y los productos de la huerta? –le reprochó Impreciso.

La incomprensión se reflejó en el rostro del aludido, que no quiso aclarar, por cansancio, cuáles eran sus verdaderas inquietudes. Yo lo hice por él diciendo:

—Libuell es un artista, no un cocinero de rancho, y tiene la esperanza de que algún día, en algún lugar que desde luego no es este, encontrará satisfacción para sus aspiraciones.

Me lo gané para siempre: la soledad del hombre ante su destino es tan abrumadora que nada une ni se agradece más que la efectiva comprensión del otro.

Una noche retiramos los platos y limpiamos el hule que nos servía de mantel y extendimos sobre la mesa el plano donde habíamos diseñado nuestro camino. La ruta nos llevaba hacia el Sureste por carreteras secundarias huyendo de la barrera que se levantaba por el Oeste, llamada Sierra Madrona, donde se veía un rodal enorme sin apenas vías de comunicación que coincidía con la zona más elevada de las montañas por donde habían huido los mejores vecinos de Alegría, según nos había dicho Utinio. Mientras hablaban

los otros, me imaginé a los habitantes de aquel pueblo tomando dos caminos distintos: uno de ellos, fácil, cómodo,
previsible, el que elegían los temerosos y los vagos, que
eran la mayoría; el otro, difícil, incómodo, imprevisible, el
que escogían los valerosos y los emprendedores, que solo
eran unos cuantos.

—Todo el mundo se marcha hacia el mismo lugar y por
el mismo camino —murmuré como para mí.

Tenía en la mente la imagen de las cumbres nevadas,
con las que me embelesaba desde la sombra de alguno de
los árboles frutales de la huerta de Utinio. Detrás de ellas,
nos había dicho este, había valles y más montañas. Las cimas me atraían y hacían volar mi imaginación, porque las
veía como animadas y a salvo de la obra destructora de los
hombres. Algo similar a lo que pasaba con el riachuelo, en
el que me bañaba con la sensación de que el agua que me
abrazaba formaba parte de un ser pensante cuyo nacimiento (que asimilaba al parto de los seres fabulosos) se
hallaba en algún paraíso remoto al que únicamente era posible llegar en los sueños.

—¿Y si fuéramos por las montañas? —expuse golpeando
el rodal vacío con el dedo índice de mi mano derecha.

No les quedó más remedio que dejar de conversar y
atenderme. Pero mi propuesta era tan distinta del camino
trazado en el mapa que suponía no tanto un cambio de ruta
como de meta.

—¿Para ir adónde? —me preguntó Altca, molesta por no
haber consensuado con ella la idea apuntada.

—Para no ir por donde se fueron casi todos.

No era una respuesta convincente, ni siquiera era una
respuesta a la pregunta. Habíamos proyectado una ruta que

nos llevaba hacia el exterior siguiendo carreteras secundarias precisamente para evitarnos el contacto con las ciudades, consumidas por la anarquía, y con el flujo de individuos que huían de un lugar a otro, quizá de un hado adverso a otro peor.

–Eso es lo que venimos haciendo hasta ahora, como lo prueba el que estemos en este pueblo –me respondió Altea.

–Tengo una intuición. El camino hacia el Sureste es demasiado fácil, hay demasiadas ciudades y demasiada gente en movimiento –dije.

El plan nos llevaba en diagonal hacia el Sur por el centro de la Unión atravesando los Estados de Varejia, Cuadria y Cherstein, cuyas capitales rodearíamos. El itinerario dejaba al Oeste Sierra Madrona y las otras sierras que constituían la cordillera de La Chimorra, que se explayaba a lo largo de varios miles de kilómetros en la misma dirección que nuestra ruta. Si atravesábamos Sierra Madrona, nos íbamos hacia el océano Fíldico y nos obligábamos a caminar siguiendo una ruta casi paralela a la anterior por los Estados costeros del oeste. Y lo que era peor, no había otra posibilidad de cruzar la sierra que por las viejas sendas de los pastores, pues los puentes y los túneles de las carreteras de tercera categoría que se atrevían a subir a las montañas habían sido dinamitados por algunos de los huidores.

–Sabemos de la bondad de tus intuiciones, pero comprenderás que esta vez, ante el esfuerzo que nos propones, necesitemos algo más –me pidió Altea.

–Mirad el mapa –les dije–: el recorrido que hemos dibujado es como un río cuya vertiente fuera el territorio de casi todos los Estados de La Unión. Aunque es el más lógico, la lógica se me antoja un inconveniente, porque sirve de igual forma para todos.

No insistí, no tenía muchos argumentos. No eran razones las que me llamaban, sino ese universo poblado de fantasías que conforma la épica. Era la nieve y el bienestar que sentía cuando la miraba desde la sombra, eran los tupidos bosques que cubrían las faldas de las montañas, tan ajenos a nuestra cultura, eran los riscos y los grandes pájaros que los sobrevolaban, era el agua prístina que venía como desde otra realidad creando saltos y pozas, eran el reclamo de lo ignoto, el júbilo de la voluntad y el albur de los héroes de Alegría que decidieron marcharse por lo más difícil en busca de un lugar distinto, quizá con otras gentes y otras reglas.

Como mi decisión no dependía de argumentos a favor, enseguida quedó claro que tampoco admitiría argumentos en contra. Era el yo me voy y el que quiera venir conmigo que se venga, una máxima nueva para mí, tan diferente de las que había aplicado para huir del campamento de Minas de Vioco, y a la que mis compañeros no estaban acostumbrados.

En el silencio que siguió a mis palabras, cada uno de los componentes del grupo valoró las consecuencias que tendría mi marcha. Yo asistí al mariposear de sus emociones como si estuviera detrás de ellos leyendo lo que escribían. Vi que Impreciso se miró a sí mismo, y tras hallarse distinto del hombre sin esperanza que había salido de Sholombra, se sintió desprotegido sin mí. Vi que Libuell confiaba en mi comprensión y mi ayuda para poder realizar su sueño de alto cocinero, y él nunca había confiado en nadie. Y vi que Dam había encontrado en mi autoridad el orden emocional que necesitaba para no perderse por los vericuetos de las relaciones humanas. De todos ellos, la más remisa a seguirme era Altea, aunque era la más osada y las más capaz de enfrentarse a las desventuras y los escollos con los que sin duda nos tropezaríamos por el camino.

–No podremos lograrlo sin ti –le dije a ella finalmente. Quizá fuera más exacto al revés, y a ella le resultara casi imposible la conquista de un objetivo aceptable yendo sola, pero daba igual: lo importante era dejar constancia de que, más que mutilado, el grupo no sería el mismo sin su concurso. Estaba a mi lado. Le cogí la mano y le rogué:

–Por favor, todos queremos que vengas.

Ese todos embarraba el deseo y lo hacía contraproducente, pues lo que Altea estaba pidiendo a gritos era una súplica mía que supusiera una declaración tácita de afecto. Le apreté la mano y añadí:

–Si tú no vienes, yo tampoco voy.

Fue suficiente.

–Mi decisión no puede condicionar la del grupo. Si creéis que debemos continuar por las montañas, iremos por las montañas –dijo.

Iremos todos, el grupo, habíamos declarado Altea y yo, pero el colectivo al que esas palabras se referían no había decidido nada: había sido yo el que había dispuesto por el conjunto. Continué haciéndolo, aunque ya de una forma expresa.

–Está bien –dije–. Mañana preparamos la marcha y pasado mañana la iniciamos.

Aquella noche, cuando estuvimos acostados, Altea me preguntó:

–¿Era verdad? ¿No te hubieras ido sin mí?

–Sí, era verdad –le contesté escuetamente, sin dejar de mirar al techo.

–¡Qué mentiroso eres! –me susurró.

No le rebatí su comentario.

–Aunque sea mentira, me gusta: siempre hay algo de realidad tras el disfraz –añadió ella.

El día siguiente lo dedicamos a preparar la partida. A primera hora, hicimos una lista con los elementos que incluiríamos si dispusiéramos de ellos y a continuación nos aprestamos a buscarlos por las casas de Alegría. Conseguimos una mochila de considerables dimensiones para cada uno, ropa y calzado de diverso tipo, utensilios para el aseo personal y diferentes herramientas de bolsillo. Utinio nos habló de varios vecinos del pueblo propietarios de pequeñas tiendas de campaña y, después de dar con algunas roídas por las ratas, descubrimos dos en perfecto estado en un altillo cerrado con puertas de metal, junto a cuatro sacos de dormir y otras tantas colchonetas aislantes. Aquel hallazgo fue recibido con la algazara de un tesoro, pero como éramos más de cuatro a repartir, empleamos buena parte del día en buscar otra colchoneta y otro saco, lo que acabamos encontrando. A primera hora de la tarde, comparamos la lista con lo acopiado y nos dimos cuenta de que disponíamos de más equipaje del ideal que habíamos conjeturado.

–Hay que llevárselo todo –apuntó Impreciso–. Nunca se sabe lo que se va a necesitar.

Si ese todo era imposible incluso en las mejores condiciones de marcha, cuánto más en las que nos aguardaban. Utinio, que conocía en parte la dureza del camino, nos recomendó que hiciéramos una selección antes de partir.

–Y no dejéis de echar esto –añadió, entregándonos una docena de cepos y unos cuantos botes con semillas de hortalizas.

Pero a Impreciso se le había inflamado su natural tendencia a la avaricia.

–Nada, nada, mientras más avíos, mejor: tiempo tendremos de soltar lastre por el camino –le contestó.

Aunque apartamos algunos elementos con gran dolor de Impreciso, la mayoría los distribuimos entre las cinco mochilas (una la colgamos de la silla de ruedas) y los dos carritos de bebé, equipaje que, tras hacer una prueba de marcha, nos pareció bastante pesado, pero acorde con las necesidades que se nos plantearían en la ruta, por lo que decidimos llevárnoslo todo y resarcirnos del cansancio añadido con tantos descansos como fuera necesario.

–Prisa no tenemos –zanjó Impreciso.

Antes de la cena, Altea habló a solas con Utinio y le propuso venir con nosotros.

–Me gustaría, pero no puedo: tengo que cuidar de Perfecta –le contestó.

Altea le habló de lo efímero de aquella primavera feliz en que vegetaba Alegría.

–Vendrán muchos hombres y saquearán el pueblo con más inquina que las ratas y contra ellos no será eficaz la perfumada mierda de Perfecta –le dijo.

–Estoy seguro. Se lo he comentado a ella, pero es incapaz de distinguir más allá de la imagen que le devuelve el espejo. No se cree lo que le digo. O, mejor, vive en otro mundo, con otros valores y otras normas, un universo en el que no hay obligaciones ni peligros. Ella no me acompañaría nunca.

Después, Altea intentó hacerle ver lo enfermizo de la relación que lo unía con aquella mujer.

–Yo lo entiendo de otra manera: en el fondo, es una persona necesitada, como Impreciso, como un enfermo encamado. No sabe valerse por sí misma. Y no es culpa de ella, sino de la Naturaleza, que le otorgó un don excesivo como le podía haber concedido una enfermedad –le contestó Utinio.

Capítulo 5

La salida de Alegría. Salas, un vigilante de la frontera. Las nieves de Sierra Madrona. El espíritu de la llanura del Viento. Entramos en el valle de Calhassor.

A otro día, como teníamos previsto, salimos de la casa tras desayunar en abundancia, anduvimos por las calles de Alegría y por sus afueras bajo un sol infatigable y, tras cruzar el puente sobre el Melt, tomamos la senda de las montañas, que continuaba paralela al río durante un centenar de metros. Utinio nos acompañó ese último tramo caminando por la ribera del otro lado en dirección a su huerta

–No lo comprendo –me dijo Altea–. Quiere venir, sabe que quedándose sufrirá por quien no se lo merece y que el pueblo tendrá su final y, pese a ello, se queda.

Yo no tenía argumentos para aclarárselo.

–La quiere –le dije–. Es una imbecilidad, pero no hay más explicación que esa.

–Yo jamás lo haría –me contestó.

Yo no lo haría por ti. Yo jamás te querría si fueras como ella, me estaba diciendo.

–Ni yo –le aseguré–. Pero, por fortuna, también hay gente como él en este mundo: antihéroes o héroes, según se mire. ¿Qué sería sin ellos de los enfermos, de los lisiados y de los locos?

—Béncer y Perfecta no están ni enfermos ni lisiados: son unos caraduras. ¿Se merecen que los cuiden? Más bien están pidiendo una patada en el culo.

Era innegable lo que ambos defendíamos, así que mis razones no debían prevalecer sobre las suyas si no quería borrar parte de la verdad. Di por terminados los comentarios sobre el que había sido nuestro anfitrión y su amada y desvié la plática hacia la marcha y lo que esperábamos de ella. Aunque el camino tenía por aquel trayecto anchura suficiente como para que pudieran rodar los carritos y la silla, lo empinado del terreno, las regueras que habían formado las lluvias torrenciales y la hierba que por el desuso había crecido sobre el firme obligaban a un esfuerzo que no era tan duro en el presente como en lo que se presagiaba. Todos nos acordamos de Utinio y de sus consejos sobre el equipaje, todos menos Impreciso, que era el único que no llevaba peso y el único que pesaba. Nadie dijo nada, sin embargo, por no parecer débil y aguafiestas.

Tras unos cien metros de subida, volvimos a llanear. Yo creí que ironizar con la dificultad pasada descomprimiría nuestro ánimo y dije:

—Primera subida importante y sin novedad: unas cuantas más y estamos al otro lado de las montañas.

—Esperemos que sean más suaves que esta —dijo Dam.

En la tempestad de comentarios que siguieron al mío, los demás entendieron el de Dam como un sarcasmo. A mí, en cambio, me preocupó que lo dijera en serio. Y más, porque Libucll, ayudado por Altea, había empujado al carrito y yo me las había visto solo para subir la silla de Impreciso, por lo que él debía estar menos cansado que nadie.

El camino volvió a elevarse. El día estaba casi recién estrenado, pero era verano y un sol que nos observaba a una cuarta de la cumbre nevada por la que había surgido nos enviaba rayos macizos que nos apaleaban sin compasión. Como yo apenas podía con la silla de Impreciso, le pedí a Dam, que iba delante junto a Pirindolo, que me echara una mano. Él lo hizo de buen grado, pero al rato empezó a resoplar y a limpiarse el sudor y a rascarse en las piernas y en el cogote y a cuadrarse la mochila en la espalda, con lo que Impreciso empezó a sentirse como un fardo que nos rendía y nos demoraba, por lo que en cuanto la subida dio una mínima tregua dije de pararnos a descansar, aunque no creo que lleváramos ni cuatrocientos metros recorridos. Entonces fue Dam el que bromeó con el cansancio sin darse cuenta de que Impreciso no estaba para chanzas.

—Tú no te quejes, que hasta la peor cuesta arriba se te hace cuesta abajo —dijo cuando el discapacitado, aguantándose más de lo recomendable, le pidió que se guardara las gracias para la coyuntura en que fuera necesario empujar.

El chiste, por cándido que fuera su autor, era demasiado torpe como para no sonar a burla. La anunciada explosión de Impreciso se produjo, para sorpresa de Dam, que no se explicaba cómo aquel podía haber malentendido una chacota que únicamente pretendía elevar la moral del grupo. Hasta Libuell tuvo que poner orden. Y aún más: cuando reanudamos la marcha, cada uno se aplicó a lo que llevaba antes, menos yo, que exhorté a Pirindolo a que me acompañara, tomé la delantera libre de cargas y dejé a Dam con la labor de empujar la silla de Impreciso. Mientras Dam tuvo fuerzas para acompañar al grupo, los rifirrafes continuaron, pero pronto se vio que la subida era demasiado prolongada y su carga demasiado pesada para lo que él podía dar de sí y empezaron a quedarse retrasados. Las trifulcas se convirtieron entonces en un monólogo de Impreciso, que reprochaba a su empujador tanto su falta de sensibilidad como de redaños. Sin embargo, cuando la distancia entre nosotros y ellos se hizo inquietante, Impreciso dejó de increpar a Dam para dirigirse a nosotros. Primero, para exigirnos que nos detuviéramos y, luego, como no le hacíamos caso, para rogarnos que tuviéramos una poca misericordia de ellos. Ni siquiera miramos atrás. Como el camino daba vueltas y cada vez era mayor la distancia que nos separaba, llegó el momento en que los perdimos de vista, aunque sabíamos que continuaban subiendo por las voces de auxilio que nos mandaban los dos, ya puestos de acuerdo y casi a coro. Yo dije de pararnos a descansar en una de las revueltas, junto a unos peñascos desde los que se veía el pueblo, las naves industriales que seguían el trazado del río y el tramo de este libre de construcciones, en el que vimos a Utinio cavando en los surcos de su huerta. Allí se habían detenido los últimos que salieron de Alegría para otear el mundo que dejaban atrás y el terreno aún estaba impregnado de sus dudas y sus arrestos. Ninguno de ellos estaba enfermo de melancolía. Los borrosos rastros de añoranza que recogían las piedras eran de trances puntuales o de relaciones concretas (un amor fugaz, un hijo muerto, un beso) y no de intervalos completos de la vida.

Ni Altea, ni Libuell, ni yo creímos conveniente vocear a Utinio. Sentados los tres juntos sobre una peña, lo vimos moverse allá abajo, ajenos a su devenir pero entretenidos con él, como si fuéramos dioses, hasta que llegaron Dam e Impreciso, a quienes ni les dirigimos la palabra ni les permitimos descansar, si bien fui yo el que tomó la silla de ruedas.

Aún debimos hacer varias paradas más antes de coronar el monte, al que llegamos después de dos horas de severa marcha, aunque no creo que hubiéramos recorrido ni dos kilómetros. Al otro lado, el camino bajaba por la izquierda con una pendiente aún más pronunciada hacia una estrecha garganta en cuyo fondo se veían a rodales las láminas de agua de un riachuelo. La ladera era umbrosa, más corta y estaba poblada de árboles jóvenes y matorrales: la Naturaleza reconquistaba el terreno que siempre había sido suyo ante el retroceso de la civilización que la había denostado. A nosotros, que nunca habíamos visto un bosque de cerca, aquella efervescencia de la vida nos deslumbró y nos dio ánimos, máxime cuando tras dar unos pasos hacia abajo perdimos de vista todo vestigio humano y sentimos que le dábamos un portazo a nuestra cultura. La emoción, sin embargo, no duró mucho, pues enseguida experimentamos las dificultades de bajar una senda tan difusa y tan empinada cargados con las pesadas mochilas y conduciendo la silla y los carritos. La hierba o se metía entre los ejes de las ruedas de estos, lo que dificultaba su conducción, o hacía patinar a Libuell y Altea al intentar frenarlos. Por el mismo motivo, yo, que bajaba la silla de Impreciso, debía hacer un gran esfuerzo para coordinar mi estabilidad con la de la silla. El pobre Impreciso se aferraba a los brazos de su montura y, después del escarmiento que había sufrido en la subida, se aguantaba las ganas de gritar apretando los dientes.

Los carritos volcaron varias veces cuando la hierba se enredó en uno de los ejes e Impreciso dio en dos ocasiones con sus huesos en la tierra por acaecerle otro tanto a su

silla. En todos los casos pudimos recomponer sin demasiados problemas la marcha, ya que los arbustos de la ladera
frenaban a los vehículos y amortiguaban los golpes. Pero
conforme bajábamos y la pendiente se hacía más rigurosa,
se cerraba y se desdibujaba el camino por el que habíamos
de pasar, que en su trecho más profundo bordeaba un desfiladero lo bastante alto como para matar al que tuviera la
mala fortuna de escurrirse como nos veníamos escu-
rriendo.

–Parémonos a descansar y hablemos –dijo Impreciso
de pronto, incapaz de soportar la presión del terror que lo
consumía.

–¿No vendría mejor el descanso antes de empezar a
subir y no ahora? –preguntó Dam.

Era el que iba más suelto y el que menos conciencia
tenía del sacrificio necesario y del riesgo. Pero el grupo había tomado la costumbre de no reaccionar ante lo obvio y
no le respondimos. En su lugar, nos detuvimos y continuamos la discusión por lo básico del asunto.

–Podemos bajar los carros entre todos y luego, también
entre todos, bajar la silla de Impreciso –sugirió Altea.

De las numerosas propuestas planteadas, aquella fue la
que más nos satisfizo. Dejamos las mochilas en el suelo y
la silla con su dueño varada contra el talud y empezamos a
bajar con los carritos. La pendiente era feroz y nos escu-
rríamos con frecuencia, pero íbamos muchos sujetando y
si no uno otro se hacía fuerte y conseguía dominar la situación. Pasamos con apreturas el primer tramo, que era muy
angosto y estaba casi volado sobre los peñascos por los que
a nuestra derecha serpenteaba el agua, y ya creíamos haber
alcanzado nuestro propósito, cuando Dam, que iba detrás
del grupo sin hacer nada, se escurrió y se agarró a Libuell

para no caer al precipicio. Este soltó los carritos y se agarró a Altea, quien hizo lo mismo pero aferrándose a un arbusto. Yo, que estaba parando los carritos delante de la marcha, percibí su empuje como un atropello que me llevaba al barranco sin remisión y, como no podía evitarlos, los desvié por el único sitio que pude, que era hacia el arroyuelo, al que cayeron con gran estrépito después de volar unos ocho metros.

Nos quedamos mudos mirándolos, deslumbrados y sin saber si debíamos alegrarnos por habernos salvado o llorar por la enorme pérdida que suponía lo que porteábamos en los vehículos siniestrados. Tuvo que ser Impreciso el que nos sacara de aquel ensimismamiento:

—Yo por ahí no paso —gritó.

Altea fue la primera en reaccionar.

—Hay que sacarlos del agua —dijo—. Necesitamos las ollas, los hules y las tiendas de campaña. Si no podemos rescatarlos, es mejor que nos volvamos.

Los carritos habían dado media vuelta en el aire y se habían estrellado contra los peñascos del cauce por la carga, que iba bien asida y había amortiguado el golpe y resistido sin descomponerse. Altea bajó por el camino hasta el río y saltando de piedra en piedra o yendo por el agua consiguió llegar hasta ellos, que estaban casi totalmente hundidos.

—Vamos, bajad y ayudadme, o queréis que los rescate yo sola —gritó nuestra compañera tras comprobar por encima el estado en que se encontraban.

Libuell y yo respondimos con presteza a su petición, y detrás de nosotros lo hizo Dam.

—Se les ha partido la manija a los dos —nos informó Altea—. A simple vista, no tienen muchos más desperfectos. Ha sido una suerte que hayan caído boca abajo.

Recuerdo al lector que eran dos carritos, aunque formaban un único artefacto. Si para bajar la cuesta no habíamos considerado necesario desengancharlos, para salvarlos fue en lo primero que pensamos. Así lo hicimos, y pese a que nos escurrimos sobre las piedras y nos pusimos chorreando de pies a cabeza, al cabo de media hora teníamos a los dos vehículos en una pequeña zona arenosa que había justo al otro lado de donde el camino vadeaba el riachuelo.

Desde su posición, Impreciso no podía vernos, pero sí oírnos, aunque no lo parecía, pues nuestras contestaciones a sus continuas demandas de información no conseguían calmarlo.

—La silla no cabe. Me caeré y me mataré. Volvamos con Utinio —me dijo en cuanto me vio asomar pendiente arriba.

—Bien, te llevaremos cogido —le respondió Altea, que iba detrás de mí, en vista de que yo no lo hacía.

Fui yo, sin embargo, el que se agachó para que se agarrara a mis espaldas. Por mí sentía un conjunto de emociones contrapuestas que iban, dependiendo de las circunstancias, de la admiración al miedo.

—Pesas menos que la mochila —le dije, para relajarlo y porque creí que podía cagárseme encima—. Tú agárrate como ella y ve calladito y verás qué pronto estamos a salvo.

Se aferró a mí como una garrapata a su hospedador. Parecíamos uno solo, de lo trabados que estaban sus fuertes brazos a mi cuello y mi pecho y lo bien que yo sujetaba sus piernas inanimadas. Mientras atravesamos la zona más expuesta al barranco, miró al otro lado y yo aguanté sin protestar la furia de sus brazos.

—Ya estás a salvo —le dijo Altea cuando lo deposité sobre la silla de ruedas, que ella había bajado detrás de mí.

Lo dejamos haciéndole carantoñas a Pirindolo y volvimos por las mochilas. Poco más tarde, todos estábamos juntos de nuevo, Libuell comprobaba que su libro había resistido sin quebranto dentro de su bolsa de plástico y los demás examinábamos los daños sufridos en los carritos: ambos, como queda dicho, tenían roto el manubrio, pero, además, los dos se habían descuajaringado sin desarmarse y a uno de ellos se le había dañado una rueda. Rodar, lo que se dice rodar, no podía ninguno, y en ese estado eran tan útiles como dos cajas. La cuestión era si nos seguían interesando o no. Así al menos lo expuso Libuell.

—Ese planteamiento es un error —le contestó Altea—: el fondo del asunto no está en los carritos, sino en la carga. ¿Nos interesa o no nos interesa la carga?

Ahí estuvimos todos de acuerdo en que sí.

—Pues decidme cómo vamos a repartir lo que llevamos en los carritos si prescindimos de ellos —sentenció.

Estábamos chorreando y nos habíamos sentado en unas piedras, junto al arroyo, en una zona sumamente umbrosa. Después del calor que habíamos pasado subiendo la cuesta, el cuerpo nos podía pasar factura por el frío. Dam empezó a estornudar.

—Lo que sea tenemos que decidirlo pronto —dijo Altea al oírlo.

El camino, que seguía pegado al riachuelo en sentido contrario al curso de las aguas, era más una ilusión que una realidad a unos cuantos metros de principiar su trazado, de tan tomado como estaba por los arbustos y la hierba.

—De poco nos hubieran servido las ruedas —dije—. Hay que llevarlos a pulso cuesta arriba y cuesta abajo. Vamos. Lleva razón Altea: hay que continuar la marcha cuanto antes. La ropa se nos secará mientras nos mantenemos calientes gateando.

Me levanté y ellos lo hicieron detrás de mí. Pero cuando iba a distribuir la carga, me di cuenta de lo imposible que resultaría hacerlo estando Impreciso con nosotros, pues él necesitaba de dos personas como mínimo: una para llevarlo a él y otra para empujar su silla.

—O dejamos a Impreciso o abandonamos uno de los carritos —bromeé, aunque sin dar muestras de ello.

—Lo dejamos a él —prosiguió Altea—. Y que lo acompañe Pirindolo.

—¿No seréis tan cabrones, con lo que habéis sufrido para traerme hasta aquí? —contestó Impreciso, quien intuyó que la broma podía ser el preludio de lo que iría en serio cuando la situación se complicara.

Costó trabajo convencerlo entre todos de que jamás lo abandonaríamos (yo añadí que mientras no nos apesadumbrara con sus protestas). Es más, como empezamos a cargar su silla con buena parte de lo que llevaba el carrito que íbamos a desechar, receló del fondo de nuestras intenciones y temió por la coyuntura en que tuviéramos que decidir de nuevo entre él y la carga. Yo creí que su sufrimiento había llegado demasiado lejos y le dije al oído:

—Compañero, tú fuiste el primero que se unió a mí y serías el último al que abandonase.

Cuando terminamos, dejamos nuestros bultos y subimos a comer a donde daba el sol. Había transcurrido una mañana entera y no creo que estuviéramos a más de dos kilómetros en línea recta de la huerta de Utinio. ¿Cuánto tiempo tardaríamos en cruzar las montañas? El grupo estaba contento y más unido que nunca. Solo Altea y yo éramos conscientes de la complicación de la empresa, pero los dos callábamos, porque ambos sabíamos que el ánimo del grupo dependía de nuestra audacia.

Teníamos mucha comida, y cuando se nos acabara, siempre nos quedarían la red y los cepos que nos había dado Utinio y la pericia de Libuell para sacar alimento de debajo de las piedras. Comimos con arreglo a lo que teníamos previsto, que fue menos de hasta hartarnos pero más que suficiente y, sin que nadie tuviera que pedirlo, volvimos a la vera del riachuelo, cogimos nuestros enseres y reemprendimos la marcha. Yo, con Impreciso a mis espaldas, para quien confeccioné una talega portabebés con algunas de las cintas de mi mochila; Altea, empujándole a la silla de ruedas, en la que iba colgada mi mochila, y Libuell y Dam, con la cuna de uno de los cochecitos de bebé, a la que le habíamos puesto como asas dos trozos de soga.

Aunque el camino estaba erosionado y comido por la vegetación, aún se notaba la marca de su corte sobre la ladera y, en caso de duda, yo lo seguía por las dudosas huellas que todavía quedaban de las almas que habían pasado por allí. Andar por el camino en lugar de ir campo a través nos daba la ventaja de contar con una guía con la que salvar los obstáculos. Como yo había advertido que no debíamos llegar a la extenuación, tanto por lo difícil que era luego recomponer el cuerpo como por lo que de destrozo suponía para nuestro ánimo, parábamos cada poco trecho recorrido, y en cada alto se cambiaban de brazo Libuell y Dam y yo descargaba a Impreciso de mis espaldas. Hablábamos de nosotros y de nuestra familia y confesábamos datos de nuestra historia que en muchos días de compaña no habíamos declarado.

–Cuéntanos tú, Nereo. De tu vida no sabemos casi nada –me dijo Dam.

Más interés por mi pasado que Dam, tenía Altea, pero mientras la curiosidad de Dam era limpia, la de Altea estaba embebida de miedos.

–Yo no tengo grandes historias que relatar –les dije.

–Cuenta las pequeñas, como hacemos nosotros. Esas que se narran y se olvidan: nadie en nuestro país tenía una vida digna de ser recogida por escrito –intervino Impreciso.

Yo inventé sobre la marcha una biografía lineal, sin más incidencias que las ocasionadas por la enfermedad y la muerte, en la que introduje tanto elementos reales como ficticios. Les hablé de la prematura defunción de mi padre y dije que, ya viuda y siendo yo muy joven, mi madre se había ido lejos de Sholombra con un hombre llamado Airos y que nunca había vuelto a saber de ella; les mencioné que era vendedor de inmuebles y que vivía solo y sin amigos en un piso desde el que veía el tejado de la Estación Central de Sholombra, pero omití todo lo relacionado con Saín, Lida y Nohire y únicamente les hablé de Ania cuando Libuell me preguntó si había tenido novia.

–Durante un tiempo viví con una mujer que no era lo que yo pensaba –les dije.

Si hubieran conocido mi vida hasta entonces, habrían sabido de mi desvergüenza en el mentir y me hubieran tachado de cínico y asesino, me habrían tenido miedo y mi autoridad, libremente aceptada, se habría vuelto demasiado opresiva. Lo que les dije, en cambio, me engrandecía bastante a sus ojos: yo era huérfano de padre y fui abandonado por mi madre, trabajé desde muy joven y el desamor había anidado en mi corazón. Dam intentó ahondar en las lagunas de mi historia: cómo pude sobrevivir solo durante mi juventud, cómo y por influencia de quién se había formado mi carácter y cómo me estaba afectando el fracaso de aquella relación amorosa. No me hubiera sido difícil seguir inventando mentiras, pero como la bruma de mi pasado me hacía más misterioso y acrecentaba mi liderazgo, me excusé con que los recuerdos me dolían y no satisfice su curiosidad.

Con mi relato y diversas anécdotas que surgieron al hilo de él, no puedo decir que subiéramos a buen ritmo, pero sí que lo hicimos con excelente ánimo, incluso cuando el pésimo estado del camino nos obligaba a cuartear haciendo eses y a detenernos cada pocos metros. A media tarde, llegamos al paso de aquella línea de montes, desde donde se veían, a un lado, los trazos más elevados del valle del Melt, y, al otro, una nueva barrera montañosa, de crestas mucho más altas y escarpadas, que apenas rompía la colosal cordillera nevada que se elevaba majestuosamente por detrás de todo, como un decorado gigantesco que cerrara el escenario del mundo.

–¿Seremos capaces de llegar? –preguntó Dam, asombrado y temeroso.

–Ya hemos subido dos cuestas –le contesté.

Era exactamente eso lo que habíamos coronado, dos cuestas, y lo que teníamos por delante eran auténticas montañas. Llegar, por otra parte, no era el verbo más adecuado: llegar alude a alcanzar la meta, y la cordillera era una complicación más en el camino, por superfluo que pudiera parecer el esfuerzo de superarla.

Buscamos una zona un poco más protegida del viento del norte y plantamos en ella nuestro campamento. Según las huellas que había por los alrededores, los caminantes que nos precedieron pasaban por allí a mediodía. Nosotros, por el contrario, habíamos necesitado un día entero. Las dificultades que habíamos tenido durante la jornada y, sobre todo, las que se avecinaban a la luz de lo que veíamos al frente, sobrepasaban los límites que yo me había imaginado. Nada dije, por supuesto, ni mostré la más mínima preocupación, pues el grupo me había entregado su confianza y mi ánimo ya era el suyo. Solo Altea, conocedora de las dificultades y de mis dudas, me planteó el problema cuando estuvimos acostados en nuestra tienda de campaña.

–Quizá deban saber que va a ser más duro de lo que creen –me dijo.

–¿Para qué? –le contesté yo.

–Porque tienen derecho, aunque la verdad los convierta en seres débiles e infelices.

–¿La verdad? ¿Te has fijado en quienes forman nuestro grupo, aparte de nosotros?: un tullido, un pusilánime y un artista estrafalario. Nosotros somos sus líderes. Lo que los subordinados exigen a sus líderes no es tanto la verdad o la mentira como lo que en cada circunstancia convenga para salvarlos. Y una circunstancia que al grupo conviene siempre es la moral alta. Si me he equivocado al pretender atravesar estas montañas, no lo reconoceré, porque hacerlo sería nocivo para el fin que pretendemos. Y sé que tú tampoco lo harás.

Altea compartía esas ideas desde sus rudimentos. Ambos teníamos las mismas dudas. (Nuestro diálogo podía haberse desarrollado con los papeles cambiados). Si ella resolvió exponerlas en voz alta y yo no, no fue porque su arrojo fuera inferior al mío, sino porque amaba más que yo la unión que formábamos los dos y no tenía pega en compartir conmigo hasta sus más secretas incertidumbres.

Dormimos mucho y nos levantamos de muy buen humor. Libuell dedicó buena parte de la primera hora a inspeccionar el terreno, del que extrajo unas raíces que solo comió él, pues nosotros teníamos alimentos de sobra de la huerta de Utinio, al que citamos varias veces en la conversación del desayuno. Antes de empezar a recoger el campamento, señalé a las montañas que teníamos al frente y pregunté:

—¿Qué diríais que hace falta para trasponer al otro lado?

Se quedaron en suspenso mirando la imponente barrera con la que nos enfrentaríamos en breve. Yo percibí el acre murmullo de su desasosiego. Ninguno se atrevió a contestarme. ¿Qué hacía falta?: ¿Buena forma física? La nuestra era un desastre. ¿Un camino razonable y limpio? El que existía se había borrado por el desuso. ¿Pertrechos adecuados? Los que poseíamos eran a todas luces insuficientes para hacer rutas por la alta montaña.

—Paciencia —respondió Altea.

—Pues tiempo es lo que nos sobra. ¿No lo dijiste tú ayer? Podíamos adoptarlo como lema de nuestra aventura.

¡Nuestra aventura! Convertir una huida en una aventura era trocar en voluntario lo obligado y escamotearle al destino el fin que tenía previsto para nosotros.

Altea y yo teníamos dudas, pero no miedo. Iniciamos la partida sin demostrarlas, por pura estética y porque en el corazón de nuestros compañeros, escondido entre otras emociones más pomposas, se emboscaba el desaliento, y ahí debía quedarse. Dentro de lo sobrio y silencioso de mi carácter, me mostré dicharachero. El camino ayudaba. Nos llevó primero hacia la izquierda bajando por una pendiente llevadera y prolongada y nos mantuvo luego en la falda de las montañas, a media altura, siguiendo el trazado de un río caudaloso que recibía a sus afluentes por la otra margen.

Después de haber caminado durante toda la mañana, nos paramos a almorzar en el rellano de una casa en ruinas en la que yo aún podía sentir las huellas de una violación y del crimen que la vengó. Reanudamos la marcha casi eufóricos. Dam llegó a proponer que nos quedáramos a vivir en aquellas soledades. «Vosotros sois mi familia y me estorban todos los demás», dijo, con lo que nos reímos mucho, a la par que declaramos estar de acuerdo con él en lo sólido de nuestra relación. No así en lo del lugar donde establecernos.

–Pronto vendrán los que nos estorban y nos amargarán la vida: no estamos tan lejos. Hay que seguir adelante –le contestó Altea.

Un par de horas antes del anochecer, la ladera se volvió casi vertical y el camino empezó a mandarnos hacia el río, que corría encajonado entre las montañas, pletórico con las aportaciones del deshielo. Para encontrar en su ribera un rodal llano donde asentar las dos tiendas, debimos irnos corriente abajo, en el sentido contrario al de nuestra marcha, pues corriente arriba las montañas de uno y otro lado se convertían en auténticos farallones entre los que circulaba el agua saltando y armando ruido.

Mientras los demás instalaban el campamento, yo, aunque estaba exhausto y tenía el pecho herido por las correas de la mochila con la que sujetaba a Impreciso, aproveché los últimos rayos de sol para sondear la ruta que debíamos tomar al día siguiente. El rastro de los caminantes ascendía entre las rocas y seguía por una estrechísima senda que utilizaba resaltes de la pared hasta un punto en el que era imposible continuar sin despeñarse, a no menos de veinte metros de altura sobre la corriente. Allí, en una rendija de la roca, había fijada una argolla de hierro que sirvió para atar a este lado una tirolina. Como no había más argollas y en el otro lado únicamente había una, que estaba a una altura inferior, cualquiera hubiera podido suponer que todo el tráfico de personas y de bienes que pasó por la cuerda solo tuvo un sentido, el de ida. A mí, además, me lo decían las voces de que se habían impregnado las piedras. Las más antiguas me hablaban de inquietud y de pavor al abismo. Quienes albergaban esas emociones pudieron franquear el barranco y proseguir su camino. Las más nuevas eran de desesperación. Para entonces, alguien había cortado la cuerda desde el otro lado con el único fin de que se interrumpiera el tránsito. De esa época databan los gritos de numerosas personas que, habiendo perdido la esperanza de continuar, se arrojaron sin más al vacío.

Me olvidé de quienes nos habían precedido y me puse a pensar en nosotros: suponiendo una distancia a salvar de unos cincuenta metros, la elipse que describía la cuerda debió de ser algo más larga, a fin de evitar que la tensión en el centro hiciera saltar los anclajes. Nosotros teníamos una cuerda gruesa, pero su longitud era muy inferior, así que no podríamos utilizarla ni siquiera en el supuesto de que alguno de nosotros hubiera cruzado el río a nado por una zona tranquila y hubiera podido tomar un cabo y anudarlo en el anclaje del otro lado. Además, necesitábamos una cuerda de apoyo para recuperar la que nos sujetaría a la tirolina o tantas cuerdas como bultos debiéramos colgar.

Casi a oscuras, con muchísimo peligro, me bajé de la peña y seguí por la orilla hasta el campamento, donde mis amigos habían hecho una fogata y reían a su alrededor.

—Dinos lo que has descubierto —me interpeló Altea.

Entre la verdad cruda y la verdad a medias, elegí la primera, a la que añadí un comentario:

–Quizá quienes pasaron al otro lado se limitaron a destruir el camino tras de sí y siguieron adelante, o quizá creyeron que su hogar serían esas montañas y los caminos destrozados son el acceso a los lugares donde viven ahora. Sea como fuere, nosotros pretendemos violentar su decisión, y no sabemos con qué consecuencias.

No volvieron a reír. El alboroto del agua se adueñó de nuestro silencio, la noche se echó encima más pronto que de costumbre y las montañas se agigantaron y cobraron vida. Mientras nos mirábamos unos a otros, sentimos que la luz de la fogata nos delataba y que miles de ojos nos acechaban desde la oscuridad.

–¿Qué haremos? –preguntó Dam por fin. Un puño le apretaba el corazón.

–Lo que teníamos dispuesto –le contesté.

No era una respuesta que llenara la pregunta, pero Dam prefería no saber más del asunto. No así Impreciso, quien dijo:

–¿Por dónde seguiremos? ¿No has dicho que el camino está cortado?

–Tendremos que encontrar la forma de salvar la corriente –le respondí.

Impreciso volvió a tomar conciencia de su condición de carga y no quiso continuar con una conversación que la pondría en evidencia. Entonces fue Libuell el que preguntó lo que todos estaban deseando:

–¿Crees que yendo los que vamos tenemos alguna posibilidad de cruzar el río? ¿No sería mejor volverse, ahora que aún estamos a tiempo? –dijo.

–¡Tiempo! –suspiré yo–: Tiempo es lo que nos sobra. ¿No hemos hecho de esta frase el lema de nuestras andan-

zas? El tiempo corre aquí a la misma velocidad que en Sholombra. ¿No preferís consumir vuestras horas en estas soledades que con las turbias compañías del mundo civili-
zado? ¿Qué más nos da cruzar al otro lado hoy que mañana
que dentro de una semana o de un año? Lo importante es
que cruzaremos, que todos cruzaremos. Y si queréis saber
mi opinión, me motiva aún más el que haya personas que
no quieran que lo hagamos, porque sus razones son indicios de la calidad de lo que defienden. Y os digo más:
cuando nosotros consigamos superar sus barreras, adopta-
remos como propias sus razones y haremos lo posible para
que nadie siga nuestros pasos, pues ya seremos como ellos.

Aquella noche dormimos poco y mal. A la mañana siguiente, antes de empezar a recoger el campamento, planteé una propuesta que había acordado con Altea:

–Que Altea vaya río abajo buscando una zona tranquila
por donde cruzarlo mientras yo vuelvo a subir la montaña,
supero los farallones por arriba y veo si existe la posibilidad
de continuar por ese lado.

Volver a subir fue lo que hicieron quienes hallaron cor-
tada la tirolina. Yo seguí sus pasos pendiente arriba por el
camino que habíamos bajado el día anterior, y al terminarse
los zigzags, tomé los de aquellos que en lugar de retornar a
Alegría continuaron subiendo por la falda de la montaña,
en terreno cada vez más pedregoso y resbaladizo, y después, cuando las huellas me indicaban que unos grupos habían tirado hacia delante por los cortados y otros, en cambio, habían decidido otear el horizonte desde la cima y decidir sobre ella la mejor de las rutas, yo hice lo que estos
últimos, y seguí subiendo, lo que me obligó a dar un rodeo
de varios centenares de metros para evitar una pared verti-

cal. Hasta media tarde no llegué al punto que sin ser la cumbre era lo suficientemente elevado como para que desde él se dominara buena parte de la cuenca del río que me había tocado explorar.

Ya sabía, porque lo había visto desde abajo, que los farallones eran el comienzo de un cañón. Lo que ignoraba era que ese cañón trazaba varias curvas y se perdía entre montañas más altas que aquella en la que me hallaba. El descubrimiento no podía ser más desolador, al menos en apariencia, pues nada me decía que hubiera un paso factible más adelante y la ruta discurría por escarpados picachos que dejaban un permanente derrocadero a la derecha. Y el caso era que, a pesar de todo, por allí tiraron los grupos que nos precedieron, algunos de cuyos miembros debían de conocer el terreno.

Bajé de la montaña sin una decisión tomada, a la espera de lo que Altea había conseguido descubrir río abajo. Pirindolo estaba dormido y mis compañeros se hallaban sentados alrededor de la hoguera, cenando unos peces que habían pescado poniendo la red de Utinio en unos de los saltos laterales del río. Mucho antes de llegar, supe yo lo que habían decidido entre todos, Altea incluida. Nada me dijeron al pronto, sin embargo. Sabedores de que no me gustaría, se habían compinchado para hacérmelo saber gradualmente. Yo, por seguirles la conversación, tampoco les comenté lo que había descubierto. Me senté con ellos, eché un enorme pescado asado en un plato y empecé a comérmelo.

—¿No nos cuentas lo que has visto? —me preguntó Impreciso, al cabo.

—¿Para qué queréis saberlo? —le contesté yo sin mirarlo—: Tenéis decidido volver a Alegría. A partir de ahora, el camino hacia el Oeste me importa a mí y a nadie más.

Se quedaron mudos. ¿Cómo podía saber yo lo que ellos habían acordado a mis espaldas?

–Anduve durante toda la mañana pegada al río sin encontrar un lugar por el que cruzarlo –dijo Altea–. A diez o doce kilómetros de aquí me topé con un puente que ha sido destruido a fuerza de piqueta, sin dinamita, con un empeño más abominable que la advertencia escrita con letras farragosas en un bidón lleno calaveras que alguien ha colocado en mitad de la vieja calzada, justo antes del precipicio, cuyo texto dice: «Vuélvase. Todo el que cruce este puente es un enemigo y será eliminado».

–Sufrir para ir a un territorio en el que nos matarán es como suicidarse dándose azotes. ¿No crees? –corroboró Impreciso.

–Hay una ruta casi por la cima de las montañas. Yo voy a seguirla: ahora más que nunca me interesa saber lo que esos individuos protegen con tanto ahínco.

Aquella noche, en la soledad de la tienda, Altea se disculpó:

–No decidimos por ti. Simplemente no se me ocurrió que pudiera existir otra alternativa –me dijo.

Yo le confesé la verdadera dificultad de la empresa.

–La senda es un camino de cabras y no sé a dónde conduce –le dije–. Solo subir hasta la cima, con lo cargados que vamos, puede llevarnos toda la jornada.

–Tiempo es lo que nos sobra –me contestó.

A pesar de lo cual, cuando a la mañana siguiente empezamos a levantar el campamento, fue ella la que propuso que nos desprendiéramos de lo que no fuera imprescindible. A instancias suyas, vaciamos las bolsas y las mochilas y escalonamos los objetos por orden de prioridad, con este

resultado: primero, las tiendas, los sacos de dormir, las colchonetas, un encendedor y varias cajas de cerillas; segundo,
la ropa de abrigo y un juego de cubiertos por persona; tercero, la red de pescar y los cepos; cuarto, los garbanzos y
una olla; quinto, la comida en conserva; sexto, el resto de
la ropa; séptimo, utillaje como una soga larga, dos hules, un
hacha, una sierra y un martillo; séptimo, el resto de la comida, y octavo, el menaje de cocina, que incluía un plato
para cada uno, una sartén, un cazo y otra olla más grande.
(Yo les di a los cuchillos y las pistolas el carácter de indis-
pensables). Todo nos pareció extremadamente útil, pero
como estábamos de acuerdo en que algo debíamos abandonar, resolvimos asumir el orden que habíamos fijado y
sacrificar lo relacionado en último término, menos los platos, que eran de latón y pesaban poco.

Nada más empezar a subir, nos dimos cuenta de lo que
nos esperaba. Yo, que porteaba a Impreciso (unos cuarenta
kilos), era el que más favorable lo tenía para caminar, pues
los demás debían llevar sobre sus espaldas una mochila y,
lo que era peor, Libuell debía tirar de la silla de ruedas (que
cargaba con mi mochila), que nunca iba derecha y apenas
rodaba, y Altea y Dam, que llevaban el fardo, tenían que
subir uno junto a otro. Regularmente, Altea, Dam y Libuell
se alternaban en sus funciones, y yo echaba una mano al
que debía subir la silla (era el trabajo más penoso) si lo demandaba lo encrespado del terreno.

Precisamente la silla dio lugar al primero de los conflictos. Habíamos empezado a transitar sobre las piedras que
conducían a la cima y el terreno era penoso hasta para re-
correrlo libre de carga, cuando Dam, que era en ese momento el encargado de ella, lanzó una maldición en la que
metió a la que llamábamos «las piernas de Impreciso». Este,

que no dejaba de mirar atrás y sufría tanto por lo que pudiera pasarle a su silla (soltarla, simplemente, sería hacerla llegar dando tumbos hasta el fondo del barranco si un arbusto no la detenía) como por el que debía portearla, no pudo reprimir la desazón que le producía resultar tan molesto para el grupo y golpeándome en la espalda dijo:

–Dejadme aquí. No aguanto ni un minuto más ser una carga.

De todos los que formábamos el grupo, Dam era el más sensible y el último que hubiera dejado a Impreciso o a su silla, pero era también el más débil.

–Perdóname, Impreciso. No he querido ofenderte. Antes me quedaba yo que dejar a tus piernas abandonadas –dijo Dam.

Y creyendo que tenía asentada la silla, la dejó y se fue hacia Impreciso con el ánimo de abrazarlo, pero el terreno era de una inclinación extrema y no permitía soltar ningún artefacto sin asegurarlo previamente, y mucho menos si tenía ruedas y debía portear una mochila, por lo que la silla rodó unos metros, volcó y enfiló el camino del agua, que estaba a cientos de metros más abajo. Libuell, que venía detrás con Altea, soltó el asa de la cuna y con uno de sus largos brazos agarró una rueda de la silla, que solo con gran esfuerzo consiguió retener. La mochila que esta porteaba (la mía), sin embargo, se desembarazó de sus arneses y siguió brincando sobre las piedras de la pared hasta que se detuvo en la parte menos inclinada de la ladera, cerca del río, tras chocar contra varios arbustos.

El suceso nos dejó mudos incluso después de que viéramos pararse la mochila. Al cabo, fue Dam el que rompió el silencio con un estallido de llantos.

–Lo siento, soy un estúpido. Yo soy el que debe quedarse aquí. Yo sí soy una carga, yo y nadie más –dijo, y luego se acordó de lo que Impreciso había manifestado y entre lloriqueos aseguró–: Ya que Impreciso no quiere continuar, me quedaré con él y lo llevaré hasta Alegría.

–No, de eso nada –tronó Impreciso–. Yo no voy contigo a ningún lugar. ¿Me crees un loco? Prefiero arrastrarme solo por estos precipicios.

El episodio acabó en su primera parte con un abrazo de Dam a Impreciso no correspondido por este, pero como debía continuar con la recuperación de mi mochila y no le quedaba luz bastante a la jornada, resolvimos acampar en el primer llano que encontráramos y que yo fuera a buscarla a primera hora del día siguiente. A la altura de la montaña en que nos hallamos, no localizamos otro llano más grande que una roca de unos cuantos metros cuadrados en la que, como no podíamos hincar las piquetas, debimos dormir al raso, cada uno en su saco menos yo, que tenía el mío en la mochila. Recuerdo que hablamos de Alegría, y que lo hicimos mirando al cielo, en el que chispeaban las estrellas de tan claro y limpio como estaba.

Por eso me resultó más sorprendente despertarme en medio de una lluvia maciza, de aluvión, a oscuras y sin más referencias del mundo que las voces que oía de mis amigos, quienes metieron la cabeza en el saco y aguardaron a que escampara, lo que no hizo sino hasta poco antes de la amanecida. Como mi escasa ropa de repuesto también estaba en la mochila y por los alrededores no había ni un trozo de madera con el que hacer fuego, chorreando y con unas agujetas casi invalidantes, volví a bajar aquella endemoniada montaña.

Me llevó más de dos horas rescatar la mochila. Al volver, con mi ropa secada por el sol, me coloqué a Impreciso a las espaldas y reanudamos la marcha. En algo más de una hora, salimos de la zona más azarosa y, siguiendo las huellas de quienes nos precedieron en la huida, empezamos a caminar aún más alto, entre crestas que nos aliviaban del vértigo o bordeando tajos profundísimos por una senda natural que la mano del hombre había dulcificado limando aristas, incorporando peldaños de piedra o fijando cordones de acero a manera de asideros, a los que por los tramos más difíciles nos atamos con un nudo corredizo. Aunque el trazado era infame, íbamos dispuestos a enfrentarnos a lo imposible, así que el sufrimiento, con ser mucho, estaba por debajo de nuestras expectativas. Y saber que aquella vía cerca del cielo había sido transitada por seres humanos nos ayudaba. Miedo, lo que se dice miedo, teníamos todos, pero excepto Pirindolo, que gimoteaba aterrado contra mi pecho cuando en los peores tramos lo cogía en brazos, e Impreciso, que cerraba los ojos, nadie daba muestras de ello, como no fuera con el silencio o con alguna llamada de atención que ayudara a los otros a salvar un obstáculo del camino.

Es imposible calcular los kilómetros que hicimos por aquellos andurriales. Los días eran por entonces muy largos y caminamos casi sin detenernos durante al menos ocho horas. Yo estaba muerto cuando empezamos a bajar. Delante de nosotros, la cadena de montañas que habíamos seguido se terminaba en una hoz por la que circulaba un afluente importante del río que teníamos a la derecha. La pendiente era allí más benévola y el terreno se pobló de arbustos y de algunos grandes árboles que habían conseguido resistir la lluvia ácida de los mejores tiempos de nuestra civilización.

En cuanto encontramos un lugar aparente, acampamos. Pirindolo se tendió donde se quedó parado y yo me descargué a Impreciso e hice lo mismo. Fueron mis compañeros los que se encargaron de todo. Estaban contentos. Habían superado dificultades que creían insuperables y, lejos de la monotonía, cada minuto tenía su contenido específico, de manera que los días se nos antojaban tan largos y variados como épocas completas de la vida.

—Ya no quiero llegar a ninguna parte —dijo Dam, resumiendo sin darse cuenta las emociones que aquel día glorioso habían supuesto para nosotros.

Antes de que anocheciera, Libuell aún tuvo fuerzas para buscar algunas lombrices y ponerlas de cebo en unos cepos que recogió a la mañana siguiente con unos cuantos pájaros que desplumó, limpió y asó en la lumbre que él mismo había encendido. Aquel hombre parecía no conocer el cansancio. Su estampa alta y desgarbada y sus andares zancudos eran tan personales y llenaban tanto el escenario que su imagen se fijaba en la memoria como el figurante único de todos los sucesos. Hablaba poco, con una voz campanuda acorde con lo insondable de su carácter y lo recio de su voluntad. Cuando reía, lo hacía con carcajadas amplias, graves y lentas, y cuando lloraba (era el más sentimental del grupo), con hipidos largos que le vaciaban de aire los pulmones y volvían a llenárselos muchos segundos después, tras haber estado como transpuesto.

Con la excepción de las semanas que habíamos pasado en Alegría, si algo habíamos hecho desde que abandonamos nuestras casas, era andar, así que no le echamos cuentas a nuestros pies doloridos, pero de hacerlo con carga nos dolían también las rodillas, el cuello y la espalda, y esos dolores fueron nuestro primer tema de conversación cuando nos levantamos y descubrimos que el sueño nos había como enmohecido.

Sin embargo, había en nosotros cierto acomodo al transcurrir del tiempo, que en lugar de atravesarnos, nos llevaba con él, y a nadie se le ocurrió pensar en quedarse para darle gusto al cuerpo. Además, desde nuestra posición podía distinguirse el tramo del camino que nos dirigía cuesta abajo y con relativa comodidad hasta el afluente. Creíamos, en fin, que pocas barreras podría inventar el futuro con más trabas que las que habíamos superado.

Ni una hora tardamos en llegar hasta el curso del tributario. Era este un río de pequeño caudal que desembocaba unos doscientos metros a la derecha del camino que llevábamos. Como el otro lado nos pareció más cómodo, lo atravesamos sin mayores problemas saltando sobre algunas de las gruesas piedras redondas que le servían de cauce y caminamos pegados a la orilla en el sentido de las aguas hasta que dimos otra vez con el gran río, que transitaba mansamente entre laderas empinadas y altos farallones, algunos de los cuales tenían aspecto de animales fantásticos o de rostros humanos. En la desembocadura, la paciencia del afluente había limado las peñas y el principal había traído sedimentos que habían formado una playita junto a una pared de roca. Unos arbustos de flores amarillas y otros de flores rojas aprovechaban las grietas para sostenerse sobre el vacío y, donde no había riscos, las riberas estaban pobladas de árboles de copa ancha que hundían sus raíces en la corriente, mientras que ladera arriba crecían espesos bosques de coníferas. Sobre nuestras cabezas, a la altura de los últimos peñascos, volaban en círculo, sin mover las alas, cinco o seis enormes pájaros de cuello y cabeza blanca. La lámina de agua era un espejo inquieto que duplicaba el cielo azul con sus pájaros, los riscos con sus flores amarillas o rojas y las laderas con sus árboles de copa ancha y sus bosques de coníferas.

Nunca habíamos visto nada tan hermoso.

Dejamos los bártulos en la arena y empezamos a caminar como idos por la playa en dirección al agua.

—Me voy a bañar —nos advirtió Altea quitándose las botas—. Yo no me resisto. Y me da igual que me veáis desnuda.

Mientras caminaba (iba la primera y podíamos verla) fue quitándose la ropa y arrojándola al suelo: la camisa, que era verde claro y le venía grande; la pistola, que llevaba sujeta al cinturón con una funda de gafas amañada; los pantalones, que le estaban justos y le sentaban muy bien (el culo era lo mejor que tenía); el sujetador, que era blanco y se cerraba con dos corchetes, y las bragas, que ella misma se encargaba de lavar todas las noches poco antes de acostarse.

Impreciso se hubiera vuelto loco en otras condiciones, pero en aquellas lo natural parecía lo que estaba ocurriendo, e Impreciso, al que aún llevaba yo sobre mis espaldas, se limitó a disfrutarla como a las flores de los arbustos o a las formas de las piedras, como si perteneciéramos a la tribu fundacional de la humanidad y el mundo estuviera recién creado, salvaje y limpio de malos pensamientos.

Libuell fue detrás de ella y se metió vestido, botas incluidas.

—Está fría —gritó con sumo regocijo.

Altea nos invitó a seguirla. «Meteos», dijo. Y luego lo hizo especialmente conmigo: «Ven, está estupenda». Yo me descargué a Impreciso, al que dejé en calzoncillos a la orilla del río, me desnudé completamente y lentamente me fui introduciendo en el agua. Dam también se metió en calzoncillos, y detrás de él fue Pirindolo.

—Mira —me dijo Altea.

Sobre la pared de piedra que habíamos dejado a nuestras espaldas, había una pintada de letras mayúsculas, borrosa por la acción de los elementos, que decía: «Vuélvase. Todo el que cruce este río es un enemigo y será eliminado».

—Si nos ordenan que nos volvamos, es porque estamos en el buen camino —le dije.

Empecé a nadar hacia el centro tomando estilos y posturas diversas y seguí después el sentido de la corriente. La frialdad le daba al agua un figurado añadido de pureza e invitaba a no quedarse quieto. Bajo la superficie, podía abrir los ojos sin dificultad: el río era hondo y estaba habitado por peces que huían remolonamente a nuestro paso. Altea seguía a mi lado y, detrás de nosotros, venía Impreciso, quien podía emplear sus desproporcionados brazos para desplazarse con soltura en el medio líquido. Libuell y Dam seguían chapoteando en la playita y Pirindolo había optado por salirse y nos miraba maravillado desde la orilla.

Pasamos unos farallones que estrechaban el cauce y, escondida detrás de ellos, encontramos una playita en el otro lado. También aquí había en la roca una pintada que decía: «Vuélvase. Todo el que cruce este río es un enemigo y será eliminado». Me dirigí hacia la playa y, cuando acababa de hacer pie, oí a Impreciso chillando despavorido. Yo estaba pendiente de las letras y al pronto creí que a ellas se debían los gritos, pero antes de volverme ya sabía que Impreciso había descubierto algo de más calado.

—¡Muertos! —gritó—. Ahí abajo hay cientos, miles de muertos.

No eran muertos, al menos no lo eran con el significado que yo lo entendía, ni siquiera eran cadáveres, sino
esqueletos envueltos en sus ropas que habían resistido al
flujo de las aguas porque estaban encadenados a la terca
voluntad de las gruesas piedras con las que habían sido
arrojados a la corriente. Y no eran miles, ni cientos, ni siquiera una decena, sino unos cuantos.

Salí a la playa con la pretensión de explorar las emociones fijadas al terreno y me topé con huellas vagas de lo que
había ocurrido en el verano anterior: las sucesivas expediciones de los vecinos de Alegría que huían de la plaga de
ratas habían tropezado con la furibunda resistencia de los
naturales de las montañas y los valles del otro lado del río,
quienes los habían recibido a balazos y a cuchilladas. Ninguna de las sucesivas oleadas había alcanzado su objetivo.
La corriente se había teñido varias veces de rojo y poblado
de cadáveres que flotaban con indolencia antes de despe-
dazarse contra las piedras en los saltos y rápidos del curso
bajo. Para escarmiento de los que aún intentaban cruzar,
los defensores del territorio habían sembrado de muertos
el curso ancho del río y colgado de los riscos a huidores
vivos que hacían ostentación de su espanto.

Supe, asimismo, que nadie había intentado pasar desde
los últimos días del verano anterior, lo que había relajado la
guardia de los sanguinarios habitantes de aquellos territorios, que ahora solo se prevenían con vigilancias ocasionales y retenes de emergencia equipados en parte con pertrechos ubicados sobre el terreno, como comprobé al descubrir escondida entre las ramas de los primeros arbustos una
barca en cuyo interior, aparte de los remos, había sogas y
varias cajas de munición.

—Ya tenemos el medio para cruzar nuestros trastos —le

dije a Altea mostrándole la barca.

Por supuesto, omití los detalles más escabrosos de mi descubrimiento y me limité a hacerle saber que todo debía quedar tal y como lo habíamos encontrado, a fin de no delatar nuestra llegada a quienes tenían la misión de controlar aquel paso.

Dejamos a Impreciso varado en la playa y entre Altea y yo sacamos las cajas de munición y arrastramos la barca hasta las aguas. Al rato, habíamos cruzado el río con el resto de nuestros compañeros y nuestras limitadas pertenencias.

No paramos ni un minuto más de los necesarios. Borramos las huellas de nuestro paso, devolvimos la barca a su estado original y tomamos una senda perfectamente señalada que subía culebreando por la ladera, entre grandes árboles que nos protegían del sol y nos ocultaban. Mientras caminábamos, yo iba recomponiendo las almas de la pareja de jóvenes que tenían encomendada la vigilancia de aquella parte de la que podíamos llamar «la frontera», aunque aún no sabíamos de qué, y del examen concluí que se sentían seguros ante el exterior y olvidados por los suyos, lo que los había convertido en individuos escépticos y en guardas timoratos y negligentes. Los vestigios mostraban que al principio pasaban por allí cada dos o tres días y que conforme habían ido transcurriendo los meses los periodos se habían ido alargando. En el presente de este relato, los guardianes apenas se movían de los alrededores de un viejo refugio de pastores que les servía de vivienda, donde su tiempo se espesaba y trocaba cualquier iniciativa en un profundo lodazal.

Los guardias subían la montaña en unas pocas horas. Nosotros, en cambio, necesitamos el resto del día para hacerlo. Y si desde donde aquella noche fijamos el campamento hasta el refugio habría algo menos de una desocupada jornada de marcha, a nosotros nos llevó dos días insufribles llegar hasta sus inmediaciones. Solo poco antes del anochecer del segundo, cuando divisamos a lo lejos el tejado de pizarra de la casa, hice saber a mis compañeros que la senda que llevábamos iba directamente a la guarida de nuestros enemigos.

—¿Desde cuándo lo sabes? —me preguntó Altea.

—Me lo imaginé desde el inicio —le contesté.

—No te entiendo. Con el terreno libre que hay, ¿por qué nos has traído hasta aquí?

Estábamos muertos de cansancio. Habíamos subido y bajado sin parar, vadeado no sin aprietos varios riachuelos, atravesado gruesos muros de zarzas por portillos estrechísimos, caminado sobre fango y sobre rocas y nos hallábamos en terreno descubierto, más altos que la última línea de árboles, a la vista casi desde cualquier sitio y por cualquiera que tuviera unos prismáticos y a escasos metros de la cima más elevada que habíamos subido hasta entonces.

—Porque el camino estaba usado y era bueno.

—Y ahora, ¿qué haremos?

—Volveremos sobre nuestros pasos y acamparemos al resguardo de alguna roca, como siempre.

—¿Y mañana?

Los demás nos miraban expectantes. Lo normal era que Altea y yo estuviéramos del mismo lado y poseyéramos la misma información. Aquel escenario era ciertamente novedoso. ¿Por qué no había compartido con todos, o al menos con ella, lo que sabía?

—Debe de haber un camino que articule esa casa con el mundo lejano de los que la habitan —les dije.

Aún no podíamos verla, pero detrás de la montaña donde estábamos se levantaba una línea de altísimas cumbres nevadas que sería difícilmente franqueable en nuestras condiciones, y eso que era verano.

—No podremos rebasar las montañas nevadas campo a través —les dije—. Necesitamos de un camino probado, aunque corramos el riesgo de toparnos con nuestros enemigos, pues la otra alternativa es la seguridad de enfrentarnos con la ira de la Naturaleza —dejé pasar unos cuantos segundos y añadí—: Mañana circundaremos la casa hasta que demos con ese camino. Quién sabe, quizá lo peor haya pasado.

El fuerte viento zarandeó aquella noche las tiendas de campaña y el frío nos obligó a dormir embutidos en nuestros sacos. El día, no obstante, despuntó soleado y con el aire relativamente en calma, aunque por la altura en que nos encontrábamos era necesario algo más que el jersey para combatir el frescor de la amanecida. De hecho, el frío era el enemigo que más me preocupaba. Así se lo hice saber a Altea.

—Incluso siguiendo el camino bueno, no parece que las montañas que se alzan ante nosotros tengan un paso expedito de nieve. No sabemos hasta qué altura debemos subir y las condiciones meteorológicas que nos aguardan.

—Ayer creí haberte oído decir que lo peor había pasado.

—Y nuestros amigos han dormido más tranquilos.

—¿Les dirás la verdad ahora?

—A ellos, no. Te lo cuento a ti porque no sé si atacar a los vigilantes que aún duermen en el refugio y llevarnos su ropa de abrigo, que debe de estar más preparada que la nuestra para luchar contra el frío, o rodearlos y hacer frente a lo que venga tal y como salimos de Alegría.

—La cuestión —intuyó Altea—es qué valoramos más, si

la ropa o pasar inadvertidos.

–Exacto. Si los matamos, o si los robamos cuando estén de patrulla, delataremos nuestra situación y nos buscarán –le señalé con un gesto de la cabeza a nuestros compañeros, que desayunaban unos rábanos sentados sobre las piedras, y dije–: ¡Y fíjate los que vamos y las provisiones que tenemos!

¿Le estaba dando la contestación?

–¡Bastante tenemos con nuestras circunstancias! –me respondió–. Si además de enfrentarnos a nosotros mismos y a la montaña tenemos que luchar contra nuestros enemigos, mejor es que nos demos por muertos.

Altea y yo comimos unos pocos rábanos de la huerta de Utinio y unas lombrices que Libuell había capturado debajo de unas piedras, ayudamos a nuestros compañeros a levantar el campamento y, tras advertirles de que estuvieran preparados, subimos por la ladera y nos acercamos a la casa sigilosamente, yendo de arriba abajo, a fin de ver los movimientos que en los ruedos de ella se producían.

–Agáchate –previne a Altea poco antes de que se abriera la puerta y salieran los dos vigilantes.

–¿Habrá más?

–No creo –le contesté.

Eran altos y fornidos. Iban vestidos con un uniforme caqui y una gorra del mismo color y llevaban una metralleta colgada del hombro, un puñal asegurado al cinto y una mochila. Sus recorridos eran siempre cómodos (no se alejaban tanto como para no poder volver de noche, ni bajaban tanto como para que les fuera muy fatigoso subir). Si seguían haciéndolos, era más por el aburrimiento y el hastío que les producía quedarse en la casa, fría, pequeña y oscura, que por convicción o para cumplir con su deber. La despreocupación había extendido sobre sus habilidades una capa como de polvo que empañaba su lógica y enmohecía sus reacciones.

Sin cruzar ni media palabra, tomaron un camino que los guiaba en dirección contraria a donde se escondían nuestros compañeros. Pero no llevarían ni cincuenta metros recorridos, cuando Pirindolo empezó a ladrar. Los vigilantes se detuvieron y hablaron, alarmados: conocían los sonidos de la montaña y un ladrido no estaba recogido en su memoria: un perro. Un animal que es prolongación del hombre. Un hombre. O varios.

Los vigilantes se pusieron la metralleta en ristre y tan a la carrera como les facultaba lo pedregoso y desigual del terreno se dirigieron hacia donde seguían sonando los ladridos y empezaron a oírse las voces de Dam pidiendo a Pirindolo que se callara. Yo saqué la pistola y le hice a Altea un gesto para que se agachara y se contuviera. Los vigilantes pasaron delante de nosotros, a unos treinta metros, cegados por el reclamo de los sonidos, y cuando los tuvimos de espaldas, corrimos tras ellos, prácticamente a pecho descubierto. El temor a provocar un ruido que nos delatara lentificaba nuestros pasos y nos alejaba de ellos. Los vimos descubrir a Pirindolo, que les plantaba cara a ladridos, quieto en mitad del camino, y, como ellos, vimos a Dam y a Libuell correr pendiente abajo y oímos a Impreciso demandar a gritos que no lo abandonasen.

—Se han vuelto locos —dijo Altea, más para sí que para mí.

Uno de los vigilantes se detuvo y disparó una ráfaga que se perdió en el aire. Yo contuve a Altea con el brazo izquierdo, me paré, apunté a ese vigilante y apreté el gatillo.

Mi bala hizo blanco en su cabeza.

–Al suelo –grité a Altea.

Al oír mi disparo, el otro vigilante miró atrás y, al ver muerto a su compañero, buscó refugio detrás de unos peñascos. Pirindolo seguía ladrando. Impreciso gritó: «¡Matadlos, matadlos a todos!». Yo le contesté: «No temáis: solo hay uno». Le hice un gesto a Altea para que hablara y ella dijo: «Envolvedlo y matadlo». Parecíamos muchos. Yo grité: «¡Entrega el arma y te respetaremos!». El vigilante estaba asustado. Tenía veinticinco años, era el mayor de tres hermanos huérfanos de padre y nunca había matado a nadie. Su madre lo estaba esperando. La autoridad de su valle lo había mandado a vigilar la frontera a pesar de que era la única fuerza laboral con que contaba su familia.

–Tu madre te aguarda en el valle. Está enferma y morirá pronto. Debes cuidar de tus hermanos –le grité.

Vi cómo se sorprendía.

–¿Nos conocemos? –me contestó.

Tenía la voz quebrada por el pánico.

–Sería una barbaridad morir aquí por algo absurdo –le respondí. ¿Qué más daba que nos conociéramos o no?

Aquel muchacho no entendía lo que estaba pasando y temblaba.

–¿Lo matamos? –gritó Impreciso, intuyendo la potencia paralizante de su amenaza.

Pirindolo se acercó al vigilante y empezó a ladrarle como rabioso a unos cuantos metros.

–Si tocas al perro, estás muerto –dijo Altea.

El vigilante empezó a llorar en silencio. La metralleta era un instrumento inútil en sus manos: ya no tenía que desprenderse del arma para resultar inofensivo.

–Cúbreme –le dije a Altea.

Me levanté y avancé despacio con la pistola preparada en la mano. «Pirindolo, déjalo. Pirindolo, vete con Impreciso», dije, y el perro dejó de ladrar y se fue con Impreciso. «No tengas miedo», aseguré al vigilante. Estaba escondido detrás de unas rocas y ninguno de nosotros podía verlo. Seguí andando hasta que empecé a verle los pies. «Si tiras el arma, nadie te hará daño», le prometí. La bruma de su temor difuminaba sus sentimientos de fondo. Me acerqué más y lo vi por entero: había tirado la metralleta por el barranco y estaba encogido, abrazándose las piernas con los brazos. Me miró suplicante. «Perdóname», me decían sus ojos inundados de lágrimas. «Sálvame y te estaré eternamente agradecido. ¡Todo esto es tan estúpido!». Alcé la pistola, e iba a dispararle a la cabeza, cuando me percaté de mi propio interés: si salvaba a aquel individuo arrugado, perplejo y vencido, tendría para siempre un guardaespaldas ferviente y, lo que era mejor en aquellos momentos, una bestia de carga dócil que llevara sobre sus espaldas a Impreciso.

—Levántate —le pedí. Mi tono era afable.

Se desenrolló y, cuando se estaba poniendo de pie, noté una mancha de orín en sus pantalones.

—No te asustes —le dije.

Me refería a su vida y a su honor. Él nada sabía de la verdadera índole de mi carácter y creyó que el significado y la modulación de mis palabras revelaban lo generoso de mi corazón.

—¿Cómo te llamas? —le pregunté.

Ya estaba de pie y los demás podían ver su cabeza.

—Salas —me respondió—. Salas Veta.

Bajé la pistola y grité:

—No disparéis. Acercaos. Se llama Salas y es amigo.

Los otros se acercaron confundidos. Aunque le miraron los pantalones, nada dijeron, ni siquiera Impreciso, que llegó a espaldas de Libuell. Uno a uno le fuimos estrechando la mano y Pirindolo lo olisqueó y le dio el visto bueno con unos cuantos movimientos del rabo y un par de ladridos. Poco después estábamos todos delante de la casa y Salas nos explicaba a retazos algunas cuestiones sobre la sociedad en la que vivía y su función de guarda fronterizo. Según nos dijo, los valles de Sierra Madrona y algunos otros de la gran cordillera de La Chimorra constituían un conjunto de microestados independientes muy distintos entre sí, y no solo por su extensión o por el número de sus habitantes, sino por la forma de organizarse. El suyo, que era el primero que se hallaba detrás de las montañas, había establecido con otros Estados una coalición para defender las fronteras del paso de los nuevos inmigrantes, luchar contra las bandas de forajidos y disuadir a los Estados más belicosos y voraces, cuyo afán expansionista se escondía detrás de una falsa política de unificación.

De todo lo que nos contó, lo que más asombro nos produjo fue la existencia de instituciones propias del Estado. Estábamos tan acostumbrados al caos que las palabras que Salas utilizaba en su discurso, como normas, autócratas, jueces o ejército, sonaban a música celestial en nuestros oídos y moldeaban en nuestra imaginación un repertorio de imágenes no menos felices que la iconografía de un paraíso perdido.

El rudo estilo de vida de Salas y su compañero denotaba, empero, que las instituciones que los mantenían allí eran bastante toscas. La casa era un habitáculo de un solo compartimento en el que había dos camastros sin hacer, una mesita de madera con un cajón, dos sillas de aneas, un arca con refuerzos de metal y una enorme chimenea con una ancha repisa donde descansaban un cazo, unos pocos vasos de lata, varias botellas de cristal y algunos objetos de latón percudidos por el polvo de muchos días. De puntillas clavadas en las carcomidas vigas de madera del techo, colgaban cinco o seis chorizos, una jaula de no supimos qué (ni Salas pudo darnos razón), varias pieles de animales y una soga añudada para servir de horca. Grandes alcayatas incrustadas en la pared servían de percha para el escaso vestuario de que disponían y para colocar varias ollas, una red de cáñamo, un par de lámparas de carburo y algunas bolsas de plástico. Las paredes, en las que se abría un solitario ventanuco, eran sinuosas y estaban desconchadas. En el suelo, que era de estiércol prensado, había latas de conserva vacías, restos del enlodado caído de la pared, papeles, colillas, dos vasijas de barro que Salas llamó cántaros y que nosotros no habíamos visto nunca y hasta cadáveres de cucarachas despanzurradas.

–Mientras menos se hace, menos gana se tiene de hacer nada –nos dijo Salas a manera de disculpa–. Es la inercia hacia la quietud total.

A nosotros, lo que más nos impresionó fue la horca colgada en el centro de la gruesa y torcida viga maestra, con un nudo corredizo perfecto y aparejada para usarse en cualquier momento.

–Es el espía de la comunidad y el recordatorio de nuestra misión nos explicó Salas–. Si algún superior nuestro viene, lo único que revisa es el funcionamiento de la horca.

Al parecer, la horca era, además de un recordatorio, un símbolo. Estaba presente en el exterior de todos los edificios y era obligatoria en todas las celebraciones, fueran públicas o privadas.

–Como otros pueblos tienen a la bandera, nosotros tenemos a la horca –aseguró.

Nos dijo que no estaban puestas por gusto o para adornar, pues se empleaban frecuentemente. Antes de darnos detalles de esta afirmación, nos reveló que en su comunidad, cuyo nombre era igual que el valle donde se ubicaba, Calhassor, no había ni poder legislativo ni judicial.

–En Calhassor no hay más ley que la del sentido común –nos dijo.

Nos explicó que siendo los principios fundamentales de la razón la raíz de todas las normas, lo lógico es aplicarlos directamente, en lugar de a través de un derecho positivo que tiene lagunas y recovecos donde pueden ampararse los sinvergüenzas.

–¿Quién interpreta el sentido común, si no tenéis jueces? –le preguntó Altea.

El que el sentido común dice que debe interpretarlo. Como juzgamos que la contestación era circular y nada aclaratoria, Salas continuó:

–Por ejemplo, si el inspector del servicio de fronteras viene y nos pilla dormidos cuando debíamos estar vigilando, está legitimado para ahorcarnos en el acto, porque él es nuestro superior y la falta es a todas luces muy grave.

–¿Y en un caso de asesinato? –le preguntó Impreciso.

–El sentido común dice que no deben ser los familiares y amigos del asesinado, que por ser afectados pierden su capacidad de enjuiciar objetivamente, sino la comunidad, que en último extremo es la gran perjudicada.

–¿Y quién representa a la comunidad? –reclamó Altea.

–Nuestros pueblos son pequeños, así que nadie representa a la comunidad: todos los ciudanos pueden asistir a los juicios y hacer de jurados.

A nuestras preguntas, continuó explicando que la asamblea era manejada por los líderes naturales, pues nadie la presidía, y que cualquiera podía ejercer la acusación y cualquiera la defensa.

–Si nadie de la comunidad quiere ejercer la acusación, es porque el reo no merece ser acusado –dijo–. Y si nadie quiere ejercer la defensa, es porque no merece ser defendido.

Todo lo argumentaba basándose en el sentido común, incluso el miedo.

–Si nadie quiere ejercer la acusación por temor a las represalias de los amigos del acusado, es porque esa comunidad no merece ser salvada –dijo.

Según nos indicó, las sentencias eran inapelables y se ejecutaban acto seguido colgando al condenado de la horca más próxima.

–El sentido común dice que la justicia ha de ser rápida para que sea justa –alegó.

Dam contó entonces el caso de un error judicial que él había conocido de primera mano y le preguntó cómo resolvía el sentido común ese problema.

–Con el tiempo, el hecho que motivó el error judicial se verá en su auténtica crudeza, triunfará la verdad y el condenado será restituido en su honor por la propia sociedad, sin juicio –le contestó Salas.

–De acuerdo, pero nadie podrá devolverle la vida al ajusticiado –terció Libuell.

–Nadie, desde luego. Sin embargo, el error habrá sido obra de la comunidad y no de un juez. La comunidad tiene derecho a equivocarse. Es más, muchas veces acierta cuando se equivoca. Si los ciudadanos que asisten a un juicio se dejan llevar por sus prejuicios y condenan a un inocente inducidos por la alarma que les produce su presencia, lo que hacen en realidad es dejarse influir por los mecanismos de autodefensa. Quizá se enjuicie con más aprensión que justicia, pero así es como debe ser.

A mis compañeros, que Salas tuviera respuestas prontas para todas sus preguntas acabó por convencerlos de la bondad de su doctrina, pero a mí su exposición me sonó a vademécum de iluminado ocioso. Le pregunté si esas cábalas estaban recogidas en algún libro y él me respondió que sí.

—Lo escribió Digesto —añadió—, el fundador de nuestra comunidad, que nos abrió los ojos al poder del sentido común.

Yo, más que por el libro, sentí curiosidad por el pensador que lo había escrito.

—Digesto fue condenado a la horca por la comunidad —aclaró—, lo cual es lógico, pues su doctrina, precisamente por revolucionaria, generó al principio mucho miedo en la población.

Salas no reparó en mi sonrisa.

—Hoy —continuó—, todo Calhassor admite que Digesto era un genio y su libro, «Teoría y práctica del sentido común», es enseñado en las escuelas.

Mis compañeros y el vigilante siguieron hablando un rato mientras yo le echaba un vistazo al arca y a las ropas que había colgadas en la pared, del que deduje que en el refugio había vestuario para dos personas y alimentos (garbanzos y patatas) para un par de semanas. Por lo demás, las huellas sueltas de algunas emociones me indicaron que los vigilantes de los vigilantes pasaban por el refugio cada mes y medio, aproximadamente, aunque tenían la obligación de hacerlo cada quince días.

—Vendrás con nosotros —le dije a Salas interrumpiendo la animada conversación que tenía con mis compañeros—. Vendrás con nosotros y nos indicarás el camino hasta Calhassor.

Al vigilante se le demudó el rostro.

—¿De qué te preocupas? —le dije—. Es de pura lógica: nosotros queremos atravesar esas montañas nevadas y tú sabes cómo hacerlo. Nosotros somos más que tú. Nosotros tenemos la pistola y tú no. Y por si eso fuera poco, nos lo debes, pues pudiendo haberte matado, te hemos salvado la vida.

—No puedo —dijo—. Sería contra el sentido común: yo he sido puesto aquí para impedir que gente de fuera cruce las montañas. Cualquiera de Calhassor o de cualquier otro valle podría matarme en cuanto me localizara.

Yo saqué la pistola y le apunté a la cabeza.

—Me parece que el sentido común tiene muchas caras —le dije.

Y disparé. Lo hice para dejar de oír estupideces, aunque era obvio que no nos interesaba. Fue Altea, que estaba justo a mi lado, la que lo salvó dándome en un último término un empujón. La bala le arrancó la perilla de la oreja izquierda y se estrelló con gran estrépito contra una botella de la repisa. La sangre de Salas goteó en el mismo charco que su orina. Yo volví a apuntarle a la cabeza y le dije:

—Creo que tienes un grave conflicto. Tú verás cómo lo resuelves: o te matan ellos o te mato yo.

Me contestó cagándose, así, en la más cruda y escatológica acepción de la palabra. Y yo, que tenía la intención de continuar nuestro camino enseguida, me vi obligado a esperar a que se bañara en un arroyuelo de aguas purísimas y gélidas que corría como a medio kilómetro, pues en el

refugio solo disponían de una palangana de loza descon-
chada con la que, según nos dijo, se bañaban por partes una
vez a la semana.

Cuando él y yo volvimos, encontré a mis compañeros
sentados en la puerta del refugio y, según confesaron, preparados para el viaje, si bien se habían limitado a despeñar
el cadáver del otro vigilante y a guardar en una mochila los
garbanzos y las patatas. Salas, al verlos, nos dijo que jamás
podríamos cruzar las montañas nevadas con aquella ropas.

—El paso está lleno de cuerpos congelados. Debe haber
cientos o miles. La mayoría de ellos no llevaban los medios
adecuados para hacer frente a los rigores del clima —dijo.

Nuestras respuestas fueron muy variadas: Altea supuso
que exageraba; Libuell lo creyó a pies juntillas, pero no se
amilanó en absoluto; a Dam empezaron a temblarle las
piernas e Impreciso dijo bien a las claras que no iba.

—El calzado que lleváis, por ejemplo, es insuficiente. Se
os congelarán los pies y no podréis andar —dijo Salas seña-
lándose a sus propias botas.

Yo lo obligué a que se las quitara y, cuando lo hizo, me
las probé, pero como me venían muy grandes, se las ofrecí
a Libuell, quien se las dejó puestas y ofreció las suyas a Salas.

—Ya tenemos unas botas —aseguré.

—Y no hay más —añadió Salas—, porque la comunidad
no nos da botas de repuesto y las de mi compañero las llevaba él calzadas.

Despeñar al vigilante muerto se mostró como un verdadero desastre, pues con él se fueron, además de sus botas, un forro polar, un anorak, unos guantes, un gorro y
hasta unas gafas de sol.

—Para hoy, precisamente, habíamos acordado llegar

hasta el borde de la nieve, y una vez allí uno no sabe lo que puede hacer el clima —nos dijo Salas para justificar lo dramático de su prevención.

En tiempos de dolor y muerte, los carroñeros son felices. Deberían haberlo sabido mis amigos, mayormente Altea, quien para corregir su error nos propuso bajar la montaña. De hecho, y aunque Salas nos dijo que era imposible recuperarlo, nos obligó a ir hasta el borde del barranco y, aunque todos pudimos observar lo descabellado de su propuesta, insistió en descender dando un rodeo para acercarnos al cadáver, sobre el que ya podía verse un repugnante pelotón de pájaros negros.

Nos volvimos sin hacerle caso mientras ella descendía unas decenas de metros para hacernos ver que era posible lo que nosotros teníamos por quimérico, y en cuanto llegamos al refugio ordené a Salas que se desnudara e intercambiara sus atavíos con Libuell, hecho lo cual examinamos la ropa que había en la casa, tanto colgando de las alcayatas como en el arca, y procedimos a distribuirla. Yo no conseguí más que un jersey de lana gruesa y apretada, los guantes y el gorro polar, que no eran exiguo trofeo si se tiene en cuenta lo que Salas nos comentó:

—El que no tenga guantes no conseguirá cruzar. Y lo mismo pasará con el que no tenga gorro.

Yo consentí en ceder el jersey para hacer con las mangas manoplas y gorros y, para no verlos destrozarlo, me salí de la casa y me senté en una piedra a observar las cumbres nevadas. ¿Qué mundo se ocultaba al otro lado?, pensé. El alma de Salas estaba habitada por sentimientos comunes, incluso más simples que los nuestros. Sus traumas eran normales, sus emociones momificadas no eran distintas de las que tenían los ciudadanos contritos de Sholombra y su inercia hacia la nada era la misma que había llevado a la ruina a nuestra civilización. Nosotros, Altea y yo en particular, (y yo más que Altea, para qué negarlo), estábamos mejor preparados para sobrevivir que él, que tenía un techo y un catre, un forro polar, patatas y garbanzos.

La mañana se nos fue preparando la expedición. Aunque los días eran muy largos, Salas nos aconsejó no salir sino al amanecer, pues desde allí hasta un refugio que había en el comienzo de la ascensión se tardaba una jornada de marcha rigurosa.

—Míranos —le contesté—: ese cómputo no nos sirve a nosotros. Si tú tardas un día, nosotros necesitaremos dos o tres —le dije.

De nada sirvió que los otros protestaran. Comimos patatas cocidas y un par de lagartos asados y, sin descansar, descolgué la horca y nos pusimos en camino, dejando los platos sucios, la candela encendida y el suelo lleno de huellas de nuestro paso.

Como Impreciso iba sobre las espaldas de Salas, yo cogí la silla de ruedas. Altea, que no paraba de rumiar lo mismo reproches que disculpas, portaba ceñida a su mochila la horca, cuyo nudo se balanceaba, como yo quería, delante de los ojos de Salas.

La tarde nos fue más fructífera de lo que yo esperaba, pues aunque el camino era estrecho y a ratos peligroso, estaba claramente marcado y, con la excepción de Salas, los demás podíamos ir turnándonos con nuestra carga. Acampamos junto a un arroyo, en un lugar acordonado por árboles y tan alejado de todo que me provocó una confortable sensación de inmunidad frente a la estupidez.

Así se lo hice saber a mis compañeros, como si se me escapara un pensamiento, tras un lapso de tupido silencio que gozamos al anochecer congregados alrededor de la lumbre. Salas añadió que siendo la estupidez lo contrario de la inteligencia, estaríamos aún más a salvo de ella cuando llegáramos a Calhassor.

–Háblanos de lo que encontraremos más allá de las montañas –le pidió Dam.

Salas no supo explicarse demasiado bien. Al parecer, tras las montañas había un conjunto muy amplio de valles soberanos, con gobiernos distintos y costumbres desemejantes, que formaban una confederación muy difusa y tenían en común la defensa frente al exterior. No supo decirnos desde cuándo las autoridades de Ingrania no ejercían su autoridad en aquellos distritos, aunque recordaba que en su niñez había funcionarios de correos que traían cartas y no había horcas en las plazas de los pueblos.

–Mi padre estuvo una vez en Sholombra –dijo–. Nos contó tantas historias maravillosas de lo que allí ocurría que sus hijos veíamos aquella lejana ciudad como inmersa en la bruma de los cuentos. Hasta que no vine al borde de la sierra y vi los rostros descompuestos de las gentes que ambicionaban entrar en nuestros valles, no supe lo que mi padre quería decir –añadió.

–¿Y la televisión? ¿Y la radio? ¿Y el teléfono? –lo interrogó Impreciso.

Yo les recordé antes de que Salas contestara que la televisión de Sholombra llevaba años emitiendo los mismos programas y daba noticias de una larga guerra fronteriza que nunca había existido.

–Digesto prohibió la televisión, y la radio, y el teléfono, y ordenó destruir las carreteras y los puentes. «Ahora, los habitantes de nuestro valle quieren irse a la ciudad, pero habrá un día en que los habitantes de la ciudad quieran entrar en nuestro valle», nos advirtió. Dio dos meses para que los que quisieran irse lo hicieran y, cuando se cumplió el plazo, arrasó hasta el último vestigio del progreso, prohibió todo contacto con el exterior y sembró de horcas los lugares públicos. Recuerdo que al principio las calles estaban llenas de cadáveres colgados. Fue una revolución. Cayeron culpables e inocentes. También cayó él, asesinado por los partidarios de una facción exaltada de su propia doctrina. Su fallecimiento se extendió como un bálsamo: muerto él, solo quedó su ideología. Y las horcas, claro.

No sé por qué intuí en la filosofía de Digesto un fondo parecido al que había en la de los loptan.

—¿Vosotros no seguís las reglas de un credo? —nos preguntó Salas.

Estaba sentado sobre una piedra. Yo le había puesto el nudo corredizo alrededor del cuello y el resto de la soga caía exhausta a sus pies.

—Nosotros somos seres extraños —le contestó Altea—. Casi todos hemos nacido en Sholombra y pertenecemos a su mundo. No tenemos ideología, ni siquiera sé si algún día la tuvimos. En nuestros ríos viven peces negros que se alimentan de fuel y detritus y nuestros campos están llenos de basureros donde conviven los hombres y las ratas. No necesitamos horcas en las plazas porque estamos desesperados y su efecto disuasorio no nos impresiona. Y no hallamos gran diferencia entre morir y matar. En Sholombra, las horcas estarían ocupadas por suicidas.

Impreciso le preguntó por las gentes de otros valles.

—Cada valle es distinto. Digesto nos previno de los otros y prácticamente no tenemos contacto con ellos.

—¿No quería Digesto hacer proselitismo de su dogma?

—se sorprendió Libuell.

—No, porque el proselitismo dispersa la doctrina en culturas diversas y la obliga a adaptarse a los otros. «Cuantos más seamos, menos nosotros seremos», decía, porque en la cantidad se diluye la calidad personal.

Salas nos advirtió de que en el valle no había padrones de habitantes.

—Si alguien de otro valle entra en Calhassor sin permiso, es expulsado inmediatamente. Y si viene de más allá de las montañas, es colgado por el primero que lo encuentre. Y si ese primero no lo cuelga, el segundo que lo encuentre debe colgar al intruso y al primero que lo encontró. Y si tampoco lo hace el segundo, el tercero debe colgar al intruso, al primero y al segundo. Y así sucesivamente.

—O sea —le dije yo—, que tu vida está ligada a la nuestra.

—Sí, en efecto —nos contestó.

Después de aquella afirmación, cuando nos dispusimos a dormir, los demás me pidieron que lo atara, pero yo no vi en Salas intención alguna de hacernos daño y le quité el nudo corredizo del cuello y le permití que durmiera en la tienda con Libuell e Impreciso.

—¿Qué haremos? —me preguntó Dam, que se vino a dormir con Altea y conmigo.

—No te inquietes: tengo un plan —le respondí.

Dam se durmió tranquilamente.

—¿Es verdad? —me preguntó Altea al oído.

—Claro. Confía en mí —le aseguré.

También Altea acabó durmiéndose, arropada con mi brazo derecho, y yo me quedé desmenuzando el plan, que por supuesto existía.

Nos pusimos en camino temprano. Salas nos aseguró

que si andábamos como la tarde anterior, antes del anochecer de ese día estaríamos en el refugio que él llamó «De las
nieves». Nos conjuramos para lograrlo, y lo cierto es que
hasta Pirindolo, que había aprendido a no corretear de acá
para allá, sino a seguir fielmente el trazado del camino, puso
todas sus fuerzas en el empeño, de manera que Salas fue
ratificando nuestras posibilidades a lo largo de la mañana y
de la tarde, al final de la cual, absolutamente agotados pero
satisfechos, conseguimos llegar al refugio. Era este un edificio de unos cincuenta metros cuadrados de planta construido sobre una plataforma de sillería de más de un metro
de altura, con gruesos muros de piedras irregulares y un tejado de pizarra muy empinado. La puerta, a la que se accedía por unas anchas escaleras que subían pegadas a la base,
era baja y estrecha, estaba protegida por un pequeño porche abovedado y tenía como cierre una argolla que se unía
a otra que había en la pared por una cadena que terminaba
en un mosquetón oxidado. Entramos y, después de que la
vista se hiciera a la oscuridad, pues estaban cerrados los dos
ventanucos del recinto, vimos que dentro había seis literas
dispuestas junto a la pared, una gran mesa de madera con
diez sillas sobre la que colgaba una horca y una chimenea
provista de un soplillo, unas tenazas, una sartén, unas tré-
bedes y una olla mediana, cerca de la que reposaban acostados dos costales llenos de garbanzos.

Mis compañeros se tiraron en los catres de las literas,
pero Salas y yo, con Pirindolo, nos sentamos en uno de los
peñascos de afuera a ver anochecer. A unos cuantos metros
de nosotros había una buena pila de leños que debían de
haber sido traídos de muy lejos, porque no se veían árboles
por ninguna parte, y eso que desde la puerta del refugio se
divisaba un valle pedregoso, abierto y enorme que se perdía

en una curva a decenas de kilómetros de distancia. «Es que estamos a mucha altura y aquí no crecen las plantas. Tanto es así que cuanto puede observarse con la vista está cubierto de nieve durante más de ocho meses al año», observó Salas. Detrás de nosotros, o mejor, por encima de la edificación, la montaña era un peñón casi vertical, pero se inclinaba un poco al dirigirse hacia el vértice de la V donde nacía el valle, que era un circo de hielo confinado por abruptas paredes en las que se habían detenido algunas nubes. «La barrera de las cumbres nevadas está detrás de esta montaña. Iremos junto a su pie hacia el circo y antes de llegar al hielo giraremos a la izquierda, a fin de bordearla. El terreno es enseguida de umbría y la nieve suele aguantar todo el año», me anunció Salas. «En buenas condiciones atmosféricas, a un hombre joven y curtido le lleva dos intensas jornadas cruzar al otro lado», me advirtió. Yo no le pregunté cuánto podía suponernos a nosotros ni él lo dijo. «Un problema añadido es el de la aclimatación a la altura. Ya nos cuesta trabajo respirar y aún debemos subir dos mil metros», añadió.

Cuando la oscuridad se apoderó del valle, metimos unos troncos e hicimos candela. Estábamos tan cansados que a nadie se le ocurrió que debíamos cenar. Pirindolo se tendió junto al fuego y el resto se quedó en los catres tal y como se había tendido, sin hablar. Nos costó trabajo dormirnos, a pesar del agotamiento, y mientras tanto nuestra mente le fue dando vueltas y revueltas a las imágenes de la jornada: Sholombra y Alegría nos quedaban lejos, y no tanto en el tiempo o en la distancia, como en la imaginación. Lo acontecido desde que nos despedimos de Utinio parecía lo único real de nuestras vidas y todo lo demás, el vago recuerdo de un sueño. ¿Lo sería de veras? Me dieron ganas de preguntárselo a mis compañeros por el gusto de contrastar fantasías, pero si mi mente calculaba con fluidez, mi lengua se sentía tan perezosa como mis piernas. Me callé, pues, y dejé que el tiempo obrara en mí desmoronándome, como hace con las piedras.

Cuando nos dormimos, lo hicimos profundamente. Nos despertamos tarde y entumecidos, sin habernos movido de donde caímos. Incluso Libuell, que tenía el sueño de un pájaro y se levantaba mucho antes que los demás, se puso aquel día en pie con el sol bien aposentado en el cielo, y, por primera vez desde que lo conocíamos, Pirindolo no salió aquella mañana a ver amanecer.

Vernos levantarnos hubiera sido como descubrirnos saliendo de una charca de arenas movedizas. Y cuando nos pusimos de pie, a continuación nos sentamos en las sillas. Altea empezó a bromear con lo apolillado de nuestras articulaciones, pero sus chanzas no encontraron eco, sino un mohín repetido en cada uno de los rostros. Ella, que parecía la más viva de todos, fue la que antes se percató de que no habíamos echado garbanzos en remojo, el único desayuno posible a aquellas alturas, si exceptuamos la última lata de conserva que nos quedaba y que nos comimos sin fruición, casi con desgana. Dam volvió a acostarse («para ahorrar fuerzas», dijo) y Libuell salió al campo para «sacar proteínas de debajo de las piedras», según nos aseguró. Altea, Salas y yo lo vimos actuar junto a Pirindolo desde el porche abovedado donde nos sentamos los tres. Levantaba, en efecto, las piedras y de debajo de algunas de ellas cogía algo directamente con las manos o después de hurgar en la tierra con un palo. «No hay nada», nos anunció a voces, sin embargo. «Esto es un completo erial». Nada para él quería decir unos pocos gusanos, arácnidos e insectos que nos ofreció en la palma de la mano y que, tras rechazarlos nosotros, se comió él luego engulléndolos o ronchándolos.

Como estaba claro que no había otro alimento posible, cocimos los garbanzos sin remojarlos y solo con sal, y, cuando vimos que los podíamos masticar, los apartamos de la candela y nos los comimos en la olla, que habíamos preparado con colmo a fin de que nos diera de sí para la cena. Lo que sobró, que fue mucho, lo devolvimos al fuego y ahí los tuvimos casi todo el día, suministrándole agua caliente de vez en cuando y, a media tarde, añadiéndole unos tubérculos y unas extrañas lagartijas aladas que nos proporcionó Libuell con gran dolor de su alma, pues, según nos dijo, las había visto haciendo vuelos no más cortos que los de las aves gallináceas.

–¿A alguien le duele la cabeza? –preguntó Salas mientras cenábamos, a la vista de lo torpe de nuestra conversación y lo flaco de nuestra hambre.

En verdad, menos Libuell, todos teníamos un redolor nada preocupante que achacamos al cansancio. Y Dam dijo que tenía como quemazón en las palmas de los pies y de las manos.

–Es el mal de montaña –nos informó Salas–. Será mejor que nos quedemos unos pocos días aclimatándonos antes de iniciar el camino del puerto.

A nadie se le ocurrió oponerse. Ni a mí tampoco, aunque pensé en lo a la vista que estábamos en aquel inmenso páramo, con la chimenea vomitando humo casi permanentemente, lo que nos ponía a merced de los inspectores de fronteras de Calhassor.

Seis días más permanecimos allí, comiendo garbanzos con tubérculos y lagartijas aladas (que resultaron más apetitosas de lo que aparentaban) y descansando en los catres o en la puerta del refugio, al cabo de los cuales, una mañana soleada, ya curados del mal de montaña, cogimos nuestros bártulos y tomamos el camino de las cumbres nevadas, cuyo primer ramal, como queda dicho, ascendía en direc-ción al glaciar que había en el circo que cerraba el valle. La temperatura era fresca, pero buena para caminar, y tenía-mos el ánimo por las nubes, por lo que en menos de dos horas traspusimos hasta más allá de la pared que protegía al refugio y nos situamos casi a la altura del hielo. Entonces, en un alto que hicimos para descansar, advertimos que el fresco se había convertido en frío y nos colocamos los abri-gos.

—Nos os pongáis todavía ni los guantes ni los gorros. Guardadlos para cuando estemos más arriba —nos advirtió Salas.

Yo vi que se había reservado lo más oscuro de su preo-cupación: para él, con aquellas ropas teníamos muy pocas posibilidades de cruzar las montañas. Tampoco hablé yo: el cielo estaba categóricamente azul y, aunque empezaba a hacer frío, nada indicaba que por fuerte que este fuera lo sería más que nuestra probada voluntad de vencer a cuantas adversidades se nos presentasen.

El camino subía por detrás de la pared por una ruta muy abrupta que tenía a izquierda y derecha, en las zonas de más umbría o más hondas, rodales cubiertos de nieve.

—Ha hecho calor durante la primavera y está siendo un verano muy caluroso y seco. Otros veranos, esta falda está blanca —dijo Salas.

Con todo, pronto las áreas nevadas empezaron a ser más frecuentes, de manera que no fue posible evitarlas sin dar un rodeo que no compensaba el esfuerzo, hasta que una de esas manchas acabó convirtiéndose en el manto único que cubría las zonas más altas de Sierra Madrona.

–¿Queda mucho? –recuerdo que preguntó Dam cuando se dio cuenta de lo definitivo del rodal.

Estábamos encajonados entre montañas y no divisábamos más allá de unos cuantos cientos de metros. Aunque la pregunta no parecía ociosa, Salas se quedó mirándolo, sorprendido y risueño.

–Es que tengo los pies helados –añadió Dam a la manera de una coda, desconcertado ante semejante silencio.

Entonces sí, entonces Salas estalló en unas carcajadas tan virulentas que Impreciso, que continuaba atado a sus espaldas, temió por la suerte de sus débiles articulaciones.

–¡Si no hemos hecho más que empezar! –respondió, al fin, Salas–. Dije que a un hombre joven y curtido le llevaría dos intensas jornadas cruzar al otro lado. Uno de esos jóvenes se habría levantado a las tres de la madrugada y ya estaría andando por la meseta del Viento. Nosotros, en cambio, nos hemos levantado mucho después del alba y todavía no hemos gateado este repecho.

–¿Cuánto nos llevará a nosotros? –le preguntó Altea.

–Es imposible saberlo. Depende de las condiciones que encontremos arriba. Pero todo no va a ir bien, porque desde el principio están fallando nuestros propios atavíos.

Aunque el miedo de Salas era sincero, a mí me parecía desmedido, por más que estuviera basado en la experiencia propia y en las historias y las leyendas que sobre la montaña se contaran en Calhassor.

–¿Por qué levantarse tan temprano cuando tenemos tantos días por delante y no sabemos qué hacer con ellos? –interpeló Impreciso.

–Para no tener que hacer noche en la meseta del Viento –contestó Salas.

«La meseta del Viento». Salas había citado ese nombre varias veces y cada vez que lo hacía, como si quebrantara un tabú, su alma se encogía y su voz se amortiguaba.

—La meseta del Viento. ¡Vaya nombre simple y estúpido! —dije alzando la voz, como si fuera una jaculatoria que nos exorcizara contra los demonios de las cumbres.

—¡Chitón, por favor! Habla en voz más baja: podría oírte —dijo Salas aterrado.

—¿Quién? —demandó Altea.

Salas no se atrevió a volver a pronunciar el nombre de lo que tanto lo estremecía. Para él, era demasiado tarde, pues el monstruo me había oído y se había enfadado con mi descreimiento. Si él seguía hablando, sería partícipe del sacrilegio y el castigo le llegaría también a él.

—Quién, no: qué —respondí yo—: la propia meseta del Viento, que tiene alma y castiga a quienes osan atravesarla.

Lo dije en tono risueño, casi desafiante, como hacen muchos que se autoproclaman ateos cuando retan al Dios en el que no creen. Los demás se rieron, pero Salas mutó el miedo por la tristeza.

—De nada sirve mi ayuda si no creéis en mí —dijo.

Me hubiera gustado ponerlo al corriente de mis facultades: mira Salas, yo siento las almas, las de los hombres y las de los animales, incluso puedo percibir el pavor de los árboles durante las tormentas. Si la meseta del Viento tiene alma, la sentiré. Es probable que si la tuviera, la estuviese sintiendo ya. Pero en lugar de eso, me burlé de su miedo y de la filosofía de su pueblo y le dije:

—Aplica el sentido común, Salas. ¿A que Digesto no le concedía a la meseta del Viento la naturaleza de ser animado?

La falta de oxígeno nos producía disnea y nos impedía

la charla. Lo poco que hablamos fue de la dichosa meseta, y con esa pequeña charla y con los pensamientos que nos suscitaba ascendimos todos entretenidos, aunque con fortaleza dispar.

Estábamos cerca del final de aquella cuesta, cuando Impreciso echó de menos a Pirindolo. En el aire había pocas referencias de nadie, así que no me fue difícil localizar su ánimo unos trescientos metros más abajo.

–Se ha vuelto –aseguré.

Lo llamamos a voces y yo noté que dudaba al oírnos: aunque quería seguir con nosotros, ante el frío intensísimo y sus dificultades para andar por la nieve, había ladrado unas cuantas veces pidiendo ayuda y nadie había reparado en él. Temía por su vida, pero sobre todo se sentía desamparado.

–No hemos caído en que él también necesita abrigarse –comenté.

Trescientos metros de bajada más otros trescientos de subida eran una eternidad. ¿Merecía la pena hacerlos por un compañero que era una rémora y ponía en tela de juicio nuestro afecto?

–Yo iré –dijo Libuell.

Los demás dejamos nuestros trastos en la nieve y nos sentamos sobre ellos. Sin pronunciar ni media palabra, vimos a Libuell bajar a grandes zancadas, con una facilidad impropia para lo pronunciado de la pendiente incluso sin estar cansado, y lo vimos subir llevando al perro en los brazos con la discordancia de un robot al que le faltaran algunos tornillos. «Aquí está», nos dijo riendo, respirando como si estuviera fresco y al nivel del mar. Envolvimos a nuestro compañero de cuatro patas (así lo llamó Impreciso, quien también dijo que él no tenía ninguna) en una manta y lo metimos en mi mochila, lo que nos obligó a acomodar lo que llevaba en ella en la bolsa de los carritos y a dejar abandonado el cazo, la sartén, el hacha, la sierra y el martillo, amén de alguna ropa de entretiempo.

Reanudamos la marcha creyendo que lograríamos escalar la montaña antes de detenernos a comer, pero Dam, con sus pies destrozados, y la silla de Impreciso, que se hundía en la nieve, nos obligaban a llevar un ritmo muy bajo, por lo que solo conseguimos pasar por el estrecho desfiladero que daba a la meseta del Viento bien entrada la tarde.

–A este punto se llega normalmente a las nueve o, como mucho, a las diez de la mañana, para tener tiempo de atravesar el descampado a lo largo del día –nos dijo Salas.

Estábamos estupefactos ante el paisaje que se nos había abierto de pronto: frente a nosotros se mostraba una llanura perfecta de forma elíptica, cuyo lado estrecho, el que debíamos atravesar, tendría no menos de diez kilómetros. La meseta del Viento era en realidad un valle plano situado a varios kilómetros de altura, cubierto por un enorme glaciar sobre el que había una espesa capa de nieve, encajonado entre montañas y abierto al Norte. Después de haber escalado (este verbo quizá resulte excesivo) durante casi toda la jornada, recorrer la llanura que se extendía ante nosotros parecía un ejercicio no más espinoso que un paseo por la ribera de un río ancho y pacífico. Así se lo dije a Salas, quien, sin embargo, estaba como sobrecogido por el temor que le inspiraba el alma de la meseta.

–Debemos volvernos y pasar la noche en el desfiladero: hacerlo en mitad del hielo sería un suicidio –dijo.

No había ni una sola nube en el cielo y soplaba una ligerísima brisa del suroeste que apenas percibíamos en la cara. La temperatura era de unos cuantos grados bajo cero, soportable perfectamente, incluso confortable para lo que podía esperarse de aquella altitud.

–Nos quedan tres horas de sol. Yo propongo seguir y avanzar lo que podamos.

–En el hielo hay grietas gigantescas que se han cubierto por la nieve –nos avisó Salas–. El que caiga en ellas, puede darse por muerto.

–Pero eso puede ocurrirnos lo mismo hoy que mañana –le contestó Altea.

Salas tardó en responderle. Estaba muy inquieto cuando dijo:

–La meseta se enfadará si violentamos su sueño.

Mientras hablaba, yo ausculté el aire en busca de sentimientos y junto a los que los compañeros de Salas habían dejado al pasar por el desfiladero, hallé los de angustia de muchos individuos que habían muerto al intentar atravesar aquel desierto helado.

–El suelo está lleno de cadáveres enteros y con los ojos abiertos –susurré como para mí.

–Bien, yo encabezaré la marcha –me contestó Altea.

Y sin mediar más palabras, arrancó a andar mientras empujaba la silla de ruedas de Impreciso. (La capa de nieve era muy alta y muy blanda, por lo que debía elevar mucho las piernas y convertía su avance en un ejercicio lento y fatigoso). Detrás de ella fue Libuell, cuyas piernas largas y desarticuladas estaban especialmente dotadas para transitar por los atolladeros. Y junto a Libuell fue Dam, que tenía los pies entumecidos y más razones que nadie para pedir una acampada cuanto antes.

Salas y yo nos quedamos mirándolos. Y sobre nuestras

espaldas se quedaron, respectivamente, Impreciso y Pirin-
dolo. Fue el primero de ellos el que nos hizo reaccionar:
–¿Los vais a dejar solos? –nos dijo.
–Por supuesto que no –le contesté.
Iba a echar a andar, cuando Salas me paró poniéndome
una mano en el brazo.
–Pongámonos unas polainas, o la nieve se entrará en
las botas y nos calará los calcetines –me dijo Salas.
Las únicas botas decentes eran las que llevaba Libuell.
A los demás, unas polainas iban a servirnos de poco, pero
de todas formas les dije a los de delante que se pararan y
sacaran ropa para liársela a las piernas. Lo hicieron y, al
concluir, yo propuse constituir una cordada con la soga que
llevábamos de la casa de Utinio y con la horca que habíamos cogido del puesto de vigilancia de Salas. A Libuell y
Dam, que por ir juntos y llevar el paquete más pesado podían hacer mejor de contrapeso, los pusimos atrás, cerrando la marcha; delante de ellos colocamos a Salas, el más
pesado de nosotros, y más con Impreciso encima; por delante de este me emplacé yo con Pirindolo, y encabezando
la marcha se situó Altea, la más ligera, que tenía a la silla de
ruedas de Impreciso como bastón con el que explorar la
solidez del terreno. Si ella se caía en una fisura del glaciar,
los demás podríamos retenerla y sacarla sin problemas.
Pero ella era, también, la más pequeña, y, por tanto, a la que
más trabajoso se le hacía el avance, así que la marcha, que
ya era bastante lenta, se enlenteció todavía más. Yo pude
entonces dedicarme a registrar los alrededores. Y en esa labor, me percaté de que podía saber dónde estaban muchas
de las grietas por las huellas que habían dejado en el hielo
quienes habían tenido la mala fortuna de caer en ellas. Bajo

aquel llano blanco, hervía un universo de sentimientos congelados. Yo me apliqué a percibirlo y me olvidé del mundo
real. Fue el miedo de Salas, cuya intensidad me llamaba a
voces, el que me devolvió a las circunstancias de la superficie. Cuando su llamada se me hizo insoportable, giré la
cabeza para ver cómo iba y enseguida me dijo:

—Se está levantando el viento. Sería mejor que hiciéramos un agujero en el suelo y plantáramos las tiendas de
campaña.

Llevaba razón, pero me pareció que para lo malo lo
mismo daba ahora que un poco más adelante y resolví continuar. Quizá era demasiado tarde cuando dije:

—Acamparemos aquí.

—Hagamos un agujero antes de instalar la tienda —añadió Salas.

Nos pusimos a hacerlo Salas, Libuell y yo, pues tanto
Altea como Dam estaban fuera de combate. Para ese momento, la brisa se había convertido en un viento helado que
casi nos tiraba y que, lejos de amainar, tomaba fuerza a cada
minuto. Yo, que cavaba ayudado de la única paleta de cocina que llevábamos, creí que era suficiente cuando habíamos excavado un hoyo de medio metro y el viento resultaba insoportable.

—No hemos llegado al glaciar. Hay que seguir ahon-
dando —gritó Salas.

Sinceramente, lo consideré un exceso. Nuestras dos
tiendas eran de tipo iglú con forma de semiesfera y tenían
la costura sellada en el sobretecho. No eran cómodas, pero
sí resistentes. El mismo Salas nos había dicho que eran muy
buenas para la alta montaña, lo que no nos produjo ninguna
sorpresa dado que las habíamos cogido en una casa abandonada de Alegría, al borde de la cordillera de La Chimorra.

Tendrían sobre un metro de altura, con lo que buena parte de ellas estaría bajo la superficie nevada y a salvo del vendaval en el agujero que habíamos practicado. Me pareció más importante levantarlas pronto para que pudieran cobijarnos cuanto antes, pues la debilidad de mis compañeros era extrema y acaso alguno ya tuviera congelada una parte de su cuerpo, pero el miedo de Salas estaba tan cercano a su causa que, a pesar de mis impresiones, seguí cavando.

Solo nos detuvimos cuando el suelo se hizo duro. Entonces, montamos las dos tiendas, que quedaron totalmente bajo el ras de la nieve, las aseguramos clavando las piquetas sobre el hielo (como no teníamos martillo, lo hicimos con la olla, que era de acero inoxidable) y nos encerramos en ellas. «¿Te has fijado en que no hay nubes?», me dijo Altea. Estaba como congestionada y fue lo único que habló. Entre Libuell y yo, que ocupábamos con ella la tienda, le quitamos las botas y los calcetines y le dimos masajes, especialmente en las manos y en los pies. Mucho peor estaba Dam: tenía un edema en los pies y Salas dijo que sus dedos estaban congelados, al menos en la superficie. En todo caso, no se podía poner las botas y necesitaba con urgencia que calentáramos sus extremidades con agua tibia y le diéramos alguna droga antiinflamatoria. Sin embargo, poco de lo que Salas solicitaba podíamos hacer. Estábamos atrapados en aquel agujero, sobre un glaciar inmenso, azotados por un viento que incomprensiblemente crecía sin parar y, excepto por las tiendas y los sacos, sin los aprestos mínimos para la alta montaña.

—Tenemos que salir y buscar aparejos contra el frío —le dije a Libuell.

Mis palabras sonaron a locura en los oídos de mi

amigo. Altea, que había recobrado el ritmo de sus pensamientos con las friegas y el calor del saco, me pidió que prestara atención a los sonidos que nos mandaba el exterior y los tres, que compartíamos tienda, pudimos escuchar la voz del viento con absoluta claridad. «¡Fueeeera, fueeeera!», decía. A mí no me pareció un sonido tan extraordinario.

—Afuera, enterrados en el hielo —aclaré a Libuell—, hay cientos de cadáveres, muchos de ellos con hornillos de gas y vestuario como el tuyo. Debemos localizarlos y despojarlos de todo lo que a nosotros nos hace falta.

Libuell no perdió por ello su opinión sobre mí. Iba a contestarme, cuando Altea nos pidió atención de nuevo. Entonces oímos al viento pronunciar claramente: «¡Morirééééis, morirééééis!». La llanura no tenía alma, yo podía refrendarlo, y nosotros estábamos tan débiles que confundíamos los sonidos onomatopéyicos del viento con voces emitidas por un espíritu consciente.

—Y bien, ¿cómo los encontraremos? —me preguntó Libuell.

—Ellos nos llamarán —le contesté.

No lo dejé convencido. Pero el cocinero era un hombre fiel y no quiso defraudarme. Se ajustó su libro de cocina bajo sus ropas y se dispuso a salir. Yo me coloqué en forma de bandolera la cuerda que traíamos de Alegría y la horca y salí primero. El viento dijo: «¿Dónde vaaaais? ¿Dónde vaaaais?». Ya era de noche, pero como seguía estando raso y la luna casi había llegado a su plenitud, había bastante luz en el ambiente, que se reflejaba en la nieve levantada.

En el agujero, el viento no podía azotarnos con tanta violencia, aunque lo intentaba. Nos dijo: «No lo conseguirééééis. No lo conseguirééééis».

—No le hagas caso: todo es producto de nuestra imaginación —le grité a Libuell.

El viento pareció oírme y arreció aún más. Cuando no hablaba, silbaba como debe hacerlo en los cuentos endemoniados en los que es rey y señor. Salir del agujero y soportar el primer golpe era una labor dificilísima. Lo hicimos arrastrándonos, pero incluso así el primer azote nos hizo rodar varios metros. Libuell, siempre a rastras, se interpuso entre el viento y yo para quitarme buena parte de su fuerza e inmediatamente oímos unas carcajadas y el aire cambió de dirección para fustigarnos por el costado. Dijo luego: «¡Morirééééis, estúúúúpidos!».

—Cree en él, cree en su espíritu —me gritó Libuell. Si la tomaba conmigo, quizá fuera porque yo no creía que el viento fuera un sujeto pensante, me sugería mi amigo.

—Yo no puedo creer en lo que no veo —le respondí.

Yo era como el vivo que se asoma al mundo de los muertos y no ve nada.

—Todo es una combinación de sonidos extraños y de nuestra imaginación —le grité de nuevo, y la boca se me llenó de nieve.

No estoy seguro de que Libuell me oyera, pero sí me oyó el viento, que me contestó: «El que no creeeee, moriráááá».

—Y el que creeeee, también —grité yo estúpidamente, no tanto al viento como a mí mismo, pensando en los cadáveres que yacían bajo el hielo.

Libuell se acercó a mí y me gritó al oído:

—Cree, cree o somos hombres muertos.

—No puedo hacerlo, no siento su alma —le contesté.

Mi amigo no pudo entender lo que yo le estaba declarando, pero me contradijo como si lo hubiera hecho:

—Nadie puede hacerlo, porque los dioses no tienen corazón —me aseguró.

Corazón o alma, era igual: Libuell estaba en lo cierto. Yo podía captar el espíritu de los seres vivos, pero no podía captar el de los dioses porque ellos no tienen sentimientos, al menos no los tienen a la manera que los seres humanos y los demás seres expuestos a la incertidumbre y a la muerte.

—Son crueles, no tienen corazón —insistió.

Entonces, dudé, y con mi duda el viento se sintió más complacido, pero no amainó por ello. Sentimos su carcajada nuevamente y al punto su voz, que nos dijo: «¿Adónde vaaaais?».

No lo sabe, recapacité. Yo estaba actuando como si el viento tuviera personalidad. Aunque creía en él, no creía en su omnipotencia.

—No se lo digas —le grité a Libuell.

—¿El qué?

—Lo que vamos a hacer: no lo sabe. Será un dios, pero, como todos los dioses, actúa a posteriori, no es capaz de manejar la voluntad de los hombres. Nosotros vamos a hacer lo que debemos y él que haga posteriormente lo que quiera.

El viento guardó silencio para escucharme y se quedó intrigado. Tardó varios segundos en responderme, y lo hizo de la forma más burda: «Moriráááás, moriráááás". Ahora ya solo se dirigía a mí. «Eres un viento de mierda», le contesté. Su furia se abatió sobre nosotros desde el lado contrario al de la dirección que llevábamos empujándonos hacia el agujero donde las tiendas seguían resistiendo. Yo me dejé ir y, cuando estuve cerca del agujero, me puse de lado para que me empujara y me devolviera a él. Libuell, que apenas me veía en medio de la ventisca, hizo otro tanto y cayó sobre mí.

–¿Qué hacemos? –me preguntó.

Cuando quería oír nuestra conversación, el viento se moderaba.

–Aguarda aquí.

Entré en la tienda, cogí mi saco de dormir y até las cuerdas de su boca a la horca que yo seguía teniendo en bandolera, y en el otro extremo del saco, donde había un asidero, até la bolsa en la que este se guardaba, en la que previamente había metido la colchoneta a medio liar. Luego desplegué la cuerda y la horca, las uní y me até el extremo libre a la cintura. Con el cabo que restó, Libuell hizo lo mismo.

El viento avizoraba nuestras evoluciones como un gato una ratonera. Yo me asomé a la superficie y solté la bolsa con la colchoneta, que rodó por la nieve empujando el saco de dormir, el cual, al llenarse de aire, nos empujó violentamente hacia el exterior a Libuell y a mí y nos arrastró por la superficie con la destreza que lo hiciera el mejor de los velámenes. «¡Morirééééis, morirééééis, estúúúúpidos!», dijo el viento riéndose a carcajadas, cambiando de dirección y llevándonos de un lugar a otro. «¿Todo lo que eres capaz de hacer es esto?», le grité divertido. En realidad, parecía que éramos nosotros los que jugábamos con él y no al revés. Se enfadó. Dejó de tener distintos rumbos y nos empujó en silencio hasta una grieta de varios metros de profundidad en la que los dos caímos revueltos con la nieve, el saco y su funda.

–Estamos donde queríamos –le dije a Libuell.

Mi pobre compañero no estaba al corriente de mis intenciones, así que no pudo comprender mis palabras. Para aclarárselas, añadí:

—El muy memo nos ha traído hasta una fosa repleta de abastos.

Tampoco me entendió el viento, que había cesado en sus ímpetus para observarnos y escucharnos mejor.

Aunque no veía nada, las emociones congeladas me daban una idea fiel de quiénes eran los individuos enterrados y cómo estaban distribuidos sus cuerpos. El más fácil de localizar fue el de un joven compañero de Salas que se había quedado colgado de una cuerda, sin poder escalarla por culpa de un brazo roto. Llevé al cocinero hasta él y le dije:

—Quítale las botas y la ropa.

Yo me puse a escarbar en el suelo con mi cuchillo y llegué hasta donde estaba el resto de componentes de la expedición.

Desnudar un cadáver congelado es difícil y requiere fuerza y paciencia, pues hay que dislocar sus miembros, pero también exige una destreza que se alcanza con la práctica. Por eso, en cuanto desnudamos al primero, el siguiente nos costó menos trabajo, y menos aún el posterior. El viento, que se asomaba desde el borde de la grieta, supo lo que hacíamos y se sintió preocupado cuando nos vio actuar con tanta industria y tan en lo que queríamos. Para impedírnoslo, empezó a mandarnos la nieve que levantaba en la superficie. «¡Moriééééis, moriréis!», decía, pero ya se notaba en su voz la sombra de la duda. Nosotros seguimos escarbando. Entre los restos de la expedición, encontré la cocina de gas que buscábamos, e incluso varios pares de esquís y cuatro pares de raquetas.

Allí mismo encendí la cocina de gas y calenté unas botas, un forro polar y un anorak, todo lo cual me puse enseguida. También calentamos unos frutos secos y unas latas de conserva vegetal mientras acercábamos al fuego azulado las manos y la cara. Con las calorías ingeridas, la ropa nueva y el amparo del hielo, mi cuerpo empezó a reanimarse.

–Saldremos de día –le dije a Libuell, recordando las prevenciones que Salas nos había hecho para que evitáramos la noche de la meseta–. El sol calienta antes la superficie de la tierra firme que la del glaciar y el viento está obligado a ir en esa dirección, y yo diría que hasta a retirarse.

Yo hablaba alto para que el viento pudiera oírme, y este me contestaba retorciéndose en la boca de la grieta, arrojándonos nieve y aullando frases inconexas y palabras que no significaban nada. Para cuando saliéramos, hicimos diversos bultos con los pertrechos recuperados y los encadenamos a la soga.

Poco a poco, el sol empezó a salir y con él empezamos a sentir la debilidad de nuestro enemigo.

–Ruge, viento de mierda, ruge por tu fracaso –le grité.

Si la envidia que les tienen a los humanos por su libertad es la mayor fuente de sufrimiento de los dioses, la ira desatada –más que la suficiencia– es su gran debilidad. El dios del Viento de aquellas montañas se volvió loco. Concentró sus mermadas energías sobre la grieta y sopló como nunca antes lo había hecho. Yo le grité a Libuell «ahora» y entre los dos arrojamos hacia lo alto la funda, que al ser arrastrada tiró del saco, el cual nos remolcó hasta la superficie. Pero en esa porfía gastó el viento sus últimas fuerzas. Tras impelernos unas decenas de metros, casi de repente, devino en una calma total. Recuerdo que entonces gritamos de júbilo, que lo insultamos a él y a todos los dioses y que saltamos sobre la nieve.

Nuestros amigos no estaban lejos. Su situación era de

extrema debilidad, pero aún seguían vivos. Repartimos entre ellos raciones de frutos secos y latas de conserva así como la ropa de montaña y metimos los pies y las manos de Altea y Dam en la olla llena de agua tibia. Libuell (que parecía incansable) y yo hicimos un gran bulto con nuestros enseres y Salas le colocó un par de esquís a la silla de ruedas y dos pares más al bulto, que quedó fraguado en una suerte de trineo sobre el que se subieron a horcajadas Dam y Altea y del que tiramos Libuell y yo. Impreciso se montó en su silla y Salas, que la remolcaba, se echó sobre las espaldas a Pirindolo.

Con las raquetas bien sujetas a los pies, nuestra marcha fue relativamente rápida. A mediodía nos paramos a descansar y calentar las extremidades de Dam y Altea y nos comimos las últimas raciones de frutos secos. Un par de horas después, concluida la travesía de la meseta del Viento, iniciamos la del cordal más alto de las montañas de Sierra Madrona caminando en oblicuo por una lengua de nieve que iba de más anchura a menos a medida que ascendía hacia un portillo que tenían las crestas. Al anochecer, instalamos el campamento junto a las primeras paredes de las montañas nevadas, a varios centenares de metros sobre el nivel de la meseta. El aire era escaso y el frío había aumentado, pero no hacía viento y nuestras ropas eran ahora una barrera eficaz que nos protegía de la hostilidad del clima. Las extremidades de Altea y Dam mejoraban y, aunque estábamos cansadísimos y nos costaba trabajo expresar nuestras ideas, teníamos el ánimo muy alto. Yo, tras contar a Altea lo que habíamos vivido la noche anterior en la grieta del glaciar, me atreví a cuestionar la existencia del dios del Viento.

–No sé si fue realidad o ficción –les dije a ella y a Libuell, que descansaba con nosotros en la tienda.

–Todos oímos su voz –me contestó Altea.

–Oímos sonidos semejantes a las voces –dije yo.

–El viento nos llevó a la grieta, nos estuvo contemplando y, sin quererlo, nos ayudó a salir. Los dos lo vivimos. Nuestros recuerdos coinciden. Negarlo sería refutar una experiencia propia. En lugar de hacerlo, deberíamos dar testimonio de lo que pasó: el dios del Viento existe, amigo mío. Y si existe ese dios, deben existir otros. Quizá el de las montañas, y el del valle, y el de la lluvia, y el de los bosques, y el del sol –dijo Libuell.

Estábamos en la misma situación que los hombres primitivos, a merced de los ímpetus de la Naturaleza y sin el armazón de una fe superior que sustentara nuestra contingencia. No era extraño que, como ellos, acabáramos creando un universo animado para explicar lo que no entendíamos. Para mí, era la confirmación de que nuestra sociedad había retrocedido de pronto varios miles de años.

–Ahora que no sopla, no creo en él. La falta de oxígeno debe producir confusión, e incluso alucinaciones. Vengo de una sociedad que fabricó aeronaves y generadores eólicos basándose en leyes físicas relacionadas con el aire y su movimiento. No puedo creer en la voluntad de un dios caprichoso sin negar la existencia de esas leyes –les aseguré.

Ahí terminó la conversación. En el mundo, por grande que este fuera, no podía haber una persona más cansada que nosotros. Aun así, dormimos mal. Yo me desperté y volví a dormirme muchas veces, y cada vez que me despertaba interrumpía un sueño que no tenía carácter de pesadilla pero dejaba en el ánimo las mismas secuelas. Soñé que

Lida me perseguía por las avenidas de una Sholombra esplendorosa en su tristeza para hacer el amor conmigo, que los loptan salían de la montaña de escorias por un respiradero y predicaban por las plazas la bondad de la ceguera, que el dios del Viento era un armatoste controlado por dos estudiantes de ingeniería y que en el libro de Libuell había recetas mágicas para alimentar a los pobres en el que los ingredientes se sustituían por palabras de consuelo.

Al amanecer del día siguiente, desayunamos las últimas latas de conserva, recogimos el campamento y proseguimos nuestro viaje. La subida fue a partir de entonces más directa y más empinada y, en consecuencia, más laboriosa, pero la cercanía del paso entre las montañas insuflaba oxígeno en nuestros pulmones e inyectaba energía en nuestros músculos. Tras un par de horas sobre la nieve, llegamos a una zona donde esta alternaba con la roca. Salas nos dijo que desde donde estábamos hasta el área gemela del lado contrario habría unas tres horas de dura marcha para un joven en buenas condiciones físicas cargado con una mochila. Nosotros teníamos tres individuos incapacitados, un perro y un equipaje voluminoso y mal articulado: si queríamos pasarlo todo de un lado a otro, no nos cabía más solución que olvidarnos del tiempo y hacer tantos viajes como fueran necesarios. Como no había otra solución, hicimos una parihuela con los esquís y las cuerdas y sobre ella pusimos algunos de nuestros pertrechos y a Altea. Salas y yo fuimos los encargados de transportarla, mientras Libuell, que llevaba a Pirindolo y una mochila, nos auxiliaba cuando el terreno se volvía más escarpado.

Las tres horas a que se había referido Salas acabaron siendo poco más de cuatro. Todavía quedaban muchos kilómetros de rigurosa travesía, pero ya estaba claro que en una jornada más llegaríamos a nuestra meta. Bajamos un centenar de metros, levantamos una tienda y dejamos en ella a Altea con Pirindolo. La vuelta, sin más carga que la parihuela vacía y con la fuerza que nos daba la emoción, fue más rápida de lo que pensábamos. Aún nos quedaban cuatro horas de luz cuando, cargados con el resto de nuestros compañeros (Dam, en la parihuela e Impreciso, sobre Salas) y con todo lo que había quedado, empezamos el segundo viaje, que resultó dificultosísimo, pues no habíamos contado con las quejas de Impreciso y Dam, con el engorro de la silla de ruedas y con el cansancio que se había acumulado en nuestros maltrechos y desnutridos cuerpos.

Llegamos con el sol puesto, aunque sin que la oscuridad se hubiera cerrado por completo. Aquella noche no cenamos, ya que ni teníamos nada ni había lugar donde Libuell pudiera conseguirlo. Derretimos nieve en la olla (con lo que apuramos la bombona de gas) y echamos en ella dos puñados de garbanzos por cada uno de nosotros, a fin de que estuvieran blandos para el día siguiente. Eso fue lo que desayunamos. Eso y la lejana visión del valle de Calhassor, que nos alimentaba con más eficacia que lo que nos entraba por la boca.

Aunque la última jornada parecía fácil, Salas nos advirtió que desde aquella altura las distancias y las dificultades engañaban mucho, por lo que debíamos partir en el acto si queríamos llegar al valle antes del anochecer. No hizo falta que lo dijera dos veces: recogimos el campamento, montamos de nuevo los esquís en los bultos y la silla y empezamos a descender a sotavento por una ladera en la que la desunión de las capas de hielo escondidas bajo el manto de nieve provocaba un grave riesgo de aludes.

–Deberíamos descender por la línea de máxima pendiente –dijo.

Pero eso era imposible en nuestras condiciones. Antes al contrario, si no queríamos que los trineos nos arrastraran, el descenso debía ser en zigzag, lo que suponía someter al suelo a una sobrecarga que podía producir un desplazamiento de las placas.

Iniciamos la marcha bajando suavemente hacia la izquierda. La inclinación era considerable y Altea y Dam debían hacer contrapeso en el trineo para que este no volcara, mientras Salas tenía que apoyarse con fuerza en la nieve para mantener la verticalidad de la silla. A lo lejos, delante y detrás de nosotros, se producían pequeños aludes espontáneos. No llevaríamos ni doscientos metros e íbamos a entrar en una zona convexa de la ladera, cuando Salas se detuvo y dijo:

–No podemos continuar. Sería un suicidio hacerlo. Estamos sometiendo a la nieve a un estrés que acabará en alud, seguro.

–¿Y qué alternativa planteas –le repliqué yo–, quedarnos arriba?

–Debemos desprendernos de los trineos y de la silla, volver sobre nuestros pasos hasta alcanzar la cornisa y caminar por ella buscando una zona más ventosa y ondulada por la que descender lo más en vertical que podamos.

Impreciso fue el primero en contestarle:

–¿Estás loco? ¿Desprendernos de mi silla? ¿Te desprenderías tú de tus pies? –le dijo.

–Altea y Dam no pueden caminar –le respondí yo.

–Tendrán que hacerlo –la seguridad de Salas apabullaba a nuestros argumentos–. Es mejor que dos de noso-

tros pierdan unos pocos dedos de los pies a que todos per-
damos la vida.

Yo miré a los miembros del grupo.

—Yo puedo caminar —dijo Altea.

—Y yo también —reconoció Dam.

Pero por ser los interesados, sus juicios no me parecieron objetivos, sino actos de inmolación.

—Mi silla viene conmigo a donde yo vaya —dijo Impreciso.

—¿Y tú, Libuell, qué dices? —le pregunté yo.

El cocinero, por sus grandes zancadas, era el hombre
ideal para caminar lo mismo en las ciénagas que en la nieve,
y sus correas para soportar cualquier inclemencia lo hacían
materialmente indestructible. Ningún rigor de la Naturaleza que no fuera el paso del tiempo iba a acabar con él.

—Lo que queráis —respondió.

No era una opinión, y desde luego no me ayudaba
nada. En realidad, de las opiniones expuestas, la única que
podía ser considerada era la de Salas, pero esa era la que
menos me interesaba apreciar, así que la obvié. En ese caso,
solo quedaba la mía.

—Seguiremos por donde vamos —sentencié—. No cabe
otra solución. Iremos despacio y pondremos el cuidado necesario.

Salas se adelantó aún más para no someter a las placas
al peso de los dos grupos y para que uno no arrastrara al
otro si se producía una avalancha. Llevaba toda la razón: lo
que él tenía como seguro, se produjo, y fue inducido por el
trineo que remolcábamos nosotros. El suelo sobre el que
este se desplazaba se deslizó llevándoselo consigo lateral-
mente. Libuell y yo sentimos cómo las cuerdas se nos es-
currían entre las manos y nos quedamos pasmados, a no

más de un metro del bocado que el alud había hecho sobre la superficie nevada, pero Salas, que no dejaba de mirar atrás, gritó a Altea y Dam que saltaran, y eso fue lo que hicieron ellos, aunque con desigual ventura, pues mientras Dam caía hacia un costado que acabó por estabilizarse, Altea lo hacía en el meollo de la oleada.

—Nada, nada sobre la nieve y permanece a flote –gritó Salas.

El ruido del alud ahogó luego cualquier otro sonido.

Cuando la nieve se detuvo en el valle, nos quedamos absortos en el punto en el que se había estabilizado, pero Salas nos gritó:

—¡Vamos, puede estar viva! Hay que sacarla antes de que la nieve se endurezca.

Recuerdo que lo seguí como un pasmarote. Si Salas me hubiera pedido que me arrojara al océano desde un acantilado impresionante, habría saltado sin dudarlo. Solo después de varias decenas de metros me di cuenta de lo que estábamos haciendo. Salas iba a mi par, descendiendo de lado, y Libuell se nos había adelantado y bajaba de frente, dando unas zancadas enormes e hincando sus pies en la nieve, como un insecto patudo. Desde nuestra posición hasta el lugar donde se había detenido el alud, habría no menos de un kilómetro. Mucha distancia, al ritmo que lográbamos descender. Me paré unos segundos a auscultar el aire, pero no sentí más que unos equívocos efluvios de terror, insuficientes aún para determinar si Altea estaba viva y dónde. Continué bajando y me detuve de nuevo. Las emisiones eran más claras y venían desde la falda de la montaña. ¿Podía haber salido antes de que el alud se detuviera? Se lo pregunté a Salas, que me sacaba unos cuantos pasos. «Aunque es raro, no es imposible», me contestó. Entonces, llamé a gritos a Libuell, que se hallaba a un centenar de metros, y le dije que se parara, pues Altea estaba a su altura y a la derecha, pero el cocinero siguió descendiendo como un zapatero sobre la plana superficie del agua, obnubilado con las imágenes de lo que acabábamos de presenciar. «A la derecha, Salas. Está a la derecha», grité, al tiempo que yo mismo me dirigía en oblicuo hacia el lugar donde, ya con toda seguridad, nuestra compañera había logrado salir de la avalancha. Salas se detuvo y me miró. Yo le señalé con el brazo extendido el camino que debía seguir y en poco más de un minuto estábamos los dos apartando nieve con las manos.

—¿Cómo sabes que está aquí? —me preguntó.

—Porque la siento. Vamos, cava, que está viva —le contesté yo.

Altea había hecho una cámara respiratoria desplazando la nieve con las manos y las rodillas y había adoptado la forma de una bola. Conociendo exactamente su localización, no nos fue difícil llegar hasta ella y sacarla.

No se había roto nada ni tenía daño alguno, solo frío y un susto de muerte, problemas ambos que podían superarse con el cálido abrazo de sus compañeros. Eso fue lo que le dimos, y durante un buen rato los tres estuvimos abrazándonos, riendo y gritando como posesos mientras nos dábamos golpes reparadores que nos restituían tanto el fluir de la sangre como el del ánimo.

A trompicones, entre carcajadas y lágrimas, Altea consiguió decirnos que cuando oyó a Salas pedirle que nadara, se aplicó a mover los pies y las manos como si luchara contra una ola gigantesca con la única ansia de mantenerse a flote.

—Esa ola te pasó por debajo y te dejó sepultada sin apenas machacarte. Tuviste suerte de encontrarla al principio de la cuesta. Más adelante, hubiera sido irresistible —dijo Salas.

—Y ahora estarías debajo de las botas de Libuell —añadí yo señalando al bueno del cocinero, que nos hacía señales de júbilo con los brazos extendidos.

No debimos esperarlo mucho tiempo: subió casi como bajó, con la facilidad de las arañas, y cuando llegó no mostró signo alguno de cansancio. Al contrario, como habíamos perdido el trineo, se ofreció para llevar sobre sus espaldas a Dam, que aún tenía los pies lesionados, o incluso a Altea. Y probablemente hubiera sido capaz de hacerlo, pues su extrema delgadez parecía la de esos seres titánicos dotados de exoesqueleto, pero ninguno de los dos lo consintió. Dijeron que bastante tenían con caminar sin mochila y se pusieron a andar antes que nadie por el camino que nos había indicado Salas, que recuperaba nuestros pasos, subía a la cornisa de la montaña y continuaba por ella hasta una zona de barlovento, por la que descenderíamos buscando un relieve más ondulado.

En teoría, teníamos posibilidades de bajar sin daños si hacíamos lo que nuestro guía nos indicaba, pero la hipótesis de salvación incluía caminar más deprisa, a fin de llegar antes del anochecer a la superficie libre de nieve, y hacerlo sin alimento alguno, dado que en el trineo perdido teníamos tanto las tiendas de campaña como la olla con los garbanzos.

Caminamos deprisa durante las primeras horas del recorrido, que nos llevó hasta un valle alto, muy ancho y, sobre todo, muy largo, inmenso, un desierto de nieve en el que hicimos varios kilómetros sin descanso. Pero al llegar el mediodía, cuando Salas ordenó virar a la derecha y vimos que debíamos gatear otra vez, las dolamas que nos aquejaban, el hambre y el cansancio emponzoñaron nuestra voluntad y, con la excepción de Libuell, lentificaron nuestra marcha de una forma peligrosa. Altea acudió entonces a la memorable disciplina de la arenga y, situada enfrente de nosotros y gesticulando con los brazos, nos dijo:

—Detrás de esas montañas está el valle de Calhassor. La idea de abandonar resulta gratificante a nuestros sentidos y suena a música celestial en nuestro maltrecho ánimo. Pero ¿vamos a renunciar a llegar a él solo porque el camino sea extremadamente dificultoso?

«Amigos, estoy más animada que nunca para volver a trepar. A mí las dificultades me hacen crecer. Si me adapto a la coyunturas no es para dejarme arrastrar por ellas, sino para vencerlas. Y no espero menos de vosotros».

Subir. Subir de nuevo. El trance de la subida nos engrandecía. Detrás del sacrificio que suponía la ascensión estaba el segundo premio, pues el primero, aunque fuera paradójico, era la ascensión misma.

Altea no se había quejado ni una sola vez, a pesar de tener sus dos pies afectados por la congelación. Que fuera ella, que estaba enferma, la que nos animara a seguir luchando, añadió a sus palabras varios puntos emocionantes. Y qué somos, sino voluntad. Cuando la tenemos, las metas son asequibles, por difíciles que parezcan. Si nos falta, en cambio, por muy despiertos que estemos, no somos más que muertos vivientes.

«Más allá del último cansancio y más allá del extremo dolor hay fuerzas aún para quienes saben extraerlas», añadió. Se dio media vuelta y empezó a andar seguida de Libuell, y, tras un leve titubeo motivado por la sorpresa que el fin del éxtasis provocó en nosotros, de Dam, de Salas y de mí.

Caminamos sin detenernos a descansar. La pendiente se dulcificó y cuando coronamos el paso entre las montañas y vimos, por fin, el valle de Calhassor, alargado y verde, todos gritamos de júbilo. Aquella perspectiva ya no se fue de nuestra vista y nos dio energía para avanzar montaña abajo hasta la zona libre de nieve, a la que llegamos con el sol puesto detrás de las crestas que ceñían el valle por el Oeste, sobre las que una luz rojiza se reflejaba en algunas nubes alargadas. Le quitamos los esquís a la silla de Impreciso, liberamos a Pirindolo de su enclaustramiento y bajamos un poco más huyendo del frío, casi a oscuras, por una vereda que surcaba el páramo junto a un riachuelo que, saltando entre peñas grandes y redondas, buscaba perderse un kilómetro más abajo en un bosque de coníferas. Detrás de los primeros árboles, en un anchurón de la vereda, nos detuvimos derrengados. Habíamos caminado durante toda la jornada y estábamos, literalmente, muertos. Libuell encendió una candela y nos tumbamos a su alrededor, sobre el suelo húmedo y boca arriba. Nuestro cansancio tenía volumen y peso, y nos impedía movernos tanto como hablar o dormirnos. Alguien, haciendo un esfuerzo, dijo: «Pirindolo, estate quieto», porque hasta los movimientos del perro nos molestaban.

Cuando al día siguiente nos pusimos en pie, Libuell llevaba varias horas levantado y había recogido por los alrededores numerosos tubérculos comestibles y un ovillo de desesperadas lombrices que nos comimos sin rechistar. Después, Salas y yo revisamos los pies de los enfermos y comprobamos que en los de Altea habían desaparecido los síntomas de congelación y en los de Dam no había necrosis alguna, por lo que también se acabarían curando.

Antes de ponernos en marcha, Salas nos informó de que en cualquier momento podíamos ver a un habitante del valle, quien tendría la obligación de colgarlo a él, primero, y, luego, de colgarnos a nosotros.

—¿Tú no tenías un plan? —me preguntó Altea.

—Lo tengo —le respondí.

—Pues ya va siendo hora de que lo pongamos en práctica. ¿No crees?

Capítulo 6

Una filosofía basada en el miedo. Nuestro grupo se divide. De cómo me hago pasar por el mártir y de las consecuencias que dicha actuación tuvo. El descubrimiento de un paisaje mutilado. Libertad la Loba. Libertad el Libertador. El valle de Libertad. La crueldad de una mujer despechada. Una muerte que lleva a otra. Lo que ocultan las murallas de Rodas.

–Mi plan es sencillo –les dije–. Me haré pasar por la reencarnación de Digesto, el fundador de la filosofía que rige en Calhassor. Vuestro papel se limitará a hacer lo que yo os diga.

–¿Y luego? –me preguntó Libuell.

–No hay nada planificado para luego. Responderé en función de las circunstancias y utilizando su propia filosofía, el sentido común –le contesté.

Se quedaron estupefactos: ¿eso era todo? Si eso era todo, podían darse por muertos. Altea sacó su pistola y comprobó su funcionamiento.

–No me gusta tu plan –dijo–. Lo siento, pero esta vez no te seguiré. He sufrido demasiado atravesando esas montañas como para que sea el azar el que disponga de mi futuro. Mi plan es atravesar lo rápidamente que podamos este valle y eliminar a quien se interfiera en nuestro camino.

Ambos miramos a los otros.

–Hasta ahora nos ha ido bien en la lucha contra los que nos han atacado –añadió Altea–. Y os recuerdo que Digesto murió asesinado por sus partidarios.

Como ninguno de los dos cedíamos, nuestros compañeros dudaron entre la fe que me tenían a mí y la razón que les ofrecía Altea y se decidieron por esta última. Cuando lo hubieron hecho, intentaron convencerme para que los acompañara, unos haciéndome ver que solo no podría ir a ninguna parte y otros que mi ayuda era necesaria para su propia salvación.

–Si sales bien librado del topetazo inicial y consigues engañarlos, ten en cuenta que la sociedad de Calhassor es como un sumidero que te engullirá –me dijo Altea, finalmente.

Le preguntamos a Salas y este se encontró tan desahuciado que prefirió la fe a la razón.

No hablamos más. Yo no gasté demasiadas energías intentando convencerlos porque ni estaba muy seguro de mi plan ni lo estaba de que su compañía lo mejorara.

Nos pusimos en marcha enseguida. Caminamos durante un par de kilómetros sin intercambiar más que unas cuantas frases protocolarias, al cabo de los cuales dimos con una bifurcación de la vereda que separaba, al menos de forma provisional, nuestros pasos. Nuestra despedida fue desproporcionadamente sencilla para el tiempo que llevábamos juntos y las vivencias que, sobre todo Altea y yo, habíamos compartido. Salas nos indicó cuál era la salida del valle en dirección al Oeste, hacia el océano Fíldico, y quedamos en esperarnos unos a otros durante una semana a partir de ese día en un lugar que concretamos partiendo de la información que Salas nos dio, cerca de un puerto de montaña que el vigilante nos señaló con el dedo desde un promontorio cercano. A última hora, cuando los dos grupos nos habíamos separado, Pirindolo, que en principio los acompañaba a ellos, optó por venirse conmigo desoyendo las voces de Dam e Impreciso.

—Este intuye dónde está su salvación —le dije a Salas—, que ya sentía la soga anudada alrededor de su cuello.

Salas y yo habíamos tomado el camino que nos llevaba hasta Anmadel, el pueblo más poblado de Calhassor, mientras que los demás habían elegido otro menos transitado con la intención de desviarse pronto y seguir campo a través en dirección al Oeste. Anmadel estaba a cuatro horas de marcha del punto donde nos separamos, pero nos llevó mucho más tiempo llegar hasta sus proximidades, pues en cuanto yo apreciaba la presencia de alguien, salíamos del camino y dábamos largos rodeos. También nos detuvimos a comer fruta en varias de las numerosas y excelentes huertas que tenía el valle, en las que siempre encontrábamos una horca colgada del árbol más frondoso. A Salas le extrañó mi habilidad para presentir a la gente antes de que esta pudiera visualizarse.

—Conmigo estás seguro —le dije sin aclararle más, dándole una palmadita en la espalda—. Quédate tranquilo. Si creyeron las simplezas de Digesto, con más razón creerán las mías.

A media tarde, nos situamos en un altozano desde el que se divisaba Anmadel, que resultó ser un pueblo de unas mil quinientas viviendas unifamiliares y calles irregulares trenzadas a partir de una plaza casi redonda. La mayoría de las casas estaba al otro lado de un río que se salvaba por un puente de un solo ojo de cuya piedra angular colgaba una horca de hierro, a la manera de un monumento.

—¿Qué haremos? —me preguntó Salas.

—Esperar a que se haga de noche —le respondí yo.

Volvimos sobre nuestros pasos y nos instalamos en el pajar de un establo, en el que cenamos fruta y dormimos durante unas pocas horas. Mucho después de la medianoche, con la localidad iluminada por una espléndida luna llena, cruzamos el puente y nos adentramos en Anmadel empapados de un miedo que lo emponzoñaba todo, como si fuera una humedad hedionda y pegajosa.

En las pequeñas comunidades de Calhassor no había alcaldes ni líderes oficiales y, según nos había dicho Salas, las asambleas eran dirigidas por las personas que tenían más interés en el asunto, pero yo descubrí a los líderes naturales, que casualmente albergaban en su alma un rencor abstracto y más miedo. También averigüé que la soga con la que fue ahorcado Digesto estaba guardada en el amplio local donde los días de mal tiempo se celebraban las asambleas. Cuando le expuse mi intención de robarla, Salas se puso a temblar.

—Es una reliquia que mi pueblo venera —dijo.

—La veneración de las cosas va contra el sentido común —le contesté—. De todas formas, por eso nos la llevaremos.

El local donde se guardaba esa reliquia tenía una puerta de dos hojas mal encajadas que forzamos sin dificultad haciendo palanca con un hierro. La soga, que estaba adornada con aretes de oro labrados, tenía el nudo corredizo hecho y colgaba amenazadoramente del centro del salón, que iluminamos con una de las numerosas lámparas de aceite que colgaban de las paredes. Mientras Salas, a instancias mías, se dedicaba a coger lámparas, yo descolgué la soga y me la lie a la cintura.

—Y ahora, ¿qué hacemos? —me preguntó Salas con voz

temblorosa cuando estuvimos de vuelta en la calle

—Crearemos un escenario de pánico y nos aprovecharemos del miedo de tus paisanos —le contesté.

Y sin mediar más palabras, me dirigí a una horca que había en las inmediaciones, la unté de aceite y le prendí fuego. Pero había más, muchas más, y lo necesitaba a él para completar mi labor. «Haz tú lo mismo», le ordené. Aunque no entendía muy bien mis pretensiones, cumplió mi petición de igual modo. Y otro tanto hizo cuando tras haber incendiado varias horcas más llegamos a la ribera del río y yo le pedí que se descolgara por el puente y destruyera la horca de hierro que colgaba de él, si bien, después de incontables esfuerzos, solo consiguió ladearla.

Cuando volvió a subir, echamos a correr en dirección al pajar en el que habíamos fijado nuestra base y corriendo gateamos el altozano, en cuya cumbre roma nos detuvimos para observar el pueblo: la gente había salido a la calle a medio vestir y miraba sobrecogida cómo las flamas consumían las sogas que eran símbolo de su filosofía y de su miedo o, apretujada en los pretiles de la ribera, observaba el monumento de hierro, al que la luz de los fuegos reflejada sobre el agua imprimía un aspecto fantasmagórico

—El terreno está abonado para nuestra aparición —le dije a Salas.

—¿Qué quieres decir?

—Mañana lo verás.

Sin más dilación, volvimos al pajar, donde nos aguardaba Pirindolo, y nos acostamos. A mí se me hizo raro no contar con la compañía del resto de mis amigos y hasta que me dormí no perdí de la memoria la imagen de Anmadel alumbrado por las llamas.

A media mañana, le pedí a Salas que me atara las manos

con una cuerda que había en el pajar y que me pusiera alrededor del cuello el nudo corredizo de la horca con la que mataron a Digesto.

–Les dirás que me has detenido cuando me disponía a cruzar la meseta del Viento, que iba con esta soga al cuello y que me has traído aquí para que me juzgue la asamblea, en vez de matarme directamente, porque yo aseguro que soy la reencarnación de Digesto y algunos fenómenos que acontecen en mi presencia te han hecho recapacitar sobre una aseveración tan en contra del sentido común. Y si te preguntan por tu compañero, diles que se despeñó intentando atraparme. No te salgas de este guion. Coge el extremo de la soga, déjame actuar a mí y todo irá bien –le dije antes de partir.

Yo había previsto que caminaría con la soga al cuello y las manos a la espalda delante de Salas y que ambos, con Pirindolo jugueteando a nuestro alrededor, nos encontraríamos con algún vecino, quien, harto sorprendido, correría a dar cuenta de nuestra llegada. Nos movimos, sin embargo, sin ver a nadie, y cuando entramos en el pueblo lo hallamos desierto. Cruzamos el puente, anduvimos unos metros junto al pretil de la ribera y enfilamos la calle que llevaba hasta la plaza. En el centro de esta, hasta la noche anterior había habido un patíbulo de madera, del que solo quedaban unas pocas tablas a medio quemar. Justo enfrente de la bocacalle que traíamos, se hallaba el local público, en el que se estaba celebrando un acto que había congregado a casi todos los habitantes, muchos de los cuales lo seguían desde el exterior, arremolinados junto a la puerta. Salas y yo caminamos por la plaza en dirección al local sin ser vistos por la gente, que nos daba la espalda, y nos detuvimos junto a los restos del patíbulo.

Debieron pasar unos cuantos minutos antes de que los movimientos de Pirindolo llamaran la atención de uno de los reunidos, quien al volver la cabeza nos descubrió quietos y mirándolo. Desde donde estábamos, vimos que ese individuo avisaba a otro con un codazo, vimos que los codazos y los manotazos se sucedían como una onda que fuera expandiéndose del exterior al interior del local y vimos cómo la aglomeración se blandeaba para dejar paso a dos hombres y una mujer que se quedaron parados delante del gentío con gesto retador y solemne.

—Salas, ¿qué es esto? —preguntó uno de ellos, el mayor de todos. Tenía los ojos claros y su mirada era difícil de soportar, de tan aguda y firme.

Estaríamos a treinta metros de ellos, no más, y había un silencio purísimo. Salas no tuvo que alzar la voz para hacerse oír.

—Vengo a que juzguéis a este hombre —dijo.

—¿Por qué no lo has ahorcado tú mismo?

—Lo encontré cerca de nuestro refugio. Me chocó verlo caminando solo en dirección a Alegría con esta soga tan fácil de reconocer al cuello y cuando le pregunté quién era, me contestó que Digesto.

Aquel individuo era tío de Salas, el hermano de su difunto padre, pero era también el más intransigente de todos los vecinos de Anmadel, y en un pueblo de tanto miedo, el más proclive a asumir el liderazgo del grupo.

—¿Digesto? ¿Cómo se atreve a usurpar la personalidad de nuestro profeta? Ya sabemos quién robó la horca esta noche.

—¿Esta noche? —se interrogó Salas—Llevamos andando varios días. Si este hombre robó la horca, no fue anoche, eso es seguro.

El tío de Salas dudó. La mujer tomó la palabra y, dirigiéndose a mí, dijo:

–Forastero, dinos quién eres.

Yo los hostigué con la mirada antes de contestar.

–Soy Digesto, la voz de vuestra conciencia –voceé.

La fórmula era la misma o muy similar a aquella con la que el verdadero Digesto se presentaba. Salas no me la había dicho, era yo el que la había descubierto entre los sentimientos vivísimos que impregnaban la cuerda que tenía alrededor del cuello. En el contexto traumático que los destrozos de la noche habían creado, mis palabras sonaron extrañamente cercanas.

–¡Sacrilegio! –gritó el tío de Salas–. ¡La sentencia se ha dictado! Debemos ahorcarlo en el acto.

Numerosas voces pidieron a gritos mi ahorcamiento. Yo, tras preguntar a Salas cómo se llamaba su tío, levanté la mano y con ello conseguí el silencio.

–¿Te atreverás a ahorcarme dos veces sin juicio, Mádog? –grité–. Hipócrita, tú estuviste en la reunión de la cuadra, tú indujiste con tus palabras a los que fueron a mi casa, me sacaron a empujones a la calle delante de mi mujer y mis hijos y me llevaron al centro de esta plaza, donde me colgaron sin juicio. ¿Y ahora defiendes mi filosofía?

La muchedumbre miró al viejo, que parecía sin capacidad de respuesta. Yo continué.

–Vosotros, todos vosotros me ahorcasteis. ¿Decís que practicáis mi doctrina? No la reconozco en esos libros que habéis escrito sobre mí ni en esas obras que interpretan y completan mi filosofía. Habéis sembrado de horcas Calhassor y llenado de miedo el corazón de sus habitantes. ¿Qué tiene que ver eso con el amor a la razón y al sentido común que yo predicaba? Yo quería un pueblo sin dogmas, libre y feliz, y observad vuestros corazones: sois el más infeliz de los pueblos del planeta.

Mádog me miraba confuso. En la turbamulta que siguió a la ejecución de Digesto, los que participaron en el crimen fueron a su vez asesinados. Todos menos él, que propugnó abiertamente el ahorcamiento en la reunión en que este se decidió, pero se escabulló de la cuadrilla que fue a llevarlo a cabo. Cuando las turbulencias posteriores al suceso se aplacaron, Mádog se dedicó a dar respuesta a la sarta de preguntas que cuestionaban la doctrina de Digesto, a fin de dotarla de uniformidad y coherencia.

—Entre las leyes naturales que yo os propuse y el código de reglas que practicáis, no hay relación alguna. Me propongo demostrároslo en el juicio que sobre mi vida os pido, el que no tuve cuando me linchasteis —continué.

—¿Cómo sabemos que eres tú el que dices ser? —me preguntó la mujer que se había adelantado.

—Sé cosas de mí que no sabría nadie excepto yo y cosas de vosotros que ni vosotros sabéis —le contesté.

«Pruébalo», gritó una voz femenina. «Sal y ven aquí», le pedí yo. Era una muchacha muy joven, hermosísima, que se abrió paso entre la multitud y se situó frente a mí.

—¿Qué quieres saber? —le pregunté.

—Mi padre murió ahorcado cuando yo aún no había nacido. Necesito saber si era culpable.

No era el conocimiento gratuito, sino una fundada sospecha la que tenía obsesionada a aquella muchacha. Yo me dirigí a Mádog y le pregunté:

—Dime, ¿qué dice el sentido común que debo hacer?: ¿le digo la verdad o no?

—Ella te lo ha pedido públicamente y públicamente deberías contestarle. Pero debes tener en cuenta que no es la

única implicada en este asunto: tus declaraciones infunda-
das pueden hacer un daño irreparable –me respondió.

–Tu padre murió ahorcado por un delito que no había
cometido –dije–. Mádog convenció a la opinión pública de
que era necesario juzgarlo, pues nada debía temer si era
inocente, y luego no movió un dedo para salvarlo a sabiendas de su inocencia porque deseaba a tu madre y creía que
si tu padre moría él tendría el campo libre para conseguirla.

Aparentemente, Mádog no se inmutó. Sabía que su liderazgo dependía menos de la verdad que de la apariencia
de la verdad.

–Todo Calhassor está al tanto de que yo condené aquella sentencia –dijo.

–El final de la historia es que aquel hombre murió, que
sus asesinos quedaron en libertad y que tú te quedaste con
la mujer que pretendías. Para ti el fin ha sido lo único importante, y siempre lo has alcanzado mezclando a tu voluntad la verdad y la mentira. ¿Hay mayor prueba de cinismo
que esa? –aseguré.

Mádog sabía que los vecinos más influyentes de Anmadel se encontraban cómodos en la hipocresía, pues con ella
legitimaban sus contradicciones y apagaban los rescoldos
que la verdad dejaba en su conciencia. Quiso seguir por ese
camino, que estaba lleno de gestos y razones y al que era
difícil oponerse, pero yo no lo dejé y me dirigí al resto de
los vecinos, que eran mayoría y seguían a Mádog deslumbrados por su elocuencia y acuciados por el miedo al in-
cumplimiento de las normas.

–No sois más que un instrumento en manos de Mádog
y de los que son como él –dije–. Sus discursos y sus libros
no interpretan mi pensamiento, sino que lo distorsionan y
lo destruyen. He venido a limpiarlo y renovarlo para dejarlo

como os lo di.

No eran individuos acostumbrados a decidir y en sus corazones irrumpió el desasosiego.

—¿Eso nos hará más felices? —preguntó una mujer.

Mádog sonrió complacido.

—Os hará más libres —respondí yo.

—Si no vamos a ser más felices, ¿para qué queremos más libertad? —me contestó y me preguntó la mujer.

—Ya somos hombres y mujeres libres —dijo Mádog-. Y libremente hemos elegido estar como estamos. No necesitamos ser salvados de nuevo. Tú podrás ser la reencarnación de Digesto, no lo dudamos, pero tu filosofía es demasiado cruda para nuestros estómagos evolucionados.

Si Digesto murió una vez ahorcado por sus seguidores más intolerantes, bien podía morir otra a manos de los que se habían acomodado en las formas de su filosofía y en lo legendario de su historia, así que reculé y me dispuse a dar salida a la única reivindicación de aquellas gentes, la de continuar en el rebaño.

—Debo irme. Tengo otros valles que visitar —les dije-. De vosotros depende el cumplimiento de la filosofía que os di.

La idea de mi marcha se acogió con alivio.

—Recordad que el sentido común es enemigo de los dogmas y compañero de la tolerancia —continué–, y que los otros pueden ser mejores que vosotros.

Había un hombre entre la concurrencia que sufría porque su hija se había ido del valle huyendo de la presión que él mismo le había impuesto. Me dirigí a él y le dije:

—No sufras. Tu hija te ha perdonado y está bien. Tienes un nieto precioso.

También había una viuda que penaba porque creía que

su marido se había suicidado y no sabía si debía o no culparse por ello. Yo le dije:

—Tu marido se escurrió y se cayó al pozo. Fue un accidente. Él te quería con toda su alma.

Los asistentes, a los que ya no producía temor mi presencia, se maravillaban de la información que yo tenía sobre sus vidas. Eso es lo que querían de mí: prodigios y cataplasmas. Seguí hablándoles de ese modo, y a cada uno le decía lo que deseaba oír, con lo cual me ganaba su afecto.

Al cabo, levanté la mano con profusa ceremonia y les dije:

—Estabais juzgando a tres hombres y una mujer. Los conozco. Ellos no quemaron las horcas y solo quieren atravesar el valle. Dejadlos que sigan su camino, yo me responsabilizo de sus actos hasta que crucen las montañas.

Poco después, la multitud se abría para dejar paso a mis amigos. Cada uno de ellos traía una horca puesta al cuello.

—Dejaos colgando la soga —les advertí entre dientes cuando estuvieron a mi lado.

Acto seguido, me dirigí a Salas y lo abracé.

—Permitidme que siga con vosotros —me pidió.

—¿Has visto la clase de personajes que somos? Eres demasiado común como para ser un buen protagonista de nuestra historia. Tu destino es quedarte aquí, en tu pueblo, con tu madre enferma, tus hermanos y tus convecinos.

—Pero nunca podré ser como ellos: sus patrañas me repugnan.

—Pues defiende la razón. A partir de ahora serás un hombre respetado, el elegido por Digesto. Invoca su nombre y te escucharán siempre.

Lo abracé de nuevo, tanto por la amistad que nos guardábamos como para que los asistentes vieran el aprecio que le tenía. Luego me dirigí al público y le dije:

—Paisanos de Anmadel y de todo el valle de Calhassor, esta ha sido mi última aparición. Os dejo con vuestra propia conciencia. Que el sentido común os proteja.

Era el momento de irse. Los habitantes de aquel valle aún estaban traumatizados con la visión de Digesto y mis últimas intervenciones habían sido como un bálsamo para los achaques de su alma. «Vámonos», reclamé a mis compañeros, y juntos iniciamos la marcha arrastrando cada uno una soga con el cuello.

Anduvimos de esa guisa a buen paso, sin detenernos y sin hablar, seguidos a distancia por un cortejo de curiosos que nos protegía de los caminantes ocasionales y de los hortelanos que trabajaban junto al camino. No nos detuvimos ni al llegar la noche ni cuando el cansancio oxidó nuestras articulaciones y puso plomo en nuestros músculos. Teníamos la sensación de que en cualquier instante alguno de los que nos seguía se daría cuenta del error que había cometido dejándonos marchar y provocaría una reacción colectiva que acabaría con nuestros cuerpos colgando de un árbol. Solo cuando yo tuve la certeza de que nadie nos seguía, nos apartamos del camino y nos tumbamos en el suelo detrás de una pared de piedra que separaba dos cercados de trigo.

—¿Nos quitamos las sogas del cuello? —me preguntó Altea con una ironía impropia de las horas y del agotamiento que acarreábamos.

Yo le contesté con el gesto de quitarme la mía, le pedí a Libuell que nos despertara antes del amanecer y me dejé remolcar por el sueño hacia un agujero negro.

Un universo más tarde, o quizá después de unos segundos, Libuell me zarandeó y con su honda voz me propuso un desayuno de fruta. El sol se levantaba tras las montañas de más acá de la meseta del Viento ante un Pirindolo expectante.

—Es hora de ponerse en pie —les dijes a mis compañeros.

—Necesitan descansar —me contestó Libuell.

—Es hora de ponerse en pie —resolví.

Uno a uno fui despertando al resto del grupo con una torturadora salmodia sobre el riesgo que corríamos, de modo que poco después, con los bolsillos llenos de fruta, empezábamos a subir las montañas del oeste, que aunque eran muy altas y estaban cubiertas de nieve, tenían un puerto de mediana dificultad cuya cima alcanzamos a media tarde. Desde esa hora hasta la puesta de sol, nos dedicamos a mirar embobados el paisaje que se abría hacia el poniente, en el que se emplazaba un valle alargado y enorme, de no menos de cincuenta kilómetros de anchura, en el que había retazos absolutamente vacíos, y vacíos quiere decir sin árboles, sin casas, sin montañas y sin todo, a la manera que en una gran fotografía hay recortes sin tapar.

Ya era casi de noche cuando bajamos por la ladera hasta una pequeña oquedad junto a la que hallamos un viejo carromato con el que alimentamos el fuego. A su alrededor, comimos la fruta que traíamos y hablamos de la necesidad de aprovisionarnos, dado que la mayor parte de nuestros pertrechos los habíamos perdido en Calhassor. Altea nos propuso robar lo que necesitáramos, matando a quien se nos opusiera, y reanudar nuestro camino cuanto antes. Dam, por el contrario, era partidario de entrar en algún pueblo, pedirlo y pagarlo como fuera. Tiempo —nos dijo— teníamos de sobra y, a fin de cuentas, lo mismo nos daba vivirlo en ese sorprendente valle que en cualquier otro sitio.

Impreciso se puso de parte de Altea y Libuell, tras meditarlo mucho, se inclinó más por la propuesta de Dam. Todos me miraron a mí y yo, que creía que la solución estaba repartida, les dije:

—A mí también me preocupan esos recortes, pero es más fuerte la curiosidad que me producen. No me iré de aquí sin saber qué es esa nada. Y mientras tanto, nos abasteceremos trabajando o robando —esta alternativa no me pareció muy plausible, y me corregí diciendo—: aunque, la verdad, he perdido el hábito del trabajo.

Cuando salió el sol, nos pusimos de nuevo en marcha. Bajamos durante un par de horas por la nieve y luego seguimos el cauce de un arroyo que saltaba alegremente entre una espesísima fronda. No habríamos andado ni un kilómetro a su vera, cuando detrás de un peñasco nos topamos con un alto muro de mampostería que permitía el avance de las aguas por un agujero vedado con un mallado de rejas. La construcción no tenía otro fin que cerrar un perímetro y subía y bajaba o avanzaba y se retranqueaba ajustándose a lo abrupto del terreno, como una gran barrera que cerrara el paso a los extraños.

Al mediodía, tras haber recorrido un número de kilómetros que no podíamos determinar, aún no habíamos dado con el paso y estábamos cansados y atónitos.

—Ya os dije que este valle no me gustaba un pelo —aseguró Altea.

Aunque yo había sentido palpando el muro el aliento alborotado de la multitud que lo había construido, había muy pocos indicios de emociones recientes y ninguno de ellos servía para conducirnos al otro lado. Pero no podía deducirse sino que como cualquier otra defensa, aquella tendría al menos una puerta, y, en todo caso, el único camino posible era el que la circunvalaba, así que en cuanto descansamos un rato, volvimos a caminar siguiendo su trazado.

Un par de horas antes del anochecer encontramos un arroyo bastante caudaloso que cruzaba el muro por una malla en la que se habían ido acumulando ramas, arbustos e incluso algunos troncos de árboles. Altea, con buen juicio, pensó que los golpes de los troncos debían haber debilitado las rejas o haberlas sacado de sus apoyos y, sin mediar palabra, se desnudó hasta quedarse en ropa interior y se metió en el agua. La charca era profunda y oscura, estaba llena de ramas en las que podía quedarse atrapada y la poblaban unos anfibios viscosos lejanamente emparentados con las salamandras, cuyo nombre y peligrosidad desconocíamos. Tras sortear diversos obstáculos, llegó a la barrera y la desbrozó hasta que dio con un agujero.

–Por aquí cabemos –dijo sin dejar de quitar ramaje.

–Cabréis vosotros –le contestó Impreciso.

–Y tú también cabes –dijo Dam.

–Pero mi silla no. Y yo no voy a ningún sitio sin ella.

Sin Impreciso (o sin su silla) no podíamos irnos, efectivamente.

–Pasa al otro lado y mira, a ver si descubres algo que nos ayude –le dije a Altea.

La vimos meterse entre las ramas y desaparecer detrás de ellas. Yo la seguí a distancia por los efluvios que dejaba su alma. Por ellos supe que al otro lado el muro era igual de liso e infranqueable, y por ellos averigüé que Altea había visto a tres mujeres y dos hombres que caminaban por una vereda, como si formaran una patrulla. Sus emociones, no obstante, los delataban más como insurrectos que como

guardianes, lo que en cierta manera los hermanaba con nosotros.

Me desnudé, hice un lío con mi ropa y la envolví en el
anorak impermeable, repetí esa operación con la de Altea
y, tras pedir a mis amigos que no se movieran de aquel sitio,
me metí en el embalse con los dos bultos. No atravesé la
malla sino hasta que tuve la seguridad de que mi presencia
no revelaría la posición de mi compañera.

—He visto pasar a un grupo de cinco personas armadas
—me desveló en cuanto llegué hasta ella.

Yo le expresé que lo mejor era seguirlas de lejos y ob-
servarlas, pues quizá en su comportamiento descubriéra-
mos algo que nos ayudara. Altea estuvo de acuerdo, si bien
no descartó la idea de asaltarlos durante la noche para hacernos con sus armas.

—¿Aún conservas la pistola? —me preguntó.

Ella había perdido la suya. La mía era la única arma de
que disponíamos.

—Entonces, adelante —contestó ante mi respuesta afir-
mativa—, pero a la primera duda, los matamos.

Ella estaba desarmada y ellos, que eran cinco, iban perfectamente armados: a veces, la bravura la cegaba. No se lo
hice ver, pero tampoco la dejé que tomara la iniciativa.

Los seguimos a distancia durante varios kilómetros. Al
cabo, se pararon al lado de un arroyo y nosotros nos ocultamos entre unos arbustos. Lo que hablaron fue del todo
intrascendente y no viene al caso. Lo que sí relataré, ya que
tuvo consecuencias para el argumento de esta historia, es
que mientras los hombres y dos de las mujeres aprovecha-
ron para beber y lavarse la cara, la otra mujer, que se había
quitados las botas y los calcetines para meter los pies en la

corriente, fue luego hasta una poza que había a una treintena de metros, se desnudó por completo y se metió en el agua. Altea y yo la teníamos tan cerca que casi nos salpicó su frío y su placer.

La mujer era una joven preciosa. En aquel mundo loco y mugriento, la imagen de una mujer desnuda chapoteando en las claras aguas de un arroyo ceñido por la vegetación era una ventana abierta al cielo. Yo me quedé extasiado.

–¡Qué maravilla! –exclamé casi para mí.

A mi lado tenía a una mujer. Eso por sí solo hubiera debido vedarme aquel comentario, pero, además, aquella mujer era mi novia, por lo que cualquier exaltación de ese tipo podría haberle parecido un agravio. Nada dijo, sin embargo. Había mucho de mágico en aquel momento y mucho de trance inaugural: si esa era la humanidad que vendría al final de los infaustos años que vivíamos, el sufrimiento colectivo había valido la pena. Altea se daba cuenta de ello y mis comentarios eran los suyos.

–Todo le sobra –me dijo.

No se refería a toda la ropa, sino al todo todo: al dinero, a un coche y a una casa, y también al conocimiento, al amor y a la conciencia de sí.

–¡Aprovéchate! –me dijo Altea.

La mujer salió del agua, se secó con una toalla y se vistió. Lo que habíamos visto se quedó grabado en nuestra memoria, ese universo tan semejante al inventado, y la realidad volvió a su verdadero ser. Altea me miró y me interrogó con un gesto.

–Debemos dejar que nos encuentren –le contesté–. Incluso si nos descubrimos ahora, tendremos difícil volver antes del anochecer hasta donde nos esperan nuestros compañeros.

Altea no lo tenía demasiado claro, pero no había otra alternativa. Echamos a andar campo a través y nos sentamos en un anchurón de la vereda despejado de maleza, de pie y mirando al lugar por donde vendrían. Tardaron poco en aparecer. Al vernos, nos encañonaron con sus armas y buscaron a su alrededor, temiéndose que fuéramos el cebo de una emboscada.

—Estamos solos —los previne yo.

Sin perdernos de vista, se interrogaron entre ellos.

—Necesitamos vuestra ayuda —continué, sin darles tiempo a que se contestaran.

—¿Qué clase de ayuda? —nos preguntó la mujer que se había bañado en el arroyo.

Yo, sabedor de que la verdad era lo más acertado en aquella situación, les dije quiénes éramos y lo que queríamos.

—Sabemos que podemos fiarnos de vosotros —concluí.

—Y nosotros, ¿cómo podemos saber si sois de fiar?

—Esa pregunta es una sandez —contestó Altea.

Lo era, ciertamente, porque era obvio el desequilibrio de fuerzas. Pero esa misma razón debía servirnos a nosotros para mantener las formas. Y ella no las guardó porque estaba celosa: la mujer que hablaba había dejado de ser parte de una imagen sublime para convertirse en una competidora. Por eso añadió dirigiéndose a mí:

—Es muy guapa, pero bastante torpe para ser la jefa. Debemos tener cuidado con ella.

La mujer, no obstante, admitió la áspera respuesta de Altea sin irritarse. No era tan tonta como Altea quería hacérmela ver. Quizá no tuviera cualidades excepcionales para liderar un grupo, pero estaba acostumbrada a manejar las situaciones que planteaba su belleza, y en ese terreno actuaba con una evidente superioridad. Enseguida se dirigió a dos de sus compañeros (un hombre y una mujer) y les dijo:

–Vosotros id con ella y comprobad que es auténtico lo que declaran. Los demás nos quedaremos con él. Si al anochecer no habéis vuelto –añadió mirando a Altea–, lo matamos.

Cuando la expedición se perdió entre los arbustos, yo les entregué mi pistola, lo que no impidió que el único hombre que había quedado me cacheara y me llevara a empujones hasta unos peñascos desde los que se dominaba la vereda, donde nos quedamos apostados.

–Tu novia no debe tenerme miedo –me dijo la mujer tras un largo silencio.

–¿Qué clase de miedo? –le contesté mirándola a los ojos, verde oscuro, como los matorrales que nos rodeaban.

Sonrió, un poco aturullada. Tenía unos dientes perfectos.

–Altea no le tiene miedo a casi nada –continué.

Ese casi estaba fraguándose en la distancia que mediaba entre aquella mujer y yo. Le pregunté cómo se llamaba y me contestó que su nombre actual era Libertad. La otra mujer que estaba con nosotros también se llamaba así, igual que la que se había ido con Altea y los dos hombres.

–La mayoría escoge Libertad, porque es la palabra con un significado más hermoso –argumentó ante mi gesto de extrañeza.

Para entenderse entre ellos, obviaban el nombre y se llamaban por el apodo. El suyo era la Loba. «De esta forma debes llamarme», sentenció. «Libertad la Loba, o, simplemente, la Loba». Ponerse Libertad para llamarse la Loba me pareció un sinsentido. Tampoco era entendible a simple vista el porqué del apodo, pues por su cuerpo estilizado y el color de sus ojos se asemejaba más a un felino que a un cánido, pero ella me lo aclaró al punto:

—Antes, cuando no había muros, los lobos campaban libremente por el valle, como yo hago ahora.

De cuanto había dicho, lo que más me llamó la atención fue lo de los muros. Por ellos le pregunté.

—Este que tenemos a nuestras espaldas es solo la frontera de uno de los latifundios en que se divide el valle —me contestó—. Cada una de las lindes de las fincas tiene un muro análogo a este, a veces incluso más alto. Al construirlos, sus propietarios quisieron reafirmar su posesión convirtiéndola en algo exclusivo, pues dentro del muro ellos hacían y deshacían a su antojo. Por fortuna, los hemos ido derrumbando y ahora la mayoría de ellos tiene portillos por los que puede pasar cualquiera.

Sin atreverme a contradecirla abiertamente, le dije que habíamos andado durante horas junto al único muro que conocíamos sin encontrarle ni la más mínima fisura.

—Porque este nos defiende de la gente de afuera y debe perdurar levantado.

Ella me explicó detalles de lo que había ocurrido en aquel territorio, pero yo dejé pronto de atender a lo que decía para dedicársela a sus manos, a su barbilla, a su pelo, a sus labios, a su nariz, al modo en que acomodaba sus largas piernas y su cabellera o movía sus largas manos, a su frente, a sus cejas, a sus pestañas y a sus ojos. Y atendiendo a todo eso, me imaginaba lo que le había visto cuando se bañaba en el arroyo. Su charla, en fin, llegaba a mis oídos como a los de unos estudiantes la disertación de una hermosísima conferenciante desnuda.

Y, entretanto, anochecía. Recuerdo que ella reparó en

este hecho e hizo un alto en su discurso para advertirme de la promesa que había formulado al grupo: «Si al anochecer no habéis vuelto, lo matamos». Yo, sabedor de que era incapaz de matar a sangre fría, en lugar de inquietarme, usé la pausa para decirle mientras la miraba a los ojos:

—¡Qué hermosa eres!

Se puso colorada. Le gustó y su voluntad empezó a flaquear.

—¡Qué ojos más bonitos tienes!

Fue inútil que tratara de impedir mis comentarios.

—Es que se me derraman —le dije—. No puedo evitarlos. Mátame, si quieres.

Y de nada le sirvió que tratara de soslayarlos: su belleza había llevado la enfermedad a mi ánimo.

—El tiempo juega a favor del miedo —le dije.

Simuló no entenderme, pero yo añadí:

—Tenía razón Altea: si no me matas, estamos perdidos.

El sol se puso en el horizonte. Ya hablaba para engañarse, como si hablando pudiera esquivar al destino.

—¿Loba, qué hacemos? —le preguntó el hombre que se había quedado con nosotros.

—Ella lo quiere. No cometerá una bobería que ponga en peligro su vida. Esperaremos.

—Pero tú dijiste…

—Sí, sé lo que dije. De todas formas, esperaremos: matarlo no nos devolverá a nuestros compañeros y vivo puede sernos de utilidad.

Aquella interrupción rompió el encantamiento momentáneamente. Ella se alejó unos metros, pero yo sentía que no dejaba de pensar en mí. Desde donde estaba, me dijo:

—¿No te sorprende lo de la luna?

Miré al cielo. Aunque no había luna, el campo estaba alumbrado como si la hubiera. Más aún, no había estrellas en un trozo de cielo, solo una oscuridad imposible.

—La Luna va ahora por la finca de Rodas —me dijo—. Por eso no se ve.

Ella sabía que le estaba prestando verdadera atención por primera vez desde que había empezado a hablar.

—Por muy altos que sean los muros de Rodas, destruiremos sus espejos: nadie tiene derecho a apropiarse de la luna.

Según me explicó luego, aquellos extraños fenómenos eran el efecto de una ilusión óptica basada en el derecho de propiedad. Al parecer, los propietarios de las fincas de aquel valle, con la convicción de que les pertenecía cuanto había en ellas, no se habían conformado con levantar muros que prohibieran el acceso a su territorio a toda persona ajena a las mismas, sino que habían querido poseer en exclusiva su belleza, y con ese fin habían puesto a su nombre en el Registro de la Propiedad los olores que de sus inmuebles se desprendían y su paisaje. A eso se debían los insólitos recortes que habíamos visto desde la cima del puerto: eran paisajes registrados a nombres de individuos o de empresas. Varias de ellas se atrevieron incluso a registrar parte del cielo.

A una pregunta mía, la Loba me explicó que la apropiación la conseguían con un sistema de espejos inventado por un ilusionista de más allá de las fronteras exteriores.

—Hace unos cuantos años, antes de que empezara la Depresión Final, el valle entero era un hueco enorme visto desde las montañas de la periferia. Y desde dentro, nunca se veía el sol, con lo que nos privaban de los amaneceres y los atardeceres, mientras que de noche el cielo era como una inmensa cartulina negra.

Al principio –me dijo–, las fincas eran consideradas segundas residencias o ámbitos con los que seducir a los personajes influyentes o donde realizar los negocios más favorables, pero cuando la sociedad se hundió en el caos, sus propietarios, altos funcionarios de Sholombra, sociedades especulativas y cabecillas de las mafias que asolaron el Estado, se refugiaron en ellas y quisieron crear en sus vastas superficies sociedades autárquicas gobernadas por ellos mismos. Unas entraron en conflicto con otras y se produjeron refriegas que acabaron en auténticas guerras.

En ese caldo de cultivo nació su organización.

–Vamos por el valle abriendo muros y rompiendo espejos –me aseguró.

Como programa político, no estaba mal, pero a la vista de su alma yo no tenía tan claro que pretendieran llevarlo a cabo. De hecho, ella no había roto un espejo desde hacía muchos meses y, en cuanto a los muros, se había limitado a ensanchar los portillos que había abierto la siempre sediciosa mano del tiempo. En el calamitoso estado en que se encontraban las fincas, su labor revolucionaria se hallaba ante una encrucijada de difícil desenlace, pues si se abrían todos los muros y se rompían todos los espejos, desaparecería el sentido de su banda.

–¿Cómo administraréis el valle cuando vuestra lucha termine? –le pregunté.

–La nuestra será una revolución permanente –me contestó.

Asentí sonriendo, como si me hubiera emocionado su respuesta, aunque era ella y no su revolución, la que me tenía encandilado. Para impresionarla, inventé para mí un pasado lleno de artefactos y pasquines, de mítines y calabozos y de amores y desengaños y se lo fui narrando según iba demandándomelo su corazón. Donde ella flaqueaba, yo insistía; donde ella dudaba, yo ponía luz; donde ella sufría, yo untaba de miel o ungüentos. Así que fui gradualmente mostrándome a sus ojos como un insurgente romántico digno de admiración y como un hombre rebosante de afectos y necesitado de cariño.

En un momento determinado, la luna salvó la última frontera de Rodas y pudimos verla, como si naciera de la nada. Estábamos cerca, yo le cogí la mano y ella me la sostuvo. No digo lo que exclamé entonces porque en estos papeles resultaría cursi, pero el mundo era salvaje y allí, en mitad del campo y de la noche desolada, tras habernos contado mil historias, mis palabras de halago cayeron en su alma como sobre el campo desciende una lluvia renovadora. Parecíamos dos dioses cándidos en el inhóspito universo de los humanos.

Fueron sus compañeros los que se alejaron al oír nuestros quejidos de placer. Nos dormimos ahítos, abrazados sobre la hierba y a la intemperie, con las primeras luces de la madrugada empezando a insinuarse en el cielo. ¿Amanecería viéndose el sol?, pensé mientras el sueño me vencía. ¿Cómo concebiría Pirindolo una aurora mutilada?

No mucho después, me despertó la sacudida de las emociones de Altea, que se aproximaba por la vereda con el resto de nuestros amigos tras haber saltado el muro con la ayuda de una cuerda tendida por los revolucionarios. La Loba estaba abrazada a mi cintura por la espalda. Me volví y le dije al oído, dulcemente: «Ya vienen». Me entendió a medias. Ese «ya vienen» quería decir también «ya viene mi novia y no debe vernos así, pues lo que ha ocurrido pertenece a esta noche y ahí debe quedarse para siempre». Ella, sin embargo, que reconocía lo fugaz de nuestro arreglo, le daba continuidad a lo sucedido en forma de enamoramiento.

La cara de la Loba era un poema melancólico y Altea supo en cuanto la vio lo que había pasado.

–Esa mujer no ha cumplido con su promesa –me dijo Altea refiriéndose a la de ejecutarme que había formulado la líder revolucionaria. Y añadió luego–: A lo mejor debió hacerlo.

A pesar de todo, no me culpó a mí, sino a la otra, y por eso tomó la decisión de matarla. A sus ojos, de nada había servido la condescendencia de la Loba hacia nosotros ni el que a ella se debiera nuestro reagrupamiento. En su peculiar balanza de valores, el peligro que suponía la Loba contaba más que sus miramientos, incluido el de haberle salvado la vida. Y diría más: en su extraviado juicio, esas atenciones eran muestras evidentes de debilidad, impropias en la líder de una partida revolucionaria.

Al rato de juntarnos, tomamos una desviación del camino que huía del muro y se adentraba en el valle por terrenos que habían sido de pastos y ahora estaban abandonados. No íbamos a ninguna parte, la cuadrilla no tenía fin alguno y la Loba no sabía qué hacer con nosotros. Altea, con el afán de dejarla en evidencia ante sus compañeros y ante mí, empezó a hacer en voz alta preguntas a las que nadie contestaba y comentarios chuscos que eran dardos envenenados. Y la Loba quizá fuera débil y estuviera desideologizada, pero era quien tenía las armas y acorralada podía ser temible. Y la Loba era, de las dos, la menos corajuda, pero la más hermosa.

Altea no había tenido en cuenta todo el peso de esa cualidad de su adversaria ni había valorado que cuando se lo obliga a elegir entre un corazón y un coño, el hombre escoge lo más sencillo de entender, que no es el corazón. La Loba, por el contrario, sí lo había hecho. Ella sería más débil de carácter, pero era más consciente del poder de su admirable anatomía. En consecuencia, después de tragarse su orgullo, resolvió no solo luchar por conquistarme, sino guerrear al estilo que redundara en el mayor daño para mi novia.

Para empezar, se colocó delante de mí y de Altea y, yendo más allá de lo que prescribía la lógica del clima, se quitó su holgado jersey de lana, con lo que dejó que se entrevieran las admirables formas de su cuerpo. El paisaje era variado y magnífico y en él había recortes con la ausencia como fondo que llamaban la atención sobremanera, pero nada de lo que la Naturaleza o la mano del hombre podían ofrecer se acercaba ni remotamente a lo que atraía hacía sí el cuerpo de la Loba moviéndose por la vereda. «Esa mujer piensa y siente con el culo», me soltó Altea. Viniendo de una competidora sañuda, aquella afirmación debía entenderse como un halago. Pero esta narración quedaría pifiada si el lector únicamente sacara de ella una geometría perfecta, pues a las líneas y a los volúmenes de sus largas piernas, de su culo glorioso y de sus hombros rectos debe añadir la gracia de sus movimientos, si el lector, en fin, no apreciara en la Loba andando de espaldas un espectáculo completo, más hermoso aún que el paisaje y mucho más sugestivo.

No le contesté a Altea, quizá porque en el silencio iba la objeción o tal vez porque llevaba la boca abierta. Lo que veía me tenía tan subyugado que al coronar un altozano tardé en reparar en lo asombroso del horizonte: a la derecha, donde debía continuar la sinuosa orografía del valle, se descubría un mar azulado, una bahía con una playa blanca y un territorio poblado de lagunas y palmeras.

—Es una idea del Libertador: contra la propiedad, felicidad —dijo la Loba.

Me acerqué a ella sonriendo bobaliconamente. Se había desabrochado un botón de la camisa hasta más allá de lo sensato y por el escote se le veía el borde del sujetador y un desfiladero que conducía hacia un abismo voraz. Yo creo que balbuceé a fuerza de reprimirme las ganas de hundir mi mirada entre sus senos cuando le pregunté por el significado de sus palabras.

—El Libertador es el líder de nuestra revolución —me contestó mientras se peinaba el pelo con los dedos y me miraba con fijeza—. En el territorio que dominamos nosotros, los espejos de los terratenientes se utilizan para proporcionar imágenes que generen bienestar a los ciudadanos.

—Como la tuya —le dije yo.

Ella no me entendió, pero así era como debía ser, pues la gracia de aquellas palabras estaba en la apostilla subsiguiente.

—Que yo colmaba el valle con tu fotografía —le expliqué.

—Díselo al Libertador. La suya sí se ve con frecuencia.

Ahora era yo el que no comprendía, pero a mí no se me ocurrió pedirle una aclaración. Yo estaba en otro mundo. El tal Libertador y su revolución no me importaban nada, ni me interesaban mis amigos, ni siquiera Altea. En su lugar, se me escaparon expresiones de elogio que ella recibió con una timidez fingida. Yo seguí avanzando por el terreno que se me ofrecía incapaz de percibir que el repliegue era una trampa.

—¿Nos vemos esta noche? —le dije finalmente.

Me rechazó con una evasiva que presagiaba una contestación favorable, por el gozo de verme hundiéndome en el cenagal que mediaba entre ella y yo.

Cuando Altea superó el asombro que le había provocado la imagen feliz del horizonte, me descubrió hablando con la Loba. Yo me hallaba de espaldas y ellas estaban frente a frente. Sus miradas no se cruzaron porque la Loba siguió mirándome adrede, sabedora de que la otra la observaba.

—¡Mira que eres puta! —le dijo Altea.

La Loba no respondió: se limitó a volver lentamente la mirada hacia su competidora y a ocultar su sonrisa en un mohín de extrañeza. Yo sí me giré con rapidez, como pillado en un desliz.

—¡Qué simple eres! —me escupió Altea entonces—: vas a perderte por un culo y unas tetas que ni siquiera se ven.

Altea, la Loba y yo no volvimos a entablar conversación hasta que llegamos a Libertad, el municipio liberado por los revolucionarios, que antes se llamaba Loev. Durante las dos horas de camino, cruzamos un muro por un portillo y en el lugar donde hasta entonces había un monte vimos de súbito la enorme fotografía de un hombre de unos treinta y cinco años que parecía seguirte con la mirada. «Es Libertad el Libertador», nuestro líder, anunció la Loba. La misma fotografía afloró pronto por distintos lados y entre las fotografías se veían recortes de paisajes disparejos tomados en distintas épocas del año, en una mezcla azarosa y disparatada.

Al llegar al pueblo, descubrimos que también era artificial la imagen que de él habíamos visto desde lejos, y que ni estaba rodeado de prados, arroyos y bosques, ni formado por casas de aspecto uniforme, sino que era un mazacote de bloques insulsos sitiado por naves en ruinas y vaquerías desmanteladas. Como estaba medio desierto y todos los locales estaban cerrados, Dam preguntó a uno de los miembros de la partida dónde estaban los habitantes de aquella localidad, a lo que el revolucionario contestó que habían huido a los municipios no liberados.

A pesar de esa declaración, yo no temí por nuestras vidas, pues en el ambiente no había inquina hacia el enemigo y nosotros ni siquiera lo éramos. La Loba nos llevó al cuartel general de los insurgentes, donde estaba el Libertador, a cuya puerta me previno que no tuviera miedo. «Y como prueba de que lo que digo es verdad, ahora mismo quedamos citados para esta noche», añadió. Mientras subíamos por las escaleras que daban acceso a la planta alta de lo que en tiempos fue la casa consistorial, yo tuve muy cerca y a la altura de la vista su culo y, obsesionado con él y con la perspectiva de poseerlo, me olvidé del mundo. No pensé en otra cosa hasta que estuvimos en el extenso despacho del alcalde. Es más, como tardé en centrar la atención en el anciano que nos recibía sentado detrás de un escritorio, busqué al Libertador entre los asistentes, creyendo que sería tal y como reflejaban las montañosas fotografías que contornaban la zona liberada por los sediciosos, y otro tanto les pasó a mis amigos, uno de los cuales exclamó en voz tan alta que habría sido escuchado por el aludido si por sus muchos años no hubiera estado medio sordo.

—¿Este hombre casi centenario es el mismo de los retratos?

—El mismo —le respondieron a la vez varios de los rebeldes.

El sol del mediodía invadía la estancia por nuestra izquierda y daba sobre la mesa en la que el Libertador no tenía más papeles ni más objetos que un libro abierto.

—Acercaos, acercaos —nos dijo el líder revolucionario con voz temblorosa.

Lo hicimos. Delante de él, flotaban miríadas de motas de polvo en las que se reflejaban los rayos de sol.

—Así que venís de fuera —continuó al tenernos más cerca—. Afuera todo es terrible, y no me refiero solo a la geografía: fuera de nuestras inquietudes, de nuestro grupo, de nuestra cultura, de los que son como nosotros. La luz de la razón, que siempre viene de fuera, es tildada de terrible por los insensatos. Las rejas son una protección para los pájaros criados en cautividad y la libertad su condena a muerte.

Hizo un silencio para que sus ideas penetraran paso a paso en nuestro entendimiento y prosiguió:

—Todo eso viene en este libro. A las alturas de la vida en que me encuentro, uno se da cuenta de que los libros son muchos y el tiempo escaso. No perdáis el tiempo aventurándoos en lecturas que no sabéis si os aprovecharán. Releed aquello que os impactó.

Estaba claro que la única voz posible en aquel lugar era la del anciano que estaba detrás de la mesa, quien parecía hablar dictando o por el exclusivo gusto de oírse. Sus palabras eran como globos con efigies alusivas que, tras salir de su boca, se quedaban flotando en el aire y rebotaban contra las paredes y nuestras cabezas.

—Yo descubrí hace años —dijo— que basta con una vida bien vivida, con unas cuantas ideas claras, con un gran amor y con un buen libro. Lo eterno provoca redundancia y lo múltiple, dispersión. ¿No lo creéis así?

Era una pregunta retórica, que buscaba la devoción y el embobamiento. Y, desde luego, había algo de hipnótico en aquel hombre, tan cuarteado, tan anacrónico en el vestir, tan mimetizado en el tiempo como en el ambiente y tan afín a la imagen de un recuerdo arcano. Yo perdí al momento el hilo de su discurso para centrarme en la atmósfera de la estancia. Y lo mismo que yo hicieron el resto de los congregados. Siguió hablando, pero todos estábamos pendientes de los globos que poblaban el aire o del polvo en suspensión que hacía chiribitas ante su figura enjuta.

«Bien…», aseguró al cabo de nadie supo cuánto, y como no siguió, espantamos las ensoñaciones y los globos y volvimos hacia él nuestra atención: se había quedado como sin cuerda, con la vista perdida en un agujero abierto en el espacio.

—Libertador, ¿qué hacemos con ellos? —le preguntó la Loba.

El viejo plegó su ausencia, miró al libro y decretó:

—Que cada uno copie diez veces «El valor de la libertad». Luego, si quieren, que sigan su camino.

Como la sentencia estaba dictada, empezamos a salir de la habitación. Cuando nos íbamos, el Libertador le hizo un gesto a la Loba y esta fue hacia él y se colocó a su lado. Desde la puerta, situada al fondo de la estancia, la vi inclinarse como para leer en el libro algo que el viejo quería mostrarle. Nadie se dio cuenta de que este bajaba la mano derecha y manoseaba el culo de su seguidora.

Salí al pasillo con los demás para que no me descubrieran espiándolos, pero poco después, cuando la Loba se incorporó al grupo, le solté:

—¿También lo verás a él esta noche?

No me entendió.

—He visto cómo te magreaba. ¿Con cuántos más debo compartirte? —le aclaré.

—Solo es un viejo. Le encanta coger el culo de las mujeres que le gustan.

—Y a mí. Y a casi todos los hombres.

—Pero tú no eres como él. Nadie es como él.

—¿Por qué no?

La pregunta le pareció ociosa: la magna obra del Libertador era evidente. Era de esa obra, y no del Libertador, de lo que sus admiradoras estaban enamoradas y lo que le permitía a él gozar de tan genuina licencia con casi todas ellas.

—¿Por qué no? —repitió la Loba—: Pues porque no.

Mientras caminábamos por el pasillo, vimos por una puerta abierta una gran sala cuyas paredes estaban cubiertas de estanterías con volúmenes diversos que en realidad eran ediciones distintas de la misma obra y a varios hombres y mujeres, algunos de ellos muy viejos, copiando en cuartillas el libro del Libertador sobre una mesa larga y estrecha.

—Nuestras imprentas están estropeadas. No queda más remedio que hacerlo a mano —me aclaró la Loba.

Aquellos amanuenses eran delincuentes o fugitivos condenados a la única pena distinta de la muerte que existía en la parte liberada del valle, cuyo nombre oficial —obvio es decirlo— era Libertad, aunque antes se llamaba La Arádica, denominación con la que era conocido aún en los pueblos no liberados. De esa forma, «Libertad» de «Libertad» de «Libertad» era el nombre de un individuo cualquiera de aquel pueblo de aquel valle.

En la calle, la Loba nos dio el día libre para buscar una casa o dos y proveernos de lo que necesitáramos saqueando viviendas abandonadas. «Hay tiempo de sobra para cumplir la pena», nos dijo. Conmigo hizo un aparte y me indicó:

–Tú te vienes a mi casa. Ni tenemos de qué ocultarnos, ni por qué esperar a esta noche, ni que limitar a esta noche nuestra convivencia.

Yo no quería tenerla como pareja, pues pareja ya tenía, sino como querida, que era lo que me faltaba, y me deshice en excusas que solo me sirvieron para un rato.

–Bien, ayúdale a tus amigos a establecerse, pero no busques sitio para ti, que tu sitio está conmigo.

Durante las horas posteriores, me situé entre Altea y la Loba con una actitud lejanamente pareja a como me había colocado entre Ania y Nohire. Ninguna de las dos mujeres de ahora se parecía a las de antes, pero entre ellas había ciertas similitudes y yo, en el fondo, seguía siendo el mismo. Me fui con mis compañeros y, contra lo que le había prometido a la Loba, busqué acomodo en una casa vacía y me doté de aparejos y útiles como si fuera a convivir con Altea, cama de matrimonio incluida.

Aquella noche me salvó que viniera a buscarme un esbirro de la Loba, que empezaba a impacientarse. «De parte de mi jefa, que vayas». Aunque Altea supuso que era para lo que era, yo se lo refuté y le prometí que volvería en cuanto le aclarara a la Loba nuestra situación. No me creyó, pero su descreimiento en mí estaba lleno de lagunas y me dio una oportunidad que yo exploté como pude. Fui hasta donde me aguardaba la insurgente y dormí con ella en una casa suntuosa donde vivían otras revolucionarias con otros revolucionarios, desayuné en el refectorio con mi hermosa amante a medio vestir rodeado de otros hombres y mujeres a medio vestir, me duché con agua de canales recogida en un aljibe enorme mientras en el mismo cuarto de baño una revolucionaria gorda se cepillaba el pelo, me vestí con uno de los viejos trajes oficiales, que estaba impecable, me afeité y me fui a la casa consistorial a cumplir con mi pena de trabajos forzados como amanuense.

Altea y los demás, que estaban escribiendo cuando yo llegué, se asombraron de verme limpio y vestido con la indumentaria obligatoria en el antiguo régimen.

–Me obligaron a quedarme –dije, para enmascarar tras el plural el nombre de mi amante y en la imposición mi falta de voluntad.

Con la excepción de Dam, ninguno de mis amigos me creyó, y mucho menos Altea, pero ella estaba interesada en mí y mi argumento le sirvió para justificar que nuestra relación continuara. Le valió esa mañana y por la noche, cuando otro revolucionario (esta vez a instancias mías) llegó hasta nuestra casa y me reclamó en nombre de la Loba.

–¿Qué hago? ¿No voy? –dije yo.

–Pues eso, no vayas –contestó Altea.

–Es que no tengo otra alternativa.

–Si vas, no vuelvas –aseguró.

Pero ella era la primera que sabía que no podría cumplir su amenaza. De hecho, cuando a la mañana siguiente me presenté en la sala de escritura del Ayuntamiento y vi a los penados con la cabeza inclinada sobre el papel, hallé una plaza a su lado que no era producto del azar, sino de su determinación.

–¿Irás también esta noche? –me preguntó en voz baja sin mirarme.

–Eso no depende de mí –le contesté.

Naturalmente, aquella noche fue a buscarme otro revolucionario, pero Altea no hizo comentario alguno y se limitó a verme partir. A la mañana siguiente, volví a encontrar una silla vacía a su lado y, cuando me senté, en lugar de hacerme preguntas o formularme reproches, puso su mano sobre la mía y me la apretó con cariño. «Por favor, no te vayas esta noche», me dijo.

La noche siguiente no fue nadie a buscarme, pero yo me marché con el argumento de que si no iba, vendría por mí alguno de los revolucionarios. Un viento fresco había bajado de las montañas nevadas del oeste y se había apoderado de las esquinas de Libertad (pueblo) y de los territorios que formaban Libertad (valle) y nos había pillado en mangas de camisa. Cuando iba a salir por la puerta, Altea me pidió que me esperara y fue a buscar mi chaqueta. «Póntela, hace frío», me dijo. Me la puse y salí de la casa. Mientras avanzaba por la calle, sentí que se había quedado en el umbral viéndome hundirme en la oscuridad, la imaginé rumiando su soledad y mi traición en su cama y me dio pena, pero el mío era un dolor desalentado, como el que se tiene ante la enfermedad incurable de otro.

Al día siguiente descubrí el mismo sitio vacante y lo ocupé, y de los dos fui yo el que cogió la mano del otro y la apretó. Parecerá inverosímil, pero entre Altea y yo no había habido nunca tanta complicidad. Con la Loba, en cambio, no había complicidad, sino entendimiento pleno. Ella vivía con varios correligionarios de uno y otro sexo en el palacio del terrateniente que fue dueño de las tierras que circundaban el pueblo y solía esperarme en una gran sala iluminada con velas y nublada por el humo de una extraña droga que fumaban de continuo los revolucionarios. Yo no fumaba, pero como aspiraba durante un buen rato el aire viciado de la estancia, cuando la Loba y yo subíamos con una palmatoria a nuestra habitación, mi ánimo estaba imbuido de una placidez tal que volvía casi insufrible el celestial encanto de verla desnudarse. Hasta que ella no estaba sentada contra el cabecero de madera que tenía el dormitorio, no me levantaba yo del sillón estampado desde el que había seguido la escena y me acostaba con ella, y ya acostado, se me pasaba el tiempo acariciándola y mirándola a los ojos. Aquellas noches no solo no tenía prisa para poseerla, sino que la hubiera gozado a la manera que se hace con los paisajes o las fragancias y con eso me hubiera dormido ahíto. Era ella la que sin perder la sonrisa me urgía al contacto sexual. «Se nos pasa la vela», decía, lo que a mí me sonaba más que a metáfora del momento a metáfora de la vida. Entonces sí me esmeraba en darle lo que me pedía, y no debía hacerlo mal, porque ella repetía conmigo a pesar de tener rendidos a todos sus camaradas.

Por aquel tiempo, siempre nos levantábamos cuando la luz entraba a raudales por la ventana. La Loba había escogido una buena alcoba y desde ella, gracias a las maravillas de la tecnología y a la revolución, incluso acostados se veía una ensenada de aguas cristalinas con una playa de arenas blancas y un par de veleros. Desde los grandes ventanales del refectorio, por el contrario, se veía la descomunal cara del Libertador sonriéndole al mundo. Esa visión y el lodazal de platos sucios y desperdicios amontonados sobre la mesa hacían del desayuno una comida desagradable. Lo único que endulzaba la situación era el aroma de los cigarros que desde muy temprano fumaban los revolucionarios, quienes, como acudían a medio vestir, no dejaban que el fresco aire de la mañana renovara al más cálido que ocupaba con ínfulas de propietario el aliento de las muy concurridas estancias.

El desayuno era el período en que se debían conocer los servicios que debían asumir los revolucionarios, cuyo detalle se recogía en un papel firmado por una tal «Igualdad» que estaba clavado con chinchetas en un gran tablón de anuncios ubicado en el zaguán, a cuyo pie rezaba: «Recordad que vuestra obligación es la Libertad del pueblo». Casi nadie miraba el documento, sin embargo, por lo que nadie hacía lo que en él se indicaba con el marchamo de deber. Viéndolo tan inoperante, me acordé de los tablones de anuncios que había en las sedes de los ministerios de la plaza de la Ciudad de Sholombra y del bedel de recepción que maté después de que me enseñara uno de ellos. Si aquellos tablones tenían multitud de documentos atrasados, este, en cambio, solo tenía uno, y aunque a veces duraba varios días expuesto, lo normal era que Igualdad lo sustituyera a diario.

Lo de Igualdad merece en este relato unos párrafos específicos. Era una mujer de unos cuarenta años no desagradable a la vista, de estatura mediana, muy delgada, morena y con el pelo corto. Vivía en la misma casa solariega que el Libertador y hacía de algo así como su ayudante. En el inicio de la revolución, otras personas eligieron ese nombre, pero se lo cambiaron luego por el de Libertad, al parecerles más espiritual, evocador de valores más nobles y más sonoro. Por esas mismas razones, sin embargo, ella mantuvo el suyo. Llegaba al palacio a primera hora de la mañana, cuando los únicos revolucionarios en pie eran los que se habían quedado fumando y bebiendo y aún no se habían acostado. En unas ocasiones, clavaba el papel en el tablón y se iba rezongando por la plaza, pero en otras entraba en el edificio e iba gritando por los pasillos lemas revolucionarios y versículos del libro del Libertador con el fin de alentar a los residentes al cumplimiento de sus deberes. Y mientras lo hacía, iba recogiendo las cosas que se encontraba tiradas por el suelo o sobre los muebles, ya fueran restos de comida, bragas o colillas de esas hojas secas que sus correligionarios fumaban a todas horas. Cuando pasaba delante de un cuarto de baño, como siempre lo hallaba empantanado, se remangaba la camisa y los pantalones y se ponía a limpiarlo enseguida, y mientras tanto mezclaba las consignas con llamadas a la incredulidad y alegatos que pronosticaban el fiasco de la revolución. «De esto se va a enterar el Libertador», decía al concluir. Era lo mismo que acababa diciendo cuando, tras haber lavado ella sola los cientos de piezas de la vajilla, haber barrido las cáscaras, los migajones y las porcelanas rotas y haber fregado el suelo del refectorio, se asomaba a los huecos de las escaleras y los patios de luz y gritaba exigiendo más ideología y más praxis revolucionaria. En días como esos, a Igualdad no le daba tiempo de poner el documento de servicios en las otras casas donde vivían revolucionarios y se iba lamentándolo por la plaza.

Los moradores de aquel edificio soportaban bien sus gritos en el espeso duermevela generado por el cansancio, el sexo y las drogas. Hasta que no se levantaban y veían los cuartos de baño limpios y el refectorio recogido, no asociaban claramente los versículos y las amenazas a la colosal labor de Igualdad. Entonces, las más agraciadas iban a ver al Libertador con cualquier excusa para que la ira de este se calmara cogiéndoles el culo y debían cumplirse algunos de los servicios recogidos en la orden diaria.

Para emprender uno de ellos, la Loba salió un día con su grupo a abrir portillos y romper espejos de las fincas de más allá de Rodas. Yo sobrellevaba el desbarajuste espacial, temporal y emocional de aquella casa exclusivamente por ella, de manera que en cuanto se fue volví mis ojos al confortable rigor de Altea, junto a la que seguía sentándome en la sala de escritura del ayuntamiento pese a que no iba a su casa desde hacía varias semanas. Cuando al primer mediodía de ausencia de la Loba dije de irme a comer con mis amigos, a Altea le dio un vuelco el corazón y, lejos de oponerse, se mostró dicharachera, y hasta propuso un plan para que huyéramos de aquel valle urgentemente, pues llevábamos más de un mes en Libertad (pueblo) y, aunque nuestra comida (que dependía de los saqueos que los revolucionarios hacían de las fincas vecinas) era relativamente abundante y nuestros hogares bastante confortables para como estaban los tiempos, el permanecer allí para siempre no cuadraba con el proyecto que habíamos rectificado sobre el plano que Libuell guardaba en su pechera, junto con su libro de recetas.

–Pero antes de irnos, tenemos que matar al Libertador –aseguró Impreciso.

Al líder de los revolucionarios le teníamos una inquina especial, y no solo porque su montañosa imagen juvenil estuviera observándonos desde varios puntos del cielo, como si fuera Dios, sino porque a él le atribuíamos el enredo que suponía el ineficaz cumplimiento de nuestra pena. No en vano, después de estar tanto tiempo copiando su incalificable libro, del que conocíamos párrafos enteros de memoria, únicamente yo había conseguido terminar con aprovechamiento un ejemplar, y ello gracias a la influencia de la Loba, que le había hablado de mí mientras lo dejaba que le tocara el culo. El resto de nosotros había visto cómo sus copias eran desestimadas una y otra vez con los argumentos más caprichosos, como que los renglones estaban torcidos o que la letra no respondía al ideal estético de la Revolución. «No saldremos nunca de este valle. Nuestra condena es a perpetuidad», repetía uno de los compañeros de mesa, que hacía casi ocho años había sido condenado a copiar seis libros y llevaba más de mil ejemplares transcritos.

—Yo no me iré sin romper todos los espejos que facilitan su imagen –añadió Libuell.

—Y yo sin arrumbar los anaqueles y mearme en sus libros. O mejor, sin limpiarme el culo con ellos y quemar los que me sobren –apuntilló Dam.

Y Pirindolo, que palpaba el mal ambiente cuando se citaba la palabra Libertador, ladró con muy malas pulgas y se quedó mirando a quien hablaba, como si participara de la conversación.

Altea estaba emocionada. ¡Qué poco necesitábamos para ser de nuevo un grupo compacto y con ilusiones!

—Lo haremos –dijo–. Mataremos al Libertador, romperemos los espejos y nos limpiaremos el culo con sus libros. ¿Verdad, Nereo?

—Claro que sí –le contesté.

Lo hubiéramos hecho, en efecto, si nos lo hubiéramos propuesto: el Libertador pasaba todas las mañanas renqueando por delante de la sala de escribanía apoyado en un bastón y no nos hubiera costado nada quitarle la vieja pistola que llevaba al cinto y tirarlo por las escaleras o, directamente, ahogarlo con las manos, y los revolucionarios que protegían los espejos estaban, como el resto, o entregados a sus particulares placeres o con una resaca bestial. Sin embargo, de lo que durante aquel almuerzo nos propusimos, solo llevamos a efecto lo de limpiarnos el culo con los libros del Libertador, y no tanto para hacer de ello un acto de rebeldía, como porque era el papel que teníamos más a mano y ninguno de los revolucionarios le echaba cuentas a lo que hacíamos con ellos.

¿Por qué no lo hicimos? ¿Por qué no incendiamos Libertad (pueblo) y Libertad (valle) y huimos bien pertrechados y sin más problemas que los de abrir algunos portillos por el camino que conducía al Oeste? La respuesta es porque yo no quería. O, para expresarlo con la causa última, porque yo estaba loco por la Loba. Y así, cuando pasados diez o doce días uno de sus subordinados llegó al anochecer a nuestra casa y me pidió que lo siguiera de parte de ella, dejé plantados a mis amigos y me fui sin dudarlo.

Al día siguiente de aquello, Altea no me dejó un sitio a su lado en el salón de escribanía y mis amigos evitaron mi mirada y no me dirigieron la palabra. Yo reaccioné a ese rechazo uniéndome más a la Loba, a la que pedí que fuera a ver al Libertador para que computara como míos nueve libros que en realidad había escrito Dam, que era de nosotros el de mejor caligrafía. «Pídeme esos nueve favores de uno en uno y te los concederé», le dijo el Libertador, naufragado en pensamientos libidinosos. La Loba atendió la indicación y su jefe cumplió su promesa, de modo que al cabo de nueve días quedé liberado de mi pena.

Como, con la excepción de los revolucionarios, en Libertad (pueblo) no había habitantes libres, pues todos los que adquirían esa condición huían inmediatamente a poblaciones sojuzgadas, yo era para los mandos de la guerrilla el paradigma de la masa redimida de su propia ceguera. Por eso, en cuanto Igualdad se enteró de mi nuevo estado, vino corriendo a recitarme el extensísimo catálogo de mis derechos. Yo aún estaba en la cama con la Loba, con quien me había demorado hasta la madrugada bebiendo y fumando en tanto veíamos el cielo con dos lunas que una partida de guerrilleros había robado de una de las fincas más alejadas de Libertad (valle), y la oí como el que siente llover a media noche. Cuando me levanté, solo recordaba que alguien había estado en la habitación, pero ella se había quedado fregando los platos en la cocina y al verme aparecer por el refectorio dejó su labor y con una olla a medio lavar en la mano empezó a soltarme la misma retahíla que me había lanzado mientras dormía.

—Tienes todos los derechos que un ser humano pueda desear, incluido el derecho de voto, aunque este continuará en suspenso en tanto viva el Libertador —resumió finalmente.

Yo se lo agradecí para quitármela de encima y seguí comiendo lo que siempre se desayunaba allí, que era fruta y unas tortas hechas con harina de garbanzos y manteca de cerdo.

—Que sepas —me dijo a continuación—que tienes el derecho de colaborar en la limpieza de la cosa común.

Yo seguí a lo mío, pero a ella le costaba menos que a mí hacerse el tonto y era mucho más persistente que yo y se quedó a mi lado rozándome la cara con la olla.

—¿Qué quieres? —le dije por último raspando las malas maneras.

—¿No vas a hacer uso de ese derecho?

—No.

—Si no lo haces, la comunidad no te lo agradecerá

—¡Estupendo!

—Creo que te recitaré los versículos que hablan del derecho a colaborar en la limpieza de la cosa común.

El citado derecho estaba recogido en el libro del Libertador en párrafos tan farragosos como extensos. Si Igualdad hubiera sido la única que se hubiera sabido de memoria los versículos afectados, quizá hubiera aguantado su envite, pero a fuerza de escribirlos yo los tenía como cincelados en el cerebro y, créame el lector, si oírlos era extraordinariamente duro, recordarlos era de todo punto insufrible.

—Está bien, está bien, haré uso de ese derecho —concedí.

Lavar los platos fue una faena en extremo rigurosa, pues al hecho de que los cacharros formaran torres altísimas y hubiera que traer el agua a cubos desde el aljibe había que unirle el que mientras Igualdad y yo trabajábamos, los revolucionarios seguían comiendo, y cuando terminaban, contaban chistes, reían y fumaban droga en el refectorio retrepados en las sillas y con los pies apoyados sobre la mesa, y había que unirle, sobre todo, el que Igualdad no paraba de relatar con su discurso perenne.

—¿Para esto hemos hecho la Revolución? —decía como muletilla.

A lo que los revolucionarios solían contestarle:

—Para esto, sí, para esto. ¿Para qué si no, para trabajar?

Los revolucionarios conocían bien a Igualdad, estaban acostumbrados a sus peroratas y sabían cómo sortearlas sin esfuerzo. Pero yo no podía soportar sus continuas referencias al libro del Libertador y ello me hacía extremadamente vulnerable. Así, cuando a los pocos días me brindó hacer efectivo mi derecho al trabajo, yo me negué hasta que no pude sobrellevarla. «Pero que sea un trabajo intelectual acorde con mis cualidades», concedí, con la confianza de que ejerciendo una ocupación de ese tipo me sería más fácil escaquearme.

—Sí, no te preocupes —me prometió.

Naturalmente, me quedé preocupado, y no me faltaba razón, pues un par de horas después, hallándome adormilado con la Loba y otros revolucionarios en la ribera del río, Igualdad prorrumpió a lo lejos en gritos de júbilo que llevaban mi nombre.

—Ya tengo un trabajo para que puedas ejercer tu derecho, Nereo —me dijo.

—¿Y cuál es? —preguntó por mí la Loba.

—El más bonito que pueda encontrarse —le contestó ofreciéndome una llave que, según me dijo, abría la puerta de una casa—. Seguidme —añadió luego.

Ese seguidme iba dirigido solo a la Loba y a mí, pero los revolucionarios que nos acompañaban, que me habían cogido bastante cariño, dieron por perdida su siesta de media mañana y nos acompañaron profiriendo comentarios jocosos que se tropezaban siempre con la juiciosa respuesta de Igualdad.

—Sí, vosotros reíros, reíros, pero aquí el único que va a ejercer su derecho al trabajo es Nereo —señaló por último.

Los revolucionarios se meaban.

—Otro liberado que se va del pueblo, ya veréis —dijo una a duras penas.

—¡Con lo bien que vivías de amanuense! —apuntó otro.

Aunque les cundió sobremanera a quienes se mofaban de mí, lo cierto es que el recorrido fue corto, y que pronto estuvimos ante una casita abandonada que había sido el hogar de un hortelano. Su puerta estaba abierta de par en par y dentro no había muebles y se veían heces de personas y de distintos animales, algunas de ellas formando un cagadero.

Tras el silencio que provocó el asombro, se produjo una detonación de carcajadas que seguramente se oyó hasta en los rincones más alejados de Libertad (valle). Yo, que me había quedado con la llave en la mano, fui por pura burla a hacer como que abría la puerta y con ello le eché más leña al jolgorio, pues era mucho más grande que la cerradura.

—Era solo un símbolo, nada más —me dijo Igualdad muy seria.

—Entonces, ¿no tiene derecho a la propiedad? —le preguntó un revolucionario aguantándose la carcajada.

—Claro que sí, a la propiedad colectiva: aquí, todo es de todos —le contestó la mano derecha del Libertador.

Si el suelo hubiera estado medio limpio, aquellos guasones se hubieran revolcado en él, pero hubieron de contentarse con las paredes, sobre las que se apoyaron muertos de risa de todas las formas que puede hacerlo un cuerpo humano, que son incontables.

—Déjalos, déjalos que se rían, los pobres —aseguró Igualdad cogiéndome del brazo y tirando de mí hacia fuera.

Yo me dejé llevar, sumido en una suerte de arrobamiento.

—Los rodeos de la casa y el terreno que hay entre el río y el pueblo son responsabilidad tuya —me dijo haciendo un semicírculo con la mano para mostrarme una amplia extensión de tierra que en tiempos debió de ser de regadío.

El terreno me recordó bastante a la huerta que Utinio trabajaba en las inmediaciones de Alegría.

—Aquí se criaban acelgas, remolachas, berros, espinacas, lechugas, nabos, cardos, patatas, ajos, alcachofas, cebollas, maíz… En esta huerta llegaron a trabajar varias decenas de personas, y sus hortalizas eran grandes y sabrosas.

Hablaba con nostalgia, algo que no le pegaba a una revolucionaria convencida. Ella misma se dio cuenta y rectificó.

–La tierra es la de antes y el método científico prescrito por la revolución es mucho más eficiente, así que no hay motivo para que ahora no se críen más, más grandes y mejores hortalizas –dijo.

A mis espaldas, los revolucionarios se contenían la risa para oír mejor a Igualdad y le daban rienda suelta tras cada una de sus parrafadas.

–Amigo mío –continuó, poniéndome una mano sobre el hombro–, necesitamos proveernos de alimentos sin tener que robarlos, aunque solo sea por una cuestión estratégica. Si necesitas ayuda, pídenosla.

El término amigo no era revolucionario, pues estaba cargado de debilidad. Los revolucionarios no tienen amigos, sino camaradas, venía a decir con su embrollada prosa el libro del Libertador: entre un amigo y su deber, uno puede escoger a un amigo, mientras que entre un camarada y su deber, uno siempre escogerá a su deber. Igualdad, que se sabía el libro casi tan de memoria como yo, me había llamado de tal forma para dulcificar su petición, en vista de que todos los hombres y mujeres libres que me habían precedido habían huido de Libertad (pueblo) a las primeras de cambio.

–Dile cuál es el método científico de la revolución –le pidió uno de los asistentes.

Trabajar de día y de noche, sin descansos ni festivos –contestó Igualdad, quien, como sus voces no podían abrirse paso entre el regocijo general, me aclaró casi al oído–: Para el revolucionario, el trabajo es un sacerdocio.

El método científico de la revolución no era de imposible cumplimiento, como lo demostraba ella misma, cuya dedicación al trabajo no conocía tregua. Y así, en cuanto se dio la vuelta, dejó de pensar en mí y en mi labor para dedicarle toda su atención a la lista de servicios que debía dejar en el antiguo hotel del pueblo, donde había otra agrupación de revolucionarios.

–No le haremos caso –me dijo la Loba en tanto la veíamos alejarse con la prisa del que llega a deshora a una cita vital, con las bromas y las risotadas rompiendo estruendosamente a nuestras espaldas–: iré a ver al Libertador y le pediré que te releve del derecho al trabajo.

Le contesté «vale» sin dudarlo, pero cuando la chanza comenzó a apagarse y los revolucionarios iniciaron la vuelta a Libertad (pueblo), cogí de la mano a la Loba y la llevé por la orilla del río, que por allí circulaba flemáticamente formando un bosque de galería en el que cantaban multitud de pájaros que no veíamos. Mientras paseábamos, yo le conté la historia de Perfecta y Utinio y de la huerta que este tenía en un lugar comparable de un pueblo no tan alejado de aquel, y luego nos sentamos junto al cauce y le hablé de Tobase, el poeta que veía caer el sol sobre la ondulada línea del horizonte yermo, y de Pirindolo, su perro.

Cuando volvimos a la casa que Igualdad nos había mostrado, ya no éramos los mismos. Yo le propuse que viviéramos en ella alimentándonos de los frutos que diera la huerta, como si fuera de nosotros nada estuviera ocurriendo, y la Loba me sostuvo la mirada y me sonrió antes de contestarme que lo que yo quisiera.

Aquel día inauguramos las labores de limpieza y reparación de la vivienda. Los revolucionarios que vivían en el palacio del terrateniente nos vieron partir de él armados con escobas, cubos y fregonas sin dar mucho crédito a nuestro empeño y soltando comentarios jocosos que eran coronados con risas. Alguno de ellos, en algún momento en que el ocio se le hizo insoportable, para distraerse un poco se pasó por la casa que limpiábamos y volvió comentando a sus compañeros que lo que ellos se tomaban a guasa nosotros nos lo estábamos tomando en serio. Para comprobarlo y seguir riéndose a nuestra costa, se personaron en la huerta, donde me encontraron reparando el tejado.

—¡Esto sí que va de veras! —me gritó uno conforme llegaba.

La Loba, que estaba poniendo remiendos de yeso en el interior, al oír los gritos se asomó a la puerta de la casa. Iba vestida con un mono manchado y se había recogido en una coleta su larga cabellera castaña, que tenía envuelta en un pañuelo. Al verla, sus compañeros debieron digerir su sorpresa antes de reventar en un trueno de risotadas.

—Pareces una trabajadora de verdad —dijo otro en cuanto pudo resollar.

—¿No quieres que te liberemos? —añadió un tercero.

La Loba y yo los saludamos y continuamos a lo nuestro y ellos, al ver que seguíamos trabajando, se sentaron en el suelo enfrente de la casa como si lo hicieran ante un espectáculo de pago, primero, haciendo chistes con todo lo que veían y, luego, arrebatados con nuestro trajín, como si estuvieran delante del fuego de un hogar o ensimismados con el deambular de la gente en una calle transitada.

Se fueron y al día siguiente volvieron sin hacer ruido y se colocaron en el mismo sitio. Uno de ellos, al ver que entre la Loba y yo teníamos dificultades para colocar un andamio, fue a echarnos una mano. Cuando vio la plataforma colocada, le satisfizo haber colaborado con su fuerza y su destreza y pidió continuar ayudando.

—Súbete y pica la pared —le ofrecí.

Los demás, en vista de que su compañero se sentía feliz, le suplicaron que los dejara picar un rato.

—Tengo otras dos piquetas —les dije.

Como eran más de dos los que querían subirse, les participé que si deseaban colaborar podían lavar la pared e ir por cemento y arena para hacer la mezcla con la que enlucirla.

—Si voy por el cemento, yo hago la mezcla —dijo una.

—Tendrás que compartir ese trabajo conmigo si yo voy por la arena —punteó otra.

Cemento, arena y otros materiales de construcción había de sobra en un almacén abandonado que se publicitaba inútilmente junto a la carretera que vertebraba Libertad (valle).

—Todo lo haremos entre todos —arbitré yo.

A partir de entonces, dejé el trabajo manual y me dediqué a hacer de capataz de una cuadrilla a la que no dejaban de sumarse miembros. Yo les di trabajo para pintar, para traer muebles desde otras casas y repararlos, para levantar una nueva valla que circundara la huerta, para preparar la tierra y para traer el agua desde el río y distribuirla por el cercado. Tanto era el movimiento de personal y tanto estaba impactando nuestra reconstrucción en Libertad (pueblo), que hasta mis viejos amigos (con la excepción de Altea) dieron un rodeo en el camino que los llevaba desde la sala de escribanía a su casa para asomarse a ver si era cierto lo que de la Loba y de mí se estaba diciendo. Ellos se quedaron lejos y no se atrevieron a llamar mi atención, pero yo los sentí y los cinco minutos escasos que estuvieron cerca me entretuve en observar disimuladamente su alma.

Al contrario que a otros vecinos de los alrededores, a

ellos no les sorprendió lo resuelto de mi carácter, sino el que lo empleara en un fin sedentario y, con ello, traicionara el juramento que habíamos formulado casi eufóricos sobre un mapa de carreteras. Allí mismo acordaron no escamotearle ni una parte de la verdad a Altea, para quien mi mutación resultaba especialmente dolorosa, y decidieron seguir adelante sin mí, incluso sin notificármelo. Solo uno de ellos, Pirindolo, se atrevió a venir a verme cuando comprendió que el resto reanudaría su camino. Yo lo recibí de rodillas y lo abracé y le hablé mientras él me lamía la cara o me daba ladridos de saludo.

—Vuelve a menudo —le dije—. Desde aquí se ve caer el sol detrás de las montañas, entre una fotografía del Libertador y otra de un parque donde juegan abuelos y niños.

Me ladró contestándome que sí y los perros siempre cumplen sus promesas. Volvió al día siguiente y cada uno de los días posteriores. Los perros, como los seres humanos, guardan en su alma retazos del alma de las personas con las que tratan, así que él me traía a diario información fidedigna de mis amigos por los rescoldos que el trato con ellos dejaba en su espíritu. Cuando la loba y su partida salieron de expedición a robar semillas de plantas y esquejes de frutales en otros pueblos o en alguna de las grandes fincas de Libertad (valle), yo le pedí a Pirindolo que se quedara conmigo. Él lo hizo y durante una semana vimos atardecer juntos, conversamos sobre los viejos tiempos y dormimos en la misma cama, y hubiéramos visto amanecer si el horizonte no hubiera estado cubierto con la inmensa fotografía de una playa tropical.

La Loba volvió y Pirindolo entendió que el lugar que había ocupado debía ser devuelto a su dueña. A partir de entonces, el perro compartió su jornada entre la casa de mis amigos y la mía, a la que acudía a diario para ver el ocaso, de modo que yo estaba al corriente de cómo andaban Impreciso y los demás por las noticias que me traía impregnadas en sus sentimientos. Por ellas sabía que se habían amoldado a su infructífero castigo como el que lo hace a un trabajo fastidioso, que estaban bien comidos y bien vestidos y que dormían al calor de unas mantas y al abrigo de un techo y una puerta cerrada. Visto cómo andaba el mundo que habíamos cruzado, aquella era una vida de molicie que provocaba una alienación parecida a la que tenían los pocos centenares de revolucionarios censados, que vivían de saquear a la vecindad y solos en una población preparada para albergar a varios miles de individuos.

Con la ayuda anárquica de algunos revolucionarios amigos, la Loba y yo conseguimos plantar unos cuantos árboles frutales, poner en regadío media hectárea de terreno y tener tres vacas de leche, un hatajo de gallinas y un par de cerdas de cría. Igualdad venía frecuentemente a ver los progresos de la que llamaba granja tipo de la revolución. Cuando se dio cuenta de que estábamos permutando la leche que obteníamos por cigarros u otros productos del saqueo, mandó a la huerta a dos de sus secuaces más fieles con la orden de que se sentaran a nuestro lado mientras ordeñábamos y se llevaran toda la leche menos el litro que teníamos de cupo para nuestro propio consumo. Y lo mismo hizo cuando se percató de lo que hacíamos con los pimientos, con las lechugas y con los demás productos de la huerta, e incluso con los huevos y con los lechones que parían las cerdas, esto es, mandar a algunos de sus adeptos a vernos trabajar y a llevarse luego todo lo que habíamos producido menos una mínima parte que dejaba para nosotros.

Recuerdo que los primeros meses de trabajo fueron duros e ilusionantes y que posteriormente fuimos adaptando nuestro trabajo a nuestras necesidades, por lo que solo nos quedamos con unos pocos surcos de tierra, una vaca, unas cuantas gallinas y ninguna cerda, y que dedicábamos la mayor parte del día a dormir, a hacer el amor y a fumar droga, como hacían el resto de los revolucionarios. Los sicarios de Igualdad iban y se volvían sin nada o con un puñado de ajos o un par de patatas hasta que desistieron y nos dejaron solos, sin más compañía que la de Pirindolo y la omnipresente de las fotografías de juventud del Libertador. Así pasamos el invierno y la primavera y el verano y el otoño y un año más y otro. Mis amigos (debo continuar llamándolos de este modo, aunque en aquel tiempo no nos cruzamos más de cuatro palabras) copiaron centenares de veces «El valor de la libertad» y muchos de los ejemplares que la Loba traía a la huerta para limpiarnos el culo o encender la candela tenían impregnados los sentimientos de alguno de ellos.

Por Pirindolo supe que Altea había optado por inscribirse en el censo de revolucionarios a pesar de las continuas demandas del resto del grupo, que pretendía seguir el camino teniéndola como líder. Lo hizo como una huida hacia delante cuando conoció que la Loba se había quedado embarazada, pues ella ni sintonizaba con los ideales de la revolución ni con la figura del Libertador. Por Pirindolo, que iba a verla todos los días, supe también que continuaba amándome y que no me reprochaba nada. Su amor por mí hostigaba mi ánimo a la manera que la bondad importuna a los malintencionados y, a fin de librarme de esa opresión, tentado estuve en numerosas ocasiones de ir a verla para revelarle cómo maté a su novio y a su suegro poco antes de conocerla.

No lo hice, y Altea, que pedía servicios extraordinarios en los lugares más alejados e inseguros de Libertad (valle), ascendió rápidamente en el escalafón revolucionario de la mano de Igualdad, de quien tomó el nombre, si bien adoptó el sobrenombre de la Rigurosa para distinguirse de ella, que más tarde cambió por el de la Justiciera, aunque en los demás pueblos del valle era conocida como la Cruel. Su influencia se notó enseguida en los hábitos de los revolucionarios de a pie. A instancias suyas, el Libertador dictó un decreto en el que prohibía el consumo de drogas y advertía de que los incumplidores serían juzgados sumarísimamente y ejecutados de inmediato. Hasta entonces no se había cumplido ninguna de las numerosas sanciones fijadas en los códigos de conducta de la revolución y nadie le hizo caso, pero al día siguiente unos cuantos partidarios que la adoraban y ella recorrieron Libertad (pueblo) fusilando a los que pillaron fumando o con signos palmarios de haber fumado y a los que descubrieron con droga, de forma que esta dejó de consumirse casi al instante por la comunidad rebelde. «Para un buen revolucionario, no debe haber más droga que la revolución ni realidad más placentera que la que traiga la revolución victoriosa», le dijo al Libertador, a quien aquel mismo día pidió permiso para corregir la conducta decadente de sus seguidores. El anciano, acostumbrado a la energía inocua de Igualdad y a sus quejas, estaba subyugado por la eficiencia callada de Altea y la autorizó a que sin emplear más dureza de la necesaria dispusiera cuantas medidas considerara oportunas para hacer cumplir las normas que él había dictado. «Les advertiré por escrito y si no cumplen, nadie podrá acusarme de intransigencia», le contestó. El aviso fue recogido en la orden de servicios que

Igualdad, que seguía siendo su superiora, fue colocando en los tablones de anuncios de los distintos palacios y casas que hacían de cuarteles revolucionarios. Naturalmente, nadie lo leyó. Altea esperó otro día y ese, sin más admoniciones y sin dar cuentas a nadie, a primera hora de la mañana entró con sus partidarios dando voces en el palacio del terrateniente y se puso a disparar contra los que pescaba en sus habitaciones, que fueron los que no pudieron salir por la ventana. «La Revolución descansa lo justo, ni más ni menos», le dijo al Libertador, que la oyó apoyado sobre el brazo tembloroso de Igualdad.

Durante una semana terrible, Igualdad (Altea) revisó con su sanguinario séquito las cocinas, los cuartos de baño, los comedores y las demás dependencias de los cuarteles y mandó fusilar sobre la marcha a cualquiera que se dejara migajones sobre la mesa, unos pocos pelos en el lavabo o restos de heces en la taza del váter.

—Hemos limpiado el campo de morralla. Ahora, los adeptos a la revolución son un ejemplo para los no revolucionarios —le indicó al Libertador.

—Los métodos… quizá… —dudó entre toses el anciano dirigente, que había perdido en la purga a algunos de los mejores culos de la Revolución.

—El que cumpla, debe sentirse seguro —le contestó Altea—. El que incumpla, en cambio, debe sufrir miedo, mucho miedo.

Fue entonces cuando Altea sustituyó el nombre de Igualdad por el de Lucifé, apócope corregido gramaticalmente de Luz (del Pueblo) y Fe (en la Revolución), aunque muy pronto fue conocida en todo Libertad (valle) como el Demonio.

Como su ardor guerrero y su hiperactividad le impedían estarse quieta, cuando puso en orden el régimen interno se aplicó a ensanchar el área de influencia de Libertad (pueblo) y le pidió a Igualdad que la enviara no a romper espejos y abrir portillos, sino a hacer proselitismo de los principios recogidos en el libro. La ayudante del Libertador, que le había cogido un miedo angustioso, no se atrevió a negarse y, con todas las bendiciones oficiales, Lucifé y su tropa anduvieron por Libertad (valle) convirtiendo a sangre y fuego a la ideología revolucionaria a cuantos ciudadanos encontraban y bautizando a los pueblos conquistados con nombres que evocaran la revolución, como Libertad (de arriba), Libertad (de abajo), Libertad (del norte), Libertad (del sur), Libertad (grande), Libertad (mediana), etc.

Mientras Lucifé estaba de campaña, Igualdad, con la aquiescencia del Libertador, tramó un plan para asesinarla que halló inmediatamente una acogida entusiasta en el exiguo vecindario de Libertad (pueblo). Yo sabía que el furor demoníaco con el que Altea se manifestaba era una escapatoria a la enorme frustración que le producía mi desdén y eso provocaba en mí una rara mezcla de sentimiento de culpa y vanidad morbosa. Por otra parte, ella nunca se había metido con la Loba y conmigo, a pesar de que seguíamos fumando droga y levantándonos o acostándonos cuando nos lo pedía el cuerpo. Y, por último, estaba la memoria de lo que habíamos vivido juntos. Sea como fuere, cuando capté en el ambiente la emoción del complot, fui a la sala de escritura y pedí a mis amigos que hicieran llegar a Altea el peligro que corría. Ellos vacilaron, pues el comportamiento de la que había sido su compañera les producía tanto horror que no sabían si debían salvarla o salvar de ella a los vecinos. Como suele ocurrir en estos casos, resolvieron a favor de lo más próximo y comisionaron a Libuell para que le llevara el recado. Al cocinero no le fue muy difícil seguir el rastro de muerte y destrucción que el Demonio iba dejando por el valle y cumplió pronto con su tarea. Lucifé, en cuanto supo de la traición, dispuso el regreso, caminó sin descanso de día y de noche y entró en Libertad (pueblo) quemando y arrasando lo que encontraba a su paso.

Los escasos revolucionarios que Igualdad había logrado retener huyeron despavoridos a las primeras de cambio y ella misma fue arrancada del brazo desalentado del Libertador, arrastrada a mitad de la plaza y fusilada en el acto. Lucifé salió al balcón del ayuntamiento llevando con ella al anciano líder y pronunció un discurso de varias horas ante el cadáver de Igualdad, al que habían sentado a su lado, y ante la veintena de hombres y mujeres que formaban su mesnada y la veintena de viajeros condenados a copiar el libro, a quienes obligó a recoger al dictado sus palabras. Luego, sin moverse del balcón, ordenó a su lugarteniente, de nombre Libertad (el Abrisqueto), que como símbolo de que el antiguo régimen se había superado, sacaran todos los libros del ayuntamiento, de los cuarteles y de las casas e hicieran con ellos una gran hoguera en la plaza. «A partir de hoy, los amanuenses copiarán mi panegírico de la revolución», sentenció.

Aquel día no se libró del fuego más que el libro de cocina de Libuell, y solo porque este aún no había llegado a Libertad (pueblo), pues Lucifé, embriagada de poder, no hubiera respetado ni la memoria ni la amistad ni le hubiera agradecido el gesto de librarla de la muerte. Y sin embargo, cuando más lujuriante era el fuego y uno de sus seguidores dijo «y ahora, vayamos por los de la huerta», refiriéndose a la Loba, a mi hijo y a mí, Lucifé lo mandó callar de un puñetazo y a grandes voces dispuso que desollaría vivo a quien se atreviera a mirarnos mal o a tocarnos un pelo.

Los exaltados revolucionarios que le habían quitado la roña al espíritu de la revolución celebraron su triunfo con una parranda de siete días y siete noches que incluyó sexo en grupo, macanudas borracheras provocadas con un extraño licor de maíz destilado en las fincas más alejadas de Libertad (valle) y el disfrute de varias talegas de una nueva droga que esnifaban con la ayuda de cánulas de hojas de aspidistras. Cuando al cabo de una semana empezaron a despertarse los primeros de ellos, se encontraron con que lo único habitado en el pueblo era la sala de escribanía, donde los amanuenses copiaban ya el alegato refundador de Lucifé, y el salón de actos, en el que el anciano Libertador aguardaba en vano a que alguna seguidora guapa viniera a pedirle un favor para cogerle el culo. El cadáver de Igualdad, rodeado de una espesa nube de moscardas, seguía sentado en el balcón principal del ayuntamiento, como pendiente de la humareda que aún desprendían los rescoldos de los libros mal quemados, y toneladas de quietud y mutismo aplanaban el de por sí flemático tiempo de aquel valle.

Los revolucionarios que se despertaban, entorpecidos por la resaca y el vacío de los laureles, asumieron de mala gana las órdenes de Lucifé para mantener lo que habían conseguido. «Déjalos que metabolicen el éxito», le sugirió el Abrisqueto, que se había convertido en el amante de su jefa. «En unos cuantos días más, los tendrás de nuevo en plena forma y dispuestos a comerse el mundo».

Pero pasaron las semanas, y los meses, cambiaron las

estaciones y hubo diluvios y sequías y los revolucionarios que habían derrotado a Igualdad continuaron viviendo de las rentas del triunfo, al que acudían para justificar su constante modorra. «Yo no he hecho una guerra para hartarme de trabajar», argumentaban. El Abrisqueto, como antes había hecho Igualdad, iba y venía de un lado a otro multiplicándose para hacer lo que no hacían sus subordinados y amenazando con unos castigos que nunca llegaba a poner. A su impulso se debió el que se colocaran carteles montañosos con la imagen de Lucifé en pintura junto a las fotografías de joven del Libertador, el que se eliminara a una turba de pordioseros enloquecidos que habían cruzado las montañas del este y el valle de Calhassor y el que se mantuviera estable (en alrededor de la cincuentena) el número de habitantes totales de Libertad (pueblo).

Por supuesto, los revolucionarios se olvidaron pronto de su intención de redimir a la humanidad. Incluso Lucifé, ante la imposibilidad de doblegar a sus secuaces sin acabar literalmente con ellos, sucumbió a los encantos de la melancolía. El Abrisqueto, que estaba enamorado de ella, vino un día a la huerta a pedirme consejo. Me contó que lo único que la entretenía era hablarle a Pirindolo, que bebía sin control y esnifaba cantidades ingentes de droga y que cuando hacía el amor, se le escapaba mi nombre.

—Yo sé que está enamorada de ti, pero no me importa —me dijo—. Lo único que quiero es que me ayudes a sacarla del lodazal en el que se ha metido.

Era una hora bien tardía. Yo, en vez de contestarle, lo saqué del calor de la candela al frío de afuera y le señalé con el brazo extendido hacia el lugar por donde durante años Pirindolo y yo habíamos visto anochecer y que desde hacía meses estaba tapado por una imagen de Lucifé sonriente.

–Vuestra jefa, vosotros y vuestra revolución me ha privado del placer de ver anochecer –le dije–. Por mí, os podéis ir todos al carajo, incluida la depresiva esa.

El Abrisqueto, qué mote tan estúpido, me quedé pensando mientras se iba.

–¿Qué significa? –le pregunté a voces.

–¿El qué?

–Abrisqueto.

–Nada, no significa nada: simplemente me gusta.

Hice una mueca que pretendía ser una sonrisa y noté que sentía una vaga complicidad conmigo. En una sociedad tan cargada de palabras con sustancia, el que una no significara nada resultaba gratificante. «Abrisqueto, Abrisqueto», me volví diciendo. La lengua se movía con soltura en la boca al pronunciar esa palabra en apariencia baldía.

Cuando yo iba a entrar en la casa, el Abrisqueto me llamó a voces. Era un joven educado, moreno, alto, fuerte y guapo, el perfecto amante para una mujer que quiere engañar al verdadero amor.

–No es cierto –me gritó.

Yo sabía a qué se estaba refiriendo y, en lugar de preguntarle, dejé que continuara. Continuó:

–No es cierto que no te importe lo que le ocurra: fuiste tú el que mandaste que nos avisaran. Tú también sientes algo por ella. Ninguno de los dos sois tan insensibles como parece demostrar vuestro comportamiento.

No sé por qué al entrar en la casa me sentí atosigado por los recuerdos: quizá, porque aquel intuitivo revolucionario nos había unido en un solo pensamiento a Altea y a mí, como en los proyectos de los viejos tiempos; quizá, porque vi a la Loba sentada junto a la candela, con sus ojeras permanentes y esa tristeza contagiosa que arrastraba

desde que perdimos a nuestro hijo; quizá, porque anochecía y no teníamos más luz que la del fuego para ahuyentar
a los monstruos de la imaginación, y la Loba y yo permaneceríamos a oscuras y en silencio hasta que ella decidiera
irse a la cama.

Aquella noche, cuando la Loba se acostó, yo eché un
par de leños más a la candela y me quedé mirando el baile
de las llamas y recreándome con los sentimientos de que se
había impregnado la casa. De noche, solo y medio a oscuras, me fue más fácil retrotraerme al día en que nació mi
hijo. Yo estaba cavando unos surcos de ajos y hablaba de
los caníbales que poblaban el metro de Sholombra. Mi mujer me miraba y me escuchaba sentada a la escuálida sombra
de un ciruelo. De pronto, entre sus piernas fluyó un ma-
nantial caudaloso. Parió a los cinco minutos, sin la ayuda
de nadie y casi sin dolores, un varón de tres kilos al que
pusimos por nombre Libertad (la Esperanza). El niño dio
abundantes señales de precocidad, como balbucir con ora-
ciones perfectas o comprender lo que conversaban los mayores. Yo me di cuenta enseguida de que había heredado
mis facultades extraordinarias, pues respondía a los impul-
sos que recibía de nuestro ánimo incluso cuando este no
era explícito. A mí no se me iba de la cabeza la mala relación
que había tenido con mi madre por culpa de esos mismos
poderes. «Tenemos que ser muy comprensivos con él, porque lo entiende todo y eso le acarreará muchos problemas»,
le dije a la Loba a la espera de confesarle la verdad. Era
demasiado temprano para que ella advirtiese lo insufrible
que llegaría a ser el vínculo con su hijo. Antes al contrario,
veía en lo asombroso del niño los síntomas de una inteligencia fuera de lo común que lo encumbraría a él y la haría
feliz a ella. Llena de esa convicción desorbitada, le dedicaba

casi todo su tiempo. Dejó de ayudarme en la huerta (aunque iba con él a verme) y de visitar el pueblo. Le enseñó a leer y las cuatro reglas cuando el niño apenas sabía andar y le hizo memorizar «El valor de la libertad» y los nombres de las cosas conocidas mientras se las describía o se las señalaba con el dedo. No creo que hubiera en el mundo una mujer más dichosa ni más ilusionada con el futuro de su hijo.

Pero un día, Pirindolo, con el que el niño hacía unas especiales buenas migas, me trajo en su espíritu hilachas de sentimientos conocidos que Altea había captado en una de sus expediciones por las fincas de Libertad (valle). La hipótesis de su origen era tan atrevida que quise certificarla y me fui hasta donde estaba Altea. No tenía por qué hablar con ella, ni siquiera tenía que verla, pues me bastaba con acercarme para asomarme a las esencias de su interior. Lo hice y la encontré en la casa consistorial. Desde la plaza, pude comprobar que cuanto había sospechado era cierto, a pesar de lo cual, subí las escaleras, pasé por delante de la sala de escribanía, donde mis amigos y los demás condenados levantaron la vista para verme, y me asomé al salón de actos. Allí me quedé, embobado en la crónica atrasada de ese periódico que Altea guardaba en su alma sin ser consciente de ello, hasta que ella se percató de mi presencia.

Durante unos inquietantes segundos, permanecimos mirándonos, inmóviles y callados. Luego, di media vuelta y salí de la sala sin decir nada.

—Tengo que irme —le dije a la Loba sin darle más explicaciones—. No sé cuántos días serán, quizá cinco, tal vez quince o veinte.

A ella le entró miedo de verse sola con el niño y me pidió que no los abandonara. Para hacerle ver que todo funcionaría sin mí igual que conmigo, le pregunté a qué le temía tanto:

—A la oscuridad, al pensamiento de los otros, al futuro, a la imaginación, a los muertos, a la locura…

En efecto, esos miedos se ahuyentaban en compañía, lo que demostraba lo artificioso de su origen. Se lo expliqué, le pedí que fuera sensata y valiente y le aseguré que, en cualquier caso, yo estaría con ellos siempre que ella pensara en mí. No se convenció.

—Dime al menos adónde vas —me dijo.

—A matar a un hombre o a varios.

—¿Y si te matan a ti? ¿Qué haremos entonces tu hijo y yo?

—Ellos no saben que voy y yo los mataré por la espalda. Nadie me hará daño, te lo aseguro.

—Todos tenemos espalda y enemigos. No me hagas promesas que no sabes si podrás cumplir.

Cuando salí de la casa, ella me esperaba afuera con el niño en brazos y yo los abracé a los dos. Mi hijo vio en mi alma la intensidad de mi odio, se asustó y empezó a llorar. La Loba intentó en balde calmarlo.

Anduve durante medio día antes de cruzar por un portillo en el muro que separaba Libertad (pueblo) del término municipal de Célex, que Lucifé había renombrado como Libertad (el Vecino). Las gentes que me veían desde lejos huían de mí despavoridas, pues iba vestido con el viejo traje oficial, el mismo que usaban los revolucionarios que saqueaban sus almacenes y les imponían unas ideas extrañas. Los campos estaban por allí libres de espejos y en el horizonte se veía la coherente sencillez de los colores del otoño y las cumbres de las montañas nevadas.

A última hora de la tarde, noté que me seguían tres

hombres con el propósito de matarme por la noche. Poco antes de que esta llegara, me aparté del camino e hice como que acampaba entre unos riscos y un arroyo, pero en cuanto la oscuridad me protegió, recogí la tienda de campaña y anduve hasta una casa de campo habitada que había localizado por el camino, me introduje en la cuadra y dormí en un pesebre, a apenas medio metro de la boca de un burro.

Aún no había llegado el alba, cuando me puse de nuevo en marcha. Aquel día pasé junto a Libertad (de Arriba) y Libertad (la Nueva), desde donde empecé a notar en el ambiente los sentimientos malignos del alma que buscaba. Los mismos que me habían seguido el atardecer anterior lo hicieron también este, solo que en esta ocasión previeron mi huida y me cercaron. Inmediatamente después del anochecer, cuando a ellos aún les parecía demasiado pronto para sorprenderme, me adentré en la oscuridad y guiado por el rebullir de su espíritu me acerqué a uno y le corté el cuello.

–Únicamente quedáis dos –grité desde las sombras.

Esos dos, que estaban juntos, llamaron a su compañero con sonidos acordados, pero no recibieron respuesta.

–Es inútil: no os contestará –les dije.

Mi voz sonaba más cerca.

–Mantengámonos unidos –oí que decía uno de ellos.

Estábamos en un bosque y la luna creciente no se veía en el cielo. Aunque la negrura era espesísima, yo podía verlos a mi manera, y tenía el fusil de asalto de la Loba. Apunté a donde venía el miedo de uno y disparé. Le di y resultó gravemente herido. El otro echó a correr. Era una majadería, pero también lo era quedarse. Tropezó y cayó al suelo. Persiguiéndolo, pasé junto al herido, que tenía atravesado el vientre y lloraba. «Morirás despacio», le dije. «¿Quieres que alivie tu sufrimiento?». No me contestó y yo lo dejé y seguí al otro, que se había levantado y huía con una pierna a rastras. «Solo quedas tú –grité–. ¿No sería mejor que te entregaras?».

Yo era un demonio o un espectro que se recrea con su víctima antes de acabar con ella. Para librarse de mí, aquel hombre necesitaba ayuda de la luz y de los otros. La luz la encontró a lo lejos, titilando más allá de los últimos árboles; los otros aguardaban en la casa de donde la luz procedía. Albergó una esperanza, y su esperanza convenía a mi juego. Le di largas y dejé de hablarle para que se creyera su propia salvación. Salimos del bosque. La casa estaba cada vez más cerca y el hombre pidió auxilio con un grito apagado por el terror, inaudible. Le quedaban cien metros, cincuenta, veinte. Me planté detrás de él, agarré fuertemente el cuchillo e hilé una frase cargada de desprecio para soltársela poco antes de atravesarle el corazón por la espalda. Cuando lo tenía a medio metro, alcé el brazo y le dije: «Ha llegado tu hora, amigo». Pero no asesté el golpe. Él se quedó paralizado y yo, tras vacilar un instante, bajé el cuchillo y me volví a la espesura: yo no era ni el demonio ni un espectro, sino un hombre con una mujer y un hijo.

Aquella noche dormí bien, y al día siguiente me levanté algo confundido por mi magnanimidad. «¿Seré capaz de matarlo a él por la espalda?», pensé. Para contestarme, me puse en situación y no tuve ninguna duda. «Sí, lo mataré, seguro –me dije–: también en los enemigos hay grados».

Con esa nutritiva convicción, me puse en marcha. Me quedaban no más de una decena de kilómetros para llegar a Libertad (del Norte), un pueblo de unos tres mil habitantes que Lucifé había conquistado y, como todos los demás, dejado inmediatamente después a merced de sus propios vecinos. Desde allí hasta los muros de Rodas, la finca más grande y rica de Libertad (valle), calculaba que habría otros diez o doce kilómetros. En total, unas cuatro horas de marcha si seguía por la antigua carretera que vertebraba el territorio de Norte a Sur, ahora comida por la chatarra y los arbustos. No obstante, me aparté de ella por el primer portillo y seguí a campo traviesa para evitar el asalto de los lugareños, a sabiendas de que los muros de las fincas dificultarían notablemente mi avance.

Lo hicieron, en efecto, y hasta bien avanzada la tarde no llegué a los muros de Rodas. Yo había oído hablar de ellos en Libertad (pueblo) con una admiración de leyenda. Eran oscuros, fríos, lisos, duros y tan altos como montañas, se decía, y, por asombroso que se juzgara, no tenían hendiduras ni huecos. Los revolucionarios los habían bordeado multitud de veces buscando una puerta falsa o la salida de un pasadizo, pero nunca habían dado con ninguna. Nadie de Libertad (valle) había conseguido entrar en la finca y las noticias que se tenían de su interior provenían de las vistas que se obtenían de ella desde las montañas o las narraciones que algunos viejos habían oído de sus padres o de sus abuelos, que igual informaban de fiestas atroces con sacrificios humanos que de un paraíso arcangélico donde no era posible la angustia. Nadie sabía quién era su propietario, ni quién lo había sido antes del de ahora. Nadie, en fin, se atrevía a refutar la creencia popular existente en los contornos de que en Rodas vivían seres superiores, a los que interesaba el caos, el sufrimiento y la muerte.

El muro tenía la textura de un metal y, visto de abajo arriba desde su base, parecía más alto que las pilastras de los puentes colgantes de Sholombra. Dediqué lo que me quedaba de luz a circunvalarlo en parte y en varios lugares encontré túneles hondos excavados para salvarlo por el subsuelo que habían dado no con sus cimientos, sino con el mismo muro, construido con vocación de llegar al centro de la Tierra. En otros puntos, en cambio, lo que vi fueron las enormes cicatrices que las explosiones provocadas para menoscabarlo habían causado en el entorno.

Nadie en su sano juicio se atrevería a pasar la noche cerca de él, de lo demoníaco que se juzgaba su origen, por lo que levanté la tienda a su vera con la seguridad de que podría dormir tranquilo. Así fue, y por la mañana, tras desayunar abundantemente productos de mi granja, me puse en marcha descansado y con buen ánimo. Yo había oído decir que los pobladores de Rodas entraban y salían de la finca en pequeños aviones, pero se me hacía imposible imaginar que el muro no tuviera huecos, aunque solo fuera por una mera cuestión estratégica o para dar salida a las corrientes de agua que vinieran de su interior. Al atardecer de aquel día, sin embargo, después de haber completado entre zarzas y pedruscos los cerca de cuarenta kilómetros que podría tener su perímetro, no hallé en la pared fisura alguna, y lo que era peor, no localicé en sus inmediaciones huellas de las almas de las gentes de la finca, por lo que tampoco había puertas simuladas u ocultas.

Acampé de nuevo junto al muro. En la larga trasnochada, me concentré en las noticias que el viento me traía de mi enemigo desde dentro de Rodas. Eran muy difusas, tanto, que apenas impregnarían los humores de un alma sensible. Si se habían infiltrado someramente en un espíritu tan duro como el de Altea —pensé—, era porque entre ella y mi enemigo había habido algún tipo de contacto que no había dejado traumas ni emociones especiales, es decir, o porque ella había entrado o porque él había salido, lo que demostraba que algún tipo de conexión había entre el interior y el exterior de la finca.

A otro día, caminé más alejado en busca de lugares propicios para ocultar una salida secreta. Indagué sin éxito en algunas enramadas, entre diversos peñascales y en un torreón que se levantaba a varios kilómetros del muro y que resultó ser un palomar desmantelado. A mediodía, divisé a lo lejos un terreno cercado con una pared de piedra derruida en el que había un cobertizo de mampostería techado con tejas de arcilla y evidentemente abandonado y, cerca de él, el brocal de granito de un pozo y una minúscula construcción en la debía de guardarse el motor de extracción del agua. La visión se me hizo extraña de una forma que no podría justificar: todo era demasiado bucólico y sencillo para estar tan cerca de la presión ominosa de la muralla.

Recuerdo que las resonancias de mi enemigo que el aire me traía de Rodas acabaron siendo allí menos potentes que las surgidas de la pradera. Y recuerdo que cuando supe que procedían del pozo eché a correr hacía él, como si tuviera al alcance de mi puñal la espalda que ambicionaba.

No agobiaré al lector con las imágenes que evoqué palpando las piedras que habían estado en contacto con Saín (ese era el nombre de mi enemigo). Sí diré, por serlo imprescindible para el acontecer de esta historia, que Saín y los suyos se habían refugiado en Rodas tras huir de Sholombra y habían residido en esa finca hasta una noche no muy lejana en que salieron de ella por aquel agujero, que sin duda era la entrada secreta de Rodas. ¡Cuán cerca habían estado durante años nuestros odios y qué felices habíamos sido desconociéndolo!, cavilé finalmente.

En su primer tramo, el pozo era un tubo de metro y

medio de diámetro, pero como a cuatro o cinco metros de profundidad se dividía buscando la vena por una galería horizontal hundida parcialmente bajo la lámina de agua, según descubrí al meterme en él aprovechando las grietas que había entre las piedras. Cuando llegué a la galería, descubrí que su altitud daba para que una persona alta caminara erguida con el agua a la cintura y que no había más de tres metros excavados. Salí al exterior, cogí una vela que llevaba en mi macuto y, con ella en el bolsillo, volví a meterme en el pozo. Nada vi abajo digno de mención excepto una argolla y que dos piedras sobresalían un poco en la pared que cerraba la galería. Sin una finalidad concreta, tiré de la argolla y tenté las piedras tanto aisladamente como mientras tiraba de la argolla. Todo fue inútil, y ya estaba dispuesto a darme por vencido, cuando prácticamente sin pensarlo apreté a la vez las dos piedras. Entonces, se oyó un ruido como de ogro que bosteza en las mismas entrañas de la Tierra y enseguida otro análogo al de un titánico engranaje oxidado. Yo consideré que algo terrible se preparaba y que era estúpido ir a morir tan lejos, tan en secreto y tan en balde, y, en efecto, el pozo se abrió por su fondo y el agua se precipitó en cascada por aquel recóndito sumidero arrastrándome hacia los infiernos, adonde hubiera caído si no me hubiera agarrado en último extremo a la argolla, que evidentemente para ese fin estaba allí.

Instantes después, volvió a sonar la maquinaria y la pared frontera de la galería empezó a levantarse y dejar al descubierto un angosto túnel abovedado en cañón cuyo tramo más cercano quedó iluminado por unas cuantas bombillas rojas que colgaban del techo. El resto del agujero permaneció a oscuras. Desde el fondo, me venía nítidamente el rencor momificado de Saín, que me convocaba con fuerza.

Yo dudé entre salir al exterior para proveerme de luz, pues había perdido la vela, y entrar de inmediato. Me decidí por esto último, pero no había dado ni cinco pasos cuando el suelo se hundió unos centímetros bajo mis pies y la puerta de la galería cayó detrás de mí con un estrépito ensordecedor. A partir de entonces, avancé mirando dónde pisaba y en las paredes, en las que esperaba encontrar los interruptores que me permitieran seguir andando. Una veintena de metros antes de llegar al final de la luz, un detector de presencia hizo que se alumbrara otro tramo de túnel. A continuación de ese, vino otro, y otro. En una ocasión en que no se alumbró el pasadizo, yo estimé que se había estropeado el detector y seguí adelante plenamente a oscuras hasta que volvió a encenderse la luz.

Habría andado durante un par de horas, cuando llegué a una gran cámara en forma de cúpula de la que arrancaban, además del túnel que traía, otros cuatro, cada uno de los cuales tenía sobre la embocadura una letra que indicaba uno de los cuatro puntos cardinales: N, O, S y E. Pegadas a la pared había dos anchas escaleras de granito, ambas sin barandilla, que tras partir desde el mismo lugar ascendían en sentidos opuestos para unirse en un rellano, frente a una puerta enorme en la que llamaba la atención las también enormes dimensiones de su manivela. Subí despacio, encogido por el vértigo, y giré la manija con las dos manos. La puerta se abrió. Era tan gruesa y tan pesada que debí empujarla de costado para hacerla rotar sobre sus goznes. Al otro lado había una sala oblonga por cuyo centro ascendía una fastuosa escalera de caracol de hierro que, como veinte metros más arriba, terminaba en una plataforma enrejada que llevaba a cuatro grandes vanos por los que entraba a raudales la luz del día.

Desde abajo, la vista era impresionante. Yo sentí con tanta intensidad los añejos sentimientos que pululaban por el aire, que reconstruí fielmente el arrebato de cientos de hombres armados y el ruido que sus pasos provocaban al pisar los peldaños metálicos camino de los túneles que conducían –ahora me daba cuenta–hasta territorios lejanísimos. Subí cohibido por las imágenes y la escandalera, como si de un momento a otro una legión de bárbaros mercenarios fuera a escaparse de la memoria de las cosas para bajar en tropel y arrollarme. Solo la bofetada de la luz solar me hizo recobrar arriba, con la ceguera, el hielo de la cordura.

Había salido al centro de un recinto que, aun siendo bastante más pequeño, guardaba ciertas similitudes con la plaza de la Ciudad de Sholombra, por su contorno (rectangular), su amplitud (como de una hectárea), su pavimento (losas de granito) y por estar circunscrito por insulsos edificios con soportales. En Sholombra, el cielo, imborrablemente plomizo, estaba libre por encima de la línea gris de los edificios oficiales, aquí, en cambio, más allá de las cornisas se veían copas de árboles de distintas especies, uno de los puentes colgantes sobre el Novorm y dos soles. Aunque no sentía la presencia de seres humanos, busqué el amparo de los soportales y anduve husmeando las cosas hasta un arco que comunicaba con el exterior por el lado oeste. Desde allí, el descampado parecía aún más extenso. Yo me había hecho una composición de la historia de aquel lugar y me quedé mirando el vacío y sintiendo el silencio mientras imaginaba el bullicio que mucho antes de que Saín tomara posesión de la finca formaban en aquel patio los miembros armados de la Logia de los Oligarcas, organización secreta a la que se debía la construcción de la muralla y el diseño de los primeros espejos, cuyo principal mandamiento era tratar como a necios a los ciudadanos de las democracias, a fin de embobarlos y hacerlos proclives a su causa.

Por el otro lado, el arco daba a una calle adoquinada que tenía edificios de distintas alturas y aspectos, en los que en tiempos pasados se reunieron los hermanos por Estados o regiones de procedencia. Al final de la calle, había un árbol de una copa redonda y muy grande y más allá un palacio de tres pisos y varias torres, tan distinto de lo que había visto hasta entonces y tan hermoso que parecía sacado de esos cuentos clandestinos que estimulaban la imaginación de los niños en las últimas noches de nuestra civilización. Hacia él me dirigí, embaucado por las múltiples voces que reclamaban ostentosamente mi curiosidad. En las casas de los Estados, los oligarcas habían mezclado orgías de sexo y de sangre, habían tramado planes para perpetuarse subrepticiamente en algún gobierno y estudiado protocolos para convertir el pensamiento libre en forofismo. El árbol tenía varios cientos de años y había sido plantado poco después de que se construyera el palacio con el fin de que, junto con los dos soles, sirviera de símbolo de la Logia y de apoyo de las sogas de las que colgarían por el cuello los traidores.

El palacio tenía por aquel lado una entrada desproporcionadamente pequeña que representaba el acceso a la sabiduría. En la piedra del dintel, se había grabado con letras esmeradas el siguiente texto: «La Manipulación es la ciencia que no enseña lo que otro no quiere aprender. Estúdiala y podrás practicarla». La puerta estaba abierta, como siempre lo había estado. Yo, que no soy alto, hube de agacharme para entrar, y agachado crucé un pasillo bajo, estrecho y tortuoso que simbolizaba el sacrificio del estudio y la entrega que los hermanos debían padecer durante sus primeros años en la Logia. En las piedras de las paredes había inscripciones sobre las que caía la luz por reducidas lumbreras. Una de ellas decía: «Tomad el poder y dejad la felicidad para el pueblo». En otra podía leerse: «Predicad el bien común y buscad el de la Logia». En otra: «No cumpláis nunca vuestras promesas». Y en otra: «Halagad y desconfiad del que no os halague». Había muchas más, todas de similar contenido, de forma que la veintena de metros que tenía el pasillo parecía la síntesis de un catecismo de memorización obligatoria. El pasadizo terminaba en un arco de medio punto que simbolizaba el paso previo a la entrada en la organización y en su amparo. Una lucerna iluminaba aquí esta inscripción: «Hermano, piensa que un asesino de los nuestros es antes de los nuestros que asesino».

Leído ese mensaje (y es de entender que asimilado), se entraba de verdad en el edificio, cuya primera estancia era un distribuidor rectangular, anchuroso y bellamente decorado con frescos de motivos florales y cuatro grandes estatuas de bronce de animales fabulosos en encrespado movimiento. A él daban unas escaleras de mármol de bajos y vastos escalones y un corredor, al final del cual se veía una cristalera diáfana y las ramas de algunos árboles del jardín. Me adentré por el corredor y anduve por el palacio entrando y saliendo de salas, subiendo y bajando escaleras y abriendo y cerrando puertas y cajones. Vi una biblioteca con decenas de miles de volúmenes, muchos de ellos escritos con caracteres extraños. Vi una estancia redonda, con una mesa también redonda de una sola pieza de granito rosa, donde celebraba sus reuniones el Consejo de la Logia, formado por el Gran Maestre y sus doce ministros. Vi una

piscina cubierta fajada por una columnata de jaspe y enteramente seca. Vi cuadros sorprendentes, esculturas de un
realismo increíble y muebles labrados con el talento de los
genios. No vi ni un papel por el suelo, ni una silla fuera de
su sitio, ni una mesa con algo encima, ni un cajón desorde-
nado, ni un cristal roto. Todo allí había sido entregado a la
voluntad del tiempo y se pudría despacio y con dignidad,
como el cadáver de un príncipe dentro de un ataúd.

Los hermanos de la Logia de los Oligarcas –vislumbré–
abandonaron el palacio y Rodas cuando repararon en que
el mundo, tal y como lo habíamos entendido hasta entonces, había muerto definitivamente. Después de eso, Saín,
que se había apropiado con su mafia de la poderosa Administración de Sholombra, descubrió la existencia de Rodas
y de la Logia, supo de la huida de los anteriores propietarios
y tomó posesión de la finca. A ella voló en repetidas ocasiones durante los últimos años de nuestra cultura, en ella
se refugió cuando murió Nohire y en ella vivió con su madre, con el señor Suelo y con sus secuaces a la par que nuestro grupo huía por los campos de Ingrania y vivía en Libertad (pueblo). La mansión aneja al palacio, que fue residencia privada del Gran Maestre de la Logia, había sido su morada y la de los suyos. En las demás dependencias, prácticamente no había tocado nada.

La mansión era una mina de vestigios que me hablaban
de cada de uno de los días que sus últimos pobladores habían pasado en ella, y entre aquel material abundantísimo,
merecían especial atención los sentimientos que tenían que
ver conmigo. ¡Cuánto odio hacia mí se había realimentado
en las conversaciones entre Saín, Lida y el señor Suelo!
¡Qué días tan largos, sin ningún oficio y sin ninguna esperanza, debieron pasar los tres nutriéndose con el veneno

compartido de mi recuerdo! ¡Qué felices habrían sido de haber descubierto que a unas cuantas decenas de kilómetros yo había creado una familia y vivía de mi trabajo en una comunidad de delirantes revolucionarios! ¡Cómo habrían cambiado sus vidas tras la satisfacción de haberme hecho sufrir y haberme matado!

Saín había conquistado las alcantarillas del poder cuando este estaba vacante. Lo hizo en Sholombra, ocupando las vacías oficinas de la plaza de la Ciudad, y lo había hecho en Rodas, al colarse con su avión en un territorio abandonado. Saín no era un hombre inteligente. Lo suyo era transformar la energía del odio en movimiento. Tomó el poder de Sholombra cuando sus titulares habían llegado a la conclusión de que era una mina sobreexplotada y lo habían desechado. Y había aterrizado en Rodas cuando el Consejo de la Logia de los Oligarcas había acordado cerrar su sede central y que sus miembros buscaran un nuevo destino cada uno por su cuenta, a la espera de mejores tiempos en los que reconstituirse. Ni en la ciudad más importante de La Unión había sabido cómo funcionaba el poder ni aquí supo interpretar los lemas que con letras menudas había grabados en el riguroso pasadizo de los meritorios. Tampoco era un hombre valiente. Cuando descubrió las galerías que se abrían en la cúpula cavada bajo el patio de armas del cuartel de los hermanos, intuyó que eran caminos que conducían por los cuatro puntos cardinales hasta distintos territorios, pero ni comprendió el alcance del sistema de galerías ni se atrevió a explorarlas más allá de los cuatro o cinco primeros kilómetros, lo que permitió encontrar la única puerta de emergencia de Rodas. Saín se sentía preso con los suyos entre las murallas y, privado de su avión por su propio piloto, decidió utilizar aquella salida y abandonar con su séquito la seguridad de su finca a la busca de nuevos agujeros que ocupar.

Salió al amanecer, cuando Altea aún descansaba con su tropa de asalto en el establo cercano al pozo. Aunque el centinela revolucionario dio la alerta, Altea, en lugar de entablar un combate que se le antojaba perdido, esperó a que la extraña comitiva que salía del fondo de la Tierra se perdiera de vista para intentar forzar la que con acierto supuso la embocadura secreta de Rodas, ese territorio legendario que desde siempre habían tenido al alcance de la mano. Pero la entrada tenía unas claves que ella no pudo desentrañar.

Rodas seguía siendo inexpugnable incluso vacía. Así había seguido y así continuaría por muchos que fueran quienes intentaran asaltarla mientras no viajaran por el aire o, como yo había hecho, mientras no accedieran a ella por la entrada secreta del pozo. Desde dentro, además, no había forma de subir a las murallas, de modo que la finca no solo era segura, sino que garantizaba la existencia de un paraíso privativo, libre de la ansiedad que podía suponer la información proveniente del exterior.

En las inmediaciones de la mansión del Gran Maestre había jardines abandonados y, más allá, extensos terrenos de regadío y campos con incontables árboles frutales. En sus miles de hectáreas de pradera pastaban libremente los caballos, las ovejas y las vacas que los oligarcas habían dejado a su suerte antes de renunciar a la capital de su imperio y que Saín y los suyos se habían limitado a cazar conforme a sus necesidades. Al descubrir todo aquello me dieron ganas de fijar mi domicilio en Rodas con la Loba, mi hijo y mis amigos, entre los que todavía seguía incluyendo a Altea.

Los siete más Pirindolo podíamos vivir allí dedicados a trabajar la huerta y dejar que el tiempo blandeara nuestros
músculos y ahuecara nuestros huesos hasta que alguna señal de afuera nos indicara que la sociedad era de nuevo habitable o, sencillamente, hasta el final de nuestros días. Lo
pensé durante las jornadas que estuve en la finca batiendo
los edificios y los campos, visitando las canteras y los talleres que convertían a la pequeña ciudad en un Estado autónomo y estudiando las obras de ingeniería que transformaban los ríos superficiales en subterráneos y viceversa. Fue
una semana, en la que dormí en la cama con dosel del Gran
Maestre y comí fruta, huevos y carne que cogí del campo
como el que la toma de un frigorífico, aunque con un grado
extra de divertimento. Fue una semana, pero lo mismo podía haber sido un año y no me hubiera aburrido.

Con ese mensaje para mis amigos, volví al túnel que me
conducía al exterior. Al llegar a las inmediaciones del pozo,
el suelo de hundió unos centímetros bajo mis pies y, tras
unos segundos en que estuvo sonando el dispositivo de
apertura, se levantó la puerta que comunicaba con la galería
de acceso. Desde esta, al pulsar a la par las dos piedras oscuras, la puerta bajó de golpe y empezó a subir el nivel del
agua. Yo gateé sin dificultad y poco después estaba de
nuevo en el descampado desde el que se soportaba difícilmente la coacción de la muralla.

Volvía contento. Mi única preocupación durante el primer tramo de mi camino fue recuperar a Altea para la causa
común, que era Rodas, solo Rodas. En todo caso, determiné que si Altea no quería venir con nosotros, o si queriendo venir no cejaba en su aversión hacia la Loba, la dejaríamos con su Libertador y sus revolucionarios. Ahora

me doy cuenta de que mi empeño de juntar a las dos mujeres era imposible, como lo fue el de tener a la vez a Ania y a Nohire, pero entonces yo estaba cegado por mi descubrimiento y creía viable lo que por la naturaleza de las cosas no lo era. Estaba tan deslumbrado que, a pesar de su intensidad, tardé en interpretar correctamente el dolor que el aire me traía de la Loba desde nuestra casa. Pasaron horas antes de que pudiera llegar a comprender el verdadero alcance de la tragedia que lo originaba. Cuando esto ocurrió, me desprendí del macuto y eché a correr. Aún me quedaban muchos kilómetros, así que debí volver a andar, pero fue para recuperar fuerzas y poder correr enseguida. Corrí o anduve durante una jornada entera.

Al llegar a la huerta, no notaba el cansancio ni el dolor de las ampollas ni la flaqueza de no haber comido. La Loba estaba sentada en una silla de la casita con nuestro hijo en sus brazos. Llevaba de esta suerte más de veinticuatro horas. La Loba gimoteaba sin lágrimas y mi hijo estaba muerto. Los abracé a los dos y permanecí en silencio, llorando.

Yo nunca había llorado hasta ese momento. Durante muchos minutos mi dolor fue el de mi pérdida. Luego empecé a concebir como propio el de la Loba. ¡Dios mío! Había visto ahogarse a su hijo en el arroyo y desde entonces lo tenía acunado entre sus brazos sin que nadie la hubiera consolado. «Ya está, cariño, mi amor, ya está», le repetí besándola. Estaba en otro mundo, pero me oía y por fin podía sentirse acompañada en el sufrimiento. «Estoy aquí contigo, mi amor. Ya no estás sola». Su pena era un agujero negro que se tragaba a todo el universo. Al no tener un pecho sobre el que llorar, el dolor se le había amontonado y corrompido dentro.

—¿Por qué te fuiste? —dijo, al cabo.

—No sabía... No sé cómo... No tenía que haberme ido —le contesté.

Enterramos a Libertad (la Esperanza) a la sombra del ciruelo acompañados de Impreciso, Libuell, Dam y Pirindolo y de algunos revolucionarios amigos de la Loba. Altea asistió desde lejos, pero se preocupó de que la viera y cruzó conmigo una mirada que expresaba su pesar.

Cuando todos se fueron y la Loba y yo nos quedamos solos, ella se acostó sin comer, de lado, mirando a la pared con los ojos muy abiertos.

—Tienes que comer algo —le dije acariciándole el pelo—. No puedes estar sin comer y yo te necesito.

—No tengo hambre —me contestó.

Yo insistí, pero ella no volvió a hablarme y yo acerqué una silla y me senté a su lado. Su alma era una fosa oscura y en su mente no había más que imágenes de nuestro hijo.

Al ser de día, se levantó y se fue a la sombra del ciruelo, donde estuvo de pie mirando a la tumba hasta que yo me la traje abrazada a la casa, donde se comió una manzana y se bebió un vaso de leche. A mediodía, sin embargo, no probó bocado. Por la tarde, vinieron unos compañeros suyos que recordaron anécdotas divertidas para entretenerla, pero ella no les prestó atención, y poco antes del anochecer, se presentó Pirindolo y le ladró estérilmente suplicando su interés. Se acostó temprano sin cenar y se quedó mirando al techo. Yo me senté a su lado y pretendí en vano tener una conversación con ella.

Así un día y otro. A veces, yo dejaba que el tiempo desplegara sobre ella sus efectos benéficos. Pero el tiempo no forjaba un nuevo equilibrio de sentimientos y yo, que siempre había creído que sabría completar los huecos de cualquier alma humana, descubrí que no podía llenar el de una madre.

—Déjalo: esto no se me va a pasar —me confesó finalmente.

La herida era muy grande, en efecto, y había interesado lo más vital de sus adentros. Las almas —descubrí entonces— también tienen cáncer y se mueren despacio dentro de los cuerpos, aunque estos sean vigorosos. Un alma prácticamente muerta exige el final de su cuerpo para descansar. Yo, a pesar de todo, no me resignaba a ese fin.

—Debí estar aquí contigo, cariño, mi amor. Estar tanto a solas con tu hijo muerto te ha trastornado. Pero recuerda cómo le pusimos, Esperanza: no te niegues la esperanza, no me niegues la esperanza de ti. Por favor, cúlpame, quítate ese peso de encima y cúlpame. Convierte ese vacío en algo, aunque sea doloroso: en odio contra mí, en rencor contra Dios, en desengaño y amargura. ¡Si supieras como me has cambiado! Yo era antes un ser incapaz de sentir afecto y ahora, fíjate, la bondad no es del todo ajena a mí y soy un hombre que sufre al ver el sufrimiento de otros. He conseguido entrar en Rodas. Es el paraíso. Viviremos allí, cariño, y sus murallas nos protegerán de las miserias humanas. Tendremos, no puedo negártelo, que convivir con el dolor de existir, con la enfermedad y con la muerte, incluso con la de nuestros propios hijos, pues la muerte existe también en aquel lugar, y la memoria de ella. Por favor, haz por la vida. No puedo verte así. Si morirme te aliviara, aunque fuera mínimamente, me mataría.

Era inútil: la Loba había decidido abandonarse a su acabamiento. Y mis cuidados no hacían más que hacerla sufrir retrasándole esa circunstancia.

—Si me quieres, déjame que me muera —me dijo.

Una mañana sacó una hamaca y se sentó frente a la tumba. Llevaba la decisión tomada de no moverse de su lado y de no comer ni beber. Durante algún momento de los seis días siguientes, llovió, y yo sostuve un paraguas para que no se mojara; hizo calor, y yo la mudé según se movía la sombra del ciruelo; hizo frío (casi todas las noches), y yo la arropé con mantas y le di friegas en las piernas y en los brazos. Hice eso y más, pero ni la obligué a beber ni le pedí que bebiera, y el agua del arroyo corría a unos cuantos metros de nosotros.

Poco antes de morir, me apretó la mano con las escasas fuerzas que le quedaban y me dijo:

—Tú no tuviste la culpa, ni yo, ni nadie. Me muero porque ya estoy muerta. Entiérrame junto a nuestro hijo y prosigue tu camino.

Hice lo que me había pedido solo en parte: la enterré junto a su hijo sin darle cuentas a nadie, pero en ningún caso se me ocurrió irme. Aunque me había afectado la muerte de Libertad (la Esperanza), la de mi mujer y, en particular la forma en que se había elaborado, me dejó completamente hundido. También yo me abandoné. Libuell me descubrió un día de tormenta sentado en la misma hamaca en que había muerto la Loba y se asustó mucho. Vinieron todos mis amigos: Dam, Impreciso, Libuell, Altea y Pirindolo. Impreciso me recordó por qué lo había elegido a él entre los muertos vivientes que escapaban de Sholombra. Dam me dijo que les había dado la lección más grande de bondad que podía dar un ser humano. Libuell sacó su libro y me declaró que me necesitaba para llevarlo hasta más allá de las fronteras exteriores y hacerlo público. Altea me pidió perdón y ordenó quitar la imagen suya que me impedía contemplar el atardecer. Y Pirindolo se sentó a ver caer el sol sobre las montañas nevadas del oeste y me llamó con ladridos que atendí no sin cierta desaplicación.

Como yo no quería irme de la huerta, Altea indultó a todos los amanuenses y Libuell, Dam e Impreciso se vinieron con Pirindolo a vivir conmigo. Siempre había alguno de ellos que me acompañaba hasta las tumbas y esperaba a que yo volviera o, si no salía de mí, me llevaba de vuelta a la casa. A instancias suyas, volví a sembrar hortalizas y a mantener los frutales. Entre Libuell, Dam y yo ampliamos el terreno de regadío y aumentamos considerablemente la cosecha. Impreciso y Pirindolo nos animaban desde algún lugar próximo y Altea, que había vuelto a ser la de antes, venía con frecuencia a comer con nosotros o a pasar la tarde. Por ella supimos que el valle de Calhassor había caído en manos de una turba de desesperados que habían logrado atravesar la llanura del Viento y que algunos de ellos amenazaban seriamente los muros de Libertad (pueblo).

–No podremos resistir mucho más –dijo.

Fue entonces cuando les hablé por primera vez de mi estancia en Rodas y del plan que me había hecho de vivir al amparo de sus murallas con la Loba, con mi hijo y con ellos. Me oyeron con la boca abierta, y, a pesar de lo fantástico de nuestro mundo, les costó trabajo dar crédito a las maravillas que les contaba.

–De lo que nos has descrito, lo que más nos interesa son los túneles –dijo Altea.

El tiempo nos había madurado para recuperar la huida. Yo no era el mismo, pero estaba esencialmente curado. Y Altea era de nuevo la mujer formidable que podía enfrentarse con juicio y sin temor a las circunstancias más adversas. Sin la Loba y sin mi hijo, con nuestros entendimientos recuperados y nuestras fuerzas intactas, lo suyo era que volviéramos a nuestro planteamiento inicial y obviáramos la posibilidad de vivir en Rodas, aunque fuera el paraíso. En ese caso, lo que nos importaba de verdad era, en efecto, el sistema de túneles.

–Desconozco a dónde llevan y su estado debe ser muy deficiente en algunos tramos –le contesté.

–Nunca nos ha importado lo desconocido ni le hemos temido a las dificultades –comentó Altea.

Ese nunca unía el pasado con el futuro de la forma más directa y era una completa declaración de intenciones. Recuerdo que tras aquel comentario nos quedamos en silencio y que fue Impreciso el que rompió a hablar y que dijo:

–Bien, ¿cuándo nos vamos?

–Cuanto antes –le respondió Altea.

El día siguiente lo dedicamos a aprovisionarnos en las desastradas y relativamente bien surtidas dependencias de los revolucionarios. Como lo hicimos cada uno por su cuenta y sin confeccionar una lista previa, en unas pocas horas conseguimos un verdadero raudal de enseres, muchos de ellos innecesarios o repetidos, lo que nos obligó a clasificarlos y a realizar una selección. Entre el material que marcamos como imprescindible, incluimos sogas, ganchos y numerosas velas, además de un par de tiendas de campaña y un saco de dormir por cabeza. Altea y yo apartamos un fusil de asalto, una pistola y un machete y nos colgamos varios cargadores del cinturón. Con todo lo demás hicimos un montón y fuimos excluyendo cosas que no cabían en las mochilas. Al final, resultó que dejamos poco espacio para la comida y el agua y, como yo insistí en que no sabíamos el tiempo que permaneceríamos bajo tierra, resolvimos ponerle a una gran caja de madera unas ruedas macizas y una vara a cada lado unidas por una cuerda gruesa y holgada que hiciera las veces de horcate.

Dos días después de que lo decidiéramos, estábamos saliendo de Libertad (pueblo). Ya nadie sabía el día en el que estábamos. Por eso solo puedo decir que mediaba la primavera. Habían pasado casi siete años desde que nos colamos en aquel valle.

Capítulo 7

Los túneles de los oligarcas: una red con ruta alternativa, salidas de emergencia y una lógica difícil de creer. Serlis, la ciudad de los hombres rata. Los guardas del subsuelo.

La entrada por el pozo fue más complicada de lo esperado. Ya contábamos con que debíamos desmontar el carrito y acceder sucesivamente, pues ni todos cabíamos en la galería ni podíamos agarrarnos a la argolla, pero el escaso diámetro del agujero nos obligó a hacer un esfuerzo suplementario con la caja y la silla de Impreciso y la fuerza absorbente del fondo estuvo en un tris de llevarse consigo a Libuell (obsesionado con sujetar su libro), al que agarré de la chaqueta cuando lo arrastraban las aguas.

Finalmente, después de que la puerta subiera y bajara varias veces, conseguimos entrar en el túnel sanos y salvos y con todo nuestro equipaje. Rearmamos el tiro del carro y, a instancias mías, hicimos una fila (que encabezaba yo y terminaba en Altea y Pirindolo) y nos atamos unos a otros con una cuerda.

—Algunas luces no funcionan —les avisé—. Cuando se haga la oscuridad, no tengáis miedo y seguid adelante. Yo os avisaré si hay algún obstáculo en el camino.

Con la salvedad que mencioné en las páginas anteriores, las luces fueron encendiéndose y apagándose a nuestro paso, de manera que no mucho más tarde estábamos en la gran cúpula subterránea desde la que partían túneles hacia los cuatro puntos cardinales, donde les di a elegir entre salir al instante o subir al exterior y admirar la finca, y como ellos optaron por subir, los previne con estas palabras:

—Después de ver lo que esconden las murallas de Rodas, no será fácil volver a meternos en los pasadizos. Arriba está la belleza y el regalo y abajo la oscuridad y lo desconocido, pero recordad que la decisión está tomada. Subiremos, veremos lo que hay que ver y nos iremos.

Ellos estuvieron tan de acuerdo que me recriminaron lo obvio de mis palabras. De todas formas, agregué:

—Por si a alguno le entran ganas de quedarse o de dilatar nuestra presencia aquí, os diré que estaremos dos días, solo dos, y que tras el amanecer del tercero tomaré uno de esos orificios y me iré, venga conmigo quien venga.

Lo que quedaba de ese y dos días más les parecieron una exageración, y subieron las escaleras de piedra hasta la sala oblonga y las de caracol hasta la superficie con el convencimiento de que despacharían la visita en un par de horas o menos. Ninguno subió su mochila, ni los víveres, y yo, por seguirles la corriente, hice lo mismo y únicamente llevé conmigo las armas, decisión que imitó Altea. Pronto, sin embargo, se vieron sorprendidos por la realidad.

El examen de la plaza, la calle de los Estados y el palacio del Gobierno absorbieron lo que nos quedaba de día. Esa noche comimos fruta que recolecté yo y dormimos deliciosamente en la mansión del Gran Maestre. Aún nos quedaban dos días, que dediqué, en esencia, a estudiar las emociones de los hermanos. Por ellas supe que eran alrededor de seis mil, que procedían de cualquier parte del mundo y que casi todos eran políticos u hombres de negocios, aunque también había artistas y gente del deporte. Su propósito original no era alcanzar el poder, sino mantenerlo, dado que la mayoría había adquirido un estatus social muy elevado e influyente por sus propios medios, si bien en ocasiones la Orden tramaba planes concretos para derrocar gobiernos o influir sobre sus decisiones, para trocar los comportamientos adversos de los movimientos sociales o para crear opiniones a favor de las ideas que les interesaban. Entre los instrumentos utilizados constaban todos los que permitía la Ley, pero no dudaban en recurrir al chantaje y al asesinato y disponían de un pequeño ejército mercenario con el que organizaban guerras en demarcaciones satélites y ponían y quitaban sin pudor a los gobiernos de los países donde el Estado no existía más que teóricamente.

Por su parte, mis amigos se dedicaron a explorar con detalle la totalidad de la finca. Durante la cena de la segunda jornada, mientras relataban entusiasmados los hallazgos que habían hecho en sus correrías, descubrí que en sus almas había echado raíces la idea de quedarse.

—A primera hora de mañana será la partida —les recordé—. Así que debemos decidir cuál de los túneles cogemos.

Mis palabras cayeron en la conversación como el agua sobre las ascuas.

—¿No podemos quedarnos un poco más? —objetó Impreciso tras un compacto silencio.

—La verdad es que no tenemos ninguna prisa —corroboró Altea.

—Aquí se está bien. ¿Para qué empeñarse en buscar un lugar mejor? —aprobó Dam.

Incluso Pirindolo, al que había espantado la lobreguez del túnel de la entrada, manifestó su deseo de quedarse. Solo Libuell estuvo de acuerdo en mantener el proyecto inicial.

—Creo que debemos someterlo a votación —propuso Impreciso sin más trámite, dado que lo rígido de las posturas hacía imposible el entendimiento.

Él sabía que jugaba con ventaja. Lo que ignoraba —con lo que demostró no conocerme lo bastante—es que yo no aceptaría una corrupción tan burda de la democracia. Por eso, tras el sufragio a que inmediatamente redujo la conversación, en el que por cierto no intervine, tomé la palabra y dije:

—Os advertí de que la visita a Rodas podía afectar a la decisión que tomamos antes de partir. A aquella decisión me ajusto. Si ahora la cumplo y prosigo el camino que esbozamos, nadie podrá reprocharme que me alejo del sentir del grupo. No soy yo el que incumple, sino vosotros, por mucho que vosotros seáis mayoría.

Me levanté empujando sonoramente la silla hacia atrás y añadí:

—Voy a retirarme, que debo salir temprano. Y tú, Libuell, ten resuelto para mañana si vas a acompañarme.

—Ya lo tengo decidido —me contestó tocándose en el pecho el lugar donde guardaba el libro.

Les di las buenas noches y me acosté en la cómoda y lujosa cama del Gran Maestre acompañado de Pirindolo.

Cuando la luz de los dos soles de Rodas empezó a entrar por los enormes ventanales de la no menos enorme habitación, me levanté. Recuerdo que olía a carne asada y que en el comedor privado de la mansión me topé con una mesa repleta de viandas y con mis amigos sentados alrededor, comiendo en amigable charla.

–Mira lo que nos ha preparado Libuell –me indicó Impreciso–: es un auténtico espectáculo. ¿No te parece?

–No nos fiábamos de ti, Nereo –aseguró Dam–. Anoche nos dijimos: levantémonos temprano, no vaya a ser que nos pille acostados y nos deje aquí, solos en el paraíso.

–Tú hubieras sido capaz de irte sin nosotros, pero nosotros no somos capaces de quedarnos sin ti –concluyó Altea, con unos ojos enamorados de cuya heridora fijeza debí apartar los míos.

El reencuentro nos volvió eufóricos y nos impidió hablar de lo que verdaderamente nos interesaba, que era la elección de los túneles. En consecuencia, nos plantamos en la cúpula subterránea sin haber decidido el camino a seguir. Entonces, para ilustrar el debate, yo expuse como suposición lo que para mí era una absoluta certeza.

–Sospecho que nos hallamos en el kilómetro cero de una red de galerías que cubre toda la Tierra y que, al igual que las ratas se mueven por los colectores de las ciudades con una libertad que le es ajena a los ciudadanos, los seis mil oligarcas del mundo se desplazaban con total impunidad por este entramado oculto.

–O sea, que podemos ir donde queramos –dijo Dam.

–Exacto. Estos túneles se dividirán en dos o más y cada uno de esos en dos o más, y así sucesivamente –le contesté.

Mis compañeros se quedaron mirando a las bocas de acceso, mudos.

Yo añadí:

–Son miles y miles de kilómetros abandonados. Será

duro: en unas ocasiones, nos faltará la luz. En otras, las vías se habrán inundado. La humedad se nos meterá en los huesos y los rayos del sol herirán nuestros ojos en cuanto salgamos.

—¿Y si nos quedamos en Rodas? —bromeó Impreciso.

—Al Norte, volveríamos a Sholombra —razonó Altea—. Hacia el Este, nos encontraríamos con los Estados oscuros de la Unión. Desde Alegría, íbamos hacia el Oeste, pero exclusivamente para tomar la franja entre las montañas y el océano y continuar por ella en dirección al Sur. En el Sur está la frontera exterior. Escoger cualquier otro punto cardinal para luego ir al Sur me parece una bobada cuando podemos optar por él directamente.

Todos me miraron, hasta Pirindolo, y yo me limité a meterme entre las varas del carrito, ponerme la cuerda y tirar hacia el túnel que tenía la S colocada sobre la embocadura. No obstante, antes de entrar, formamos una cordada que, como habíamos urdido la primera vez, encabecé yo y terminó en Altea y Pirindolo.

La primera sorpresa fue mayúscula y pudo hacer tambalear nuestros planes allí mismo: el primer detector de presencia estaba averiado.

—¿Será toda la galería igual de oscura? —preguntó Dam.

Nadie le contestó. Mientras aguantaron las luces de la cúpula a nuestras las espaldas, seguimos caminando hacia adelante, pero cuando las luces se apagaron y la negrura más cerrada se apoderó de nuestros ojos, nos detuvimos, encendimos las velas y Dam quiso que de nuevo nos planteáramos el viaje.

—Es una locura —dijo—¿Adónde conduce esto? ¿Para cuánto tiempo tendremos con las velas? Habéis hablado de cientos de kilómetros, de miles. ¿Y si no podemos salir? ¿Y si nos perdemos? ¿Qué comeremos entonces? ¿Qué bebe-remos? ¿Qué pasará con nuestra piel y nuestros ojos?

Era el mismo debate de la noche anterior, solo que metidos en faena. Y, con la excepción de la de Altea, las opiniones fueron idénticas. Yo lo zanjé diciendo:

–Nuestro único problema es que aún estamos en el punto de partida. Caminemos hacia adelante y quedémo-nos sin velas y sin víveres, con la ropa mohosa y los ojos ciegos, caminemos hasta que no nos sea posible buscar la salida que ahora dejamos atrás, sino otra cualquiera.

Y dirigiéndome a Dam, añadí:

–Los hombres que construyeron estos túneles no eran locos ni estaban faltos de conocimiento. Si ellos los toma-ban con más comodidades, nosotros los tomaremos con menos.

Volvimos a la marcha. Como Dam empujaba la silla de Impreciso y entre ellos (los únicos, junto con Pirindolo, que se oponían a continuar) había una cháchara perma-nente que sembraba el pesimismo, le pedí a Libuell que sustituyera a Dam, y en el receso a que nos obligó el cam-bio, me dirigí a donde estaba el perro y lo amenacé con dejarlo allí, sin ver el sol para siempre, si no cesaba en sus lastimeros ladridos, lo que surtió efecto en el acto.

Tampoco funcionó el segundo detector de presencia, si es que lo había. Llevaríamos andando media hora, cuando la luz se hizo de repente delante de nosotros y dejó a la vista un túnel mucho más ancho que el anterior en el que terminaban (o empezaban) dos estrechos raíles, aun-que, como en las estaciones de tren, había también varias vías muertas donde estaban aparcados numerosos coches iguales entre sí y parecidos a los que hasta hacía poco tiempo se movían por las carreteras, si bien habían sido construidos para circular por raíles y tomaban la energía mediante una vara metálica que se unía a una catenaria fijada en el techo.

Dejamos nuestros bártulos en el suelo y nos fuimos hacia ellos medio alelados por la sorpresa.

–Esta es la respuesta –dijo Altea como para sí.

–¿A qué? –le preguntó Impreciso.

–A la duda que yo tenía. Me costaba trabajo creer en la existencia de una extensa red subterránea mientras no hubiera otra forma de desplazarse por ella que a pie. Ahora, en cambio, me lo trago todo. Y, la verdad, estoy asustada: el mundo exterior, el que nosotros vemos y tocamos, es menos real que este. Los de arriba nos creíamos dueños de nuestro destino y, sin embargo, las decisiones importantes, incluidas las que nos afectaban a nosotros, se tomaban aquí, abajo, por seres a los que solo les importaban sus propios intereses. No creo que haya riesgo mayor que conocer este secreto ni que existan personas más peligrosas que quienes lo guardaban.

Llevaba razón, aunque a la vista de la quietud radical que nos envolvía, podía pensarse que entre esos individuos y nosotros mediaba el abismo salvador del tiempo. Con todo, Altea era la más resuelta del grupo, y si a ella le provocaba recelo la idea de lo que allí había existido, con más razón se lo ocasionaría a los demás, especialmente a Dam y Pirindolo, que se hallaban en el extremo opuesto.

Rodeamos los vehículos, abrimos las puertas de algunos de ellos y miramos en su interior, e incluso nos subimos a probar sus asientos.

–¿Funcionarán? –se preguntó Altea.

–No creo. Ya es bastante extraordinario que funcionen

las luces sin que se vea sistema alguno de generación eléctrica –le contesté.

–La energía vendrá de a saber dónde –dijo ella.

Cada coche tenía dos pedales, un cuadro de mandos muy simple (con una clavija, dos botones y un solo reloj) y una palanca entre los dos asientos delanteros. Altea accionó la clavija, pero no ocurrió nada. «Esto debe de ser para el arranque», comentó. Bajó del coche y uno a uno fue probando el resto de los vehículos. Yo había dejado de observarla, cuando oí a unos metros sus voces de júbilo: el coche en el que se había montado tenía las luces encendidas y, aunque no emitía sonido alguno, supuestamente estaba en marcha. «¡Funciona! ¡Funciona!», repetía.

Me acerqué corriendo y me subí con ella.

–Se mueve, se mueve –repitió Altea entusiasmada.

Para demostrármelo, accionó la palanca hacia adelante y el coche se fue muy despacio en esa misma dirección hasta que chocó con otro. Entonces, movió la palanca hacia atrás y el coche retrocedió hasta que dio con el automóvil que teníamos a la espalda.

Inmediatamente después, entre ella y yo comprobamos el funcionamiento de los veinte o veinticinco vehículos aparcados y descubrimos que de los tres que funcionaban, ninguno estaba al principio de la fila. No obstante, todos los autos estaban en punto muerto y al empujarlos se movían por los raíles hacia dos intercambiadores giratorios, uno por cada lado. Mientras Altea probaba a girar manualmente uno de ellos, yo examiné los vestigios que aún quedaban en el rancio aire y en los objetos y localicé varios rastros de almas muy distintas de las demás, en las que primaba el disgusto sobre la complacencia y el resentimiento sobre el aprecio, es decir, las de trabajadores de la Hermandad. La mayoría de ellos operaron desde uno de los rincones de la estación, en la que había un compartimento con un mostrador de metal no muy distinto del que podría encontrarse en el recibidor de un hotel. Dentro –comprobé al acercarme–, había un estante con llaves y dos palancas del tamaño de un puño. Moví una de ellas y el intercambiador de la izquierda empezó a rotar. Altea, Dam y Libuell estaban intentando mover el otro prácticamente tirados en el suelo. Cogí la otra palanca y empezó a rotar el intercambiador de la derecha.

–Nereo, ven, ayúdanos, se mueve, se mueve –oí que decía Altea.

Yo desplacé la palanca en sentido contrario y la máquina empezó a girar contra la fuerza que empleaban mis amigos.

–Empujad, empujad –repetía Altea exasperada.

Hasta que no oyó mis carcajadas y las buscó para recriminar mi actitud, no se percató de lo que estaba pasando.

–No creo que sea necesario mover esos vehículos: estoy seguro de que todos funcionan –le dije enseñándoles y haciendo tintinear unas cuantas llaves.

En efecto, si se movían los tres que habíamos probado antes, era porque tenían la llave de acceso a la energía colocada en una pequeña cerradura tapada con una portezuela. En cuanto le pusimos su correspondiente llave a los dos primeros de la fila, estos también se desplazaron. Nuestra alegría fue enorme, pero no tanto como el descubrimiento se merecía.

–¿Os dais cuenta de lo que supone esto? –preguntó Altea.

Aunque le contestamos que sí, ella creyó necesario ir más lejos y añadió:

—No necesitaremos escalar montañas, ni cruzar ríos, no tendremos que luchar ni contra bandidos ni contra virtuosos desesperados, no nos importunarán ni los pájaros negros ni las ratas. Avanzaremos en línea recta y cada hora será tan eficaz como meses de afuera o incluso como años. Seremos como ellos y pronto estaremos en nuestro destino —la euforia convertía su alocución en una poética arenga. Por eso, tras un premeditado silencio, terminó diciendo—: Amigos, deslizarse por las cloacas es lo más aproximado al vuelo de los pájaros.

Dam se enteró de muy poco. Para empezar por una duda, preguntó candorosamente:

—¿Qué ellos?

—¡Qué ellos!: los oligarcas, estúpido —le contestó Altea con el mismo tono que se dirigía a sus subordinados en sus tiempos de Lucifé.

Dam bajó la vista, avergonzado, y los demás formamos con el mutismo y la mirada un solo reproche que ella supo captar enseguida.

—Lo siento, Dam. Perdóname. Perdonadme todos, por favor —aseveró.

Dam no era rencoroso, el arrepentimiento de Altea era sincero y el grupo tenía ante sí los extraordinarios augurios a los que la propia Altea se había referido. El buen rollo se recuperó de inmediato y, con él, las ganas de aventura. Comprobamos antes de nada la capacidad de los vehículos y vimos que con dos de ellos teníamos suficiente, sin bien debíamos abandonar el carrito que tanto trabajo nos había costado llevar hasta allí y dejar abierto el portamaletas de un coche, pues la silla de ruedas de Impreciso no cabía de ninguna otra manera. No obstante, Libuell propuso que, en prevención de una posible avería, fueran tres los vehículos que nos lleváramos, y se ofreció para conducir uno de ellos. La idea nos pareció acertada y poco después, tras darnos unas mínimas normas para la mejor práctica de la expedición, nos poníamos en marcha. En el primer coche íbamos Pirindolo y yo; en el segundo, Dam y Libuell y, en el tercero, que llevaba la puerta del maletero levantada, Impreciso y Altea.

Los coches tenían unas buenas luces y su potencia permitía llevarlos a una velocidad considerable, que se indicaba en el único reloj del cuadro de mandos. Habíamos acordado, sin embargo, ir lo bastante despacio como para poder reaccionar ante un imprevisto, de modo que pisé el acelerador lo justo y fui con las ventanillas abiertas para que el aire me trajera con más intensidad detalles de las presencias de que seguía impregnado el túnel.

Llevaríamos media hora de camino, cuando un detector hizo que se iluminara un buen trayecto delante de nosotros. La galería había permanecido totalmente a oscuras hasta entonces, por lo que esta eventualidad me puso sobre aviso y pisé un poco el pedal del freno. Libuell y Altea se vieron obligados a hacer lo mismo detrás de mí. A los pocos segundos, los dos botones del cuadro de mandos empezaron a parpadear y una sensual voz femenina nos advirtió: «¡Atención, cruce de caminos!». Pirindolo ladró, atónito, no sabiendo adónde mirar, hasta que las luces blancas del túnel alternaron con otras rojas y delante de nosotros se mostró una bifurcación señalada con luces verdes intermitentes. Los dos estábamos pendientes de estas últimas, cuando la voz dijo: «El azar, a la derecha». Yo dudé, pero a última hora pulsé el botón izquierdo y las vías se movieron a unos cuantos metros de nuestro vehículo posibilitando que cogiéramos la boca de ese lado. Las vías volvieron a su origen en cuanto pasamos y Libuell, que no había sabido interpretar las palabras del ingenio, no apretó botón alguno y tomó la boca de la derecha. Detrás, Altea pulsó el mismo botón que yo y su coche cogió el camino de la izquierda. Frené lentamente, en un tramo que no estaba iluminado, me asomé por la ventanilla y le pedí a Altea que diera marcha atrás.

—No puedo. Mi coche solo marcha hacia adelante —me contestó.

Probé el mío y le sucedía otro tanto, lo cual era muy extraño, pues en la estación habíamos acreditado que los vehículos se desplazaban en ambos sentidos. Bajé y me dirigí hasta donde se había quedado Altea.

—Coge unas velas y vamos por Dam y Libuell. Habrán frenado y estarán igual que nosotros —le pedí.

Antes de partir, le abrí a Pirindolo la puerta y le ordené que se quedara acompañando a Impreciso durante nuestra ausencia.

—¿Por qué elegiste el camino de la izquierda? —me preguntó Altea mientras caminábamos entre las vías.

—Por intuición: no me gusta que el azar decida por mí.

—¿Y no es lo mismo, cuando se opta a ciegas?

Ella llevaba razón: escogiéramos lo que escogiéramos, el azar guiaba nuestros pasos. Al reflexionar sobre ello, una nube de zozobra nubló mi temple. Altea reparó en mi ansiedad.

—Se habrán detenido, como nosotros —me dijo para animarme—. No temas: lo peor que puede pasar es que debamos abandonar su coche.

No, no era eso lo peor. Yo debía notar ya los sentimientos vivos de Libuell y de Dam y solo percibía la sorpresa y el temor del instante en que se equivocaban de camino. Nuestros amigos no se habían parado, al menos no lo habían hecho inmediatamente.

–Debimos prever que no sería tan sencillo –murmuré.

Llegamos a la bifurcación, que estaba a oscuras, y constatamos que en el túnel de la derecha no había rastro alguno del vehículo de Dam y Libuell.

–¿Qué está ocurriendo? –se preguntó Altea–. ¿Por qué no se han detenido?

–No pueden.

–¿No pueden? ¿Por qué?

–No lo sé: han tomado el camino del azar, y el azar no tiene lógica ni sentimientos.

–¿Qué disparate es ese?

La pregunta se quedó flotando en el húmedo y viejo aire del túnel, sin respuesta. Al cabo de un rato, me limité a constatar los hechos:

–Ninguno de los caminos tiene vuelta atrás, y en el del azar no hay forma de detenerse.

–¿Y qué diferencia hay entre una alternativa y otra?: Ellos han seguido adelante sin querer y nosotros estamos obligados a hacerlo porque no podemos volvernos. No creo que merezca la pena enfrascarse en semejante bobería. Y si los que han diseñado estos túneles pensaban en construir una alegoría de la vida, han demostrado su simpleza malgastando una energía inmensa en una obviedad.

Dejó que pasarán unos cuantos segundos y añadió:

–Vamos por ellos, estén donde estén: la suerte siempre está del lado de los que no la temen.

Estuve de acuerdo (¿qué, si no?), pero insistí en retornar hasta nuestros coches para coger provisiones. Poco después, tras haberle mentido a Impreciso («no creo que sean más de dos horas», le dije) y haber tomado unas pocas piezas de fruta, un par de botellas de agua y varias velas, volvíamos sobre nuestros pasos y emprendimos una búsqueda en la que yo era más pesimista que Altea. No en vano, mientras ella solo iba detrás de unos amigos perdidos por un túnel solitario y oscuro, yo, además, sabía que ningún oligarca en su sano juicio había tomado el camino del azar. Esa información, en aquellas circunstancias, se volvía contra mí y me debilitaba, haciéndome propenso al abandono. Yo jamás hubiera iniciado solo aquella exploración, que consideraba estéril. Si estaba allí, no era tanto porque Altea me lo había pedido como para que comprobase por ella misma que no había escapatoria para quienes entregaban su destino a la casualidad.

—Vamos demasiado despacio —me dijo Altea.

Yo llevaba una vela en una mano en tanto con la otra le hacía pantalla y ella iba detrás de mí. No se veía mucho y no podía guiarme por las huellas de que estaban impregnados los objetos porque las únicas reconocibles eran las de incredulidad de nuestros amigos.

—Cuando pasaron por aquí, aún estaban vivos —se me escapó.

—¡Qué tontería! ¿Cómo iban a estar? Te noto raro.

—No es nada: me estoy acordando del metro de Sholombra —me excusé—. Los caníbales estuvieron a punto de matarme cerca de la plaza de la Ciudad.

Yo no era el Nerco que Altea conocía: ¿desde cuándo había sentido aprensión por los recuerdos, por nefastos que estos fueran? De inmediato, se acordó del dolor que había pasado con la muerte de mi hijo y con la posterior agonía y muerte de la Loba y atribuyó a ellos mi transformación. Se calló, pero percibí su piedad casi como si la palpara. No era un sentimiento morboso, no era lástima, sino lo que un admirador podría profesar hacía su héroe envejecido.

—Cálmate: los encontraremos —me dijo poniéndome la mano en el hombro.

Las dos horas se convirtieron en muchas. Las velas se nos acabaron y continuamos completamente a oscuras, juntos de la mano o ella apoyando su mano sobre mi hombro. Nos paramos a descansar y seguimos caminando. Nos paramos a dormir (ella reclinó su cabeza sobre mi pecho) y seguimos caminando. No sabíamos si era día o de noche, ignorábamos qué distancia habíamos recorrido y cuánto tiempo llevábamos de búsqueda. Se nos acabó el agua y debimos lamer la humedad de los muros. Se nos terminó la comida. Los pies nos dolían mientras caminábamos. Estábamos exhaustos, medio muertos, prácticamente sin esperanza, pero continuábamos caminando.

—Si morimos nosotros, también morirán Impreciso y Pirindolo —me dijo Altea al cabo de muchos kilómetros y muchos días.

Nos habíamos detenido a descansar y ya era incapaz de levantarse.

—Déjame aquí —me pidió.

No tenía miedo a morir, sino a perderme.

—No quiero agobiarte. Sé lo que estás sufriendo y que soy una fastidiosa, pero no puedo morirme sin decirte que te quiero, que conocerte ha sido lo mejor que me ha pasado y que haber vivido contigo justifica de sobra mi paso por este mundo miserable.

Lloraba sin gemir. Yo le pasé los dedos por la cara y le sequé las lágrimas. En aquel momento, me hubiera gustado declararle la verdad: no merezco tu aprecio: yo maté a tu novio, yo nunca te he querido tanto como tú me quieres a mí.

—Altea…

—Calla. No quiero que me quieras. Ni siquiera quiero que te dejes querer. Solo quiero que me perdones. Nereo, perdóname.

—¿Por qué? Nada tengo que perdonarte.

—Por no haber sido hermosa. ¡Hiciste tantas veces el amor conmigo! ¡Cómo me hubiera gustado ser hermosa para complacerte!

—¡Qué ocurrencia! Quizá no seas una preciosidad, pero no eres fea, y me gustas. Y además, ¿cómo puedes hablar de la belleza en esta situación?: Llevamos varios días totalmente a oscuras, sin vernos. ¿Para qué sirve la belleza física en esta noche absoluta? No hay hermosura mayor que la de tus palabras, no hay entidad más placentera que tu alma ni don mayor que el de tu compañía.

—Eso es aquí. ¿Y afuera?

—Hay muchas clases de noche, Altea. Y esta no es la peor: la peor es la de la estupidez, y yo la he padecido.

Cogí su mano, le pasé los dedos por mi cara para que notase la humedad de mis lágrimas y continué:

—No te vas a morir. No lo merecen estas soledades ni esa necia y prepotente Hermandad de los Oligarcas. Aguanta. Tus amigos te necesitan. Hazlo por ese amor que me tienes. Aguanta, Altea. Este mundo es una mierda sin ti.

La abracé, la besé en el pelo, en la cara y en la boca, la dejé reclinada contra la pared y, como el camino de vuelta era insuperable, seguí adelante. Mientras estuve cerca, grité su nombre para que tomara energía de mi presencia. Grité cuando supe que estaba demasiado lejos y que no me oía, para recordarme que debía continuar caminando para salvarla. Mezclé después su nombre con insultos hacia los Oligarcas y, luego, ya delirando, con maldiciones hacia Saín, con reproches hacia mi madre y con gritos de alegría por la muerte de Ania. Grité hasta que los muros no me dieron suficiente humedad para borrar la sequedad de mi boca y entonces, mudo, con los labios terrosos, seguí caminando. Lo hice cuando no fui capaz de guiarme con las manos y me caí. Me levanté cincuenta, cien veces, y seguí caminando. Y cuando no pude caminar, anduve a gatas.

Yendo a gatas, noté en el suelo al alma de Libuell. Mis sentidos estaban deteriorados. Si la sentía, era porque sus huellas debían de ser recientes. Miré adelante y no vi más que oscuridad. Presté atención y no oí nada. Quise gritar y no pude. Me arrastré, y cuando no pude ni arrastrarme, tomé una piedra del suelo y golpeé las vías. El sonido metálico corrió por el túnel o a la par que por mi dolorido cerebro, alcanzando en ambos espacios territorios lejanísimos. Y al cerebro llegó para quedarse, o eso creí, pues oí el sonido mientras duró y cuando no tuve fuerzas para provocarlo, como un eco.

Es lo último que recuerdo: percibir el sonido sin levantar la piedra. No sabía que no era yo, sino el bueno de Libuell, que contestaba a mi petición de socorro. Luego me dijo que me encontró lleno de sangre, más muerto que vivo, y que mis palabras fueron para recordarle que debía buscar a Altea. Me dio agua y algo de alimento, me llevó sobre sus hombros hasta donde estaba Dam y volvió por Altea, a la que trajo viva tres días después.

Según me explicó, tras meterse por el túnel del azar, el coche se hizo ingobernable y cogió una enorme velocidad. Al cabo de varias horas, durante las cuales debió soportar los gritos histéricos de Dam, se iluminó el túnel, volvieron a parpadear los botones del cuadro de mandos y la sensual voz del coche advirtió de un nuevo cruce de caminos. «El azar, a la izquierda», dijo acto seguido. Él pulsó el botón de la derecha e inmediatamente recuperó el control de la máquina. Pisó el freno y se paró, pero no pudo volver atrás.

–Por el tiempo que habíamos estado fuera de control y la velocidad a que habíamos circulado, deduje que nos hallábamos a más de cuatrocientos kilómetros de la primera bifurcación –aseguró–. No supe qué hacer. Presumí que a vosotros os había ocurrido lo mismo que a nosotros y que estaríais a otros cuatrocientos kilómetros del vértice en el que estuvimos juntos. En total, serían unos ochocientos kilómetros los que nos separarían, una distancia imposible de superar a pie.

Pensó en volver a Rodas y esperar, pero supuso que Dam no acabaría el viaje. Pensó en seguir adelante y olvidarse de nosotros, pero se lo impedía una voz que le venía de sus adentros. Sin poder ir ni adelante ni atrás, se limitó a esperar donde estaba, aunque no lo hizo de cualquier modo, sino batiendo los túneles, por si había alguna salida secreta al exterior para hacer frente a situaciones de emergencia.

–Y la había dijo–, unos doscientos metros antes de la segunda bifurcación del túnel. Era una galería estrecha que daba a un pozo. El método lo conocemos, pues es idéntico al que nos sirvió para introducirnos en Rodas. Tuve la suerte de que fuera de noche cuando me asomé al exterior, ya que de día me hubiese cegado el sol y me hubieran asesinado los moradores del edificio a cuyo patio da el agujero. Porque asombraos, estamos bajo la ciudad de Serlis, la capital del Estado de Marú.

¡Increíble! Libuell y Dam habían recorrido en varias horas casi tantos kilómetros como hicieron a pie en varios años. Y Altea y yo habíamos traspasado en cuestión de días barreras montañosas, extensas regiones y una frontera. La red de túneles se había mostrado eficacísima. No podíamos abandonarla por nada del mundo. Y más, después de haber descubierto la forma de ponernos en contacto con el exterior.

El único problema era cómo recuperar a Impreciso y Pirindolo. La estimación inicial de Libuell de cuatrocientos kilómetros se quedaba bastante corta. Ni yo ni mucho menos Altea (que necesitaría unos cuantos días para recuperarse) estábamos en disposición de recorrer a pie y a oscuras la imponente distancia que nos separaba de ellos. Por distintas razones, tampoco lo estaba Dam. Aunque Libuell podría conseguirlo, luego tendría que volver, y hacerlo con Impreciso a cuestas, lo que también resultaría imposible.

—La única solución es regresar en uno de esos coches —afirmé.

—Sí, de acuerdo, ¿pero cómo? Solo corren hacia adelante —me contestó el cocinero.

Lo que más me extrañaba era la ausencia de huellas de oligarcas bajo la superficie de una ciudad capital de un Estado, pues oligarcas debía haber habido en ella y, en consecuencia, también debió haber tráfico entre Serlis y Rodas.

—¿Qué piensas? —me preguntó Dam, al verme abstraído.

—¿Dónde cogían sus coches los oligarcas y dónde los dejaban aparcados?

—En una estación —me respondió Dam con su natural ingenuidad.

—¿Y es esto una estación?

—No.

—Luego qué.

—Que debe haber una estación en algún sitio no muy lejano —me contestó Libuell.

—Exacto. Estos túneles son la ruta alternativa y esta salida es la de emergencia.

—Con lo que volvemos al punto de origen: ya te he dicho que he recorrido concienzudamente los alrededores y ha sido en vano —prosiguió Libuell.

—Quizá debamos salir al exterior y buscar desde allí la boca normal de entrada a los túneles y, en consecuencia, a la estación.

—Quizá. Pero date cuenta de que Serlis tenía varios millones de habitantes. Debe de ser una ciudad extensísima y ahora está sumida en el caos más absoluto. ¿Dónde buscar? ¿Nos lo permitirían sus pobladores?

Dam, Libuell y yo estábamos sentados en el suelo y hablábamos a la luz de los faros del vehículo. Dentro del coche, Altea descansaba. Impreciso y Pirindolo se hallaban a cientos de kilómetros, pero entre ellos y nosotros no había más barrera que el espacio, casi nada cuando se tiene tiempo de sobra y buena voluntad.

—Debemos intentarlo, y pronto. Prometí a Impreciso que volveríamos a por él en un par de horas y han pasado más de dos semanas —dije.

Libuell tenía una confianza en mí que nacía de la experiencia y para la que no encontraba móviles. Si yo había

decidido buscar una aguja en un pajar, por algo incomprensible pero justificado sería. Salió conmigo sin hacer más
preguntas, armado con el puñal y la pistola de Altea y dispuesto a hacer cuanto le dijera, matar por la espalda incluido.

El pozo en cuestión no tenía brocal y estaba tapado
con una reja, como si fuera una alcantarilla. A Libuell, que
tenía unos miembros largos y unos dedos interminables,
huesudos y fuertes, no le resultó difícil trepar por su pared
y apartar la tapa, pero a mí, por mi vulgar constitución y
porque estaba herido y débil, me fue extremadamente la-
borioso, y si no hubiera sido porque recibí su ayuda desde
arriba, jamás habría logrado salir del agujero, todo lo cual
vino a corroborar mi idea de que debía haber una puerta
mucho más cómoda para el uso de los oligarcas, la mayoría
de los cuales eran personas entradas en años y poco dadas
al ejercicio físico.

Afuera, el mundo se concretaba en el patio de un edificio público de escasa altura y en un cielo estrellado. Nada
se movía ni se oía, pero al asomar la cabeza el aliento agudo
y frío del terror me dio en la cara como una brisa fétida.

—Por aquí —le dije a Libuell.

Como el edificio estaba de tener ocupantes, anduve
por la zona más oscura, con la mano de un atónito Libuell
sobre mi hombro, para que el resplandor no nos delatase
al pasar junto a las ventanas.

—Nuestra estrella nos sonríe: nos hemos encontrado
las puertas abiertas —me susurró Libuell cuando íbamos a
salir a la calle.

Lo estaban todas, pues nada había que guardar: la metrópoli era como una selva y en la selva las puertas son

ociosas. No le contesté. Me limité a pedirle cordura y silencio. La avenida era muy ancha y estaba iluminaba por una luna llena que parecía viva, pendiente de nosotros y del espectáculo que sin duda provocaríamos. En cualquier sitio había coches destruidos, autobuses quemados y muebles que habían caído desde las ventanas de los bloques, todos de diez plantas, todos insulsos e iguales. Ni una sola luz brillaba en la noche.

—No hay nadie —susurró Libuell.

Yo volví a sisearle para que no provocara el menor ruido y le hice un gesto afirmativo con la cabeza y varios con la mano para señalarle otros tantos edificios.

—Se observan unos a otros —le dije.

Al momento, una rata emergió de las sombras a unos cincuenta metros de donde estábamos y durante unos segundos centró nuestra atención olisqueando alrededor de un objeto. La luna se fijó en el animal, como nosotros, como muchos de los demás seres que poblaban la noche. Uno de ellos, un hombre giboso, surgió de un portal de la acera contraria con un palo en la mano, mató a la rata, que emitió un breve chillido, y empezó a volver con ella sobre sus pasos. Pero unos cuantos individuos brotaron de las sombras, lo mataron a cuchilladas y cargaron con él y con la rata hasta el edificio de donde habían salido.

—Volvamos al pozo —exclamó Libuell aterrorizado.

Yo lo cogí por el brazo y le dije:

—Si tenemos alguna oportunidad, es ahora, de noche. Quédate aquí y no te muevas. Vuelvo enseguida.

Sin darle tiempo a reaccionar, tomé la calle en dirección a donde habían sucedido los hechos, amparado en una línea de sombras de no más de un metro de anchura.

Poco antes de llegar al portal del bloque donde habían entrado los hombres, me paré a auscultar el aire y los localicé a todos. Dos de ellos vigilaban la avenida desde detrás de la puerta. El resto, estaba subiendo el cadáver a uno de los pisos superiores. Desde otros bloques, un número considerable de individuos que habían presenciado los acontecimientos, solos o en grupo, miraban hacia la puerta, ávidos de hacerse con la presa pero temerosos de ser ellos los cazados si se dejaban descubrir. Algunos de los mirones me habían visto, creían que yo también iba por el cuerpo y esperaban el desenlace con la afición de los buitres o incluso de las bacterias.

Mi intención era, precisamente, hacer detonar la formidable tensión que se palpaba a fin de que los más cobardes huyeran y los más bravos o los más hambrientos se precipitaran e hicieran lo que estaban deseando, pues solo en el barullo de la refriega nos sería posible abandonar indemnes nuestra posición. Y no se me ocurrió otra forma que darles lo que demandaban. Para ello, saqué la pistola, me planté de un salto delante del portal y disparé dos veces, una a cada una de las almas que estaba observando con total claridad. El alma, como es sabido, se reparte por el cuerpo y es cerebro o corazón tanto como sangre o intestinos. Quiero decir con esto que les di a los dos, pero no afiné lo bastante y debí hacer más disparos, y, aun así, uno de ellos se abalanzó sobre mí cargado de plomo y gritando como no creí que fuera posible y me tiró al suelo de la calle, sobre el que los dos caímos revueltos, y en donde él me cogió el cuello con las manos y, aprovechando los estertores de la muerte, apretó hasta que Libuell le pegó un balazo en las sienes a medio metro de distancia.

—¡Vámonos! —me apuró mi amigo.

—No, espera —le contesté.

Creyó que estaba loco. Él no podía ver al otro individuo, así que entré yo solo en el portal y tiré de él de un brazo. Aún estaba vivo. Me dijo:

—Mátame ya, cabrón.

—Se me acabaron las balas —le mentí.

Pesaba mucho y el tiempo se nos echaba encima.

—Ayúdame y te remato —le dije.

Pero el individuo se resistía.

—Te matarán a ti también. Has hecho demasiado ruido, imbécil. No tienes salvación —dijo entre jadeos y carcajadas.

Hablaba demasiado para tener tanta muerte en el cuerpo. Y el caso es que llevaba razón. Llamé a Libuell, lo guie hasta uno de los brazos de aquel desgraciado y entre los dos lo arrastramos rápidamente hasta la zona iluminada por la luna.

—No eres más que un montón de proteínas, amigo —le indiqué.

—¿No me vas a matar?

—No. Te has reído y no me has ayudado.

Libuell sacó la pistola para hacerle ese favor, pero yo lo contuve.

—Te van a hacer falta todas las balas —le advertí.

Dos grupos de individuos habían salido a la calle y corrían hacia donde estábamos.

—Sígueme. A las claras: andando y por la luz —le dije a Libuell.

Como los demás, éramos o asesinos o víctimas. Nuestros adversarios estaban muertos o a punto de morir. Nosotros, en cambio, podíamos seguir matando. El que no lo entendió así y se vino contra nosotros recibió un balazo y pasó a formar parte de las víctimas.

Anduvimos un buen trecho por mitad de la avenida y volvimos a ocultarnos en las sombras. La ciudad estaba destruida y era de noche. No había signos externos, pero a mí no me eran necesarios: la ambición deja huellas fácilmente reconocibles para quienes pueden ver las almas. El pozo de donde habíamos emergido no estaba lejos de lo que fue el centro de poder de Serlis. En cuanto nos acercamos a él un poco más, noté en varios lugares la impronta que dejaba la Hermandad de los Oligarcas.

—Estamos cerca —le indiqué a Libuell, que no comprendía nada de lo que estábamos haciendo.

Llegamos a una plaza muy extensa, a la que daban la casa consistorial y varias sedes de bancos y de grandes empresas y entramos en un edificio que tenía rota la puerta.

—Aquí es —le dije—. Ten cuidado, que hay gente dentro.

No teníamos por qué toparnos con ella. Cogí de la mano a Libuell y lo guie por la oscuridad hasta unas anchas escaleras. Tanto en los pisos de arriba como en el sótano, se agazapaban distintos grupos de hombres y mujeres rata. Nos dirigimos al sótano y me paré en los últimos escalones para inspeccionar el rastro que los sentimientos de los hermanos habían dejado en las cosas. Las más repetidas y las más fuertes estaban en una pared cercana y guardaban una determinada forma. Agarré a Libuell y salí corriendo. Cuando llegué a la pared, puse sobre ella las manos como las habían puesto los oligarcas. Una puerta se abrió de golpe delante de nosotros. Entramos por ella rápidamente y repetí la operación por el otro lado. La puerta se cerró de inmediato. En la más absoluta oscuridad, los hombres rata del sótano no se enteraron de lo que había ocurrido.

—Ya estamos a salvo —suspiré aliviado.

No se veía nada.

–Enciende la vela –le dije a mi amigo.

Lo hizo y vimos un corto y estrecho pasadizo que terminaba en otro transversal mucho más grande. Nos acercábamos a él y, antes de que llegáramos, Libuell me dio un abrazo.

–¿Cómo lo haces? –me preguntó.

–Tengo poderes –le dije sonriendo, como si fuera en broma, y le di un golpe cariñoso en el hombro.

Habíamos llegado a la estación secreta de Serlis, que apenas era un andén por cada lado con un par de vías muertas y otros tantos intercambiadores de raíles.

Con todo, no me quedé tranquilo. Yo intuía que los oligarcas jugaban con ventaja incluso cuando trataban con la fortuna y me puse a buscar una conexión entre la estación y el túnel donde se habían quedado esperando Dam y Altea. Existía y la encontré, para asombro de Libuell. En realidad, las vías del azar no eran más que un entramado paralelo al principal que servía de ruta alternativa para casos de avería o accidente, aunque se utilizaba también como ejercicio pedagógico (nada se puede dejar al azar, instruía).

Dam y Altea se alegraron enormemente cuando regresamos con tan buenas noticias. Dejé a Dam con el encargo de trasladar los bártulos a otro coche de la estación y Libuell y yo nos fuimos en busca de Impreciso y Pirindolo, no sin antes advertir a los que se quedaban que nos pararíamos en Rodas a buscar provisiones y agua.

Cuando Impreciso vio llegar unas luces en sentido contrario al que Altea y yo habíamos tomado para irnos, se alarmó y maldijo a su cuerpo y a su sino, pero al descubrir por Pirindolo que éramos nosotros, empezó a dar gritos tan recios que se oyeron a varios kilómetros de distancia. Como su enfado estaba justificado, debimos aguantar la bronca que nos lanzó. Las dos semanas que había estado varado en mitad de la nada se le habían antojado dos meses, y, dado que el único criterio de que había dispuesto para medir los días había sido su propia conciencia, nadie hubiera podido convencerlo de lo contrario.

Le pedimos que se quedara un poco más, mientras nosotros íbamos por víveres a Rodas, pero él se negó en redondo.

—Prefiero esperar viendo flores y pájaros desde la ventana de la residencia del Gran Maestre —afirmó.

Hizo bien en venirse, porque entre el período de adaptación a la luz solar que necesitaron nuestros ojos y el tiempo que se nos fue reuniendo alimentos consumimos varias horas, y luego nos quedamos a bañarnos en un arroyo de aguas transparentes y a dormir en las regaladas camas de la mansión.

Hasta un día después de haber partido no volvimos a la estación de Serlis, donde nos aguardaban Altea y Dam. Bajo la ciudad tomada por el horror, debatimos reposadamente sobre el caos de afuera y sobre nosotros y convinimos en que habíamos hecho bien al intentar salvarnos unos a otros al precio que fuera, pues lo mejor que nos había ocurrido había sido, con toda certeza, encontrarnos. Con ese buen ánimo retomamos el viaje en los dos coches que habíamos traído de Rodas, dado que ninguno de los aparcados allí tenía las llaves puestas. En el primero, íbamos Altea (todavía convaleciente), Pirindolo y yo, y en el segundo, Libuell (que conducía), Dam e Impreciso. A pesar de que disponíamos de un coche menos, no quisimos desprendernos de nada, por lo que debimos limitar la habitabilidad de los vehículos y ocupar buena parte de su interior con enseres, lo que no nos disgustó: la incomodidad es un concepto relativo, que depende de la vida que se haya llevado hasta entonces, y la nuestra soportaba esa molestia y otras mucho peores durante el tiempo que hiciera falta.

A unos pocos kilómetros de la salida, volvió a repetirse la escena de la bifurcación, con luces y voz de la señorita incluidas, y cogimos el camino contrario al del azar. Pero otros pocos kilómetros más allá, una nueva bifurcación nos dio a elegir entre Pamaco, la capital de Palúa, y Nario, la capital de Varejia. Aunque nos sorprendió la nueva alternativa, nuestra opción estaba clara: Pamaco estaba al Sur, en dirección a los Países Exteriores, y de ella habíamos estado hablando cuando pensamos en nuestra meta, en tanto que Nario estaba al Este, fuera de la ruta que habíamos imaginado. Altea levantó la mano y, antes de que yo lo hiciera, pulsó el botón de la derecha, que nos llevaría a Pamaco.

Según las cuentas que nos habíamos echado, yendo a una velocidad moderada cruzaríamos la frontera entre Marú y Palúa en menos de una hora, viajaríamos entre la cordillera de La Chimorra y el océano Fíldico y llegaríamos a Pamaco en lo que podía concebirse como una jornada, es decir, en unas diez horas de marcha. Ninguno de nosotros tenía reloj, de manera que para medir el tiempo solo disponíamos de nuestro reloj biológico y de la experiencia. Pues bien, nos tuvimos que parar a descansar, y a comer, y a orinar (la próstata de Dam era una máquina de precisión), y lo hicimos un número de veces tal que en un momento determinado a todos nos pareció que llevábamos más de diez horas de viaje. Diez horas a una media de ochenta kilómetros por hora eran ochocientos kilómetros, más de lo que habría entre las localidades de origen y destino.

—Algo está pasando —dije tras detener el coche—. Ya deberíamos estar en Pamaco, o incluso haberla sobrepasado.

—Quizá haya ocurrido eso —contestó Libuell—: quizá no tenga estación y hayamos dejado atrás esa ciudad.

—No puede ser: la voz y la señal de la bifurcación indicaban bien a las claras que por la derecha se iba a Pamaco, lo cual es bastante lógico teniendo en cuenta que veníamos del Norte y que la otra opción, Nario, se halla al Este, es decir, a la izquierda en el sentido que llevamos.

De pronto me entró una duda:

—Altea, ¿estás segura de que pulsaste el botón correcto? —le pregunté.

—Estoy segura —me respondió—. ¿No te acuerdas del túnel que tomamos?

Desde que había vuelto de la frontera con la muerte, Altea se mostraba muy esquiva conmigo, como si la excepcional pureza con que me declaró su amor la hubiera dejado en una situación de inferioridad respecto de mí. Ahora que el riesgo de morir no era inminente para ninguno de los dos, nuestra relación debía volver a la normalidad: yo, a marcar entre los dos una prudente separación, y ella a amarme desde esa distancia, atenta al empeño de conseguirme, pero sin descender a la súplica ni humillarse.

—Aunque estaba más atento a la dirección que tomabais vosotros que a la voz y las señales de las luces, estoy seguro de haber pulsado el botón de la derecha y de que tomamos ese camino —corroboró Libuell.

Dimos por buena la explicación. Desenrollamos los

sacos de dormir y nos acostamos entre las vías y la pared tras acordar que la hora de levantarse la marcara el segundo que se despertara sin sueño. El primero fue Libuell, según era su costumbre, y el segundo fui yo. Nadie sabe qué hora sería cuando reiniciamos el camino.

A casi ninguno le importaba demasiado que dejáramos atrás o no Pamaco. A mí, sin embargo, el que el aviso que la máquina nos dio en el cruce no se concretara en la estación anunciada me provocaba bastante recelo, pues conjeturaba que detrás de aquellos traspiés había un plan dispuesto para confundir a los extraños a la Hermandad. En evitación de sorpresas irresolubles, aminoré la velocidad hasta un punto que me permitía examinar convenientemente las huellas de que se habían impregnado las cosas, aunque a mis compañeros la marcha se les hizo insufrible. Pero pasaron horas y horas, tuvimos que detenernos a estirar las piernas, y a comer, y a cumplir en cualquier sitio con las necesidades de nuestro cuerpo, y solo cuando el sueño nos estaba venciendo, se encendieron las luces del túnel y frente a nosotros apareció un letrero luminoso que rezaba: «Nario». Estábamos entrando en la estación de la capital de Varejia.

—Es Nario, Nario. Nos hemos confundido. Para, para —me gritó Libuell asomando la cabeza por la ventanilla.

Nos detuvimos en el mismo andén y nos bajamos más perplejos que enfadados.

—¿Cuál es el problema? —preguntó Dam, cuyos conocimientos de Geografía eran muy limitados.

La Geografía, Física o Humana, no era una ciencia que se enseñara suficientemente en las escuelas. Los gobiernos regionales tenían las competencias en materia de educación y consideraban que los esfuerzos de los alumnos debían ir dirigidos a instruirse sobre el reducido ámbito territorial en el que se moverían. Si los Países Exteriores estaban vedados a los ciudadanos de La Unión, excepto para los escasos importadores de materias primas, ¿para qué robarle ese tiempo de estudio a la ciudad y la comarca? Y si muy pocos ciudadanos viajarían por otros Estados de La Unión, ¿por qué dedicarle a su Geografía más de un par de lecciones? Las razones empleadas para el estudio de la Geografía fueron también aplicadas a la Historia. ¿Qué nos importa a nosotros lo que ocurrió fuera de nuestras fronteras?, se dijo. Y más adelante, ¿qué nos importa lo que ocurrió en otro Estado o en otra región? O incluso, ¿es tan importante lo que ocurrió en el pasado? Y por último, ¿qué diferencia hay entre lo que les ocurrió a nuestros antepasados y lo que creemos que les ocurrió? ¿No es más verdad lo legendario que lo histórico? En ese marco, solo fueron tenidos en cuenta los historiadores que cultivaron la epopeya local y el concepto de pueblo como conjunto de personas coincidió con el de habitantes de una ciudad o villa. El reduccionismo, que durante muchos años fue el método científico aplicado a las Ciencias Naturales, se llevó a las Ciencias Sociales considerando que la humanidad no era más que un agregado de culturas distintas y estas, a su vez, un agregado de sociedades pequeñas. La Geografía y la Historia no fueron las únicas ciencias que redujeron su estudio al terruño, también la Ciencia Política, la Demografía, la Economía, la Psicología, la Sociología y, en particular, la Antropología, y en todas ellas se produjo un proceso de idealización de lo propio que acabó convirtiéndolo en superior. La humanidad, finalmente, se entendió como un sujeto neutro y foráneo del que siempre convenía defenderse, porque de él no podía venir sino la descomposición moral y el desorden institucional.

El único que sabía un poco de Geografía era Libuell, debido a sus estudios sobre las plantas comestibles del mundo. Nario era, no obstante, la capital de un Estado vecino y quedaba muy cerca de la ruta que habíamos trazado sobre el mapa de carreteras que Altea rompió cuando decidí quedarme en Libertad (pueblo) para vivir con la Loba. Menos Darn, todos sabíamos dónde estaba.

—Hemos tomado un camino erróneo —le contesté.

No fui yo, sino Altea la que pulsó el botón, pero ella aún se encontraba muy débil y el viajar conmigo a solas después de su declaración *in articulo mortis* la tenía como distraída. Por otra parte, Libuell, que venía detrás de nosotros, se había limitado a tomar instintivamente nuestro camino. Los dos habían optado por el botón correcto, aunque por una razón ajena a ellos habían pulsado el erróneo. Al menos esa era la explicación más lógica. Las circunstancias, sin embargo, escondían un tufo raro a insensatez.

—Me gustaría comprobar que es Nario la ciudad que hay sobre nosotros —les dije.

Los indicios apuntaban a que lo era. Los oligarcas que se habían apeado en aquella estación y los que la habían tomado como punto de partida no habían dejado huella alguna que me hiciera pensar lo contrario. El rastreo de sus pasos me llevó hasta la pared, en la que conseguí abrir un hueco por el que Libuell y yo pasamos a un habitáculo escaso y sombrío por uno de cuyos lados gateaban unas estrechas escaleras de hierro. Las subimos y llegamos hasta un rellano en el que había una puerta y una rampa muy empinada que subía en espiral alrededor de un eje cerrado de unos cinco metros de diámetro. La luz del sol asomaba arriba por algunas ventanas.

–No abras la puerta –le advertí a Libuell.

Remontamos la rampa poco a poco y nos asomamos a la primera ventana. Daba a una calle desierta en la que había edificios iguales a los de Sholombra o Serlis, quizá iguales a los de Pamaco. Seguimos subiendo. Desde la siguiente ventana se veía la fachada lateral de un edificio muy parecido al de la estación Central de Sholombra. La siguiente, se elevaba por encima de los tejados y desde ella se veían las pilastras de un puente colgante. Todavía subimos unos metros más, hasta una plataforma desde la que se podía otear la ciudad.

–Estamos en Nario, la capital de Varejia. Mira –le dije a mi compañero, y le señalé el gran letrero que anunciaba a los viajeros el nombre de la estación.

No había nadie, absolutamente nadie a la vista. Y yo no detectaba la presencia de seres humanos.

–¿Qué ha pasado? –se preguntó Libuell.

–Hubo una epidemia y los supervivientes se fueron. De los que se quedaron, no sobrevivió nadie.

Algunos restos de grandes piras aún quedaban en los aledaños de la estación y en la parte visible de una plaza próxima.

–¿Para qué serviría esta torre? –volvió a preguntarse. No había reloj, ni campanas, ni pista alguna que delatara su utilidad.

En nuestro mundo, solo lo inmediatamente práctico tenía una justificación, por lo que la torre se saltaba las normas culturales tanto como las urbanísticas.

–Para nada –le contesté–: es un alarde de éxito y poder. O dicho de otra manera, para demostrar a los ciudadanos que quien la construyó había triunfado en la vida y estaba por encima de las autoridades y de las normas.

El que la conexión con la red de los oligarcas estuviera en una propiedad privada demostraba que había grados entre los miembros del grupo. El dueño de la torre de Nario era uno de los doce ministros que formaban parte del Consejo de la Logia. Los demás oligarcas de la metrópoli debían pasar por ella para utilizar la red privada de la Hermandad.

Cuando volvimos a los túneles, nuestros compañeros habían desplegado los sacos y se habían dormido sobre el andén. Yo abrí el mío y me puse en un extremo, al lado de Impreciso, y junto a mí se colocó Libuell. Pero antes de que me durmiera, se despertó Altea, quien al ver que habíamos vuelto y que pudiendo estar cerca de ella me había ido al lateral contrario, se sintió triste. A mí me dolió su dolor de una forma inesperada. Para remediarlo, me levanté, me puse a su lado y le cogí la mano durante unos segundos mientras ella me miraba complacida.

—¿Qué hay afuera? —me preguntó luego.

—Nos confundimos de túnel: es Nario, y está deshabitada —le contesté.

A la mañana siguiente, después de informar a nuestros compañeros de lo poco que habíamos visto, Libuell y yo fuimos andando por las vías con el propósito de descubrir las bifurcaciones y determinar si debíamos seguir adelante o volver a Serlis para tomar desde allí el camino hacia Pamaco. Encontramos varias divisiones. La primera, a un kilómetro aproximadamente, marcaba a la izquierda Sholombra–Aprisia (dos ciudades del norte) y a la derecha Pamaco–Truma (dos ciudades del sur). Por ende, Libuell y yo tomamos el túnel de la derecha y proseguimos hasta que un par de kilómetros más adelante dimos con la bifurcación que dirigía las vías o hacia Truma (El Sureste, la izquierda) o hacia Pamaco (el Suroeste, la derecha). Libuell dijo que todo era muy lógico. Y de cualquier modo, para ir a Pamaco, el destino que perseguíamos, lo único que debíamos hacer era atender las indicaciones, que eran muy simples, simplicísimas, o coger por sistema el camino de la derecha.

Estaba claro, de acuerdo, pero yo desconfié. Los oligarcas eran muy aficionados a enseñar mediante parábolas y alegorías y las aplicaban con frecuencia a sus más cotidianos asuntos.

–Nunca se sabe qué es lo mejor cuando se descarta uno de los senderos –me dijo Libuell–. Por ejemplo, tú quieres ir a Pamaco, pero yo escogería el camino de Truma, la capital de Cuadria, que está más centrada y más abierta a las fronteras exteriores, que han sido desde siempre nuestro objetivo último.

Para quienes no sabemos de Geografía, el territorio es tan virtual como el tiempo. El que por circunstancias extrañas a nosotros no fuéramos a Pamaco, como habíamos planeado, me hacía desconfiar de la solución alternativa. Igual que me hacía recelar de Truma el que estuviera en una posición tan ventajosa.

–Iremos por donde planeamos –le dije a Libuell–. Y si no te importa, guarda tu pronóstico para ti: no me gustaría que el asunto volviera a debatirse en el grupo.

Libuell era sensato y ya he comentado que sentía por mí una admiración inmensa. Hizo lo que le pedí. Así que nos subimos en los coches con la pretensión de tomar los caminos que nos llevaban a Pamaco. En consecuencia, en la primera bifurcación, tomamos manifiestamente Pamaco–Truma, y en la segunda, manifiestamente Pamaco.

No había duda.

A una media de ochenta kilómetros por hora (yo no quería ir más deprisa), deberíamos tardar unas doce horas, según los pronósticos de Libuell. Nada digno de ser incluido en estas páginas aconteció en la primera hora, pero al rato se apagó una de las dos luces del segundo coche, lo cual tampoco se hubiera mencionado aquí de no haber sido porque poco después se apagó la segunda y Libuell debió conducir guiado por las luces de mi coche, lo que me obligó a reducir la velocidad a sesenta kilómetros por hora.

En la primera parada que hicimos para descansar, convinimos en que habíamos abusado de la iluminación manteniéndola encendida y resolvimos que en Pamaco cambiaríamos los dos coches, así como que protegeríamos el sistema de iluminación limitándolo a un solo vehículo y apagándolo mientras estuviéramos dormidos.

—No quiero ni pensar en lo que podría ocurrir si nos quedamos a oscuras en estas galerías infernales —comentó Impreciso.

No era probable que eso sucediera. Antes debería apagarse una luz y luego otra y además no haber llegado a Pamaco a tiempo para reemplazar los vehículos. Pero lo cierto es que la primera condición se cumplió y el auto de cabeza se quedó con una sola luz. Para entonces, el cansancio nos había destrozado, particularmente a Libuell (que debía esmerarse para no chocar contra mi coche) y a mí, aunque Dam había orinado solo tres veces, es decir, que habían pasado unas nueve horas.

—Teniendo en cuenta que hemos aminorado la velocidad, aún nos queda mucho hasta nuestro destino —dije a mis compañeros—. Si la luz no descansa, es probable que se funda o se agote antes de que podamos cambiar de coche. Lo mejor sería detenernos y continuar después más seguros –añadí con una lógica pueril, sin conocimiento de causa, quizá porque el que estaba a punto de fundirse era yo.

Como nadie se opuso, allí mismo levantamos nuestro pequeño campamento, encendimos una vela y, por primera vez desde que cogimos el coche, apagué el motor, la única forma que teníamos de apagar las luces. Estuvimos varias horas hablando, durante las cuales recordamos anécdotas de nuestra infancia junto a otras que nos sirvieron para ilustrar lo pronto que puede caer una civilización construida para ser eterna. Cuando se nos acabó la vela, no encendimos otra, y seguimos conversando a oscuras y dejando que el sueño nos venciera dulcemente.

Por lo cansado que estaba, me costó dormirme y dormí mal, pero también me costó despertarme. Fui el último en hacerlo, y no fue por mí mismo, sino por los lamidos que Pirindolo me dio en la cara a petición de mis compañeros, que habían terminado de desayunar y aguardaban el fin de mis sueños bromeando sobre mi tardanza.

–Pues sabed que me he dormido a última hora –aseguré siguiéndoles la corriente.

–Amaneciendo, como quien dice –ironizó Impreciso.

Comí deprisa unos cuantos frutos secos y, sin haber terminado de roncharlos, me monté en el coche con Altea y lo arranqué enseguida, porque a ella se le quemaban las manos con un retal de vela. El motor se encendió en el acto, pero cuando Altea tiró el cabo, nos quedamos en la más absoluta oscuridad.

–¿Qué ocurre? –preguntó Impreciso sacando la cabeza por la ventanilla.

—Que estamos sin luces —le contesté fríamente.

Me bajé del vehículo y me fui hasta el de Libuell, a quien le pedí una vela para que Altea pudiera fijar con ella la distancia que separaba su coche del nuestro.

—Ya no tenemos —me respondió Dam—. Esa era la última.

Los lamentos de Impreciso se oyeron hasta en Rodas, seguro. Cuando finalmente logramos silenciarlo, Libuell me propuso conducir a ciegas hasta Pamaco a la misma velocidad y con un intervalo de una hora. No me pareció mala solución, pero la condicioné a que Altea condujera el primer vehículo, en el que también debían viajar Dam, Impreciso y Pirindolo. En el coche de atrás, dispuestos a caminar por el ferrocarril durante semanas si se daba una avería, viajaríamos Libuell y yo, que en aquel momento disfrutábamos de mejor forma física.

—Si es el vuestro el que se estropea, salid de él y avisadnos a gritos, o de lo contrario nos lo llevaremos por delante —le dije a Altea. Y añadí—: Pamaco debe de estar a unas cuantas horas de aquí. En todo caso, paraos en la próxima estación. Y si debéis escoger un camino, elegid siempre el de la derecha, que nosotros haremos igual.

Libuell, que tenía la voz gruesa y pausada, quería contar hasta tres mil seiscientos antes de reiniciar el viaje, pero yo calculé que sus segundos eran más lentos que los del reloj y cuando iba por los tres mil puse en marcha el vehículo, al que, según lo convenido, mantuve a sesenta kilómetros por hora. Si Altea tenía la próstata de Dam para conocer el tiempo cada tres horas, nosotros disponíamos de la paciencia inagotable de Libuell, quien se puso a contar en voz alta los segundos que pasaban y a agruparlos en minutos y estos en horas con una cadencia tan perfecta como la del goteo de un grifo mal cerrado. Yo, por otra parte, iba pendiente de nuestros compañeros del primer coche por las noticias que me traía el aire. Así estuvimos tres horas según las cuentas de Libuell, que debían de ser correctas, porque una hora antes había encontrado las huellas de la parada de Altea.

Al empezar la cuarta hora, noté de pronto una presencia viva y ajena. Instintivamente, miré por el retrovisor y advertí muy a lo lejos un punto de luz.

—Tenemos visita —le dije a Libuell al cabo de unos minutos—. Mira hacia atrás.

Mi amigo se giró sin dejar de contar.

—Parecen las luces de un coche —comentó, y se saltó tres números, los equivalentes al lapso que había necesitado para hablar.

—Lo son —aseguré—. Se mantienen ahí desde hace un rato.

—¿Quiénes serán? —dijo, se saltó dos números y siguió contando.

No tengo ni idea. Ni siquiera estoy seguro de que nos sigan. Nosotros no llevamos luces y puede que no nos hayan descubierto. ¿Tienes la pistola a mano?

—Sí —dijo, y se saltó un número.

Disminuí la velocidad para poder estudiar mejor quién o quiénes eran los que nos seguían y cuáles eran sus intenciones. Los oligarcas construían los túneles rectos y la luz se fue significando paulatinamente en el mismo sitio, como si se inflara, al tiempo que fueron concretándose en mis sentidos los caracteres de los individuos que nos perseguían. Y lo que descubrí no me gustó nada. Para empezar, no era un vehículo, sino tres, y cada uno de ellos iba ocupado por cuatro hombres cuyo fin era mantener operativos los túneles para cuando los oligarcas decidieran volver a ocupar sus puestos en los Estados de La Unión.

—Mira otra vez a nuestras espaldas —le pedí a mi compañero.

Libuell lo hizo sin dejar de contar.

—Se acercan —comentó, y se saltó dos números.

—Es porque yo he disminuido la velocidad —le dije—. Lo peor es que son muchos, que nos han descubierto y que vienen por nosotros.

—¿Entonces, por qué no aceleras?

No todo era tan malo. Los oligarcas habían dejado a unas cuantas cuadrillas de mercenarios para el mantenimiento de los túneles y ellos habían huido a los Países Exteriores. Pero los miembros de las brigadas, atosigados por la inactividad y decepcionados por la cobardía de sus jefes, habían ido desertando gradualmente hasta que solo habían quedado los que nos seguían, y no tanto por el fin para el que fueron contratados como porque en el secreto del subsuelo se creían más seguros. Y había más: el tiempo había obrado sobre las galerías y las instalaciones en el sentido negativo que se temían los oligarcas, de forma que había líneas enteras fuera de servicio y defectos graves en las instalaciones de casi todas ellas.

—Me temo que no vamos a Pamaco —aseguré.

—¿Por qué no? Ese fue el camino que tomamos en la bifurcación.

—Porque para los oligarcas una certeza era la que anunciaban los carteles y otra la que ellos libremente decidieran.

—No te entiendo.

Yo intenté aclarárselo yendo por otro lado.

—¿A quién beneficia el engaño, cualquier engaño? —le pregunté.

Libuell dudó. Luego dijo:

—A quien conoce la verdad.

—Imagínate un mundo en el que todos los mensajes tienen doble lectura: una aparente, que siguen la mayoría de los individuos, y otra cifrada, que practican quienes conocen sus claves. Ese mundo es el real, el nuestro, el de arriba. Los ciudadanos comunes creemos que entendemos las señales por las que nos guiamos en nuestro quehacer cotidiano, pero ignoramos que están puestas ahí a propósito para mantenernos dentro de un orden que interesa a otros. Los oligarcas, esos otros, han construido esta red en el subsuelo siguiendo unas normas similares a las de arriba.

Todo eso estaba escrito en el corazón de nuestros perseguidores, que eran de los pocos informados sobre el gobierno de aquellas profundidades. Libuell había dejado de contar. Yo proseguí con mi particular elucidario.

—En la división de caminos hay unos carteles que no dicen la verdad. O mejor dicho, que solo entienden quienes conocen las claves secretas. Y tanto los carteles como las claves cambian según les interese a ellos. Así que tú eliges un camino, con el nombre de una ciudad o el «del azar», pero al final vas donde ellos quieren que vayas.

—¿Y adónde vamos nosotros?

—No lo sabemos, nadie lo sabe, ni los que nos persiguen siquiera, porque el sistema se ha venido abajo.

—¿Podemos estar yendo hacia Sholombra? —me preguntó.

—Desgraciadamente, sí.

Nuestros perseguidores contaban con una compleja técnica para detectar la localización de cada uno de los vehículos, pero, aunque iniciaron enseguida nuestra caza, habían estado vagando durante semanas por los túneles merced a que el régimen de claves se había vuelto loco. En tales circunstancias, dar con nosotros era una cuestión de paciencia, no de conocimiento, pues tampoco ellos estaban al corriente de adónde los dirigían las bifurcaciones.

Mi amigo Libuell creía que yo era uno de esos seres capaces de realizar proezas mentales, un savant. No sabía a qué prestar más atención, si a mí o a lo que le estaba contando.

—¿Qué haremos? —dijo.

—Acelerar. Debemos encontrarnos con Altea cuanto antes. Si el sistema trueca la dirección de los túneles, podemos perderla y vernos obligados a deambular por estas galerías hasta que coincidan nuestros vehículos.

—No la perderemos, porque tanto ella como nosotros cogeremos siempre el túnel de la derecha.

—No he debido explicarme bien: no solo cambian los carteles, también lo hacen los túneles, al menos en su embocadura, de manera que dos vehículos que tomen invariablemente el de la derecha pueden llegar a lugares distintos si el mecanismo que los regula ha decidido trocarlos.

—Resulta difícil de entender —me dijo.

Se equivocaba: no era difícil de entender, sino de creer, pero eso es lo que había. Si no podía concebirlo más que fantaseando, que fantaseara.

—El mundo de arriba no es como lo vemos —le aseguré—. El sentido común es un conjunto de razones que sirven para explicar lo aparente, tan solo lo aparente. Para el mundo de los oligarcas hay otras normas.

Aceleré, como le había dicho, y la luz volvió a empequeñecerse hasta que desapareció por completo. Libuell se temía que pudiéramos chocar contra el coche de Altea, pero yo observaba el aire e iba calculando la distancia que nos separaba por la fuerza con que me llegaban las emociones de nuestros amigos. Cuando noté en Dam una débil mortificación, disminuí paulatinamente la velocidad hasta que nos detuvimos a unos metros de donde se habían quedado ellos. A Dam, el susto le cortó la meada.

—No hemos visto ni estaciones ni cruces, y es la segunda vez que orina —me contestó Altea.

Yo le notifiqué que no llegaríamos a Pamaco, sino a otra estación cualquiera, y que nos seguían tres coches con doce individuos armados.

—Pon el vehículo en marcha, acelera al máximo y no pares hasta la estación próxima, aunque Dam tenga que mearse en los pantalones, que yo haré lo mismo —le dije.

Me preguntó por el riesgo de colisión, pero en lugar de responderle, Libuell y yo la urgimos con grandes voces a que arrancara, lo que ella hizo tan apresuradamente que Dam aún no había cerrado la puerta. Yo la seguí unos pocos segundos más tarde.

—¿Cuento? —me preguntó Libuell.

—Cuenta —le contesté.

La vía era recta, los coches circulaban sin traqueteo alguno y el velocímetro, lo único visible en aquella negrura espesísima, se obstinaba en no bajar de los doscientos cuarenta kilómetros por hora. Si el miedo de Libuell era tan tupido que me maceraba el brazo de su lado, más aún lo eran los de Dam e Impreciso, lo que me ayudaba a calcular mejor la distancia.

—Nuestros perseguidores deben de estar lejos —supuso Libuell evidentemente nervioso, y se saltó tres números.

—Te equivocas —le dije, y señalé con el dedo pulgar hacia atrás—: nos tienen localizados y les da igual que los veamos como que no. Si fueran por delante, ya habrían interrumpido nuestro paso, y otro tanto ocurriría si pudieran adelantarnos, pero yendo por detrás el asalto es imposible. Aguardarán a que nos detengamos y entonces sí, nos atacarán.

Pasaron cinco horas más, según las cuentas de Libuell.

—Necesitamos llegar a una estación —murmuré. Altea estaba al borde del agotamiento.

Detrás de nosotros, el coche de los mercenarios se paró el tiempo justo para cambiar de conductor. Yo mismo estaba cansado, mis sentidos habían perdido frescura y me costaba trabajo advertir correctamente las distancias. Disminuí la velocidad. Si me dormía, podíamos chocar contra el coche de Altea.

—Deja de contar y háblame —le pedí a Libuell.

Me habló de su vida en Sholombra. Me contó que cuando era niño sus compañeros de clase se mofaban de él porque era bizco, muy alto, muy flaco y muy desgarbado, porque tenía la voz sucia, unos pantalones demasiado cortos para su talla y los dientes separados, porque su madre siempre le ponía bocadillos de mortadela, porque no se le daban muy bien los números y porque las muchachas le daban de lado.

—En aquel entonces casi nadie se reía de nada. Y cuando se reía era para hacerlo de lo que no tenía ni pizca de gracia —le dije.

—Aún peor: se reían de los desgraciados —me contestó.

—Pero nosotros nunca nos hemos reído de ti. Ni siquiera hemos mencionado lo de tu estrabismo.

—Lo sé, y no sabes hasta qué punto te estoy agradecido.

—El agradecimiento es mutuo. En nuestro grupo no hay nadie alto o bajo, garboso o desgarbado, guapo o feo.

¿Sabes por qué escogí a Impreciso? Porque de todos los que huían de Sholombra él era el que más ganas tenía de sobrevivir y su anhelo me contagiaría. ¿Y a Dam, un hombre pusilánime? Porque es bueno, y su bondad me sería necesaria para no deshumanizarme por completo. Y Altea, ¿imaginas por qué está con nosotros? Porque es una luchadora perfecta y yo la necesitaba para cubrirme las espaldas. Pirindolo sigue vivo porque tiene alma de poeta, aunque es un perro, o quizá por eso. Y tú, amigo, estás con nosotros porque eres capaz de dar de comer a cualquiera incluso sin comida.

Dam estaba meando por la ventanilla y algunas gotas de orines se estamparon contra el parabrisas, pero en la oscuridad solo yo me di cuenta.

—O mejor dicho —continué—, esos fueron los inicios. Ahora estamos aquí por lo que somos, no por lo que fuimos ni por lo que aportamos. Nuestro vínculo ya es más grande que la mera conveniencia. Ya somos una unidad, lo que nos convierte en mucho más que en una familia. Tú eres como yo. Por eso yo estaría dispuesto a morir por la silla de Impreciso o por tu libro.

La oscuridad y el miedo lograron que la emoción de mis palabras llegara íntegramente a la carne viva del alma de mi amigo, al que se le hizo un nudo en su ya nudosa garganta.

—¿No tienes sueño, Libuell? —le dije, para que una conversación nueva aliviara su ahogo.

—No, con dormir veinte minutos tengo bastante. También de eso se reían mis compañeros de clase.

—Eran unos pobres infelices y unos idiotas. Dime, ¿cómo se te ocurrió hacerte cocinero y no maestro o albañil? —le pregunté.

—Por la mortadela de mi madre —me contestó—, pero esa es una larga historia.

—Cuéntamela —le pedí—, tenemos tiempo de sobra.

Volvió a hablarme de sus compañeros de clase, que se mofaban de él sin carcajadas, con insultos e ironías, y que lo arrinconaban y lo despreciaban. Según me dijo, su madre le confesó que no había dinero en su casa más que para mortadela y él, que pudo haberla odiado, se compadeció de ella. «Mi madre era una buena persona. Cuando se murió, lloré durante tres días», me dijo. Aceptaba los bocadillos que su madre le preparaba, pero los tiraba en la boca de una alcantarilla próxima a su casa. «No me comía ni el bocadillo ni nada». Rechazado por los compañeros, solo en un rincón del patio del colegio, no se fijaba más que en los bocadillos de los otros. «¡No sabes lo que enseña un hambre bien administrada!», me dijo. Fue la penuria lo que le llevó primero a la observación y luego al estudio. «Estudié los alimentos desde todas las formas posibles, por el placer que pueden proporcionarnos y por lo que influyen sobre la salud de nuestro organismo». En último término, el estudio de los alimentos lo llevó a investigar el medio natural, del que puede extraerse un sabroso y nutritivo sustento incluso en las peores condiciones. «Siendo omnívoros, como somos, en circunstancias normales cualquier ser vivo es comestible con tal de que esté bien cocinado. Y cuando hay hambre, hambre auténtica, se entiende, cualquier ser vivo es comestible y punto».

Yo conocía los entresijos de su alma y su historia no me era desconocida. Y aún más, aunque él tenía de él más información que yo, yo habría narrado su historia de una manera más objetiva, cargando menos las tintas sobre sus compañeros y exculpando menos a su madre y a él mismo.

No lo contradije, sin embargo: ni era el momento entonces ni el bueno de Libuell se merecía la verdad, al menos esa verdad. Altea se había quedado dormida, y antes que ella se habían dormido Impreciso, Dam y Pirindolo. Su coche iba fuera de control. Si yo me dormía, aunque fueran unos segundos, dejaría de calcular la distancia y moriríamos todos.

—Cuéntame más de tu vida, amigo. Háblame o me quedaré dormido —le dije.

—Mi vida es muy simple. Prácticamente se ha limitado al estudio de los alimentos.

—Háblame de tus amores, de las mujeres que has conocido.

—Nunca he tenido amores, y la única mujer de mi vida ha sido mi madre.

—Háblame de aquella mujer de la que te enamoraste.

—En la vida he estado enamorado.

—Háblame de aquella puta de Sholombra. ¿Recuerdas su nombre? Te enamoraste de ella, aunque era interesada y fría.

Libuell me miró, aunque no podía verme. Mi afirmación aún podía encajar en cualquier biografía: muchos hombres van de putas y muchos de ellos se enamoran de alguna puta con la que van, o se encoñan, si es que hay alguna diferencia.

—¿No se llamaba Lida? —continué.

—¿Cómo lo sabes? —su voz se volvió temblona.

—Yo la conocí. Era increíblemente hermosa. Traté con toda su familia. Su hija, Nohire, era aún más hermosa que ella. Pero la belleza es complicada de administrar, Libuell. Es demasiado efímera y está demasiado solicitada.

—¿Cómo lo sabes?

Ya no se conformaba con suponer que yo era un savant.

—Háblame de ella y luego te descubro cómo lo sé.

—Yo soy feo y extraño, y tengo claro que una mujer normal jamás podrá enamorarse de mí —me dijo.

—¿Qué entiendes por una mujer normal? —lo interrumpí.

—Una mujer como mi madre.

Iba a irse por las ramas refiriéndome anécdotas de la relación que lo unió con su madre, pero yo lo devolví a la conversación.

—Me ibas a hablar de Lida —le dije.

—Era demasiado hermosa para ser puta. Daba como aprensión tocarla. Y siempre estaba mohína. No servía para ese oficio, en el que tan importante papel juegan el calor y las manos. Su talento era más apropiado para la vista. Tenía que haberse vendido para que la miraran, solo para eso.

—A pesar de lo cual te enamoraste de ella.

—Como todos, supongo. Yo trabajaba de pinche en la cocina del Cuartel General del Ministerio de la Guerra. Era un trabajo deleznable. Todas las comidas eran iguales. Y en realidad cocinaba una máquina, en la que se vertía por una tolva la cantidad exacta de ingredientes siguiendo alguna de las pocas recetas que habían proporcionado los fabricantes. Nadie supervisaba ni la calidad del trabajo ni a los trabajadores. Se escamoteaban los alimentos básicos o se sustituían por otros de calidad ínfima. Una vez hubo una intoxicación grave, con muertos, y fusilaron al cocinero jefe. Pero el que lo sustituyó era aún más malvado y metió por la tolva toda clase de cadáveres enteros: de perros, de gatos o de seres humanos. Los generales alabaron mucho la comida y aumentaron el sueldo del cocinero.

—¿Qué tiene que ver con Lida?

—Yo era pinche, como te dije…

—Sí, ya sé, eras pinche —aunque sus rodeos me quitaban el sueño, me irritaban.

—Era pinche y tenía que bajar los cadáveres de los camiones, llevarlos hasta la tolva subiendo por unas escaleras de plataforma de cuatro peldaños que estaban en tenguerengue y tirarlos adentro. Si estaban calientes, los subía yo solo cargándomelos sobre un hombro. Pero si estaban rígidos, los subíamos entre dos y los tirábamos ayudándonos de un amplio bamboleo.

—¿Y Lida? ¿Dónde queda ella en esta historia?

—Espera. Un día, el compañero que me ayudaba a tirar los cuerpos resbaló, se cayó dentro de la tolva y se murió y yo, que me caí detrás de él, hubiera muerto también de no ser porque conseguí escalar hasta la plataforma apoyándome sobre su cabeza mientras la trituradora lo hacía puré de abajo arriba.

—¿No me ibas a hablar de Lida? —objeté.

—Aquel día no pararon la producción de la comida. Se lo comieron. ¿Entiendes? Es muy fuerte: se lo comieron y me hubieran comido a mí de igual modo. Yo, que no comía nunca en el comedor del cuartel, porque me daba grima, me asomé a él y vi cómo se lo estaban zampando los funcionarios del Ministerio y los mandos del Ejército. Me dieron ganas de vomitar, pero no vomité, y creo que la hiel que debí echar y no eché me está quemando las entrañas desde entonces.

Su historia había conseguido despertarme.

—¿De dónde traían los cadáveres? —le pregunté.

—El cocinero jefe nos decía que eran soldados enemigos muertos en el frente de batalla y que, bien visto, aquella forma de reciclaje era la más natural de todas.

—Lo de la guerra era mentira. Nos estuvieron engañando durante decenas de años —observé.

—Y aunque hubiera sido verdad, no podían traerlos desde tan lejos en condiciones óptimas para ser cocinados. Sospechábamos que eran indigentes, individuos a los que la sociedad había digerido de otra manera, pero un día descubrimos en uno de los cadáveres al hijo de un general que había hecho pública la desaparición del muchacho, que llevaba una vida normal. ¿Y sabes lo peor?

—Que se lo comió el padre.

—Exacto.

—No creo que pueda haber nada más terrible en el mundo —le dije.

—Pues lo hay, Nereo, lo hay. Y ocurrió allí mismo, en la cocina: un día reconocimos en los cuerpos de una mujer y un chico a la mujer y al hijo del cocinero jefe.

—¡Qué horror! ¿No me digas que los puso a sabiendas en la tolva?

—Lloró como un crío, especialmente ante el del chico. No, no los convirtió en comida. Los metió en una cámara frigorífica y se fue. Cuando volvió, traía los cadáveres de una mujer y dos niños y a un hombre esposado. Delante del hombre hizo con los cuerpos la comida y lo obligó a comerse un plato. Ese hombre era su proveedor de cadáveres.

—¿Cómo acabó todo? —le pregunté.

—Después de aquello, me fui. Pero sé que acabaron comiéndose unos a otros, empezando por los superiores a los inferiores.

Oír aquello de sus labios me emocionó a más no poder.

—¿No me vas a preguntar otra vez por Lida? —me dijo.

—Sí: continúa.

—Con ese trabajo, ¿qué podía hacer sino gastarme el dinero en vicios? Yo tenía muchos hasta que la conocí a ella y se convirtió en mi único vicio. Entre los cocineros del Ministerio de la Guerra era muy popular. El cocinero jefe, que era gordo, bajo y muy feo, presumía de que, según evidenciaban las trazas de ambos, uno de los hijos de Lida bien podía ser suyo. Y algo de cierto debía de haber en ello, porque luego supimos que utilizó sus influencias para colocar al joven en uno de los edificios de la plaza de la Ciudad de Sholombra.

—En el Ministerio de Justicia —corroboré yo asombrado. Acababa de descubrir la paternidad de mi peor enemigo—. Ese hijo se llamaba Saín y llegó a ser el mafioso más grande de Sholombra, quizá de toda La Unión.

Levanté la mano y se la puse en el hombro. Le dije:

—¿Cuántos amigos de verdad has tenido?

—Hasta que os conocí, tantos como amores: ninguno —me contestó.

—Yo tampoco los había tenido. Pero ahora sí creo tener uno, por lo menos uno, tú. Amigo Libuell, me has salvado la vida y te conozco como nadie, mejor que tú a ti mismo. No hay cómplice más protector ni tumba más silente que tu boca, estoy seguro. Por eso, si tú me lo permites, te haré partícipe de mi secreto. Será una carga, te lo advierto.

—¡Qué importa! ¿No dices que moriremos todos? —me dijo.

—Si me duermo, sí, y aunque no me duerma, si mis sentidos desfallecen. De eso trata lo que te revelaré. ¿Estás dispuesto a oírlo?

—¿Tan grave es, que necesita de tanta advertencia?

—Mi madre me odió por ello. Pero a ella no pude negárselo, porque lo descubrió por sí misma.

—Sea lo que sea, te prometo que lo llevaré con dignidad y que nunca te traicionaré —afirmó dándome la mano.

—Era lo que quería oír. Escucha bien: Altea, Dam e Impreciso están dormidos. Altea está soñando que hemos perdido la silla de Impreciso al vadear un río. Su coche va unos quinientos metros delante de nosotros.

—¿Cómo lo sabes?

—Todavía sé más: Nuestros perseguidores son doce, todos hombres, y viajan en tres coches. Sus corazones se han ido igualando con una prolongada convivencia, pero uno de ellos, que está dormido, no sería capaz de dispararnos a sangre fría.

Dejé unos segundos y continué:

—Sé, por ejemplo, que Lida ha estado en Rodas con su hijo mientras nosotros vivíamos en Libertad. Sé lo que hay en el aire que respiramos, lo que proclaman los objetos que tocamos y sé lo que está escrito en el espíritu de las personas. Yo conocía tu experiencia en el Ministerio de la Guerra, yo sabía de tu relación con Lida, yo he sentido tu dolor por las burlas de tus compañeros. Sí, veo eso y mucho más. Y lo que es peor, amigo Libuell, en esta oscuridad espesa, en esta negrura diabólica, te estoy viendo, no la cara, sino el alma, que no tiene secretos para mí.

Libuell se quedó estupefacto. Por su memoria volvieron a desfilar mis palabras una a una. Por fin se explicaba tantos acontecimientos prodigiosos de los que había sido testigo. Me cogió la mano y me dijo:

—Te compadezco, amigo. Ese don es una carga formidable en un mundo de tanto sufrimiento.

—¿No te incomoda saber que eres transparente para mí?

—No. Sé que en adelante, cada vez que sufra, serás partícipe de mis sufrimientos y los guardarás para ti, igual que yo guardo tu secreto. Es una ganga no tener que vaciarse para quedarse limpio, ¿no crees?

—Muy pocos pensarían como tú –le dije.

—Yo, sí. Y me gustaría ofrecerme para que, de otra manera, tú también tuvieras en mí el desahogo que yo tengo ahora contigo. Háblame de lo que quieras y cuando quieras, que tu alma sea para mí tan transparente como tú desees. ¿Ves o no ves que mi ofrecimiento es sincero?

—Veo tu sinceridad, amigo Libuell, la veo –le contesté.

Nos abrazamos, y al hacerlo movimos sin querer la palanca hacia atrás obligando a que la velocidad del coche disminuyera. Mis facultades se percataron enseguida y me retiré.

—No dejes que me duerma. Háblame –le dije.

Me habló, no importa de qué, y pronto vimos a lo lejos las luces de las estaciones y el coche de Altea.

—¿Sigue dormida? –me preguntó Libuell.

—Profundamente, y sueña.

—¿Cómo podríamos despertarla?

—No hay forma alguna.

A la nada, leímos el cartel con el nombre de la ciudad que estaba sobre nosotros, Aprisia.

—La capital de Prisia. Estamos al Norte, cerca del océano Tárico, casi a la misma latitud que Sholombra.

Poco después vino la primera bifurcación, en la que

había que optar entre Lin–Rodas (izquierda) y Truma–De-róns (derecha). El coche de Altea se fue automáticamente hacia la izquierda.

—Lin está cerca, pero ojalá nos llevaran de vuelta a Rodas —observó Libuell.

—Rodas está demasiado lejos, no llegaría despierto. Y no sabemos si las indicaciones son correctas o falsas.

En la siguiente división, el coche de Altea se fue en dirección a Rodas y nosotros lo seguimos tras pulsar el botón de ese lado. Por detrás, los mercenarios tomaron el mismo camino.

—Seguimos juntos —dije.

Las luces de la estación y de las divisiones y el estrés de tener que elegir me habían despertado algo, pero en la oscuridad el sueño volvió a la carga con una pesadez que me cerraba los párpados. Sin darme cuenta, empecé a dar cabezadas y en una ocasión me despertó el miedo de una pesadilla de Impreciso, tan cercana que debíamos estar a unos cuantos metros de su coche. Frené y salvé de momento el contacto.

—Me duermo. Pégame —le dije.

Me abofeteó la cara.

—Más fuerte —le pedí.

Estaba que me meaba. Las ganas me mantuvieron despierto hasta que no pude más y oriné por la ventanilla. Con el bienestar de la vejiga desahogada, el sueño se me hizo insufrible.

—Me duermo, Libuell.

La cabeza se me iba de un lado a otro. Me acercaba al coche de delante y me alejaba, frenaba y aceleraba casi sin advertirlo. Ya apenas podía distinguir las almas de mi alrededor.

–No queda otra solución. Coge el gobierno del vehículo, disminuye la velocidad a fin de que no haya riesgo de choque y confiemos en que volvamos a estar juntos los dos coches antes de la próxima división –dije.

–¿Y si los perdemos?

–Más vale correr el riesgo de perderlos que de matarlos.

Retrepé el asiento y me dormí en el acto. Mis sueños, que puedo calificar de pesadillas, no fueron muy distintos de la realidad. Libuell me informó de que había contado el equivalente a siete horas antes de que me despertara por mí mismo. El sueño me había reparado por completo. Era un hombre nuevo, con las piernas entumecidas, pero en toda mi lucidez. Y no había más que un ligero rastro del coche de Altea, que debía de estar muy lejos. Aceleré a tope y le sugerí a Libuell que se durmiera, lo que él hizo al punto.

Cuando un poco después se despertó, hablamos de nosotros durante un tiempo que no puedo precisar. La falta de referencias espaciales y temporales y lo pequeño del habitáculo nos asimilaba a dos astronautas perdidos en el cosmos, ajenos a los hombres, a sus dioses y a sus creaciones, pero próximos a la inteligencia del demiurgo. Nunca me he sentido tan próximo a nadie ni tan cercano a mí como entonces.

Debió impregnarse el coche de muchas emociones nuestras antes de que percibiera las de Altea, que se había detenido por fin en una estación en la que abundaban pistas de los mismos individuos que iban a nuestras espaldas.

–Altea se ha parado –anuncié a mi amigo–. Y lo ha hecho en la estación de donde hace más de dos semanas salieron a buscarnos los que ahora nos persiguen.

–¿Puedes saber el nombre de la localidad?

–No, pero puedo advertir en ella los modos de los puertos.

–Sholombra no es: hubiéramos pasado antes por Lin –razonó Libuell.

–No, no es Sholombra. El alma de Sholombra la conozco de sobra.

–En ese caso, por fantástico que parezca, tiene que ser Deróns, la capital de Voranova.

Habíamos recorrido varios cientos de kilómetros bajo el océano Tárico hasta llegar a la isla Firia Mayor, la más extensa de las dos que formaban el único estado insular de La Unión. Las luces de la estación no tardaron en hacerse visibles, hiriendo nuestros desusados ojos. Era Deróns, en efecto, según probaba el cartel. Altea, Dam e Impreciso nos esperaban sentados en el andén ansiosos por hacernos multitud de preguntas. A ninguna respondimos. Yo me bajé del coche con los ojos entornados, me dirigí trastabillando hasta donde estaban ellos y les dije que tenían dos minutos, solo dos, para recuperar lo más imprescindible, pues poco más tardarían en llegar a la estación nuestros perseguidores, a quienes no podíamos enfrentarnos sin tener desde el principio la certeza de que la suerte nos sería esquiva.

En ese tiempo, despertamos a Pirindolo, que quería seguir dormido, y sacamos la silla de Impreciso, una talega de garbanzos que Libuell había descubierto en una cocina de Rodas, los fusiles y una prenda de abrigo para cada uno. No había pasado ni minuto y medio, cuando abrí una puerta en la pared poniendo las manos en los indicios que había encontrado sobre ella.

–Podíamos dejar los coches funcionando para que esos individuos los persigan –me propuso Libuell en la misma entrada.

—Uno de los mercenarios está espiándonos y les hubiera avisado —y le señalé a unas oficinas situadas en un extremo del andén, aparentemente desiertas—. Aquí está su base. No todos salieron a buscarnos.

Cerré la puerta y nos volvimos a quedar a oscuras. La galería era ancha y recta, pero íbamos a ciegas y caminábamos contra la inclinación de la rampa que nos llevaba a la superficie, lo que retardaba considerablemente nuestra marcha. Algo acaeció, sin embargo, que la avivó a más no poder: detrás de nosotros, volvió a abrirse la pared y vimos entrar por el agujero las siluetas de varios hombres equipados con linternas que acto seguido nos persiguieron a la carrera. Yo, que encabezaba la fila con que nos conducíamos, saqué fuerzas de flaqueza y empujé la silla de Impreciso con toda mi alma y con tan mala fortuna que la silla tropezó con unos cascotes desprendidos del techo y, tras virar súbitamente, volcó, dando con Impreciso en el suelo, y conmigo, y con los demás miembros de nuestro grupo. El gran aparato de ruido, de gemidos y de lamentos fue correctamente interpretado por nuestros perseguidores, que gritaron dándose ánimos. Entonces, cogí el rifle y apunté al corazón de uno de ellos. Si apretaba el gatillo, sus compañeros sacarían sus pistolas y dispararían sin discriminación hacia la oscuridad, batiendo cada uno de los lugares donde nos ocultábamos. Pero no se me ocurría otra salida. «No os levantéis. Poneos detrás de la silla», pedí a mis compañeros, y disparé. Vimos una linterna caer al suelo y oímos el quejido último del herido y el estrépito que provocaban los que tropezaban contra él. Disparé otra vez y cayó otro. «Apagad las linternas», dijeron. Aún no habían disparado un tiro, cuando maté a otro de un balazo en la cabeza. Ya iban tres. El cuarto cayó por culpa del fuego amigo, al tirar uno de los de atrás sin darse cuenta de que había compañeros delante de él. Gritaron riñéndose y yo aproveché para cazar al quinto. Las armas se dibujan en mi mente como ningún otro objeto, porque están como vivas y guardan con nitidez las huellas de quienes las han poseído o las han sufrido. Yo tenía en aquel túnel la visual perfecta a través del punto de mira y las almas de los mercenarios estaban lo bastante podridas como para que delimitaran claramente las carnes en las que moraban. Disparé a placer una y otra vez hasta que los que seguían vivos dieron por perdida toda esperanza y huyeron sin linternas, cayéndose y destrozándose contra la pared o contra el suelo. Creo que solo dejé que se escapara el que no nos hubiera matado.

—Se acabó la cuadrilla de mantenimiento de los oligarcas —murmuré, y dije luego a mis amigos—: Levantaos. Al parecer seguiremos vivos.

Había sido mucho más fácil de lo esperado. Me fui hacia los muertos y los heridos, cogí varias linternas y regresé con ellas. Por un momento, me asaltó la duda de si debíamos volver a la estación para recoger más de nuestros enseres, pero me acordé de que había dejado escapar a uno y que otro se había quedado en la oficina del andén. En la estación, a la luz, mi ventaja se esfumaba. ¿Por qué poner la suerte a prueba? Tiempo tendríamos de volver, quizá por la salida de emergencia, si es que debíamos utilizar de nuevo los túneles. Lo que procedía ahora era salir cuanto antes y volver a respirar el aire de la superficie, por viciado de malos sentimientos que estuviera.

Capítulo 8º

Deróns, la capital de Voranova, una ciudad sin paro. Libuell, por fin, es reconocido como cocinero. El cuarto de las patatas. Parte un barco sin un pasajero. Un guía excepcional. Contamos con el mejor aliado: el destino.

La puerta exterior del túnel estaba situada en el muro de un puente fortaleza, sobre un río de mediano caudal cuyas aguas, según supimos luego, subían o bajaban con la marea, influidas por la proximidad del mar. Era de noche y la estancia estaba oscura, pero por una ventana alta entraba una brizna de luz. Acostumbrados a la iluminación artificial de las estaciones de los oligarcas, no reparamos inmediatamente en otra costumbre más asentada en nuestra memoria, y fue Impreciso, al que habíamos colocado en su silla después de portearlo por relevos, el que se percató de lo inaudito de aquel hecho. «Es de noche y hay luz en la calle», dijo.

Sholombra era con mucho la ciudad más populosa de La Unión, la más rica y la más desarrollada, y era también la más alejada de los Países Exteriores, por lo que se la suponía la más a salvo de sus perniciosas influencias. En la escuela se enseñaba que la cuna de nuestra civilización, cuyas raíces se perdían en la Prehistoria, se hallaba en el Noroeste de Ingrania, junto al río Novorm, no lejos de la ciudad de Sholombra, y desde allí se había ido extendiendo hacia el Este y hacia el Sur no tanto por la fuerza de sus ejércitos como por su superior organización, sus mejores estrategas y la mayor capacidad de sacrificio de sus soldados. Las conquistas se habían consolidado pronto porque los territorios ocupados notaron enseguida las mejoras de una forma de vida como la nuestra, basada en la libertad de los individuos, la democracia, el imperativo de la verdad y el agnosticismo obligatorio. Solo cuando los bárbaros grupos tribales del exterior se agruparon, lograron contener el avance de nuestros ejércitos, lo que es tanto como decir de nuestra cultura. A ambos lados de la frontera (para nosotros, «la frontera exterior»), el mundo había evolucionado mucho desde entonces, si bien en la zona de contacto entre ambas civilizaciones había permanentemente, como en una falla geológica, una acumulación de tensiones que habían originado una guerra estable o, al menos, esa había sido la doctrina oficial durante las últimas centurias.

Si Ingrania, el Estado madre, había desaparecido, antes habían tenido que desaparecer todos los Estados de La Unión, y si Sholombra, la capital de Ingrania y la ciudad por excelencia, había caído en el caos más absoluto, antes habían tenido que desplomarse todas las ciudades de La Unión. Cuando salimos de Sholombra, la ciudad llevaba varios meses sin alumbrado público, por eso resultaba tan chocante que, bastantes años después, una ciudad más pequeña y de menor importancia hubiera conseguido mantenerlo en funcionamiento.

—No debe de ser luz eléctrica —contestó Altea, incrédula.

Aunque nadie se atrevió a contradecirla, lo cierto es que al alcanzar el exterior descubrimos una ciudad desierta en la que la luz de las farolas intentaba atravesar la espesa niebla que apenas dejaba ver el pretil del río y la torre por la que habíamos emergido.

—¿Estará vacía? —se preguntó Dam en voz alta.

—No, solo está dormida —le respondí.

Si dormía era porque estaba tranquila, bien por la ausencia de enemigos o bien porque alguien vigilaba su sueño. Había algunos coches aparcados que no interrumpían el tráfico, las calles estaban limpias y no olía a putrefacción.

—¿Dices que hay gente? —me preguntó Dam.

—Sí.

—¿Cómo lo sabes?

Libuell me miró.

—La están cuidando —le contesté—. Parece una casa habitada.

Un sonido inusual rompió el silencio y pronto vimos un par de faros que se acercaban de frente.

—¡Es un coche! —gritó Impreciso.

Hacía muchos años que no veíamos ninguno circulando. Por encima de los faros, llevaba una luz intermitente, como las de la Policía.

—Venid, ocultaos —los urgí.

Cruzamos la calzada, corrimos hacia la línea de edificios y nos ocultamos detrás de una pequeña instalación que había en mitad de la acera. El coche pasó a nuestro lado despacio, y tan cerca que vimos las caras de los policías.

—¡Es increíble: hay combustible para mover los coches! —exclamó Impreciso cuando el vehículo se perdió en el cuerpo de la niebla.

—Sí, pero únicamente los de la Policía —lo mitigó Altea.

—¿Por qué nos hemos escondido? —preguntó Dam—. ¿Por qué no les pedimos ayuda?

—Si te preguntan de dónde has salido, ¿qué les contestarás? —le refuté.

La instalación detrás de la que nos habíamos ocultado era un kiosco de prensa en cuyo mugriento escaparate se exponían varias revistas y unos cuantos libros groseramente colgados de cuerdas. Había que doblar el cuello para poder leer sus portadas.

—Mirad —les dije señalando a una de las revistas.

Traía la foto de una playa en la que se apreciaba, a la derecha, una línea defensiva con alambradas y búnkeres y, en el resto, varias hileras de cadáveres observados por un grupo de soldados y dos largas barcas de remos encalladas y sometidas al embate de las olas. «¡No pasarán!», indicaba con grandes caracteres el titular. Mis compañeros se quedaron mirándolo sin entenderlo bien.

—No quieren a nadie —les aclaré.

—Nosotros somos ciudadanos de La Unión —protestó Dam.

—También lo eran esos y al llegar a la playa fueron ametrallados sin misericordia —les dije—. Deben de tener los recursos justos para ellos. Si han logrado mantener una organización, por menuda que esta sea, ha tenido que ser a costa de frenar a sangre y fuego a los que venían del continente y de recortar los derechos de los nativos.

El silencio contestó a mis palabras.

—No podemos fiarnos de nadie —continué—. Hay que encontrar un refugio antes de que amanezca y planificar bien lo que vamos a hacer.

A Dam le sonaron las tripas.

—Y necesitamos comer —dijo tentándose el vientre—, o yo no respondo por ellas.

Nos pusimos a andar por la acera dejando a nuestra derecha la línea de inmuebles. Dam empujaba la silla de Impreciso, Libuell y Altea probaban la puerta de los edificios y yo iba auscultando el aire, cargado con la talega de los garbanzos y con Pirindolo a mi lado. Antes de recorrer doscientos metros, ya me había hecho una composición de lo que pasaba en la ciudad. Entonces, me di cuenta de que tanto Altea como yo cargábamos con un fusil sobre nuestras espaldas. Si la Policía nos descubría, nos mataría en el acto sin más trámite. Me dirigí a ella, le pedí el suyo y sin dar lugar a que me contradijera crucé la calle a la carrera y arrojé los dos por encima del pretil del puente.

Cuando volví junto a mis amigos, les anuncié que dejábamos de buscar en los bloques, pues no hallaríamos ninguno abierto, pero les silencié que la Policía se encargaba a diario de visitarlos y que, donde no llegaba la larga mano de la Policía, llegaban los ojos y los oídos de los delatores, que en Deróns eran por aquel tiempo la práctica totalidad de sus habitantes. Le di a Impreciso la talega, quité a Dam del mango de la silla y empujé a esta con toda la diligencia de que era capaz, con riesgo de que nos sucediera lo mismo que en el túnel.

—¿Qué pasa? —me preguntó Libuell alarmado.

—Han aniquilado a los viejos y a los deficientes físicos y psíquicos. Impreciso no tiene ni la más mínima posibilidad de sobrevivir, y quizá tampoco la tenga Dam —le contesté—. Y hay más—: nosotros tenemos la obligación de delatarlos. Si no lo hacemos, también seremos ejecutados.

Otro se hubiera lamentado de haber salido de Rodas o hubiera comentado que nuestra situación actual, en una isla y muy lejos de las fronteras exteriores, era peor que la que teníamos cuando partimos de Sholombra, aunque habían pasado varios años y habíamos recorrido miles de kilómetros y sufrido toda clase de peripecias. Él, no. Él se limitó a digerir calladamente el infortunio y me dijo:

—¿Qué haremos?

—No lo sé. Tengo que encontrar un lugar que no esté sometido a vigilancia.

Pasábamos junto a una boca de metro que anunciaba el nombre de la estación y del río («Paseo del río Mesis», decía), pero estaba cerrada con una valla de hierro.

—¡Si pudiéramos entrar en el metro! —exclamó Libuell.

—Lo baten a diario. Saben lo que ocurrió en Sholombra y no quieren que les pase lo mismo —le rebatí, y agregué—: La indigencia también está proscrita. Si nos descubren en el metro, nos tomarán por mendigos y nos fusilarán.

Dam, que era mayor, y Altea, que estaba muy débil, se estaban quedando tan atrás que la tupida bruma nos impedía distinguirlos. Libuell me pidió que me parara y mientras los esperábamos se me ocurrió refugiarme en un antiguo cuartel de la Marina situado frente al río, no lejos de allí, que había sido ocupado por las milicias ciudadanas en funciones de policía. El edificio era muy grande y tenía suficientes dependencias como para que muchas de ellas estuvieran vacías. Ningún policía, de carrera o miliciano, nos buscaría en su propia madriguera, pensé. Lo verdaderamente difícil era averiguar la forma de entrar y salir de él.

Cuando se reincorporaron nuestros compañeros rezagados, Libuell me avisó del estado en que se hallaban:

—Dam está que no puede más. O llegamos a alguna parte, o tendremos que cargar con él. Y Altea no se queja, pero se puede caer redonda de un momento a otro.

Aunque le dije que había localizado un refugio, omití hablarle de lo demás. Y añadí de modo que pudieran oírme todos, incluido Pirindolo:

—Ya estamos cerca. Iremos más despacio. Aguantad un poco, que pronto estaremos calientes y comiendo.

Detrás de la siguiente esquina había una plaza, que cruzamos pegados de nuevo al pretil y teniendo a la vista las borrosas luces de varios coches de policía estacionados delante de la casa consistorial. Aún tuvimos que andar cuatro manzanas más y cruzar un jardín tomado por la hojarasca antes de situarnos, algo escorados, frente a la fachada de un soberbio palacio trazado en perpendicular al río.

—Ahí es —murmuré a mis compañeros, que se arremolinaban alrededor de la silla de Impreciso, detrás de un coche aparcado.

—¿Ahí es? —se extrañó Altea.

Yo siseé pidiéndole sigilo.

—¡Si es un cuartel! —comentó.

Sobre un balcón corrido, en los mástiles que debían albergar las banderas de La Unión y del Estado, soportaban estoicamente la humedad, quietas como el miliciano que sentado en el umbral guardaba la puerta y tan varadas en el sueño como él, dos banderas moradas en cuyo centro figuraba a manera de escudo lo que parecía una corona amarilla.

—Por eso. Aquí no nos buscarán —dije.

Nadie se atrevió a contradecirme. Yo dirigí al grupo hacia una puerta peatonal situada en la fachada larga contraria, que daba a una calle formada, a un lado, por el inmueble que rodeábamos y, al otro, por la sede de la Jefatura del Gobierno, en el que en otro tiempo residió el Presidente del Gobierno de Voranova y ahora estaban las oficinas más importantes del Estado. También este edificio estaba sometido a vigilancia, pero el acceso que buscábamos quedaba inmediatamente detrás de la esquina y la niebla nos protegía.

—Esta es la puerta —les anuncié.

Mis amigos creyeron que pondría las manos en la pared, como había hecho en los túneles de oligarcas, pero yo, después de examinarla, me volví hacia ellos y les pedí que volvieran al parque cercano y me esperaran ocultos en la espesura que formaban la niebla y la noche.

—Mientras, Pirindolo y yo iremos a por la llave —concluí.

Aunque sonó increíble, se fueron sin rezongar, y Pirindolo y yo volvimos sobre nuestros pasos hasta las inmediaciones de la puerta principal, donde el centinela se había levantado.

—Escucha bien lo que te digo —le susurré al perro—: tienes que alejar a ese hombre de la puerta y distraerlo para que yo pueda atacarlo por la espalda sin que se dé cuenta. Déjate ver, pero ten cuidado.

No le pregunté si había entendido. Chilló muy quedo para mostrarme su conformidad y esperó a que yo lo acariciara para perderse entre la niebla. Al poco rato, vi que se movía el vigilante. Pirindolo estaba haciéndole melindres. El centinela le silbó y se alejó de la puerta. Era un hombre joven, soltero, hijo único y huérfano de padre. Se había alistado en las milicias de la Policía porque los milicianos tenían comedor gratis y cobraban una ración extra, que él entregaba a su madre. Era un buen ciudadano, un buen hijo y un buen compañero. Había oído hablar de Sholombra en la escuela, pero no sabía localizarla en el mapa. Desconocía lo que simbolizaban las banderas iguales que dormitaban sobre su cabeza. Su madre, que había soñado para él un futuro mejor que el suyo, seguramente se moriría de pena cuando supiera que su hijo había muerto.

¿Es o no una desgracia saber todo eso al matar a alguien?, recuerdo que me pregunté. Me acerqué a él, levanté el cuchillo y le rebané el cuello. ¿De qué fin se acuerdan los que declaran las guerras?, me dije entonces, tal vez para justificarme. Lo cogí de los brazos y lo escondí en la niebla, donde le quité el fusil, el abrigo y la gorra. Pirindolo, que me había visto actuar, se quedó junto a mí mientras me ponía las prendas sustraídas, mirándome embelesado, y cuando terminé, movió el rabo y chilló un poco a la espera de mis órdenes.

—Hemos terminado —le dije—. Vete con nuestros amigos.

Me acerqué a la puerta y esperé al cambio de guardia. Aún no había desaparecido del todo la oscuridad, cuando desde distintos puntos sonaron casi al unísono sirenas y campanas indicando el final del toque de queda y se apagaron las luces del alumbrado público. Poco después, se oyó un cerrojo y un muchacho salió del cuartel armado con un fusil y me dio los buenos días. Yo simulé que la tos me interrumpía el saludo y me puse la mano en la boca como para evitarle mi aliento, aunque en realidad pretendía ocultarme la cara.

—¡Cuídate! —me dijo.

—¡Ya! —fue toda mi contestación.

El cuerpo de guardia de los milicianos, que estaba a la izquierda del pasillo de entrada, era una sala rectangular con las paredes cubiertas de literas hasta el techo y una mesa alargada en el centro junto a la que recogían sus bártulos no más de diez o doce individuos. En la sala de guardia de los mandos, que estaba situada enfrente de la otra y era de iguales dimensiones, había una mesa de escritorio sobre la que un hombre con galones en la guerrera estaba escribiendo algo. Yo pasé con decisión por delante de esas puertas y de otras que daban a dependencias diversas, como el calabozo o los servicios, y viré a la izquierda por un pasillo largo y estrecho que discurría en paralelo a la fachada dejando a ambos lados las oficinas del cuartel. Entré por una de ellas y anduve a oscuras entre mesas llenas de papeles inútiles, máquinas inservibles y mobiliario desgastado hasta un despacho cerrado que abrí de una patada, en el que dejé el fusil encima del escritorio y revolví aparatosamente los estantes. De todo lo que había en él, solo me llevé varios tacos de vales de comida y dos llaves que sustraje de cajones distintos. Con una poca suerte, cuando encontraran el cadáver del muchacho que hacía guardia en la puerta le echarían la culpa a un ladrón de vales. Volví al pasillo y desanduve mis pasos hasta la galería de entrada, en la que no tomé el camino de la calle, sino el contrario, que me llevó al patio central, por el que caminaban medio dormidos algunos grupos de milicianos que se dirigían desde los dormitorios hasta el comedor, en cuya puerta había una luz amarilla a la que le costaba dejarse ver entre la primera luz del día y la niebla. Me uní a ellos, pero antes de llegar al comedor me desvié a la derecha, hacia las cocinas, que crucé sin hacer caso de la llamada de dos milicianos que llenaban jarras de café de cebada instantáneo de una olla enorme, pasé junto al cuarto de las patatas y el despacho del suboficial encargado y salí a la calle por una puerta que abrí sin problemas con una de las llaves que había sustraído. Mis amigos, incluido Pirindolo, estaban ocultos entre la niebla y unos arbustos pinchosos que habían invadido lo que en tiempos fueron los ruedos de un monolito dedicado a la Verdad.

—Ha empezado a pasar gente —me advirtió Libuell—. ¿Qué haremos con Impreciso?

Le dije que lo cogiera en brazos, como si fuera un niño, y en cuanto lo hubo hecho, volqué la silla, le puse mi abrigo sobre una rueda y le pedí a Dam que hiciera lo mismo con la otra, a fin de que, ayudados por la niebla, pudiéramos hacerla pasar por un bulto cualquiera. Todo lo hicieron ellos como les pedí, casi sin que hicieran falta explicaciones, de modo que, aunque nos vieron varios ciudadanos mustios, llegamos sin contratiempo alguno y sin llamar la atención hasta la pequeña puerta que antes les había mostrado, que para su asombró abrí con una llave.

—Entrad sin gritar pero tranquilos, que no hay peligro —les dije—. Estas dependencias son las de la banda de música. Están separadas de las demás y hace muchos años que no se utilizan.

No siempre había sido así, por supuesto. El hecho de que la banda dispusiera de una gran zona reservada con acceso exclusivo desde la calle daba idea de la relevancia que tuvo en tiempos la compañía de música, formada por más de ciento cincuenta oficiales y suboficiales, todos profesores virtuosos, que con su elegante indumentaria, su desfilar gallardo y su airosas melodías daban lustre a los actos protagonizados por la Marina.

Cerré la puerta y encendí la luz.

—No todas las luces pueden utilizarse. Aunque las ventanas están cerradas, algunas se ven desde el patio. Hay que ser sensatos y utilizar solo la zona que necesitemos –les dije.

No me oyó nadie. O para expresarlo más cabalmente, me oyeron, pero no me escucharon: estaban demasiado ensimismados con el universo extraño que se había abierto ante nuestros ojos. Desde el recibidor en el que les hablé, se accedía a varias dependencias y desde la penumbra de algunas de ellas reclamaban nuestra atención objetos que por su natural son muy dados a invocar la fantasía, como uniformes o instrumentos musicales. Mis amigos se metieron cada uno por su lado, encendiendo luces y tocando cosas y yo cogí el manillar de la silla de Impreciso, en la que habíamos montado a su dueño, y la fui llevando por donde él me indicó. Vimos varios despachos, algunos de ellos con camas, unos servicios que aún disponían de agua corriente, un vestuario con varias hileras de taquillas, un gran almacén donde se guardaban, generalmente en fundas ribeteadas con metal, toda clase de instrumentos de percusión y de viento y una vasta sala de ensayo en la que había un bosque de atriles con un sinfín de partituras, muchas de las cuales, en el particular otoño de que gozaba la estancia, se habían caído al suelo.

–¿Cuánto tiempo estaremos en esta ciudad? –preguntó Impreciso tras aquella singular inspección.

Nos habíamos reunido en el despacho del director de la banda. En la pared había dos planos enmarcados, uno de La Unión de Estados y otro de Voranova. Yo me quedé mirando el de La Unión antes de contestarle. Estábamos lejos, lejísimos de todas partes, y con el mar de por medio. El destino nos había llevado hasta allí a pesar de nuestra voluntad. Expresar nuestra voluntad, por tanto, quizá fuera lo menos importante.

—No creo que debamos estar mucho —le dije—, pero nunca se sabe.

Entonces fue cuando expuse por qué habíamos ocultado por la calle la silla de ruedas.

—Deróns está como Sholombra en las vísperas del caos —dije luego—: pronto faltarán el agua, la electricidad y la comida. La diferencia entre ambas ciudades es que aquí hay orden, aunque es un orden bestial. Los que primero huyeron de Sholombra fueron los que mejor acabaron. A mi juicio, esa debe ser nuestra intención última, huir. Pero antes debemos descansar, reponernos y concebir una forma de atravesar el océano.

Nos quedamos mirando el mapa de La Unión, que para nosotros tenía algo de carta astral, de lo mágicos e inaccesibles que nos parecían los territorios en él representados. Cruzar el océano se interpretó en aquella sala casi como viajar a través del cosmos. Pero, como había dicho yo, no había prisa para ello. De inmediato, lo único necesario era abandonar el cuerpo a su más sereno apetito, el de sucumbir al sueño.

—Solo hay cuatro camas y somos cinco —dijo Dam.

—Una de ellas es más grande que las otras —contestó Altea.

Se estaba refiriendo a la del despacho donde nos hallábamos y a mí y a ella. Era tan obvio desde el principio que sus palabras sonaron a justificación y hasta a Dam le resultó violento oírlas.

—Dormid vosotros. Yo voy a explorar la ciudad en busca de comida —les dije.

Libuell insistió en venir conmigo, aunque yo le pedí que se quedara.

—Nadie de este grupo sabe más que yo de comida ni

necesita menos descanso –me argumentó

Llevaba razón, y además a mí me hacía falta compañía, lo que significaba una novedad –otra más–en mi manera de ser, y él se sentía cada vez más cómodo en su papel de protagonista. Dejamos unos cuantos puñados de garbanzos en remojo, por si acaso, y tras fijar con los que se quedaban una contraseña en forma de golpes en la puerta, salimos a la calle.

–En esta ciudad, lo esencial para pasar inadvertidos es caminar sin hablar y sin mirar a nadie –le advertí a Libuell.

Afuera, la niebla seguía empapando la luz de herrumbre y tristeza. Caminamos en dirección contraria al río con la resolución del que va a tratar asuntos que no admiten demora, como los transeúntes que nos cruzábamos, porque, como le contesté a mi amigo en un tramo solitario, la autoridad había llegado al pleno empleo gaseando a los parados y nadie quería admitir que lo estaba, aunque prácticamente no había trabajo alguno. Cruzamos plazas desmesuradas, seguimos hasta el final por largas avenidas en las que los viandantes se apelotonaban y chocaban confundidos por la urgencia, pasamos delante de edificios ciclópeos en los que numerosos ciudadanos entraban y salían como si estuvieran llevando a cabo graves negocios personales o empresariales y entramos en algunos comercios cuyos parvos escaparates mostraban con mucha pompa cuatro o cinco mercancías de su específico género picadas por el tiempo, donde nos enteramos de que todo el mundo preguntaba, pero nadie compraba nada.

Pasadas cuatro horas, habíamos visto gran parte de la ciudad y teníamos una idea de cómo funcionaba: sabíamos que los policías, que estaban en cualquier sitio, llevaban siempre encendida la barra de luz de sus vehículos, entraban en las casas y miraban si había alguna persona dentro. Si la había, se la llevaban en sus coches, los únicos que funcionaban: si era vieja, por vieja; si estaba enferma, por enferma, y si no tenía trabajo, por parada. En ese período, no vimos a nadie que no estuviera andando. Tampoco vimos a personas de edad avanzada, ni a discapacitados, ni a niños. De vez en cuando, alguien le decía algo a alguien, pero raramente recibía contestación, o, si la recibía, la respuesta nunca acababa en plática. Utilizando ese lacónico procedimiento, yo intenté informar a Libuell de lo que él no podía deducir por lo que veía.

—¿Y los niños? —me preguntó, por ejemplo.

—Casi nadie tiene niños, y los pocos que hay están en guarderías públicas —le respondí.

O también, preocupado porque no veía a transeúntes con gafas:

—¿Considerarán a los bizcos como discapacitados?

—No he notado nada al respecto. Creo que puedes estar tranquilo.

O como no se veían restaurantes y los comercios de comestibles no despachaban el irrisorio surtido que tenían:

—¿Qué come esta gente?

—Si te digo la verdad, comen de lo que se da en los cuarteles.

—¿Cómo es eso?

—Cuidado, chitón.

Por hablar demasiado, habíamos llamado la atención de un transeúnte que nos seguía y que si nos denunciaba tendría un par de raciones de comida con las que aquel día se alimentarían él y unos cuantos más de su familia. Con sus distintas variaciones, ese era el principal método de abastecimiento. Los policías, ya fueran de carrera o milicianos, comían en los cuarteles y obtenían como paga unas cuantas raciones que o servían para sostener a sus seres más cercanos o introducían en el mercado negro, en este caso, con grave riesgo de sus vidas, pues ese tipo de comercio estaba prohibido y no había otra sanción que la muerte. Así se entiende que a los únicos ciudadanos quietos que vimos fueran los que hacían cola delante de las numerosas comisarías para alistarse en esa especie de Policía que en realidad era la Milicia afín al régimen.

—O son vigilantes o son vigilados —me dijo Libuell.

—Y cada vez son más los vigilantes —contesté yo.

Y pronto serían más los vigilantes que los vigilados, y si no hubiera un límite, que en Deróns lo marcaban los almacenes de comida, llegaría un momento en que todos serían vigilantes y no tendrían a quien vigilar. Cuando se lo comenté a Libuell, este dio con la respuesta cabal:

—Entonces tendrían que vigilarse unos policías a otros y habríamos vuelto al principio.

De hecho, había una Policía de Policía, y una Policía de Policía de Policía, y quizá una Policía de Policía de Policía de Policía. A no tardar mucho, solo podrían comer los policías de policías, y más adelante, solo los policías de policías de policías.

—En esta ciudad no hay problemas —ironizó Libuell mientras cruzábamos una plaza.

—No, ninguno. Han dado con una solución insuperable y multiusos. Me recuerda a aquella Ley de Calidad de la Enseñanza de Ingrania que eliminó el fracaso escolar mediante el sencillo mecanismo de obligar a los profesores a aprobar a todos los alumnos.

Era mediodía y la actividad de la calle no había disminuido un ápice. Como nosotros, los ciudadanos de Deróns estarían cansados de andar y muertos de hambre. Como nosotros, se habrían recorrido la ciudad, acaso haciendo un alto en alguna cola para descansar un rato. Y como nosotros, no habrían tenido ni la más mínima posibilidad de encontrar comida.

–Volvamos a nuestra casa –le dije a Libuell recalcando lo de «nuestra casa»–, que al menos allí no entrarán a ver si estamos parados y nos espera un buen puñado de garbanzos.

Estábamos muy lejos y llegamos al cuartel casi al anochecer, cuando empezaba a regir el toque de queda. Dam e Impreciso nos aguardaban impacientemente, pero Altea, que no se sentía bien, continuaba acostada, aunque estaba despierta. En una mesa que había junto a su cama tuvimos la reunión en la que Libuell y yo informamos de lo que habíamos descubierto.

–O sea, que somos afortunados por estar donde estamos y tener lo que tenemos –resumió Libuell.

–O lo que es lo mismo, que debemos dar gracias porque la Policía no ha entrado a llevarse a Altea por enferma, a Dam por viejo y a mí por paralítico –sintetizó Impreciso de otra manera.

–En efecto –corroboró Libuell.

–Pues yo propongo que nos vayamos de esta ciudad cuanto antes, aunque sea a nado –concluyó Impreciso.

Estábamos acostumbrados a la benevolencia que los revolucionarios habían tenido con nosotros en Libertad (pueblo) y ahora esta ciudad permanentemente extraviada en la niebla y su extraño régimen autoritario nos parecían una pesadilla.

–Tenemos varios tacos de vales de comida que robé junto con las llaves de estas dependencias, pero tienen el sello de origen y están numerados –dije yo–. Si los utilizamos, la Policía rastreará su origen hasta que dé con nosotros. Nos queda otro lugar donde investigar: el propio cuartel. Aquí hay una cocina y debe de haber un almacén de comestibles. Esta noche, cuando todos estén dormidos, exploraré el cuartel, a ver si encuentro una forma de robar alimentos sin que se den cuenta.

Comimos los garbanzos y me dormí un poco arropado con el brazo y con el muslo desnudo de Altea, que al entrar en la cama me arrulló pidiéndome perdón por su enfermedad. No sé a qué hora me despertó Libuell, que aún no se había acostado.

–Esta vez no voy contigo –me dijo–. Es hablar de la cocina de un cuartel y se me hiela la sangre, de lo que me acuerdo de aquella otra cocina, la del Ministerio de la Guerra de Sholombra.

Le dije que lo comprendía, le di unas palmaditas de ánimo en el hombro y salí al último patio del cuartel, diseñado para los ejercicios físicos y la instrucción, no lejos de donde estaba el garaje de los vehículos militares, ahora abandonados por resultar insoportable su alto consumo de carburante. Para llegar a la cocina, que daba al patio central, debía o bien pasar por delante de un edificio destinado a dormitorio o bien entrar por una de las dos líneas de soportales que pegaban a los flancos. Opté por el primer camino, que me permitía dominar mejor el escenario al que me asomaría, y aparecí en el patio central frente a la puerta del cuerpo de guardia, aunque separado de ella por un océano de niebla y de sueño.

Desde mi posición, la cocina se encontraba a la derecha. Hacia ella me dirigí como un buzo en aguas turbias, palpando, como quien dice, aunque tenía localizados a los milicianos que hacían guardia y podía certificar sin error que tenía expedito el paso. Mientras me aproximaba, confirmaba las hipótesis que había formulado de lejos o percibía matices que ampliaban considerablemente mi información. Sabía que nadie custodiaba el almacén contiguo a la cocina, por ejemplo, pero solo al acercarme comprendí que el motivo de la despreocupación general era su condición de inexpugnable, pues estaba en un sótano que había sido polvorín y no se podía acceder a él salvo con una llave que guardaba el director del cuartel y de la que únicamente se hacía uso en su presencia. Supe, además, que nunca había nada que pudiera aprovecharse en los cubos de basura, ni mondas siquiera, porque nada se desperdiciaba y porque antes de que por la noche pudiéramos rebuscar nosotros ya habían escarbado en ellos buena parte de los milicianos. Pero supe también que todas las cosas cercanas estaban impregnadas del hastío que en el conjunto de los milicianos, cualquiera que fuera su graduación, provocaban las patatas cocidas, lo único que podía consumirse en el comedor del cuartel.

—¿Qué has averiguado? —me preguntó Libuell cuando estuve de vuelta.

—Que hay un almacén inaccesible para nosotros en el que hay patatas, muchas patatas, y poco más —le respondí.

—Lo malo no es que solo haya patatas, sino que es inaccesible —me confirmó Libuell.

—Pero eso se puede arreglar.

—No sé si te he entendido. ¿Es o no es inaccesible?

—Depende de para quién —le contesté.

—Para nosotros.

—Sí lo es, aunque podría no serlo.

Por innumerables razones, no era el momento de andar con acertijos. Libuell acabó echándomelo en cara y yo le dije:

—Tengo una idea para acceder al almacén. En realidad la tengo para acceder sin límite a toda la comida, pero no me atrevo a planteártela.

Libuell se mostró ofendido.

—¿Para qué no me crees capacitado? ¿No te parece que estoy lo bastante curtido como para soportar cualquier tipo de contrariedad?

—Por supuesto que sí, pero te afecta especialmente y no me gustaría planteártela sin haber estudiado otras alternativas porque sé que no te negarás, aunque no te guste.

—Me conoces bien. Ahora, dime cuál es tu idea.

Todavía hice un pequeño receso antes de continuar.

—¿Tienes muchas recetas para patatas? —le dije.

—Muchas, muchísimas —me contestó tentándose el libro que tenía bajo la pechera.

—Y de ellas, ¿cuántas hay que no necesiten condimentos?

Libuell, con el entrecejo arrugado, se paró a mirarme.

—Todas necesitan condimentos —me dijo—. ¿Qué entiendes tú por cocinar?

Yo mostré un signo de contrariedad y, tras explicarle lo que había observado en las inmediaciones de la cocina, le dije:

—La idea es cocinar las patatas de forma que sean atractivas para quienes acuden al comedor, pero entiendo que se necesitan condimentos, algo de lo que esta gente no dispone.

–¡Cómo que no dispone! No se acaban los condimentos en el ajo y la cebolla: las hojas de los árboles de ese parque, las algas del río Mesis, las raíces, los gusanos, los nidos y las plumas de los pájaros pueden serlo también, y están aquí –y volvió a tocarse el libro– o aquí –y se tocó la cabeza.

–¿Y serías cocinero de un cuartel después de tu experiencia en la sede del Ministerio de la Guerra?

Se detuvo como pillado en un desliz. En su alma se fraguó de pronto una borrasca que no acababa de estallar.

–Yo iría de pinche, si tú me aceptas como tal y suponiendo que cuele –lo animé.

Me quería decir que sí, pero las imágenes que lo traumatizaban se habían apoderado de su garganta y crecían dentro de ella amenazando con ahogarlo.

–No te preocupes, estudiaremos otra solución. Y mientras tanto, siempre tenemos los garbanzos –le dije.

Tenía su mirada diagonal fija en mí y su gesto manifestaba una confusión extrema.

–¡Qué me pasa! –explotó de repente–. Claro que lo haré, contigo de pinche o sin ti, como tú prefieras.

Me acerqué a él y lo abracé.

–Me gustaría ir. Creo que puedo serte de alguna ayuda –le dije, y también–: Muy bien, amigo, así se hace. No vamos a ser esclavos toda la vida de nuestras experiencias, por malas que estas sean. Anda, vamos a dormirnos un rato, que mañana nos aguarda una aventura peligrosa y deberemos tener los sentidos descansados.

Dormí mucho y debí tener sueños tranquilos, porque no los recordé al despertarme. Mis amigos, que me esperaban en la sala de ensayos jugueteando con los instrumentos musicales, me habían guardado un plato de garbanzos en remojo que comí casi con los ojos cerrados y pensando en galguerías, como siempre. Cuando Libuell y yo les describimos nuestro plan, Altea, que se encontraba mejor, se ofreció a venir con nosotros o incluso a sustituirme. «Soy bastante mejor cocinera que tú», me dijo. Yo, que la veía más fuerte de ánimo que de salud, le contesté que el grupo la necesitaba en las dependencias que habíamos ocupado, protegiendo a Dam e Impreciso. «Aunque aquí estamos aparentemente seguros, a cualquiera de los milicianos del cuartel se le puede ocurrir la extraviada idea de venir a entretenerse tocando el tambor o la trompeta», le dije, «y entonces necesitaremos a alguien que no dude en cortarle el cuello». No se quedó muy convencida, pero como vio que no tenía otra opción, optó por no estorbar y aceptó quedarse en el cuartel con la misión formal –que a ella le sabía a engañifa– de defender la plaza, si bien poco antes de irnos le cogí la mano y le dije: «Acuéstate y reposa, que te necesitamos fuerte». «Vale», me contestó sonriendo y aceptando más mi mano que mi propuesta.

Cuando Libuell y yo salimos al exterior, la ciudad estaba tomada por una niebla densísima que nos protegía de los centinelas del palacio de la antigua Presidencia del Gobierno, que no pudimos ver a pesar de ser enorme y estar al otro lado de la calle, a no más de treinta metros de distancia. Yo sabía lo difícil que podía sernos ingresar en la Milicia de la Policía, sobre todo a Libuell, que tenía cierta edad y un aire de mengua física que podía hasta comprometerlo, por lo que decidí estudiar al personal de las oficinas de reclutamiento y elegir aquella con el personal más propenso a nuestros intereses. Debo decir que pasamos por delante de cuatro oficinas en las que nos hubieran ninguneado, al menos como cocineros, antes de tropezarnos con una en la que por distintas causas me gustó el alma de varios de los oficiales de la Milicia que se encargaban del reclutamiento y la selección. En ella hicimos cola durante cuatro horas, primero en la calle, donde parecía que nos iba a salir el mismo verdín que a la fachada del inmueble, y luego dentro de este, donde costaba trabajo creer que tanta gente reunida pudiera emitir tan escaso ruido. Finalmente, muy en los adentros del edificio, en una gran área semicircular, la cola se dividió en cuatro hileras, al final de cada una de las cuales atendía un hombre vestido de uniforme que se sentaba detrás de un pequeño escritorio donde había una montaña de impresos. Aunque tuvimos que ceder algunos lugares, le indiqué a Libuell que tomara una cola en concreto y lo seguí.

Le preguntaron el nombre y los apellidos, la dirección, la localidad de origen, la edad, el nivel de estudios y el número de miembros de la unidad familiar y en todo mintió de acuerdo con lo que habíamos fijado previamente; le preguntaron por el motivo de su alistamiento y contestó que la razón primera y última era el hambre de los otros, no la suya; le preguntaron si traía el certificado de nacimiento y respondió que ni llevaba el certificado de nacimiento ni ningún otro de los documentos que debían adjuntarse a la instancia, porque lo que él quería aportar a la Milicia no se justificaba con papeles, sino con hechos.

—Lo siento, pero no puedo tramitar su solicitud. Llévese un impreso y vuelva con los certificados —dijo el hombre dándole el impreso que había rellenado.

Libuell estaba sentado en una silla de madera humildísima y yo, que estaba como a un metro detrás de él, lo vi demasiado tenso como para seguir el plan que habíamos trazado.

—Perdone, pero no le ha preguntado el oficio —dije entonces acercándome e inclinándome sobre mi amigo. Con otro individuo, aquella impertinencia nos hubiera costado cara a los dos, pero aquel hombre se limitó a mirarme boquiabierto y darme una explicación.

—No viene en el impreso —me contestó simplemente.

—Haría bien en decirle a sus superiores que es cocinero, aunque no venga en el impreso.

Yo hablaba despacio a fin de que mis palabras no removieran demasiado el exánime aire del recinto.

—Cocina las patatas de mil maneras distintas. Y con condimentos que se pueden encontrar en cualquier paraje.

El hombre se había despreocupado de lo que ocurría en el resto de la estancia y me estaba prestando atención.

—Tiene un libro de recetas —dije, y dirigiéndome a Libuell, añadí—: Enséñaselo.

Libuell me miró con los ojos espantados: estaba dispuesto a morir con tal de no perder su libro. Yo le puse la mano en el hombro para infundirle confianza y le dije obviando los puñales que me lanzaba con la mirada, de forma que pudiera oírme el funcionario:

—Anda, sácale el libro que guardas bajo la camisa.

Dicho eso, no le cabía más solución que sacarlo. Lo hizo. El libro estaba tan renegrido que daba grima verlo.

—Ábrelo por una receta de patatas y enséñaselo a este señor —le pedí.

Libuell abrió el libro y lo dejó sobre la mesita. El hombre lo miró con curiosidad y pasó unas cuantas hojas.

—Esperen aquí —dijo luego—, se levantó con el libro y se perdió por una puerta que había detrás de él.

—No te enfurruñes —indiqué a mi amigo dándole unas palmaditas—. No tienes más que una vida y siempre puedes escribir otro libro.

El hombre volvió enseguida con un individuo mucho más joven que él, alto y de porte marcial, muy serio, que sin embargo se quedó cerca de la puerta, desde la que llamó a Libuell con un breve gesto de la cabeza. Debo confesar que nunca pensé que de aquel muchacho fuera a depender nuestro alistamiento y menos aún que fuese a estar en sus manos nuestro futuro en este mundo.

—Tú, no —me indicó el joven cuando me fui detrás de Libuell.

—Viene conmigo: formamos un equipo —contestó mi amigo.

—De acuerdo, que pasen los dos: correrán la misma suerte —dijo, como si esta ya estuviera echada y no fuera más que la peor de las posibles.

El despacho donde nos recibió tenía una mesa amplia totalmente desnuda, un sillón para él y un cuadro con la fotografía de estudio de una mujer sesentona que miraba hacia un rincón y con mucho desdén. No había nada más, ni bolígrafos, ni papeles, ni un flexo, ni una papelera, nada, ni siquiera una silla para las visitas. El muchacho cerró la puerta detrás de nosotros, dejó el libro sobre la mesa y se sentó, luego cogió el libro, lo abrió al azar y se puso a leerlo con la prosopopeya insultante del necio que se cree eterno y omnipotente.

—Así que cocineros… —dijo por fin, y soltó la primera carcajada que oíamos en Voranova—. Cocineros —repitió, y movió la cabeza incrédulo, como si le hubiéramos dicho viajantes de comercio interplanetario.

—Cocineros, eso es —dije yo también con la mayor naturalidad, menospreciando su desprecio.

Me miró, tan sorprendido de que me atreviera a hablar

sin que él me lo hubiera pedido que debió tragarse un puño antes de proseguir.

—No necesitamos cocineros —aseguró después echándose hacia adelante, apabullándonos—. En realidad nos sobran los individuos como vosotros. Dos individuos menos son dos bocas menos que alimentar, dos vientres menos digiriendo el alimento que puede ir a otros y dos culos menos ensuciando nuestras alcantarillas. La eficiencia del Estado apremia a vuestra desaparición y yo soy ingeniero inspector de la eficiencia.

Por una cuestión de eficiencia, de ningún modo le daba a nadie tantas explicaciones como nos había dado a nosotros. Las explicaciones eran recursos que se debían economizar, igual que los papeles, los bolígrafos y las sillas para los invitados. La relación entre los insumos y los productos es muy eficiente cuando se generan resultados casi sin recursos. Con nosotros, el recurso horas–hombre estaba cargando negativamente esa relación, pero a cambio se estaba dando el gustazo de anunciarnos nuestro funesto destino, algo que no hacía nunca.

—No voy a perder el tiempo investigando quiénes sois, ni de dónde venís, ni por qué seguís vivos a pesar de ser unos asociales. Aquí no se firman órdenes de liquidación, se adoptan. Las adopto yo —se corrigió para darse más importancia y amedrentarnos todavía más—. Y la vuestra ya está adoptada.

Se levantó para llamar a un funcionario inferior y ordenarle que nos llevara a las cámaras de gas, pero cuando estaba dándole la vuelta a la mesa, le dije:

—Sabemos lo tuyo con la mujer del coronel.

Siguió andando por inercia y no se detuvo hasta que puso la mano en el pomo de la puerta.

—¿Qué sabéis? —preguntó sin volverse.

—Todo: cuándo la ves, dónde, a qué hora, las excusas que ella le pone a su marido y hasta los polvos que le echas.

Apartó la mano de la manija y la dejó caer a lo largo de su muslo.

—¿Quiénes lo sabéis?

Contestarle que solo nosotros habría sido un dislate.

—Si no volvemos a nuestras casas, muchos y todos fieles cumplidores de la norma que compele a la delación. Nadie, si volvemos a nuestras casas como cocineros.

Respiraba entrecortadamente, aunque sus pulmones jóvenes podían tolerarlo sin hacer ruido.

—Tu madre y tus cuatro hermanos comen de lo que tú les llevas. El coronel liquidará a su mujer y te liquidará a ti y quizá liquide a tu madre y a tus hermanos, que se pasan el día vagando por las calles, como si hicieran algo, y en cualquier caso, los dejará sin comida. ¿De qué vivirán entonces? —le dije.

El alarde de información surtió efecto.

—¿Tenéis algún cuartel preferido? —nos preguntó.

—El de la Marina nos viene bien —le contesté.

Iba a abrir la puerta para dar la orden de palabra, pero yo lo corté diciéndole:

—Tu carrera puede continuar siendo brillante. Nosotros tan solo queremos comer y que nuestras familias coman. Ahora bien, si de alguna forma nos persigues, la información que tenemos caerá sobre ti como una bomba. Y no se limita a la que te hemos dado: también sabemos lo de la mujer del comandante, y lo de la mujer del general.

El joven abrió definitivamente la puerta y desde ella llamó con un gesto menos altivo de lo acostumbrado a un funcionario que estaba de plantón detrás de las mesas de reclutamiento. Libuell, que no había perdido de vista su libro, se lo volvió a meter en la pechera y, cuando pasaba delante del joven, le dio a este unos golpes en el brazo y le apuntó:

–Ningún polvo sale gratis, hijo. Tienes que aprender bastante todavía.

No mucho más tarde, nos era facilitado a cada uno un carné que nos acreditaba como miliciano de la Policía y a Libuell un documento en el que se le nombraba nuevo cocinero jefe del antiguo cuartel de la Marina (con derecho a tres raciones extras) y a mí otro nombrándome segundo cocinero jefe (con derecho a dos raciones). Para que nuestro nombramiento fuera inmediatamente efectivo, un coche de la Milicia llegó por la puerta de atrás y nos llevó con las sirenas encendidas hasta nuestro nuevo destino, donde aguardó para llevarse a quienes sustituíamos nosotros, que fueron arrastrados hasta la calle.

–El bien de unos es el mal de otros –dije para mí sin un asomo de cinismo.

Visto lo que les había ocurrido a los antiguos cocineros, nuestra buena estrella solo parecía el zaguán de la mala.

–Dadme otro ingrediente que no sean patatas y os haré maravillas. Dadme una cabeza de ajo, un pimiento o una cucharada de aceite. Dadme garbanzos, lentejas, alubias, lo que sea –gritaba el cocinero jefe entretanto era llevado hacia el coche, con la falsa creencia de que su defenestración se debía a alguna queja de los mandos del cuartel.

El de cocinero, que era un oficio subestimado en nuestra cultura, estaba allí a la altura de un zapato. A nadie le importaron las quejas de los rancheros expulsados. Al contrario, sus gritos de exculpación incomodaron tanto que al oírlos acudieron tres o cuatro milicianos del cuartel, y estos no se conformaron con arrastrarlos, sino que se ensañaron con ellos dándoles puñetazos y patadas mientras les escupían y les reprochaban a gritos la mala comida que les habían hecho tragar, así, «tragar», dijeron, como si fueran pavos.

—¡Madre mía! ¿Dónde nos hemos metido? —se preguntó Libuell medio perdido en la niebla del patio, camino de la cocina.

—Consuélate, que en otros lugares el que llega debe luchar contra el fantasma de su antecesor, en tanto que aquí con poco que hagas serás tomado por un genio —le contesté.

—Al menos tendrán sal —dijo pensativo.

—De sal no se ha quejado el cocinero. Tenemos patatas y sal. Saca el libro, ¿a ver qué hacemos con eso?

En la cocina no hacían falta cocineros. Esa fue la impresión que sacamos de la charla que tuvimos con los milicianos que estaban adscritos al servicio y, en consecuencia, bajo nuestras órdenes.

—Nosotros sabemos cocinarlo todo —nos dijeron muy ufanos.

Ese todo consistía en, para el desayuno, vaciar en una olla con agua caliente un paquete de café de cebada instantáneo (cuando las dimensiones del cacharro exigían por lo menos veinte paquetes) y cocer patatas en tiras con sal; para el almuerzo, cocer patatas enteras con sal, y, para la cena, cocer patatas en láminas con sal.

—La sal, el punto de sal quiero decir, ¿sabéis darlo al gusto o saláis a ojo? —preguntó Libuell.

—Yo tengo una proporción —dijo uno.

—Yo, depende —dijo otro.

—La sal es lo único que yo no sé poner —dijo un tercero.

Cada contestación que nos dieron, y hubo muchas, fue más disparatada que la anterior. La cocina parecía el escenario de un chiste negro, con personajes grotescos y normas absurdas. De chiste fue, también, la visita que hicimos a las dependencias, en las que vimos máquinas sofisticadas para los más difíciles trabajos que nadie sabía cómo funcionaban, sartenes que no se habían utilizado desde el año en que ardió el pozo, planchas extensísimas que servían de poyetes, boles de cristal en los que alguien había sembrado patatas para ver cómo crecían debajo de tierra, cacerolas en las que alguien había sembrado patatas porque no le importaba ver cómo crecían debajo de tierra y, para no reparar en más detalles que harían demasiado prolija esta narración, el cuarto de las patatas. Era este un recinto cuadrado de unos ocho por ocho metros, con solado de cemento inclinado ligeramente hacia un sumidero situado en el centro, en el que había una máquina para pelar las patatas, una máquina para lavar las patatas, una máquina para cortar las patatas en tiras y una máquina para cortar las patatas en láminas. Todas las máquinas funcionaban con la fuerza del hombre. En la máquina de lavar patatas había que colocar las patatas en una caja central y moverlas debajo de un chorro de agua haciendo girar una rueda mediante un manubrio. En la máquina de pelar patatas había que colocar las patatas en una caja central y pasarlas por unas cuchillas haciendo girar una rueda mediante un manubrio. En la máquina de cortar las patatas en tiras había que colocar las patatas en varios tubos y pasarlas por unas cuchillas haciendo girar una rueda mediante un manubrio. En la máquina de cortar las patatas en láminas había que colocar las patatas en varios tubos y pasarlas por unas cuchillas haciendo girar una rueda mediante un manubrio.

Cada máquina tenía dos operarios adscritos: uno para colocar las patatas y otro para hacer girar el manubrio. De ellos, el jefe era el que colocaba las patatas, pues se suponía que para hacer girar el manubrio se necesitaba menos preparación y, de hecho, a veces se intercambiaban los operarios de los manubrios de los distintos aparatos, algo que jamás ocurría con los encargados de colocar las patatas. A los expertos del cuarto de las patatas los ayudaban otros operarios menos especializados que traían las patatas desde el sótano o se las llevaban en espuertillas y las echaban en las ollas desde la cima de unas escaleras de caracol. Cada operario del cuarto de las patatas hacía su trabajo y solo ese, pues aunque no había normas escritas sobre el contenido de los puestos de trabajo, se había consolidado como costumbre una relación de puestos de trabajo en la que se distinguía entre jefe del cuarto de las patatas, operario de colocar las patatas en uno de los aparatos, operario del manubrio de uno de los aparatos y porteador del cuarto de las patatas. El jefe del cuarto de las patatas, que se sentía muy identificado con el resultado del servicio, podía llegar a hacer de colocador de las patatas si llegaba el caso, pero nunca de operario del manubrio, oficio que creía de menor estima, y mucho menos de porteador del cuarto de las patatas. El colocador del cuarto de las patatas nunca hacía de operario del manubrio ni de porteador, por parecerle oficios más bajos, pero tampoco de colocador de las patatas de otro aparato que no fuera el suyo, porque consideraba que le faltaba cualificación. El operario del manubrio no podía colocar patatas, ni aunque supiera hacerlo en el aparato que maniobraba, porque los otros colocadores de las patatas tenían un alto espíritu corporativista y de ningún modo lo admitían, con el argumento de que si no lo hacía un técnico se resentiría la calidad del lavado, del pelado o del corte. Los porteadores de las patatas aspiraban a ser operarios del manubrio, y los más vivos de ellos, mientras esperaban a que llenaran las espuertillas, observaban la labor de los operarios del manubrio y estudiaban la forma en que se colocaban y la cadencia con que movían los manubrios. Ante eso, los operarios del manubrio reaccionaban de distinta manera: unos, celosos de su trabajo, les pedían que aligeraran y miraran para otro lado, en tanto que otros, orgullosos de su labor, se dejaban observar y adoptaban poses o imprimían ritmos diversos a los giros del manubrio. La salida natural de los operarios del manubrio era sustituir a los colocadores de las patatas. Entre los colocadores y los operarios del manubrio exista una relación difícil. Por un lado, formaban un equipo, y a ambos les interesaba terminar cuanto antes su trabajo y hacerlo lo mejor posible. Pero por otro, el operario del manubrio era el sustituto natural del colocador de las patatas, lo que hacía que el colocador se sintiera empujado hacia la fatalidad por el operario del manubrio, al que miraba con desdén cuando no con presunción, y que el operario del manubrio deseara la desgracia del colocador de las patatas, del que envidiaba su estatus y al que se creía capaz de sustituir en cualquier momento, incluso realizando mejor que él su trabajo. El jefe del cuarto de las patatas, que ocupaba un puesto de confianza, era elegido libremente por el cocinero jefe entre los colocadores de las patatas siguiendo criterios objetivos tales como cuanto más se llevare la contraria al cocinero jefe menos posibilidades de ascenso se tendrán y viceversa. Por debajo de todos ellos (encargado, colocador de las patatas, operario del manubrio y porteador) estaban los limpiadores del cuarto de las patatas, pero estos, como los limpiadores del resto de la cocina, eran milicianos ajenos al servicio nombrados por el cabo furriel entre sus más encarnizados enemigos y no merecen aquí otro comentario que el de que debían sufrir la ira del encargado de la limpieza, que era uno de los porteadores.

El cocinero jefe, el segundo cocinero jefe y los cocineros ayudantes entraban pocas veces en el cuarto de las patatas. El cocinero jefe diseñaba el martes los platos que se comerían durante la semana siguiente. El segundo cocinero jefe ayudaba al cocinero jefe en su labor y lo sustituía cuando era necesario. Los cocineros ayudantes cocinaban obedeciendo las órdenes que daban el cocinero jefe y el segundo cocinero jefe. Todo eso en teoría, claro, porque la realidad debía adaptarse a lo que había en el almacén, que eran patatas y sal, exclusivamente patatas y sal, si descontamos los paquetes de café de cebada instantáneo. Ello obligaba a que el jefe de cocina escribiera en su propuesta de menú del día nombres de platos rimbombantes y sonoros que evocaran sabores y olores agradables y diversos. Por ejemplo: «Lunes. Almuerzo: Olla de patatas con sal marina al estilo de los pastores de Altovillar. Ingredientes: Patatas y sal. Cena: Patatas peladas en salsa humilde con pinta de tarta y vedadas de marisco. Ingredientes: Patatas y sal. Total de las calorías del menú: 2.500».

En el libro diario que el jefe de cocina destituido había dejado a la carrera sobre una de las planchas pudimos encontrar nombres de platos inverosímiles, más propios de cuentos de hadas que de recetas, y ninguno de ellos era igual, aunque todos tenían los mismos ingredientes y sumaban una cantidad de calorías idéntica. En el libro, también figuraba el cocinero ayudante que ese día había fabricado el plato. Así, el día de las patatas al estilo de los pastores de Altovillar había cocinado un tal Melonou, al que llamé para preguntarle cómo lo había hecho:

—Cuando las patatas están al dente, y no antes ni después, se salan añadiendo la cantidad justa de sal, ni más ni menos —me contestó.

—Bien hecho —admitió Libuell con mucha sorna—. El tiempo y la cantidad son, en efecto, los dos secretos mejor guardados del arte de cocinar.

Yo, que había visto la altura de la olla y podía intuir lo difícil que era probar las patatas, quise seguir preguntando a Melonou, y le dije:

—¿Y cómo sabes si están al dente?

—A ojo, señor, porque no tengo aparatos —me contestó.

—¿Y cómo sabes la cantidad de sal? —volví a preguntarle sin reírme.

—Según tomen —respondió.

—A ver, explícame, ¿qué es eso de según tomen? —le pidió Libuell.

—Que si las patatas se tragan la sal es porque quieren más —dijo.

—Lógico, lógico —concedió Libuell.

La situación era demasiado dramática como para estallar en una carcajada. Libuell me apartó de nuestros ayudantes y me dijo:

—Esto es un manicomio. Prefiero mil veces pasar hambre que trabajar con esta caterva de locos.

—No están locos: son unos pobres infelices. Y nosotros no tenemos nada mejor que esta cocina. Enséñale parte de lo que sabes y verás cómo te veneran como a un dios —le contesté.

Era una aseveración pronunciada con el único fin de darle ánimos, que pronto se vio refutada por la realidad. Ocurrió que el almuerzo estaba a punto de servirse y no había tiempo para preparar la cena como no fuera en los términos de todos los días. Libuell, sin embargo, quiso desde el primer momento imprimir su sello personal y propuso que el plato de aquel día, «Patatas pescadoras adobadas con especias de la mar en ausencia de carne», según constaba en el libro diario del excocinero jefe, no fuera hecho con patatas en láminas, sino con patatas machacadas y hechas bolitas. Cuando el mensaje llegó al cuarto de las patatas, hubo poco menos que una revolución. El jefe del cuarto se fue a ver a Libuell para notificarle que no había máquinas de machacar patatas. «Las patatas se machacarán una vez que estén cocidas enteras y no antes», le contestó Libuell. «En cuanto estén cocidas y frías, os llamaremos, porque se necesita mucha gente para pelar las patatas, machacarlas con la ayuda de un tenedor y hacer bolitas con la pasta». El jefe del cuarto se volvió sin haber entendido muy bien la consigna, pero cuando estuvo en sus dominios y pudo rumiarla despacio, comprendió que no harían falta patatas en láminas para la cena y creyó que había habido una equivocación.

—No, no hacen falta patatas en láminas. A mi orden, que laven las patatas y se vengan todos a la cocina —le ratificó Libuell.

—¿Todos?

—Todos.

—¿Los que han lavado las patatas también?

—También.

—¿Y los de las espuertillas?

—También.

—¿Y yo también?

—También. Todos quiere decir todos, sin dejarse a uno fuera. Todos. ¿Comprendes? Todos.

El jefe del cuarto de las patatas se fue al cuarto de las patatas. Cuando lo prescribió Libuell, los porteadores empezaron a traer las espuertillas con las patatas enteras, limpias y sin pelar y las fueron volcando en una olla a la que subieron por una escalera de caracol. El mismo Libuell encendió el fogón de gas, lo que ya molestó a los cocineros ayudantes, que se sentían los únicos encargados de dicho trabajo, e iba a ponerle la sal, cuando una ayudante se atrevió a cogerlo del brazo al pie de la escalera y le dijo muy ofendida:

—¿Considera que no somos capaces de añadirle la sal a las patatas?

—Creo que ustedes son unos cocineros excelentes. No obstante, en esta ocasión las salaré yo.

—Pero si nos quita de encender el fogón y de salar las patatas, ¿qué haremos en la cocina?

—Esta tarde, machacar las patatas y hacer bolitas.

—¿Cómo los del cuarto de las patatas?

—Exactamente igual que ellos —le dijo Libuell.

Cuando se cocieron las patatas, los ayudantes encargados de sacar las patatas de la olla (que tenían la categoría de ayudantes de cocinero aprendices) pusieron las patatas en grandes barreños que a su vez colocaron repartidos sobre los numerosos poyetes que había en el recinto. Libuell dejó que se enfriaran y luego llamó a voces a todos los que estaban en la cocina mientras cogía un tenedor y se ponía a machacar las patatas, pero al ver que no lo seguía nadie, se paró, miró en derredor y vio a un montón de gente que lo estaba mirando.

—Venga, todo el mundo a machacar patatas —dijo.

—Yo soy el que enciende el fogón —le contestó uno.

—Yo uno de los que sacan las patatas —dijo otro.

—Yo le echo la sal.

—Yo también le echo la sal.

—Y yo.

—Yo traigo las patatas con las espuertillas.

—Yo soy el operario del manubrio de la máquina de cortar las patatas en tiras.

—Yo lo mismo pero de la máquina de cortar las patatas en láminas.

—Yo soy el que pone las patatas en la máquina de lavarlas.

—Y yo en la máquina de pelarlas.

—Yo soy el jefe del cuarto de las patatas.

Y así le fueron contestando todos. Libuell en vista de que era su primer día y el motín tenía mala pinta, cejó en su empeño y consintió que aquella noche se cenara patatas enteras sin pelar, lo que sorprendentemente agradó a los milicianos del cuartel, quienes no solo pudieron entretenerse pelándolas con el cuchillo y el tenedor, sino que se dieron cuenta de que estaban en su punto de cocción y de sal.

Cuando pasó aquello, yo estaba ausente, pues me había escabullido para llevarle a nuestros amigos las raciones que nos correspondían del almuerzo y me había entretenido explicándoles los detalles de nuestro encuentro con el joven en la oficina de reclutamiento y las reglas tan particulares que regían en la cocina, especialmente en el cuarto de las patatas, con lo que se rieron mucho.

—No sirvo para jefe —me dijo Libuell después de revelarme lo que le había pasado.

—No desistas. Mañana me dejas a solas con ellos, verás qué suaves se quedan —le dije.

Así lo hicimos. Libuell se fue y yo, cumpliendo sus

instrucciones, les dije a todos que salieran a la calle y me trajeran los animales y vegetales que encontraran que no fueran seres humanos, animales domésticos o plantas ornamentales. «Valen hojas, hierbas, lagartijas, tubérculos, lombrices», le dije a manera de ejemplo. Se quedaron absortos, lo cual no era muy extraño, y me hicieron numerosas preguntas iguales para cerciorarse de que lo que estaban entendiendo era lo que yo quería que entendieran. Cuando se lo confirmé y vieron que iba en serio, me salieron con lo mismo que le habían contestado a Libuell, que si las espuertillas, que si el manubrio, que si yo soy el que coloca las patatas en esta máquina o aquella y que si yo soy el que echa la sal en la olla o el que comprueba que las patatas estén al dente.

–A ver, tú –dije señalando con el dedo a uno de los más duros de pelar–, vas a salir a la calle con un saco y me lo vas a traer lleno de hojas de árboles.

–No puedo: soy el operario del manubrio de la máquina de cortar las patatas en tiras –me contestó.

Me fui hacia la puerta de la cocina con la calle y le pedí que entraran a dos milicianos altos y fuertes que aguardaban con su coche siguiendo las órdenes que a petición mía les había dado el director del cuartel, que estaba encantado con Libuell por la innovación de poner las patatas sin pelar, y al que yo había prometido muchas más innovaciones y mucho mejores que aquella.

–Lleváoslo y arrojadlo en mitad del tumulto de una avenida –les dije.

Miré a una mujer a la que la rabia le arrugaba la cara y le ordené:

–Tú, coge el saco y tráemelo lleno de hojas de árboles.

–No puedo: soy cocinera ayudante y me dedico a dar

el punto de sal a las patatas.

Los milicianos, que se habían dejado esposado al operario del manubrio en el coche, volvieron para llevarse a la cocinera ayudante.

—Lleváosla y arrojadla en mitad del tumulto de una avenida —les dije.

Me dirigí al jefe del cuarto de las patatas y le mandé:

—Tú, coge el saco y tráemelo lleno de hojas de árboles.

El jefe del cuarto de las patatas cogió el saco y salió por la puerta de la calle.

—Antes de dos horas, te quiero ver aquí con el saco lleno —le dije cuando pasaba a mi lado.

Así, uno a uno, fui mandándole a los demás. Tú me traes esta olla colmada de insectos. Tú rasca el verdín de las paredes y me traes este cubo hasta arriba. Tú vete al río Mesis y no pares hasta traerme esta garrafa llena de algas. Tú vete a un parque y me traes esta talega repleta de raíces de arbustos.

Cuando volvió Libuell, no estaban en la cocina más que un individuo que había sido porteador del cuarto de las patatas haciendo las veces de operario del manubrio de la máquina de lavar las patatas y una mujer que antes era cocinera ayudante poniendo las patatas en la mencionada máquina.

—Todo controlado, jefe —le dije.

Libuell me agradeció mucho que le ordenara al personal y me pidió que en lo sucesivo me encargara siempre de él, a fin de tener las manos libres para dedicarse a lo que le gustaba, que era cocinar.

—Aquí tenemos un reto fantástico —dijo arrebatado—, porque hacer cocina de autor solo con patatas y lo que se pueda encontrar en las calles de una metrópoli arruinada es una ocasión única que no se le presenta a cualquiera.

En los días que siguieron, no se le vio el pelo en las dependencias de los músicos más que para dormir, y ya sabemos que él se conformaba con veinte minutos o media hora de sueño. Estaba entusiasmado con su trabajo. El contar con un pequeño ejército de ayudantes dispuesto a servirlo, obligados primero por el miedo que me tenían a mí, pero enseguida verdaderamente entregados por la admiración que le profesaban a él, y el hecho de disponer de tan escasos recursos lo obligaron a poner en práctica sus extensos conocimientos de botánica y zoología y su descomunal imaginación.

Tan diversos eran sus platos y tan sabrosos que cada uno parecía único y distinto de los demás. Y así, en lugar de un plato por comida, pronto empezaron a ponerse dos, y luego se pusieron dos y postre, y más tarde, dos, sorbete y postre, todo de patata, por supuesto. La admiración que a los dos días de estar allí empezaron a sentir por él los comensales del cuartel no era nada en comparación con la auténtica veneración que le profesaban sus ayudantes, para quienes era más que un genio, como un dios. Su fama se extendió por las casas de Deróns donde se comían las raciones de nuestra cocina y llegó hasta los rincones más alejados de la ciudad, e incluso de Voranova. De todas las cocinas públicas de la urbe vinieron sus cocineros jefes para aprender cómo había que actuar para hacer posible ese gran milagro de transformar lo único en diverso, lo simple en matiz, la carencia en abundancia, la oscuridad en luz y lo gris en colorido.

Su maestría fue también extendiéndose por la ciudad de la mano de sus alumnos. Muchos de sus ayudantes fueron llamados para trabajar de cocineros jefes en otros cuarteles de la Milicia o del Ejército. En la Milicia se creó un cuerpo de recogedores de ingredientes que salían de la ciudad andando entre la niebla y no podían volver hasta que no tuvieron un saco lleno de cualquier cosa y un cuerpo de clasificadores que, bajo las órdenes de personal formado en nuestra cocina, ordenaba los distintos ingredientes y los distribuía etiquetados por las cocinas públicas de la ciudad.

También se estudió el sistema de organización del trabajo puesto en marcha por mí. Y así, recibí a ingenieros expertos en métodos, indicadores y tiempos, a funcionarios diseñadores de formularios e impresos del gabinete de mejora permanente de la Presidencia y de otros gabinetes de mejora permanente, a directores generales acostumbrados a dirigir cientos de estudios de la realidad, a psicólogos de la vida profesional, a especialistas en medicina del trabajo, a controladores laborales, a lo más parecido a sindicalistas que había en Voranova, que eran unos trabajadores que no trabajaban y tenían derecho a una ración extra de patatas, a catedráticos, a jefes militares, a mandos de la Milicia y de los ministerios y, en general, a todo el que disponía algo en cualquier dependencia de aquel Estado, que estaba dividido en comunidades, las comunidades en comunidades de la comunidad, y estas en comunidades de las comunidades de las comunidades, cada una con su escudo, su bandera, su himno, su parlamento, su televisión oficial, sus políticos, su personal de confianza de los políticos, sus chóferes de los políticos, sus funcionarios y una legión de trabajadores temporales.

A todos les daba yo dos clases teóricas, una que radicaba en despotricar los unos de los otros y otra en estarse callados durante cinco horas seguidas, y dos clases prácticas, una que consistía en hacerlos trabajar en el cuarto de las patatas por el régimen antiguo ocupando los distintos puestos, desde porteador hasta jefe del cuarto pasando por operario del manubrio y colocador, y otra que consistía en salir con un saco y traerlo lleno de musgo, de flores y de reptiles pequeños e insectos. Aquella época y aquel país eran poco dados a la poesía y no todos los que asistían a mis cursos comprendían lo metafórico de mis clases, pero nadie me objetaba nada, dada la relación de excelencia que había entre lo que entraba en mis dependencias y lo que salía de ellas en comparación con la relación que había entre lo que entraba y salía de las suyas.

Nuestra fama llegó tan lejos que hasta la Presidenta Perpetua de la República envió un despacho nombrándonos cocineros jefes de su palacio. Libuell, que no quería poner en peligro a Altea, Dam, Impreciso y Pirindolo, habló con el jefe del palacio para ver si había alguna posibilidad de renunciar al nombramiento, y el jefe consiguió que pudiera quedarse donde quería con la condición de que la cocina de la Presidencia Perpetua fuera una sucursal de la del cuartel de la Marina.

Llevábamos más de seis meses en Deróns, cuando una mañana amaneció con un sol espléndido. Según supimos, aquel hecho era tan extraordinario que los días así se consideraban no lectivos y la población se echaba a la calle y paseaba buscando las aceras soleadas desde que amanecía hasta que anochecía, incluidos los poderosos, a los que podía verse rodeados de guardaespaldas que los protegían de quienes les hicieran sombra.

Esos días, la Presidenta Perpetua salía a pasear en coche descubierto acompañada del Valido, que hacía las veces de Presidente de su Gobierno, y de otros políticos y ayudantes de políticos. Los ciudadanos de a pie, que sabían el itinerario del cortejo, acudían a los lugares por donde pasaba y vitoreaban a los componentes del mismo, quienes correspondían a las muestras de júbilo arrojando patatas a la plebe.

Libuell, Altea y yo fuimos al paseo del río Mesis a ver pasar el séquito, como todos los trabajadores del cuartel, y nos pusimos en el lado del río, junto al pretil, desde donde se divisaban numerosas barcazas carcomidas por el óxido y, muy a lo lejos, en el horizonte de la desembocadura, las dos chimeneas de un buque de pasajeros atracado en el puerto. También podíamos ver por primera vez las dimensiones de las manzanas, la anchura de las calles, las formaciones de la gente y la línea de edificios del otro lado del río. Con esa perspectiva de la ciudad, que por ser tan anómala adquiría tintes de descubrimiento, no era extraño conjeturar por qué los Deronsianos, condenados a vivir en la opacidad casi permanente, eran seres tan atípicos y tan tristes.

No debimos esperar demasiado para sentir en el movimiento de la muchedumbre la proximidad del cortejo, que, como pudimos observar en breve, venía encabezado por seis largas filas de gastadores con el fusil en tercien y protegido a izquierda y a derecha por dos filas de soldados con igual marcha. El cortejo estaba compuesto por muchos coches negros descapotables en los que las mujeres iban con sombrero y los hombres con gafas de sol, todos sin formular un gesto. En un coche más largo que los demás iba la señora cuya fotografía presidía los despachos oficiales de Voranova, la Presidenta Perpetua, que con un ligero movimiento de la mano saludaba a la plebe mirándola en oblicuo. Detrás de este, circulaba el coche del Valido, cuya mirada era tan torva que provocaba espeluznos. Entre algunos coches negros, iban camionetas de la Milicia de la Policía, desde la que varios milicianos fornidos arrojaban patatas a la multitud, lo que provocaba una enorme baraúnda de cuerpos y de gritos.

Cuando se terminó el desfile, el público se disgregó en silencio y nosotros fuimos paseando por la ribera hasta el puerto, donde vimos un carguero a medio hundir junto al pantalán, algunos buques abandonados y el barco de pasajeros que en tiempos hacía la línea entre Deróns y Lacías, el puerto principal de Cuadria. Asombrosamente, este último buque estaba en perfecto estado y unos cuantos operarios repasaban su casco desde dos andamios que colgaban de la cubierta.

—En este barco se van a fugar dentro de unos pocos días todos los que iban en el cortejo que hemos visto —les dije.

—¿Cómo lo sabes? —me preguntó Altea.

—No hay más que verlo y utilizar la lógica —le contesté yo—. Y cuando esos se vayan, los pobres infelices que ahora se pelean por las patatas que reciben con tanta pompa se pelearán permanentemente por nada. El fin de Deróns está cerca, y será medio igual que el de Sholombra, solo que los ciudadanos de estas islas no podrán ir a ninguna parte.

—La Presidenta Perpetua aseguró que no huiría —refutó Libuell.

—Ya, pero lo hará: huirá en ese barco hacia los Países Exteriores, con todas las comodidades y con la bodega llena de patatas —le respondí.

Mientras rumiábamos aquella idea, nos quedamos mirando a los obreros que pintaban el casco con unas brochas muy largas.

—Si ellos se van, nosotros tenemos que irnos con ellos —aseguró Altea.

—Sí, pero cómo —dijo Libuell.

—Esa gente necesitará un buen cocinero —le contestó Altea—. La Presidenta Perpetua te ha reclamado varias veces. Acepta su ofrecimiento. Nereo irá contigo. Estoy segura de que en cuanto estés en las cocinas de su palacio deseará contar con vuestros servicios, tanto en el barco como en los Países Exteriores.

—¿Y tú?, y lo que es aún más difícil, ¿y Dam e Impreciso? —le preguntó Libuell.

—Iremos de polizones. Esos pobres amigos nuestros están acostumbrados a permanecer ocultos de la luz del día y yo puedo meterme en cualquier rincón.

Cuando Altea se refugió en las dependencias de los músicos, Libuell me preguntó qué opinaba de su plan y si tenía alguna alternativa.

—La Presidenta Perpetua, el Valido y los demás integrantes del cortejo y algunos más lo tienen preparado desde siempre. Poco antes de que el Estado se hunda, se irán a los Países Exteriores, donde tienen asegurada la supervivencia. De hecho, el Valido es uno de los miembros del Consejo de los Oligarcas. Si ellos lo han decidido así, ten por seguro que es lo mejor —le contesté.

Aquel día pusimos en conocimiento del jefe del cuartel de la Marina nuestra intención de aceptar la oferta que nos había hecho la Presidenta Perpetua para trabajar en su cocina y al día siguiente un coche de la Milicia nos llevó al palacio de la Presidencia, que estaba situado en las afueras de la ciudad, donde se nos ofreció una lujosa habitación para cada uno y se pusieron a nuestra disposición dos milicianos con un vehículo. Libuell, como agradecimiento a lo bien que se habían portado con él en el cuartel de la Marina, había sugerido al jefe del mismo la posibilidad de ostentar una tutoría de sus nuevos cocineros, para lo que ofreció mi asistencia como enlace. El jefe del cuartel aceptó encantado y otro tanto hizo el jefe de los servicios de la Presidencia Perpetua, con lo que pude ir y venir de un sitio a otro y, de ese modo, estar en contacto con Altea, Dam, Impreciso y Pirindolo, a quienes seguía abasteciendo de comida.

Libuell, que ya era tomado como un maestro por sus nuevos subordinados, se hizo imprescindible desde el momento de su llegada. Para empezar, suprimió las patatas de los platos de la Presidenta Perpetua o las dejó como mero acompañamiento, y lo que antes eran condimentos pasaron a ser la base de las nuevas recetas. Hojas, bichos, raíces, musgos y otros alimentos del estilo tomaron cuerpo y sabor en la mesa de una forma tan extraordinaria que parecía increíble el que hubieran pasado inadvertidos o hubieran sido rechazados por los cocineros hasta entonces. Pero, además, dotó al acto de comer de una liturgia desconocida que buscaba como fin último no tanto el atracón como la fiesta de los sentidos. La Presidenta Perpetua, absolutamente subyugada por sus creaciones, no solo admitió en cuanto Libuell se lo propuso la obligación de vestir de etiqueta e ir perfumado y sonriente para acudir a cualquier comida, sino que salió de ella la prohibición de departir sobre asuntos enconados o que en el pasado hubieran supuesto una querella y el ordenar un mínimo de tres comensales y un tiempo suficiente para la sobremesa. La música, las flores, las velas, la disposición de los objetos y de los invitados, los modales del servicio e incluso la mesura de los asistentes se reglamentaron y se impusieron por decreto.

Libuell estaba tan encantando con el aire que estaba tomando el palacio que se le olvidaba la miseria del pueblo y la barbarie que moraba bajo aquella cortesanía, a pesar de que yo se lo recordaba con alguna periodicidad.

Un día, la Presidenta en persona nos llamó a los dos y nos dijo que nos preparáramos para un viaje definitivo.

—Nos vamos todos —nos anunció—. Vosotros también. Os necesito durante el viaje y cuando lleguemos a nuestro destino.

Libuell, al que yo había anticipado la inminencia de la noticia, le preguntó a qué destino se refería.

—A los Países Exteriores, naturalmente. Voranova no tiene salvación. La partida —continuó—será dentro de tres días. Pero es un secreto. Si la plebe se entera, no nos lo perdonará y hará lo que esté en su mano para impedirnos el viaje. Y otro tanto ocurrirá si se entera la Milicia o el Ejército. Desde este momento, nadie puede salir del palacio sin permiso expreso y por escrito del Valido o mío.

Cuando nos quedamos solos, Libuell me preguntó si había previsto lo que haríamos con nuestros amigos, que seguían residiendo en las dependencias de los músicos del cuartel de la Marina, a lo que yo le contesté que mi idea era llevarlos al palacio y ocultarlos entre los numerosos avíos de la cocina que debían ser trasladados al barco, pero que no había contado con el hecho de que pudieran enclaustrarnos.

—La Presidenta y el Valido deben tener alguna información que les ha infundido un miedo nuevo —le dije.

A instancias mías, Libuell se dirigió a las dependencias del Valido, que vivía junto con su gabinete en un edificio anexo al palacio, y después de pasar por varios filtros, consiguió hablar con él y le pidió una salida excepcional aduciendo que debía recoger en el cuartel de la Marina especias esenciales para darle sabor a los platos.

—Me importan un pimiento tus platos —le contestó—. Si fuera por mí, te dejaba ir, pero me aseguraba de que no volvieras a abrir la boca. Toda esa parafernalia de las velitas y las sonrisitas me parece una moda de tontolabas.

El Valido residía muy lejos de las cocinas del palacio y yo solo accedía a su alma por personas interpuestas —camareros, por lo general—que tenían un contacto muy formal con él y, en consecuencia, del que yo podía extraer muy poca información. Quizá por eso, la impresión que de la entrevista se quedó en el alma de Libuell me dejó en vilo.

—Si se lo pido directamente a la Presidenta y se entera el Valido, este es capaz de matarme —alegó Libuell a mi propuesta de elevar el punto de mira de su petición.

—Pero no nos queda otro remedio —le contesté yo.

Libuell también tuvo que pasar por diversos filtros antes de hablar con la Presidenta.

—Me lo había advertido el Valido —le dijo—. Me aseguró que vendrías y aquí estás. Se ve que él es un hombre inteligente y tú un cocinero de ideas fijas que se salta el conducto reglamentario. Lo siento: no puedo poner en peligro la huida por culpa de nadie. Los Países Exteriores son muy extensos y muy ricos. Allí también encontrarás lo que no puedas llevarte de nuestro querido país.

De poco le sirvió a Libuell la insistencia. Más bien al contrario, su terquedad indujo a la Presidenta a sospechar que tras la petición natural de su jefe de cocina había un fin torticero.

—¿A qué viene tanta porfía? ¿Me ocultas algo? –le preguntó.

Mi amigo contestó que por supuesto que no, pero el recelo de la Presidenta quedó flotando en el aire y Libuell me lo trajo confundido entre las preocupaciones de su alma.

—No hay nada que hacer –me aseguró–, o al menos no se me ocurre nada.

Sin embargo, fue a él al que le vino la idea de cocinar adrede los platos para que estuvieran malos. Y funcionó, de manera que durante la mañana anterior a la noche fijada para zarpar, la Presidenta llamó a Libuell y le preguntó por el motivo del mal sabor de la comida.

—Se me ha acabado el verdín de las rocas metamórficas –le respondió mi amigo–. Para mí es como la sal, quizá más básico.

La Presidenta arrugó el entrecejo, sin dar crédito a lo que había oído.

—¿Cómo? –preguntó, o tal vez exclamó.

—Son unas plantas criptógamas que se crían en las paredes de las rocas formadas por haber estado sometidas a grandes presiones o temperaturas.

—Bueno, ¿y qué? Ponle a las comidas de esas plantas.

—Se me han acabado. Tengo más, pero están en el almacén del cuartel de la Marina.

—¿No será una estratagema para salir del palacio, cocinero?

—No, señora, claro que no. Yo puedo seguir cocinando con y sin sal y con y sin verdín.

—En ese caso, no saldrás del palacio. Para lo que nos queda en La Unión, lo mismo puedo comer sin sal que sin verdín.

—Lo que pasa es que la sal se puede encontrar en cualquier sitio. Ese verdín, en cambio, solo puede localizarse aquí, pues necesita de una niebla tan densa y permanente como la de Deróns. Podría cultivarse en un ambiente parecido, pero necesitaría unas cuantas muestras para conservar las esporas con que se reproducen.

Aunque la Presidenta lo despidió con una negativa, antes de una hora llegó a la cocina una pareja de soldados con la orden de ponerse a disposición de Libuell para lo que este les mandara y la obligación de devolverlo al palacio en cuanto hubiera concluido. Los soldados subieron en la furgoneta dos frigoríficos portátiles en los que pretendíamos trasladar a nuestros amigos y Libuell partió con la intención de estar de vuelta al mediodía. Sin embargo, a primera hora de la tarde, cuando recibimos la información de la hora exacta en que nos llevarían al barco, aún no había vuelto. Sin aguardar ni un minuto, me dirigí a la Presidenta a través de su secretario y le pedí permiso para salir y enterarme de lo que le había podido pasar.

—La Presidenta está segura de que Libuell ha decidido quedarse, como ella se temía —recibí como contestación.

—¿Y respecto de mi solicitud?

—La rechaza. Tras lo ocurrido, no se fía de usted, y no quiere quedarse sin sus dos cocineros.

Poco antes de la hora fijada, un mensajero me trajo el mandato de partir y yo cogí mi macuto y, siempre acompañado de dos soldados, me subí en uno de los coches de la caravana que nos llevó hasta las escalerillas del barco, donde el jefe de protocolo iba tachando los nombres de los que embarcábamos. Los dos soldados me condujeron a un camarote interior y cerraron la puerta.

Unos cuantos minutos después de que zarpara el barco, volvieron los soldados y me dejaron en libertad. Yo salí al pasillo y anduve entre mujeres y hombres altaneros y eufóricos y subí las escaleras que me llevaron a la primera cubierta, donde me quedé mirando a las escasas luces que apenas conseguían traspasar el velo de la niebla mientras oía gritos confusos que eran de desesperación y de rabia. Evidentemente, alguien se había ido de la lengua a última hora o nos había descubierto y el pueblo traicionado había intentado abordar el buque aunque ya no le era posible. Los gritos venían sin distinción del muelle y del agua. ¿Serían algunos de ellos de mis amigos?, pensé. ¿Estarían entre la masa que se agolpó en el puerto e intentó escalar hasta la cubierta del barco cuando la escalerilla ya se había retirado? Para responder a estas preguntas, me puse a buscar en el aire que me llegaba rastros de individuos conocidos. Los había, en efecto, de cocineros que habían aprendido con Libuell, de milicianos que nos habían llevado y traído en sus vehículos y de vecinos del cuartel de la Marina con los que me había cruzado en las avenidas, pero ninguno era de mis amigos. Si no estaban, me dije, era porque no podían estar, y si no podían estar era porque habían muerto. Allí mismo, arropado por la humedad, me dispuse a iniciar el duelo que me ayudaría a superar mi dolor. Recuerdo que me vinieron a la mente imágenes de ellos, voces de ellos y sentimientos de ellos que se sucedían sin orden y me provocaban tanto sonrisas como lágrimas, y recuerdo que en un momento indeterminado esa cadena se cortó como por un hachazo y me di cuenta de que entre los pasajeros del barco no estaba el Valido.

Entonces, me volví hacia la cubierta y observé las emociones de los viajeros que me acompañaban. Localicé a la

Presidenta Perpetua, a sus ministros y ministras, a sus generales más importantes, a la directora del periódico oficial, a los jefes de los servicios del palacio y a los familiares de todos ellos, y también a algunos soldados, policías de carrera y milicianos. Todos los que debían estar, estaban, todos menos el Valido. Y, curiosamente, todos creían que el Valido iba en el barco.

De pronto, la alegría de los viajeros me pareció tan insustancial como la de aquellos jóvenes que se entregaban a las orgías en los últimos días de Sholombra y tuve miedo. Como si hubiera emergido de las profundidades, vi la punta del malecón. Estábamos saliendo del puerto y el mar de Bulok nos abría sus brazos, ¿acogedores?, ¿siniestros? No lo dudé más y salté. Volé durante un lapso mayor del previsto y nadé en las heladas aguas hasta la escollera, donde conseguí agarrarme a algunas piedras que servían de cimientos, desde las que, guiado por las huellas que habían dejado los idealistas que los días claros soñaban con traspasar el horizonte y los suicidas, escalé hasta el rompeolas.

Me estaba desnudando, cuando oí un estallido enorme y la noche se iluminó con una potentísima luz anaranjada. Volví la cabeza y vi, difuminada por la niebla, una gigantesca llamarada donde debía estar el barco. Llovieron trozos de este y de carne y el mar se pobló de hogueras. Hubo nuevas explosiones, pero fueron menores, como las réplicas de un terremoto. Acabé de desnudarme y caminé por el malecón hacia el muelle, donde la multitud repartía su atención entre la luz difusa que llegaba del mar y la atención a los que habían querido subirse al barco y ahora intentaban desesperadamente salir de las heladas aguas. A un muerto solitario, le quité el abrigo y caminé por la ribera del Mesis contra una avalancha de gente hasta el cuartel de la Marina, a cuya puerta de los músicos llamé dando la clave secreta.

Libuell me abrió, me abrazó en el umbral y me pasó adentro, donde al borde de la hipotermia recibí el abrazo del resto de los componentes del grupo y las carantoñas de Pirindolo. Mientras me vestía, me preguntaron todos a la vez por lo sucedido al tiempo que intentaban darme explicaciones, pero yo rechacé sus palabras y los conminé a que se dispusieran a partir de inmediato.

–Nos vamos –les dije–. Es nuestra única oportunidad para escapar antes de que este mundo se venga abajo.

Cogimos fusiles, pistolas, ropa de abrigo y una talega con patatas y salimos a la calle, donde una muchedumbre enloquecida entraba y salía de la antigua sede de la Presidencia del Gobierno y por la puerta de la cocina del cuartel de la Marina, volcaba los vehículos de la Milicia y mataba a los milicianos que no se le unían. Al llegar al paseo del río Mesis, giramos a la izquierda y caminamos junto al pretil. Desde la ribera del otro lado llegaban resplandores velados que eran incendios pavorosos. En la plaza de la casa consistorial, en la que había varios edificios en llamas, unos individuos vitorearon a Impreciso, al que consideraron un símbolo de la resistencia. Correspondimos a sus gritos y seguimos adelante. Al llegar al puente fortaleza, puse las manos en la pared y una puerta se abrió en ella.

–Se nos han olvidado las velas –dijo Altea. Estábamos totalmente a oscuras.

–Nos guiaremos tanteando y por la memoria –le contesté.

Bajamos las larguísimas escaleras y descendimos por la rampa interminable hasta el lugar donde habían muerto casi todos los miembros del equipo de mantenimiento de los túneles, cuyos cadáveres aún mostraban restos de tejidos adheridos al esqueleto, a algunos de los cuales debimos pisar para superarlos. Antes de que llegáramos a la estación, se encendió la luz y pudimos ver los dos andenes, la oficina de los operarios y los coches aparcados en las vías.

—¿Cómo no se nos ha ocurrido esto? —se preguntó Altea—. La estación siempre ha estado aquí.

—No sabíamos adónde ir y la red de túneles era un laberinto infernal que podía acabar con nosotros. Pero ahora es distinto —les dije—, porque ahora contaremos con un guía que nos llevará directamente a los Países Exteriores.

El lector atento utilizará la lógica de esta narración para suponer que ese guía era el Valido. Hace bien. El muy taimado había utilizado el gobierno de Voranova en su propio beneficio y, no contento con ello, había eliminado a los más poderosos del Estado para quedarse con sus pertenencias, no en Voranova, donde no había más que desventura, sino en los propios Países Exteriores, en los que la mayoría de los muertos en el barco habían ido formando sociedades y adquiriendo tierras bajo nombres apócrifos o mediante intermediarios.

Cuando se lo expliqué a mis amigos, la perversidad del individuo y la complejidad de la trama los dejó confundidos.

—Los Países Exteriores no son tan extraños a nuestro mundo como pudiéramos suponer —les dije—. De hecho, estos túneles han estado conectando los dos territorios desde hace muchos años y el Valido ha viajado a uno y otro lado de la frontera en numerosas ocasiones.

Ya no quedaba demasiado tiempo. Deróns era la última estación por la que entraba energía a la red de túneles y pronto la ciudad se quedaría sin suministro eléctrico.

Cuando esto ocurriera, solo se podría viajar por las galerías a pie, lo que era una auténtica locura, dadas las formidables distancias que mediaban entre las estaciones.

El Valido, que no había querido huir hasta haber completado su crimen, vendría con su familia y con varios guardaespaldas. Para vencerlo, debíamos caer sobre él por sorpresa, pero la luz de la estación nos delataba. Podíamos alejarnos por el túnel hasta que fuéramos inmunes al detector de presencia y volver antes de que pudieran arrancar sus coches e irse. En ese caso, ¿los pillaríamos por la espalda o de frente? ¿Qué sentido tomaría el Valido, el de la izquierda o el de la derecha? Y aún más: ¿no tenía más fácil defensa la estación que el túnel?

—Me quedaré a esperarlo —les dije a mis compañeros—. Vosotros escondeos en la oficina de los operarios y estad atentos. Apuntad con el fusil, pero no intervengáis a menos que sea absolutamente necesario.

Se acercaba, ya podía sentirlo por el túnel de acceso. Venía con muchos y traía prisa, sabedor de que en cualquier momento podía agotarse el suministro de electricidad y quedarse colgado.

Libuell me entendió, pero Altea lo consideró un disparate.

—Para sorprender, a veces tienes que mostrarte a la vista —le dije, y le entregué mi fusil, mi pistola y mi cuchillo.

Aunque parecía una paradoja retórica, no lo era. Para atrapar al fuerte, debes mostrar que eres frágil, que te tiene a su merced, que estás vencido incluso antes de que se inicie el combate.

El Valido llegó pronto, en efecto, pero tardó en sobrepasar el umbral de la luz, sabedor de que había alguien en la estación.

—Entra, Valido, estoy solo —le grité.

Entraron varios hombres armados que me encañonaron y tomaron posiciones en el andén. Uno de ellos se acercó a mí y me tiró al suelo, donde me sostuvo mientras otro me cacheaba. Solo entonces entró el Valido.

—¿Quién es? —dijo.

—No lo sabemos —le contestó uno de sus esbirros.

—¿Quién eres? —me dijo otro.

—Nereo, el Ayudante del cocinero de la Presidenta Perpetua —le respondí—. ¿Puedo levantarme?

De cuanto había dicho yo, lo único significativo para ellos era lo último. El Valido hizo un gesto para que me dejaran libre. Me levanté y me miró a la cara.

—No te conozco —dijo—. ¿Quién eres?

—Uno como tú, que ha preferido huir por el subsuelo a montar en ese barco.

Estaba verdaderamente intrigado. Hizo un gesto y uno de sus sicarios me dio un puñetazo que me tiró al suelo. Otro me ayudó a levantarme.

—¿Quién eres? Tengo prisa. No puedo estar todo el día haciendo preguntas tan fáciles de contestar —insistió.

—El que mató a los operarios de mantenimiento que has visto en la galería de acceso. Conozco los túneles. He estado en Rodas y en el palacio de la Presidenta. Conocía tu plan. Sé que Deróns se hunde definitivamente y que cuando la electricidad se corte no habrá forma de salir de aquí. En el fondo, soy uno de los tuyos, pues sé lo que tú sabes, tengo las mismas intenciones que tú y no soy menos asesino —le dije.

Se quedó mirándome. Mis palabras planteaban más interrogantes que procuraban respuestas. Mientras esos interrogantes existieran, era difícil que me matase.

—Conozco a todos los miembros de la Hermandad y desde luego tú no eres uno de ellos —me dijo.

El Valido era un hombre alto, fornido, como de sesenta y cinco años, tenía el pelo espeso y blanco y unas grandes cejas que movía al son de sus emociones. Su figura intimidaba y él lo sabía y lo utilizaba en su provecho. Se acercó a mí como para examinar mejor mi rostro, pero también para que sintiera más próxima su amenazante presencia.

—La Hermandad es una asociación abierta —le contesté—. ¿No soy ahora más miembro de la Hermandad que esos pobres infelices que se hundieron con el barco?

En efecto, en el barco viajaban varios miembros de la Hermandad a los que el Valido había prometido un viaje corto y tranquilo.

—¿Oligarca? ¿Qué tienes tú? ¿De qué élite eres, cocinero? —preguntó.

—De la élite de los que se van a salvar.

El Valido recordó que Libuell le había solicitado permiso para salir del palacio.

—¿Dónde está el cocinero jefe? ¿También se ha salvado? —dijo.

—No —le contesté lacónicamente.

—No era de nuestra élite, ¿verdad? —afirmó con venenosa ironía.

—No, no lo era. Solo yo he sobrevivido. Solo yo lo soy.

Los matones estaban desplegados por los andenes y yo estaba solo y desarmado. La confianza crecía en el ambiente. A mi actitud chulesca, el Valido respondía con chulería.

—Tú y yo somos demasiados sobreviviendo. ¿No te parece? —dijo.

—Eso depende de quién sea el que sobreviva –le contesté.

Se rio y sus risas fueron como una tranquila llamada a su familia, que se asomó por el túnel, cansada de aguardar en las sombras. El Valido miró a sus hijos y a sus nietos como diciendo ¿habéis visto a este chalado, que pretende tratarme de tú a tú, tratarnos de tú a tú? Entre los nietos, había una niña de unos cuatro años cuya mirada se cruzó con la mía. No estaba a más de diez metros de mí. El Valido volvió a mirarme y dijo:

—Bien, no podemos seguir esperando.

Luego se volvió hacia su familia y les pidió que volvieran al túnel.

—No quiero que los niños vean esto –explicó.

La atención de todos estaba en la familia, particularmente en los niños. En ese instante, cuando la atención está en otro lado, el prestidigitador desliza la cosa desde la manga o la escabulle. Era mi ocasión y la aproveché: corrí hacia la niña, la cogí, le rodeé el pecho con un brazo y le puse la mano en la frente. Hubo gritos y los matones volvieron a encañonarme.

—¡Quietos o le rompo el cuello! –grité yo alejándome despacio del grupo, con la niña como parapeto.

—¡Quietos! –gritó el Valido.

La madre de la niña y la abuela (hija y esposa del Valido, respectivamente) seguían gritando y algunos niños (sus nietos) lloraban.

—¡Silencio! –gritó el Valido, y todo el mundo se calló, incluidos los niños–. ¿Estás loco? –me dijo–. ¿Hasta dónde crees que puedes llegar así? ¿Cuánto crees que aguantarás? ¿Qué crees que pasará si le haces daño?

Eran demasiadas preguntas y demasiado obvias sus

respuestas si no se tenía una alternativa lógica a la situación. Yo grité:

—Libuell, Altea, salid.

Mis amigos abrieron la puerta de la oscura oficina de mantenimiento y empezaron a aflorar.

—Ni un movimiento o le parto el cuello —insistí.

Mis amigos, armados y en tensión, parecían un comando surrealista: un paralítico, un hombre mayor, un cocinero desgarbado y bizco y un perro. Solo Altea, que encabezaba la marcha, se asemejaba algo a una guerrillera.

—No los subestimes —dije—. Ellos solos mataron a los que estaban en el pasadizo.

Dam, Impreciso y Pirindolo se pusieron detrás de mí; Altea encañonó al Valido y Libuell apuntó al resto de los miembros de su familia.

—Tirad las armas al otro lado del andén —exigí a los matones.

—Hacedlo —los conminó el Valido.

Los matones lo hicieron y yo señalé:

—No creo que nos interese a ninguno perder el tiempo. Nos vamos todos menos tus guardaespaldas. Tranquilizaos, que nos queda mucho viaje y a nadie le pasará nada.

En el primer coche nos subimos el Valido, que conducía, la niña, Libuell y yo. En el segundo, Altea, Dam, Impreciso y Pirindolo, y detrás de ellos todos los demás, repartidos en diferentes coches que cargaron con numerosos bultos. Para que los guardaespaldas no nos siguieran, cogí las llaves del resto de los vehículos y me las guardé. Poco después, con la niña bastante calmada en brazos de Libuell, arrancamos en dirección a la frontera, no sabíamos exactamente a dónde. La rabia del Valido expelía una baba inmunda que pringaba mis sentidos.

—Venimos de Sholombra y hemos estado multitud de veces al borde la muerte. Si a pesar de eso seguimos vivos, es porque jamás hemos dudado a la hora de matar. Tenlo en cuenta cuando pienses en urdir alguna estratagema para librarte de nosotros —le advertí.

El Valido condujo el coche a una velocidad considerable y con total seguridad en dirección a Obaca, la capital de Celote. El régimen de claves por el que los oligarcas podían guiarse en las bifurcaciones no se había vuelto loco —según nos confesó—, sino que lo había manipulado él para convertir la red subterránea en un galimatías que bajo ningún concepto condujera a los Países Exteriores.

—Nadie, ni siquiera mis colegas de la Hermandad, ha podido cruzar la frontera en los últimos seis años utilizando estos túneles —aseguró muy ufano.

Era el caso de la Presidenta Perpetua y de los demás oligarcas de Voranova, pero lo era también el de los demás oligarcas de La Unión que retrasaron demasiado su marcha: todos debieron buscarse medios alternativos a los previstos al inicio y en no pocas ocasiones el caos reinante hizo imposible que la huida se materializara. Muchos negocios de los muertos pasaron a manos de las empresas del Valido, que, como miembro del Consejo de los Oligarcas, tenía acceso a la información secreta de los hermanos, teóricamente para defenderlos de sus enemigos.

—Vivimos tiempos excepcionales. Han quebrado las leyes sociales y las jurídicas. Ya no quedan más que las leyes de la supervivencia. Y en el estado de naturaleza, el hombre devora al hombre. Si los individuos se matan por una talega de patatas y no se reconocen como amigos ni como familiares, con mayor razón nos mataremos por una empresa en los Países Exteriores —dijo.

Libuell le contestó que a él nunca se le ocurriría, por mucho estado de naturaleza que hubiera, coger un garbanzo de la boca de un amigo, y dudó de que la supervivencia pudiera aplicarse más allá de llenarse el estómago.

—Los oligarcas no somos amigos, sino colegas —le respondió el Valido, quien dijo luego—: En el fondo de todo oligarca habita un dictador. Los demonios que viven escondidos en el corazón de los humanos están permanentemente alerta para salir y adueñarse de su poseedor cuando el medio le es favorable.

El Valido se interesó por nosotros y yo le resumí nuestras andanzas y me declaré culpable de haber sido una bestia.

—Pero creo que ya no lo soy, aunque vivamos en el estado de naturaleza o quizá por ello —le dije—: la amistad y el amor me han redimido.

En ese momento, a fin de ilustrar el valor de la amistad, Libuell relató lo que había sucedido desde que salió del palacio de la Presidencia Perpetua hasta que llamé a la puerta de los músicos del cuartel de la Marina.

—Salimos del palacio en la furgoneta y llegamos al cuartel sin mayores contratiempos —dijo—. Entre Altea y yo introdujimos en el edificio los frigoríficos que los soldados nos habían dejado en la puerta. A nuestros amigos no les gustó la forma de escapar, pero yo porfié para que se decidieran pronto y los animé diciéndoles que los ocultaríamos en las cocinas del barco, donde podrían moverse con relativa libertad. Se metieron sin estar convencidos, protestando, pero se metieron. Ya estaban dentro e iba a llamar a los soldados para que me ayudaran a cargar los bultos en la furgoneta, cuando Impreciso me preguntó cómo íbamos a llevar su silla. «La silla se queda aquí», le contesté. «No cabe y no podemos portearla sin que nos delate». Impreciso golpeó el receptáculo donde iba escondido pidiéndome que lo sacara con unos gritos que amenazaban con descubrirnos a todos. «No me voy sin mi silla», aseguró. Yo intenté convencerlo haciéndole ver que era nuestra última oportunidad y siempre podía encontrar otra silla. «Esa silla son mis pies. ¿Te irías tú sin tus pies?», me dijo. No fue suficiente para mí y seguí intentándolo. «Sácame y súbeme en mi silla, que me quedo a aguantar lo que venga. Montad vosotros en el barco y aprovechad vuestra oportunidad», zanjó.

Libuell añadió que durante un buen rato Altea, Dam y él debatieron acerca de lo que convenía hacer, sin que nadie planteara en ningún momento la posibilidad de dejar a Impreciso solo.

—Si yo no iba a avisarte, el grupo te perdería. Pero si iba, no nos dejarían salir a ninguno de los dos —explicó Libuell.

Añadió que la situación los dejó como agarrotados, y que cuando los soldados golpearon la puerta urgiéndolo a que subiera a la furgoneta, aún no habían decidido nada y no respondió a los golpes. Los soldados temieron quedarse en tierra y se largaron.

—Fueron las circunstancias las que decidieron por nosotros. A partir de ese momento tocaba decidir qué hacer para no perderte —continuó Libuell—, y a Altea se le ocurrió lo que en aquel contexto valía el secreto. «Los del barco se van porque nadie lo sabe», dijo. «Si lo hacemos público, no podrán irse, y tampoco podrá irse Nereo».

Salieron a la calle y lo vocearon a los cuatro vientos. La gente, parapetada contra el horror de la noche tras la puerta de su casa, no les hizo caso. Algunos milicianos vigilantes del toque de queda, empero, habían descubierto en los días precedentes cierto movimiento de vehículos hacia el puerto y fueron a comprobar lo que estábamos denunciando. Cuando descubrieron que aquellos a quienes defendían los iban a traicionar, se convirtieron en sus más feroces adversarios y lo pregonaron por la ciudad con sus altavoces. Lo demás, es pura lógica. Los habitantes salieron de sus casas y se dirigieron en riadas por las avenidas que conducen al puerto.

—Nosotros no estábamos entre ellos, pues nos daba miedo la respuesta que tendrían al vernos. Nos volvimos a nuestro escondrijo y esperamos a que volvieras. Nadie del pueblo llano consiguió embarcar. Y ninguno de los que subió a bordo pudo librarse de la muerte. Nos escapamos del final que tuvo el barco y de la destrucción de Deróns. Hemos tenido suerte, demasiada suerte, diría yo, quizá más de la que tejió para nosotros la providencia —terminó Libuell.

Nos quedamos en silencio, como si el Destino fuera un espíritu divino que nos hubiera escuchado y ya anduviera tramando para nosotros un desenlace que devolviera las cosas a su ser natural, que era nuestra desgracia.

—Solo quiero añadir un punto más —dije—: no era el grupo el que me perdía a mí, sino yo el que perdía al grupo.

Libuell no estuvo de acuerdo. Yo intenté convencerlo de lo contrario y le expliqué:

—Imagínate que hubiera logrado cruzar en solitario la frontera e instalarme en los Países Exteriores. Sin los valores que me aportáis vosotros y sin los límites que por vosotros tiene mi voluntad, ¿cuánto tiempo hubiera tardado en volver a ser el que era, en convertirme de nuevo en un monstruo? Si una persona, incluso la más tolerante y dulce, adquiere en la soledad modos extraños y no repara en que en su alma nacen y crecen, como tallos sanos, costumbres que sin embargo son excesos o vicios, mucho más me pasaría a mí, que no soy en origen ni tolerante ni dulce.

Tras exponer su conformidad con mi alegato, Libuell hizo el suyo.

—Tú estás hablando del espíritu y yo hablo del espíritu y del cuerpo. Todo lo que has dicho debes aplicarlo a cualquiera de nosotros, y debes preguntarte, además, dónde estaríamos ahora nosotros si tú no hubieras llamado a la puerta del cuartel después de que el barco hubiese estallado.

Convinimos en que cada uno de nosotros era necesario. En último extremo, quedamos en que el Destino, si es que el Destino existía, era nuestro inseparable aliado, pues nos había vuelto a juntar y puesto en el camino del Valido, lo que era tanto como decir en la ruta de la salvación.

—Y tú, Valido, debes decir lo mismo —señaló Libuell—. Quizá lo mejor para ti y para tu familia sea que estemos aquí, contigo. Si nosotros nos salvamos, otro tanto te ocurrirá a ti. Pero si nuestro proyecto fracasa, también fracasará el tuyo.

Libuell y yo llevábamos varias horas platicando. El Valido había tenido tiempo de conocernos y se había dado cuenta de que, que a pesar de nuestra deplorable imagen, éramos supervivientes probados.

Capítulo 9º

La quiebra de una ilusión. Rendajo, la ciudad de la frontera.
Todas las formas de intentar lo imposible. La avaricia pierde a Coret,
la Astuta. Cuatro bombas mejor que tres, una buena excusa para
volver a los túneles. En el camino de Nógdam, la capital de Occidente.

Deliberamos en un alto que hicimos en el camino para
descansar y comer y yo estipulé que siguiéramos distribuidos como estábamos, con la salvedad de que el coche de
Altea pasara a ocupar la penúltima posición del convoy,
que estaba compuesto de seis vehículos, a fin de que el Valido se sintiera más controlado.

Con alguna incomodidad, haciendo las paradas regla-
mentarias que demandaba la próstata de Dam, devoramos
cientos de kilómetros. A veces, Libuell reemplazaba al Valido en la conducción y entonces este se sentaba en el
asiento delantero y yo me quedaba detrás con la niña, que
estaba muy bien educada y no provocaba problema alguno.
Entre los tres mayores la charla fue continua. El Valido
nos habló de la Hermandad de Rodas y de los Países Exteriores y nosotros le contamos algunas de nuestras peri-

pecias desde que salimos de Sholombra, deteniéndonos especialmente en las que nos sucedieron en Deróns.

Al pasar Obaca, la capital de Celote, tomamos el camino de Puerto Mantal, que estaba en el sur del Estado, en la costa del océano Estáltico y muy cerca de los Países Exteriores. Entre ambas ciudades había cerca de dos mil kilómetros, una distancia que obligaba a tomarse el viaje con calma, máxime teniendo en cuenta los kilómetros que llevábamos recorridos. Cuando le propuse al Valido pararnos para dormir, este me contestó:

—No podemos aventurarnos a que se corte el suministro de electricidad. Si los coches se quedan parados en mitad de la nada, moriremos, pues no seremos capaces de recorrer la distancia que nos separa de una ciudad.

Llevaba razón, pero no era menos indiscutible que todos los componentes del grupo estaban muy cansados, lo que suponía un riesgo tan elevado o más que el de quedarnos sin energía.

—Yo soy el más viejo de la expedición. Si yo puedo seguir adelante, los demás también pueden —alegó.

Altea, que se había dormido un buen rato, había relevado a Dam en el puesto de conducción y Libuell iba de copiloto en el primer coche, lo que me aseguraba que los nuestros iban relativamente seguros. Aunque no se me iba de la cabeza la eventualidad de un accidente, me dejé vencer por el cansancio, y como yo hicieron todos los integrantes del convoy, con la excepción de Libuell y los conductores.

No mucho tiempo después, me despertaron varias emociones de horror que al pronto creí continuación de un sueño, pero que era reales y venían de atrás. Volví la cabeza y vi los faros del coche que nos seguía. La galería era recta y esas luces me impedían ver las subsiguientes.

–Párate. Ha pasado algo terrible –le dije al Valido.

–¿Algo terrible? No veo nada –me contestó.

–Párate –insistí yo.

–No podemos pararnos. Cada minuto de aplaza-miento amplía el riesgo de quedarnos inmovilizados –ase-guró.

–Párate te ha dicho –le gritó Libuell.

El vehículo se detuvo poco a poco. Cuando paramos, nos bajamos los tres (la niña se quedó dormida en el asiento) y caminamos hacia el segundo coche, que iba con-ducido por un yerno del Valido.

–Todos van dormidos –nos dijo.

Lo saludamos y seguimos adelante. El siguiente coche iba conducido por una hija del Valido. Al vernos caminar por las vías, se asustó.

–¿Qué pasa? –le preguntó a su padre.

–Queremos saber cómo vais –contestó el Valido.

–Estoy cansada. Me gustaría dormir.

–Necesitamos avanzar todo lo que podamos. Ya des-cansarás cuando lleguemos.

Continuamos adelante. El cuarto coche lo conducía el único hijo del Valido. Detrás de él no se veían las luces de ningún otro.

–¿Y el vehículo que te seguía? –le pregunté.

Miró atrás sin entender demasiado bien a qué venía mi pregunta.

–Estaba ahí hace un soplo –aseguró.

En el quinto coche viajaban Altea, Dam, Impreciso y Pirindolo. Y aún faltaba el último, en el que iban el nieto mayor y la esposa del Valido.

–Coge unas linternas y dile a tus dos yernos y a tu hijo

que nos acompañen –le ordené a este.

–¿Adónde vamos? –me preguntó.

–A buscarlos.

–¿Estás loco? Pueden haberse quedado a decenas, quizá a cientos de kilómetros. Ya nos alcanzarán. No permitiré que pongas en riesgo a los demás miembros de la expedición.

Yo saqué la pistola y le apunté al pecho.

–Atrás vienen tu esposa y tu nieto. ¿No quieres saber qué ha sido de ellos? –le dije–. Venga, andando.

Los obligué a que anduvieran delante de mí y de Libuell y yo mismo los iba jaleando, como si los pastoreara. Llegó un momento en que perdimos de vista las luces de los coches delanteros y nos vimos sitiados por la oscuridad. Uno de los yernos del Valido, de nombre Simado, creía que los estábamos alejando para matarlos y temblaba de miedo. Yo le solté:

–Si de verdad quisieras a los que se han quedado atrás, no nos temerías tanto.

El muchacho que viajaba en el último coche era hijo del otro yerno del Valido, de nombre Áler. Este sí caminaba deprisa y animaba a los demás a seguir avanzando. Cuando vimos a lo lejos un resplandor, echó a correr. Yo ya sabía lo que había pasado, o al menos conocía las consecuencias, y por ello no me extrañó el grito horrible que arruinó de pronto la espesa quietud de los túneles. Al llegar a su altura, vi en toda su dimensión el horroroso escenario de la tragedia: los dos últimos coches estaban destrozados fuera de las vías. Un faro de uno de ellos, que había conseguido sobrevivir al accidente, señalaba a la pared del túnel como el turbio ojo de un hombre muerto.

–No podemos sacarlos –me dijo Dam entre sollozos

acercándose a mí.

En uno de los vehículos convergían dos linternas, ambas sostenidas por Impreciso desde el suelo, mientras Áler intentaba infructuosamente sacar a su hijo de la cárcel en que se había convertido el amasijo de hierros a que había quedado reducida la máquina.

—Ayudadme, por favor, está vivo —reclamó llorando.

Altea ya lo hacía, aunque sin convicción, sabedora de que los hierros atravesaban el cuerpo del muchacho, que ya formaba con la chatarra una masa única.

—Aguanta, hijo, aguanta. Te sacaremos de ahí —lo animó Áler.

El muchacho lo miraba desolado, sin esperanza. De su boca salía un hilillo de sangre.

Yo eché mano a uno de los hierros. En cuanto me vieron, Altea y Áler tiraron conmigo, pero fue inútil. Al rato llegaron el otro yerno, el hijo del Valido y Libuell y tiramos entre los seis, dándonos recomendaciones y estorbándonos, y con idéntico resultado. Un poco más tarde llegó el Valido y, tras comprobar que su mujer estaba muerta, se aplicó a coordinar nuestros esfuerzos, de manera que todos tiramos a la vez desde sitios diferentes. Luego, sin que nadie se atreviera a expresar en alto su rendición, empezaron a retirarse unas manos detrás de otras, hasta que solo quedaron las de Áler, que se aferraba a una esperanza irracional, a la que había renunciado hacía mucho tiempo el herido. Finalmente, el padre cejó en su empeño, cogió la cara de su hijo y la acarició. El muchacho quería decir algo para tranquilizarlo y agradecerle su cariño, pero no podía. Las lágrimas aún bajaban por sus mejillas cuando dejó de existir. Áler se abrazó entonces al amasijo de hierros, llorando amargamente.

—¿Qué ha pasado? —le preguntó Libuell a Altea.

—Tuvimos que pararnos a orinar: Dam no podía más ni yo tampoco. Nos bajamos los dos y primero Dam y posteriormente yo caminamos en sentido contrario al de la marcha e hicimos señales con la linterna para advertir al conductor que nos seguía de la presencia del obstáculo. El muchacho debía haber visto las luces rojas del vehículo parado y las mías, pero tenía que venir dormido. Al darme cuenta de que no disminuía la velocidad, grité a Dam para que sacara a Impreciso y Pirindolo del coche. Pirindolo saltó por la ventana y Dam aún tenía a Impreciso en los brazos cuando ese vehículo embistió brutalmente contra el nuestro.

Cada centenar de kilómetros más o menos había un váter químico en una vía muerta, pero no se podía entrar en ella con el coche porque el sistema de acceso llevaba muchos años fuera de servicio. A pesar de todo, el padre se volvió hacia Altea y sin dejar de llorar le reprochó:

—¿Por qué no os parasteis en una vía muerta, por qué?

Altea aguantó el tipo mirando al suelo. Áler se abrazó de nuevo al amasijo de hierros donde estaban los cadáveres. Las luces de las linternas confluían en él y en el hijo del Valido, que sostenía por el otro lado del coche la mano exánime de su madre. Ninguno nos atrevíamos a hablar. Por fin, concluyó el Valido:

—Ya nada podemos hacer por ellos. Volvamos, por doloroso que nos resulte. Nuestros familiares nos necesitan para continuar su camino.

Aquellas palabras sonaron como si el valor y la serenidad de quien las pronunció estuvieran un punto por encima del resto del grupo, pero su auténtico origen eran la cobardía y el egoísmo.

Arrancamos a Áler de los metales retorcidos, despedimos a los muertos posando las linternas sobre sus rostros desfigurados y tomamos el camino de vuelta. Por primera vez desde que salimos de Sholombra, Impreciso iba sin su silla, que había quedado destrozada por el impacto.

Hubo numerosos gritos de dolor entre los componentes del convoy, y los de la madre del muchacho se oyeron a decenas de kilómetros. Tuvieron que retenerla para que no fuera a verlo (a rescatarlo de la oscuridad, decía ella), que meterla a la fuerza en uno de los coches y que sujetarla para que no se tirara por la puerta. Estuve de acuerdo con el Valido en que no podíamos pararnos a dormir allí, tan cerca de los muertos, pero un par de horas después lo obligué a detener la caravana y a acampar en las vías.

El descanso fue tristísimo y nunca se dejaron de oír los distintos sonidos del sufrimiento. De todos los congregados, solo durmió bien el Valido, cuyos ronquidos no huyeron ni con los gemidos de las mujeres, ni con los lamentos de los hombres, ni con el llanto de los niños.

Cuando se despertó él, comimos algo y reemprendimos la marcha. El tiempo que tardamos en llegar hasta Puerto Mantal se me hizo muy largo. Nos paramos en sus proximidades y continuamos enseguida hacia Aúla, ya en el Estado fronterizo de Cherstein, en cuya estación pasamos la noche a pesar de las protestas del Valido, que deseaba continuar a toda costa.

—De aquí a la frontera exterior hay unas pocas horas yendo con estos coches. Pero si por lo que sea tuviéramos que subir al exterior, deberíamos recorrer quinientos kilómetros a pie y nadie sabe con qué peligros nos toparíamos —alegó en defensa de su propuesta.

No le hice caso. Durante la parada y hasta que nos

acostamos, Altea, Libuell y yo revisamos los estados físico y de ánimo de cada uno de los miembros de la expedición.

—Parecemos médicos de trincheras —me dijo Altea después, cuando nos tendimos en el suelo.

Estaba abrazada a mí y muerta de sueño y no tardó en dormirse. Yo me quedé cavilando sobre los Países Exteriores, a los que llegaríamos al día siguiente. ¿Qué sería de nosotros a partir de entonces? ¿Qué sería del libro de Libuell, el único objeto que nos había acompañado a lo largo de todo el viaje? ¿Y qué sería de él? ¿Quién cuidaría de Impreciso y de Dam? ¿Con quién se iría Pirindolo? ¿Viviríamos juntos Altea y yo?

—¿No puedes dormirte? —me preguntó Libuell.

—No, no tengo sueño.

—¿Estás pensando lo mismo que yo?

—Sí, lo mismo —le dije.

—¿Crees que seguiremos juntos cuando lleguemos a donde queremos?

—Supongo que no como ahora, pero no tenemos por qué perder el contacto.

En ausencia de la bóveda celeste y de sus estrellas, mirábamos las piedras húmedas de la bóveda de cañón del techo, que brillaban alumbradas por las luces de los coches.

—Es la primera vez en mi vida que siento añoranza —le dije.

—Yo también —me contestó Libuell—. Pero debemos convenir en que es una engañifa de la memoria, porque nuestro pasado está lleno de sufrimiento.

—Yo tengo dos pasados, que se suceden en el tiempo. En el primero viven mi familia, mis compañeros del colegio, mis novias y un ser extraño cuyo rostro es el mío. De ese pasado, que acaba con el fin de Sholombra, no quiero acordarme. En el otro, que empieza cuando termina el anterior, viven los hombres y las mujeres que nos hemos encontrado en los basureros y en las cunetas, los asesinos, los pájaros negros y las ratas, pero viven también los loptan, Tobase, el poeta, y Utinio, viven la Loba y mi hijo, vivís vosotros, amigo Libuell, y vivo yo, el yo que soy en este momento, y de ese pasado sí tengo nostalgia, y si la felicidad depende de la calidad de nuestras relaciones personales, como leí en una ocasión, no creo que sea más feliz cuando haya dejado este mundo y viva en ese que nos aguarda al otro lado de la frontera.

Lo último que recuerdo antes de dormirme es que comparamos la frontera con la muerte y que Libuell me estaba hablando de las sectas que habían nacido en La Unión y crecían alimentadas por la desesperanza y el sufrimiento. Durante el descanso me desperté un montón de veces y todas ellas localicé a mi alrededor alguien que no se podía dormir. Al cabo de no sé cuánto, nos levantamos, recogimos los bártulos que formaban el campamento y nos montamos en los coches con el alivio del soldado que vuelve del frente con la licencia absoluta.

—¡Por fin! —me dijo Dam, que desde que perdió su coche viajaba con nosotros—. ¿Cuántos años de camino han sido? ¿Cuántos meses? ¿Cuántos días? Me gustaría saberlo. Tengo que echar la cuenta por gusto.

Estaba más cambiado. Sus inacabables días de reclusión en las dependencias de los músicos del cuartel de la Marina habían ido apagándolo hasta convertirlo en un hombre maceta de interior, como él mismo decía, pero la proximidad del objetivo insuflaba alegría en su ánimo.

—Voy a ser maceta de exterior, o quizá hasta planta de

selva o de bosque. ¡Quién sabe! –dijo riendo tras un comentario mío.

Lo abracé. Yo también estaba contento, casi eufórico.
El Valido nos había dicho que nos quedaban cuatro horas
mal contadas, que atravesaríamos la frontera sin notarlo y
que cuando viéramos una luz al final del túnel estaríamos
en la primera estación de los Países Exteriores.

–Pero antes veremos las luces de Rendajo, la última
ciudad de La Unión, en la que no pararemos –añadió.

El nombre de Rendajo era muy conocido porque salía
mucho en los telediarios de nuestra infancia. Detrás de
Rendajo, creíamos entonces, había una línea de trincheras
que nos separaba del mundo de los enemigos de la Verdad,
en el que vivían seres de oscuras intenciones cuyo fin último era invadirnos y esclavizarnos. Todo era un montaje
que se había mantenido a lo largo de los siglos favorecido
por la soberbia colectiva y por distintas clases de miedo.
Sin embargo, mientras los individuos llanos de nuestra sociedad tenían prohibida la imaginación y se afanaban en los
quehaceres propios de la supervivencia, los líderes de la
misma, organizados en una hermandad secreta, podían poner en marcha casi tantos proyectos como su imaginación
demandaba e iban y venían a su antojo de un lado a otro
de la frontera.

Tras reiniciar la marcha, hicimos kilómetros y kilómetros sin descalabro alguno, pero el tiempo se adensaba con
nuestro deseo de llegar cuanto antes y la distancia se alar-
gaba como en los pozos de las pesadillas. Por fin, los de-
tectores de presencia encendieron unas luces delante de
nosotros y el Valido gritó: «Rendajo, Rendajo».

La euforia nos cegó a todos, especialmente a mí, que
me abracé y me dejé abrazar por Libuell y por Dam y con

ello me distraje de lo esencial, que era nuestro viaje, de manera que ni advertí al Valido de que debía mantener la vista sobre las vías ni sentí de lejos el mogollón de emociones que habían dejado sobre las piedras quienes se habían afanado en tapiar el túnel.

—Frena, frena —grité de pronto.

Ya habíamos entrado en la estación y a la luz de sus focos podía verse que la galería no tenía salida por el otro lado. El Valido frenó en seco y el coche patinó sobre las vías salpicando chispas a su alrededor hasta que se quedó a unos cuantos dedos del muro. Los conductores que venían detrás hicieron lo que nosotros y los vehículos, milagrosamente, fueron quedándose pegados unos a otros.

—¡No puede ser! —exclamó el Valido.

—Nos ha engañado. Las vías terminan aquí —gritó Libuell.

—He pasado decenas de veces por este túnel —contestó el Valido—, y hasta hoy siempre había estado expedito.

Bajamos de los coches y examinamos la barrera. Era tan maciza y consistente que parecía una línea de contacto con la tierra.

—Los oligarcas del otro lado han dedicado mucha energía a fijar el comienzo o el final de los túneles —dije—, como si quisieran sellar definitivamente la salida de este mundo.

—¿Me crees? —me preguntó él.

—Sí, no tengo otro remedio. La cuestión es qué hacemos ahora.

Dado que ni podíamos volvernos ni avanzar, no había más salida que la del exterior. Tanto el Valido como cualquiera de nosotros lo sabía, pero él era el único que se mostraba remiso a salir, porque tenía una idea terrible de lo que nos esperaba fuera.

—Rendajo es una ciudad inhumana —me reveló al preguntarle por su inquietud—. Y en las mismas afueras de Rendajo se halla la frontera, que no es una línea imaginaria, sino una muralla infranqueable de miles de kilómetros. La única forma de pasar al otro lado era por alguno de los tres corredores que la traspasan bajo tierra. Si este ha sido cegado, también lo habrán sido los otros —dijo.

Entonces me acordé de los túneles de emergencia que conectaban las estaciones con la superficie a través de los pozos. Cuando le pregunté al Valido por el de aquella estación, me dijo desconocer su ubicación concreta.

—Nunca he tenido que salir por uno de ellos —añadió.

—Pues nosotros, sí —le contesté—, y si el de esta estación está al otro lado del muro que han construido sus compañeros, quizá aún tengamos una posibilidad de cruzar la frontera por debajo de tierra.

Durante un rato, mientras los niños correteaban por el andén y los mayores daban rienda suelta a su desaliento, examiné el aire estancado y las huellas de las paredes y nada hallé relacionado con un túnel de emergencia.

—No lo encuentro —dije finalmente a Altea y a Libuell—, lo cual es buena señal, porque si el pozo da al otro lado del muro, bastará con subir a la superficie y encontrarlo para superar esta barrera.

Saldríamos, por tanto, y haríamos en la superficie lo que mejor sabíamos hacer, luchar por nuestra supervivencia. Pero antes, debíamos resolver qué hacíamos con el Valido y con su familia.

—Son una rémora —alegó Impreciso—. Ahí arriba debe de haber gentes que han hecho miles de kilómetros luchando contra infortunios desmedidos para toparse con una barrera que les impide el paso. ¿Cómo podemos aventurarnos a caminar entre esa baraúnda execrable con unos adultos que no saben comer sin tenedor, con unos adolescentes mimados y con unas niñas lloronas? Voto que no. Que se las arreglen como puedan. ¿No era el Valido un hombre omnipotente?, pues que eche mano de su omnipotencia. ¿O es que ya se nos han olvidado sus numerosísimos crímenes?

Impreciso había hablado desde los hombros de Libuell. Su discurso, pronunciado por quien precisaba tanto de los otros, sonó brutal, inhumano.

—El Valido habrá sido el más criminal del mundo, pero aquí es un viejo, solo un viejo —razonó Dam seguidamente—. Y su familia habrá sido conocedora de sus crímenes y se habrá aprovechado de ellos, habrá sido su cómplice, e incluso su colaboradora necesaria, y algunos de los adultos hasta habrán ordenado ejecuciones y puede que hayan matado con sus propias manos, pero en su familia hay seres inocentes y hay niños. ¿Vamos a tratarlos a todos por igual? ¿Condenaremos a un niño por los errores de su padre? Soy un hombre mayor, casi tanto como el Valido, y necesito ayuda. No sé qué hubiera sido de mí sin vosotros. No sé qué sería de mí ahí arriba sin vosotros. No sé qué será de esos pobres ricos, de esos infelices poderosos ahí arriba, sin sus riquezas y sin su poder. Sin nosotros serán lo que yo sería sin vosotros: carne de violación, comida para las ratas o para los caníbales, un cascabelito en las manazas de un ogro.

Le tocaba el turno a Altea, que dijo:

—No puede decirse que yo sea la mejor persona que haya existido. He matado y no he sentido más que cólera. Y aún peor, he matado y no he sentido nada. Pero siempre que lo he hecho ha sido en cumplimiento de una misión que yo consideraba loable, quizá desde el error. La misión que tengo ahora es sobrepasar la frontera con mis amigos. Si llevar con nosotros a esos verdugos del pueblo no fuera un obstáculo para lograr nuestro propósito, los llevaría, pero lo queramos ver o no son un estorbo. Si me amputaría un brazo vigoroso y me sacaría un ojo sano con tal de llegar a los Países Exteriores, ¿no iba por el mismo motivo a arrancar del grupo a esos presuntuosos monstruos de la niebla? Esos niños tienen a sus padres y esos padres tienen al Valido. Él ha gobernado un Estado a su capricho y pertenece al grupo que ha gobernado de hecho en La Unión y al parecer gobierna de hecho en todo el planeta. Nosotros, en cambio, no somos nadie. O mejor, somos el objeto de su poder, quienes lo han padecido y lo padecen. Que el Valido utilice su imperio para socorrer a los suyos. Si he de escoger entre la vida de Pirindolo y la de cualquiera de esos seres presuntuosos, pues de esa alternativa se trata, escojo la de Pirindolo, y no digo más.

Cuando oyó pronunciar su nombre, el perro ladró y movió el rabo alborozado, y nosotros nos quedamos mirándolo muy serios.

Libuell dio luego su voto, que motivó de la siguiente forma:

—Quiero salvarme yo, y quiero salvaros a vosotros, incluido a Pirindolo, aunque no sé si por este orden. Y a continuación, entendedme bien, quiero salvar a esa niña que ha venido en nuestro coche, a su hermana y a sus primos. No he caminado tantos kilómetros ni he vivido tantos sucesos solo para salvarme yo y a los que yo quiero. Lo he hecho, también, para salvar unas ideas. Quiero llegar a los

Países Exteriores tan íntegro y con la conciencia tan tranquila como siempre. Si desde el principio dejo que esos niños perezcan, ya no seré yo, sino otro, alguien que no se merece cruzar la frontera. Mis ideas irán conmigo o yo no iré, porque mis ideas y yo formamos una entidad indivisible. No quiero ser un hombre libre y sano con unas ideas putrefactas, ni quiero engañarme enjuiciando que hago lo que debo después de haber tejido un tropel de excusas vanas. Si esos niños mueren porque se quedan sin mi amparo y yo me salvo, no me lo perdonaré nunca. Y yo quiero estar a bien con mi conciencia.

Únicamente quedaba yo, y mi voto era decisivo. Mis amigos esperaban un parlamento largo en el sentido que fuera, pero yo me limité a decir:

—Yo tenía un hijo y su madre se dejó morir cuando lo perdió. Esas mujeres son tan madres como la madre de mi hijo y una de ellas ya ha perdido al suyo mayor. No consentiré el dolor de una madre si depende de mí, y me da igual de la calaña que sea la madre. Voto por que los ayudemos.

Estaba decidido. Y una vez adoptado el acuerdo, todas las energías del grupo se ponían a disposición de lo acordado. Nos dirigimos a los familiares del Valido, que habían tenido una conferencia aparte para tratar la situación, y Altea les ofreció nuestro auxilio, pero el Valido, erigido en la única voz de su familia, nos dijo:

—Aunque sin vosotros ese muro seguiría existiendo, ahora estaríamos aquí todos los miembros de nuestra familia, incluidos mi mujer y mi nieto, y estarían también nuestros guardaespaldas, con los que nos sería muy fácil movernos en el exterior. Si tenemos que soportar vuestra presencia porque tenéis armas, la soportaremos, pero me gustaría mucho perderos de vista para siempre.

Como Altea iba a contestarle de mala manera, yo la contuve y dije:

—Pensadlo bien. Arriba ya no hay refugios secretos ni gente que pueda ayudaros. Mirad lo que han hecho vuestros amigos del otro lado, fijaos en cómo han cerrado el único camino de vuestra salvación. Nuestra ayuda es gratis y no la ofrecemos por él —dije refiriéndome al Valido—, sino por ellos —y señalé a los niños, que correteaban a unos metros de donde hablábamos—y por sus madres.

—¿Vuestra ayuda? —Al Valido se le escapó una carcajada—¿Os habéis fijado bien en lo que sois?: un tullido, un cocinero encorvado y bizco, un viejo, una mujer más bien fea y un ayudante de cocinero engreído, ah, y un chucho. Gracias, pero creo que estaremos mejor sin vuestra compañía.

De todos los insultos, el que provocó mayores heridas fue el dirigido a Altea, que levantó la mano y abofeteo a quien los había proferido.

—Tullido, viejo, chucho… ¿Qué formas son esas de hablar? —dijo.

—Y mujer fea, que se te olvidaba —apostilló el Valido, crecido en su rencor.

Altea iba a sacar la pistola, pero yo la sujeté.

—Está bien —concedí—. Cada uno irá por su sitio.

Excepto el Valido y su hijo, los demás familiares del Valido nos vieron marchar con pena y se quedaron más angustiados por su estado, y eso que no sabían muy bien lo que les esperaba arriba. Recuerdo que mientras íbamos por el túnel de salida, alumbrados con las dos linternas que nos habíamos quedado, Altea comparó nuestro ofrecimiento de ayuda con los poemas que se leen a los cerdos y que sus insultos nos acompañaron hasta que puse las manos en la pared y se abrió en ella una puerta que daba al sótano de un edificio público que a su vez conducía a una avenida desierta, en la que nos cegó la luz y un aire caliente que removía papeles y matojos secos nos trajo un vago olor a podredumbre.

—¡Y creíamos que la ciudad iba a estar de gente hasta los topes! —comentó Impreciso.

—¡Cuidado, porque tampoco está vacía! —le contesté.

En la primera calle en que pudimos hacerlo, tomamos la dirección del Sur, en donde se suponía que estaba la frontera, y cuando nos lo impidió una línea de casas, seguimos por esa calle hasta que de nuevo pudimos tomar el camino del Sur. Conforme avanzábamos, yo sentía la presencia de más personas que se guarecían en las casas y el olor a putrefacción se hacía más intenso. En algún momento, vimos a lo lejos a un grupo reducido de mujeres y hombres derrengados contra la pared, a la sombra. Después vimos otros grupos, todos de sujetos quietos y apagados.

—¿Qué hacen? ¿Por qué permanecen tan absolutamente inmóviles? —dijo Dam.

—Para durar más —le respondí.

Las calles se fueron poblando paulatinamente de seres desarrapados, curtidos por el sol, enjutos y de mirada confusa. Uno de ellos vino a nuestro encuentro.

—¿Tenéis algo? —nos demandó

—No —le contestó Altea con crudeza sin saber a qué se estaba refiriendo, pero segura de lo que decía, porque no teníamos nada.

Cuando aquel hombre se retiró, vinieron otros.

—¿Por qué se interesan tanto por lo que llevamos, si

ven que vamos con las manos vacías? –me preguntó Libuell.

–Porque vestimos mejor que ellos y, sobre todo, porque nos estamos moviendo –le aseguré.

En la revuelta de una calle, el Sur quedó libre de grandes trabas visuales y vimos por encima de la línea de edificios un inmenso muro metálico muy similar al que protegía la finca de Rodas, pero mucho más alto.

–Esa muralla debe de ser la frontera –afirmó Impreciso.

Debimos caminar aún varios kilómetros entre un gentío disparejo hasta llegar a las afueras de la ciudad y toparnos con la visión directa de la muralla, que se elevaba, majestuosa y resplandeciente, más allá de un descampado de unos tres kilómetros de anchura en el que pululaban cientos de miles o quizá millones de mujeres y hombres desarrapados. Los que estaban más cerca de la barrera se afanaban poniendo en práctica ideas distintas para sobrepasarla, como construir titánicos castillos de madera, levantar escalas interminables con las ayuda de cuerdas, acumular piedras y tierra para formar rampas tan grandes como la falda de una montaña o excavar en el suelo agujeros profundísimos para intentar superarla por debajo de sus cimientos. Entre los que trabajaban, había algunos solitarios desesperados, pero la mayoría constituían grupos de variado tamaño que bregaban dentro de una organización, como hormigas. Y entre todos ellos, también se veían cuadrillas de individuos que se dedicaban a recoger los cadáveres y eliminarlos en piras.

–¡Están locos! –exclamó Impreciso.

La muralla tapaba el Sur en línea recta de horizonte a

horizonte. Delante de ella, la multitud se extendía por do-quier.

—¿Qué hacemos aquí? —añadió Impreciso.

—Estamos buscando el pozo de entrada a la galería de emergencia.

Hasta a mí me sonó estúpido. Nunca había visto a tanta gente reunida ni a individuos con tantas experiencias como aquellos. Encontrar antiguas huellas de oligarcas en la barahúnda de emociones que se concentraban en aquel territorio iba a serme bastante más difícil de lo esperado, quizá imposible. Y mientras tanto teníamos que sobrevivir.

—¿De qué vive este enjambre? ¿De qué se alimenta la gente? —preguntó Libuell.

La cuestión involucraba a nuestra propia superviven-cia. Ni siquiera él podría localizar alimento en aquella tierra polvorienta y comprimida por la muchedumbre.

—De lo que traen los que llegan —le contesté.

Era una modalidad poco sutil de robo en pirámide. Los grupos organizados tenían a miembros que desvalija-ban a los que venían de fuera, quienes a su vez habían de-bido robar a otros individuos por el camino. Los que no trabajaban en grupos, simplemente no se alimentaban.

—Y de no comer —añadí.

—Nadie puede vivir de no comer —me contestó Dam.

—No para siempre, pero sí hasta que ya no puedes más.

Delante de nosotros, un grupo de seres famélicos in-tentaba levantar una escalera en red de centenares de me-tros de longitud y varias decenas de metros de anchura que había sido construida en el suelo, en perpendicular a la mu-ralla. El intento necesitaba del esfuerzo ordenado de miles de trabajadores. Nos paramos a verlo. Los constructores del artefacto, que habían previsto una zanja muy ancha como línea de contacto con el suelo, tiraban de él con cuerdas por un lado y lo sostenían de igual modo por el lado contrario y por los flancos. Poco a poco, la escalera fue levantándose. Cuando estuvo completamente enhiesta vimos que era enorme, increíble, pero vimos también que resultaba caricaturesca frente al poderío de la barrera que pretendía superar. También repararon en ello sus constructores, quienes desesperados por lo erróneo de sus cálculos, aflojaron las cuerdas o las soltaron, de forma que la escalera, sujeta descoordinadamente, se inclinó hacia un lado y cayó sobre la multitud, muy cerca de nosotros, provocando el pánico y matando o hiriendo a un montón de personas.

—Vámonos —me dijo Altea al cabo de unos minutos.

Nos habíamos vuelto a juntar después de que la estampida provocada por la caída del artilugio nos hubiera separado. Muy cerca de nosotros, un grupo de sanitarios retiraba los cuerpos de los afectados sin reparar en si estaban muertos o solo heridos.

—Vámonos ya o nos volveremos tan locos como ellos —insistió.

—¿Adónde? —le pregunté yo.

—Lejos de este lugar. En cualquier territorio donde hemos estado se vivía mejor que aquí.

—No sin antes haber intentado superar la muralla.

—¿Y cómo lo lograremos? ¿Qué medio utilizaremos para salvarla?

—Y tenemos hambre y sed —añadió Impreciso desde los hombros de Libuell.

—¡Eso es! Nos guiaremos por la sed de la gente. Estos individuos aguantarán sin comer hasta agotarse por completo, pero con este polvo y este calor, de algún sitio tienen que sacar el agua.

Me dirigí al hombre que teníamos más cerca y le pregunté dónde podíamos conseguirla. Mi palidez, consecuencia de tantos días entre la niebla, y mi peso le llamaron la atención.

—¿Tienes algo de comer? —me dijo.

—No tenemos nada —le contesté.

Me miró de arriba abajo.

—Tengo compañeros que te matarán si me engañas.

—Me lo robaron todo antes de entrar en la ciudad, incluida una cantimplora. No he comido desde hace días y tengo sed.

—Coged agua de algún pozo, si podéis —me dijo sonriendo, como si fuera una misión imposible.

—¿Dónde están los pozos?

—¿Dónde están los pozos? —repitió entre carcajadas. Apenas tenía dientes y sus ojos estaban inyectados en sangre—. Seguid a los aguadores —y señaló a un hombre que acarreaba dos garrafas de plástico rodeado de varios individuos que lo escoltaban armados con machetes—, ellos os llevarán a los pozos.

El aguador que nos había indicado aquel desgraciado fue hasta un grupo que estaba construyendo un castillo de madera, a cuyo pie, con la ayuda de un envasador, vació las garrafas en varias botellas que los obreros fueron subiendo en cadena por el artificio. La mayor parte del agua se quedó en los pisos medios. Algunos de los de arriba, a los que no les llegó nada, protestaron airadamente y bajaron por los soportes que hacían de escaleras hasta que su fuerza se diluyó entre los que habían bebido. Otros, en vista de que tampoco esta vez beberían, se arrojaron al vacío y se estrellaron contra el suelo o contra los que pillaron debajo. El aguador volvió por donde había venido entre un barullo de sanitarios. Yo reclamé la atención de mis amigos y lo señalé con la mano.

–Sigámoslo –les dije.

Nos acercamos a él y lo seguimos aprovechando el rebufo que iba dejando el grupo, al que le abrían paso sin miramientos dos de los guardaespaldas. Al cabo de unos cuantos kilómetros, en un lugar menos poblado, dimos con una larga cola de individuos con garrafas a cuyo final había un brocal muy sencillo y, a su lado, un cobertizo de cañas bajo el cual, en una mecedora de tela, dormitaba con los pies sobre un taburete de madera y el rostro cubierto por un sombrero de paja el tipo que se había hecho dueño del pozo y traficaba con su agua.

–He ahí al verdadero cacique de este infierno –exclamé.

En aquel momento, uno de los guardianes del pozo reparó en nosotros y vino a buscarnos.

–¿Qué miráis? –nos dijo con el machete en la mano.

–Tenemos sed –le contesté yo.

–Todos tienen tiene sed.

–¿Cómo podemos obtener agua? –le pregunté.

–¿Qué tenéis para el Comandante?

El Comandante era el individuo que estaba dormido.

–No tenemos gran cosa –le dije.

–Entonces, id a moriros de sed lejos de aquí. No queremos que los cadáveres contaminen nuestro pozo –señaló.

Yo intentaba ganar tiempo para buscar las huellas de los oligarcas.

–Quizá podamos agenciar algo. ¿Qué le gustaría al Comandante? –le pregunté.

El Comandante se levantó el sombrero y al ver a Impreciso sobre los hombros de Libuell y a uno de sus secuaces conferenciando con nosotros se quedó mirándonos. Era muy tedioso estar todo el día guardando el pozo y cobrando el peaje. Su único entretenimiento era observar a los que hacían cola. Nuestras caras pálidas y casi regordetas le llamaron la atención.

—¿Qué quieren esos? —le dijo a uno de los que lo protegían.

—No sé, no los conozco.

—Tráelos —ordenó.

El esbirro transmitió las órdenes al compañero que nos estaba hablando y entre ambos nos llevaron hasta donde estaba su jefe.

—¿De dónde salís? —nos preguntó este.

—Hemos hecho el camino, como todo el mundo —le contesté. Era una respuesta evidente, de obligado beneplácito.

—No dais esa impresión. Hace años que no veo caras tan lustrosas como las vuestras. Decidme, ¿queréis mi agua? No parece que os haga mucha falta.

—Eso es precisamente lo que queremos.

—¿Y qué tenéis para darme?

A apenas unos metros, uno de sus secuaces sacaba agua del pozo con la ayuda de una cuerda, una carrucha y un caldero de cinc que debía voltear a no menos de treinta metros de profundidad, pues la capa freática estaba muy baja.

—No puedo decírtelo antes de saber si el agua es buena —le contesté.

El comandante quitó los pies del taburete y se incorporó en la hamaca.

—¿Cómo? ¿Buena? Por supuesto que lo es —aseguró—. ¿No querrás echar un trago sin pagarme?

—No necesito probar tu agua para saber si es potable. Me basta con oler el pozo —le dije.

—¡Oler el pozo! ¿A qué quieres que huela? Huele a humedad. ¿A qué va a oler si no?

—¿Me dejarás olerlo, entonces?

—Mira a ese —y el comandante señaló a uno de los de la cola—, ¿lo ves? Su grupo está construyendo una rampa. Muchos de ellos se van muy lejos para robar comida y oro. Necesito comida y oro. Si me traes comida y oro, te dejaré oler mi pozo.

—Fíjate en nuestras caras —le dije—. Sabemos dónde conseguir comida cerca de aquí. Hemos estado comiendo con abundancia y bien hasta esta misma mañana. No tenemos oro, pero te daremos toda la comida que quieras por unos cuantos litros diarios de agua. Antes, sin embargo, debo comprobar que es buena. O me dejas oler el pozo o nos vamos con nuestro ofrecimiento a otro pocero.

El Comandante me escudriñó de nuevo. En efecto, mi cara era saludable, casi obscenamente saludable. Le dieron ganas de obligarme a revelarle el paradero de mi fuente de comida, pero, por otro lado, incluso esa mínima obligación le daba pereza. Yo solo le estaba pidiendo oler el pozo, después de todo. Si me dejaba y me gustaba el agua —y no podía ser de otra forma, pues era buena—, haría negocios conmigo y el negocio me retendría. Y conmigo cerca, siempre podría obligarme a desvelarle de dónde sacaba la comida para hacerse de un golpe con toda.

—Está bien, pero únicamente olerla —concedió al fin.

Le hizo un gesto a uno de sus secuaces que estaba oyendo la conversación para que me acompañara y él se reclinó de nuevo en la hamaca, desde donde siguió detenidamente mis movimientos. Yo me acerqué al brocal y me asomé al agujero, que era muy estrecho. El nivel del agua se hallaba tan abajo que al operario del Comandante le costaba voltear el cubo, lo que unido al tiempo que necesitaba para subirlo y bajarlo convertía la extracción en un trabajo pesado e ineficiente. Hice como que aspiraba aire por la nariz y con los ojos cerrados me apliqué a sentir las huellas de quienes se habían hundido en el orificio y nada encontré de lo que nos interesaba.

—¿Qué, es buena o no es buena? —me preguntó el Comandante muy seguro de sí mismo y del agua de su pozo.

—Muy buena, estupenda —le contesté yo sonriendo ante la mirada interrogativa de mis compañeros.

—Ya te lo dije. No hay agua mejor en las proximidades de Rendajo.

—Si te parece, hacemos negocio. ¿Cuántas raciones de comida quieres a cambio de agua para nosotros?

Si le dábamos comida suficiente, podía exigir oro al resto de sus proveedores.

—Quiero comida para todos mis muchachos —dijo.

Era un contrato leonino. Él sabía que jugaba con la ventaja de la fuerza de sus secuaces y sus machetes. Si no aceptaba su propuesta por las buenas, podía obligarme a aceptarla por las malas.

—¿Cuántos son? —le pregunté para hacer más creíble mi consentimiento.

—Alrededor de noventa.

—Noventa, eh. Sí, creo que podemos, pero varios de ellos deberán ayudarnos a traer la comida. Aceptamos.

Al Comandante, la avaricia le nubló el entendimiento:

si sus secuaces nos ayudaban, les descubriríamos el almacén de nuestros alimentos, con lo que podría tomarlos todos de una vez sin necesidad de darnos más agua.

—Si aceptáis, trato hecho. Diez o doce de los míos irán con vosotros para ayudaros —dijo.

Y en ese mismo momento hizo un gesto al esbirro que tenía más cerca para que llamara a los que había dicho, pero yo lo contuve diciéndole:

—No, ahora no, que aún no tenemos sed y debemos seguir construyendo la escalera con la que cruzaremos la muralla.

Nuestra pretensión le pareció pueril, pero no nos advirtió para darse el regalo de pensar que nos estrellaríamos contra nuestro objetivo.

—En unas cuantas horas, si no te importa —añadí.

—No, no, continuad construyendo esa escalera fantástica.

Pudo haber dicho fantástica escalera, pero dijo escalera fantástica a propósito, para que sonara más ofensivo.

Yo me acerqué a él y le estreché la mano muy efusivamente. Él, en cambio, aceptó mi mano con ostentoso desdén.

—Id a trabajar, que aquí os está esperando el agua de mi pozo —nos dijo despidiéndonos.

Cuando nos íbamos, noté que le daba indicaciones a uno de sus secuaces para que no nos perdiera de vista.

—¿De dónde sacaremos comida para noventa hombres? —me preguntó Dam en cuanto pudo hacerlo sin delatarnos.

—De ningún sitio, como tú comprenderás —le contesté—. Este pozo no es el que nos interesa. Lo mismo me daban cien hombres que cien mil o cien mil millones, porque no cumpliremos nuestra parte del contrato.

—Pues no sé si te has dado cuenta de que nos sigue uno de sus sicarios —me advirtió Altea.

—Sí, ya lo sé. Déjalo que nos siga —le respondí.

Nos hubiera venido bien beber un trago, porque teníamos sed y el sol daba de plano sobre el descampado (en el que seguían trabajando, aparentemente inmunes al calor, cientos de miles de individuos demacrados y renegridos), pero no había forma humana de conseguir agua como no fuera metiéndonos en uno de los grupos que pagaban peaje por ella.

—¿Adónde vamos? —me preguntó Libuell.

El caminar nos hacía más vulnerables al calor y nos provocaba más sed.

—Nos hemos alejado demasiado de la estación subterránea de los oligarcas y el pozo que buscamos no debe de estar lejos de ella —le contesté.

Al pasar junto a una pira vimos a dos sanitarios despojando a un cadáver de sus botas mientras otro le extraía una pieza de la dentadura.

—Ya sabemos de qué viven los sanitarios —comentó Altea.

—También ellos tienen que beber agua —estimó Impreciso.

Después de andar un buen rato, vimos a otro aguador rodeado de guardaespaldas armados con machetes que por la dirección que traía debía venir de un pozo distinto. El esbirro que nos seguía se sintió inseguro y ocultó su arma entre el pantalón y la camisa.

—Vayamos detrás de esos —dijo Altea.

Eso fue lo que hicimos, y en un par de kilómetros dimos con otra cola custodiada por hombres armados con machetes que empezaba en un pozo, a unos metros del cual, protegida por un sombrajo, se hallaba una mujer muy vieja sentada en un sillón de escay de cuyo intolerable contacto la protegía una toalla. Desde que llegamos, habíamos visto muy pocas mujeres entre la multitud y ni ancianos ni niños. Aquella mujer mayor era un personaje tan extraño a aquel lugar que por fuerza debía ser de una dureza extraordinaria.

—¿Le vas a contar el mismo cuento? —me dijo Altea.

—No creo que se deje. Esta es más lista y más cruel que el Comandante —le contesté.

Aunque estábamos a tiro de su mirada, la mujer no podía vernos, porque tenía los ojos nublados por sendas cataratas, pero esa traba había agudizado aún más el instinto que siempre había tenido para percibir lo que acontecía a su alrededor, originado en su desconfianza enfermiza y en su maldad.

—¿Quién hay ahí? —le dijo a uno de los esbirros que le servían tanto de guardaespaldas particulares como de criados.

—¿Dónde?

Aparte de los de la cola, por el descampado pululaba un sinfín de personas.

—Alguien de esos me está observando, cretino.

El esbirro miró en derredor y reparó en nosotros, que formábamos un grupo insólito dentro de lo raro de aquella masa ingente.

—Tráemelo —le dijo el esbirro a otro de inferior escalafón señalándonos con el dedo.

Vinieron a buscarnos cuatro individuos que nos llevaron escoltados hasta el sombrajo.

—¿Por qué me observabais? —nos preguntó la vieja mirando al bulto donde nos encontrábamos—. ¿No os gusta mi cara? Sabed que antes de ser vieja y fea fui joven y hermosa, y que hasta no hace tanto era considerada la puta más solicitada y mejor pagada de Truma —y soltó unas carcajadas que dejaron ver su dentadura desmembrada y negra—. Y ahora, aquí donde me veis, soy la mujer más poderosa y más rica de Rendajo y sus contornos.

Pude haberle dicho que no nos importaba su riqueza ni que hubiera sido hermosa, pero le dije:

—No nos importa tu fealdad ni que fueras puta. Si eres rica, seguramente querrás ser más rica a toda costa. Ese afán es el que nos interesa.

La vieja se pasó la mano por la barbilla, en la que tenía cuatro o cinco pelos blancos y muy largos.

—Quiero ser más rica, sí. Si no tuviera ese aliciente, ya me habría tirado a ese pozo. No hay demasiadas ilusiones factibles por estos andurriales. Yo no soy como esos locos que pretenden el imposible de sobrepasar la muralla. Y me da igual que me lo pueda gastar o no. Lo quiero para tenerlo, para disfrutar teniéndolo, por el gusto de saber que es mío y de nadie más.

—Lo entiendo —le dije.

—Bien, hablaste de mi afán. ¿Por qué te interesa tanto?

—Porque a mí acumular riqueza me importa un bledo. Aquí, donde nadie vende nada y la muerte campea a sus anchas, el verdadero tesoro es el tiempo. Y si tú quieres las riquezas para tenerlas, yo quiero el tiempo para gastarlo, para disfrutar consumiéndolo, para saber que llegaré a la noche y que amaneceré a otro día —le contesté.

—Si vienes a predicarme filosofía, aléjate de mí, que yo tengo muchos años y mi tiempo de disfrute ya ha pasado.

—Yo no predico para otros, como hacen los misioneros de las nuevas religiones, sino para mí. Me he limitado a explicarte mi anhelo. Y creo que entre tu anhelo y el mío hay tantas diferencias que bien pudiéramos llegar a un acuerdo.

La vieja miraba al lugar de donde salía mi voz.

—¿Qué me ofreces? —dijo.

—Hacer más eficiente el trabajo de tus hombres. Sacar dos veces, tres veces, cuatro veces el agua que estás sacando ahora —le prometí.

A nuestro lado, el operario que estaba volteando el caldero en el fondo del pozo me miró interrogativamente.

—Te escucho —me animó la vieja.

—¿No quieres saber lo que pedimos a cambio?

—Nada te daré si no me interesa mucho, muchísimo, lo que ofrecéis vosotros.

A pesar de todo, le expuse primero lo que queríamos.

—Te será barato: queremos agua, solo agua, agua para nosotros durante la temporada que estemos aquí.

—Esa agua cuesta un gran trabajo obtenerla. Y si os la doy, no se la vendo a otros.

—En ese sentido va nuestro ofrecimiento: si extraes cuatro calderos en vez de uno, podrás multiplicar por cuatro tu riqueza, porque demanda hay para ello —le dije.

—¿Cómo pretendes conseguirlo?

—Con una simple bomba manual. O tal vez poniendo varias. Mis compañeros y yo nos hemos dedicado a ese oficio la mitad de nuestra vida —le concreté.

La vieja se paró a oír el chirrido de la carrucha, oxidada y sin lubricante.

—Si no aceptas tú, aceptarán otros —proseguí—. El Comandante está interesado. Uno de sus esbirros nos sigue para impedir que podamos ofrecer nuestro trabajo a más poceros.

Mentarle al Comandante fue como aplicarle una lavativa de ácido. Por otra parte, el error del Comandante había sido no aceptar nuestro ofrecimiento en el acto, dejarnos escapar. Si ella nos dejaba escapar, quizá nos fuéramos con el ofrecimiento a otro, quizá de nuevo al Comandante. Lo suyo era —y sonrió cuando alumbró la idea—concertar con nosotros la instalación de la bomba y matarnos inmediatamente después de que completáramos el trabajo, a fin de que no fuéramos con nuestro invento a otro que pudiera hacerle la competencia.

—Acepto —declaró de inmediato.

—Bien. Déjame ver el pozo, a ver cuántas bombas podemos instalar —le dije.

La vieja fraguó un gesto para que me dejaran hacer lo que le pedía y seguidamente me asomé al pozo, que tenía las paredes de piedra, era muy estrecho y más profundo aún que el del Comandante, y, para lo que interesa a esta historia, guardaba antiguas huellas de oligarcas.

—Tres, yo diría que se pueden instalar tres bombas sin mayores problemas —voceé desde la vera del brocal.

La Vieja sonrió complacida.

—¿Cuánta agua más es esa? —me preguntó.

—Diez o doce veces —le contesté.

—¿Y si fueran cuatro bombas?

—Cuatro bombas no caben.

—¿Estás seguro? Mira bien.

Volví a mirar el pozo. El caldero chocaba con el agua casi en el mismo fondo. Ninguno de sus secuaces se atrevía a decirle a su ama que su chorro de ingresos estaba al borde del colapso.

—Quizá, depende de cómo se ordenen —le respondí—. Pondremos tres bombas y seguidamente intentaremos poner la cuarta.

La vieja se quedó echando cuentas de la cantidad de agua que sacaría con cuatro bombas utilizando la referencia que yo le había dado de tres. Luego, me llamó, me ofreció su mano y me dijo en tanto estrechaba la mía:

—Trato hecho, pero tienen que ser cuatro bombas.

—Tres, seguras. Cuatro, ya veremos. Nunca me comprometo a más de lo que puedo dar —le contesté.

—Está bien, está bien —concedió la vieja, quien rápidamente me dijo—: ¿Dónde está ese empleado del Comandante que os ha seguido?

Yo se lo describí y unos cuantos de sus secuaces fueron dando un rodeo y lo cogieron por detrás. La vieja me dijo mientras tanto:

—Yo soy Coret la Astuta. ¿Entiendes por qué? Porque Coret era mi nombre de guerra y porque nadie me toma el pelo. Yo no soy como ese gaznápiro del Comandante. Si habéis llegado a un acuerdo conmigo, tenéis que cumplirlo. Yo no os pondré un secuaz para que os espíe y os dejaré ir, no al menos hasta que hayáis instalado mis tres o mis cuatro bombas.

Sus esbirros dieron con el del comandante. El grito que anunciaba la muerte de este se oyó claramente donde estábamos, como si fuera una ilustración de la amenaza de la Astuta.

—Lo entiendo —concedí—. Ahora bien, tendrás que cuidar de nosotros hasta ese momento, lo que supone que deberás facilitarnos comida y agua. Y permitirás que vayamos por nuestras herramientas y por los materiales necesarios. Necesitamos sogas, tubos, hierros, y todo eso debemos sacarlo de los edificios abandonados de Rendajo.

–¿Cuánto tiempo necesitaréis? –me preguntó–. ¿Supongo que no os demoraréis en vuestro trabajo para conseguir más raciones gratis?

–Si tenemos los pertrechos, no creo que tardemos más de dos días en instalar tus bombas.

–Dos días de comida y agua. Está bien, os los concedo, pero pasado ese período empezaré a cobraros lo que estéis utilizando. Y si no pagáis, cada día que pase mataré a uno de vosotros.

Después de porfiar mucho, conseguí de la Astuta que los dos días empezaran a partir del siguiente, y el resto de aquel lo dedicamos a descansar sentados en el suelo, no lejos del sombrajo de ella y de unos cartones bajo los cuales, según pudimos ver al anochecer, se guardaban los cubos de la comida. A esa hora, todos los trabajadores de aquel grupo, incluidos nosotros, nos pusimos en cola y uno a uno fuimos recibiendo tantos garbanzos en remojo y crudos como nos cabían en el cuenco de las manos, menos nosotros, que por no haber trabajado solo recibimos los que nos cupieron en el cuenco de una, lo que nos facultó para ir cogiendo los garbanzos con la otra y no tener que comérnoslos a morro. La Astuta tenía más de un centenar de empleados. Algunos de ellos se pusieron en círculo con el machete en la mano para protegernos de la turbamulta que se agolpó a nuestro alrededor para darse el banquete de vernos comer.

La extracción de agua no cesó mientras se repartió la comida, ni mientras los empleados estuvieron comiendo, ni ulteriormente, y en ese tiempo incluyo todas las horas que siguieron, pues el ruido de la carrucha, el del roce del cubo contra el brocal y el del agua cayendo sobre las garrafas no se interrumpió durante la noche. En realidad, ningún trabajo se interrumpió. Ayudados por la luz de la luna llena, los que estaban haciendo rampas siguieron porteando piedras y tierra, los que levantaban castillos continuaron afianzando tablas, los que hacían agujeros persistieron escarbando en la tierra, los que construían escaleras permanecieron añadiendo peldaños y los sanitarios prosiguieron con su labor de alimentar las piras con los cadáveres o, si no había cadáveres, con los más sumisos de los que se habían echado a dormir donde les pilló la extenuación y no contaban con un grupo que los protegiera.

A nosotros nos apadrinaba la partida de la Astuta y dormimos relativamente tranquilos, unos pegados a los otros. Antes del amanecer, oí a Libuell que hablaba con uno de los empleados de la vieja que protegían lo que podría llamarse campamento. Según le dijo, nadie que no fuera de un grupo sobrevivía allí más de dos semanas, y los grupos eran como los intestinos, pues aunque siempre eran los mismos, sustituían con frecuencia la mierda que tenían dentro. «Los que más viven son los sanitarios», comentó. «Y después los empleados de los poceros». Añadió que ser empleado de la Astuta era un verdadero chollo, ya que se disponía de agua y comida a cambio de vigilar la cola y proteger a los aguadores.

Al amanecer sentimos un gran ruido y un griterío enorme y al incorporarnos vimos derrumbarse el castillo que teníamos justo enfrente. La vieja, que había convertido el sombrajo en un chamizo dejando caer del techo unos sacos entrelazados, descorrió de un manotazo uno de los cortinones y quedó a la vista de todos sentada sobre un perico y con los refajos subidos.

—Estos son más torpes que los anteriores: no han llegado tan arriba —dijo a carcajadas y de manera que pudiéramos oírlo, como si fuera una gracia.

En un santiamén, acudieron sanitarios de muchos lugares, incluso de piras lejanas, y formaron un revuelo sobre los muertos y los heridos que cuando desapareció dejó el campo desembarazado. Fue por poco tiempo, sin embargo, porque pronto arribaron individuos libres que se insertaron en el nuevo grupo con la aplicación y la eficiencia que imperan en un hormiguero.

—Da gracias a que me sirves, miserable. Fíjate en cómo han acabado esos —dijo la Astuta al empleado al que le entregó el orinal, un joven agraciado vestido con harapos que, tras recibir de la vieja un apretón en el bulto de la entrepierna, fue corriendo a tirar los excrementos detrás de la pared que servía de letrina a los que moraban por aquellos alrededores.

Cuando la Astuta nos sintió, nos dijo:

—¿A qué esperáis? Andad a Rendajo y buscad los avíos que os hagan falta, que ya habéis consumido buena parte de un día precioso.

—Necesitamos desayunar. ¿Cómo vamos a trabajar con un puñado de garbanzos que ya tenemos en los calcañares? —le dijo Impreciso, que estaba sentado en el suelo, junto a nosotros.

La vieja se quedó mirándolo. Iba a ordenar que se lo llevaran a los sanitarios, cuando yo me anticipé y le dije:

—Este hombre es el más necesario de todos nosotros, porque es el que mejor cabe en el pozo y el único que sabe construir los émbolos.

La palabra émbolo se quedó rondando en la memoria de la vieja, que desconocía su significado. Yo aproveché su desconcierto para proseguir:

—Probablemente debamos andar mucho antes de dar con lo que necesitamos. Mientras más fuertes estemos, más rápida será nuestra actuación.

—Está bien, está bien —concedió la vieja—, pero ella se queda aquí como garantía —dijo refiriéndose a Altea—. Si yo he llegado donde he llegado es desconfiando. ¿Entendéis?

Aún resultó más desconfiada, pues nos obligó a ir acompañados de cuatro de sus secuaces, «para que os protejan», dijo. Comimos, eso sí, los garbanzos que nos cupieron en el cuenco de las dos manos, aunque Altea debió conformarse con los de una por aquello de que su cuerpo no tendría gasto.

Camino de Rendajo y por las calles de la ciudad fuimos los cuatro (Libuell portando a Impreciso) delante de nuestros vigilantes y guardaespaldas, lo que nos garantizaba la privacidad de las conversaciones. Yo había tranquilizado a mis amigos anunciándoles que el pozo que buscábamos era aquel, por lo que solo debíamos encontrar unas sogas con las que descolgarnos y unos tubos y unos hierros que simularan, siquiera lejanamente, los trastos necesarios para construir una bomba, pero a Dam se le había metido en la cabeza que era imposible engañar a una mujer tan recelosa.

—Fijaos lo que ha hecho: no ha dejado que vengamos todos, aunque llevamos escolta. Y si no lo ha hecho ahora, tampoco lo hará con el pozo —dijo.

—No es lo mismo —lo contradijo Impreciso—, porque ahora podemos irnos y dejarla sin sus bombas, pero por el pozo no podemos irnos a ninguna parte, o al menos eso es lo que ella creerá.

–No lo sé. Esa mujer es muy vieja y tiene innumerables enemigos. Si sigue viva es porque no ha dejado pasar ni una a quienes querían engañarla. Y nosotros queremos engañarla. Capaz es de hacer que nos acompañe uno de sus empleados, o de tener a uno de nosotros siempre arriba. Algo hará, ya veréis. ¿Qué argumento daremos para que me introduzca yo, que no soy capaz de superar el brocal? ¿Y para que metamos a Pirindolo?

Es verdad que lo del perro se me había olvidado. Yo había observado que por el descampado cercano a la muralla pululaban muchos perros sueltos, todos tan delgados como galgos, a los que se les respetaba tanto o más que a las personas. Al saber que no corría peligro y que la Astuta no le echaba cuentas, lo había dejado que vagabundeara por los alrededores del sombrajo en busca de comida o de alguna perra, pues el pobre no había salido de las dependencias de los músicos del cuartel de la Marina durante nuestra larga estancia en Deróns. Conseguir que entrara en el agujero sin levantar sospechas iba a ser muy difícil, en efecto, y nos obligaría a complementar de alguna manera el ardid con el que engañaríamos a la vieja. Así al pronto, no se me ocurrió nada, pero entre aquel momento y el de la solución aún mediaba bastante tiempo.

–Sosiégate, ya pensaremos en algo –dije.

Conforme nos adentrábamos en la ciudad, las calles se iban despoblando y los individuos estaban más quietos. Los que moraban allí eran seres solitarios que habían renunciado a superar la muralla y no deseaban ser combustible de las piras mientras el final no les llegase. Algunos de ellos se acercaron a nosotros y nos pidieron comida, pero fueron apartados de un empujón por los esbirros de la Astuta.

Al llegar a una ancha avenida vimos un monolito que rompía el horizonte y un estanque que lo circundaba y yo advertí a mis compañeros que ese era nuestro destino. Antes, sin embargo, entré con uno de nuestros guardaespaldas en un bloque de pisos y siguiendo las huellas de un aficionado al bricolaje llegué hasta el trastero de un piso donde reposaba entre estanterías metálicas repletas de utensilios diversos una caja de herramientas. Me cercioré de su contenido, metí gran variedad de clavos, latas, cintas e instrumentos variados en una bolsa de lona y volví a la avenida, por cuyo centro anduvimos hasta llegar al estanque, en el que, como suponía, había una fuente. Libuell y Dam se pusieron a desmontar o directamente a cortar con un serrucho las tuberías superficiales y yo me introduje en un agujero del subsuelo en el que se guardaban el motor y los temporizadores y desmonté las piezas que me parecieron bien sin dejar de pensar en lo que especularía sobre ellas la desconfiada vieja.

—Ea, yo creo que tenemos suficiente —dije cuando vi la cantidad de piezas que teníamos amontonadas—. Ahora, vayamos por las sogas.

Mientras caminábamos por la ciudad, yo había dado con unas especialmente aptas, aunque las había soslayado porque creía poder conseguir otras menos cargadas de infamia. No fue así, y a la vuelta llevé a mis compañeros hasta el edificio donde se encontraban, en cuya fachada, muy por encima de unos cuantos individuos derrengados, podía leerse con grandes letras de granito: «Dirección General de Prisiones de Cherstein».

—¿Por qué nos detenemos en este lugar? —me preguntó Libuell.

—Porque ahí dentro están las mejores sogas de Rendajo

—le contesté.

Entramos detrás de nuestros guardaespaldas, que nos abrieron paso por el zaguán apartando a patadas a los que estaban acostados sobre el mármol blanco de su solería, y caminamos luego delante de ellos por una pequeña galería hasta un patio cubierto con una montera translúcida en el que había levantado un cadalso de madera que aún tenía la horca instalada, la trampilla abierta y los restos del último ahorcado en el suelo, con la cabeza separada del cuerpo.

—El peso —dije—. Se lo dejaron ahí, y cuando se pudrió, el peso separó la cabeza del cuerpo y lo llevó al suelo.

—¿No pretenderás que cojamos esa soga? —dijo Dam.

—¿Por qué no? Ha probado que aguanta bien el peso de un hombre —le respondí.

Con todo, la soga era corta para lo que la necesitábamos. Mientras Libuell la descolgaba, yo me apliqué a buscar otras en las dependencias anejas y di con una sala museo donde varias de ellas estaban expuestas en altas vitrinas y colgando. «La horca de Franses Bon, fotógrafo del Diario de Fult, que se atrevió a fotografiar la muralla con ánimo de hacer pública su realidad», rezaba uno de los carteles explicativos. «La horca de Ares Beit, filósofo del relativismo y la hipocresía», decía otro. «La horca de Martha Fisseri, que negó en una entrevista la existencia de una guerra permanente en la frontera». «La horca de Arcos Marce, diseñador de jardines con laberintos». «La horca de Leiva Ólfar, poetisa y pintora abstracta». «La horca de Ámer Bísott, que contó chistes en la puerta de la sede del Gobierno».

Harto de leer, me asomé al patio y le grité a Libuell que cejara en lo que estaba haciendo, porque había muchas sogas en mejores condiciones que la que él estaba desmontando.

Rompimos las vitrinas no sin dificultad, pues eran de un cristal muy resistente, tomamos ocho o diez horcas, que nos pusimos en bandolera sin desmontarles el nudo corredizo –nuestros guardaespaldas e Impreciso incluidos–, y dimos aquella parte de nuestra martingala por concluida.

Llevábamos muy poco trecho recorrido, cuando al cruzar una bocacalle vimos a lo lejos un revuelo de gente y yo eché a correr hacia él sin reparar en las voces de mis compañeros, que me preguntaban a gritos lo que estaba pasando. Detrás de mí se vinieron tres de los cuatro guardaespaldas dispuestos a darme un machetazo en el cuello que me rebanara la cabeza. No obstante, unos metros antes del lugar del alboroto me detuve, me planté frente a ellos y les dije:

–Detenedlos, están matando a unos amigos nuestros.

Los esbirros de la Astuta miraron el barullo y supieron que entrar en él era como meterse en un pantano de arenas movedizas. Luego me miraron a mí y uno de ellos levantó el machete dispuesto a matarme, pero otro lo contuvo diciéndole:

–¡Qué haces! Si lo matas, la vieja mandará matarte.

Enseguida llegaron Libuell, Dam e Impreciso y al sentirnos todos juntos los ánimos se calmaron un poco.

–¿Qué pretendías? –me preguntó el guardaespaldas que había detenido al otro.

–Ahí hay mujeres y niños –le contesté. Y a mis amigos les dije–: Están linchando a los familiares del Valido.

En medio de tanta miseria y cargados con las sogas de los ahorcados, mi dolor resultaba contradictorio con mi figura y fútil a los ojos de la mayoría.

–¿Y qué? Han estado a punto de matarte por querer

librar a esos indeseables que tantos crímenes han cometido. ¿Se te ha olvidado lo que hacían con los discapacitados, con los viejos y con los parados? ¿No recuerdas lo que pasó con el barco? —me contestó Impreciso.

—Ya hemos hablado de eso —le dije—: Entre ellos hay mujeres y niños.

—Los niños de las víboras serán víboras algún día.

—¿Cómo puedes pensar así? —terció Dam.

—No ha pasado más que lo que tenía que pasar: ¿no querían huir solos de este infierno?, pues ahí tienen su premio, el infierno.

Nos apartamos para que el alboroto no nos engullera, pero permanecimos mirándolo como hipnotizados y yo me quedé meditando sobre lo que había provocado aquel linchamiento. Los individuos postrados de aquel tramo de la avenida se habían levantado a una al ver pasar delante de ellos a un conjunto completo de seres perfectamente vestidos, perfectamente alimentados, perfectamente limpios y perfectamente sanos. El hecho de que a todas luces formaran una familia y de que hubiera niños no había hecho sino agravar lo que parecía una aparición insultante, que no aguantaba la comparación con su propia existencia y agravaba hasta lo insoportable su dolor. Si saltaron sobre ellos tras unos segundos de obnubilación, fue porque aquella imagen les recordaba lo abyecto de sus vidas y el fracaso de sus ilusiones.

—Bien, vámonos —me dijo Libuell alarmado, en vista de que la maraña se deshacía y se ensanchaba, amenazándonos.

—Espera. He notado algo —le dije.

Y a continuación entré en un edificio cercano seguido

del guardaespaldas más complaciente, subí por las escaleras, irrumpí en un piso y derribé de una patada la puerta de un cuarto de baño, en cuya bañera, después de apartar las cortinas, vi al Valido tapándole la boca a la nieta que nos había acompañado en el primer coche desde Deróns.

–No la puedo salvar a ella sin salvarte a ti –le dije–. Vamos, sal de ahí. Aún tienes una oportunidad.

Salieron del baño y yo cubrí a la niña con la colcha de la cama de una habitación cercana y me la eché al hombro como si fuera un costal.

–Ya veremos qué decide sobre ellos la Astuta –le dije al guardaespaldas, que asistía anonadado a la escena.

Mientras bajábamos las escaleras me planteé que el riesgo de nuestro engaño crecía hasta límites intolerables con la presencia de la niña y del Valido. Por eso, antes de salir a la calle, me paré casi en el umbral y mirando al guardaespaldas que me acompañaba, que solo veía de mí mi silueta, le revelé:

–Sé por dónde podemos pasar la muralla y tengo un plan.

Para el guardaespaldas, éramos tan extraños a aquel lugar que cualquier afirmación que viniera de nosotros cuajaba en una razón creíble.

–Si nos ayudas, puedes acompañarnos –le prometí.

No contestó, no sabía qué decir porque no podía entenderme. Únicamente comprendía que afuera nos estaban esperando los restantes miembros del grupo, el orden infernal de la sociedad de la muralla y su jefa. Yo saqué la pistola y le dije:

–Nadie nos ha registrado porque a nadie se le ha ocurrido que alguien pudiera tener esto, pero yo lo tengo. Toma, es tuya, te la ofrezco como muestra de lealtad.

—¿Quiénes sois? —se atrevió a decir por fin, sin aceptar mi presente.

—Digamos que conocemos a los constructores de la muralla y hemos accedido a su secreto. Es difícil de creer, pero sabemos cómo sobrepasarla y estamos dispuestos a compartir ese conocimiento contigo.

El guardaespaldas dudaba. Era su propia vida la que estaba en juego. Yo miré en su interior y le pregunté:

—¿Me creerías si te dijera que conozco de ti cosas que ni tú mismo conoces? Sé que no soportabas las continuas quejas de tu madre y que te compadecías de tu padre. Sé que tu padre se tiró por un puente y que tu madre se acostó en la cama para no levantarse jamás. Sé que cogiste a tu hermano menor y saliste a la calle dispuesto a llegar a la frontera. Sé que tu hermano murió de unas diarreas por el camino. Sé mucho más, y casi todo es horrible. Dime ahora, ¿crees que tu futuro será mejor que tu pasado? Ya no te queda nadie excepto tú mismo. ¿Cuánto sobrevivirás con la vieja?: ¿una semana, un mes, tres meses a lo sumo? ¿No crees que vale la pena arriesgarse por una alternativa distinta a la pura supervivencia?

Se quedó maravillado. Yo le dije:

—¿Cómo te llamas?

—Endrino —me contestó tartamudeando.

—Endrino, será fácil. Si haces lo que yo te diga, salvaremos cuantos escollos se nos presenten y esta tarde estarás con nosotros al otro lado.

Di por hecho que nos ayudaría. Antes de salir, le pedí al Valido que se quitara la chaqueta y, cuando lo hubo hecho, le rasgué los pantalones y puse la horca que yo llevaba alrededor de su cuerpo. En la calle, el tumulto se había disuelto y los familiares del Valido yacían en el suelo despedazados.

—No mires a la derecha. Todos han muerto —avisé al Valido.

Nuestros amigos se habían alejado unas decenas de metros y nos aguardaban protegidos por los guardaespaldas. Al vernos llegar con tan chocante compañía, hasta Dam se enfureció.

—¿Estás loco? ¿Has visto lo que han hecho con su familia? ¿Quieres que a nosotros nos hagan lo mismo? ¿Qué le diremos a la vieja? —me dijo.

Peor aún se pusieron cuando les descubrí lo que llevaba liado sobre el hombro, pero ni ellos ni el resto de los guardaespaldas tuvieron tiempo de reaccionar. Yo les contesté que debíamos escapar de allí cuanto antes y eso fue lo que hicimos. Por el camino nos encontramos a sanitarios de distintas piras que corrían como posesos hacia el lugar del asalto. Al salir de la ciudad, le pedí al Valido que se revolcara por el suelo y que se embadurnara la cara y la cabeza de polvo, lo que él hizo al punto, con lo que cobró un aspecto más acorde con lo que exigía la seguridad de aquel paraje.

Al llegar al campamento de la vieja, Endrino se ofreció a dar el parte de lo que habíamos hecho, lo cual agradecieron mucho los otros guardaespaldas, sabedores de que la Astuta nunca daba premios pero sí imponía castigos.

—Han traído tubos, hierros y diversas herramientas —le reportó.

—Que empiecen enseguida —ordenó la vieja.

—Y fueron a buscar a otro compañero suyo —prosiguió el guardaespaldas—. Un fontanero, según parece.

—¿Y lo han traído? —preguntó la vieja enfurecida.

—Calibra la presión mejor que nadie. Con él están aseguradas las cuatro bombas —le contesté yo.

La vieja se amansó. La carrucha sonó mientras se pensaba la respuesta.

—Las cuatro bombas ya iban en el trato. Si queréis que coma mis garbanzos y beba mi agua tendréis que darle de vuestras raciones —dijo.

Yo lo admití a regañadientes para asegurar su confianza y le pedí que cesara la extracción de agua, pues íbamos a empezar a trabajar en el pozo, pero ella no nos lo concedió con el argumento de que si no prestaba el servicio, los que estaban haciendo cola desde hacía muchas horas se irían a otro lugar y perderían el arregosto. No la contradije y ante las miradas expectantes de cientos de personas, nos quitamos las sogas, las unimos entre sí e hicimos un lazo que pusimos alrededor del brocal. Yo me até una por debajo de las axilas y me introduje en el pozo con una linterna en la mano en tanto el cubo bajaba. Afuera, me sostenían Libuell y Endrino. A unos doce metros de profundidad, muy por encima del nivel del agua, di con la puerta de la galería de emergencia y la abrí, me quité la soga y tiré tres veces de ella, que era la señal convenida para que la subieran. Al rato bajó el cubo y detrás de él lo hizo Dam con el lío de la niña en sus brazos. «No te adentres en la galería o pisarás la piedra que acciona la puerta», le dije. Subió la soga y bajó acto seguido con Altea, en cuyos brazos venía Impreciso, que a su vez traía a Pirindolo. Tornó a subir y bajó con el Valido. Y ya no subió más, sino que la dejamos caer para que por ella se descolgaran Libuell y Endrino, quienes, como teníamos previsto, bajaron inmediatamente después. Solo entonces se paró el ruido de la carrucha y oí la voz de la vieja que decía desde arriba:

—¿Qué demontres estáis haciendo ahí tanta gente, que me vais a envenenar el agua?

No le contesté. Me metí en el túnel, que Dam alumbraba con una linterna, y pedí a mis compañeros que avanzáramos. Alguien pisó la piedra que activaba el resorte de la puerta y esta se cerró. No habíamos bajado ni un solo hierro. No habíamos tenido ni el más mínimo revés. Había sido tan fácil que aún no nos lo creíamos.

—Sacad ya a la niña y a Pirindolo —dije.

Al ver a la niña andando por sus pies después de tanto tiempo enrollada en la colcha y a Pirindolo correteando alborozado, nos percatamos de lo que habíamos conseguido y gritamos de júbilo.

—Ya estamos de nuevo en el misterioso mundo de los oligarcas —comenté.

—¿Estás seguro de que este túnel está despejado? —me preguntó el Valido.

—No, no estoy seguro.

La pregunta del Valido apagó de pronto nuestro gozo, que más que prematuro nos pareció ingenuo. Lo extraordinariamente bien que se había portado la niña y las contestaciones a las múltiples preguntas de un estupefacto Endrino animaron nuestro caminar por el túnel, que resultó ser larguísimo. Al cabo, dimos con la puerta que comunicaba con la galería del ferrocarril y la abrí sin dificultad, con lo que pudimos acceder a las vías y comprobar emocionados que el muro que tapaba los túneles se hallaba en la dirección de Aúla, como habíamos estimado, mientras que en la dirección de los Países Exteriores continuaba libre de obstáculos.

Caminamos sin sentir cansancio ni hambre ni sed, alumbrados al principio por la linterna y luego totalmente a oscuras, y, entretanto, evocamos sucesos dramáticos y nos acordamos de personas muy distintas con las que nos hubiera gustado compartir nuestro éxito. El Valido nos contó lo que había ocurrido desde que lo dejamos en la estación de Rendajo hasta que lo encontramos escondido en el baño junto con su nieta, que para satisfacción del lector más curioso diré que se llamaba Primor. Nos explicó que comisionaron a su hijo y al yerno que no había perdido a su hijo mayor para que exploraran las inmediaciones y que ambos volvieron con noticias diversas: su yerno dijo que los habitantes de las inmediaciones eran unos seres miserables que no soportarían sin rebelarse la visión de tanto lustre en los rostros de otros y tanto lujo en una indumentaria ajena. Su hijo, en cambio, contó que esos mismos habitantes eran unos muertos de hambre que se verían impresionados por el lustre de sus rostros y el lujo de su vestuario y que por esa razón no solo no se levantarían contra ellos, sino que estarían felices de servirlos. Nadie de su familia, ni él tampoco, atendió a los reparos de su yerno. Esperaron al amanecer del nuevo día y salieron a la calle en grupo haciendo ostentación de su riqueza, de su salud y de su poder, sintiéndose cómodos en la tarima de su desdén e ignorando que su éxito era un desafío intolerable para la masa de desahuciados. «Conocí un caso parecido en los últimos días de Sholombra», dije yo. «Una mujer extremadamente bella, Nohire, se llamaba, no pudo resistirse al placer de mostrarse como era y fue devorada por la fealdad del mundo». El Valido dijo que mientras los mayores se crecían con las miradas de los otros, los niños iban asustados. En un determinado momento, la presión de las miradas se hizo tan intolerable para Primor que quiso huir de ellas y salió corriendo hacia un portal que le pillaba cerca. «Yo la seguí», dijo el Valido. «La animadversión circundante estalló entonces y los individuos de la calle saltaron sobre nuestro grupo dando gritos. Yo cogí a la niña y subí con ella por las escaleras del edificio hasta que hallé un refugio, en el que nos quedamos esperando lo peor hasta que tú nos descubriste».

Como íbamos hablando y los miembros de mi grupo no mostraban extrañeza ante la oscuridad, el Valido y Endrino, aunque iban algo confundidos, no se dejaron arrastrar por el pasmo y se limitaron a hacer algunas preguntas, que cualquiera de nosotros contestó de pasada, sin darle demasiada importancia a la situación. Precisamente para no alarmarlos más no les descubrí que el túnel principal también estaba cerrado por el otro lado y abrí directamente la puerta que comunicaba con la galería de emergencia. «Ya estamos en los Países Exteriores», dije entonces. El camino hasta el pozo se nos hizo corto, aunque duró no menos de media hora. Cuando se abrió la puerta y vimos la luz del sol en la boca del pozo como si la viéramos a través del ánima de un cañón, el pulso se nos desbocó. Libuell había tenido el buen acuerdo de dejarse la horca en bandolera, pero como esa soga no era lo bastante larga como para izar hasta el exterior a los que no podían gatear por las piedras de la pared, al mismo Libuell se le ocurrió la solución: subió él solo y destrenzó la soga formando con ella varias cuerdas de esparto más finas, aunque lo suficientemente fuertes como para que aguantaran el peso de una persona.

En cualquier otra ocasión el orden por el que salimos no hubiera sido importante, pero no le doy a aquella menos relevancia que a la de pisar la Luna. Como queda dicho, ascendió primero el bueno de Libuell, quien subió a Primor, a Impreciso y a Pirindolo. Después, asegurada con la cuerda aunque por sus propios medios, subió Altea, y entre Libuell y ella ascendieron a Dam. Libuell, Altea y Dam subieron al Valido, que era el más pesado del grupo. Con la ayuda de todos ellos (Libuell, Altea, Dam, el Valido y hasta Impreciso) aseguraron la cuerda que me sostuvo a mí mientras gateaba poniendo mis manos y mis pies en los huecos que había entre las piedras de la pared. Detrás de mí y por sus propios medios, subió Endrino.

Aún no había salido, cuando apoyado sobre el brocal me paré a observar los alrededores. Parecía increíble, pero al Norte, donde debía estar la muralla, la tierra se cortaba en un acantilado y más allá estaba el mar y más allá del mar el horizonte curvo del fin del mundo. No había ni rastro de La Unión.

—Hay un descomunal conjunto de espejos que oculta la verdad —comentó el Valido.

Conocíamos la forma de hacerlo y no nos sonó extraño.

Luego sabríamos que los habitantes de los Países Exteriores llevaban tantos años viviendo de espaldas a La Unión, que un buen día de hacía mucho tiempo sus Gobiernos decidieron ignorarnos oficialmente y ordenaron levantar una muralla infranqueable que ocultaron con un sistema de espejos (más tarde copiado en Rodas y en algunas otras fincas de Libertad, pues los oligarcas, inmunes a la diversidad cultural y a las fronteras, dominaban las sociedades de ambos lados de la muralla). Nuestros territorios se suprimieron de los mapas y de la Historia Universal se mutiló nuestra Historia. Nada se dijo ya de nuestros filósofos ni de nuestros científicos ni del resto de nuestros grandes hombres y mujeres. Los ciudadanos comunes de los Países Exteriores siguieron sabiendo de nuestra existencia, pero esta acabó siéndoles tan vaga que perduró en su memoria en el mismo lugar donde se recrean los reinos imaginarios y residen los territorios sumergidos en el océano por insólitos cataclismos.

Salté por fin el brocal y miré al Sur. En La Unión siempre se había dicho que la riqueza y la cultura residían en el Norte, donde había nacido nuestra civilización, donde estaba Sholombra, la capital del mundo. Ahora, en el Sur, se veían distintos tipos de cultivos, un par de carreteras por las que circulaban los coches y un pueblo con edificios parejos y cuidados: el Sur funcionaba y era hermoso.

—Estamos en Occidente, el Estado más próspero y con más solera democrática de los Países Exteriores —nos anunció el Valido.

A unos cuantos metros del pozo pasaba un camino que llevaba hasta el pueblo. Lo tomamos.

—No os preocupéis —nos dijo el Valido al echar a andar—. Estoy harto de viajar a esta parte de la muralla y sé manejarme por ella como por las calles de Deróns. Iremos a Nógdam, la capital de Occidente, donde nos espera una vida segura y cómoda. Vosotros me habéis salvado a mí y a mi nieta a cambio de nada y yo sabré recompensaros.

Libuell, que llevaba a Impreciso sobre sus hombros, y Endrino, que portaba a Primor de igual manera, caminaban los primeros. Detrás de ellos iban Dam y el Valido y detrás de estos, Altea y yo, cogidos de la mano. Pirindolo iba y venía olisqueando de acá para allá y orinando por todas partes.

Se me olvidaba decir que el cielo era azul y que el campo estaba cubierto de flores.

Fin

ÍNDICE

ACERCA DEL AUTOR

Juan Bosco Castilla Fernández nació en Pozoblanco (Córdoba) en 1959. Es licenciado en Derecho y en Ciencias Políticas y Sociología y trabaja como secretario de Ayuntamiento, función que desempeña actualmente en Torrecampo. Ha escrito ensayo político, teatro, libros de narración y novelas. En 2005 fue galardonado con el premio Almuzara por su novela *El farero*. En 2017, recibió el premio Solienses por la novela *El hombre que amaba a Franco Battiato*.

www.ingramcontent.com/pod-product-compliance
Lightning Source LLC
Chambersburg PA
CBHW022346020726
47500CB00002B/151